湖山之间

晓风 著

作家出版社

第 一 章

一

这座号称"亚洲第一"的高铁站，杨小倩已经来过十多次了，却依旧对它的空间布局不甚了然。指示牌倒是不少，而且都用中英文同时标注，很有些国际范儿，彰显着新一线城市的品质，但如果按着箭头的指向，"妹妹你大胆地往前走"，一不留神，就又绕回了原地。小倩就好几回当过这样的"妹妹"。

在她记忆中，童年时在大兴安岭的原始森林里采蘑菇、捡柴火都没有这样晕乎过。当然也曾在风雨交加、天昏地暗的极端天气里迷过路，并因饥寒见侵而不止一次地大放悲声，但内心并不特别恐慌，因为她知道终将雨霁云收，找到归路。何况爸爸妈妈肯定会挂念她的安危，及时寻到她经常出入的这片林子里来，未等到恐惧伴着夜色将她淹没，他们已经将她拥在怀里久久不肯松开了。

她从来没把茫茫无际的森林看成迷宫，那是"杨家有女初长成"后闭上眼睛也能自由徜徉的私家花园，是她和女伴们跳房子时信手画出的"九宫格"，捉迷藏时呼啸往来的背街小巷，谙尽机关的游戏世界，是她熟悉每一点墨迹、每一个折角以及老师每一条批语的作业本，是她司空见惯的父辈们在酒桌上百玩不厌的猜拳行令游戏。上学后她就没有在里面迷失过。

而这座位于钢筋水泥丛林中的高铁站，则总是让她产生身入迷宫的感觉，心存几分畏惧。空中与地下汇通，南辕与北辙交错，两个进出门户谓之"南、北",两个公交枢纽则名曰"东、西",大有海涵地负、并吞四方之意,却苦了方向辨识能力不强的乘客。问讯处人头攒动,都是在迷宫中不明去径,甚至忘记来路因而来求助的。

哦,"问讯处"已经是过去的老名称了,现在都改称为"服务台"。杨小倩刚识字时,妈妈第一次领着她坐火车,指着"问讯处"三个字教会她读音,并告诉她以后有什么不明白的,就问坐在那儿的阿姨,她们会给你耐心解答的。她把这三个字牢牢地记了下来。后来,所有车站的问讯处都扩大其功能,升格为"服务台"了,她却未能打破儿时的思维定势,依然视其为"问讯处"。

高铁站真的太宏伟了。看看过往的那些金发碧眼的欧美旅客吧,脸上似乎都写满了惊羡的表情。小倩不止一次读到过有关纽约市政建设的报道,知道那里的火车站是如何"脏乱差"。咱们这儿虽然好像也有点"乱",但那是因为太大的缘故,至于"脏""差"二字,与咱可是完全不沾边的。想到这,小倩还是很有几分自豪感的,尽管这并不能消除她身在异乡精神上无所皈依的孤独感。

不过,这座高铁站是不是"亚洲第一",她内心有些存疑。因为长三角地区另两所新建的高铁站——上海虹桥站和南京南站她也去过,同样无比宏伟,同样弄得她晕头转向,而且,也同样号称"亚洲第一"。她不知道国内是否还有别的车站称自己"亚洲第一",迄今未走出过国门的她也不知道我们的一些邻国,比如民族自尊心和自豪感格外强烈的韩国会不会也拥有以"亚洲第一"相标榜的车站。但她清楚地知道,不可能有三个"亚洲第一",其中有两个只能屈居第二与第三。

那么,究竟哪个才是真正的"亚洲第一"呢?她不掌握有关这三座车站的具体数据,因而无从判断。但当地交通部门的领导肯定是掌握的,心里肯定早有答案。但他们绝对不会出面澄清在当地民众中广泛流传的说法,宁愿以讹传讹,让人们永远相信本地车站为"亚洲第一",从而增加傲视其他城市的资本。这才会出现三个"亚洲第一"并存于方圆五百公里之内的乖谬现象。这反映了一种怎样的心态啊?

她辨析不了，只是隐隐觉得其中是糅进了好大喜功的心理的。

这天，杨小倩也曾有一瞬间想汇入涌向"问讯处"的人流，但马上便放弃了这一有可能自取其辱的念头。无秩序、欠文明的人群本来就是她羞与为伍的，厕身其间，说不定还会有一只或数只混水摸鱼的咸猪手趁乱伸向她的小蛮腰，轻轻摸一下或重重捏一下，让她不知向谁问罪，心里的无名火直往上蹿，却不敢痛痛快快地像家乡老林子里的女人们那样喊一嗓子："嗬！哪个龟孙子揩老娘的油？是不是活腻了？有胆量你给我蹦出来，看老娘不打趴你！"

每次不幸置身于这种场合，她真的很羡慕那些她曾经很鄙视的泼天泼地的老娘们儿，但在寒窗下烟熏火燎二十多年，斯文早就渗透到了她的骨子里，她已完全融入了另外一种行为规范和语言系统中。泼妇骂街般的宣泄方式，她见识过，也不否认它在某种特定情境下的合理性，但就像奶奶穿的那种样式过时、做工粗糙的对襟棉袄一样，她再也不可能披上它了。这样，她也就只能徒然羡慕罢了，而且羡慕过后，还会为自己居然会作如此联想而惭愧。

但更大的羞辱似乎还不是遭遇咸猪手。与咸猪手的不期而遇，不仅有可能发生在高铁站的问讯处前，还可能发生在高峰时刻的地铁和公交车上。谁让她长成一副无意招蜂引蝶却自有蜂舞蝶飞的"花千骨"模样呢？她读研究生时的导师，一个严谨得近乎刻板的历史学者，曾经满脸认真地评价她的容貌说："在今天这个泛美女化的时代，称小倩为'美女'，实在是唐突佳人了。"在这个道德感和羞耻感钝化的时代，色狼及准色狼大量孳生并频繁出现，搅得狼烟四起，所以，偶尔在人流稠密处吃个哑巴亏，她虽难免气愤，却也不会痛心疾首。

90后的女孩嘛，未必像人们臆想的那样开放，但对"男女之大防"的底线，肯定要设置得比她们的妈妈和奶奶低。就当被小狗咬了一口吧！不，没那么严重！更准确地说，只是被小狗舔了一下。真的，和狗舔的感觉差不多，带给她的不适感非常有限。

小时候外婆家里也养过狗，不是泰迪那样的乖巧伶俐、独占宠物鳌头的贵宾犬，而是体形虽不甚庞大却可以看家护院的柴犬。外婆给它取名为"旺旺"。这除了带有拟声的意味外，还寄托了"家业兴旺"的世俗愿望，就像千百户普通百姓家庭的雷同做法。第一次被旺旺舔时，她这个六岁的少主人对这种亲热的表示只觉得恶心而哇哇大哭，爸爸一边安慰她，一边不分青红皂白地踢了倍感委屈的柴犬一脚——他总是毫无立场、毫无原则地袒护女儿，不容小棉袄沾上一丝半点灰尘。

妈妈则安慰中带有几分劝导和训诫的意味："好了，这有什么大不了的？它这是喜欢你呢！别不识好歹！狗舔一下都受不了，长大后遇到狼怎么办？咱们女人这辈子没准会遇到几只狼，狼爪子可比狗舌头毒辣多了！"说着，妈妈脸上浮现出了一种她从未见过的神色，后来她才明白这该叫"悲怆"。那是在她读初中后。又过了十年，在她大学快毕业时，她才大致知道妈妈为什么会这样说，还有那种转瞬即逝的悲怆神色从何而来。

第二次被旺旺舔，是她蜷缩在森林里的一棵落叶松下躲雨时。分不清是它领着爸爸妈妈，还是爸爸妈妈领着它，心急火燎地寻觅了近两个小时才找到了她。隔得很远，她就听到了爸爸妈妈嘶哑的喊叫声。那时她是什么感觉呢？哦，在她今天的追忆里，就如同失足坠崖之际突然发现一只有力的手臂正向她伸来，又如同快要被无边的黑暗吞没时眼前忽然闪过星星点点的火光，或许还可以想象成船底漏水、缓缓下沉时，满载"战狼"的我国第二十三批护航编队用雷达探索到她的危境，鸣响了救援的汽笛。不不不，这些比喻都太俗滥了，唉，学历史的，终究还是缺乏文学想象力和表现力呀！哪怕你从读本科起，一直到硕士研究生毕业，整整七年都是文学社团的铁杆成员。那不管用，骨子里缺少文学细胞，光靠耳濡目染，或许可以丰富文学修养，文学写作能力却是不可能大幅度提升的。都说"近朱者赤"，其实朱和赤的差别还是很明显的。

但当时的她，还只有八岁，混沌未开，哪有这么细腻的感觉？甚至连"死里逃生""绝处逢生"这样的意外之喜也全然没有，但精气神却一下子提了起来，连忙发声呼应："我在这儿！"只是浑身都冷得直颤抖，从她不停打架的上下牙缝隙中挤出的童声实在太微弱了，根本无法穿透风雨声灌进爸爸妈妈的耳膜。还是听觉更为灵敏的旺旺率先接收到这一信息，欢叫着向她藏身的地方飞奔而来。当妈妈亲吻着她的额头"宝贝宝贝"地叫个不停时，爸爸又把她和妈妈一起拥入怀中。而旺旺则也斗胆吐出空空荡荡的舌头，在她冰凉的小手上舔了几下。那是在三年前冒犯这位小公主而遭到呵斥后，它再一次向她示好。也许注意力被分散了的缘故，她上次被舔时产生的那种湿漉漉、黏糊糊的不洁感减轻了许多。

她与爸爸妈妈一起住在林区小镇上，不常回林海中的外婆家。后来外婆病倒了，爸爸妈妈带她回去的频率大增，每当她的情绪大起大落时，旺旺都会颇通人意地悄悄蹲伏到她身边，舔一舔她的手背。虽然在心理上她始终排斥这样一种友善的表示，如果让她自主选择拒绝还是接受的话，她肯定选择前者，但渐渐地，却不再有受到亵渎或玷污的感觉。

如今，她真的很羡慕那些怀抱泰迪或手牵杜宾的时尚女孩，她们不仅任由心爱的宠物从玉手舔到花容，而且还时不时主动献上香吻，那一脸陶醉的样子似乎远远胜过与初恋男友双唇相触时。她们怎么就能完全泯却人畜之间本应有的隔阂呢？她也是个生态保护主义者，赞成人与自然界的万物和谐共处，对猎杀动物的行为她和舆论主流一样痛加谴责。但她总是没有办法填补深嵌在心底的人与动物的鸿沟，因而也就没有办法与狗、猫之类的动物零距离交集。这可能也与她有点洁癖不无关系。

"非我族类，其心必异"，这种排斥异己的沙文主义心理，无论对人对物，她都认为是极其狭隘的，反映出一种自闭、自私、自大的保守理念。不过，要她与异族异类相融无间，她自度却永远无法做到。

九年前，离开大兴安岭来到这座与西子湖相依相偎的国际旅游城市读大学时，妈妈对她说："丫头，翅膀开始硬了，要单飞了，没准哪天就把男朋友领回家了。妈没有别的要求，只有两点希望你给我记住：第一，不能领回个与我年龄差不多的，那样我会很尴尬。他叫我一声妈，我应不应？就怕他也叫不出口。我知道，大地方的女孩喜欢有实力、会疼人的大叔，但你不能跟她们学。妈接受不了。"她哈哈大笑："您放心，没问题！我不找大叔，干脆找个大爷，更加惊世骇俗！"

妈妈知道她是故意拧着说，心里想来是认同自己的说法的，便继续说下去："第二，不能领回个老外，白的黑的都不行！"爸爸憋不住插话说："白的还勉强可以考虑，生个洋娃娃也……"妈妈眼睛一瞪，他把后面的话生吞了下去，喉头那儿鼓起来一大块。她窃笑：大概是卡住了。妈妈以为她又会"语不惊人死不休"地回应以奇谈怪论，谁知她这回一点也没唱反调："这您老就更加可以放心了，打死我也不会嫁给番邦外族的。混血儿也不见得有多好玩！"这后一句是说给爸爸听的。

她真的是这么想的。她绝对没有种族歧视思想，对黑人从没另眼相看，更不敢对高人一等的白人侧目以视。但要她与依赖香水来掩饰体味的白人或黑人耳鬓厮磨，乃至亲吻做爱，她实在无法打破心理障碍。每次在校园里路遇非洲留学生，对方都兴奋地招呼"杨老师"，然后想与她握手或拥抱。握手她没法拒绝，想拥抱她的则都被礼貌地挡住了："哈哈，这不是我们国家的礼节，你要入乡随俗嘛！"对握住她的手就不肯放的个别调皮的学生，在皮肤接触的时间超过十秒后，她就会使劲挣脱，而留在手心里久久不散的是一种滑腻的感觉，这种感觉当然是让她很不舒服甚至有点恶心的，就像第一次被旺旺舔过后那样。

那么，在熙熙攘攘的人群里，被心理变态的男人摸一下或捏一下，只要不触碰到关键部位，又有什么不能忍受的呢？她同意一位心理辅导老师的分析：90后的女孩精神上的贞洁感，似乎没有她们的前辈强烈，但对生活上的舒适度的追求，却不知超过她们的前辈多少倍！

"饿死事小，失节事大"，这种旧时代妇女所恪守的程朱理学信条不能说对她们毫无影响，但却没有烙上永难磨灭的印记。正像她们对

"从一而终"的爱情模式嗤之以鼻,因而更换男友的频率比80后还要快那样,她们偶尔被老男人们调笑几句或在无人察觉、彼此心照不宣的状态下小小地非礼一下,虽然也会不痛快,却不会产生"被侮辱与被损害的"悲愤,并且让这种悲愤如同驱之不散的乌云那样长久弥漫在心头。

她们没有经受过前辈那样的磨炼,面对不测事件时往往六神无主、惊慌失措、爱走极端,但抵抗色狼、防御骚扰的心理素质却要优于她们的前辈,有的甚至能不动声色地像太极宗师张三丰那样"四两拨千斤",将对方蕴蓄着绵绵后劲的毒砂掌化解于无形。这位心理辅导老师本人也是90后,在她充满理性的分析中,应该是融入了她自己的体验及反思的。

"深得吾心也!"——杨小倩在公开场合从不敢炫示自己的古汉语修养,这一来是因为她做人一向低调内敛,二来是因为东海大学校园里精通古汉语的硕学鸿儒多如牛毛,当他们面卖弄自己那半壶酸文假醋,不自量力的程度无异于班门弄斧、兰亭挥毫、草堂题诗、秦城吹箫(这些掌故都是她在课堂上听来的)。但读多了历史文献,"之乎者也"已经满贮在语言仓库里,一不小心就会挤出门缝,搜入她的内心独白。在听过那位一起接受入职培训的同龄人的演讲后,她的赞叹就带有所学专业的胎记。尽管她现在的职业是东海大学管理学院的思政辅导员,已经不再从事历史学的教学与研究,但积习难改,就像她最不喜欢的民国初年的遗老遗少,吸惯了鸦片,很难戒掉这一口,不便当人面亮出烟枪,私底下还是要自嗨一下的。

既然认同那一心理分析,她不想卷入高铁站问讯处的人流,主要原因还不是怕遭遇咸猪手,而是担心被值守在问讯处的大妈横眉冷对或出言讥诮。那对她来说是一种更大的羞辱。

二

杨小倩想不明白,为什么在关系到城市形象的服务窗口,会安排这样一位不阴不阳的冷面杀手呢？车站的头儿们究竟是出于什么考虑呢？对她的刁蛮怀恨在心，罚她到这个一刻不得闲的岗位来受折磨，还是觉得派来这个足以媲美长坂坡当阳桥吓退百万曹兵的张翼德的女魔头，能够以一当十，甚至以一当百，让蜂拥而来的乘客闻风丧胆、弃甲而去，不再挤压在问讯处？换言之，站长也许剑走偏锋，把她当成了疏散人流的最佳人选？尤其是在春节客运高峰期，如果换一个笑容可掬、语言柔婉，而且耐心极好、百问不厌的年轻美女，那好，你就得增派几位警察来维持秩序了。因此，小倩觉得后一种可能性更大。

两年前刚考上东海大学管理学院的思政辅导员时，她奉命去宁波进行招生宣传，第一次来这座高铁站乘车。果然是"亚洲第一"啊！三转两转，就把她转晕了。如果把她家乡黑龙江大兴安岭的那个又破又老的火车站移过来，那恐怕只能占据这座高铁站的一个角落，而且会像华彩新衣上的补丁一样刺眼。就是这所名城的老车站，与之相比，规模也不在一个量级上。

说是"老车站"，其实也不算老，才二十年历史，是拆除了日伪时期的"老城站"而新建的。"老城站"原来是城市的地标建筑之一，古色古香的，总被印上明信片，但功能不敷使用了。当时没想到应迁建到城市的边缘地带，把这座沉淀了几代人记忆的历史建筑保存下来，以至于后来常常被炫示自己的先见之明的老同志诟病。

主持拆建工作的市委书记在城建方面倒是很有自己的独特思考且不乏远见的，如今也经常被北京、上海以外的许多新一线城市请去大谈"城市经营理念"，不知他是否会对老城站拆建一事讳莫如深？也许他会以此为案例，说说观念转变和提升的过程。小倩读过他三卷本的《城市论》，觉得他应该有这样的胸怀。学历史的都知道，"滑铁卢"是无损拿破仑的伟大的。

新城站刚建成时，市民扶老携幼去参观这座宣称"五十年不落后"的建筑，自豪感油然而生。然而，还没过二十年就已经彻底落后了。时代的变化日新月异，弄潮儿可以勇立潮头，"手把红旗旗不湿"，却不可能主导或领跑潮水。谁也无法预测时代前行的速度与节奏，它就像个野性未驯的顽劣少年，不按设计好的线路迈步，有时会故意走一个 U 字形，有时猛跑一气，有时又步履迟缓，你以为他要花两天才能走到半山坡，谁知一眨眼的工夫，他就站在山顶上了，正酝酿向另一座山峰进发。"永远不落后"的说法，如果是表达一种先人一步的决心，或许无可厚非。但"五十年不落后"这样的定位过于明确的预言，就很难保证不被打脸了。

她是在东海大学历史系取得硕士学位的。导师吴贞观教授在论述历史的严肃性时，也曾把"五十年不落后"的预言当成笑谈，告诫门生弟子将来有朝一日为官，不仅要慎其行还要谨其言，既不要说空话更不要说大话。所以她记住了这些，此刻又想起了这些。

她还记得，吴老师谆谆教诲之际，谁也不敢插话，只有上一届的张帆嘀咕了一句："不说大话，焉能为官？"吴老师没听清，请他大声重复一遍，看着吴老师不怒自威的样子，张帆哪敢复述，只好支支吾吾地顾左右而言他，逃过一场责难。课后大家议论，竟然赞同张帆的居多，幸好是背着吴老师，不然老夫子该要慨叹人心不古，连门人也随俗俯仰了。

因为从事思政辅导员工作，小倩这两年也比较关心家国大事了。而在这以前，她对时政的兴趣远不如时装。她不知道自己读书的这座名城的市长是谁，却知道卡尔·拉格菲尔德是现任香奈儿、芬迪两大品牌的首席设计师，时尚界人称"老佛爷""卡尔大帝"。时政也从来不会成为她们寝室夜话的内容。谁要在寝室里扯起与时政有关的话题，女伴们就会用打量天外来客的眼光死盯着她，想看看她是不是脑子进水了。

是的，现在的大学生似乎越来越关注自我的发展，越来越以自我为中心，家国情怀比较淡薄了。当年，学兄学姐们因为我国某驻外使馆被炸而义愤填膺，有人振臂一呼，便从热被窝里钻出来，深夜走上街头，以集会游行等方式表达心忧社稷的青年学子的抗议，此起彼伏的口号声真是响遏行云啊！因为遏制不了一腔热血的喷溅，也有一些不够理性的偏激行为发生，但那种"我以我血荐轩辕"的爱国热忱，昭示了中华民族不畏强权、共御外侮的精神血脉的代代传承。令人振奋啊！小倩留校工作后，在学校档案馆看过当时拍摄的实况录像，对照学长们的热血刚肠，她汗颜不已。

可是，后来呢？我国与某邻国发生岛屿归属权纠纷时，又有多少同学注视其进展啊？当时她还在读本科，同寝室四个人，不知是谁说了句："哇塞！我国海监船通过巡航来宣示主权了！"她叫了声"好"！马上就有人呛她俩了："你们呀，咸吃萝卜淡操心，后天就要期末考试了，你们还是抓紧复习吧！"她本来也不见得对这类消息有多关心，但有些反感对方的不屑，便掉了一句："不是说'国家兴亡，匹夫有责'吗？"对方懒得与她理论，避实就虚地说："你一个女孩，又不是什么'匹夫'！"

争论没有继续下去，但她由此得知，90后大学生群体，包括自己在内，对国事的态度要比前辈淡漠得多。他们中想入党的人倒是挺不少，动机未必有多么纯正，很可能夹杂着为将来的就业及后续发展增加砝码的世俗考虑。在需要表明自己的政治立场和政治态度时，他们也能慷慨激昂，将临时突击记住的某些政治术语巧妙地镶嵌在演讲稿中，但骨子里他们对时政及时事是缺乏热情的，只是在特定场合不得不表现出很有热情的样子。

千万不要低估了90后大学生乔装打扮自己的能力。他们当然不是变色龙，却早就学会了给自己涂上一层保护色。他们的体能是弹性十足的，可以根据需要及时对自己重新塑形，把本来面目遮掩起来，而示人以另一副模样。具备这样的自我改造、自我修饰潜力，说几句应景的政治理论术语又有何难呢？反正这一类话语网络上有的是，一点击就泉涌般出现在电脑上了，打印下来花个两小时就可以背得滚瓜烂熟，宛如早就铭刻在心里一样了。这么多年接受应试教育，高考前还经历过魔鬼般的训练，背诵是他们的强项。

瞧瞧电视上同龄人的演讲吧，有哪个是照本宣科的？都说得溜溜的，经史子集信手拈来，随意挥洒，一个个学富五车的样子，神态还特别自然，"呢""吗""呀""啦"之类的语气词用得恰到好处。别以为他们是现场发挥，没这回事！他们都是在背稿子！能把半小时的演讲稿一口气背下来，中间也不磕巴，那有赖于应试教育。你看，应试教育也并非一无是处啊！

小倩不能不承认，自己开始关心时政与时事，是在过五关斩六将，竞得辅导员的职位后。"风声雨声读书声，声声入耳；家事国事天下事，事事关心。"东林党领袖顾亭林在明王朝风雨飘摇之际写下的这副对联，是主管学生工作的院领导在讲话中经常引用，又通过她灌输给学生的。学生现在不仅会背，而且都知道它的出处。但听他们声情并茂地吟诵这副对联时，她总是会产生"小和尚念经——有口无心"的错位感。不过，以身作则嘛，她自己倒是每天都要上网浏览一下国家及本地的时政要闻的。

过去登录"今日头条"，她和闺蜜们一样是只看娱乐和时尚板块的，但不喜欢油头粉面的花样美男，这与她的同龄人有些异趣。尤其是看到那些美男在荧屏上代言口红广告后，她直想痛骂："妖孽啊！"她的三任男友，没有一个是这种类型的。但入职两年后的今天，她已经渐渐养成了"上头条，看要闻"的习惯。这样，她才有可能了解本地的市政建设概况，包括铁路交通的历史沿革，也才有可能在高铁站目睹滚滚人流，并进而发现设计的不完善、服务的不到位时感慨连连。

三

她与问讯处的这位大妈已经打过两次交道了，或者说已经两次被对方所羞辱了。

第一次是因为售票处的自助取票机前人满为患，便向她打听别处还有没有取票点。本来，刷身份证就可以直接上车了，但这是因公出差，要凭车票报销的，所以取票就是必要环节了。她觉得自己已经很礼貌了，既称呼她"大妈"，还先说了："谢谢您！"大妈头也不抬地瞥了她一眼，两道寒光直射她的五脏六腑，话则比大兴安岭东部的水曲柳还要硬："长眼睛干什么用的？自个儿找去！"她脸上立刻罩上了红布，连耳朵都被包裹得严严实实。在抵挡着从四面八方倾泻来的幸灾乐祸的目光掉头而去时，她听到大妈余恨未消似的说："东北女人脑瓜子就是不开窍！"

小倩最不能忍受的就是对东北人的轻蔑。咱东北人怎么啦？招你惹你了吗？凭什么这般趾高气扬呢？咱东北眼下确实经历着转型的阵痛，经济发展速度有点拉全国的后腿，可咱是新中国最早解放的地区，是国家老工业基地，对国民经济的恢复与发展作出了优于其他地区的不可磨灭的贡献！

咱黑土地还是天下粮仓，山东高密那红高粱算啥呀？咱东北的高粱地才真是一望无际呢！国家建设急需的木材，主要供应地不就是咱大兴安岭吗？离了咱大兴安岭，你们江浙人所喜欢的厚重的实木家具从何而来？再说，咱东北人的娱乐精神不是让全国人民都得到了滋养吗？你掰着手指数一下，红遍大江南北的笑星，哪一个不是咱东北那疙瘩的？你倒说说，江浙沪有哪个笑星在全国数得上的？

是的，江浙地区经济发展强劲，给国家贡献的税收最多，有些给中央拿到咱东北来填了窟窿。但风水轮流转，指不定哪天又要靠咱东北来接济呢！她真想狠狠回敬一句："东北人脑子再不开窍，也不像你这般蛮横无理！"

她刻毒地揣测：莫非当年她在北大荒插队时，被哪个东北老爷们儿给糟践过？或者哪个狐媚的东北女人曾经引诱她的男朋友劈腿啦？再一想，不对啊！看她的年纪也就五十多岁光景，要在东北插队过，岁数至少要大上一轮。那么，这该是出于江南女人对北方女人、老年女人对青年女人、丑陋女人对美貌女人的敌意了。虽然你的言行并没有招惹她，但你的口音、你的年龄、你的容颜都已经把她惹毛了！

但她最终什么也没说，甚至没有转身抛去鄙视的目光。犯不着和她一般见识，妈妈反复告诫她的一句话是：遇到蛮横无理的人，千万别想着以牙还牙、以暴易暴！和泼妇对骂，是把自己降格到泼妇的行列，是自甘堕落。她拼命安慰自己，脑子里却没来由地冒出白居易的诗句:"江州司马青衫湿。"在落荒而逃的一瞬间,差点也泪湿"青衫"。

四

哦,不是"青衫",是红袄啊!这天她穿的是一件紧身小红袄。那是在接到大学录取通知书后,古稀之年的奶奶一针一线为她缝制的。

奶奶的针线活儿在整个林区都是赫赫有名的,而这件小红袄则是她一生手艺的登峰造极之作,也是因视线衰退而决定封"针"前的呕心沥血之作。针脚整齐绵密,比上海滩上的红帮裁缝毫不逊色。式样不算新潮,但也绝不土气。选择红颜色,是因为它喜庆。还有一层意思奶奶想不出词来形容,就是觉得它远远看去像雪地里的一团火,能给人融冰化雪的暖意。小倩明白了,奶奶要说的是"热烈"。

奶奶不知道孙女要去读书的城市距离大兴安岭到底有多远,只是听儿媳说,坐飞机去也要花好几个小时,那地方有个很出名的湖,风景比大兴安岭好,也比山里暖和,但气候潮湿,孙女穿着一团火去,能驱赶湿气、镇压邪气,还能给陌生人传递热量,把他们吸引到身边来,从而不会显得孤单。

小倩平时在学校很少穿这件小红袄。太惹眼了!走到哪儿都是一道亮丽的风景,有时不免招蜂惹蝶。而且,它实在也太合身了,把她一米七的身材勾勒得凹凸有致,简直都有时装模特的风范了。瞧奶奶这手艺,帮她吸粉无数哇!一开始她还是有些暗自得意的,哪个女孩子会讨厌艳羡或爱慕的目光啊?尤其是发现挽着女友手臂甜蜜漫步的男孩子,视线也会追随着自己而现出几分痴迷时。她不怀好意地想:他的女友该有几分恼怒,并对自己生出几分嫉恨吧?

在东海大学读书的七年间,她最喜爱的季节是秋末冬初和冬末春初,那时"乍暖还寒",穿小红袄正合适。不是天天穿。哪有女孩子每天穿同一件衣服的?那也太单调了!哪怕是穷学生,做不到"日日新",至少也要"周周新"啊!何况90后大学生多为独生子女,有强大的经济后盾,并不穷。家里真穷的,供养孩子读大学时,就是砸锅卖铁,也不会让孩子在同学面前丢面子。

小倩虽然家在东北林区,家里却是不穷的——爸爸妈妈都是银行高管,收入丰裕,对她几乎有求必应。当然,她也从来不提超越家庭经济能力的要求。所以,她穿衣的选择余地还是挺大的。但这件小红袄却是出镜频率最高的。它不是阿玛尼,胜似阿玛尼,带给她的心理满足是无与伦比的。

然而,这一延续了七年的穿衣习惯,却在她入职三个月后改变了轨迹。暑期办理的入职手续,接着是高强度的培训,转眼就到了小红袄粉墨登场的季节了。还别说,都穿七年了,既不显旧,也不显土,虽与时尚潮流无关,却自成一格,有足够的回头率。那天,第一次穿着它去上班,在走廊里就收获了不少男同事的赞美。就在她飘飘然地蹦跶到辅导员办公室门前时,高岚副院长迎面走来。

这是个刚届不惑之年的女人,却已拥有"教授""博导""青年长江学者"等一系列金灿灿的名片,在全校范围内,或许还算不上大牛、大咖——两院院士就有几十位呢!但在管理学院也是一跺脚就地动山摇的人物了。平时与人说话也还和颜悦色,并不尖酸刻薄,虽说身高与姓氏有些出入,气场却是很足的。入职见面会上,小倩已经领教过她的直言与敢言了。

小倩欢声招呼"高院长好",并不自觉地将了将头发。对方应了声"嗯",锐利的目光在她的小红袄上先轻轻剜了一下,随即又重重剜了一遍。是的,就是"剜"的感觉。在史书上经常读到这个"剜"字,她不敢想象那是一种什么滋味,此际却突然悟到了:这就是"剜"啊!没有其他任何字,能更准确地表达小倩对其目光的解读。这是怎么啦?自己什么时候得罪过这尊学术女神呀?

如果没有后续的故事,小倩会一直纳闷下去。两天后,学院主管学生工作的党委副书记胡蓉珍悄悄告诉她:"高院长对你的印象好像有点负面哟!"她自然要追问"何以见得"?胡书记犹豫了一下,还是实话实说了:在学院党政联席会议的间隙里,高忽然发表评论说:

"新留校的那个东北妞挺潮啊！不过，喜欢搔首弄姿可不是个好习惯！"

听到"搔首弄姿"这个词，她脑袋"嗡"的一声就涨大了。天哪！我只是习惯性地将了将头发，怎么就成了搔首弄姿呢？高院长啊高院长，你是什么眼神啊？莫非你戴了一副隐形的有色眼镜，能将别人的形象扭曲或变形？

还有，"东北妞"，那语气也充满了蔑视与不屑，透出浓重的地区歧视意识，和高铁站问讯处的那个西湖大妈没有任何区别——"东北妞"不就是"柴火妞"的同义语吗？"还挺潮的"，东北人就一定土气吗？去咱省会哈尔滨瞅一眼吧，满大街都是我这样的又高挑又靓丽的潮女，"搔首弄姿"？咱用得着吗？"天生丽质难自弃"，随意一站，即成风景，蜂蝶自来，何须招惹？！倒是你，哼哼，恐怕真的只能靠搔首弄姿来增添几分色相啰！

在听到胡书记转述的一瞬间，杨小倩内心翻江倒海，把愤怒、羞恼、委屈等人生负面情绪给体验了个遍。联想的翅膀也上天入地，由此及彼，将她的心底的种种郁积串连起来，形成一条波动幅度极大的曲线，却只能在体内循环。她紧急调动积蓄在每一个毛孔中的能量，钳制舌头的蠕动，才做到沉默以对，没有当场作出情绪化的反应。

不过，她在红白之间迅速切换的脸色应该还是泄露了内心的汹涌波涛。胡书记当即安慰她说："你别在意，这是她个人的看法，也许是偏见。不过，这也提醒我们，衣着打扮以及行为举止，要尽量避免给别人造成错觉。"说着，胡书记也看了小红袄一眼。

这是什么意思呢？"也许"这两个字在小倩听来太刺耳了。那肯定是高岚的偏见嘛！说成"也许"，就很有保留，处于两可之间了。至少态度很不鲜明！另外，我的衣着打扮和行为举止也没有不得体、不雅观的地方哪。"尽量避免"，好像说我主观上不注意才给别人带来误解似的，不责怪对方因心理变态而导致眼光走形，反倒要我更加约束自己，这是哪门子理啊？

噢，对了！莫非她也看不惯我这件小红袄？觉得它太抢眼了，盖了她们这群阿姨的风头？这两位女领导平时都是内外兼修，很注重自己的公众形象的，衣着的款式不便过于新潮，质地和做工却都是很好的。尤其是高院长，因为每月领取丰厚的高层次人才津贴，又经常外出讲学，兜里银两充足，穿的几乎都是世界大牌，只不过为了避免张扬，故意选择没有明显LOGO的，这叫"低调的奢华"，介于炫与非炫之间，是富裕了的知识女性的习惯做法——这种做法本身就是显示她们的特殊身份和特殊趣味的一种"LOGO"。

她们也都是化妆的，妆容说不上多么精致，但看得出，工序还是挺复杂的，一点也不偷工减料。只不过再厚的脂粉也难掩胡书记永不消褪的妊娠斑和高院长脸色的憔悴。亦官亦学，事务繁杂，高院长是免不了像韩愈那样焚膏继晷的。长时间的熬夜，使她不可能像生活雍容且善于保养的同龄女人那样面色红润、神采奕奕，而显得比实际年龄要苍老些——不，应该说"成熟"些。任何化妆品及美容术都无法使她们芳华依旧。这是为事业辛苦拼搏并获得骄人成绩所必须付出的代价。两全其美、美美与共者固然也有，但占比极小，那是上帝特别宠爱的幸运儿。

小倩自己是从不化妆，也不需要化妆的，顶多偶尔涂一点眼影和唇膏，脂粉是绝对不沾的。所以，每天早上只要花五分钟就能把自己收拾整理好了。不像有些女孩子，光是为了补水，就要拍打面部十五分钟。留校工作后的第一位室友兼闺蜜便是如此。这种近似于自虐的行为，她只觉得可笑。当她看着闺蜜雷打不动的"晨课"微笑不语时，闺蜜无奈地嗔怪说："你呀，饱汉不知饿汉饥！谁愿意这么劳神费力啊？不得已而为之啊！不是每个女人都有你这么幸运的！真让人羡慕嫉妒恨！"

尽管如此，她并不反感别人化妆，也能理解以高院长为典型代表的中年女人化浓妆的苦衷，可是，她反感这些自感红颜将逝、青春不再而产生心理恐慌的阿姨对风华正茂、姿色过人的年轻女子妄加议论，无法理解她们为什么会对并无冒犯行为的"后起之秀"怀有莫名其妙的敌意。她在电话里跟妈妈诉说自己的困惑与苦恼，妈妈说："到了她们那个年纪，你就理解了。但愿你不要步她们的后尘，心态比她们要健康些。"

妈妈比她们还要老得多，但从她记事起直到现在，妈妈提到本单位的年轻同事或下属时，总是用一种欣赏的口吻，几乎不对她们使用任何贬义词，更不会涉及人身攻击。妈妈只是通过自学考试拿到本科文凭，学历不及高院长她们高，专业水平肯定也瞠乎其后，但胸襟却好像要比她们宽广些，至少对年轻女人的态度要比她们包容些。

胡书记平时对手下的几位女辅导员倒还是关爱有加的，也从不对小倩她们的衣着打扮品头论足。可是，她真的对这些花样女孩惹人爱怜的俏丽全然无感吗？未必！由她转述高院长那番话时的用辞和语气，可知她对小倩艳压群芳的外形还是耿耿于怀的。尽管她常常把自己的真实心态掩饰得很好，但有时不经意间还是会泄露一二的。

比如一天上班后，她说起一位漂亮女研究生在校园里向她问路，用的称呼是"阿姨"。她马上就恼了，装作没听见，径直而去。她还余恨未消地亮明自己的态度说："今后遇到问路的人，凡是称我阿姨的，我一概'选择性失聪'，听而不闻。"这除了暴露了她的小气外，还说明她非常介意别人对她年龄的判断，极不希望青年学子把她看成长辈，如果对方将称呼换为"姐姐"，或者罔顾事实干脆称她"小妹"，那么，她就一定会热情地为对方指点迷津了。

意识到这一点后，小倩便忍痛割爱，再也没在校园里穿过小红袄了。只是不忍让它久沉箱底，造成资源浪费，所以外出时偶尔会穿一下。要不就是夜深人静、心情落寞时，在寝室里穿上它对镜自照。那不仅能让她恢复自信，还会让她穿越时空隧道，重温依偎在奶奶怀中备受疼爱的时光。

五

小倩端详镜中穿着小红袄的自己：依旧容光焕发，但与九年前刚入学时相比，脸上多了一些沧桑，心里则添了几许清寂。

怎么回事啊？这个车水马龙川流不息的国际化都市，比她童年时生活的林区小镇以及后来读中学的加格达奇区（大兴安岭地区行政公署驻地），不知要繁华多少倍，即便黄夜时分，也没有一条街道是灯火寥落、人声阒寂的，不像大兴安岭，一到晚上，所有的城镇仿佛都沉睡过去。可是，上完夜自修独自走在故乡昏暗的道路上，她从没有感到过害怕，从没有担心从斜刺里冲出一条黑影，捂住自己的嘴巴，然后拖入树丛祸害，或者在乘坐公交车时被咸猪手偷袭，更没有像现在这般时常觉得孤单寂寞、茫然无助。经过多年的苦读，她终于在自小向往的西子湖畔落户了，为什么反倒惘然若失了呢？

历来"文史不分家"，她这个历史学硕士，读过很多文学名著，对唐诗宋词熟悉和喜爱的程度并不亚于中文系毕业生。她曾几次产生报名参加董卿主持的中国诗词大会的冲动，自觉功底与第四季夺魁的北大才女陈更在伯仲之间——陈更毕竟是力学专业的博士生，比她离"科班"更远。

当她穿上小红袄顾影自怜时，中唐诗人孟郊的《游子吟》总是会像画外音一样缭绕在耳边："慈母手中线，游子身上衣。临行密密缝，意恐迟迟归。谁言寸草心，报得三春晖。"

离家前，她读这首诗时并没有特别的感受。但来到西湖边读书后，尤其是与西子姑娘结下白头之盟后，她才越来越深切地体会到这首诗的情感内涵。

小红袄是奶奶缝的，妈妈已经没有这样的手艺了。但奶奶飞针走线时，妈妈一直陪在身边打下手，所以，"密密缝"进去的也有妈妈的心血和心声。诗中的"慈母"已不是一个独立的个体，而成为凝聚着几代人的爱恋的亲情的化身。正因为这样，小红袄与《游子吟》始终是相伴而行、互为表里的，穿上小红袄，必然想起《游子吟》，而一股暖流便回旋在她周身的血脉里。

这也就意味着，小红袄对于她而言，多少有着精神图腾的意义。为了避免遭致高院长等"阿姨"级女士的误解和不悦，她在校园内不敢让它露脸了，到外地旅游或出差时，如果没有本单位的人同行，又气温适宜，她都会披上小红袄这件足以抵御他乡风刀霜剑的软甲。

在高铁站问讯处初遇西湖大妈那次，是她首次在招生宣传季单独出差，目标是计划单列市宁波的几所省一级重点中学，尤其是盛产全省高考状元的镇海中学。各高校越来越重视优质生源的抢夺了。几乎所有985高校的管理学院，都以吸引宁波的生源为乐事，包括北大的光华管理学院和清华的经济管理学院。要知道，宁波籍的院士有将近百位，居全国各大城市之首哇！这还不足以诱使各大学的招生宣传人员蜂拥而至吗？

东海大学管理学院自以为在全国的位置是"坐三望二"，这和舆论的评价并不完全一致，但在同序列院系中名列前茅则是毫无争议的。在各高校都视宁波为兵家必争之地的背景下，东大管理学院自也不惜派出精兵强将去攻城略池。本来是主管招生工作的胡书记御驾亲征的，而小倩的身份只不过是其马前卒。然而，出行的前夕，书记突患肠胃炎上吐下泻，小倩临危受命孤身前往。这才得到了再次穿上小红袄亮相的机会。

这不仅仅是为了"臭美"，也不仅仅是出于怀乡和思亲的执念，也是为了有利于开展工作——试想，在各大学如一字长蛇般摆开的宣传摊位中，小红袄就像耀眼的火焰，能把在各摊位间穿梭的飞蛾般的学子们吸引过来，围绕着她扑腾。那样至少在人气上就胜过其他大学了。在大学间的竞争趋于白热化之际，不只是比学科排名、经费总量，甚至连每一个细枝末节，也都在暗自角力，务欲弹压众芳，独自称雄。这一意识差不多已融化到所有教职员工，尤其是小倩这样的行政人员的血液中。所以，她穿小红袄出行的动机，是"私心"和"公心"并存的。

但在高铁车站问讯处遭受大妈的羞辱而差点泪下沾襟后，小倩忽然意识到，这可能又是小红袄惹的祸。小红袄啊小红袄，你不仅刺激了掌控着我职场前途的高院长及胡书记，还得罪了与我素昧平生的西湖大妈，用我们史学界的话来说，真是"成也萧何，败也萧何"啊！大妈对我如此无礼，固然在很大程度上是因为生性粗鄙，又抱有一种"生在天堂，长在天堂"的优越感，歧视所有的外地人，但还有一层原因，那就是作为一个年老色衰的女人对我这个色相诱人的美少女的本能的敌视，偏偏小红袄又让我十分美色又添十分！

六

小倩第二次与这位雄踞高铁站问讯处的西湖大妈打交道，是去年夏天去台州联系学生实习事宜时。

她要乘坐的是早上八点零八分发车的 G7543 次。车站在城东，而她的宿舍在城西，必须穿越大半个城市去乘车，而这个城市的交通拥堵情况又日甚一日，没有足够的提前量，很可能就会误点。通往邻近城市的高速也拥堵不堪。有个名曰"国庆第一惨案"的段子调侃说：今天在杭甬高速上发生一起"血案"。据现场目击证人透露，因堵车太久，有一中年男性车主终于无法忍受。他怒气冲冲地打开车门，拿出一根棒球棍，路上所有人都惊讶地看着他。只见他骂咧咧地走到车前，手起棍落，把地上的一只蜗牛敲得粉碎，嘴里愤愤道：你奶奶的，你从绍兴就寸步不拉地跟着我，到萧山居然还把我超了！

地铁倒是几年前就通车了，但由城西开往东站的三号线还没有建成。坐公交车去吧，中途要换乘两趟，既耗时又耗力。还是打的去比较便捷。好在如今约车也很方便，"滴滴""神州""曹操"等服务都挺不错。由宿舍乘网约专车去东站，一般需要一小时左右，考虑到堵车等不测情况的可能发生，她六点十分就出发了。

然而，她实在低估了路堵的严重程度，这才导致了与西湖大妈的再次冲突。

她叫的是"曹操"专车，因为比较喜欢这个名字。学历史的多少有些考据癖，她估摸命名者应该不是出于对历史上的曹操的崇拜，而是取俗话"说曹操，曹操就到"之意，标榜其叫车服务的响应之快、效率之高。但曹操却是她和爸爸共同崇拜的具有雄才大略的历史人物。小时候坐在爸爸膝盖上听三国时，她对曹操与刘备"青梅煮酒论英雄"等情节印象特别深。爸爸当时绘声绘色，他一会儿模仿曹操，一会儿扮演刘备，神情俱肖，逗得她捧腹大笑。

司机准点来到指定地点接她，而且设计了最佳路线。然而，可能因为是周一的缘故，上班早高峰的时间提前了许多，车刚转入天目山路就变成蜗牛一般向前蠕动了。司机是河南人，曾在首都开过出租，感慨说："过去戏称首都为'首堵'，谁知这儿的拥堵劲儿比首都有过之而无不及！不是成天在修地铁、建高架吗？怎么堵得越来越厉害了呢？为什么不控制私家车的上牌数量，并采取更严厉的限行政策呢？"感慨这时转化为责问了。

小倩不想与他讨论这个问题。于是，司机就自己提交答案了："说到底，还是经济利益驱动啊！车辆上牌，本身也是一块重要税收，何况连带着还能增加燃油、保险、机修、高速通行等其他税费，大肥肉哇，让我也舍不得丢掉。车牌抽签本来是个控制私家车剧增的好办法，结果又搞出个'竞拍'的鬼名堂，价格越拍越高，而市政府的钱包也越来越鼓，领导的算盘珠子打得可精呢！"

小倩并不认同市领导特别精明的说法。整个西湖景区都对游客免费开放，不收门票，这恐怕在全国其他任何城市都是难以做到的。有人说，这恰好显示了市领导的另一种精明：门票收入固然锐减了，但每年把数以千万计的游客吸引来，他们要吃饭，要住宿，旅游收入总量实际上却增加了，最终还是划算的。

但也有人说，划算什么呀？来得最多的是把西湖当后花园的上海人，城际铁路已经公交化了，他们抬腿便到，经常成群结队而来，早出晚归，很少留宿；又往往自带面包、烤鸡、豆腐干，玩累了，悠然自得地坐在湖边的长椅上，大呼小叫地分享各自带来的美食，压根就不在当地消费，最后留下啃得干干净净的鸡爪和瓜子壳等垃圾，拍拍屁股打道回府了。所以，取消门票，除了带来人满为患的后果以及"大气"的虚名外，对本地百姓来说，没有任何实际收益。

小倩认为，这后一种说法代表了本地部分民众对外地游客的抵触心态，不排除其中夹杂着故意将上海人污名化的阴暗心理。作为拥有本地户口和事业编制的的外来人员，她是倾向于这座城市越来越开放、越来越包容的，所以她愿意从积极的方面来理解市领导的各项决策，包括私家车上牌政策。

她不想反驳司机。如今这个世界，资讯发达，众声喧哗，在自媒体空前活跃而又监管乏力的大背景下，有点文化的人都喜欢指点江山，评论现实，尤其是臧否当地的经济建设和文化建设。说起来都头头是道，仿佛比市领导不知要高明多少倍，但如果真的让他们坐到市领导的位置上，只怕就手足无措了。这是一个批评家远远多于实干家的时代，与实体经济的走势要弱于虚拟经济是一致的。

堵车的唯一收获便是遇见了一位喜欢交谈又有些想法的司机，多少缓解了她的焦灼心情。但迟到的结果却没有因此而改变。当车子终于开到进站大厅时，距离发车只有八分钟了。她又是作揖又是拱手，厚着脸皮挤到安检的最前头。可是，当她气喘吁吁地奔跑到检票口时，检票手续已经停止了。她眼睁睁看着电子门徐徐合拢，恳请工作人员网开一面，却无人理睬。

误点了！而台州那边还等着她去接洽呢！如果能改签到最近一个班次，那还不至于爽约。她后悔前天经过某售票点时心念一动，提前取了票，不然就可以在网上改签了。她想，如果在候车大厅里设有人工改签窗口，那就无须到售票大厅办理，可以避免再度安检。但一时用视线搜索不到，便硬着头皮到问讯处来打听。这就应验了"冤家路窄"这句老话。

七

小倩原以为问讯处的工作人员流动性很强，值日的未必还是那位西湖大妈。然而，偏偏就还是她！而大妈的记性也真是太好了，竟然也还记得这个曾经被她奚落的女孩，未待小倩启齿，先又奚落上了："怎么，又弄不灵清了？出了东北那旮旯儿，就晕头转向啦？"

大妈每天接触的旅客成百上千，而她见到小倩是在一年前，当时她们之间实际上并没有发生争吵，不至于让她刻骨铭心地记恨，她却能一眼就在茫茫人海中认出小倩来，准确地将后者还原为在这个"亚洲第一"的车站里转迷糊了的东北小姐。这不仅彰显了她超强的记忆力，还昭示了小倩的出类拔萃——要不是当初穿着小红袄的小倩跻身于涌向问讯处的人流中，犹如鹤立鸡群般显眼，她又怎么可能历久难忘呢？

但小倩不是阿Q，不习惯用精神胜利法来化解眼下再次蒙受的羞辱，并没有沿着后一种思路来驰骋想象、不怒反喜。虽然爸爸妈妈从小就对她进行"挫折"教育，研究秦汉史时她也读过苏轼的《留侯论》，很敬佩张良能做到"卒然临之而不惊，无故加之而不怒"，然而，在自尊心被同一个心灵扭曲的老女人两次挑衅时，她不可能安之若素，内心的愤怒就像大兴安岭的山火一样由星星点点迅速炽燃为熊熊一片。不过，她并没有做出什么过激的反应。倒是想反唇相讥来着，但她全无此类实战经验，也想不起可以借鉴的克敌制胜的案例，脑海里空空如也，一时不知如何回击。

小倩一直自认为普通话非常纯正。她从不因自己是"东北那旮旯"的人而自卑，却刻意掩饰自己的东北口音，以免沾上笑星的味道。她想不明白，上次仅凭一两句对话，西湖大妈如何便能确认她的籍贯？如果不是自己的服饰带有东北风情的话，那就一定是自己的口音还带有东北腔调了。或许这两点都被大妈所察觉了。她察言观色、辨音识声的能力还真强啊！领导选派她值守问讯处，或许就是着眼于此。一"妇"当关，万夫莫开。她不仅冷面含霜，威风十足，而且还具有一双火眼金睛，如有歹徒不知死活地来问讯处作奸犯科，还不被她一眼就识破？

可她为什么要对前来求助的旅客如此冷漠呢？这是小倩无法理解，也无法原谅的。她固然有自己的长处，但短处不是更明显吗？回忆当时的情景，小倩至今犹齿冷不已。记得自己耗尽九牛二虎之力，才勉强扼制住心火蔓延的趋势，并将火点逐一扑灭。她想起鲁迅曾经说过"沉默是最高的蔑视"，是啊，与其豁出去与大妈短兵相接、刺刀见红，最终一败涂地，不如用"无声胜有声"的沉默来表达对大妈的蔑视。

对！就保持高傲的沉默！沉默是赤足站在精神的高地上俯视那些以欺凌弱小为乐的跳梁小丑，看他们扬扬自得地施展黔驴之技，而波澜不惊地报以淡淡一晒，即便他们施虐的对象就是自己。这不同于自欺欺人的"精神胜利法"，或者说这是对"精神胜利法"的超越与升华。这样一想，原先处于充血状态的大脑渐渐恢复了正常的循环。

不过，鲁迅好像在《纪念刘和珍君》一文中也说过："沉默啊，沉默啊！不在沉默中爆发，就在沉默中死亡。"意思是沉默的结果无非是两个：要么爆发，要么死亡。似乎他又并不赞成沉默。鲁迅啊鲁迅，您对沉默的看法究竟是怎样的呢？怎么前后相左哇？噢，那是在不同的语境和背景下说的，有着各自的表达需要。或许鲁迅对沉默本身并没有固定的延续不变的看法，就像历史是个"任人打扮的小姑娘"，语言及文学也是，为了达到既定的表意指向，作者在不同的场合，会让它们扮演反差极大的角色，呈现其多面性。一切都根据需要。研究者如果各执一端，断言作者看法如此，那就无异于盲人摸象了。

尽管意识到这一点，在此时的语境下，小倩却宁愿把沉默看成一种"最高的蔑视"，并选择它作为自己唯一的应对之策。她看人的目光向来是柔和的，带有暖意的，此刻却变得空前凌厉，寒光照人。她用这样的目光直视西湖大妈，而且毫无顾忌地在对方写满不屑的脸上扫射来扫射去，这种极不礼貌的做法恰好是她过去所唾弃的。她自觉在情绪并未完全偏离理性却多少有些失控的状态下，风度已陡然坠落到揪着头发相互推搡的村姑的水准，一边欲罢不能地以目光为剑恣意砍杀对方，一边又因为迹近自己羞与为伍的"下里巴人"而感到愧怍。

大妈以为这个踯躅于都市的滚滚红尘间的雏儿一定会像上次那样面红耳赤，不接一言便羞赧而去。可是，对方尽管依然没有发声，逼视自己的目光中却没有丝毫怯意，有的只是强行压抑住的愤怒。她不甘示弱，以睥睨的眼神阻击那似乎要刻划得她体无完肤的目光。

在小倩的记忆中，一清一浊，一正一邪，两束光柱在空中如黑白两条蛟龙般噬咬在一起、搏杀在一起，各不相让，难分胜负。不过，大妈已将全部精气神倾注于这场无声的较量，再也无力口出恶语，步步进逼。所以，实际上是小倩在目光的交锋中牵制了大妈的战力，扼阻了大妈长驱直入的意图，御敌于国门之外，避免了有可能接踵而来的更大的羞辱。

幸好目睹前后过程的志愿者适时登场，把小倩拉离了问讯处，才使这场"暗战"终止于默片时代，而没有升级为综合运用声光电技术的大片。过后，她暗自庆幸这位看样子同样是90后的美女志愿者出现得太及时了，因为她不仅将她带离了氤氲着战祸的是非之地，而且问明情况后主动引导她去办好了改签手续，最终使得她在约定时间的前一分钟抵达了台州的合作单位，维护了东海大学作为国内一流名校的信誉。

她后悔与她挥别时过于匆忙，忘了彼此留下联系方式。她觉得，"她"的热情周到，流溢出一种助人为乐的天性，与自己颇有几分相似。也算惺惺相惜吧，她真心想交这个朋友。她特别欣赏她的笑容，那是可以融化冰雪的灿烂阳光，是吹开万树梨花的和煦春风，是定向扼制颅脑病灶蔓延的伽玛射线，是一点点浸润并消蚀心灵隔膜的灵丹妙药。真的，她已经很久没在这个城市中看到这样纯真的笑容了！虽然每天都有笑脸在眼前晃动，但大多带有职业化的痕迹，似乎并不是完全发自内心，就像临时套上了一张象征友好与亲善的面具，随手便能摘下。

可她的笑容不是，感觉它与她整个人是一体的，如果它也有控制开关的话，那么，开关就长在她的心上，自动感应心律的窜动。当她挽着她的胳膊从问讯处前离开时，自然得就像成天在一块玩耍的发小，没有丝毫的别扭与做作，她本想挣脱，但一看到她的笑容——那纯净得像一碧如洗的万里晴空般的笑容，满心的委屈与恼恨就像高空中的流云，转瞬便被强劲的东风卷去了踪影，只留下一片澄明。于是，便心甘情愿地为她所挟持了。

检票上车后，回眸五味杂陈的乘车花絮，小倩感慨丛生，其中至今还印象清晰的有两点：一是，如果在日常的人际交往中能经常看到这样的略无尘滓、充满善意的笑容，自己也许就不会生活在这座"水光潋滟晴方好，山色空蒙雨亦奇"的美丽城市里而不时产生孤独感与迷失感了；二是，如果那位人见人嫌的西湖大妈也能有一点笑容，哪怕是皮笑肉不笑的面具般的笑容，来来往往的旅客也就能感受到一些人间的暖意，而掸落旅途风尘。这又会带来怎样的连锁反应呢？常住居民会为自己落户在天堂而欣慰，负笈学子会坚定毕业后在此地安身立命的人生选择，匆匆过客会企盼早日故地重游，深度体验"三吴都会"的风土人情。哦，这样说，也许想象力太丰富了，那么至少可以说，通过这一窗口，大家会增加对这座城市的好感吧？

她真的想不明白——这有点像车辘轳话了，三绕两转，又兜回了原地——为什么不能安排那位笑容可掬、助人为乐的志愿者在问讯处广结善缘，却偏要让冷若冰霜、以侮人为快的西湖大妈遍种恶果呢？哎，如果妈妈听到了自己内心深处的这一诘问，又该像当年被自己没完没了的问题搞得不耐烦时那样，摇头反问说："亲爱的闺女，你哪有这么多的为什么啊？妈妈我可不是《十万个为什么》的作者！"

这种打破砂锅——问到底的习性在她入读历史学专业后愈加根深蒂固。老师们一再在课堂上向他们灌输"问题意识"。历史上有那么多的谜团，对这些谜团又有那么多见仁见智的猜测，不多问几个为什么，就会陷入层层叠叠的迷雾中，不用说厘清历史的真相了，连历史的曲线都有可能在你脑海中走样。习惯性地追问"为什么"，既让她保持清醒，又往往给她带来痛苦，因为并不是所有问题都有答案的。而更痛苦的是，有时还呈现多个相互抵牾的答案，让她无所适从。比如，现在这个问题，就是她绞尽脑汁也找不到答案的。

她还想问的是，这一天自己既承受了西湖大妈的"恶"，也领略了不知名的志愿者的"善"，这是怎样一种机缘呢？始而堵车误点，又遭大妈嘲弄，可谓大不顺；继而在志愿者的倾力帮助下如愿改签，又与协作方达成条件十分优惠的协议，堪称大顺——这是不是冥冥中的命运之神在给自己某种启示呢？或许，这一天就是自己一生的缩影？如果是那样的话，当然很好，遭遇挫折不要紧，人生哪有一帆风顺的？关键是结局良好。可是，自己的真实人生，此前并没有与太多的挫折交会过呀？所以这不可能是对自己整个人生的隐喻。哎呀呀，想太多了！她暗笑自己，此时不像学历史的，倒像学哲学的了。

八

此时在高铁东站寻找"南二出口"的杨小倩，是来接表妹张妙妙的。表妹在上海的一所高校读研究生二年级，即将面临就业问题。家人力劝妙妙也到西子湖畔来安营扎寨，好与小倩相互扶持照应。妙妙便想趁双休日来探探路，顺便也游览一下西湖山水。

妙妙比小倩小四岁，是小倩舅舅家的独生女，两人从小就在"一个锅里搅马勺"，不是亲姐妹，却比亲姐妹还要知心。小倩的妈妈与舅舅几十年来一直相依为命，直到现在还结邻而居——两家住在前后楼的同一单元、同一楼层，敞开窗户，彼此能看到对方的动静，有什么事要招呼，根本用不着打电话，喊一嗓子就行。从林区走出来的人，不管他后来有多大出息，某些递相沿袭的习惯是很难改变的，比如喜欢隔空喊话。

小倩的妈妈是"事业型"的女性，厨艺平平；她的舅妈则是家人一致推崇的"顶级大厨"。所以，隔三差五，小倩一家便到舅舅家打牙祭。读初中时，小倩一放学就到舅舅家和妙妙一起做作业，然后就天天赖在那儿吃晚饭，美其名曰："我给妙妙当家教呢！"而妙妙也总是缠着姐姐，哪天姐姐放学晚了，没踩着时间点儿过来，她就六神无主，不停地在窗口张望，看到姐姐蹦蹦跳跳地从远处走过来，原先愁眉不展的她立马神情大悦，一溜烟似的飞跑下楼去迎接。

而舅舅，出差多日归来时也享受不到亲闺女这样的礼遇。他往往一到门口就大声提示："丫头，爹回来啦！看看我给你带什么好东西了！"妙妙头埋在作业本里都懒得抬起来，更别说像老爸所期望的那样又惊又喜地扑在他怀里。舅舅故意说："丫头，你有没有搞错，亲爹还不如表姐？"妙妙也存心逗他："对！气死你！"随即又纠正说："那是我亲姐！"

小倩自是得意扬扬："老舅，是你搞错了吧，我不光是她亲姐，还是她的家教。尊师重教，那可是我们的文化传统！你就别吃干醋啦！"有时作业完成得迟了，妙妙就以"天冷""风大"为借口，硬要小倩留宿。于是，两人便钻在一个被窝里相拥而卧。舅妈打趣说："瞧你们俩那难分难舍的样子，将来干脆都别结婚了，搭伙过一辈子得了！"两人异口同声："就这么说定了！"

但妙妙的高考成绩却没能达到东海大学的录取分数线，又不愿意屈就于和东海大学同城的非985高校，那会让她有金枝玉叶的公主下嫁给引车卖浆者流的感觉，至少也会有明珠投暗的失落，只好心有不甘地打消了与小倩"生死相随"的念头，到省城哈尔滨的一所名校读了四年本科。

小倩因成绩优秀而被"保研"，处处对标小倩的妙妙也取得了保研资格，偏偏东海大学这一年没有她想就读的金融专业的保研名额，改读其他专业，既与志趣不合，又有守节多年的贞妇烈女改嫁之感，比昭君远适匈奴、和亲异族还要难受。这时，上海的一所知名度不亚于东海大学的高校向她伸出了橄榄枝，犹豫一阵后，她便到上海读研了。

上海到杭城，只需要一抬腿的工夫，但潜游于学海中的妙妙心无旁骛，把自己折腾得连一抬腿的工夫也挤不出。直到研二下半年，爸爸妈妈一再催促："找工作的事无论如何该启动了，'临时抱佛脚'是吃不到好果子的。快去姐姐生活的城市实地考察一下吧！和姐姐落户在一起，两人相互照应，我们才放心。将来，我们也好从兴安岭下挪到西子湖畔来养老。"妙妙被他们催得不耐烦了，才筹划了这个周末的钱塘之行。其实，经过省城四年、上海两年的独立生活之后，她的想法已经有些变了。

本来，小倩是不打算来车站接妙妙的，她觉得没必要这么隆重。

妙妙也算是走南闯北、跑过多个码头的人了，把交通路线告诉她，找到自己的住处来一点都不成问题，何必将三个小时浪费在往返途中？不是说这个世界上最贵的东西是"时间"吗？辅导员的工作是没日没夜的，入职两年来，小倩觉得自己成天就像一只被身后的猎狗撵得撒腿飞跑的兔子，连喘口气的时间也没有。这个城市的老市长倡导"五加二""白加黑"的工作节奏，小倩和她的同事都否认这是不通人情、甚至"泯却人性"的做法，因为这已成为他们的一种常态，久而久之，便不以为非了。

所以，妈妈来电要她去高铁东站接妙妙时，她马上拒绝说："老妈，妙妙腿脚利索着呢，遛个弯就到我这儿了，哪需要劳您闺女大驾亲自去迎候哇！再说，我也不是闲得有大把时间没地儿花呀！刚收到通知，妙妙到站那会儿，领导要召咱们训话呢！"

妈妈不满了："好不容易把妙妙劝说来，她也是忙得顾头不顾尾，硬挤出时间的。你去接她一下，免得她在你经常抱怨的'迷宫'里瞎转悠，可以增加她对这座城市的好感，坚定来这儿与你做伴的决心。你不是总爱问'有什么意义'吗？这就是意义！还有，去车站接她，你们姐妹俩不是也可以早点见面，多唠嗑唠嗑吗？听你这口气，好像比日理万机的总理还要忙，至于吗？别给我找托辞了！"

小倩忍不住掉回去："哎哟喂，亲爱的老妈，我和妙妙又没有失散多年，每年寒暑假都在老家聚好多天呢，平日有空时还可以视频聊天，哪有那么急切地想见面啊？至于说到忙，您闺女当然没法跟总理比，但我干的活肯定要具体、琐碎得多。您呀，隔行如隔山，哪能体会到闺女我的甘苦哇！"

这倒是实话。分管学生工作的胡书记特别敬业，创新争优意识也强，处处想在学校冒尖，恨不得手下的每个辅导员都整天像绷紧的发条，铆足了劲干活，干到细处，干到实处，不断干出可以在全校推广、至少也能让校领导关注的新名堂。她对小倩等人的要求是"苟日新，日日新"。说白了，就是每天都要能折腾出新花样。她最爱说的一句话是"太阳每天都是新的"！小倩不敢表示异议，心里想的却是：

这句话的本来意思只怕是，每天都是一个新的开始，而不是说太阳的样子每天都是不同的。太阳公公哪有那么多副面孔哇？不过时阴时晴而已。

日日求新、时时逐新的又岂止是学生工作线呢？"创新"是我们这个时代最火热的词语，没有之一。要建设创新型国家，必须培养创新型人才；要培养创新型人才，必须建设创新型高校；要建设创新型高校，必须建立创新型师资队伍……这样一根循环无已的因果链条，把所有人都卷入了"创新"的行列。关于高校在创新中的作用，提法多得小倩难以一一记住，光是在东海大学，就有"桥头堡""前哨站""尖兵队""主力军""播种机"等五花八门的形象化说法，以至于小倩想模仿那个经典句式，赞叹说"比喻每天都是新的"。

而辅导员是直接面对所要培养的创新型人才的，工作不率先创新怎么行呢？就像守护与约束羊群的牧羊犬，羊群觅食的草地不可能天天变，但画地为牢的方式却可以不断变，今天把它们赶到西北角，那明天就得换到东南角了。不然，怎么可能"日日新"呢？

因此，小倩并没有对妈妈撒谎，尽管离开大兴安岭后，她对妈妈撒谎的频率越来越高了。但她又不愿意将工作上的烦心事细细说与妈妈听。三言两语说不清楚，从头说来又太费口舌，累得慌。每天不是在做学生的思政工作，就是在交流思政工作的体会，已经唇干舌燥了，哪还有多余的唾沫向妈妈吐槽哇？

而妈妈偏又喜欢问，对女儿生活与工作的点点滴滴她都兴趣盎然，巴不得女儿能不厌其烦地描述所有细节，一接通电话，就像闻到腥味的猫儿般兴奋不已，问东问西地不知餍足。小倩常常不得不打断她："老妈，我忙着呢！你就别多问了，说了你也不懂！"

这时，妈妈就会有些生气："你多说两句，我不就懂了吗？妈妈好歹也有本科文凭。你外婆当年一个大字不识，老妈也没嫌她没文化，什么都说给她听。哪像你这么不耐烦啊！"小倩意识到自己话说得太冲了，便会使出女儿家惯用的小手段来安抚一下："所以嘛，你妈就是没我妈强嘛！摊上这么个好妈，我使点小性子还不行吗？哎呀，工作上的事已经快要把我给烦死了，你就别再烦我了好吗？拜托，拜托！"

在妈妈面前，她就是这副任性、调皮、油盐不进、收放自如的样子。妈妈已经习惯了她的表达方式，也不和她计较。女儿说过："老妈，只有和你说话时，我是真正放松的，说什么都不用在脑子里先过滤一遍。"你听听，她平时和人说话提防着呢！大都市不比咱小地方，人际关系复杂得很，嘴上没个把门的，不知道哪天就祸从口出了。女儿谨慎点是应该的，她爸也曾多次提醒她"逢人且说三分话，未可全抛一片心"。和别人说话都拿捏着分寸，和自个儿妈还得用假嗓子啊？该吼就吼，该呛就呛。这也正说明她和妈亲！

妈妈总是这么想，也就无视她态度的不逊了。和身边的的同事聊起各自在外地读书或工作的儿女，似乎都是一个德行——跟父母说话时就像被剪短了舌头，咬字发音特别艰难似的，一个个惜语如金，你问三句他答半句，有时还像吃了枪药一样火气十足，一开口就是一串炸雷，好像你给他去电话，就打乱了他的生活节奏，给他造成了困扰似的。你去第一个电话时，没说两句，他就踩刹车了："我正忙着呢，回头再说。"你"回头"再给他去电话，他接起来就捅你心窝子："怎么又来了？你烦不烦啊！"这第三个电话，你犹豫半天也不敢打出去了。心里暗恨："这兔崽子，怎么就这么不爱搭理爹妈呢？"当然，也有愿意与爸爸妈妈多聊聊的，但比较少，如果用小倩爸爸这位文学爱好者的话来形容，那就是"寥若晨星"。

都希望自家儿女是这少有的例外，但例外的往往都是"别人家的孩子"。偶尔有某位父亲或母亲说起儿女每天与自己视频，其本人固然脸上泛起了幸福与激动的红光，仿佛刚捡了个金元宝，旁听的人也听得津津有味，好像在这过程中，自己与对方互换了角色，也在品尝和子女畅谈的快感。但随即又会多少觉得有些惘然若失。

相形之下，小倩的态度至少不是最糟糕的。因此，与同事交流之后，妈妈对小倩说话的随性就更加坦然了。不过，这次妈妈觉得，为了把妙妙吸引到西子湖畔来就业，与女儿一生"不离不弃"，小倩真的有必要去接站，便坚持说："好好好，我知道你忙，要论忙碌的程度，总理排第一、你排第二可以了吧？那么，能不能从百忙中拨冗去接一下表妹，以显示你和这座城市的热忱呢？领导那边嘛，可以请个假。你不是从没请过假？难得请一回不算过分呀！"

说这话时，妈妈有点底气不足，因为她自己工作三十多年来，只因母亲生病住院而请过一次事假。好在小倩并没有发现其中的蹊跷而揪住她的辫子不放，口气有些松动了："请假也得有个理由，我总不能直说去接表妹吧？"妈妈心虚地说："那你就另外编一个呗，咱丫头这么聪明，还愁编不出好理由来？"见小倩还在犹疑，妈妈祭出了杀手锏："丫头，就算妈求你了成不成？"

小倩只好答应了，嘴仗却不能不继续打下去："好啊，教女儿撒谎，有你这么当妈的吗？要是被戳穿了，我就检举你！没被戳穿的话呢，妙妙到达那天，我雇顶八抬大轿，敲锣打鼓把你侄女迎娶回来哈，你这总满意了吧？"

九

请假的理由还真不好编。胡书记早就让学工办主任照会大家了，周五下午的"生情分析"例会调整到晚上，因为这天下午校长要召见她，向她了解最新学生舆情。她特别强调，校长单独召见某个学院的副书记，"此前从来没有过"，这说明什么呢？"说明咱们学院的学生工作频出新招、饶有特色啊！"她说，"这不是我一个人的荣誉，是大家的共同荣誉！"

小倩心想：至于吗？校长不就是了解一下情况吗？怎么就上升到集体荣誉的高度啦？看来，胡书记对校领导、尤其是主要领导的关注度是非常在意的，一个也许并无深意的安排，也会让她解读出其独特意义而兴奋不已。这又说明了什么呢？说明她的进取精神强啊！会议顺延到晚上的通知，本来是用不着她面告的，以往会议改期也都是由学工办主任知照一声，这次却是她屈尊移步到辅导员办公室，亲自告诉大家："王校长周五下午要见我！"那半是羞涩、半是得意的表情，活像后宫中苦苦期盼上位的妃子突然听到了皇帝即将临幸的喜讯。小倩知道这个比喻并不贴切，而且有损胡书记的光辉形象，但鬼使神差，这个比喻却一下子从她的历史记忆中冒了出来。

看来，胡书记要见王校长一面也不是那么容易的，要得到单独汇报、单独接触的机会就更难了。学校太大了，层级太多了，光副处级以上的中层干部就有近三百人，而国字号的人才中，两院院士有四十多位，"千人计划""万人计划""长江学者""杰青"等合计有二百多位，这都是比中层干部还要牛的大佬啊！不好生侍候着，是随时有可能拂袖而去、另择良木而栖的。至于没有桂冠的普通教授，那差不多有上千人了。虽然他们没有什么实际的话语权，经常被机关小职员们吆来喝去，但若论级别，却是相当于厅局级的。在倡导"教授治学"的现实背景下，校长对他们至少在形式上是非常尊重的。这些人物假如每年要求面谒校长一次的话，校长恐怕不仅全年无休，还得彻夜无眠了。所以，一个二级学院的副书记能被校长主动召见，就无异于被天上掉下的馅饼砸中了。

小倩稍微想一下，就明白这一点了。她是由自己反推的：自己与胡书记中间还隔着一个学工办主任，有事都是先向学工办主任汇报，直接去找胡书记，那就是越级了。这个程序她懂的，叫"政治规矩"。而胡书记上面的学院书记，除了在全院大会上听他讲话，以及在走廊里相遇时招呼一声外，就没有任何交集了。她不可能越过两级去向书记汇报工作想法，那是职场大忌，会得到"急功近利"之类的舆论差评。而书记也谨守上下界限，从未破例径直向她布置工作或面授机宜。一般程序都是：他找胡书记，胡书记找学工办主任，学工办主任再找小倩等辅导员，逐级传达，井然有序。而胡书记与王校长之间，隔断的层级还要多，竟然蒙王校长垂青约谈，她的工作成效该有多显著啊！

这其中应该也包括了自己的一份贡献吧？小倩为此还是感到有些欣慰的。但眼下迫切需要解决的现实问题是，以什么理由向胡书记请假？胡书记已经是两个孩子的妈妈了，周末的时间对她来说肯定要更加宝贵，她却愿意牺牲与家人的欢聚，而将它用于工作，这种精神境界是小倩自愧不如的。小倩自忖：如果易身而处，自己恐怕会将这次例会推迟到下周一去，而选择与老公及一双儿女共度周末甜蜜时光。

请事假肯定不合适。有什么事能比学生工作更重要呢？在学校的宣传口径里，学生工作是大事中的大事，学校提出的口号是"一切为了学生，为了一切学生，为了学生一切"。被灌输这一理念时，小倩有过疑问：那么，教师呢？任何场合都没看到或听到"为了教师一切"的说法，可知学生还是要比教师重要。这也没错，大学的首要任务就是培养人才嘛，教师都是为完成这一任务而效力的。就像"干将莫邪"这一历史故事所叙述的那样，大王最想要的其实是削铁如泥的利剑，而不是铸剑的人。能说那对把全部生命都融入铸剑事业的夫妇比他们的杰作"干将莫邪"更重要吗？

既然如此，实在很难找到合适的事由。装病？万一在车站或去车站的路上被人撞见怎么办？那问题的性质可就严重了！再说，装什么病好呢？被"大姨妈"折磨得死去活来？以前也没见你有这档子事啊！这大姨妈怎么凭空就翻脸了？突发高烧？要是胡书记来点"人文关怀"，伸出纤纤玉指往你额头上一搭，哇，凉的！不又穿帮了？再换一个理由，就说好不容易预约到省人民医院的妇科专家门诊，作废掉太可惜？可专家门诊哪有晚上看的呀？晚上看的都是急诊好不好？

妙妙啊妙妙，你白天来不行吗？为什么偏要选在周五晚上呢？你倒是方便了，周末嘛，用不着向导师请假，却搞得我很不方便了。但这也怪不得妙妙，她哪知道你的工作性质这么特殊哇？何况她在电话里也再三说："姐，用不着你接，咱好歹也闯荡江湖多年，连上海这样的大码头也蹚过了，还怕咱在小湖泊边上崴了脚啊？"话里好像不自觉地飘逸出新上海人的优越感，而这恰恰是这座城市的居民最反感的。

上海人到哪儿都有一种"君临"的感觉，三五成群地操着上海话，"阿拉阿拉"地叽叽喳喳个没完，唯恐当地人不知道他们来自大上海，好像上海话本身就是一种高贵身份的象征。哪怕问路，明明一个个普通话都说得挺好的，却偏要用上海话，仿佛不这样便无法把自己和其他外地游客区别开来。

然而，这一积习在西子湖畔却常常碰壁。这座城市的居民自称"杭铁头"，脾气有几分硬朗的，自我感觉也很不错，看不得上海人在自己的地盘上装洋蒜、抖威风。你用上海话问路，他白眼一翻："对勿起，阿拉听勿懂。"你用上海话点菜，他把菜单一摔："爷接不起您这大单，到门口凉快去吧！"几个软钉子吃下来，上海人领略到"杭铁头"的厉害了。想要说几句藏刀夹棍的压压对方的气焰，又顾忌异地交火，势孤力单，周围都是虎视眈眈的杭铁头，随时会上来助阵，只好忍了这口窝囊气，败走麦城。渐渐地，他们在这座城市就老老实实地掖起乡音了。

小倩听不少同事把这当作趣闻来谈。这些年，此地经济发展势头强劲，尤其是互联网经济已领跑全国、辐射世界，工资水平也节节攀升，已有超越上海之势，上海人再以老大自居，他们就觉得可笑了。小倩想，这种城市间的互嘲，在某种程度上类似于文人相轻，各以己长，非人所短，说到底，是妄自尊大的表现。

但她顾不得理会妙妙话中的玄机，一心盘算的是，如何请出假来。还是得找与身体有关的由头。晚上看妇科专家门诊不合情理，预约了专家心理咨询总说得通吧？在社会因转型而波澜起伏的当下，出现心理问题的人太多了，心理咨询医生那里也就门庭若市了，有名气的专家必须夜以继日地接诊以满足需求。所以，小倩预约的时间为"周五晚上"在逻辑上是成立的。

然而，从另一角度看，这又是不合逻辑的：辅导员需要经常对学生进行心理疏导，自身的心理必须是健康的，具有强大的抗击打能力，如果她也要去看心理咨询医生，那就令人怀疑她能不能胜任这份工作了。于是，她也就面临被打入另册的危险了，说不定还会被炒鱿鱼——现在高校早已经打破铁饭碗了。因此，去看心理医生的借口是万万使不得的。

就在小倩深为请假理由所苦时，转机来了：周五上午，她意外接到通知，因学校学工部今晚临时召集各学院分管副书记布置就业工作，胡书记分身乏术，所以例会取消！惊喜之际，她觉得，绝处逢生带给自己的快感，或许也不过如此吧？由此她想到，当你在生活中遇到某些难题，暂时找不到解决办法时，千万不要过于焦虑，先把它搁置起来再说，因为现实情况是千变万化的，没准一觉醒来，昨夜的"雨疏风骤"，已变成清晨的风和景明了。

十

妙妙乘坐的高铁预计于二十点十八分抵达。吸取上次的教训，杨小倩打足了提前量，五点钟就从学校出发了。本想再早些，以避开下班高峰期，但那就要"早退"了。她不想在自己的职业生涯上留下"迟到"或"早退"的记录。虽然高校的行政人员上下班时间相对灵活，不像公司那样严格考勤，偶尔迟到或早退一下，绝不会留下"案底"。但她却一直记着妈妈的话："丫头，老妈没别的能耐，唯一可以自慰与骄人的是，迄今为止，在上下班问题上从没掉过链子。"她想，这该具有怎样的自律精神和持之以恒的毅力啊！

妈妈能做到的，她有什么理由做不到呢？鞭策她的还有妈妈的另一句话："你的起点比我高多了，如果不比我做得更好，那就会让我妈笑话你妈了！你妈的老脸就没地儿搁啦！"所以，她打消了五点前就上路的念头。她没有打车，不光是考虑费用，更主要的是怕又堵在路上。她"科学"地采用了公交加地铁的组合方式——只要在七点钟之前完成两趟公交的换乘，顺利搭上地铁，那么，八点钟前抵达高铁东站就绝无问题了。地铁当然会比较拥挤，远不及曹操专车舒适，而且存在再遭咸猪手偷袭的风险，但它的快捷无可比拟，能在时间上为她提供最大的保险系数。

事实也证明，她的决策是正确的，不到七点钟，她就惬意地坐在到达大厅里享用星巴克的卡布奇诺了。尽管她目不斜视，但凭感觉，自己娴静似水的姿态是非常吸睛的，一会儿工夫，就有两位"大叔"来搭讪："美女好专心哟！""美女来接谁啊？回头要不要坐我车一起走哇？"对前一位她装作没听到，对后一位本也不想搭理，却又怕他继续纠缠，便头也不抬地回复了一句："我的法拉利停在地下车库呢！"她料定，对方的表情会是讪讪的。

她忽然发现，自己在对付此类"登徒子"方面还是相当老练的。这或许是因为被打扰（或曰骚扰）得多了，也就积累起了经验，能沉着应对了。这就像初次见到目露凶光的狼时，难免惊慌失措，抱头鼠窜，根本不敢与它对视或对峙。见得多了，就不再心存恐惧，而敢于与它周旋，甚至瞅准时机攻其软肋了。这又有点像小时候第一次跌入屋后的池塘中时，因不谙水性，吓得胡乱扑腾，待得双脚触及池塘底部站稳下来，才知道池水不深，原本就淹不死人。以后捞虾捉虫时再掉进池塘，就气定神闲了，觉得没什么大不了的，顶多湿一身衣服罢了。

不过，她从心底里讨厌这些以拈花惹草为乐事的大叔。一看到漂亮女孩子，就像苍蝇见血一样兴奋不已，要么用淫邪的目光死盯着你，在他们的意念中，那目光已经化无形为有形，在她的香腮上来回抚摸，要么死皮赖脸地找各种借口近距离接触你，即使占不到便宜，"闻其馨欬"也是好的。犹如野猫吃不到鱼肉，靠近去嗅嗅腥味也能小小地满足一下欲望。

当然，这只是大叔中的部分害群之马。不是所有的大叔都"寡人有疾"的，其中也有坐怀不乱的柳下惠，小倩自己就曾碰到过。较之大叔，更让她发怵的还是大妈。或者说得婉转些，她更愿意敬而远之的还是大妈。并不是因为自媒体上充斥着贬损"中国大妈"的图片新闻，如"中国大妈又丢脸到国外了""一场旅游，看尽中国大妈众生相""春天来了，树上开满五颜六色的中国大妈"，这类带有明显恶意、且极尽夸张手法的新闻，她从不点开细看。在这股声浪兴起之前，她就从自己的现实遭遇中提炼出"中国大妈惹不起"的经验了。

具体到个案，刚才那两个前来搭讪的大叔虽然令人讨厌，但充其量也就是搭讪而已，你不理他或将他撑回去就行了。而问讯处的那位两次让她蒙羞的大妈则不同，她似乎本能地仇视年轻漂亮的女孩，尤其是时尚前卫的外地女孩，而且她的进攻性极强，每次都是主动挑衅，不依不饶，如果你不退避三舍，而是撄其锋芒，那就有可能被弄得遍体鳞伤。所以，在小倩心目中，大妈比大叔更难缠。

小倩也曾意识到，自己的妈妈就年龄而言，其实也该归于"大妈"行列了。但她从来不把妈妈与"大妈"们等量齐观。这不是因为血缘关系而一叶障目，实在是因为她所接触到的大妈普遍难免的可笑与可悲之处，在妈妈这里都遁于无形。单纯按年龄来划分大妈与非大妈的界限，那是只看形式不重内容！当小倩在心底腹诽大妈这一群体时，是把妈妈排除在外的。

妈妈不是"大妈"，连"大婶"都不是——小倩和她的女伴们是将"大妈"和"大婶"严格区分开来的，五十岁左右的是"大妈"，四十岁左右的则是"大婶"了。比如高院长与胡书记，都是四十不到的年纪，她们背后偶尔也会称之为"高大婶""胡大婶"。这已经比韩剧里的女孩子要宽容多了。三十岁出头的女人在韩国女孩嘴里已经是"大婶"了，而且会故意当面叫出来让对方难堪，不像她们明明心里视其为大婶，面对面时却"姐呀姐的"把辈分拉平，以彰显对方的年轻有活力——这多少带有几分讨好的意思了。

大婶与大妈有年龄层次的区别，也有鄙薄程度的差异。一般来说，小倩她们对大妈要更加不屑一些，因为在事实上大妈比大婶要更加"作秀"一些、更加"背时"一些、更加"不管不顾""没皮没脸"一些。可以说，大婶是萌芽状态的大妈，大妈是成熟阶段的大婶。说得更露骨些，大婶尚可救药，大妈则病入膏肓了。而小倩眼里的妈妈，虽然与她常常也有观念上的分歧和价值判断的不同，却没有被她贴作标签的大婶和大妈的通病，比如"顽固""保守""专制"以及看重蝇头小利、嫉恨风华正茂的同性等等。

归结到一点，她不喜欢大婶，更不喜欢大妈，但坚持认为已到大妈年龄的妈妈既不同于大妈，也不同于大婶，是难以命名的另一类人。东海大学中文系有位教授写过一个题为《第三种人》的中篇小说，把"女博士"称作女人与男人之外的第三种人，在校园内外引起过较大反响。她自惭词汇贫乏，不能在大婶和大妈外另辟一个适合自己妈妈的类别。

有过两次在高铁东站问讯处的不愉快遭遇，小倩不可能去冒与西湖大妈第三次狭路相逢的风险。她在心中已将问讯处视为畏地，避之唯恐不及。可是，眼下偏又有一件事是需要"问讯"的——

让第二位大叔碰了个软钉子后，一杯卡布奇诺正喝到佳处，她忽然想到辽阔的到达大厅里不仅有南北两个出口，而且还有"南一""南二""南三"以及"北一""北二""北三"的区分。妙妙乘坐的车次究竟由"南一"抑或"北二"出站，信息屏上并没有显示。届时，自己应该在哪个出口等候，全然不知。

如果守候在"南一"，万一妙妙从"北三"出来，二者相距遥远，自己以最快速度赶过去，只怕也要五分钟，那就会延宕见面的时间了。尽管最终不会错失，因为随时可以用手机联系，却会累及妙妙在出口久候而误以为姐姐不靠谱，甚至有可能影响她是否来此投靠姐姐的最终抉择。因此，最好能准确掌握具体信息，在妙妙那趟车次的出口"守株待兔"。那样可以在第一时间蹿到妙妙身后，大喝一声"嘿"，然后趁她还没回过神来，给她一个熊抱。嘿！这才有戏剧性，才是特殊"见面礼"打开的正确方式。

这就有必要去问清楚了。去哪儿问呢？最合适的地方当然是问讯处啰！可问讯处能去吗？不能去！虽然小倩知道，此问讯处非彼问讯处，她两次与西湖大妈相遇都是在候车大厅，而此刻她所在的位置是到达大厅，西湖大妈轮岗到这边来值守的概率极小。但她无法挣脱小时候就听老人说过的"一朝被蛇咬，十年怕井绳"的定律，内心对问讯处有一种出自本能的抵触。

还是去找志愿者打听吧！噢，离列车到达时间只有二十分钟了，而不远处就有一位斜披大红绶带的志愿者微笑仁立，好，就去求助于他吧。她拿起没喝完的咖啡杯，轻盈地从高脚凳上滑下，足尖在地上一点，像芭蕾舞演员似的优雅转身。这注定又是要圈粉的。

　　然而，转身的动作刚完成一半，坤包里的手机便剧烈振动起来。这是她为胡书记来电所作的特别设置，以提示自己务必及时接听。一看到胡书记的名字显示在屏幕上，第六感就告诉她有情况，而且情况不妙，否则今晚在校部开会的胡书记怎么可能亲自给她打电话呢？果然，胡书记没说一个字的废话："你在哪儿？赶紧回校！'金世遗'自杀了！"

　　小倩直惊得花容失色，魂飞魄散。"金世遗"是她负责管理的大三年级的一位男生，因有多门课程挂科而一直情绪低落，再加上多次体验"落花有意流水无情"的单相思之苦，所以把人生看得非常灰暗，常以梁羽生武侠小说《云海玉弓缘》中的男主人公"金世遗"自诩。他一直是小倩的重点监管对象，小倩单独与他谈话已经十多次了。正是在做他思想工作的过程中，小倩体会到什么叫苦口婆心、诲人不倦，惊讶地发现祖师爷的好品质原来自己身上也有。

　　她来不及细问自杀的直接诱因，甚至来不及询问有没有自杀成功——如果自杀"未遂"，后果就要小得多，善后也相对容易。那么，"已遂"呢？后果就不堪设想了。问问所有的高校辅导员：你最担心、最害怕的事情是什么？他们会无一例外地回答：学生非正常死亡！而在学生死亡案例中，车祸等外力造成的意外事件，虽然处理起来也非常麻烦，但无须辅导员直接承担责任。最恐怖的就是学生自杀！不管原因是什么，辅导员都难辞其咎。

　　在无法区分青红皂白的情况下，学校领导会责备辅导员思想太松懈、工作不到位，为了平息事态，强化问责机制，有可能重演"挥泪斩马谡"的历史悲剧。而一时难以接受子女猝然离去乃至失去理智的家长也会把辅导员当作主要的问罪目标，将火焰般的愤怒倾泻在他们身上。"冤有头债有主"，这句古话的今译是：在没有债主或找不到债主的境况下，你辅导员就是债主，就得充当被推上风口浪尖的冤大头！

　　这是小倩入职两年来第一次陷入困境与危局。真有一种天崩地裂、末日降临的感觉！尽管她知道没有过不去的火焰山，但如果没有孙大圣的手段把铁扇公主的芭蕉扇借来，那么，要翻过这座火焰山就不可能毫发无损，至少也会皮焦肉烂！

哎，胡书记为什么不多说几句呢？没容自己启齿发问，就把电话挂了。不过，五雷轰顶之际，自己也没想到发问啊！她把电话拨回去，刚响了两声，胡书记便掐断了。多问其实也没有用处，回到学校后就一切都清楚了。赶紧打道回府吧，一分钟也不能耽搁！

妙妙啊，只好对不起你了，姐姐实在是迫不得已，胡书记这个电话比宋高宗连发十二道金牌召回岳飞还要紧急！而且，今后两天我恐怕也不能陪你了，只能你自己去逛逛西湖和南宋御街，考察一下这儿的就业环境了。这回就算姐姐欠你的，下次一并补偿吧！

小倩一边拨通妙妙电话，三言两语说明了临时拔腿开溜的缘由，一边迅速向地铁站方向移动。此时，她完全失去了"凌波微步"的优雅与从容，恨不能来个大鹏展翅，"抟扶摇羊角而上"，瞬间飞越城市的浩瀚夜空，回到事发现场。她无数遍在内心祈求：但愿这个金世遗只是"自杀未遂"！

第 二 章

一

　　张大凤乘坐的慢车实际抵达冰城火车站的时间是凌晨四点，晚点了整整八个小时。

　　站台上灯光昏暗，黝黑色的天幕垂落在站台周边阒寂无声的屋宇上，把她的视线局限在不到百米的空间内，无法伸展到站台以外她急欲目睹的城市影像。人迹寥落，除了到站下车的旅客外，就只有几个无精打采、哈欠连天的工作人员了。他们无意主动招呼旅客，只是在旅客走近身边问询时，才懒洋洋地搭理一下，全然没有她渴望看到的热情。这让她产生了离家之后的第一个疑问：省城的铁路职工怎么会这样冷漠、这样精神萎靡不振？

　　虽然还是仲秋时节，却没有秋高气爽的感觉，可能是凌晨气温偏低加上夜色浓重的缘故。睡眼惺忪的大凤刚一下车，便打了一个寒噤，赶紧从旅行包里取出夹袄穿上。行李够多的，除了旅行包外，还有一个网兜、一只木箱。把行李放到地上的时候，动作稍猛了些，网兜里的搪瓷脸盆与水泥地相触，发出刺耳的脆响，引得过往旅客纷纷注目。

　　更刺激她耳膜的其实是木箱坠地的闷响。它音量不大，几乎被搪瓷脸盆触地的脆响完全掩盖，行人根本不会注意到，但它的声波却使她涉世未深的小心脏震颤不已。她多么怕因为自己的不慎而损坏这只木箱啊！

这只木箱笨重得很，是她爷爷当年闯关东时一头撞进大兴安岭后亲手伐木制作的，那一年爷爷十七岁，刚好与现在的大凤同年。爷爷本不会木匠活儿，但"靠山吃山，靠水吃水"，待在这么大一片山林里，光会钻木取火可不行，只会抡大斧为林主砍树挣活命钱也不行，还得能在木头上玩出点花样，至少也能自己做个桌子箱子板凳之类的家什。于是，便看葫芦画瓢，照着老师傅的样儿试着打了只木箱。

木箱的做工十分粗糙，却非常结实，那是爷爷用十几个晚上一锤一凿、一刨一锉制成的。砍了一天树，月牙儿爬上星空后才收工。腰酸背痛的爷爷喝一海碗玉米糁子粥，再啃一个高粱面窝窝头，把肚子填饱后，就在星月交辉的空地上操弄起木匠活儿。没有拜过师当过学徒，全靠自己的悟性和老师傅偶尔的指点。他有一身傻力气，手脚却不够灵巧，一不小心，就被凿子弄破了手指，疼得龇牙咧嘴。

大凤提着这只木箱，就像提着一部沉甸甸的家史。这是爷爷在大兴安岭扎根后的第一件"作品"，见证着她家祖孙三代的今昔沧桑。爷爷把它当成唯一的传家宝，在她父亲成亲时郑重地将它交给这位独生子。而今，她父亲已病故多年，她作为家中的长女，考取了省城的银行学校，在离家前夕，母亲又一脸凝重地把这只木箱交给她带走。

岁月的风尘已将木箱磨洗得痕迹斑斑，无数次搬家的经历使它在磕磕碰碰中有点破相，但筋骨依旧硬朗。母亲本想给它刷一道漆，大凤不赞成，一来刷漆后沧桑感就不复存在，爷爷当年一道漆也没刷过，就让它保持原生态。二来嘛，用她的审美眼光看，将这么老旧的木箱刷上新漆，就像在驴粪蛋上抹粉，非但遮盖不了它的丑陋，反倒显得十分别扭。

当然，如果家里有条件的话，给她另外买一只新皮箱来替换这只旧木箱，那她也乐意接受。花季少女嘛，哪有不喜欢新潮、不追逐时尚的？假使可以选择的话，她肯定选择又轻巧又时尚的皮箱，而将木箱所承载的家族史铭刻在心上。可是，她哪有选择的余地啊？给她添置了冬夏两季各一身新衣服后，母亲口袋里就只剩下十元现金了，五元给她带走作为路上的盘缠，另五元作为全家人本月的菜金。她只能把不多的行李装在这只木箱里带走。

事实上，母亲把木箱交给大凤时的凝重表情，并不带有某种传递家族艰苦朴素作风和自强不息精神的意味，而更多地是出于没有能力为女儿置办像模像样的行装的歉疚。

女儿考到省城去读书，这是家族史上开天辟地的大事，喜讯传遍了十里八乡，登门道贺的人络绎于村道。这让母亲倍觉面上有光，心想总算对得起亡夫，为张家栽培出一个女秀才了。母亲刚满四十岁，抬头纹已经很深了，一直皱着的两道蛾眉这回舒展了些，忙里忙外地沏茶倒水，还把过年才拿出来待客的葵花籽和地瓜干大方地倾倒在炕桌上，招呼大家抓了吃。

这是 1981 年，在广袤的东北黑土地上，人们已感觉到改革的春风拂面。肚皮已经能填饱了，过个十天半个月的，也能有少量油水流淌其间了，恨不得一分钱掰成两半花的憋屈光景已经消逝在身后了，但瘪久了的腰包还没有鼓起来，依然掏不出几个大子儿。

母亲懂得女儿的心思，倒是想给她买个新皮箱来着，还专门搭车去了趟县城。母亲大字不识几个，却也辨别得出美丑妍媸。前些时，被发配到林场劳动改造的一个右派分子，说是上头有政策为他"平反"了。大家发现，他原先佝偻着的腰一下子就挺直了，见人依然满脸是笑，却不再带有讨好与献媚的意味。

离开林场回北京那天，母亲看到他拎着一只皮箱。皮箱已经很旧很旧了，看上去似乎比自己家里的木箱历史还要古老，但它的式样却让母亲觉得非常洋气。以前只看到这个老右派和大伙儿一样扛着斧头或锄头的样子，并不觉得他与别人有什么不同，而今手里多了只皮箱，夹在为他送行的人群中，顿然有点鹤立鸡群的感觉了，举手投足所映射出的气质也与他栖身多年的林场有些格格不入了。

从那一刻起，母亲就萌生了为即将远行的女儿添置一只皮箱的心愿。她不知道买这样一只皮箱需要多少钱，自己是否具备支付能力，所以跟单位领导请了半天假，专程去县城唯一的一家百货公司侦察了一番。隔着柜台，母亲远远地看见货架上陈列的皮箱只有一种，式样似不及老右派拎着的那只洋派，但看上去比自家的木箱顺眼多了。她认准它了！可是，一问价格，她就彻底泄气了——居然要三十二元，比她的月工资还要多！

她不得不打消这个突然生成的奢念，而按照原定计划让女儿把木箱带走。大凤啊，娘明白你没说出口的想法，从你眼睛死盯着老右派离去的背影那一刻起，娘就把你的心思猜着个八九不离十了。你稀罕的不是他的派头，是他那只从没露过脸的皮箱啊！可是，娘太无能了，实在掏不出买箱子的钱！将来你自个儿有能力了，再把木箱换成皮箱吧，娘会看到那一天的！

二

行囊很快就归置好了，所有的衣物一股脑儿拿走，也装不满木箱。留下的空隙，用炒熟的榛子和松子来填充。那是弟弟妹妹们专门去山里为姐姐采来的。归置停当之后，母亲打开了一直密封的话匣子。于是，大凤了解了这只木箱的由来以及与它相关的家族衍生史。

母亲并没有像影视剧里经常登场的那些深明大义、且教子有方的克隆版"孟母"一般，借此对她进行"革命传统教育"，她只是平静地叙述着三代人经历的点点滴滴的陈年往事。包括她自己与父亲的婚事，以及父亲暴卒后她独力抚养四个嗷嗷待哺的子女的记忆碎片。

在追述某些细节时，母亲有时欲言又止，有时则一语带过。比如说到她以"遗孀""未亡人"的身份去林业局求职，恳求后勤科长把她安排到食堂帮厨时，她只慨叹了一句"那家伙可不好对付"，就跳过这一话题了，大凤觉察到其中肯定有难言之隐。但她无暇想象在那个仲夏夜究竟发生了些什么，对此她也不感兴趣。十七岁的女孩子，不会也不愿猜测世道人心的险恶。

她记住了母亲讲述的家史，记住了和自己同龄的爷爷披星戴月制作木箱时稚嫩而又坚毅的面容，记住了父亲在宾客散尽的洞房花烛夜将当时新郎的标配——中山装叠得整整齐齐放进木箱时郑重而又甜蜜的神情。

母亲反复强调的是因为家境贫穷而只能让她带走木箱的无奈，她却悟出了母亲没有说出的另一层良苦用心，在更深的层面上咀嚼着母亲把木箱交给她的精神意义。所以，她一点也没有嫌弃木箱的粗糙、陈旧以及它所体现出来的寒酸，愉快地让它伴随自己去负笈省城，甚至还略带羞涩地表示，要把它当成传家宝一样珍惜，将来再传给自己的后代。

这是母亲没料到的"教育"效果。这是母亲第一次"言传"，不夹杂任何大道理、只是平实叙事的"言传"。用母亲的话说，这不是"言传"，而是"唠嗑"。那么，这也该是娘俩第一次安安静静地坐在炕头上"唠嗑"。这之前，母亲成天就像被鞭子抽得团团转的陀螺，加上爷爷奶奶，全家七张嘴要靠她一个人挣来吃食，她既没有三头六臂，也没有穆桂英的十八般武艺，只能像林场里超载的拖拉机，开足马力，呼哧呼哧地喷吐着热气不停地爬坡下坡，哪有和女儿唠嗑的闲工夫啊？

要不是女儿翅膀硬了，从此要离开自家的穷屋单飞了，母亲是不会这么快就像《红灯记》里的李奶奶那样"痛说革命家史"的。《红灯记》是母亲和大凤看熟了的革命样板戏，这几年不怎么时兴了，但李奶奶"痛说革命家史"这一经典桥段却是大凤历久难忘的。母亲好像缺乏李奶奶那样的激情，声调一点也不抑扬顿挫，但带给大凤内心的震动，却不亚于李铁梅所感受到的，虽然双方所处的时代完全不同，各自的辈分也有差异。

大凤也没有像"听罢奶奶说红灯"后的李铁梅那样慷慨激昂地发誓要接过革命的红灯，让它光照千秋。木箱的故事不像红灯的故事那样沉淀了红色基因、负载了革命理想，因而没有那么丰富多彩，也没有那么气壮山河。但此时盘旋在大凤心头的意念一如李铁梅的唱词，也是"做事要做这样的事，做人要做这样的人"，只是她没有说出口来。母亲没有点题，而她也无意破题。彼此心照不宣就可以了。

母亲远远超过常人的辛劳，大凤一直看在眼里。她想尽早为母亲分忧，这才决定报考银行学校。铁梅那段令人荡气回肠的唱腔中说"爹爹挑担有千斤重，铁梅应该挑上那八百斤"，爹爹早就不在了，千斤重担都是母亲柔弱的肩膀独自在挑，自己该早些把这副担子接过来，让母亲能歇歇肩。

可是，木箱自身实在太重了。从县城上车时，是母亲帮着一起提的。现在下车了，只能她一人提了。别指望周边的旅客发善心做好事，他们哪个不是大箱小包、肩扛手提的，虽说"东北人都是活雷锋"，可他们也有自顾不暇的时候哇！大凤估计其中有不少是跑单帮的，把山货倒腾到省城来，再把省城的新款服装等贩卖到山里去。过去这叫"投机倒把"，是要被整治的，如今也成了正正经经的营生。

只有自力更生了。她努力显出举重若轻的样子，实际上，每往前挪动一步，都要使出吃奶的力气。走出数十步后，她想歇口气，放下木箱与网兜时，脚下一个趔趄，便没能控制好节奏，让它们与地面发生了猛烈的摩擦。

还好，有惊无险，她仔细检查后发现，网兜里的脸盆并没有"破相"，木箱更是皮实得很，只有旧创，未添新伤。这让她松了一口气。其实，脸盆破相固然有碍观瞻，会让她在新同学面前很没面子，但她本来也无意遮掩自己出身贫寒，只要不影响使用就可以了。所以，她担心的不是脸盆，而是木箱——伴随着三代人跋涉足迹的木箱。只要木箱安然无恙，她就心安了，何况脸盆也毫发未损呢。

然而，未及庆幸，一个让她不寒而栗的问题接踵而来：入学通知上说，学校将在火车站设立新生接待点，位置在出口处右侧。大凤清楚，只要被接上了，那就一切都不用发愁了，学长们会替你提上行李，妥妥地送上校车。车上打个盹，就把你拉到校内的新生报到处了。多省力啊！可现在，因为列车晚点，没能在规定的时间内赶到，学校的接待点早就撤了，人生地不熟的，这可如何是好呢？

大凤独自伫立在秋风中，眼看同时下车的旅客纷纷如鸟兽般散去，出口处很快便复归于阒然，只有昏黄的路灯映照着一两个小吃摊，因无人光顾，摊主不堪瞌睡虫的折磨而前仰后合。目光向上移动，但见夜空的东面已隐隐现出几点鱼肚白，就像奶奶那件常年穿着的黑棉袄上缝缀着灰白色的补丁。哦，奶奶这时又该在干咳了吧？母亲是不是又揉着睡眼跑过去给她捶背和喂水呢？她内心有点凌乱，也有点迷茫。

三

以大凤的学习成绩，原本是可以报考大学的。得知她填报的第一志愿是属于中专类型的银行学校后，同学们惊讶得像一群看见老鹰飞进鸡窝的山雀，叽叽喳喳地议论个不停，不少人都劝她改变主意。班主任秦老师也向她投以不解的目光。

这是一所位于大兴安岭深处的乡村中学，学生以林场职工子女为主，也有少量的农家子弟。师资前些年还是不错的，有几位被发配到林区的右派在这里任教，还有几位从北京、上海来的插队知青在这里代课，前一类人都是正儿八经上过大学的，后一类人则都是口碑很好的"老三届"。在学生眼里，他们不只是满腹经纶，随便哈口气都是锦绣文章，而且气质、风度也远远胜过那些土生土长的民办教师。学生们对他们充满崇敬，连一举手一投足都自觉或不自觉地加以模仿。

然而，这两类人几年中陆陆续续都走了。前一类人经历了凤凰涅槃的阵痛后，又飞回了原先栖息的梧桐树，重启了中断已久的欢唱。后一类人凭借其当年夯实的文化基础，在恢复高考制度后，先后考上了大学。敛翅多年，乡亲们都以为他们已成为终生在山林里觅食的燕雀，谁知东风吹过，他们在眼皮底下摇身一变，就成了展翅于万里云空的鸿鹄。乡村中学原来不过是他们生命旅程中的一个驿站。

看着他们不胜留恋却决然而去的背影，大凤脑海里浮现出一首诗："穿崖透壑不辞劳，远望方知出处高。溪涧岂能留得住，终归大海作波涛。"这是她从《水浒传》里读来的。教她初中语文的老师是从北京贬谪来的，据说曾经是个右派，家里藏有的古代及西方文学经典比学校图书馆还要多。他从大凤的作文中看出了她的文学潜质，便主动把藏书借给她看。好在这些曾被斥为"毒草"的经典著作当时已经解禁了，无须躲开众人视线偷偷摸摸地阅读。她明白，这些老师都是暂困于此的池中蛟龙，如今风云际会，他们离开蛰居已久的山乡，是不可避免的事情。

但情感总是与理智相冲突的。理智上大凤认可这些老师的离去，甚至为他们获得新生而无比欣慰，但情感上她却极度不舍。她唯一的座右铭就是那位初中语文老师教给她的一副对联："书山有路勤为径，学海无涯苦作舟。"他们不只是她泛舟学海的导航者与掌舵人，而且已成为她在书山上攀援的拐杖，甚至可以说是她拨开迷雾毅行于漫漫人生路的精神支柱。他们一走，她顿觉心里空荡荡的。

不是一下子被掏空，而是随着他们的陆续离去，一点一点地变得空虚起来。这有点近似于凌迟的感觉。等到语文老师也在经历了漫长的申诉后终得昭雪沉冤卷席而去时，她都快到崩溃的边缘了。在她的感觉中，瞭望世界的窗口曾经一扇一扇地在眼前打开，后来又一扇一扇地合拢。这一感觉，也许糅入了少女特有的多愁善感，不无夸张，却真实地映现出她当时心灵曲线的变化。

这不只是她一个人的感觉，几乎所有的同学都觉得头上的那片天空没那么明亮、那么寥廓了。教学质量随之发生滑坡是必然的。高考前的几次模拟考试成绩出来后，班主任秦老师长叹一声，眼睛死死地盯着大凤说："看来，最有希望冲刺大学的就是你啦！你要是不好好努力，只怕要全军覆没啰！"

大凤没有放弃努力，一如既往地每天挑灯夜战，恨不得像古人那样悬梁刺股，把自己弄成个当代的女版孙敬或苏秦。头发本来就有些枯黄，又常常三天两头地不梳，十天半月地不洗，蓬首垢面的，益加显得营养不良的样子。母亲看到她的模样后，话里半是心疼半是责备："瞧你这小样儿，活生生把自己整成个童养媳似的！快给俺拾掇拾掇！"大凤满心不情愿："咱又不去选美，用不着驴粪蛋裹粉——面上光。"

虽然睡眠严重不足，精神却亢奋得很，就像一台不用输入能源便能不停运转的永动机。家庭和学校所提供的后勤保障条件是不如人意的，一个班二十多个女生晚上蜷缩在一条大炕上，人挨人的倒是团结得非常紧密，天冷时还能用体温彼此传递热量。过了许多年，"抱团取暖"这个词开始时兴起来，在单位业绩渐入低谷后，领导动辄把它挂在嘴上。大凤心想：它的真实含义，我早就有过切身体验了。

与高强度的学习更加不匹配的是伙食。学校有食堂，供应的品种虽然单调，每天也会炖一小锅红烧肉，分成七八份，供掏得起菜金的学生享用。以鲜艳的色彩亮相于窗口的红烧肉散发出诱人的香味，经过窗口的同学都会动静或大或小地抽搐一下鼻子，让香味弥满鼻腔，再慢慢渗透到五脏六腑中去。但满足了嗅觉之后，得寸进尺想再满足味觉的同学就寥若晨星了。

大凤非但从不问津红烧肉，连蔬菜也是隔天才买一回。那是因为母亲千叮万嘱："一定要有营养，不然哪经得住没日没夜的苦熬啊！别心疼那仨瓜俩枣的钱，娘有办法挣！"她怕自己如果连蔬菜也不吃，弄得一脸菜色，就瞒不过母亲的眼睛了，所以还是每两天要用蔬菜来塞一回牙缝的。

其实，母亲给她的菜金并不是只够吃蔬菜，偶尔买份红烧肉打一次牙祭，也根本不成问题。可是，她觉得自己多吃一次红烧肉，家里弟妹的餐桌上就会少出现一次红烧肉，因为物质供求关系那时还处在极不平衡的状态，母亲独木难支，必然顾此失彼。尽管她绝不像都市里的时尚女孩那样出于瘦身的需要而全然排斥红烧肉，却强制自己与它处于隔绝状态。不是一时隔绝，而是始终隔绝。

在连蔬菜也不买的日子里，大凤都是在主食窗口要两个玉米面或高粱面窝窝头便匆匆离去，然后找一个僻静少人的地方，从口袋里掏出一截用塑料纸包裹着的腌萝卜，就着窝窝头或馒头，独自享用她为自己量身定制的午餐或晚餐。因为不想让其他同学撞见，她虽然不作狼吞虎咽状，咀嚼的速度却是很快的。不消片刻，主食与"配菜"便已尽入腹中。

腹中好像还有不小的空间可以用食物来填充，最好是富含油水的食物。可是，她已经习惯于这种似饱非饱的形态了，觉得伏案苦读所需要的能量已经得到有效的补充。她深知口腹之欲是难以餍足的。家中过年时，奶奶的筷子是从不伸向雄踞在桌子中央的红烧肉的，母亲夹到她碗里，她也会马上再夹给大凤的两个弟弟。她解释这样做的理由是："老啰，肚子里耐不得油水泡啰！狗肚子里搁不了四两热油哇！"

她捡起一块退居桌子边角的老咸菜疙瘩放进只剩下几颗门牙而显得十分干瘪的嘴里，抿着嘴唇有滋有味地嚼起来。只见她不停地嚅动牙床，想把老咸菜疙瘩碎尸万段，但似乎很难实现初衷，磨磨叽叽了半天，嘴里还是鼓鼓的，脸上却流露出正在品尝山珍海味的满足神情。最后，她做了个使劲吞咽的动作，牵扯得额头上的青筋也突出于表皮，像一条条蚯蚓在黑土地上艰难地爬行，嘴巴却渐渐恢复了干瘪的原状。

大凤越看越心酸，正想要换一种语气对奶奶说几句暖心的话，奶奶又开口了："人呐，要自己知足。不知足的话，天天大鱼大肉也觉得不过瘾；知足呢，吃糠咽菜，也不觉得老天爷亏待了咱！嘴巴这东西贱得很，啥都能往里撂，千万不要自个儿把它看娇贵了。"

大凤觉得这是自己懂事以来奶奶说过的最具有哲理意味的话，让她不能不因此而对扁担大的一字也不识的奶奶刮目相看。也是从此开始，她扼制口腹之欲的自觉性增强了不少，用当时的流行语来形容，那叫"空前提高"。

奶奶一辈子没吃过啥好东西，过年连一块红烧肉也不舍得吃，照样活得乐颠颠的，从不抱怨生活的困顿和命运的不公。自己呢，不仅吃饱穿暖都不成问题，还能自自在在地读书奔前程，逢年过节也都能吃上肉食。那么，平时比别人少吃几顿红烧肉又有什么呢？

何况，现在改革开放了，家里的光景已经比前些年强多了，真正的好日子还在后头，自己这么年轻，何愁将来不能吃香的喝辣的？就怕到时候真的会嫌红烧肉油腻，而不是像奶奶那样把这作为一种托辞了。

因此，看到别的同学在窗口买红烧肉吃，大凤一点也不眼馋。而且，从不吃红烧肉的大凤比经常吃红烧肉的同学还要精神抖擞，眼眶红红的，目光中却透着一种名之曰"坚定"的东西。模拟考试的成绩也一次比一次高，根据秦老师的经验，如果不出意外的话，超过本科分数线是十拿九稳的，所以他把全部希望都寄托在她身上。

四

秦老师已经年过四十了，原先是回乡知青，当了十多年民办教师，1978年夏天考进师范学校读了两年，毕业后又回到这所高中教数学。在"孔雀东南飞"之后，他就成了林子中歌喉最嘹亮的鸟儿了。校长很清楚学生中有几根葱几头蒜，再三交代秦老师："你把大凤这丫头盯紧啰，也就她有可能是能飞出这片林子的金凤凰，别让她在紧要关头掉链子。"

秦老师更清楚毕业班的底细：这班孩子都吃得起苦，学习上肯下死力气，但底子薄得就像白桦树皮，学习方法也欠灵活。打个比方，就如同伐木，只知道抡着斧头砍，不知道用锯子可以省力些、也快捷些，更不知道这世上还有更省力、更快捷的电锯。指望他们成为跳出龙门的鲤鱼，有点难。至少秦老师及校长都信心不足。

在毕业班四十二个学生中，秦老师唯一看好的是张大凤。要想本科段不被剃光头，为林区中学挣一点面子，就看大凤能不能在考场上正常发挥了。别的同学要出线，需要超常发挥，那难度不亚于把母鸡赶上树梢。大凤则只要正常发挥就行了，好似天天生蛋的母鸡，不出岔子，那蛋肯定是会呱呱落地的。

大凤每天的生活轨迹都离不开秦老师的视线。视线不及的地方，有眼线嫁接。大凤自以为有些举动可以避开众人耳目，实际上尽在秦老师的掌握之中。但既然她不愿为人所知，秦老师也就不想说破。他从不问大凤为什么不吃红烧肉，仿佛根本没注意到这一再明显不过的事实，而且，他还叮嘱那些耳报神："这事向大凤本人提不得，更别充阔佬给她买红烧肉。"因为他知道，大凤有比别人更容易受到伤害的自尊。

秦老师自己也是三个孩子的父亲了，生活的担子同样挑得很费力，平日常宣称对肉食过敏，一吃油腻的就会"跑肚子"，所以荤菜窗口也从来看不到他的身影。但他会不时从口袋里掏出一个煮鸡蛋，趁没人注意时悄悄塞给大凤。大凤一开始是拒绝的，但老师说出的理由却让她觉得如果继续拒绝就不通人情了。老师说："老婆养了好几十只母鸡，下的蛋根本就吃不完，都是抬头不见低头见的乡里乡亲，也不好意思拿到集市上去卖，你帮我吃掉些，也算替老师解决个难题。"

大凤不可能发现，在她吞食煮鸡蛋时，老师正不动声色地咽着口水。不过，看到大凤越来越坦然地接过煮鸡蛋，而不再露出愧惶的神色时，秦老师真的比自己吃掉这个鸡蛋还要高兴。他记不得自己前后给过大凤多少个鸡蛋，但大凤记得，一共八十二个。

不是刻意去记这个数字，以便将来出息了之后给老师十倍的回报。不是的，她知道老师是不求回报的，还给老师八百二十个鸡蛋或价值相当于八百二十个鸡蛋的别的东西，反倒显得自己斤斤计较了，也太俗气，有违老师的本意。能够考出个好成绩，继而谋个好前程，那就是对老师最大的回报。但自然而然地，这个累积起来的数字刻在了记忆里。她始终觉得，这个数字有着特别的意义，代表着她在那个尚未能摆脱贫困的岁月里所获得的物质上的能量和精神上的能源。

可是，在填报志愿时，大凤却令人大跌眼镜地选择了省银行学校，而不是秦老师及校长"念兹在兹"的本科院校。当大凤低垂着头向秦老师报告这一最终选择时，秦老师惊呆了，大声责问她"理由是什么"？语调虽不至于气急败坏，却也掺杂着几丝恨铁不成钢的悲愤。然而，当大凤珠泪欲滴地说出理由，并抬起头直面他的逼视时，他顿然意识到这是她深思熟虑后的决定，无论你怎样费尽三寸不烂之舌劝说，都没有办法改变了。

五

理由再简单不过：报考省银行学校不仅免收学费，每月还可以领到十九元奖学金。这是任何本科院校都无法提供的优惠条件。两相比较，后者既要学费，还要家里负担每月的生活费，一进一出，每年就要多支出一千元——一千元哪！够一大家子开支一个季度了！这笔账再好算不过。

秦老师震惊之余，强抑不满，苦口婆心地与她算了另一笔账：读本科院校，比读银行学校固然每年要多支出一千元，四年加起来四千元，可大学本科毕业生的起点工资比中专生要高得多哇，而且也会进步得更快，两者的前程不可同日而语。所以，从长计议还是克服眼前的困难读本科为好。前面多支出四千元，后面会多收获四万元、甚至四十万元，你说哪个划算？

他反复强调："年轻人哪，一定要处理好眼前利益与长远利益的关系，一步走错，那就步步走错！如果你不方便向家长提出要求的话，学校可以帮助你去沟通。我今晚就去家访，相信你母亲是识大体、明事理的！"大凤赶紧阻止："这是我自己的决定，与母亲无关，求求您不要去打扰她！"

秦老师十分诧异："这怎么与你母亲无关呢？考学，这是全家的大事，填什么志愿当然要听家长的意见，就我的经验而言，家长的意见往往还起着主导作用乃至决定性的作用。你哪能自说自话呢？不行，我得与你母亲通气！"

大凤以罕见的柔婉中透着强硬的语气说："老师，不劳您费心啦！我的事情我做主！辜负了您和学校的期望，我非常抱歉！不过，从长远看，我将来肯定会为学校争气的！至少绝不会给学校抹黑！至于您的恩情，我下辈子都不会忘记！"她本来还想说："我先给您磕个头吧。"这是她周边的父老乡亲谢恩时的习惯做法，已成为乡邦文化的一个符号，但终究没有说出口来，更没有勇气像老一辈人那样"情动于中"时不管三七二十一纳头就拜。

秦老师懂得这丫头看似柔弱，实则刚强，通常绝不与人唱反调，但一旦她打定了主意，那就变成了认死理的榆木疙瘩，刀劈斧砍都难以改变其形状了。但他不想就此放弃原先的想法，也不敢擅自默许大凤自行其是。大凤可以"目无组织"，他却不能不及时向组织上汇报。他心急火燎地找到校长——校长就是组织的化身啊！不是吗？当校长宣布某项决定时，总是先声称"经组织上慎重研究"，然后才说具体内容。大家从不认为这有些滑稽，反倒觉得这更显出了几分庄严，而且打心底里认定校长与组织"二位一体"。检验组织观念强不强，就看你执行校长的指令快不快、实不实。

校长给他的指令是：确保张大凤达到本科录取线。三场考毕，大凤自我感觉良好，实现这一目标已经没有悬念了。这意味着校长的指令已得到了落实。问题是，校长对志愿填报虽未下达具体指令，但其意图是不言自明的，肯定是本科院校。他要的是最终结果，而不是卷面分数，而社会舆论衡定一所高中的教学质量也是看最终的录取结果。因此他料定校长是不会同意大凤以银行学校作为高考志愿的。

果然，校长虽未拍案大怒，却也连连跺脚："这孩子平日脑袋瓜子挺好使的，怎么到了紧要关头就犯糊涂了呢？不行，我得亲自去开导开导！"这正是秦老师求之不得的，但他又担心校长御驾亲征却无功而返，提前打预防针说："该讲的道理我也都讲了，只是人微言轻，同样的道理由您讲出来，分量就重了。不过，这丫头是个死心眼，认准的理儿不会轻易放弃。这您得有思想准备。"

六

校长是个雷厉风行的人，当晚便请秦老师带路，直接登门劝说大凤改变主意。秦老师已家访过多次，对她家情况了如指掌，所以看到狭窄的居住空间与众多的家庭成员之间的失衡一点也不惊讶，校长则吃惊得睁大了眼睛。刹那间，他觉得自己有点理解大凤为什么执意要报考银行学校了。

尤其让他过目难忘的是大凤瘸了腿的爷爷和瞎了眼的奶奶，两位老人早早地便躺倒在炕上了，一只大约二十五瓦的白炽灯将昏黄的光晕均匀地洒在他们沟壑纵横的脸上，映出了几丝惊惶与卑怯。路上他听秦老师说起过，爷爷十几岁时就来闯关东了，正当壮年时，为了救护一个误闯山林的初生牛犊，自己被刚锯断的大树砸断了腿，不愿花钱医治，便请工友用土法接骨，愈后效果不好，从此无可奈何地进入残疾人的行列，成为与娘们为伍的拾荒者。再后来，就只能半卧半坐，连拾荒的能力也丧失了，只好靠守寡的儿媳来赡养。

奶奶则费力地撑起身子，把头扭向门响处。听说来的是大凤的老师和校长，激动得声音都发颤了，从而显得更加嘶哑与干涩："贵客啊！怪不得晌午时喜鹊儿喳喳地叫得慌呢！大凤她娘，快沏茶！"满头蓬乱着的白发随着来客的脚步声而有节奏地晃动，一双眯缝着的眼睛似乎也在不停地转移视线，但看上去空洞无物，始终无法与客人打量的目光对焦，枯藤似的双手下意识地在空中向前摸索，仿佛要用它来代替已成摆设的眼睛，向贵宾传导自己的热情。校长猛然意识到她是个瞎子，对大凤又增加了一分同情。

为他们开门的是大凤的母亲。她看上去四十岁左右，穿一件家居小褂，质地与做工都比较粗劣，却很合身，显出其体态依然不失窈窕，全然没有中年女人开始发福的征兆。头发梳得纹丝不乱，见出她始终保持着自身的整洁，似乎比大凤更注重仪容。面部并不滋润，额头与眼角都迤逦着浅浅的皱纹，肤色也偏黑，但五官却长得很标致。最吸引人的是那双浓眉大眼，酷似《红灯记》里的李铁梅。

横贯整间屋子的大炕的右侧，摆放着一张旧木桌，桌边围坐着正在做作业的两个男孩一个女孩，看模样都是小学生，年龄差各在两岁左右。最小的那个男孩，长得虎头虎脑的，比哥哥姐姐要健硕些。站在他们身后的是大凤，正指指点点地说着什么，想来是在给弟弟妹妹们辅导作业。奇怪的是，她的衣着与头发反倒比住校时拾掇得有模有样，显然在母亲的眼皮底下她不敢不修边幅。当然，高考结束了，她也有时间与精力来维护自身形象了。

大凤闻声望见登门的是校长和秦老师，立即明白了他们的用意，对策早已在心中酝酿成形：任你舌灿莲花，说破大天，我都不会改弦易辙。什么"要着眼长远利益，而不能只顾眼前利益"，这只是局外人基于大道理作出的无关痛痒的劝诫，并未能深切体会到当事人内心的隐曲。

母亲何曾察觉到女儿内心的千回百转？对贵客因何而来也一无所知。填报志愿的事，此前大凤倒是和她说过，她真的一窍不通，但十分开明，表态说："咱也整不明白，你和老师商量着办吧，咱没意见！"当听到大凤说"读银行学校，不光不用花钱，还能省下钱往家里邮"时，她脸上不禁笑开了花，原先压在心底的那块沉甸甸的石头一下子没了踪影。

居然有这等好事！白白为不知从何筹措的学费发愁了大半年！左邻右舍都说大凤既聪明又用功，是只必定要飞出山林的金雀子；又都说考到大城市去读书开销可大呢，够她娘尿一壶的！听了这些议论，母亲又喜又忧，引以为豪的同时，不免觉得肩上的担子陡然加重，重到了自己支撑不住的地步。她不懂啥叫"压垮骆驼的最后一根稻草"，只知道自己瘦弱的肩膀已经不堪重负了。

近两个月里，她几乎每天都会半夜醒来，自己也搞不清究竟是乐醒还是惊醒，一摸贴身小褂，湿漉漉的都是汗渍。然后就很难入梦了，脑子里纠缠着一团剪不断、理不清的乱麻，而它包裹的是一个核心问题：钱从哪儿来？直到大凤告诉她准备去读"不花钱还赚钱"的银行学校，她才如释重负，回复到白天累得像头牛、晚上睡得像只猪的状态。

她满以为女儿是经老师指点后作出这一决定的，大凤脑袋瓜子再好使，也不可能有这样的见识，给自己及家庭找到这么好的一条光明大道，哪知道这是女儿自作主张，根本就没和老师商量。今晚校长亲自出马，原来是想拉着家长一起向大凤施压，做通她的思想工作，让她改报啥子"本科院校"。

母亲脑子不比大凤转得慢，三言两语，就明白了校长屈尊上门的缘由。虽然"本科院校"与银行学校究竟有多大区别，她还是有些糊里糊涂。但她坚信一点：校长与老师肯定比自家母女站得高、看得远，听他们的没错。可是，在问清读"本科院校"的花费后，她不能不想到，那样一来，困扰她多日的经济方面的焦虑又将如鬼魂附体，让她寝食不安。

然而，为了女儿的远大前程，为了家族及学校的荣誉，为了不枉费校长、老师的这番盛情与苦心，也为了让十里八乡的老少爷们扬眉吐气，以后可以对外炫耀"咱这地头也出了大学生咧，天上的文曲星瞅准了咱林子往下掉呢"！无论如何，也得往老师指引的阳光大道上走，哪怕砸锅卖铁，这"本科院校"也必须去念，只是不知"远水"如何才能解得这"近渴"？

大凤却抱定一开始的想法，死活不肯松口，校长和秦老师轮番摇唇鼓舌，既动之以情，复晓之以理，说着说着，把他们自己也给感动了。可大凤却不为所动，嘴里虽然不停地"谢谢！谢谢"，却始终没有像老师们所期望的那样表态说："老师，我听你们的，不再自作主张了！"

不，她没有流露出一丁点这样的意思，甚至不愿给寄望甚殷的老师们留下任何回旋的余地，一口咬死"我已经想清楚了""我不会改主意了"！说到最后，她或许有些不耐烦了，竟搬出一句文绉绉的书面语："恕难从命！"把回心转意的大门给彻底关上了。

校长与秦老师怏怏不乐地出门时，大凤快步走到他们面前，深深地鞠了一躬，不独弯腰至九十度，而且将这一过去仅见于抗日电影的姿态保持了一分钟之久，乃至秦老师不得不出手把她扶正。当她抬起头时，已是泪流满面，犹如被雨水浸透了的白桦树皮。校长与秦老师的心都为之一颤，对其执拗的不满也就随之疏解了一些。

七

出得门来，两位师长沉默了好一会儿。夜色浓重，星光黯淡，月牙儿偶尔从云缝里露出的玉容似乎也失去了往日的温润。除了林蛙的鸣叫外，四周一片沉寂，脚步声因两人的默默无语而比平时放大了好几倍，显得分外滞重。终于，秦老师长叹一声说："唉，家里就这光景，也怨不得她！要是读本科，今后几年的日子难熬啊！"

这其实是在校长面前为大凤的执拗而开脱了。校长依旧不吭一声。秦老师不知他的真实态度，心里有点忐忑。直到跨进学校大门后，校长才以同样的声调说道："这是个真正懂事的孩子！我只是觉得遗憾，不会真的怪罪她。"

接着，校长又征询秦老师的意见说："还有一种方案是否可行？那就是我们大家一起捐资给她凑足学费，然后再资助她每月的生活费，直到她大学毕业。这样可以一举三得：既让她读上了大学，不至于浪费高考成绩，又为学校争得了荣誉，不至于再次出现剃光头的情况，同时也减轻了她家庭的负担，不至于因她改变志愿而陷入困境。"

秦老师先表示赞成说："这倒也是个办法。恢复高考才四年，改革开放毕竟也才三年，国家财力还不雄厚，许多措施也就没法跟上，刚刚脱贫的普通百姓家庭因为家人生病或者子女上学而致贫的不在少数，大凤也是担心家庭负担不了，才坚决要读银行学校。您说的捐助，倒也不失为一种补救办法，我个人绝对没问题，家人的工作也能做通，只是……"

说到这里，秦老师有点迟疑，校长示意他继续说下去，他也就直陈顾虑了："这孩子特别要强，不愿无功受禄，又知道老师们手头也不宽裕，所以，恐怕不会接受我们提出的方案。"为了佐证自己的判断，他忍不住说出了此前从未向任何人提及的给她补充鸡蛋的事情，结论是："让她接受一个鸡蛋，也要如此大费周章，编造一些能使她心安理得的缘由，如今要她接受长达四年的大数额捐助，难啊！这个心理障碍太大了，她没有办法打破的。"

校长沉吟良久后说："看来木已成舟了，可惜啊！不过，不妨再尝试一下：你把咱们设想的捐助方案原原本本转告给她，如果她实在不能接受，那也不要勉强，最终还是要尊重她本人的意愿。"于是，秦老师第二天一早便再次登门。不出所料，大凤在深深感激老师们慷慨解囊相助的义举的同时，毫无通融余地地拒绝了校长提出的方案。

秦老师只好心有不甘地彻底放弃对大凤的劝说，同时，也就被迫接受了一个即将呈现的事实：本年度的本科院校录取人数仍未能实现零的突破。当然，在宣传口径上，他们会采用另一种比较体面的说法："本年度有一名高中毕业生达到了本科院校录取线。"

就这样，大凤在经历了志愿填报时的小小冲突和一段焦灼的等待后，终于如愿以偿地收到了省银行学校的录取通知书。大凤事先打听到的诸多事项，比如免交学费、每月发放十九元奖学金等等，一一写在白纸黑字上。大凤长长地舒了一口气，但不知怎么的，心里又有些惘然若失。

八

隐现于东方天际线上的鱼肚白渐渐浸润开来，由几个斑点膨胀为彼此交融的一大片，而整个天空也因此透出了亮色。坐在候车室里打了个盹的大凤，睁开眼睛，看到窗户外黑幕已经褪去，太阳公公虽然还没露出整个笑脸，却已开始将明媚洒向人间，窗户的上方已镶上了一条银边。她的睡意瞬间消融殆尽，拎起全部行李，踏上了去银行学校报到的艰难旅程。

她已经弄清了去银行学校的路线图：从站前广场乘坐 38 路有轨电车到南直街下车，再步行八百米左右，就到了新建的银行学校了。这是车站一位好心的大妈告诉她的。当时，她正蜷缩在车站的屋檐下瑟瑟发抖。戴着红袖章的大妈发现了她，问清情况后，把她领进了候车室，还给她端来一杯热水。

红袖章上的"纠察"二字以及大妈的严峻表情，一开始让她有几分畏惧，担心被误归入"盲流"之列，没想到三言两语就博得了大妈的信任与同情。大妈甚至还胸怀全局地代表铁路部门向她表达了歉意："都怪我们的火车晚点，不然你早就舒舒服服地躺在寝室里睡觉了！"大妈也不知道银行学校的具体地址在哪儿，把大凤安顿下来以后，就替她去打听了。

大妈本来还说七点钟下班后过来送大凤去公交车站乘头班车，让她好好歇歇，不要着急。见候车室里暖气不足，怕大凤冻着，大妈刚离开便又返回来，把一条毯子塞给大凤说："闺女，看你累得够呛，这候车室里人也不多，你就别顾忌啥体面不体面的，大模大样地在椅子上躺下来补一觉，这条毯子可以为你挡挡风寒，如果你怕羞的话，还可以用它来蒙住头面。"

这条毯子并没有派上用场，因为和站外的屋檐下相比，大凤觉得候车室已经温暖如春，足以使她身心舒泰了。但这条毯子对她来说并不是多余的。它在物质层面的效能虽然无从显现，精神层面的作用却发挥得淋漓尽致。它让大凤对报刊上反复宣传的"人间处处有温情"有了切肤的感受。

因列车晚点而导致的种种烦躁不安都被一条毯子拂去了。大凤意态安闲地靠在椅子背上，而将毯子垫在身后，觑了一下四周，见没人盯着她看，便合拢了双眼。原本只想闭目养神，岂料一旦放松下来，居然很快就潜入了已疏离两天两夜的梦乡。但梦乡里的她并不踏实，仿佛还在老牛般喘着粗气的火车上颠簸，车轮与铁轨猛烈摩擦所产生的哐唧哐唧的声音一直震荡着她的耳膜。她很想从这个动荡的梦乡里挣脱出来，重新回到安宁的现实中来，但浑身一点力气也没有，脚就像踩在海绵里，一步都迈不开，怎么也无法走出那个支离破碎而又五音繁杂的梦乡。

九

这是她第一次出门远行，也是她第一次乘坐火车。不，准确地说，应该是第一次乘坐客运列车。林场运送木材的小火车她以前当然坐过，但它的体量与速度根本没法与客运列车比，而且乘坐的时间也很短，只是进山采榛子、松子以及蘑菇时让它捎捎脚。无须买票，也不需要与司机打招呼，想坐时，就拿出百米冲刺的劲头，猛跑几步爬上车，坐到垒得整整齐齐的原木上。

刚开始爬车时还有些担惊受怕，慢慢适应了，身体就能随着小火车的颠簸而晃动出一种独特的韵律。尤其是夏日，小火车穿行于崇山峻岭中，犹如泛舟于绿色的海洋，让只从书本上看到过大海的她也有一种山海相拥的感觉，阵阵凉风从身上掠过，不时还有树叶轻拂，真是惬意！

客车就完全不同了。那种拥挤、那种喧闹，更甚于她难得路过一回的农贸市场，远远超出了她的想象。去哈尔滨的客车要到县城去坐。而从小镇去县城，要坐三个小时的大巴。她是在众乡亲的簇拥下走到大巴站的，一路吸引了不少过往行人的目光。"哟，这就是考到省城去念书的大凤哪，长得够水灵的！""瞧见了吧，十里八乡就出了这么一个女状元，老张家祖坟上冒烟啰！"类似的半公开的议论灌满了她的耳朵，她一脸平静，心里却还是很有些光宗耀祖的自豪感的。

母亲脸上则绽开了鲜花朵朵，遮掩住了日趋浓厚的岁月风霜。她向单位请了一天假，送大凤去县城乘车。她也犹豫过要不要将大凤一直送到省城，在大凤的劝阻下放弃了这一想法。是啊，家里有两个残疾老人、三个黄口稚子需要她料理饮食起居，她离开一天问题不大，而往返省城则要花四天时间，这就必须拜托邻居照顾了。邻居中倒有主动表示愿意助力的，但谁家都有干不完的活计，不到万不得已，她不想麻烦别人。

还有一个原因——大凤不客气地对她说："娘啊，你这辈子就没到过比县城更远、更大的地方，对省城你也是两眼一抹黑，陪我过去只不过帮我拿拿行李，然后看一眼我念书的地儿，心里好安生，这其实大可不必，来回折腾好几天，受累遭罪不说，还糟践钱。"的确，她跟着去，也派不了什么大用场，只是求得安心而已。

所以，最终商定的是母亲把大凤送到县城、送上火车。较之在小镇登上大巴时群情欢腾、众目仰视的景象，县城车站的送别场面就显得清冷而多少带有些感伤的意味了。除了母亲外，没有其他亲友，周边都是陌生的旅客，没人关注她们。不过，感伤的情绪并未能蔓延开来和延续下去，因为检票处人山人海，汹涌的人潮很快就将她俩冲散了。

大凤好不容易从人潮中一步一步挪动到车厢门口，而母亲已与她隔开了大约三米的距离。母亲拼命喊："你先挤上车，别管我，箱子我从窗口递给你！"于慌乱中显示出定力。大凤稳下神来，两手护住网兜，两肘挡住人流，猛一抬腿，双脚终于跨到了车上。不敢有片刻迟疑，她迅速走进车厢，打开车窗，而母亲这时也已奋力挤到了车窗边。

装有被褥衣物的木箱，原先沉重得母女二人根本无法举过头顶，于此紧张之际，应激反应能力得到了爆燃机会，母亲一下子便把箱子高举到窗口，若有神助。大凤毕竟不像干惯了力气活的母亲那样既有耐力，也有爆发力，接过木箱后她学着母亲平日干重活时的样子，一咬牙一跺脚，想独力把它放到高高的行李架上去，但托举到半空时，忽觉手臂一酸，木箱便呈坠落之势，幸好旁边及时伸出一只有力的臂膀，将木箱稳当当地擎住。

大凤一看，是位满脸络腮胡子的大叔，面相有点像剿匪小说中的东北胡子，对她露出的笑容却十分友善，甚至带有几分爱怜，仿佛面对的是自己孤身远行的儿女。大叔说："丫头，松手吧，我一个人就行！"然后，轻松地将木箱归置在行李架上。大凤道了声"谢谢"，正想与窗外的母亲说几句，火车就开动了。她只来得及加大嗓门喊了句："娘，你放心！"也不知道母亲有没有听到，转瞬间，站台上的母亲就变成一个黑点了。

母亲没有像电影画面里常常渲染的那样，追着火车一溜小跑，然后趔趄一下，止住脚步，大口喘气。没有，她始终伫立在原地，目送女儿乘坐的列车驶出自己的视线。在女儿眼里，这个黑点越来越小，终于它完全消融在暮色苍茫中。

十

大凤记得自己的座位在这个车厢的第 12 排靠窗的位置，但这个座位已经有个男人大模大样地坐着了。

她拿出车票又仔细看了一眼，没错，是这儿。于是，礼貌地说："同志，对不起，这是我的座位。"男人流里流气地说："你的座位？上面写着你的名字吗？小丫头片子，谁先到谁坐，懂吗？谁让你来这么晚呢？"大凤理直而气不壮，弱弱地请求说："铁路运输规定是'对号入座'的，麻烦你回到自己座位上去好吗？"男人则气壮如牛："爷不理这茬！爷爱坐哪儿，哪个座位就是爷的！赶紧给爷到一边凉快去！"

大凤从没遇到过这样霸蛮的主儿，一时语塞，小脸涨得通红。男人犹自不依不饶，嬉皮笑脸地说："要不你坐爷腿上也行？肉乎乎的可比硬座舒服！哈哈哈！"大凤气愤之极，正想着要不要豁出去给他一巴掌，有人为她出头了。哦，就是刚才帮助她的那位大叔。

大叔一把揪住男人的衣领，轻轻往上一拎，男人就像提线木偶似的被扯离了座位，乖乖地顺着大叔的手势上下挪移。挪移到过道上，大叔又轻轻往前一推，男人就跌跌撞撞地倒退了好几步，差点摔倒在地。大叔甩了甩手，就像手上刚才沾了秽物一样，无意中将蒲扇似的手掌亮在众人眼前，男人自知不是对手，虚张声势地说了句"你等着，有你的好看"，就溜之大吉了。

大叔从头至尾未吭一声，甚至将男子赶走后，他也只是指了指大凤被夺回的座位，示意她坐下，既未对刚才的事件进行评论，也未对惊魂稍定的大凤加以安抚。然后，一转身便走了，大有"功成拂衣去"的侠者风范。大凤很想像古代侠义小说中获解救的弱女子那样珠泪欲滴地叫一声："壮士，留下名来！"但喉头就像被锁住了似的，一个字也吐不出来。

大叔去了哪儿，她是后来从其他旅客的口中得知的：他和那个霸座的男人都只买到了无座票，见那个男人去了车厢连接处——那儿相对宽敞，可以席地而坐——他便跟了过去，紧挨着男人坐下，让这个不规矩的男人时时感受到自己的威慑力，不敢再兴风作浪。这位挺爱八卦的旅客，将自己跟踪侦察的结果报告给四周目睹过刚才那一幕的人，眯缝着的眼睛则不时瞟向大凤，看她是何反应。

大凤这时已平静如水。临行前爷爷拖着瘸腿硬要把她送到门外，叮嘱说："丫头，你十七岁了，刚好与爷爷闯关东时同一个岁数。如今，不像当年那样兵荒马乱了，太平着呢！路上没有谋财害命的胡子了，可坏人啥时都不可能死光光啊！你一个人出门，没准也会与坏人打照面，要多留个心眼，别惹事，但也别怕事，就是遭坏人欺负了，也没啥大不了的，就当被狗咬了一口！"

虽然残疾多年的爷爷几乎足不出户了，但这却是他从沧桑多变的人生中萃取的朴素而又精微的感悟。她记住了爷爷的这番嘱咐，并以之来调节与修复自己初涉世事、始遇"坏人"而不免动荡的心情，于是很快就安之若素了。听到有关"大侠"去踪的报告后，她依旧蛾眉微锁，表情了无变化，心底却又涌起一股暖流。然而，出于对陌生男人的本能的排斥与防范，她不愿与犹自沉湎在刚才的欺凌与拯救事件中兴奋不已的各色乘客搭话，便作闭目养神状，对他们的议论充耳不闻。

十一

她本想走到车厢连接处去，将满贮着谢意的清澈目光望向那位"大侠"，以示自己懂得感恩，但过道上这时已站满了没有座位的旅客，要从他们中间挤过去是一件非常费力的事情。算了，心存感激就行了，重要的是将来自己有能力了，一定要像他那样乐于匡扶正义、救助弱小，"该出手时就出手"。

倦意一阵阵袭来，她却不敢真的打瞌睡。火车逢站必停，上上下下的旅客多如过江之鲫，流动性极大，她很担心行李被人顺手牵羊。

虽说木箱看上去有些破旧，但谁知道里面装着什么东西呢？没准败絮其外金玉其中，遭贼惦记不是没有可能的。所以，每当到站停车，她貌似在与瞌睡虫嬉戏，实际上却清醒得像枕戈待旦的古代卫士，竖起耳朵辨识着来自行李架的任何一点动静。直到列车重新开动，她才能松懈一下紧绷的神经。

而且，每次停车，都会出现新一轮的喧闹，因争先恐后而推推搡搡、骂骂咧咧的，被踩痛了脚失声尖叫的，扯直了喉咙呼儿唤女的，找不到座位乱嚷嚷的，让大凤体会到什么叫"人声鼎沸"。她即使想睡也没有办法不受惊扰而酣然入梦。这样，整个旅程她都与梦乡保持着有意无意的疏离状态，尽管周边鼾声四起，几乎压过了火车咣啷咣啷的噪音。

她本来也不想去厕所，一来不知火车上的厕所如何使用，二来过道已被稠密的人群所塞满，要从他们中间挤过去，难度虽然小于穿越铜墙铁壁，却也将大费周章，至少要不断打躬作揖。她看到有两位"内急"的旅客一边试图用手将人墙掰开一条缝隙，一边不停地请求说："对不起，借光过一下，实在憋不住了。"暴露自己的隐私，这该有多难为情啊！

所以，她一口水也不敢喝，硬生生把自己弄得唇干舌燥。车行五六个小时后，她开始觉得饿了。先也忍着。待得饥肠辘辘、忍无可忍时，才从包里掏出煮鸡蛋吃了两个。母亲煮了三十个鸡蛋让她带着路上吃。看到弟弟妹妹们羡慕而又垂涎的神情，她只肯带走十个。推来推去好几个回合，最后相互妥协，她答应带走二十个。但临行前，她又神不知鬼不觉地放下了四个。这样，她最终带走的实际上是十六个。

她作过比较精确的估算：到省城的车程大约是三十五个小时，听说这趟慢车一般要晚点五小时左右，那么合计耗时四十小时。每过五小时吃两个鸡蛋，十六个鸡蛋刚好满足基本需求。当然，两个鸡蛋可能填不满胃里的空间，但它营养丰富哇，转化为能量绝不会亚于看上去体积大得多的两碗玉米糁子粥或两个窝窝头。

她不愿示人以狼吞虎咽的样子，很有淑女范儿地一小口一小口将煮鸡蛋徐徐送入腹中。母亲将刚煮熟的滚烫的鸡蛋放进她包里时也曾提醒过她："煮鸡蛋不能大口吞,吞急了会噎着。"其实,哪用得着母亲提醒?她本来就不会大口吞的,不光为了保持风度,还因为细嚼慢咽才能品尝出煮鸡蛋的美味。这样的好东西,如果囫囵吞枣,那就是暴殄天物了。

但煮鸡蛋只能充饥,却不能止渴,反倒使干渴更甚。她恍惚觉得自己成了久旱无雨时田野上因缺水而快要枯死的禾苗,不得已取出崔叔叔送给她的军用水壶,抿了两口灌在里面的白开水。她抿得非常小心,比崔叔叔抿白酒还要小心,而白开水沾唇后带给她的舒适与满足,则酷似崔叔叔抿光一小杯白酒之后。

十二

崔叔叔是林场食堂的大厨,多年来母亲一直为他打下手。他的外形与刚才出手相助的那位大侠有几分相像,性格也有神似之处。大凤对他的情况了解不多,只知道他平时对母亲非常照顾,对他们姐弟几个也十分爱怜,偶尔她去食堂找母亲,他都会给她一个白面馍馍或一把花生、一捧瓜子,有时甚至还会极其豪奢地给她一大块香喷喷的狍子肉,让她带回去与弟妹们分享这过年也未必能吃上的美食。

他一年也会来家里几次,当然不会空着两手来,总是提着大包小裹的米面果蔬,都是家里紧缺的。还会带来爷爷平日爱喝却喝不到的散装白酒和用油纸包着的油炸花生米,后者可真是稀罕物啊!爷爷的眼睛都放光了!赶紧用力撑起身子,就着炕桌,与崔叔叔对饮起来。不是一干而尽的豪饮,是那种一小口一小口、比君子还要君子的细咂慢品,与他们的生性似乎不太匹配。

不过,这爷俩都享受得很,就像啜入口中的不是五毛钱一斤的本地土烧,而是只有在王母娘娘的蟠桃会上才能喝上的琼浆玉液。爷爷满脸的沟沟坎坎都被这琼浆玉液给灌溉了、滋润了,浮现出久已不见的生气,仿佛变回了残疾前那个一颗汗珠掉下地来可以摔八瓣的汉子。崔叔叔黑红的脸膛上也泛出光来，不时觑一眼静坐在炕沿飞针走线的母亲，一副心满意足、无复他求的样子。

两人的嗓音渐渐也宏亮起来，不再顾忌正在做作业的大凤姐弟。相互敬来敬去，不停地说着"干！干！干！"，酒杯碰得山响，杯中酒却迟迟不见减少。大凤暗自好笑，同时又多少有点心酸。尤其是爷爷，举杯的姿势和啜饮时发出的"吱溜"声十分夸张，让她想到"豪情万丈"这个形容词，但酒杯在与嘴唇相触的一瞬间便被果断地放下，酒水充其量只能把干裂的嘴唇沾湿。过后大凤想，爷爷的自控意识该有多强啊！

只有大凤收到银行学校的录取通知书后那一次，距今不到一个月，崔叔叔与爷爷总算开怀畅饮了一回。那天，崔叔叔带来两瓶圣元春酒，那可是采用泥池老窖发酵的纯高粱原生态稀罕物，据说始酿于1913年，酿造者张海鹏后来成为末代皇帝溥仪的侍卫，圣元春酒也就被加上了"御酒"的桂冠，非普通百姓杯中物了。能搞到这样的奢侈品，且在这样的时刻拿来与一个糟老头子分享，大凤是明白其意味的。

崔叔叔一开始就对爷爷宣布了规矩："叔，咱家多久没摊上这样的好事啦？祖坟上都冒青烟了。咱爷俩能不能一醉方休？"最后，爷爷没醉，他却颇有几分醉意了。大凤不经意看见，母亲又炒了一盘鸡蛋给他们端上去时，崔叔叔蒲扇般的大手搭在了母亲的腰部。母亲左右张望了一下，腾出左手把"蒲扇"使劲推开去。大凤连忙垂下眼帘。

等母亲再次端着醒酒汤来到身边时，那把蒲扇又越位了，落在更不宜出现的地方——母亲的臀部。母亲在蒲扇上狠狠掐了一把，见儿女们压根儿都没注意这边，爷爷又已昏昏欲睡，便低声呵斥了一句："把你的狗爪子缩回去！"

大凤不便也不敢盯着那边看，但那边的任何一点动静都未能逃脱她处于高度戒备状态的耳目的捕捉。她细细回味自己当时的感受，好像对崔叔叔的冒犯并不反感。母亲似乎也不反感，她的呵斥看似凶狠，大凤从中却听不出一丝愠怒，反倒觉出几分亲密。那是彼此的关系已经没有禁忌、接近零距离才有可能采用的语言方式。她还不太懂，但在有限的经历中，也曾多次见过世俗男女的打情骂俏，这当然不是，但况味好像也有些近似了。

此时，捧着崔叔叔赠送的军用水壶，她自然而然地想起崔叔叔对她们家多年的扶助，想起那个晚上被圣元春酒所催生的一个个内涵丰富的细节，心头荡起一圈涟漪。崔叔叔当过兵，这只水壶是他五年军旅生涯的见证者，也是唯一留存至今、既耐用又耐看的纪念品。军装和军用挎包这两年已经不怎么时尚了，军用水壶却还没有被抹去昔日的光环，在年轻人眼里依然是兼具实用功能和审美价值的器物，持有它是一种骄傲、一种荣光。正因为这样，崔叔叔才会忍痛割爱，把这只随身多年的水壶送给她。

"丫头，要出远门了，叔也没啥你瞧得上眼的物件儿，就这水壶路上还能派点用场，也不会太丢份儿，如果你不嫌弃的话，就带上它吧！"崔叔叔说得这么诚恳，大凤也就心安理得地接受了。而且，在登上去县城的大巴车前，崔叔叔是将它灌满了凉开水的。他说："本来想撒把糖进去的，但糖水喝了口干，还是凉开水解渴。这壶水喝光后，上火车前记得加满它，车上人多，只怕加水不方便。省着点喝，对付到省城没问题。"

崔叔叔果然老到，火车上的状况一如他所料，要挤过人群去打开水，那太费气力了。所以，她哪敢大口饮水？同时，她还有另一种担心：水喝多了，要上厕所怎么办？那同样要从人流中杀出一条血路，而瞅瞅站立在过道上的无座旅客，有两位贼眉鼠眼的，好像不是良善之辈，万一挨着他们走过时，他们想揩油怎么办？

然而，尿意却渐渐萌生，而且越来越趋强烈，强烈到她无法克制的地步。什么叫忍无可忍？她现在的情形就是！她觉得再不去撒尿的话，可能就要出大洋相了！两害相权取其轻，比起出大洋相，还是使出吃奶的力气去挤一回为好。谅大庭广众之下，一两个色狼也不敢大胆妄为，了不起趁机揩点小油。而被揩点小油，尚在心理承受能力的伸缩范围内。于是，她下决心去解决内急问题。

倒还真没有人揩油。至少提心吊胆的她没有感觉到。轻微到她没有丝毫感觉的揩油，也就不成其为揩油，可以忽略了。原来人不可貌相，这个世界还没有变异到充斥着色狼的地步。但挤往厕所的途中虽非处处陷阱，却真的历尽艰难。不知道说了多少遍"对不起，借光过一下"，还有好几回因不小心踩着了席地而坐、昏昏欲睡的老少爷们的衣襟或脚背而不停道歉。一路跌跌撞撞、磕磕碰碰，总算站到了厕所门前。

排队等候是必需的。等候的过程使她更深一层地理解了爱因斯坦的相对论。厕所内的肮脏也是意料之中的。这都不是问题。真正难以解决的问题是，忍着膀胱快要胀破的极度不适终于进到厕所里面后，她突然发现自己不知道如何上锁。冷汗都急出来了，还没找到机关。不上锁？那怎么行？万一有人推门进来，那不就春光尽泄啦？情急之下，她便用手死死摁住门栓。

这泡尿真是撒得惊心动魄！几乎耗尽了她的精气神。不过，最终有惊无险，并没有人冒失推门。饶是如此，"一曲歌罢"，也已香汗淋漓。这促使她作出一个新的近乎自虐的决定：要进一步减少饮水量，不到口干舌燥、嗓子冒烟、非饮水不可的地步，绝对不拧开军用水壶；每次饮水，以一口为限，而且只能是刚够消烟灭火的一小口。这样或许可以避免再次历险。

她做到了。在经历了长达五十多小时的颠簸，看到火车驶达哈尔滨站时，她长舒了一口气，同时也猛喝了一口水，庆贺自己完成了人生中第一次长途旅行，也褒奖自己初经考验而不馁的毅力。当然，便意也就更浓了。不过，已经到达省城的终点站了，还怕活人被尿憋死吗？当她于凌晨时分提着沉重的行李走进候车室，一眼看见"女厕所"的标牌后，顿觉饱受煎熬的状态将不会延续了，就像驾驭一叶扁舟在波山浪谷间出没多时，终于驶入了风平浪静的港湾，不再有倾覆的危险。

十三

换乘了两趟公交车、又拖着行李步行了近五百米后，省银行学校1981级新生张大凤在兴奋与疲惫中，找到了银行学校新址。眼前的景象是她怎么也没想到的：这简直就是一片建筑工地，满目都是林立的脚手架，只有两幢楼房和几栋平房露出真容，却是一副荆钗布裙、素面朝天的村姑模样，不知是否还会施以粉黛。远远望见平房中有幢幢人影出出入入，哦，那该是她的新同学们开始了忙碌而又新鲜的一天。

纵横交错的道路倒还比较平整，但两旁杂草丛生，还没来得及刈除，完全不像她想象中的那样绿树成荫。规模比她就读的林区中学要大得多，道路几乎看不到尽头。但一切都还在建设中，反不及林区中学让人觉得整洁有序。她不由得倒吸了一口凉气，对这所她渴望融入其怀抱的学校顿生失望之情。

她把行李搁在校门右侧稍事休息，想等气喘匀后再进去报到，以免显得过于狼狈。至于湿漉漉的衣裳粘在背上简直有蚂蟥吸附的感觉，她已经顾不得管它，只能强自忍受了。再向两幢楼房望去，她有了新的发现：它们都悬挂着横贯整座大楼的巨幅标语，其中一条是"热烈欢迎新同学"，另一条是"发扬艰苦奋斗精神，努力学习，报效祖国"。红底白字，极为惹眼，将凌乱而又粗粝的校园烘托出几分生气与活力，也让她精神为之一振。

她想，新生报到处应该在那两幢大楼里面，从校门到那两幢楼还有一大段路要走，提着大箱小包的不会轻松，但比起刚经历的种种旅途艰辛，这简直就不算什么了。她做了一个扩胸动作，铆足精神，准备发起最后的冲刺。就在这时，从校门左侧的传达室里走出一位臂挂"纠察"红袖章的老师傅，哟，这行头与车站的那位阿姨一模一样，大概是省城所有安保人员的标配。他看到大凤后猛一拍掌说："嗨！我隔窗瞅着就有点像新生，果然是咧！快，先到屋里歇会儿，喝口水润润嗓子，我马上招呼人来给你搬行李。"

　　这以后的一切就非常顺利了。七位热情的室友得知她在火车上度过了担惊受怕的两昼夜后，把她强按在宿舍的下铺上，要她美美睡一觉，然后蹑手蹑足地退出去，参加清扫校园的集体劳动，为第二天的开学典礼营造整洁的环境。大凤本不想缺席这具有特别意义的"第一课"，但室友们不由分说，一致表决通过了"勒令张大凤休息案"。她第一次感受到了民主与强制相偕而行的特殊氛围，而从这一氛围中飘逸出的两个字是"友爱"。

第 三 章

一

　　杨小倩在地铁上又接到胡书记两个电话，同样非常简洁："直接到图书馆前的草地来！""快！快！快！"这是连发十二道金牌的节奏了。小倩据以判断，"金世遗"采用的大概是跳楼自尽的方式，而且可能已经遗世而去了；遗世的现场则是图书馆大楼，想来他是从八层高的图书馆楼顶纵身一跃，让自己结结实实地坠落在楼前茂密的草地上。

　　她从两个电话中挖掘到这些潜在信息。既然胡书记一如既往地惜语如金，下达指令后便切断电话，不给心急如焚的她询问细节的机会，而她又不便把电话再打回去，就只能进行合乎逻辑的推理了。从胡书记的电话中，她还捕捉到一丝慌乱。噢，这可是以往通话中从来没有闪现过的。

　　她不认为，这是因为自己的敏感而产生的错觉。一样的斩钉截铁，不容分说，但以往声音非常清脆与流畅，而今却有些嘶哑与颤抖。嘶哑或许可以解释成处理这一突发事件之际讲话太多所致，颤抖则该是内心的惊惶情绪的表征了。一向镇定若素、示人以大将风度的胡书记也难以掩饰内心的惊惶，正彰示了事态之严重。

　　这样一想，小倩更加有一种大祸临头的感觉。刚入职辅导员时，她接受过为期一周的专题培训。其间，各级领导都反复强调，防范有心理问题的学生轻生，是辅导员工作的重中之重，绝对不能掉以轻心。学生工作部部长还专门剖析了历史上发生的一些学生自杀的案例，供大家作为前车之鉴来研讨。

小倩记得很清楚，学校党委副书记、亦即东海大学主管学生工作的最高领导陈翔教授，在主题报告中喋喋不休地对这一问题进行了阐述。从此，她就懂得了学校工作千头万绪，最让人挠头的就是自杀事件——当然，主要指学生自杀事件。

教职员工的自杀事件极其罕见，可以忽略不计，偶尔发生的是教师的猝死。这自然也不好应付。除了优抚家属外，还要应对校内外舆论的谴责。因为人们习惯于把这种猝死归因于教师精神压力过大。精神压力过大，又是因为教学科研负担过重。而最终会归结到学校实行的考核激励机制给教师们套上了紧箍咒，使得他们长期处于高负荷的状态。这就有借机讨伐的意思了。

陈翔副书记说，传统媒体尤其是官方媒体报道这类事件时是非常谨慎的，只叙述事件本身，不作任何评论，更不会妄加生发，以免引起部分社会人群的思想动荡。新兴媒体尤其是微信公号等自媒体就不同了。说它们唯恐天下不乱，也许夸大了其不良动机，抹黑了其未必污浊的心灵，但它们为了吸引眼球、增加流量，是以推波助澜为宗旨的，常常会放大事件的负面因素，不问青红皂白地对校方加以挞伐，不惜借此酿成一起不大不小的风波。网站或公号的知名度提高了，却给学校添了乱、捣了蛋。

但比起学生自杀事件，为个别因病猝死的教师善后又是小菜一碟了。有时甚至不需出面澄清，保持沉默就是。任何辩解都是多余的，都有"此地无银三百两"之嫌，反倒会招来更多的非议。索性以静制动，静观其变，过一阵子舆论风波就会平息了，因为校领导不接招，网文的作者就会有一拳打在海绵上的挫败感，预留的后手也就没有必要出笼了。于是偃旗息鼓。反过来，你如果针对他们那些煽风点火的言论一一进行驳诘，就会激发他们的斗志，让他们像打了鸡血一样亢奋，没完没了地与你缠斗。

何况新的舆论热点会不断产生，那些喜欢炒作负面新闻的好事之徒在有人喝彩而无人应战的态势下很快便会将兴奋点转移到别的事件上去，教师猝死的事就成了食之无味、弃之不惜的明日黄花，从舆情中飘然而逝了。久经"沙场征战"，学校领导早就修炼成精了，深知"该出手时就出手"，不该出手时不妨把手藏在袖子里比划，千万别伸出去！"手莫伸，伸手必被捉"，移用在这里倒也是合适的。

陈翔副书记分析了学生自杀事件之所以处理起来更加棘手的原因：当然首先是因为舆论的关注度要高得多。教师猝死，是猝不及防的意外，属于不可抗力，虽可归咎于学校考核重压下的"过劳"，毕竟其自身也有未发现或虽已发现却没能及时治疗的病灶，谁都知道"外因是变化的条件，内因才是变化的根据"嘛！舆论也知道学校需要承担的责任有限，没法"等闲平地起波澜"，大做特做文章，尤其是在应对经验丰富的校方三缄其口的情况下。你可以夸大事实，但总不能无中生有吧？那要授人以"谣言惑众"的口实而惨遭封号的。所以只能适可而止，或者说见好就收。

在学生自杀问题上，校方要承担的责任就大了！这不是说学校应该承担责任，而是外界迫使学校承担责任。无论家长还是社会，都固执地认定学生自杀是可以预防发生的，学校却没能做好预防工作，因而绝对脱不了干系。不是吗？如果学校能早些发现思想苗头，及时进行干预，做过细的思想政治工作，把积极乐观的生活态度植入他体内，彻底祛除他的厌世心理，让他坚信"活着是美丽的"，那么他还会撒手人寰吗？

退一步，假使你们费尽心机也无法打消他轻生的执念的话，那就必须采用人盯人的战术，全天二十四小时严防死守哇！怎么能让他脱离你们的视线得以跳楼呢？最不济也该在他犹豫要不要跳时将他死死抱住。那样就只是一起自杀未遂事件，性质就完全不同了。既然让他跳下去了，那就说明你们工作没有做到位，就应该承担责任！板子就得打在你们身上。不冤枉！

所以，媒体会不依不饶地追踪事故处理的全程，从一开始添油加醋的爆料，到中间义愤填膺的谴责，再到后来上纲上线的剖析，看似公平与正义的化身，恤死者，哀教育，忧国家，洒下一大把伤心之泪，就差直接把校方指斥为非独误人子弟、简直祸国殃民的罪魁。而吃瓜群众长期累积起来的对教育的不满，也就借机找到了一个宣泄的渠道，一哄而上，群起攻之，不惜把高校污名化。

社会大众与猝死的高校教师之间是没有什么勾连的，对高校生活也很隔膜，叹惋一下、议论一下也就过去了，不会有持续关注的兴趣，更不会产生太多的联想，并进而萌生物伤其类之感。可以说，他们属于八竿子打不着的两个阶层，或者说是两股道上跑的车，几乎没有交集之处。对于社会大众而言，听到高校教师猝死的消息，因为事不关己，实际上类同于"听评弹落泪，替古人操心"。

对学生自杀事件的反应则迥异于此。谁家没有孩子啊？谁家不是含辛茹苦把孩子培养成人啊？谁家将孩子送进大学后不希望他成为国家栋梁并光大门楣啊？谁家能够接受好端端的孩子突然以决绝的方式告别人世、从此就阴阳两隔的残酷现实啊？即使偶尔轻生的学生实际伤害的只是极个别家庭，但千千万万个大学生父母（包括曾经的大学生父母和未来的大学生父母）都会感同身受，产生同仇敌忾之心。如果学校不认真吸取教训，"痛改前非"，那么，类似的悲剧就很有可能在自己家庭重演，既然如此，他们怎么可能纯然"作壁上观"而不加入口诛笔伐的统一战线呢？

打个不雅同时也有点不伦的比喻，这就叫"兔死狐悲"呀！他们绝不会无动于衷，绝不会沉默不语，他们会将自己微弱却不无愤怒的声音汇入谴责校方的声浪，在无良媒体变本加厉的煽动下，有时会一浪高过一浪，而不会马上便风平浪静。所以，学校会长时间地陷入飞溅着唾沫星子的舆论旋涡，经历各种"打脸"。不回应吧，是心虚理亏的表现；回应吧，又会被说成是强词夺理了。总之，可以用一个滥俗的比喻来形容，就像"猪八戒照镜子"，无论从哪个角度看，都是其貌可鄙、其心可诛的"非人类"。

舆情的持续发酵，会严重影响上级管理部门的态度。其实，上级管理部门是深谙校领导的甘苦的，知道在这个几乎人人关心教育、人人评点教育、人人都以教育家自居而对真正的教育家嗤之以鼻的年代，大学领导掣肘太多，既要"快速发展"，又要"健康发展"，这就有点难办了，因为"快速"往往是要以牺牲"健康"为代价的。快速发展过程中暴露出的有损健康的问题越来越多，不是凭借学校一己之力就能解决的，有些是为大环境所濡染。上级领导洞若观火，心底完全明白校方"非不为也，是不能也"。

说到这里，陈翔副书记用目光扫视全场，很有几分威严地叮嘱说："下面的话'不足与外人道也'，大家就不要记录了。这类闭门研讨的内容，谁传出去谁负责！"小倩无法在脑海里复现他的原话，大致意思是——

上级管理部门本无意大兴问罪之师。毋论问罪，连问责的念头也不会动。学生跳楼或采用其他极端方式轻生，原因十分复杂，不能简单归结于学校管理不善、教育无方，家庭、社会以及学生本人各有其责任。可以说，除了极个别的案例，都不应该由学校承担主要责任，有的则完全不需要学校承担责任。可是，在舆情汹涌之际，心如明镜的上级领导总得找个问罪乃至问斩的对象。这个对象非学校领导莫属。所以，从国家教育部到各省教育厅，一旦众怒难平时，是难免要"挥泪斩马谡"的，不管学校领导是否无辜。

学校领导的委屈不言而喻。有的只是腹诽，不敢公开鸣冤叫屈；有的则不满之意溢于言表："咱们的教育部就像个出奇严厉的家长，别人告状说你们家孩子调皮捣蛋，他马上褪下孩子的裤子，指着光溜溜的屁股说：你们打，使劲地打！哪怕打得皮开肉绽，他也不会心疼。甚至有时还嫌外人下手不够狠，自己再踹上几脚，以示绝不护短。不少学校领导自称"忝为无限责任公司的老总"，意思是自己把不该承担的责任也都承担了。这就近于皮里阳秋的笔法了。

不过，最让学校领导头痛的还不是社会舆论的批评和上级管理部门的责罚，而是轻生学生的家长和亲属的没完没了的纠缠。前者虽然或不无偏激，或失之偏颇，终究没有脱离理性的轨道，不会干扰他们的日常生活，威胁他们的人身安全。后者给他们带来的困扰才真正会让他们焦头烂额，而具体负责处理善后事宜的学院副书记与辅导员有时甚至也会因此而觉得生无可恋。

通情达理的家长也有，但占比不高。更多的家长在遽然遭遇惨祸时很难保持理智和正常的思维，总是难抑冲动地把一腔怒火尽情倾泻给校方，提出种种超乎学校解决能力的非正当要求，仿佛只有这样，内心的巨大创痛才能稍稍得到平复。也难怪，那多是负载着家族全部希望的独生子女啊！父母所有的忧乐，都牵系于其一身，他们就是父母的天、父母的地！他们走了，无异于天塌地陷，带给父母的是灭顶之灾。充斥在父母及其他亲属心底的除了悲痛就是愤怒，怎么可能按常规常理来出牌？

这一点不用陈翔书记解释，小倩也明白其中的逻辑——但好像又没有什么逻辑可循。她想到与此相联系的一个社会现象，这是她妈妈为之愤慨的：近年来，世人的维权意识被强化到有点匪夷所思的地步：在商场的自动扶梯上没站稳摔倒了要维权，去运河边的游步道遛弯崴了脚要维权，偷爬到别人家的果树上摘桃子不小心掉下来要维权，私自翻墙进入野生动物园被老虎咬伤了也要维权。连这种明显不在维权范围内的状况，也能理直气壮地提出索赔要求，你可以在心里唾骂他"迹近无赖"，却不能无视他的诉求。在经历围堵、谩骂、咆哮公堂等多种难堪后，为了求得太平，只好作出妥协，违心且悖理地赔钱了事。

媒体报道这类无理取闹的事件时，倒都是倾向于批评的。问题是事件的结局，不当的维权诉求大多能得到部分满足，这就会鼓励更多的人起而效尤。名声算什么，丢一回脸换得可观的经济利益，太值了！这种"要钱不要脸"的做法，公开的舆论都以为"非"，私下里却有不少人以为"是"。

春节回家探亲时，议论到当今的种种社会现象，小倩的妈妈对这种行为极为不齿，斥之为"见利忘义""恬不知耻"。全家人一起慨叹世风日下、人心不古。爸爸还揭示其深层原因说：市场经济体制有利有弊，弊端之一就是导致了拜金主义浊浪的卷土重来，把人心抹黑了、弄脏了。如今，民众过度维权，领导又过于强调维稳，过度维权的诉求往往在维稳的总体目标下幸而得逞。说到底，"维稳是第一要务"的认知束缚了各级领导的手脚，使他们姑息养奸，打着维权的旗号牟取非法利益的宵小之徒才有了兴风作浪的空间。

小倩的爸爸妈妈都是曾经的"文青"，虽然现在的工作性质与文学已经无涉，但始终未废文学阅读，言行举止也常常带点文艺腔，尤其是她爸爸，爱读古代诗文，听他说话，小倩觉得比她的研究生导师还要文绉绉。导师与她聊天，都用大白话，很少夹杂着成语典故。光听言谈，感觉爸爸比导师还要有学问，而事实当然不是这样。大概爸爸很想在女儿面前显出有学问的样子，而导师嘛，"桃李不言，下自成蹊"，是用不着对学生显摆的。

几乎所有的爸爸都希望被"前世的小情人"奉为偶像，都会尽力向她展示自己的博学或多能。小倩知道自己的爸爸也是如此。不过，有了点阅历和学识的她已经不像小时候那样对爸爸佩服得五体投地了，也不太欣赏这种表达方式了。当然，她并没有因此得出"半瓶子水晃荡"之类的不恭结论。

在这样一种社会氛围里，轻生学生的家长及亲属怎么可能不迁怒于学校？怎么可能不向校方提出种种苛刻要求？怎么可能不来上演"大闹天宫"或"水漫金山"的活剧？好啦，从学生出事的那一刻起，学生工作线的各类人员就开始陷入水深火热之中，开启昼夜无休、废寝忘食模式，而其所在年级的辅导员则首当其冲。倒也没有被折腾死或敲打残，但不脱一身皮、不掉几斤肉，是绝对过不了关的。

掉肉，对微胖型的女辅导员而言，其实是求之不得的。但以这种方式瘦身，过程实在太痛苦了，你会被视为十恶不赦的罪人，得忍受各种辱骂，甚至还会被冷不丁扇一个耳光或踹上一脚。当然，在场的保安人员会马上制止这种暴力行为。但你休想讨回公道。校方以息事宁人为宗旨，根本不敢追究打人者的违法行径。所以，你的打就白挨了。从小到大，爹妈就没舍得碰过你一指头，校园霸凌事件你也没经历过，现在呢，平白无故地就被人下狠手揍了，还没法报仇雪恨，你说这让人受得了吗？

受不了也得受！谁让你选择了这份工作呢？只是与其这样惨烈地掉肉瘦身，不如继续做一名微胖界人士，用"环肥燕瘦"的审美观念来自慰。何况就小倩而言，身材已经够纤细了，再瘦身，那就成皮包骨头了，不仅骇人眼目，而且直接给学校乃至社会主义制度抹黑了。

曾经有位辅导员撰就对联一副，"闻跳楼而魂飞魄散，逢轻生而形销骨立"，横批为"惊弓之鸟"。文史专业的同道们对其文字及韵律或有所非议，却都认为它所概括的感受是真切的。小倩自然也听说过这副对联，此前对其意蕴并没有实际体验，也就没觉得它有多么精妙，而今心急火燎地站在飞驰的地铁上，却忽然想起了它，顿然发现它是一副曲尽人情的现实主义佳联。是否会"形销骨立"尚未可知，听到金世遗自尽的消息，自己"魂飞魄散"则是已然发生的事实了。

她知道，金世遗以极不负责任的态度结束了自己尚未完全展开的生命，这虽然还有待于最后的证实，但基本上已成定局。接下来的一切，无论有多险恶，都需要她勇敢地面对。她这时唯一祈求的是：但愿金世遗的家长非恣意妄为、不可理喻之辈，尚能体谅她与校方的处境，在宣泄过暴风骤雨般的愤怒之后，能够冷静下来，在理性的制导下，配合学校做好善后工作。

二

图书馆前的草地上已经拉起了警戒线。下了地铁后就一直保持百米冲刺速度的杨小倩，跑到警戒线跟前时，早已上气不接下气，有恶心想吐的感觉。她有生以来的长跑纪录显然被刷新了。

读大学时，学校规定每天晨跑两千米，为防止学生偷懒，必须在起点和终点打卡。有些聪明的学生在起点打卡后，便骑上自行车到终点再打卡一次。学校没有足够的人力来查处这种作弊行为，也就睁一只眼闭一只眼了，至少他们早上不能赖床，无论寒暑，非到两个打卡点报到。小倩倒是从来就没有作弊过，三年坚持下来，人看上去依然有点瘦弱，体能却大为增强。大四时，在同学们撺掇下，她还报名参加了校运会的五千米长跑。尽管没能成为摘金夺银的一匹黑马，却也跑完了全程，且不是垫底的那个。这已经让她很有成就感了。

那回跑完五千米后，她多少也有些虚脱感，却并不觉得恶心。这次恶心欲吐，原因不外乎进入研究生阶段的学习后，晨跑的习惯被彻底放弃了，久不运动，体能严重退化了。同时，这次奔跑的距离已远远超过了五千米。再有，该就是急火攻心了。

她拉开警戒线就往里闯。于是，耳边传来保安的一声断喝："无关人员不得入内！"她解释说："我不是无关人员，我是……"未待说出辅导员的身份，保安已不由分说地把她推搡到警戒线之外。态度相当粗暴，动作力度也很大，她摇晃了几下才稳住脚跟，原本就没调匀的气息愈加紊乱，而内心的焦灼也在瞬间转化为怒火喷薄而出："你凭什么这么对待我！"

好在这时胡书记看到了她，和保安打招呼说："她是当事的辅导员，让她进来吧。"保安这才放行，而她急于探知究竟，自也无暇与保安计较。不过，胡书记说出的"当事"二字却让她心里咯噔一下，甚至有些暗自计较。

"当事的辅导员"，这是什么意思呢？除了说明我是出事学生所在年级的辅导员外，还有没有别的更深的用意呢？比如暗指我是这起事件的责任人，为后面要我承担罪责埋下伏笔？那么，胡书记使用"当事"这个词，究竟是无意还是有心呢？以她平日一丝不苟的作风，只怕是后者。

小倩只觉得一股悲凉之气直侵骨髓。但此时岂容她多愁善感，她奋力将多余的想法撇开，而将意念凝聚于事主金世遗本身。被白床单蒙着的应该是这个入学后一直郁郁寡欢的瘦小男生的遗体吧？本来，她还抱有最后一线希望，那就是他跳下来时被某个障碍物挡了挡，阻滞了下坠的速度，所以只是造成了重伤（最好是轻伤）。因为胡书记始终没明说他丧生与否，所以，尽管料到凶多吉少，她还是心存逢凶化吉的侥幸。然而，这一必须放弃而又不愿放弃的侥幸心理一下子就被白床单击为齑粉!

白床单周边围着不少人,学校的陈书记与学院的胡书记都在其中,还有忙着勘察现场的刑警,一个个神色严峻。小倩挤到胡书记身边。从粗重而非娇柔的喘气声,胡书记明明已感觉到她近在咫尺,却没有转过头来看她一眼。她弱弱地、满怀负疚感地轻声招呼说:"胡书记,我到了!"胡书记往日比警犬还要灵敏的听觉此时仿佛产生了严重障碍,就像装载在国产航母上的相控阵雷达突然受到强大的电子干扰而失灵了一般,没有作出任何反应。

她再次怯怯地向胡书记报告自己已经到岗:"胡书记,我现在该干什么?"胡书记这回听到了,似乎雷达摆脱了电磁波的干扰,又能接收到信号了,不耐烦地转向她说:"现在才到?你倒笃定得很,大将风度啊!"她明白"现在才到"是批评她动作迟缓、做事拖拉,"大将风度"则绝对不能理解为表扬,而是冷嘲热讽。

她不敢有半句解释,静候这位敬业而又严苛的顶头上司继续奚落。胡书记却改奚落为训斥了:"该干什么?这还用问我吗?你的工作预见性和主动性到哪儿去了?一定要拨一拨才肯动一动吗?"她面红耳赤,无言以对,内心愧疚倍增,却依然不知自己现在该干什么。她真想反问一句:"如果知道该干什么,我还会问你吗?"

忽然,小倩意识到,胡书记或许也不知道现在该干什么。不是因为乱了方寸,而是她自己只怕也没有这方面的经验。学生自杀毕竟是大不幸的小概率事件,每年都在个位数,全校三十多个学院,不是每个学院都能摊上的。没摊上过,就缺乏感性认知,没有亲身体验可循,一时就会无所措手足。管理学院至今没有摊上过,难怪胡书记也一脸蒙。她严词厉色地训斥自己,其实正暴露了她不知应对之策的惶恐。她无力为心目中的替罪羊指点善后路径,又不想在学校主管领导面前显示自己拙于应对,便只能以"色厉"来掩饰"内荏"了。

意识到这一点,小倩竟多少有些自得——入职以来,不敢说阅人已多,各色人等却也接触了不少,对世道人心的认识已渐渐由浅入深,而且也已开始懂得由表及里、去伪存真地加以分析,自以为有时也能毫厘不爽。历史上有所谓"读心术"，鬼谷子总结的"识人九术"不外乎就是"读心"二字。小倩对正史以外的这类野狐禅并不排斥，读过不少闲书。她总觉得自己来自林海深处，一直与直肠子、热性子的乡邻打交道，为人单纯，有必要从古书中识得点世故。但"纸上得来终觉浅，绝知此事要躬行"，真正学会读心还是就业以后，当然还远没有读懂读通，但已不是"乃不知有汉，无论魏晋"的吴下阿蒙，不太复杂的小心思、小算计，还是能猜出几分的。

不过，这种自得的意绪犹如电石火光般转瞬即逝，胡书记的态度清楚地表明她对自己心怀怨尤，这次纵不痛下杀手，也是会好生修理一番的。那么，最坏的结果是什么呢？撤职、开除？那该不至于吧？无论如何，自己是没有渎职的。背个警告或记过处分？怕没有这么慈悲吧？但即便被警告或记过，也是人生的一大污点，会给刚刚拉开序幕的职业生涯蒙上阴影——哎呀呀，杨小倩啊杨小倩，你现在居然还有时间患得患失？赶快把心思集中到眼前人与眼前事上吧！不管结果如何，一定要履行好职责，把该做的事情尽力做到极致。

过后回想那个忧心忡忡、手足无措、不知何以自处的时刻，小倩庆幸的是，"救星"适时出现了，这个救星就是平日高高在上的学校党委副书记陈翔教授。

小倩过去只是在学校召开学生工作大会时，远远地看到他端坐在主席台上，从无正面接触的机会。他给她的印象除了威严还是威严。当然，讲话是很有思想、很有逻辑、也很有气势的，学生线的教职员似乎都挺崇拜他，她的几位同事说到他好像都有些眉飞色舞，有一位甚至还作花痴状，自承是他的小迷妹。小倩对他倒没有这般倾倒，只觉得他是一位可敬而不可亲、可望而不可即的高层领导，与自己相隔好多个层级，恐怕这辈子也不可能有任何交集。没想到一起突发事件却强行把在不同轨道上运行的他俩驱遣到同一个焦点上，而且他在一幕活色生香的人生悲喜剧中还充当了为她解围的救星角色。

他打断胡书记的训斥说："好了，你就别怪罪小倩了，你看她大汗淋漓的，心里不定多着急呢！这样吧，小倩，你要做好以下几件事：第一，马上召集全年级同学开会，向他们通报小金同学轻生事件，一定要强调这类事件对家人、学校以及社会的危害性，也要强调学校为防范与制止这类事件的发生，已经做了大量工作。记住，告诫大家不要信谣传谣，歪曲事情的真相。第二，估计天亮后家长及亲属就会抵达学校宾馆，你要配合胡书记做好解释与安抚工作。要最大限度地体谅家长有可能表现出的不理智、不文明行为，坚决做到骂不还口、打不还手。告诉我，你可以吗？"

见小倩毫不迟疑地回答说"可以"，陈书记两道剑眉抖动了一下，略现"孺子可教"的喜色，继续面授机宜道："第三，我相信你此前不止一次与小金同学谈过心，而且留下了谈话记录。开过班会后，你要抓紧把这些记录以及你的'思想分析'整理出来，作为事件处理的重要依据。天亮前务必要整理完毕，以备家长和上级领导查阅。看来，今晚你要度过一个不眠之夜了。非常时期，只能让大家受累啦！"

这番话让她大感意外。却原来陈书记"望之俨然，即之也温"，对下属远比俯首听命于她的胡书记来得宽厚与温情。见他这般态度，胡书记的口吻也变了："就按陈书记的指示精神办！在陈书记的英明领导下，我们齐心协力做好善后工作，你也先不要有什么思想负担！"

小倩连声"喏喏"，虽然千斤重闸依然坠落在心头，压力却缓解了不少，不再有快要窒息的感觉了。她明白，这时应当主动做一点自我批评，向领导展现出有担当、敢负责的姿态，于是便有几分违心地检讨说："都怪我工作没有做好，给学校和领导们添麻烦了！"

这一着还是有效的，至少胡书记紧绷着的"包公脸"似乎肌肉松弛了一些，色彩也变得浅淡了一些。而陈书记的态度就更让她在黑云压城之际看到了一线阳光——他说："你别担心，学校不会把责任推到你身上的，如果要问责的话，首先应该拿我开刀，因为我是学生工作的总负责人嘛！现在，我们都抛开个人的利害得失吧！天塌下来有高个顶着，甩手和甩锅的事我还没学会！"

小倩平日不时感受到胡书记的不通人情，以为陈书记这样的高层领导一定更加不接地气、不谙民间疾苦，岂料他竟是如此通情达理、善解人意，字字句句都抚摩到了她心中的痛点，使她无法言说的痛楚迅速得以舒缓。她猛然意识到，自己在惊闻金世遗自杀事件后，更多地考虑的不是如何做好善后工作，尽最大努力压缩事件对学校的负面影响，而是会对自己造成怎样的损害以及如何减少这种损害。与陈书记相比，不仅思想境界太低，人生格局也小了些。

三

事非亲历不知难啊！以前只听说处理学生自杀事件要多恐怖有多恐怖，等到全部搞定不死也要褪皮，却不知道其中有那么多环节，而且每个环节都机弩四伏，一不小心就中招。

比如，召集全年级同学开会通报情况，大部分人倒是懒懒散散、陆陆续续地来了，没来的两男两女，据说是在外租房同居的情侣，打电话不接，发短信不回，大概是不想卿卿我我的二人世界受到打扰。这让杨小倩觉得又多了一层隐患——离开了老师和同学的视线，就失去了监管与约束，万一发生煤气中毒或遭遇入室抢劫之类意外事件怎么办？还有，如果小情侣之间产生误会，一时冲动，或寻死觅活，或失手伤人，不都得学校承担责任吗？

小倩直觉这是管理中很大的一个漏洞，如不及时把它堵上，后患无穷。可是，教育部并没有明文规定，学生必须居住在学校提供的宿舍呀！去校外居住固然需要履行申请手续，并征得家长同意，但只要申请了，学校又有什么理由不批准呢？这种申请只不过相当于"备案"而已。在条件许可的情况下，让儿女住得舒适些，家长也没有不乐意的。

至于男女生同居嘛，校纪校规也没有明令禁止哇！新婚姻法可是允许在校大学生申请结婚的！婚前性行为早就不是被唾弃的了，相反，没有这方面的经验反倒是一些女大学生引以为耻的。观念如此新潮，能公然反对男女大学生同居吗？既然如此，说服他们搬回学校住就不是一件容易的事了。可是，能因为难度大就不去试着消除这一隐患吗？不能！办法暂时还没有，以后慢慢琢磨，眼下无暇多想了。

让她有些吃惊的是，她以沉痛的语调和忧伤的神情通报了金世遗的死讯之后，大惊失色者有之，镇定自若（或曰无动于衷）者有之，幸灾乐祸者有之，就是看不到面容悲戚的。这是怎么啦？是金世遗人缘太差吗？据她的观察，此人只是性格有些孤僻，不喜与人交往，倒也没有什么损人利己的行为，不至于天怒人怨。可为什么没人为他一掬伤心之泪呢？一条鲜活的生命就这样从大家的生活中倏忽而逝，与他朝夕相处的同学怎么就不痛心疾首呢？

将心比心，当年自己读小学四年级时，听说家里最穷的"小黄毛"去深山老林里采蘑菇，失足掉进了水泡子里没能爬上来，全班同学抱头痛哭了半天，自己过后还独自饮泣了好几回。这么多年过去了，至今一想到她还是痛悼不已。自己这个90后与眼前这些95后大学生相差不到十岁，在情感的冷热上怎么就有这么大的代际差异呢？

不过，也可能这与年龄并无太多关联。为什么这么说呢？因为自己与60后的妈妈年龄差距还要大，在同情弱小、悲悯无辜这一点上却是高度契合的，往往同为一起天灾人祸而不胜伤心，感情的触角是同频共振的。那么，这该归因于成长环境的影响啰？晏子说："橘生淮南则为橘，生于淮北则为枳。"

有道理啊！自己从小生长在民风淳朴的林区，大兴安岭的广袤与深厚，孕育了人们宽阔的胸襟、炽热的情怀和相亲相爱、互敬互助的与人处事方式，邻里之间谁家遭遇了不幸，大家都如同自家遇难一样，没有不真心难过的。而现在自己栖身的这个国际旅游城市，一湖碧水终究滋润不了面积远大于它的钢筋水泥的丛林，生活在这看似开放、实则封闭的丛林里的人们，当然不会老死不相往来，也不至于以邻为壑，但在充满竞争的环境中，难免彼此都多少抱有些戒心，做不到坦诚相见，在无妄之灾降临时，一部分人采取事不关己高高挂起的态度。这样，在听到同学去世的消息时，他们反应平静甚至漠然，也就不足为怪了。

小倩觉得还是应当努力理解这些与自己不仅存在代际差异、而且成长环境也判然有别的 95 后大学生，不能以己之是责人之非。不过，这让她内心的沉重又增添了几分。她告诫自己不要执念于此，强迫自己把零乱的思维聚焦到与这些虽已成年却仍显稚嫩的大孩子交流与对话上来。她按照陈书记面授的方略，反复叮嘱他们要注意的事宜，包括遵从学校统一的宣传口径、不擅自对外发布信息等等。

当然，她更多强调的还是，大家不要把金世遗同学当成反面典型，但一定要从中吸取教训，树立积极向上、奋发进取的人生观，始终对生活充满信心，千万不要遇到一点挫折就悲观绝望、厌世轻生；如果产生了心理问题，自己无法解决，那就一定要与老师来沟通，学校设有学生心理咨询机构，汇聚了一批"术业有专攻"的心理咨询师，随时可以对大家进行心理疏导，而她作为辅导员，也欢迎大家对她敞开心扉。

为了舒缓紧张气氛，她最后小小地幽默了一下："我的手机日夜工作，全年无休，大家可别让它空自等候哟！"大家听得还算认真，有的还中途打断她的话表态说"我们都听杨老师的，杨老师怎么说，我们就怎么做，唯马首是瞻"。她瞄了表态的两位同学一眼，发现原来都是努力向组织、也向她靠拢的入党积极分子，其中一位刚刚填写了入党志愿书。这一发现让她的心情变得有些复杂，不知该为之喜或为之忧。

她刚要宣布散会，一位同学举手要求发言。这是个有着"小鲜肉"般的俊美面庞的男生，平日爱有事无事地与她搭讪，说话的腔调软软的、柔柔的，与那些当红的小鲜肉一样，有点"娘"。据她所知，班上颇有一些女生爱慕他。这应该与如今小鲜肉霸屏的时尚有关。"食色，性也。"过去，从遭受宋玉"诬陷"的登徒子开始，好色之徒的雅号非男人莫属。不知从什么时候开始，"男色消费"的话题居然也被堂而皇之地议论了。

学历史的小倩当然知道中国历史上唯一的女皇武则天把张柬之兄弟作为男宠的事，那应该也算是一种男色消费。但终究是掩人耳目的宫闱秘事，臣子中除了胆大包天的朱敬则，谁都不敢妄议，更别说面谏了。没有人认为这和男性君王拥有三宫六院一样是天然合理的。也就是说，舆情并不认可男色消费，即使女性帝王染指于此，也是被千古鞭笞的德行瑕疵。

现代史上大军阀的姨太太勾引男旦的花边故事倒是不绝于书，但连她们自己也觉得这种行为类同于偷鸡摸狗，声张不得，而且一旦被发现下场都是很悲惨的，不是饮弹而亡，就是遭遇白刀子进红刀子出，更有被沉江或缢死的。这样的结局既昭示了作者的褒贬态度，也符合绝大多数读者厌恶淫娃的阅读期待。

像现在的富婆那样公然在朋友圈里炫耀自己的帅哥情人甚至泡鸭经历，不以为耻、反以为荣的情况，历史上好像是没有过的。这表明世人的思想观念与价值判断已趋于多元。不然，怎么可能出现"男色消费"这一令人恶心的概念呢？

小倩对小鲜肉拥有那么多的拥趸深感不解。古代历史上也有很多小鲜肉，从战国的宋玉到西晋的潘岳都是，古代小说中形容美男子的惯用套话就是"颜如宋玉，貌似潘安"（潘安即潘岳）。对他们心动的迷妹自然也不少，据说每当潘岳招摇过市时，那些瓜果摊的女主人会纷纷上前把新鲜水果丢给他，做派近似今天的追星族，潘岳也因此得了一个"掷果潘安"的雅号。

但在传统舆论中，宋玉的负面评价却是很多的，比如他那篇《登徒子好色赋》，用诡辩术把老实巴交的登徒子扭曲成了好色的典型，舆论普遍认为这太不厚道了，更别说他还是个软骨头。潘岳也是差评大大多于好评的，元好问在《论诗绝句》中说："高情千古闲居赋，争信安仁拜路尘？"批评他文人无行、口是心非，深得舆论认同。他的那些迷妹既没有话语权，纵有，在男权社会里也不敢发声，只能眼睁睁地任由偶像蒙垢。哪像现在，谁对小鲜肉们略有微词，粉丝们便争先恐后地跳出来对他加以斥责乃至围剿。

粉丝这个群体真是怪啊！他们全然没有逻辑意义上的是非概念：爱豆做的事，全都是对的，甚至连放屁也是香的；爱豆遇上了麻烦，他们只听他的解释，有的还会主动打补丁；谁批评爱豆，就是捅他们的心窝子，不用爱豆发声，他们就会争先恐后地上阵厮杀。宋玉、潘岳九泉有知，一定痛悔生不逢时！

不过，小倩始终觉得对小鲜肉的追捧是一种病症。中国传统文化更欣赏的是男人的阳刚美而非阴柔美。中国老百姓最崇仰的是勇武且忠义的关二爷、岳王爷，大多全然不知宋玉、潘岳为何许人。关二爷生就一副红脸膛，所谓"面如重枣"是也，远不及小鲜肉白嫩与秀美，岳王爷的容貌不像关二爷那样特色明显，但也是威武甚于英俊，没见夸他是"俏罗成"的。

时移势迁，风尚轮替，如今的少男少女，包括眼前的许多95后大学生，最为心仪的已不是关羽、岳飞这样的孔武有力、充满阳刚之气的男人了，而是霸屏的那些颜值足以碾压宋玉、潘岳的花样美男了。诚然，对武穆王岳飞，女孩子还都是崇敬的，但那是大力开展爱国主义教育的结果，她们将岳飞看成一位千古不朽的民族英雄，而非可以为之迷狂的男神。那些自带无尽流量而备受媒体宠爱的小鲜肉才是她们心底念兹在兹的禁脔。这是小倩从与学生的朝夕相处中得出的基本判断。

小倩将遄飞的思绪拉回现场。举手要求发言的这位本土小鲜肉，在女同学中很有人气，细胳膊刚抬起来，女生的目光就齐刷刷地转移并胶着在他身上，等着听他的"莺声婉转"。小倩也以为他有什么好的建议要发表，便做了个"请"的手势。谁知他却迅速收敛其原先一本正经的神情，嬉皮笑脸地说："老师，我没有心理问题，只有感情问题。不知我夜深人静难以抑制单恋之情时，能不能向你倾诉？"

小倩一听就火了：这都什么时候了，你还来插科打诨？她很想用最大的善意来揣测他的初衷——这也许是为了帮助自己调节气氛，松懈同学们业已绷紧的神经。但出于直觉，她依然认为他有趁火打劫之意，想借机拉近与自己的距离，建立起双方无缝对接且无所禁忌的交流通道。

她之所以这样想，是因为这个小鲜肉曾经公开说过：师生恋是人伦之常，古今中外都传为佳话，为什么要明令限制？只是目前师生恋的一般模式是男老师与女学生。这不正常，也有失平衡哇！应该鼓励更多的男学生去勇敢地追求自己暗恋的女老师。

他还以法国总统马克龙为例加以鼓吹：女老师的年龄要大出那么多，男学生的颜值要高出那么多，用世俗的眼光看他和妻子是何等不般配，但他们却义无反顾地结婚了，而且一直非常恩爱。这说明师生恋的前景还是相当光明的，年龄的悬殊既不是阻力，容貌的妍媸也不是障碍。所以，我们这些身处"百年未有之大变局"下的男生，如果爱上了某位单身的女老师，不管她是待字闺中还是离异丧偶，都不该止于暗恋，而应大胆地表达！

他说这些话的时候，小倩也在场。她分明看到一向以美貌自负的小鲜肉不时瞟她一眼，而且面有得色。这实际上已经是一种含蓄的表达了。不少男生会心地笑了，起哄说："好啊，你就一马当先吧！如果成功的话，你肯定比那位法国帅哥幸运，因为年龄既不悬殊，颜值也无反差。"

这又反证了小鲜肉平日在男同学面前并不讳言他对杨老师的暗恋，大家都心知肚明。以小倩的冰雪聪明，自然当时就听出了小鲜肉的弦外之音。但一时却不知该如何回应，只能装聋作哑，扭头便走。

此刻，小鲜肉举手提出这一问题，无异于故伎重演，而又更加放肆，意在直接测试小倩的反应，甚至迫使她表态。本来，她倒也不反感小鲜肉对自己的爱慕，也理解他煞费苦心的隐晦表达。谁都拥有爱与表达爱的权利，虽然师生恋饱受舆论诟病，但在男未婚女未嫁的状态下，某一方，尤其是心生情愫的学生这一方，萌生出追求对方的意愿，这也不是太离经叛道的事情。

所以，对小鲜肉的问题她并不以为忤。但他提出这一问题的时间节点实在太不合适了！在朝夕相处的同学突然撒手人寰，辅导员老师悲痛不已乃至有点惊慌失措之际，他却企图在感情上走私而逼迫小倩给予通关之便，在小倩看来是很不地道、很不君子的做法。这就难怪她要"怒从心头起"了。

但她明白，这时不能由着性子痛斥小鲜肉的"卑鄙"行径，不过，也不能顾左右而言他，那等于鼓励与纵容他的肆意妄为，以后他就会得寸进尺，不知又玩出什么花样来。他不是希望我表态吗？好吧，那我就仿其手法，"婉曲言之"。她计谋已定，便微笑着说："呵呵，同窗尸骨未寒，多想想如何从这一不幸事件中吸取教训，别把无聊当有趣好吗？"说完，她迅即摘下笑容，而向大家演示了何谓"粉面含霜"，然后大声宣布"会议到此结束"。

四

接下来，小倩又把全体学生干部留下来开了个短会，要求大家发挥中流砥柱作用，为稳定军心和维护秩序多作贡献。她还特别强调，这是考验入党积极分子的关键时刻，要努力争取加分而不是减分，早日享有站在党旗下庄严宣誓的光荣。她本来还想引用唐太宗的诗句"疾风知劲草，板荡识诚臣"，忽又觉得这有卖弄之嫌，便省略了。

是啊，学管理的学生未必像自己这个学历史的那样对古典诗词始终保持着痴迷状态，尽管央视已连续举办四季的《中国诗词大会》好像极大地激发了国人尤其是大学生阅读及记诵古典诗词的热情，但根据她日常接触的经验，介于文科与理科之间的管理学科，无论老师还是学生，人文素养都是有待加强的。她偶尔难捺积习，在言谈中不小心蹦出几句古诗，听者似乎都有点茫然，极少有会心一笑，或者也托出两句来应景的。

即便是集"教授""博导""青年长江学者"等诸多头衔于一身的高岚副院长似乎也只是在管理学领域中游刃有余，对古典诗词的解读能力甚弱。有一次传达中央关于戒除奢靡之风的文件精神，她刚好和高大咖坐在一起。文件中引用了李商隐的诗句"历览前贤国与家，成由勤俭破由奢"。这实在够浅显的，而高大咖居然一脸蒙地问："这是啥意思？"令她大跌眼镜，不由得信了社会上对某些大学教授的攻击："有知识，没文化。"

这一发现，一方面拉低了诸如此类的学术大咖在她心中的高度；

另一方面也让她意识到如今的环境与自己当年在历史系读书时已经大不相同了，恐怕得改变动辄将古典诗词嵌入话语的习惯了。否则就会被周边的人看成喜欢炫博的怪物，至少也是另类了。

因此，她努力在自己的语言通道上构筑起一道闸门，将酷爱的清词丽句拦截住，不让它们像过去一样随意蹦跶出来，给自己添乱，为别人添堵。她入世不深，但也不是完全不懂世故。她明白，处在这样的氛围里，即使在学生面前，也不宜开口闭口地都不离古典诗词。她固然需要"扬威立万"，但不能采用这种方式。因为可能有部分学生由此而钦佩你的博学，但传扬开去，在部分同事眼里，这就成了沽名钓誉的手段。基于这一认知，她才把已经溜到喉头的唐太宗的那两句诗硬咽了下去。

另外，在说这番话时，她心里也有那么一丝愧疚，因为自己对学生干部"诱之以利"了——用入党作为一种激励手段。入职以来，她最大的感受是，学校上下都在靠考核激励机制来推动。所谓激励机制，不管它如何披上华丽的外衣，归结到本质上，就是利益驱动，或者说物质刺激。它是用有形或无形的利益，来激发人们潜藏在心底的世俗欲望，并进而转化为争名夺利的动力。

这种古已有之的做法，在相当长的一段时间内，是受到批判的，一度也曾被摒弃。但明里暗里仍不绝如缕。再后来，它就被奉为推动改革、加快发展的法宝之一了，像冥冥中的上帝那般主导着各种政策措施的出台，从而在相当程度上复现了"天下熙熙，皆为利来；天下攘攘，皆为利往"的情景。

尤其是在各高校，为了提升学校的排名，更是将这一手段运用到极致，所有的工作选项几乎都与实际利益挂起钩来，诱使师生员工为了获取名利而奔竞。当然，也在弘扬主流价值观，倡导"不计名利，无私奉献"，事实上也确有公而忘私、无欲无求的。但更多的人，包括她自己还滞留在随俗俯仰的层次，有公心也有私欲，而且有时候私欲还占上风，这样，以私欲为杠杆或者说旨在撬动私欲的激励机制就能充分发挥其效用了。

小倩并不排斥这样的做法，只是隐隐觉得这近乎把大家都当成"喻于利"的"小人"了。其实，"喻于义"的君子还是有不少的。又一想，毕竟"喻于利"者占压倒优势，所以应该是行之有效的。关键是，除此而外，也没有别的更好地调动人们积极性的办法。既然如此，那就不要拘泥于"君子喻于义，小人喻于利"的陈腐说教，无端给自己制造心理障碍了吧？领导们都这样做，而且似乎效果很不错，自己没有理由不追随其后。

渐渐地，她也就习惯于将晓之以理、动之以情与诱之以利融为一体了。当然，在成分上还是以晓之以理、动之以情为主，而诱之以利为辅，但后者已经不是可有可无的了。缺了它，她有时竟觉得自己讲的道理太多了、太空了、太不实在了。习惯成自然，现在她已经把利益驱动的魔杖挥舞得相当熟练了。

好在她习惯了，学生们也习惯了。好像每当她把学生的现实表现与入党、保研等众所渴求的目标联系在一起加以谈论时，鼓动性就比较强，大家的情绪也就比较振奋。可不是吗？此时她话音刚落，就有学生干部表态说："杨老师请放心，我们知道这是考验我们的政治站位和大局意识的又一关键时刻，一定会配合学校做好工作，把这起不幸事件的负面影响降低到最小限度。"其他人纷纷附和。

五

自然，这只是一场没有硝烟的硬仗的第一个步骤。胡书记说，有一点必须明确：这场硬仗以必胜为目标，但必然经历闯关夺隘、攻坚克难的曲折过程，尤其是如何应对家长的问罪及舆论的炒作，有很多未知的不可控因素，我们要准备多种预案，绝不允许出现防线失固、阵地失守，最终一败涂地的结果。所以，必须严格按学校拟定的步骤操作，不能有任何疏漏，也不能有任何程序上的错位。

这番叮嘱，小倩记得很牢。不过，这好像不是胡书记的语言风格，她平时讲话没有这么注意修辞。哦，这大概是从陈书记那里搬来的。陈书记怎么叮嘱她,她再照葫芦画瓢似的复制给小倩。这也没错。把领导的话转化为自己的,是不需要讲究学术规范,特别声明这只是引用而非原创的。

别说是学校领导了,中央领导的话,只要不是在传达文件的场合,下面的干部也照样可以无视知识产权地采用鲁迅所说的"拿来主义",表现出不只"为我所用",而且"为我所有"的当仁不让姿态。这是小倩已司空见惯的。

不过,在这一点上,她无意仿效他们。或许是前后攻读历史学七年之久培养造就了她的严谨,如同写作学位论文必定标注征引文献一样,她平时讲话也奉行言必有据的原则,凡是转述领导或师长的高论,总不忘提示听者"这是某某某说的",从不敢窃占他人言论为己有。她不觉得胡书记他们那样做有什么不妥,只是自己不习惯那样做而已。

不管胡书记的话有没有自己的专利,小倩都是要贯彻执行的。开完大会及小会后,她就回到学校为辅导员配备的宿舍,仔细翻看自己近一年的"生情笔记",想从中找出眼下迫切需要护身的内容。局外人肯定不懂"生情日记"是个什么概念,但高校学生线则人尽知晓——它是学生辅导员每天对学生思想动态的记录,没有统一的格式及字数要求,却是规定动作,就像"学习强国"一样要每天登录的。

不同的是,"学习强国"有后台的大数据管理,如果你哪天忘了登录,系统会及时提醒你。"生情日记"虽带有强制性,却是监管不严的。校党委学生工作部曾经说"要定期抽查",实际上却一次也没有抽查过。那么,"抽查"云云,也就相当于用来吓唬麻雀的稻草人了。

不过,辅导员们大多不敢懈怠,除了责任感与使命感的驱使外,一定程度上还因为虽然事实上从未抽查,学校却没有表态说不会抽查。这就像头上始终悬着一把随时可能劈下的达摩克利斯之剑,再不自觉的人也不敢取巧偷懒。何况近年报考高校辅导员的人数剧增,录取比例高达三百比一,经过强手如林的笔试、面试而最终入围者,水平或有高低，能力或有强弱，综合素质及自律能力都是上佳的，又刚入职场，驯顺听话，所以，"生情日记"的写作倒是从不间断的，比央视曾经开办过的《每日一歌》栏目生命力强多了。

小倩也是如此。在自律意识与刚性要求的双重驱动下，她的生情日记"宏观考察与微观解析相结合、纵向追踪与横向扫描相结合"，内容还是相当丰富的。这差不多是将论文的写作方法移植了过来。两个"结合"，就是一直关注其成长的硕士导师吴贞观教授带点好奇地读过她的几篇生情日记后作出的评价。吴老师甚至建议说，如果再涂饰以文采、充实以细节，将来未尝不可以出版，因为这至少具有历史文献价值，在文体上也有创新意义。

小倩从来没想过出版的事，自从选择辅导员作为职业后，她就觉得以出版为指向的写作已经与自己渐行渐远了，而且对自己的写作能力能不能达到出版水平她也很不自信，再说生情日记的内容还涉及不少学生的隐私，是不宜公开出版的。导师只知其一不知其二。因此，她一方面感谢导师的鼓励，另一方面也仅仅把这看成是一种鼓励，并没有在写作目的中添加新的东西。

为履行职责而写下的"生情日记"，原本以为它就是一份记录，除了档案意义外，不会有别的作用，没想到危机来临时它还能作为文字依据，帮助自己以及学校减轻责任，用现在流行的话说，就是将自己与学校"洗白"。

小倩记得，金世遗一直是被自己列入"重点关注人群"的，自己不仅专门为他建立了档案，还曾多次与他谈心，试图对他进行心理疏导。每次谈话都很艰难，因为他把自己包裹得很严，就像蜷缩在厚厚的茧壳里的蚕宝宝，你根本触摸不到他内心的真实想法。一翻日记，果然与他谈话的记录就有十多条，而且每一条都详记始末，犹如历史学中的"纪事本末体"。

小倩暗暗舒了一口气，尽管还远没有到彻底舒气的时候，但胸中层层叠叠的郁积却在吐纳之际稀释了不少。从日记中可以得知，最早是三年级2班的班长向她反映金世遗有心理问题的。那是在前年春暖花开的仲春时节，距今不到两年。

"金世遗"本名金刚强，家在河北农村，父母以种植大棚蔬菜为生，下面还有一个弟弟、一个妹妹，当年肯定属于超生家庭，免不了要被地方政府罚款。由此推测，其父母该是有几分执拗的，给大儿子取名"金刚强"，大概也是希望儿辈性格不要软弱。在他的《入学登记表》"社会关系"一栏中，只有一位二舅职业是"公务员"。具体职务未填，不知官拜何职。其他叔伯姑舅要么"外出务工"，要么"在家务农"。

小倩刚接手这个年级时，虽也看过学生档案，却不可能对每个学生的家庭背景了如指掌，她毕竟没有过目不忘的记忆力。她是听到班长的反映后，专门调出他的档案又细看了一遍，并把相关内容既记在了本子上，又记在了脑子里。

班长是个面目姣好而又性格开朗的女生，小倩觉得她由内而外都与自己当年有几分相似，便本能地产生了一种信任感。而班长也就对这位年长五岁的辅导员老师知无不言，甘为其耳目喉舌。班上同学有什么不太健康的思想倾向或染上了某种心理疾患，她都会及时通报给小倩，比耳报神还要迅捷。今年上半年她入了党，小倩不认为这是"投桃报李"，但有别的耳报神悄悄告诉她民间流传着这样的议论。

小倩倒不怕这种议论。人多嘴杂，僧多粥少，有议论很正常啊！自己行端坐正、问心无愧就可以了。接受入职培训时，有几句教诲她印象很深：辅导员当然不能无视学生舆情，但更应具备分析舆情、引导舆情的能力，不能被舆情牵着鼻子走。否则，你就举步维艰了。这一经验之谈，赋予了她不为非议所惑、不为舆情所困的勇气，敢于坚持自己认为正确的东西。

班长向她报告的情况大致是：金刚强进入东海大学学习后，一开始性格并不是特别孤僻，与同学的关系虽不够融洽，但也不算疏离。有时还愿意主动接近成绩与姿色都中不溜秋的女同学，有话没话地"请教学习问题"。有一次图书馆闭馆后，还拉住坐在他旁边的女同学，羞答答地说："能不能一起聊聊人生？"

女同学婉拒了："不好意思，我马上要上网听慕课呢！"他自然很有些失落，却也并没有恼怒，当时还对女同学作了个武林人物的标志性动作——双手抱拳向前一拱，有意显露其侠客风范。只是身形矮小、气力孱弱，拱手的姿势像蜻蜓点水一样有点虚浮与飘忽。后来才知道，这位武侠小说迷最崇拜的江湖侠士是梁羽生《云海玉弓缘》中的金世遗，而那位女同学的眉眼则与小说中痴心于金世遗的女主角厉胜男有几分相像。

他性情发生变化是从大一第二学期开始的。学期初，学院公布了上一学期的学习成绩及综合考核积分，他排名非常靠后，几近垫底。更让他难堪的是，有三门课挂了红灯，创造了全年级的纪录。倒也没有人因此歧视他，他自己却似乎变得不太自信了。

小倩从档案中看出，他在高中阶段也曾荣踞学霸的宝座。能从一个不太出名的县城中学考入在全国名列前茅的985高校，实力是不俗的。但班上的同学都是由各地荟萃而来的学霸，人人怀珠抱玉，没有一个是滥竽充数的南郭先生。这就把他给比下去了，正所谓"相形见绌"。

虽然不少同学入学后松懈了下来，就像竭尽全力冲刺到百米终点以后那样，但那股聪明劲儿还在，又久经沙场，善于把中学阶段的应试经验巧妙移用到大学里来，所以成绩下降并不明显。而他的智商与情商其实都只处于中位，能考上东海大学，主要有赖于悬梁刺股式的刻苦。考进东海大学后，他虽然没有马放南山，刻苦与勤奋的程度却断崖般下坠。每天晚上九点左右就昏昏欲睡了，只有靠上网玩游戏来提神。他的理解能力及应试能力又不如其他也迷恋上网的同学，成绩便退居殿军之列了。

高中三年，他的眼圈始终与国宝大熊猫无异，那是不间断熬夜的结果。他也就被同学们戏称为"大熊猫"。这绝不是嘲弄，也不只是调侃，而是在写实中糅入了钦佩之意。当时，他在班级上确是被视为国宝一般的人物的。如今，眼圈再不是黑乎乎的了，大熊猫的雅号也寿终正寝。因他姓金，又动辄把武侠小说中的人物金世遗挂在嘴边，同学们背地里就称他为"金世遗"了。

他是从大二起由沉溺网络游戏转为迷恋武侠小说的。学校大会小会都批评一部分学生上网成瘾、无心学业、自毁前程，网络中心已经开始对长时间登录校园网玩游戏的学生进行监控，而学校附近的网吧迫于学校通告的压力，也开始对貌似东海大学的学生确认身份后予以劝离。他失去了与网络游戏不离不弃的条件支撑，又做不到迷途知返，把时间精力倾注于专业学习，便开始寻求新的精神载体。在同寝室的"张无忌"推介下，去图书馆借来金庸的《射雕英雄传》试着阅读了一下。没想到居然就被吸引得手不释卷了。

读完金庸，再读古龙，然后便轮到梁羽生了。这也是新入彀的武侠迷的一般阅读顺序，因为圈内已有定评，在武侠作家英雄榜上，金庸、古龙、梁羽生分别摘取了状元、榜眼、探花的桂冠。读梁羽生以前，他最喜欢的武侠小说人物是《笑傲江湖》中的令狐冲。等到读过《云海玉弓缘》之后，金世遗就取令狐冲而代之了。

其实，在大多数武侠迷心目中，侠骨铮铮、豪气干云的令狐冲，魅力是要远过于金世遗的。然而，他却有自己独到的评判标准与价值取向——他觉得金世遗的气质及心态和此时的自己更加合拍。金世遗一生命运多舛，少年时就被世人遗弃，因而脾气有些乖戾，一出场就假扮为麻风病人，表现出行为乖张、性格偏激、愤世嫉俗的形象特征，专找已成名的武林高手的麻烦，得了个"毒手疯丐"的绰号。然而，他本性善良，不仅路见不平拔刀相助，而且滴水之恩往往涌泉相报。因此绝非邪魔外道，而是洒脱不羁、正大于邪的侠义之士，最后更祛除邪气与戾气，成为飘然绳检之外、傲然苍穹之间的高人。

金世遗的确不枉他的喜爱。可问题是，他和金世遗之间好像并没有多少共同点啊！他的家境虽不富裕，却父慈母爱。他一路考入985高校，也没有遭遇什么人生坎坷，比起乡邻中那些从小就外出打工、被定义为城市"低端人群"的同龄人，说他是"时代宠儿""天之骄子"也不为过。再说，金世遗那种扶危济困、急人所难的豪侠做派固然与他不太沾边，即便是一开始的乖张、偏激性格，也与他有较大的反差。可以说，他们两人属于两个世界、两个族群。把他们阳光下的投影放到一起，高矮深浅迥然不同，完全无法叠印。

唯一有点相似的就是他越来越表现出的冷傲了。大家明显感觉到，他从大二开始渐渐变得沉默寡言，喜欢独处，不太愿意与同学们交流，就像自外于雁群的一只顾影自怜的孤雁。直接的导因应该是大一第二学期的考试成绩继续下滑，成为全班"叨陪末座"的人。这无法不让他自卑。而抑制自卑、掩饰自卑的有力武器便是示人以自尊的姿态。自卑与自尊相融合，衍生出的便是冷傲的表象了。

他不是不想改变这一窘境。大二起似乎用功了些，但出于自尊，又不想让别人看到用功的样子，所以晚上从不待在寝室里，也很少去图书馆，总是在远离管理学院大楼的某个全校通用的开放教室里看书。回到寝室时，同居的三位"基友"已是鼾声起伏。他从不惊扰大家，蹑手蹑脚爬上床去，连必要的洗漱都免了。天长日久，身上就有些异味，大家看他的眼光也就多少有些异样了。

但用功是用功了，效果却不太理想。大二两个学期，红灯虽然转换成了绿灯，不需再补修补考了，但排名情况却没有任何改变，依然固守于尾部。因为一心想提高课业成绩，很少参加社会实践，也几乎不承担任何社团工作，更无心去当什么志愿者，这样，综合测评得分与同学的差距就越拉越大。

在这之前，他来到教室听课时，还是会与同学们打招呼的，只是表情有点淡然而已。淡然渐次嬗变为漠然，再往后就如入无人之境，对大家视而不见了。如果可以逃课的话，他大概是愿意避免这种彼此都不自然的状况出现的，大一时逃课的人不在少数，他还不算逃得最多的。任课老师也是睁一只眼闭一只眼，很少有课堂点名的。

偶尔有相对古板的老教师恪守学校规定来点名，也大多流于形式，其他同学代应一个"到"就是了。老师将花白的脑袋深埋在点名册中间，从不抬头验明正身。同一个声音几次响起，老师却浑然不觉这有什么异常，不知是听觉失灵还是故作懵懂。大家判断，还是后一种可能性比较大。在"生评教"制度实行之后，许多教学效果欠佳的老师担心学生给自己打低分，影响自己的职称晋升与岗位聘任，便弃"师道尊严"于不顾，反转身份，看起学生的脸色及眼色来，对学生逃课、迟到、早退等不良行为往往放任不管。那些厌学或对课堂教学不感兴趣的学生便利用老师患得患失的人性弱点，相互掩护，一次又一次成功翘课。

但从去年开始，学校多管齐下，大力整肃课堂教学秩序。却原来，校领导火眼金睛，对"生评教"带来的弊端洞若观火，尽管这是借鉴国际高等教育界通行的做法，在强调与国际接轨的当下，取消它有开倒车的意味。但在中国特定的文化背景下，它的确有点水土不服。

如何纠偏救弊是个难题，不光东海大学，其他高校也都苦无良策。但又不能什么动作也没有，于是，一边适度调低"生评教"结果在教师评价体系中的比重，鼓励老师放开胆来强化课堂教学管理，一边派遣紧急扩编的校教学督导组每天拿着学生花名册梭巡于大大小小的教学场所。学校且赋予他们生杀予夺的权力，发现哪个教室有学生逃课，可以依照条例当场处置，同时向当事的学生与老师问责。

这一狠招还是有震慑作用的。逃课现象基本上被遏止了，尽管一些学生身在课内而心在课外。金刚强也不敢逃课了。但他总是踩着上课的铃声快步走进教室，然后在无人问津的最后一排座位上一屁股坐下来。下课铃声一响，不等老师宣布下课，他就一溜烟似的蹿出教室。这样就可以避免与同学打招呼的尴尬。

六

这些，在小倩专门为金刚强建立的档案中都有记载。主要依据的是女班长的汇报，也糅合了她从其他同学那里了解到的情况。

女班长眼看着他一步步走向孤独与孤立，自然不会不闻不问。他第一次考试失利后，她就安慰他说："没关系，你可能还没适应大学的学习和考试方式，只要方式作一些调整与改善，思想上再重视些，下学期肯定能打一个翻身仗的。再说，如今已不是以成败论英雄的时代了，没有谁会因为你学习成绩不够理想而对你另眼相看的。"

她还问他有没有什么需要帮助的。那时，他虽觉面上无光，自信心也受到摧抑，却和她一样认为这只是马失前蹄，只要奋力一跃，就不会为泥坑所困。所以，他昂然道："我不需要什么帮助！我赞成以成败论英雄，但反对以一时一事论英雄。潮涨潮落，我不会一直处于低潮的！谢谢你关心！但我真的不需要这种关心，你还是多关心关心那些成绩虽好却心理阴暗的同学吧！"

态度很礼貌，总体上不卑不亢。从这第一次谈话中，她感觉到了他的孤傲，同时也感到和他交流对话很吃力，他不是个愿意与你坦诚相见的人，更不会与你推心置腹。你想走近他，窥探他的内心世界，他却刻意要与你拉开距离，把通往他内心世界的大门关得死死的。

她把谈话的情况简要地汇报给了当时的年级辅导员，一位后来调到校学工部工作的帅哥，也就是杨小倩的前任。前任马上把这记录在生情日记里。虽然工作头绪纷繁，仍抽空与他聊了聊。感受与班长差不多，甚至比班长还要觉得憋气。

前任本来是留足了两小时，想与他聊个通透的。他没有直奔主题，而采用迂回穿插战术，先从这座城市的风景、气候说起。这不像师生对话，倒像朋友漫谈——而且是闲极无聊之际的漫谈了。然而金刚强一点也不领情，截断他说："老师，我知道您很忙的，就不必费心兜圈子了，有何见教，请直道其详！"一句话就把天给聊死了。

没等前任缓过神来调整好谈话策略，他又直捣黄龙说："如果老师是因为我上学期的考试成绩来找我的话，那可以免开尊口了。因为老师要说什么，我都明白，也都理解。老师不要担心我，我不会成为包袱的！把我看成包袱的人，他自己思想上才有不该有的包袱呢！"

前任赶紧声明："没有谁把你当成包袱，真的，你别误会！"他冷笑说："老师您就别否认了，我真的不需要安慰，尤其是廉价的安慰！全年级一百多同学，你哪有时间与大家逐一谈心啊？要不是怕我成为包袱，才不会来与我拉呱呢！如果我连这一点也看不出来的话，那也太弱智了吧？呵呵！"

前任无言以对。在他的印象中，金刚强一直罕言寡语，似乎信奉"沉默是金"的哲理。哪料到一旦开启金口，竟是以攻为守，单刀直入，词锋犀利，让人一下子无从招架。前任本是个应变能力极强的人，擅长见招拆招，不然后来也不会被上调到学工部去，此时居然也套路全乱，不知该如何比划了，只好心有不甘地鸣金收兵说："刚强同学，你不要太敏感，经常与同学们谈心，是学校的要求，也是我的职责，并不仅限于某些人群。既然你今天不想深谈，那么以后我们再找时间交流吧！"

金刚强笑了笑，没再说让辅导员难堪的话，但脸上一副看穿了世道人心的表情。初次正面接触，前任印象最深的就是，这位来自燕赵畎亩的学生不仅高度敏感，而且自我防护意识很强，就像一只甲壳虫，用看似坚固的外壳把自己包裹得严严的，里面的躯体却是软绵绵的一戳就破，没有任何抵抗力，而其甲壳其实也不是坚不可摧的，稍微用点力就能把它砸碎，只是别人暂时不存伤害之心而已。

前任只能在内心苦叹：金刚强啊金刚强，你可以任性，不顾深浅、不知轻重地来噎我，我却碍于身份与使命，说话办事只能以不伤害你脆弱的心灵为前提，小心翼翼，点到为止，不敢稍有唐突与造次。你把自己当成坚硬的甲壳虫，我却将你看作易碎的瓷娃娃，不得不迁就你。

在与小倩交接的时候，前任也特别介绍了金刚强的情况，要她予以特别关注。他毫无保留地给她看了自己在"生情日记"中对这个颇令人伤脑筋的学生的描述，建议她也要不吝笔墨，尽可能留下有关其思想轨迹的完整记录，以备稽查。

他还将自己作为过来人的体会倾箧以授："师妹啊，建设'平安校园'是重中之重，关系到全国维稳的大局，不能有任何闪失！我们的大学是'无限责任公司'，学生的一切都得管，和国外的大学完全不一样。现在的大学生又经不起挫折，易出现极端行为。将他们的思想苗头记录下来，既便于像医生那样对症下药，万一出事，还可以作为自己并没有听之任之的证据，说白了，可以'脱罪'。"

小倩知道，这是掏心窝子的体己话。这个工作上的前任比感情上的前任要诚挚多了。从那时起，她就意识到生情日记绝不是可有可无、可详可略的。不过，偶然的一个发现，让她对他的好感打消了不少：见她笔不停挥，似乎想把他说的每一句字都记在本子上，他有点扬扬自得了，不光提高了声调，还运用起毛泽东总结的"十大教授法"中的"以姿势助说话"，将一条细麻花似的手臂挥来挥去，幅度越来越大，把办公桌上的茶杯都挥落到了地上。

小倩反应比他快，他还在愣怔，她已弯下腰去捡起茶杯。抬头时，她发现前任的目光凝定在自己因身体下倾而隐现的乳沟上，嘴巴微张，气息转促。尽管这样的目光她已在别的男人身上见识过多次，再也不会像吞食了苍蝇，或者被毛毛虫爬过身体似的，产生生理上的不洁感。甚至她也理解，一个健康的正常的男人在女人不慎走光时，无法做到目不斜视，这几乎不能算是过错。但他的目光不是一掠而过，而有安营扎寨的意图，显得过于专注。这就让她觉得不舒服了。

尤其是，当他也察觉到她的"发现"时，立即把头扭了开去，却一点也没有脸红，仿佛刚才根本没有误入禁区，只不过在自家后花园里溜达了一圈，因而神态自若，全然不像入室行窃被当场抓获的小毛贼那样至少有些惊慌。直觉提醒小倩，此人以后恐不宜密切交往。不过，她脸上的表情也没有任何变化，只是有点盼望这次交接能早些结束。

七

前任对学生思想状况的掌握还是比较到位的，小倩如今翻看生情笔记，他在交接时有关金刚强情况的介绍相当详备，而她自己也都细大不捐地记录在案。前任第一次与金刚强谈话虽然铩羽而归，却并不特别担心。因为从他的言辞看，虽然排斥心理明显，尚不至于自暴自弃，还指望下学期能提高成绩、一雪前耻呢！

且再观察观察吧！他叮嘱班长和其他学生干部，要留意金刚强平时的表现，不管他有没有集体感，都不要疏远他，更不要把他当作另类冷落他，要不经意地让他感觉到集体的关怀与温暖。这说明，辅导员的介入干预还是比较早的。

女班长后来跟小倩说，这其实很难做到。对同学的主动示好，金刚强一律视为对弱者的同情，而他最痛恨的就是视他为弱者。他需要的是尊重，而不是悲悯。碰了几回软钉子后，班干们也就不愿再自讨没趣了。他们和辅导员一样寄希望于他的学习成绩能有所改观。

然而，天不从人愿，他第二学期的成绩非但没有直线上升，反倒又下降了，下降到再没有降落空间的地步。女班长说，这对他的自信心的打击是毁灭性的。那以后，他残存的那一点自信也转化为自卑了，而他用以遮掩自卑的孤傲也是在这以后显山露水的。

前任意识到问题没有他预估的简单，明知与金刚强对话很困难，但还是硬着头皮去"交心"——"交心"是陈翔书记的提法，意思是辅导员找学生谈话时不仅要放低身段，还要敞开心扉，讲体己话、贴心话，而不要讲空话、套话，这样才能走进学生的心灵深处，让心与心先碰撞、再交融。

陈书记还有很多类似的提法，比如做学生的思想工作要像春雨一样"随风潜入夜，润物细无声"等等。大家都觉得"无比正确，深受启发"，可是，操作起来又很有难度。它们并不空洞，却有点抽象。而抽象的东西，要把它具象化，是需要非同一般的想象力和创造性的。在具象化的过程中，很可能会变形、走样。

果然，老师"捧出一颗心来"，学生却要把它再塞回老师胸腔里，而将自己的心锁在铁匣子里，老师不仅走不进去，连看一眼的机会也没有，你只能隔着铁匣子琢磨它有没有发生病变，如果有，那又是感染了什么病毒，该如何治疗？如果他不配合，你就无计可施。

这种情形一直延续到小倩去年接手后。不用重温笔记，小倩也能在记忆的屏幕上回放出与他"交心"的一幕幕。前后交心十三次，没有一次是顺利的，当然也没有一次是愉快的。准确地说，那根本就不是交心，而是交手，或者说交锋。"生情日记"中关于第一次交心过程的记录是：

小倩：我昨天刚报到。怎么说来着？哦，以后就和你们同灶吃饭、同框出镜、同台共舞了！嫡嫡亲亲的一家人，谁都不许见外！我的愿望是能成为你们知冷知热、贴心贴肺的姐姐！所以，你们可以喊我杨老师，也可以叫我小倩姐。

刚强：杨老师这么说，我好感动啊！不过，我有点想不通：老师们怎么都对我高看一眼，把我当作必须交心和率先交心的人物呢？这也太荣幸了吧？噢，大概我是你们的重点监控对象吧？可是，除了学习成绩让你们感到不太光彩外，我给你们添过别的麻烦吗？我是偷别人抢别人啦，还是欺男霸女啦？

小倩：……哈哈，看你说的！理解有偏差了吧？干吗总往不好的方向去揣测老师呀？姐可没有把你当麻烦，更没有要监控你的意思。就是想听听你对我的工作有什么建议，让我这只"菜鸟"能飞得正一些、快一些。你不会不帮姐吧？

刚强：呵呵，我这个拖后腿的人能帮您什么呀？但不管怎么说，我也不会害您，所以您不用担心。"害人之心不可有，防人之心不可无。"我书没读好，老祖宗的话还是记住了几句的。

小倩：这么说，你是在提防我啰？我对你可是一点也不设防哦！真的，就是想了解一下你的想法，看看有什么可以帮到你的。不只对你，对其他同学我也这样说。并没有为你量身打造出一套方案，那多累哇！也没必要。我不觉得你比其他同学需要更多的关心，在我眼里，你们都是有品性有素养有潜力但还不够成熟的弟弟妹妹，"一样一样的"。

刚强：嘿嘿，能一样吗？您下车伊始，就来找我而不找别的同学，为什么呀？我既不是人见人爱的小鲜肉，又不是人见人敬的大学霸，您怎么可能对我特别感兴趣呢？我心里明白得很，您就别掩饰了，无非因为我是人见人厌的学渣呗！但我只是渣自己呀，并没妨碍别人。

何况我也不想渣，没办法呀，天生笨，脑袋瓜子不如人，倒也不比别人更懈怠。再说，班上总得有人当学渣呀，我不当，就得别人当，还不是一样让老师您操心吗？这个学渣，我已经当了两年了，看样子还得继续当下去，那么，给我一点安宁好吗？不要再找我"交心"了！我不值得您在我身上耗费精力！

小倩：你怎么可以那样想呢！你只是学习成绩不够理想而已，不可以用"学渣"这种带有侮辱性的称呼来自轻自贱的！我不允许你这样，也不允许其他同学使用这个词。事实上，我也没有发现其他同学背后这样议论你。只是……只是你自己背上了不该有的思想包袱，不太愿意与同学交往，弄成了孤家寡人的样子。

我并不担心你的学习成绩，因为你现在已经不挂科了，不会影响毕业。就像你说的，总有人排在队伍的最后，只要不掉队，没什么可耻的。我担心的是你现在这种独来独往的状态。在人与人的相互依存度越来越高的今天，我们都不应该、也不可能自外于集体。所以呢，你不要再自我封闭了，不要再……拒人于千里之外了。这就是我一到任就打扰你的原因。

刚强：既然杨老师您不再遮遮掩掩了，我也就实话实说：每个人都有选择自己喜欢的生存状态的权利，有人喜欢群居，有人喜欢独处，有人喜欢呼朋引类，三五成群，有人则反过来，愿意过无人打扰、清静自守的日子。我就属于这后一种人。您是学历史出身的，总该知道巢父、许由、商山四皓吧？最不济，也该知道陶渊明吧？他们过着比我还要远离人群的日子，为什么他们的生活方式备受后人赞扬，而我只是以独处为乐，你们就要来横加干涉呢？所以，一句话：请你们尊重我的选择，今后无论您还是班干部，都不要搅扰我的清静！拜托啦！

小倩体会到了前任当初无言以对的难堪。真的，与他对话太吃力了，想要说服他就更吃力了！吃力倒也罢了，问题是吃力还不讨好，用老家东北林区的俗话来说，他真是"把好心当成了驴肝肺"。从这次攻防都很严密的语言交锋中，她的感受是，此生在思想上已走火入魔而不自知。

时代不同了，政治文化背景也不同了，巢父、许由等古代隐士那种遗世独居的生活早已行不通了。陶渊明我还能不知道吗？他的诗我至少能背二十多首呢！陶渊明是因为厌恶官场的乌烟瘴气，不愿与统治者同流合污，才去当隐士，何况他也从不拒绝友情，朋友给他送酒，他都是笑纳的。你怎么能与他相比呢？这种不恰当的类比本身，就说明你心智不健全！

小倩对他提及陶渊明的语气颇有些不忿。听说他读了不少文学与哲学的书籍，对文学与哲学的兴趣要浓于管理学，曾经考虑过转专业，因学分绩点达不到要求而未果。他也自视文学与哲学修养要高于同学，把这当成在自卑与自尊间达到有限平衡的一种砝码。平日不开口则已，开口必涉文学人物或哲学问题。但其实往往一知半解，或知其一不知其二。

不过，细想想，他说的也不是毫无道理。他并没有自甘堕落，只不过无力改变成绩落后的现状而已。他选择独往独来作为自己的生活方式，虽然另类了些，却也没有妨碍别人，更没有危害社会呀！应该对他更包容一些，现在说服不了他，将来他走上社会、碰上钉子了，也许就会意识到，如同不能拔着自己的头发离开地球一样，要在充满烟火气的世俗世界里工作、生活，就不能彻底封闭自我。

还是让他自己慢慢觉悟吧！这样的"交心"真的只具有形式上的意义，并没有什么实际效果。小倩觉得，这和揠苗助长在本质上没有什么不同，非但改造不了他，还会越来越让他反感，以致产生敌对情绪和逆反心理，一谈就崩。因此，只要他不偏离法制的轨道，不违反校纪校规，倒是不要常去干预他为好。

八

随着与学生接触的深入，小倩发觉如今的学生个性化色彩要更加浓郁了，价值观也更趋多元，对是非的判断往往基于感性而非理性。你要像学校要求的那样，做到与他们的心灵"无缝对接"，保持"零距离"，那就绝对不能端出老师的架子俯视他们。你既要比他们站得高看得远，又要能在同一平面上进行无障碍、无隔阂对话；既要严格要求、敢抓敢管，又不能采用生硬、僵化的方式方法。

这是入职三个月之后的体会。从上到下奉行的学生工作总体方针无疑是正确的。但在亲身实践中，她又有点怀疑"一切为了学生，为了一切学生，为了学生一切"这一口号是否提得有点过头？与此相联系的各种举措是否有迁就学生、娇宠学生的倾向？而且，这似乎也不容易做到，也许永远只能停留在口号的层面。

她把这一疑问存在心底，没有向任何同事提起，只在电话里和妈妈说了一嘴。妈妈说：你学会思考了，这是好事。学校的事老妈不懂，不敢乱说。你呢，目前也懂得不多，心里不妨打个问号，可别自以为高明去向领导多嘴多舌。小倩说：哎呀，老妈，我能有那么不懂事吗？我的遗传基因没那么差吧？我可是你亲生滴！

与金刚强第一次交心之后，她本想尊重他的意愿，取消无谓的重复交心活动。但在学生工作例会上，她说了自己的打算后，胡书记却明确表示反对："这怎么行！你这样做不等于让他自生自灭吗？不管他是否听，也不管他是否听得进去，你都必须定期与他谈心——交心做不到，谈心总可以吧？常在他耳边念念经也是好的。不及时掌握他的思想动态，万一他的心理问题积累到无法缓解的程度，再遇到某个触发点，弄不好就要走极端了。那我们就都要吃不了兜着走！"

小倩被这番"危言"吓住了，顿觉自己还是想得简单了。是啊，虽然看起来金刚强眼下没有什么过激言行，但谁能保证他不会在某个想不开的瞬间发生极端行为呢？胡书记是学生线的老将了，经验要比自己丰富得多，还是得听她的。金刚强再抵触，也必须不时去碰碰这只刺猬，哪怕从手到心都被他扎出血来。

胡书记又往深处开导说："你该懂得从量变到质变的哲学原理吧？金刚强可能就正处在量变的过程中，从表面上是看不出来的，如果掉以轻心，不经常进行以心理疏导为主的干预，阻遏量变的速度与进程，说不定就突然发生质变了，到那时就措手不及了。先别说问责什么的，我们自己的良心也会愧悔呀！"

小倩听明白了，交心活动是绝对停不得的！停了，如果出事，全部责任都是你的，还会连累主管领导胡书记；不停，即便出事，责任也会小得多。这之后，小倩便觍着脸皮找各种借口去与金刚强搭讪。有时，她装作路上偶遇的样子："刚强啊，你读过的武侠小说多，能不能向我推荐一两部哇？"想以此为切入口聊下去。她当然不会让他发觉，自己早已侦察好他每天的活动路线，早早守候在他的必经之路上。但对方却不让她把话题展开："在你们眼里，武侠小说不是很低俗吗？还是别看了吧，免得降低您的层次。"

有时，去食堂用餐，小倩故意在他身后排队，看好他落座的位置，见缝插针般坐过去。他倒没有躲开。可是，用点头回应了她热情的招呼后，他便埋头吃饭。她没话找话地问："刚强，有两句唐诗我忘记篇名了，就是杜甫的'感时花溅泪，恨别鸟惊心'，你读诗比我多，记性比我好，能告诉我吗？"

他正面回答了："篇名是《春望》，它的前两句'国破山河在，城春草木深'也很有名！"见她脸上浮现出钦佩的神情，他一直微微皱着的眉头似乎也舒展开了。她刚想趁热打铁聊开去，忽见他若有所悟地冷冷一笑，然后便起身说："杨老师，我吃完了，您慢用！"又一次精心设计的交心活动就这样无疾而终了。

小倩猜想，他可能觉察到了自己有意接近他的意图，因为全年级的学生都知道她具备去《中国诗词大会》一决雌雄的实力，不可能连这么常见的诗句也不知出处。他用脚指头想一想也能悟出来。一旦悟出来，他就会觉得自己在欺骗他、愚弄他，没有当场翻脸，已经是照顾她的面子了。

她既懊恼又委屈。懊恼的是自己弄巧成拙，设计了这么一个蹩脚的由头，让他一眼就看穿了，不仅未达目的，还暴露了自己的"黔驴技穷"。为什么不再仔细推敲斟酌一下呢？至于委屈嘛，又更甚于懊恼：为了取得他的信任，我都不惜自毁形象，装扮成知识贫乏、近乎弱智的小女生了，我容易吗？

而且，我好歹也是个能持续圈粉的靓女吧，好多男生见到我眼睛都会发亮甚至发直，有机会与我接触都引以为幸，召之即来，挥之即去，现在一次次主动贴近他，都有点"不耻下嫁"的意味了，他怎么能毫不领情，硬生生把我推开去呢？难道他是美色的绝缘体？或者，他的审美观念异于常人？就像庄子说的，鸱鸮视腐鼠为滋味上佳的美食，鹓鶵却不屑一顾。

小倩不能不滋生一种挫败感。她想到，胡书记经常用以鼓励下属，而自己也经常拿来鼓励学生的警句是"屡败屡战，越挫越勇"，要求学生这样做，自己怎么能不这样做呢？所以，无论如何也不能灰心气馁。但金刚强这一方是，任你有千条妙计，我自有一定之规。你想尽办法试图将他的心灵之门撬开一条缝，他则手脚并用把门堵得严严实实，针插不进，水泼不入。

除了第一次谈话还有好几个回合外，以后的各次都不超过两个回合，大多他回应一句就像泥鳅一样滑溜走了。你如同孕育婴儿一般苦苦提炼出一个话题，他一开口就让它夭折了。更有未能出世而胎死腹中的。比如，听说他的雅号后，她专门研读了《云海玉弓缘》，打算与他一起剖析金世遗这一形象。然而，他始终没给她机会，她白备了两天课，一兜子话埋在肚子里，活活给憋死。

回眸"生情日记"里的金世遗专栏，每次的谈话记录本身都比较简短，因为内容实在不多，只好再加一段"思想分析"。但它们绝对是原汁原味的实录，没有作任何加工润饰。它们的真实性是一目了然的，如果有必要把它们公开出去，或许会暴露自己管控能力与沟通能力的不足，却无法得出自己对金世遗疏于管控、放弃沟通的结论。

所以，这本厚厚的生情日记，也许真的是一根救命稻草！

九

合上生情日记，一看时间，已经晚上十一点了。小倩这时才发现有两个未接电话，都是表妹妙妙打来的。哎呀，糟糕，我怎么把她给忘了！再看手机，还有两条未读微信，也来自妙妙。第一条是："姐，我已经打车到达'金色年华'8 幢 2 单元 801 室门前了。挺好找的，不知你有没有在物业那儿放备用钥匙？如果有，你跟他们打个招呼，我去取。然后嘛，我就反客为主，在家等你啰！"

中间当然免不了夹杂着好多个"言笑晏晏"的表情。这应该是在第一个未接电话之后发来的。入职后半年左右，也就是去年年底，距东海大学三公里左右的"金色年华"公寓开盘，小倩的爸爸妈妈拿出平生积蓄，替她买了个九十平米的精装修中套，让她成为这个新一线城市的有房一族，同时也被一起入职的小伙伴们名正言顺地看作"富二代"，尽管她父母其实只是银行职员。

因为学生思政工作备受各级领导重视，辅导员的工作条件与生活待遇持续得到改善，让许多海归博士自叹不如。比如，学校为每位辅导员都安排了单人宿舍，而博士们在自购住房前如果需要学校提供临时宿舍的话，只能委屈他们两人一间。这自然也是为了方便辅导员开展工作——晚上找学生"交心"，总得有个独立空间啊！

拎包入住"金色年华"后，小倩虽然比不上"狡兔三窟"的豪族，却也有了两处栖息的场所，可以自由转换。她一般周一至周五住学校，如果双休日不用加班的话，就住到金色年华来。晚上，端一杯卡布奇诺在宽敞的阳台上或站或坐，看万家灯火，听市声喧沸，心里满溢着幸福。不过，这样的时光不多，因为双休日总是有这样那样的活动把她拴在学校。

这个双休日本来是没有公务活动的，所以小倩原计划让妙妙住到金色年华来。这也是妈妈的意思，一来向她展示自己的优裕生活，让她学有标杆；二来向她推介小区的优雅环境，吸引她到这个城市就业并选择同一楼盘置业，将来两人好相互照顾。这个打算也是征求了妙妙父母亦即小倩舅舅舅妈的意见，得到了他们充分认可的。

然而，这一计划已被彻底打乱了。还好，原来给过妙妙地址，花样年华的她就直奔"金色年华"去了，结果吃了闭门羹。拨打小倩电话，响铃六十秒仍不接，她心知表姐遇到大麻烦了，便又试探着发了这条微信。这就让小倩更增歉疚了。

第二条微信的内容是："姐，我有一种不好的预感，那个跳楼的学生只怕凶多吉少了。姐，千万不要慌，沉着应对。我嘛，已经在金色年华边上的桔子酒店办好入住手续了，你专心做善后工作，就别操心我了。我会安排好这两天的日程，与西子姑娘好好亲近一番！不过，这次放过你，下次来可要加倍补偿我，请我到'楼外楼'吃大餐哦！"

小倩内疚未减，对妙妙将如何安顿的担忧却减轻了许多。这个鬼丫头，到哪儿都不会找不着北，也绝不会亏待自己的。这次真顾不上管她了，就让她做个自由行走的精灵吧。反正她明白姐有难处。只是憧憬中的姐妹携手同游西湖的景象这次要成为泡影了。但来日方长嘛，这是早晚要实现的事，期待很久才到来的快乐就像珍藏多年才开封的女儿红，味道会更加醇厚。

她回拨妙妙的电话，响铃一秒，耳边便传来快乐的女声："姐，你忙完了吗？要不要我赶过来掠阵助战呀？那个跳楼的男生还有救吗？但愿他平安无事，没给姐惹下麻烦！"她不想对妙妙隐瞒真相，便据实以告。妙妙的声音低沉下来，还带有了一点忧伤，似乎比金世遗班上的同学多一些悲悯精神。

"姐，太不幸了，我为他、更为他含辛茹苦的父母感到难过！姐，你还好吗？一定要挺住！你挂机吧，我不多说了，因为你现在肯定没时间听我絮叨。等到全都搞定以后，你和我说一声，让我不再揪心！另外，姑姑和我爸那边，我暂时不会透露的，免得他们使不上劲干着急。"

妙妙最后的想法，正与她不谋而合。没必要让长辈们知情，于事无补、徒添担忧而已。妈妈偏还是个爱搅和的主儿，对女儿的事，无论巨细，都有积极参与的高昂热情，比对自己的事还感兴趣。但从读高中起，小倩已对妈妈包揽一切的态度悄悄开始抵制了。抵制的方法就是能隐瞒的尽量隐瞒。

她可以与妈妈兴高采烈地谈天说地，"神舟七号"，《长江七号》，赵本山小沈阳师徒，孙俪邓超夫妇，什么都聊，把代沟抹得全然不见痕迹。唯独不聊自己班级和学校的事情，尤其是参与各类竞赛与竞选而失利的惨痛。她愿意自己独立来承受竞争的压力和成长的烦恼。

起初是报喜不报忧，后来连喜也不报了。因为喜讯固然会让妈妈乐不可支，连夸："咱闺女咋那么优秀呢！"接下来却会刨根问底，甩出一连串问题："除了咱闺女，班上还有谁获奖啊？""闺女，说说看，你在赛场咋那么镇定呢？""下一步还有啥目标哇？""获第二名的男生长得英俊不？"她一一作答，心里却不耐烦极了。而妈妈偏不识趣，接着还会提出许多在她看来十分迂腐、近乎说教的建议作为回馈，仿佛非如此就不足以显示家长终究高出一筹的识见。

自以为长大了的小倩，与初中时全然不同。读初中的三年，她虽已渐入逆反期，对妈妈的管教却是心服口服，习惯于事事都问妈妈，包括如何应对"大姨妈"的造访。妈妈怎么说，她就怎么做。不是没有反骨，而是妈妈的睿智让她找不到造反的理由。进入高中后，茅塞顿开，忽然觉得妈妈管教太宽、干预过多，而且有些意见也并不那么高明，不问也成，不听也罢。于是，学校里的有些事情，她就开始屏蔽妈妈了。

现在就更要屏蔽了。妈妈有本科文凭，却是通过自学考试得来的，没在大学校园里生活过，如今的工作性质又与大学风马牛不相及，隔膜得很。所以，和她聊聊校园里的趣事博她一乐可以，真遇到工作上的难题，视频聊天时就闭口不提了。

妈妈也有自知之明，不无遗憾地说："丫头，隔行如隔山，老妈读过中学与中专，现在也常与中学师生接触，中学的事还能说个八九不离十，大学的事就不敢随便插嘴了。乱说一气，显得自己挺有能耐似的，反倒让你笑话，有损我好不容易在丫头心中树立的光辉形象。不过，有啥犯难的，你也别掖着藏着，跟老妈抖搂抖搂，未必能讨着啥好主意，保不准心里能舒坦点儿。你说是不是？"

小倩听着，感觉有点女强人认怂的意味，不由得为之心酸。哎，自己长大了，妈妈也变老了。十年前，妈妈哪会用这种口吻与自己说话呀？不知不觉，此消彼长，妈妈在家中的强势地位已经岌岌可危。她对爸爸依然颐指气使，说一不二，却再也不当仁不让地站在制高点上，用教训的语气指挥小倩干这干那，或者批评她这不是那不是了。在得到宽松与自由的同时，小倩又觉得失去了什么。

十

与妙妙通过话后，小倩把生情日记中与金世遗相关的部分复制了一份打印出来，如果有可能的话，她不想交出原件，以免泄露她所记录的其他同学的隐私。虽然撰写生情日记得到了学校的充分授权，无须回避个人隐私，胡书记甚至说，记录下的隐私越多，说明你对学生思想动态的掌握越深入、越细致。但她总觉得不那么光明正大，总摆脱不了"偷窥"的侵权感。

生情日记制度在小倩读大学时已经开始实施了。这也就是说，小倩当年的一举一动虽不可能被辅导员全部记录下来，但有些事情，比如与前男友的分分合合以及众多男同学对她的纠缠，只怕是要被攫入笔端的。他会不会绘声绘色地描述有关她的缤纷花絮？因为她没有出过事，那些记录也就被辅导员束之高阁，也许将永不见天日。而她当时也浑然不知有一双亮闪闪的眼睛在忽明忽暗中观察她、摄录她。

在她成为辅导员得悉个中奥秘后，当年的辅导员已升任学校招办副主任。她开玩笑说："你记录了我哪些劣迹哇？能不能给我瞧瞧？在了解自己丑闻的同时，也学点写作生情日记的招式。"招办副主任打哈哈说："哪有'丑闻'和'劣迹'啊？全是可歌可泣的丰功伟绩！"她忍不住揭穿他说："你以前这么说我或许还信，现在嘛，呵呵，也算圈子里知道底细的人了，我压根儿就不信你会为小女子歌功颂德了。这也有违生情日记的基本写作原则哇！"

确实，领导再三交代，不是要你们光反映负面的东西，但应以负面的东西为主，把那些偏离社会主义核心价值观的思想苗头和具体事例详详细细地记录下来并加以分析，以便明确我们的工作目标、工作策略和工作重点。有代表性的阴暗心理也不要放过，写下它，是为了让阳光照射进去。

境界既高，又很务实。领导就是有水平！小倩也因此确知，即使自己是一块白璧，如果有幸在生情日记中出现，一定不是白璧的整体，而是它上面的"微瑕"。"微瑕"才有资格在生情日记里登堂入室。她真不希望其中有对自己隐私的大肆渲染。将心比心，她判断自己的学生大多是不想成为生情日记的记录对象的。

她料想，胡书记今晚也会是夜不成眠，便打电话将生情日记的有关内容扼要汇报了一下。胡书记沉吟片刻后指示说："你去金刚强宿舍查查他的电脑在不在，如果在的话打开来看一下，里面也许有我们需要的内容。在他身上没有发现纸质的遗书，手机也看过了，微信和短信都没有涉及自杀原因。那么，电脑里会不会存有一些线索呢？有必要去看一看。"

小倩有点犯难："已经过午夜十二点了，同寝室的学生只怕都已经睡觉了，现在去敲门会打扰他们休息，动静会不会有点大？另外，电脑中存储的都是他私密的东西，我们不经本人允许去……偷看，算不算侵权？"

胡书记厉声打断她："够了！用不着你来给我普法！都火烧眉毛了，你还婆婆妈妈的，顾忌这顾忌那，也太没有担当精神了吧？先给同寝室的人打电话，让他们把门虚掩着，你直接推门进去，省得敲门惊动隔壁的同学。这班夜猫子平时就睡得晚，今天又受了惊吓，入梦还早着呢！'本人允许'，他还怎么允许呀？哼！荒唐！这个时候还讲什么'权'呀'法'的！好了，你我都不要多啰唆了，赶快行动吧！"

刚走到金刚强寝室门前，胡书记电话又追来了。"在同学中找一位'黑客'带过去，以防他设置了防火墙。我们宁可事先把问题想得严重些、复杂些，有备无患嘛！进入电脑后，黑客的使命就完成了，里面的内容不要让他看到，万一有不恰当、不真实的抹黑学校的描述，传出去以假乱真就麻烦了。嗯……"她迟疑了一下说，"要是真有这样的描述的话，他就完全丧失了良知，你可以处理一下，不要有任何犹豫！"

小倩听懂了胡书记的意思，不由得心跳加快，就像初战谍海的菜鸟特工受命要去窃取敌方文件并予以销毁一样，紧张而又忐忑。她希望胡书记的指令能更明确些："那么，您的意思是……？"胡书记偏不说出她渴望听到的字眼："我说得够清楚了，你还不明白吗？有什么责任我担着！"

小倩不敢再问，却因为胡书记的故意含糊其辞而更加紧张了。听起来领导好像勇于担责似的，有魄力，有手段，既然如此，为什么还要那么含蓄，就是不肯说出"删除"二字呢？这是小倩心里无法消除的一个梗。有没有这种可能性：自己奉命实施的是一种有失正当的行为，如果将来不幸败露了，领导就可以说"我根本没那层意思"，那么，所有的责任就都变成我的了，她所说的"有什么责任我担着"也就成为一句空话了。何况电话又没有录音，她完全可以推卸说毫不知情。

胡书记的指令是必须执行的，做法未必正当，动机却是正当的。迫于工作环境，我们都是动机论者嘛，只要动机正当，做法是可以适度变通滴！谁说不是这样呢？可是，如何保护自己，这也必须考虑呀！最好能想出个两全之策。

第 四 章

一

三年的银行学校生活，使张大凤"就像脱胎换骨似的，完全变了一副模样"。这是同寝室的好闺蜜陈思卿毕业之际对她的点评。她对镜自照，觉得后一句没错，前一句则不太准确。模样是变了，变得她自己都有点认不出来了：原先身材瘦小、面如菜色的黄毛丫头，如今是体态婀娜、香腮似雪的美女了。"绝色"够不上，但足以让路人注目并回头了。

"女大十八变"，奶奶总是感叹："咱家凤儿呀，跟她娘没两样，是个美人胎子，啥时灌上几碗好浆水，就会滋溜溜出落得油光水滑，把男人的魂都给勾走啦！"奶奶已失去视觉，感觉却常常是到位的。但入学时她绝对没想到自己会"出落"成这样——光论长相，好像比自己最崇拜的李铁梅也差不到哪里去，只是少了点李铁梅的英气。

这有赖于学校食堂里的"好浆水"。学校实行包伙制，每月十九元的奖学金中直接扣掉九元作为伙食费，一日三餐全包了，尽管敞开肚子吃。剩下的十元发到学生手里，由他们自己支配。大凤留下两元零用，包括购买牙膏、香皂等，其余八元在发到手的当天就寄回家去。这是她入学前就向母亲承诺过的，只不过当时不知道究竟能节省下多少。

如果不是包伙的话，她也许能省下更多，但中学时避开人群、向隅而食的场景就又要重现了，给同学撞见那是非常难堪的。不仅如此，她还将与"好浆水"失之交臂了。没有"好浆水"的滋润，就像正在拔节的玉米缺少了阳光雨露，还能可着劲儿猛长吗？还能一点点地演变成这花朵儿似的容貌吗？

难怪听人说去银行上班就如同捧上了金饭碗，碗里啥时都不缺鸡鸭鱼肉，这不，还没到银行上班呢，只是在银行学校读书，伙食就丰富得让她惊叹这世上还有大鱼大肉管饱的日子。头一两月，她放开肚子吃。除了陈思卿等少数几个省城的同学外，男男女女几乎都是两口就能吞下一个肉包子的大胃王。女同学先还装装斯文，一看彼此彼此，也就撕下淑女的面具了。

那时有谁会担心长胖啊！时尚虽不以胖为美，却把胖看作富裕的表征之一，油水不足，胖得起来吗？没有哪个胖女孩遭鄙视的，当然也没有哪个胖女孩一心想着要减肥瘦身的。在大凤老家的林区里，胖女孩在相亲时最受青睐，因为这意味着她娘家有殷实的家底，能够让她吃饱喝足，那么，陪嫁应该也不会太寒酸吧？小倩读小学时看过一部朝鲜电影，片名叫《摘苹果的时候》，里面有个一年能挣六百个工分的胖姑娘，可受欢迎呢！而这部在林区循环放映的故事片，对民众审美观的影响是很大的。

因此，没有人因为顾忌长胖而控制食欲。但一两个月之后，大家却真的斯文起来了。为什么？腹腔里的油水已快囤积到天花板了，没有空间输入油腻的东西了，填鸭式的进食状态也就渐渐成为历史了。没有人再因为营养不良而面黄肌瘦，就像刚报到时那样。

但不是所有的女生都能变一副模样的。班里有不少高复生，年龄比大凤要大两三岁，进来时就已发育好了，气色会红润起来，体态会丰满起来，个子却不会再往上蹿。而大凤原来几乎中止的发育，则在突然改善的外部条件的催化下出现了报复性的反弹，造就了她的亭亭玉立。而面部器官的"要眇宜修"，则该归因于她从母亲那里遗传的"美人胎子"了。

不过，就像花朵没有春风春雨的沐浴就不会绽放一样，要不是置身于适宜的环境，美人胎子也有可能僵死而永远只是蜷局成一团的"胎子"的。这也就是说，如果没能考进银行学校，或者银行学校没有那么好的伙食，她就既不可能像艳阳天里的庄稼那样迅速拔节扬穗，也不可能像擅长"变脸"的川剧演员那样马上改头换面。

但她并不认为自己已"脱胎换骨"。从娘胎里带来的许多东西还在，比如认死理的脾气，深植于骨髓中的倔强，一心向上、不甘人后的秉性，爱惜每一粒粮食的习惯，等等。举例来说，有同学大模大样地把吃剩的饭菜倒入泔水桶时，司空见惯的食堂工作人员懒得管，她却看不过去，上前与其理论得面红耳赤。

当晚她还奋笔疾书了一份题为"节省粮食，从我做起"的倡议书，第二天一早就张贴到学校的宣传栏里，引起了校领导的关注。这不只是靡费饭菜的细小问题，而关系到能否养成勤俭节约的作风，关系到入职银行系统之后能否把好金融关，防微杜渐。于是，学校便发起了一场专题讨论。

此前默默无闻的大凤也就声名鹊起，成为校园里的风云人物了，尽管她既没有叱咤风云的意愿，也缺乏叱咤风云的能力。在她看来，同学中将来真正有可能叱咤风云的只有给她予"脱胎换骨"评价的陈思卿。这位闺蜜不仅待人热情似火，而且好像能看透每个人心思似的，你想什么，她都能猜个八九不离十。不仅如此，她的统筹组织能力也很强，入学不久就被选为校学生会主席，各项活动开展得有声有色。

倡议是张大凤发起的，主意其实是陈思卿帮她出的。大凤向可以推心置腹的闺蜜诉说了自己的困惑和忧虑后，陈思卿立刻感觉到可以借此做一篇大文章。倡议书的措辞是经她修改过的，但她却坚持让大凤单独署名，说自己身份特殊，不宜冲到台前来亮相。大凤贴出倡议书后，她第一时间汇报给校领导，同时递交了组织大讨论的具体实施方案。

两人配合默契：大凤在台前"兴风作浪"，她则在幕后"推波助澜"，而她在幕后发挥的作用其实比台前更大。但她却不掠人之美，在任何场合都没有说这次活动是出于她的策划，而总是称赞大凤的首倡之功。这是她们入学三个月后的事。从此，大凤就认定陈思卿未来是能干成大事业的人。

三年里，大凤学会了溜冰，学会了跳舞。刚开始，她对学习以外的所有娱乐活动都是排斥的，禁不住陈思卿的死拉活拽，才尝试并掌握了这些北国时尚青年的必备技能。陈思卿开导她说："生活是丰富多彩的，不只有一种颜色，当代青年要会学习，也要会生活，把日子过得太单调就辜负这个改革开放的时代了。"

"还有，技不压身哪！多学几招交际的技能，也有利于以后尽快融入社会呀！你想想，银行里年终搞联欢晚会，行长看你这小姐长得不赖，邀你跳支舞，你却脸红着说'不会'，行长就会想她是真不会呢，还是找借口拒绝我呢？那他对你的印象还会好吗？说不定哪天就给你穿小鞋了。"陈思卿继续给她上"思政"课。

大凤暗叹，这个前程似锦的闺蜜想得可真远、真细啊，令人不得不服！她并不觉得银行的领导会有那么小心眼，但多学两手对未来的发展也许有帮助，她却是认可的。便半推半就地跟在同寝室众姐妹的身后去舞场和冰场了。这群疯丫头，一进舞场和冰场，就欢腾得像飞入稻田的麻雀，扑棱棱、闹喳喳、喜洋洋的。大凤先还有点怯怯的放不开，渐渐地也就自如了。

她没有多少文艺和体育细胞，五音不全，唱歌跑调，肢体也不太灵活与协调，百米跑补考三次后才达标，前滚翻还弄成了狗吃屎。这也是她不太愿去舞场和冰场的原因，怕出乖露丑嘛！但她肯花心思，肯下苦功，真豁出去了也就不在乎别人评头论足，而当时流行的又只是入门级的交谊舞，嘭嚓嚓，嘭嚓嚓，记住三步四步就行了，难度较大的探戈、伦巴等还属于舞会王子与公主的表演节目，那是陈思卿及其舞伴的事。

几度认真观摩，几度私下练习，大凤的舞技与陈思卿当然还不在一个层级上，舞步却也能迈得从容裕如，不会再踩痛舞伴的脚了。舞技欠佳，但人长得靓丽啊！所以，邀请她起舞的男生还是有些争先恐后的。这让她的虚荣心得到了小小的满足。哎，哪个花季少女会讨厌男孩子像蝴蝶一样绕着自己翻飞呢？

相形之下，她在冰场上的表现就比较糟糕了。平衡能力不行啊，老是会摔跤。大冬天的，有厚厚的棉袄包裹着，倒不至于摔得鼻青脸肿，关键是姿势像狗熊一样笨拙难看。骨子里的犟劲儿，让她不愿轻易放弃。既然踏到冰面儿上了，就不仅必须稳稳地站住，还要能妥妥地溜圈。这股不服输的犟劲儿，不可能把她推向冰场上的王者位置，也不可能使她成为半途而废的逃兵。最终，她也能在冰面上"潇洒走一回"了。

陈思卿则是全能型的，几乎没有什么是她不会的，连毛衣都比所有女生织得好。她有三件颜色或深或浅的毛衣，都是自己织的，花纹看似简洁，实则繁复多变。她曾应室友要求当场示范织法，手指比织布机的梭子还要灵巧，把大凤都看晕了。有三件毛衣每天换着穿，再明白不过地显示了其家境与大凤的区别——大凤只有一件混合着五种颜色的百衲衣，那还是母亲为了给她撑面子"临行密密缝"的。

陈思卿也是舞场和冰场上的一道靓丽风景。她曾是省城少年花样滑冰队的队员，童子功一直没有丢。而花样滑冰本来就是需要舞蹈和体操基础的，跳交谊舞对她来说还不是小菜一碟？闭上眼睛也不会踩错节奏。在大凤眼中高难度的探戈、伦巴，难道比花样滑冰更需要技巧？看一眼她就知道如何摆胯、甩头、耸肩了，不成为舞会公主才怪。

这样一个德才兼备的女子，按照一般规律，她在形象上会有些欠缺的。历史上赫赫有名的"嫫母""无盐""孟光""阮女"，既聪明又贤淑，却无不被归入"丑女"之列。这正体现了造物主的相对公平。但上帝在塑造陈思卿时却是偏心眼的：竟然还赋予了她姣好的容颜，让她兼得"才女"与"美女"之名。此外，还让她投胎到一个富足的家庭，所有的好事都占全了。

她的容貌不亚于张大凤。同一个班级、同一个寝室，同时拥有两位天然美女，在"泛美女化"时代还没有到来之际，是可以在全校传为美谈的。古龙有部小说叫《绝代双骄》，描写的是一对相貌英俊、武功高强的双胞胎兄弟坎坷离奇的遭遇，那时还没有泊入内地。但同学们已抢先一步称呼她俩为"绝代双娇"了。"娇"只是标示她俩的性别特征，并隐含其容貌的美艳，绝不带有暗讽她俩娇气的意味。

在那个年代，"娇""骄"二气都是遭鄙薄的。你要入党入团，审查时先得看你有没有"打掉'娇''骄'二气"？因为"娇"与"骄"都是"修正主义思想的苗头"，是与共产主义接班人的要求格格不入的。入学第一年，他们写学习体会还要穿衣戴帽地加一句："狠斗'娇''骄'二气，发扬革命新风。"第二年，风向有些变了，语言大换班的速度也加快了。"娇""骄"二字没有从汉语词典里消失，却在他们的日常语汇中隐没了。

她俩都是一点也不"娇气"的。大凤生下来就一直过的苦日子、穷日子，想娇气也不可能。陈思卿是有滋生"娇气"的家庭土壤的，但这颗种子自身的免疫力却把娇气拦在金刚圈外。参加支农劳动时干脏活、累活的泼辣劲儿，不输于自幼就蹚在泥里水里的大凤。可能有在大众面前"积极表现自我"的成分，但伪装得了一时，伪装不了一世啊，三年里就没发现过她与娇气沾边。

她是有条件像有些女生那样把自己弄得香气扑鼻或花枝招展的，但她不屑于这样做，和没条件这样做的大凤一样素面朝天、不施脂粉。至于"骄"字，她俩也是力戒的。大凤除了学习成绩领先及容貌出众外，没有更多的值得骄傲的资本。陈思卿傲人的资本就太多了，从容貌到才艺再到组织能力、家庭背景，没有一项不是出类拔萃的。一不小心，尾巴就会翘到天上去了。

但她没有。始终把"高调做事、低调做人"奉为座右铭，恭恭正正地抄写在笔记本的第一页。既不像有的学生干部那样动不动就往自己脸上贴金，也从不唯我独尊、自以为是，听得进手下那班学生会干事的不同意见。出去春游，从不把自己当头儿，趾高气扬地袖着两手等人侍候，而是忙前忙后地张罗个不停，倒像大观园里跟着主子去踏青的丫鬟。

所以，她在同学中威信极高。嫉妒她的人也有，却挑不出她的不是来。学生会主席试行了一次"民选",她得票率达到了99.5%。据说唯一的弃权票是她自己投的,那个年代,自己选自己还被看成是一件可耻的事。这说明,连嫉妒她的人也觉得她是不二人选,找不到更合适的人来取代她。

嫉妒她的人中不包括张大凤。大凤对她的"全面碾压"是心悦诚服的,并不把她看成时时处处都要较劲的竞争对手。竞争对手一般都是势均力敌、旗鼓相当的,而大凤则自觉与她差一大截儿,从没想过要与她一较短长、一决高下,只把她当作无论怎么撵也撵不上的标兵,哪里会心生嫉妒呢?山里人没那么小肚鸡肠。

她俩之间不存在林黛玉与薛宝钗式的争风吃醋和明争暗斗。大凤读过杨沫刚解禁不久的长篇小说《青春之歌》,如果以小说人物来类比的话,她觉得自己有点像涉世不深的林道静,而陈思卿则是引导林道静走上革命道路的成熟共产党人林红。两人的成熟度完全不在一个层次上。她对陈思卿只有佩服。

陈思卿教会了她许多,比任何一个老师教她的还要多。但也有些是怎么也教不会的,比如演讲中一本正经地复述报刊上的大道理,待人接物时见人说人话、见鬼说鬼话,明明恨得牙痒痒却依旧笑靥如花。陈思卿知道能看穿自己的只有她,意味深长地对她说:"凤儿,要在这世上立足好、发展好,不能都由着自己性子来,有时不得不矫情,逢场作戏也是难免的事。只要心里始终装着'真诚'这两个字,场面上说点假话又何妨呢?"

大凤不是很能理解,但也不以为非,自叹自己将来适应社会的能力肯定也远远不如她,这辈子只怕要被她甩在后面好几条街了。不过,以她的仗义,如果自己混得不好的话,她大概不会坐视不管的。她只比大凤年长一岁,但不仅在大凤心目中,其他同学,包括大部分男生都把她视为"大姐大",觉得无论现在还是将来她都是可以罩着自己的。

女生之间的关系,说复杂也复杂,说简单也简单。如果锱铢必较,可以把简单的关系复杂化,如果求同存异,也可以把复杂的关系简单化。大凤与陈思卿的关系就属于后者。其实，陈思卿对大凤不仅一直发挥着示范和引领作用，在生活上也是很呵护她的，经常不露痕迹地向她施惠。比如"妈妈单位发了一大箱香皂，你们帮我消耗掉一点吧"，不只塞给她，同寝室的七姐妹人人有份，这样，大凤接受起来就不太有心理障碍了。

另一种巧妙的资助模式是："凤儿，我星期天去逛商店，看到这件衣服挺喜欢的，就买下了。谁知道妈妈去上海出差又给我买了一件同款的。真是的，也不先和我通个气。怎么办呢？我想到个好主意：大伙儿不是称咱俩'绝代双娇'吗？咱俩在服饰上不妨也统一一下嘛！你想想，两人穿同一款式的衣裳在校园里亮相，那该多惊艳啊！"

大凤不认为这是个坏主意，但要她收下这件看上去不会便宜的裙装，又很不过意，自不免推辞一番。陈思卿"生气"了："要你帮个小忙也不肯！要知道，这不是我帮你，而是你帮我——帮我废物利用，也帮我出一回风头。没你助演，我唱独角戏多累啊！再说，你我之间有必要切割得那么清楚吗？"

说得大凤羞愧不已，顿觉自己太小家子气了，太把声气相投的闺蜜当外人了，太缺乏江湖儿女不分彼此、互通有无的豪爽了，便兴奋而又羞答答地和陈思卿一起换上了那款维多利亚风格的新衣。果然，佛靠金装、人靠衣装啊，从无洋装加身的大凤在蕾丝、缎带、荷叶边、蝴蝶结的烘托下，一扫原来残存的乡野气息，变得时尚和精致起来。但和并肩而立的陈思卿比起来，似乎还是有大家闺秀和小家碧玉的区别。

二

母亲第一次收到大凤的汇款时又惊又喜！以为女儿只是随口一说，宽宽为娘的心罢了，没想到真有这等好事。八元呐，这不是个小数字，她爷爷瘸腿之前天天出去拾荒，一个月也挣不了八元。这书可太有念头了！肩上的担子依然不轻，但有了这八元贴补，该可以时不时地歇个肩、喘口气了。随即又担心，这该不会是一次性的吧？第二个月，邮递员又如期把汇款单送到她手上，还不胜欣羡地说："你家大闺女这么早就出息啦！"

林区的居民个个都是大喇叭，好事坏事放开了声传播。邮递员刚走不久，向她来求证大凤给家里寄钱的消息是真是假的人就络绎不绝，母亲脸上的笑容从来没保持得这么久过。大凤考到省城去读书已经给她挣面子了，如今，又每月往家里寄钱，就让她十分面子又添十分。

不光寄钱，放寒假回家过年时，大凤还带回来了六十斤全国粮票。这可了不得！她每月的粮食定量是三十二斤，只需交给学校食堂二十斤，其余十二斤可以在自己手里攥着。有的同学食堂里饭菜吃腻了，星期天会到主城区去调剂一下口味，这就用得着粮票了。而大凤却是从不追随他们而去的。食堂每天的伙食已经比她家过年还要好了，他们怎么还会嫌它口味单调呢？

她一两粮票也不舍得花，全都积攒下来。看着藏在木箱里的粮票越来越多，她就像一毛不拔的守财奴那样乐不可支，有时梦里还忍不住笑出了声。唯一遗憾的是学校发的是地方粮票，在老家林区是不通用的，必须把它兑换成全国粮票带回去才能买上白面。所以，把攒下的地方粮票兑成全国粮票是必不可少的环节，否则带回的粮票就如同一堆废纸，没有任何价值了。

这可难坏了大凤。完全不知路径啊！又不便四处打听、逢人就问，此事还是不宜张扬的。她留意观察，上一届有个衣着朴素的女生星期天也总在食堂吃饭，似乎是自己的同类。她便主动上前搭话，果然也是世居乡村、家境贫寒、不愿浪费一两粮票的。既然如此，大凤也就不遮遮掩掩了，直接问她有什么兑换粮票的办法。她说离学校不远的地方有个属于"黑市"性质的粮食交易市场，她都是在那儿兑换的。

她告诫大凤要小心，因为那儿人多眼杂，有不少骗子混迹其中，而佩戴红袖章的监管人员也不时巡查，虽说不像以前那样管得严了，即使被查获也不会扣你一顶"投机倒把"的帽子，但肯定是要受训斥的、粮票也会被没收——这才是最痛心的。所以，到那儿之后一定要眼观六路耳听八方。她说本来可以陪大凤一起去的，但两个大姑娘在那儿转悠来转悠去，又不买粮食，会引起怀疑，反而增加了风险，所以慎重考虑还是各行其是为好。

这么一说，倒弄得大凤紧张起来，腿先就软了。想想为了让家人，尤其是正在长身体的弟弟妹妹能多吃白面，自己冒点险还是值得的，星期天便壮着胆子去了。她装作闲逛的样子，心头却有小鹿乱撞。可能步子迈得太快了，一圈走下来，竟没有人像学姐所说的那样来主动对"暗号"接头的。

按照学姐传授的经验，"暗号"比当年我党的地下工作者要简单多了，不用背诵古诗词，比如一方说"稻花香里说丰年"，另一方说"听取蛙声一片"。那个难度太大了，大得有点假，好像地下党员一个个都饱读诗书似的，其实他们大多是没有多少文化的泥腿子。小说作者或电影编剧十有八九是在胡编乱造。还不如让他们像《智取威虎山》中的座山雕和杨子荣那样说土匪的切口："天王盖地虎""宝塔镇河妖"。

粮票贩子的暗号简洁明快，直奔主题："买票？卖票？换票？"一个多余的字也没有。说它是暗号，只不过因为隐去了"粮"字。那么，熟谙此道的人只需回答一个字："买""卖"或"换"。然后，两人便一起走到一个僻静的角落里去，具体商谈价格或兑换比例。大凤虽是第一次来，套路已了然于胸了。

她改变了策略，逛第二圈时，见到貌似粮票贩子的人就停下脚步，故意东张西望。这一招奏效了。马上有人悄声搭腔了，暗号与学姐说得一模一样。但她的回答却是一个出乎套路之外的"没"字，因为她发现此人獐头鼠目，不像个良善之辈，怕惹祸上身。再向前走几十步停下来，故伎重演，又有人靠近她甩出暗号。她打量了对方一番，模样还周正，便合乎规范地回答说："换！"

避开众人，拐进一条小巷子后，大凤心头的小鹿冲撞得更厉害了。她紧盯着巷子的两头，唯恐交易时突然杀出两个红袖章，来个人赃俱获，那就麻烦了。她专门琢磨过：粮票是计划供应的无价证券，买和卖肯定是违法的，但以"地方"兑"全国"，那只是想扩大一下流通范围，是不触犯法律的。但解释起来很费口舌，而且，你说是"换"，他们咬定是"卖"，又怎么辩得清楚呢？所以，千万不能让监管人员看到和抓到，这也是学姐再三叮嘱的。

她的神态都被粮票贩子看在眼里，心知这是个初次试水的雏儿，谈兑换比例时就明显欺负她了，坚持十兑八，即十斤"地方"兑八斤"全国"，而学姐告诉她的常规成交比例是十兑九，碰到心疼"小丫头片子不容易"而甘愿让利的，还能十兑九点五。此人模样周正，却心术不正，还是别和他掰扯吧。她掉头就走。

走出没几步，贩子在后面喊："这丫头咋这么性急呢？咱可以再商量嘛！八点五怎么样？"她头也不回，加快脚步，贩子只好退回到底线："今儿个咱大放血了，九！"这哪叫放血啊？就冲你这坐地起价的奸诈德行，咱也不和你做这笔交易了，何况下面还不知你会再生出什么幺蛾子呢！大凤的犟脾气上来了，甭说他喊破嗓子，就是九头牛也别想拉回去。

再回到市场里，好像瞧谁都不像个正经人了。她没有心情继续搜寻可以交易的主了，快快地回到学校。白白耽搁了大半天工夫，还因为错过了食堂的饭点，入学五个月来第一次饥肠辘辘。食堂边上就有小卖部，出售各种点心，还有她自小就爱吃却难得吃上的黏豆包，但她哪舍得花这个冤枉钱呐？饿一顿算什么，重温一下过去的感受，人不至于忘本。

陈思卿这天刚好留在寝室里写学生会的工作总结，哼哧哼哧地绞脑汁，如果说她也有什么短板的话，那就是文字写作能力不太强。但这是银行学校，主要学的是会计金融业务，文字能力凑合就行了，平时也不太有显示的机会，更不会拉低学习成绩。不过，写到类似的材料时就有些吃力了。这是她自愧不如大凤的地方。她想通过不断练笔，补上这块短板，所以，学生会的有些材料本可分配给副主席或其他干事去写，她却亲力亲为。

大半天不见大凤踪影，吃饭时也没遇到，这是必须"审问"清楚的。大凤一来找不到合适的借口搪塞，二来也想倾吐一下内心的烦闷，便据实以告。陈思卿用力拍打她的后背："傻妹子，干吗不和姐说，自己去冒险呢？这种事找姐办太简单了。都不用姐出马，爸的手下打个电话就成了。"

大凤去过陈思卿家多次了，同寝室的其他姐妹也都应邀去做过客。她爸一看就是个大干部，气场很足，却慈眉善目的，对她们也很和蔼。家里那个宽敞呀，光是招呼大家坐的屋子，她妈叫作"客厅"的，就比母亲干活的林场食堂后厨还要大，这么多人拥进去都填不满。门边上还安着电话，铃声一响，把她吓一跳，还以为是闹钟呢！老家十里八乡的，只有林场办公室有一部，哪有私人家里搁得起这玩艺儿的？

她爸爸究竟是干什么的，她没有说，大凤她们也没问。说了有炫耀门庭之意，问了则有打探隐私之嫌。她平时很少提及自己的父母，也从不摆出高干子女的派头，要不是去过她家，真不知道她家的光景有这么好。

三天后，陈思卿就把六十斤全国粮票交到大凤手上了。大凤立马发现了错误："不是十兑九吗？怎么多出来了五斤？"陈思卿笑了："你傻呀，我会去黑市上兑吗？肯定是通过正规渠道一比一换来的。"哇！凭空多出来了五斤呢！那可是五斤白面啊，够全家人包两顿白菜馅饺子，让弟妹们吃得肚子溜圆了。

陈思卿这回又帮自己解决了个大难题！大凤把"谢谢"二字裹在舌尖上，最终却没有吐出去。不是因为"大恩不言谢"，而是因为陈思卿早就与她约定："咱们姐妹之间永远不要说谢字，说了就生分了。"这话也有道理，在她林区老家，亲人之间是从不把"谢"字挂在嘴上的，刻在心里就行了。

三

兑换粮票的这一曲折过程，大凤是不会与母亲说的，那会增加母亲的担忧与负疚感，白面吃进嘴里味道就变了。大凤在之前的信中也没有提过粮票的事，她想当面交给母亲，再给母亲一次惊喜。生活中多一些这种不大不小的惊喜，母亲的精神压力就会得到纾解了。

如同她所预想的那样，早闻全国粮票之名却从未见过其真容的母亲，颤抖着手久久抚摸票面，然后向全家人大声宣布："凤儿给俺家挣白面回来啦，好多好多的白面！往后咱们每个月能多吃十二斤白面呢！"弟妹们一片欢腾。奶奶扳着指头算了一下："嗯，三个娃每个号头能多吃四斤！还有这等好事啊？凤儿哇，你咋有恁大的能耐呢！"

奶奶在计算时是撇开了自己、老伴以及儿媳的。老啰，坐吃等死啰，啥活也干不了啰，有点粗粮塞到肚子里，别让它整个瘪着就行了，还糟蹋白面干啥？吃啥不一样屙出来？儿媳嘛，尽想着娃呢，只要娃能多吃上些白面，她就是天天吃糠咽菜心里也美得很咧！娃没吃够，叫她吃白面，那比吃毒药还遭罪。这是奶奶的想法。她的眼睛看不见了，心里却又长出一双眼睛。

当天，母亲就包了白面饺子，那是腊月二十三，俗称"小年夜"。当地也有扫尘、祭灶的习俗，家境还过得去的人家都会包白菜猪肉馅的饺子，和灶王爷共享美食，并许下来年风调雨顺、不拉饥荒的心愿。大凤家往年饺子也是包的，却将白面与玉米面相混合，馅儿里也没有肉。

这晚一下子升级到中等人家的档次了，不仅全是白面，而且馅儿里猪肉的比重第一次超过白菜，占据了主体地位。大凤刚在课堂上听老师讲解过"主体"这个词，觉得用在这里也是贴切的。更让她欣喜的是，母亲这回包的饺子是足量的，全家人都管饱的，用不着你推我让，一个个谎称"我快要把肚子撑破了"。

爷爷奶奶惯用"肚子里搁不住油水"的理由，把饺子拒之口外。

以前母亲都默认了，这回却驳斥他们说："好啦，就别扯那犊子了！猪肉是用大凤寄回家的钱买的，白面是用大凤带回家的粮票买的。你俩就敞开肚皮吃吧，不吃就白费孙女的孝心了！俺也吃，吃得越香，俺闺女越乐呵！"

在一家老小的欢乐气氛中，大凤又想起了《红灯记》中的李玉梅，想起了李玉梅那段"爹爹挑担有千斤重，铁梅我应当挑上那八百斤"的经典唱腔。她恍然觉得，马灯映照下的自己虽然还远没有与铁梅的影像重合，相互叠印的部分却在一点点增多了。母亲说得不错，看着家人，尤其是弟妹们狼吞虎咽的样子，她心里乐开了花，益加觉得自己选择读银行学校是此生的第一个英明决策。

父亲张根土去世已经四年多了。父亲是三十六岁时带着年迈的双亲和四个儿女来到这个大兴安岭深处的林场入职的，从此成为国营林场的一位有编制的伐木工人。那时，从胶东平原前来闯关东的爷爷，这个曾经吐口唾沫都是钉的山东大汉已经是瘸了腿的残疾老人了。全家八口蜗居在一间低矮的平房里，两个大炕用一道土布帘子隔开，外面的炕上睡着爷爷奶奶和她的两个弟弟，里屋的炕上则睡着父母与大凤两姐妹。

一过9月，北风就开始肆虐起来，夜间越来越频繁地钻进门缝，继而钻进被窝和他们单薄消瘦的身躯。炕边各放着一口大缸，里面腌着不时咕噜咕噜冒泡的酸菜，那是一年到头出现在家里餐桌上的唯一的菜肴。餐桌与凳子都是父亲自己制作的，而且是就地取材，茫茫林海什么都缺，唯一不缺的就是木材。

制作工艺简单而又粗糙，随手砍一棵落叶松，将它的中段锯成木板，拼接起来就是桌面了。桌腿嘛，选几根粗细大致差不多的枝丫就行了。桌面并不平整，中间还有漏得下米粒的缝隙，说明父亲的木匠活儿做得很不到家。但又有谁在乎呢？每天围坐于餐桌的时间极短，日复一日的高粱面窝窝头和苞米楂子粥一端上桌，八双筷子便一起挥动，如同风卷残云，一眨眼的工夫所有的饭菜就都不见了踪影。

平整不平整根本没关系，又没有七大碟八大碗要安放，窝窝头是装在箩筐里的，定量供应标准是一人一个，一伸手就拿光了，箩筐也就随即撤了，在桌上滞留的时间不会超过五分钟。盛苞米楂子粥的海碗则是端在大伙儿手上的，大部分时间都稀得能照见爷爷奶奶脸上的沟沟坎坎，大凤和妹妹去林子里挖野菜和采蘑菇时，偶尔臭美一下，摘一朵格格桑花簪在头发上，也能在粥碗里看到它美丽而又摇曳不定的倒影。

粥很烫，但胃里干瘪得难受，急于吸入填充的东西，所以谁也顾不得烫，一边伸出已基本丧失味蕾的舌头呼呼吹气，一边像吸食琼浆玉液般迫不及待地将粥喝得精光。尤其是她的两个弟弟，喝粥的速度那真叫一个快。父亲威严地干咳一声，示意可以开饭了，嗓音还没有飘出喉咙，两个弟弟便一手抓过窝窝头，牢牢攥在手里，先不忙着啃它，而先扑哧扑哧使劲喝粥，奥妙就在于锅里的粥有时一次盛不干净，谁先喝完碗里的，就可以再添点锅里的。

大凤作为长女和大姐，这时则总是很有风度。一开始也喝得很快，那是因为胃里又干又冷，需要热粥去润一润它。渐渐地，她就有意识地把速度放慢下来。在记忆里，锅里剩下的，她从来就没有与弟弟们分享过。那原本就不是属于她的，她压根儿就没产生过和弟弟"分一杯羹"的想法。

二十年后，出差途中的她在海边看到吸沙船的作业情形，依稀有儿时在哪儿见过的感觉。但林海深处，哪来的吸沙船呢？猛一拍脑袋，想起来了，弟弟们小时候喝粥不就是这般光景吗？

桌子上有缝就更不怕了，几年才吃得上一碗白米饭，哪有米粒往缝隙里漏啊？再说，林区人更爱吃的是白面而不是大米。面条是不可能漏进桌缝的，因为它还不够塞牙缝呢！

搬到林区的第五十天，三十六岁的父亲就在毫无征兆的情况下突发脑溢血去世了。五十天，刚好满五十天！这个数字大凤一辈子都不会忘记。她同样不会忘记的是，那一年，母亲三十八岁，她十三岁，大弟八岁，二弟五岁，小妹三岁。而爷爷奶奶，一个六十二岁，一个六十岁。老年丧子、中年丧夫、幼年丧父，这三种人伦惨痛相互叠加、相互激发，把一门老小都推入了痛苦的深渊中。

大凤迄今都不敢回忆那犹如天塌地陷般痛极凄绝的情景。她怎么也想不通，不胖不瘦、体健如牛的父亲怎么会得"脑溢血"呢？别说当时想不明白，到省城读书后，她在图书馆查阅了不少医学书籍，依然觉得父亲的病因及死因是个谜。脑溢血患者多伴有高血压、肥胖症及暴饮暴食的习惯，而父亲和这些都不沾边。这就怪了。或许只能归因于上苍对她家庭命运的拨弄，执意要让她们四姐弟早早地体验人生的艰难困苦吧？

母亲原先没有工作。她也没法工作，两位老人加四个孩子，就够她忙得团团转的了。而今，家庭唯一的经济来源被掐断了，只有靠她来挣钱养活一家老小。林场的领导同情她家的境遇，有心让她顶替丈夫来林场上班领一份薪水。但按照政策规定，顶替的前提条件是年龄必须小于被顶替者，而她的年龄却比丈夫还要大两岁。

四

父亲生前所在伐木五队的队长给家里背来三十斤玉米面和五斤白面，还硬塞给母亲十块钱，说是工友们凑的，解不了家里的饥荒，就表示个心意。他还说：场领导让我带个话，弟妹可以到林场来打零工，挣个仨瓜俩枣的。但他觉得"这不能从根本上解决问题，还是得想法成为林场的正式工，每月固定开工资，一家老小的吃喝才能有个基本保障"。

到底是当队长的，经常开会讲话，用词儿还挺斯文的，像个场面上的人。接下来他说得就更有水平了："弟妹啊，你户口簿上的年龄是不是搞错了，我记得你好像比咱兄弟要小咧！看模样，也比咱兄弟年轻得多呀！我猜是结婚登记时填错了。错了就要改嘛！你抓紧到派出所去一趟，央求他们把年龄改回来。"

话里的暗示意味再明显不过了。甭论母亲，连大凤也一下子都听懂了。这是个好主意啊！年龄更正了，顶替的事就没有障碍了。母亲还没表态，爷爷先开口了："队长兄弟啊，是你记错了，俺媳妇是要大两岁咧！她是咱在莫拉道嘎安家时老邻居的娃，她生下来两年了，俺那短命的儿才来投胎的。"

队长呵呵一笑："老爷子，你犯糊涂了吧，俺好歹比你年轻近二十岁，脑瓜子总比你好使吧？你老就别横插一杠子啦！"奶奶倒马上就转过弯来："死老头子，让你好好歇着，你偏要瞎操心。整不明白的事就别掺和。当着队长的面胡嘞嘞，也不怕风大卷了你舌头！"爷爷不响了，一骨碌转过身去。他心里大概也悟出来了，但这个直肠子、死性子的老汉，要他明面上认可队长的主意，那比杀了他还难受。

纠正错误显然比篡改年龄的说法要让母亲容易接受些。队长的高水平就体现在这里。母亲前面其实也想到了这一层，却过不了心里那道坎——这辈子就没对政府说过谎话，也不知该如何操作。队长的话犹如"一言惊醒梦中人"，给了她改年龄的正当理由——纠正当初的错误，还指点了可以改年龄的地儿——派出所。

要不然，她一个成天绕着锅台转的娘们儿，除了去林子里采草药给公公敷、挖野菜给大家吃以外，几乎足不出户，哪有这般见识啊？队长临走前把母亲拉到屋外说："弟妹，道儿哥哥给你划下了，走不走由你定，但不走只怕没活路哇！兄弟们家里也都有老小要供养，接济得了你孤儿寡母一时，接济不了一世啊！还得自己咬牙蹚路子。为了四个聪明娃，你要豁出去闯关呐！"

母亲是准备"豁出去"啰！又不是去杀人放火，只是去改个年龄，有那么可怕吗？一咬牙关，她便去派出所了。想着得找个人陪着去壮壮胆，就拉上了大凤。都说"打虎亲兄弟，上阵父子兵"，咱凑不成这阵仗，母女一起出马，好歹也算个打断筋连着骨的团伙，比自己单枪匹马过去要强。

派出所也就东西两间屋子。向东屋值班的民警说明来意后，这个正翘着二郎腿抽烟嗑瓜子的男人，看也没看她俩一眼，就拒绝了母亲战战兢兢提出的要求："不行！年龄哪能说改就改呀？你说错了就错了？得有证明！都来红口白牙地诳咱们，咱怎么依法办事？快到一边儿歇着去，别影响咱工作！"

母亲不甘心就这样被打发，哀求道："大兄弟，你就行行好，帮俺一把吧，俺一家七口都念你的恩情呢！要不俺母女给你下跪？"民警不耐烦了："别别别，咱不吃这一套，你就是在这儿跪一宿，不能办还是不能办。咱再说一遍，赶紧走，再不走，咱就要治你们个'干扰公务罪'！"

跟来助阵的大凤听不下去了，不顾母亲的阻拦，冲上前与他理论："我们哪里干扰你的公务啦？嗑瓜子也是公务吗？你对老百姓什么态度？毛主席说，要全心全意为人民服务，这间屋子的墙上也写着这条语录呢，可是，你做到了吗？"这时，"按既定方针办"的指导思想还没有变，所以，毛主席的话还是很有威慑力的。大凤能全本背诵《毛主席语录》，一急，就想到了这段适用于眼前场景的语录作为抗衡的武器。

民警根本就不买账："小丫头片子，倒还舌尖牙利呀！毛主席他老人家要咱为人民服务不假，但他也要咱反对一切不诚实和弄虚作假的行为。好啦，咱已经忍你俩很久了，以为咱看不出来你俩葫芦里装的什么药吗？咱没时间跟你俩啰唆，立马给咱走路，惹恼了咱，治你俩太容易啦，哼，瞧见那只蚂蚁了吗？"

他用手向前一指，一只驮着比它的身体还大的颗粒状食物的蚂蚁跃入了大凤母女的眼帘。忽见一只大脚伸向正在负重艰难爬行的它，轻轻一捻，便让它粉身碎骨。她俩的视线不用往上抬，就知道这只大脚属于谁，也知道这一当着她俩面的虐杀行为意味着什么。大凤抑制不住内心的愤怒，想要斥责他的残忍，母亲一把抱住她，硬把她带离了现场，嘴里还不停地对民警说："对不起，对不起，今儿个冒犯了！下次再来赔罪！"

大凤的身子骨还单薄得很，力气不及母亲大，只好被她裹挟而去。看她小脸气得通红，母亲叹息说："凤儿啊，老话说得好，人在矮檐下，哪能不低头？俺这是求人家呢，只能赔笑脸、说软话，任他把唾沫星子往俺脸上喷，可不敢和他论理。论理，俺也有理亏的地方嘛！咋能那么理直气壮地和他掰扯呢？"

大凤想想也是，毕竟"纠错"的理由还是让她有些心虚，又没有证据支持。但民警的态度那样恶劣，却是社会经验完全空白的她怎么也难以承受的。墙上写着"全心全意"，实际上连"半心半意"都没有。不能办，你可以好好说呀，怎么一点都不懂尊重人呢？

气愤归气愤，要想办成顶替的事，派出所的路子是非得蹚通不可的。母亲对那位恶警低声下气，不敢稍有得罪，也是怕把路给堵死了，因为你绕不过他，心里怒气再大，还得回过头来求他。大凤暂时悟不到这个理儿，母亲到底多吃了几十年盐，把握得了咸淡，明白无论他如何羞辱都必须忍着。她不识字，但常听老辈儿说，"忍"字是"心"字头上一把刀。啥意思？就是刀子捅在心上，你也别吭声。

母亲没回家，领着大凤直接去林场找了伐木队长。队长听她大致说了经过后，连连顿脚："怪咱少叮嘱了一句，这些手里捏着印把子的家伙都爱吃白食的，空着手去恐怕办不了事，多少得给他点油水润一润，印章才盖得下来。弟妹啊，你得憋着委屈再去，不管他怎么嚷嚷，你就当听狗叫，犯不着心里不痛快。"队长还答应去找人托托门子，看有没有哪个熟人够得上与派出所的头头递句话。

第二天，母亲与大凤依言又去了。随手带了一袋从山里采来的猴头菇，都是精挑细选的，本来打算拿到集市上换书本费。这回母亲让大凤等在门外，自己一个人进去，免得送礼时有第二个人在场。她怕掌权的人忌讳这个。大凤哪放心母亲一个人独闯龙潭虎穴，便蹲在窗户底下听屋里的动静，随时准备策应。

母亲一进去就把门带上了。只听得那位民警凶巴巴地说："你怎么又来啦？今儿没见你那爱撒泼的丫头嘛，哼哼，她要再敢来闹事，咱就把她铐了送去劳教你信不信？"母亲告罪不迭："闺女小，不懂事，领导你大人不计小人过，千万放过她！"接着听到了递东西的声音，然后民警叫唤起来："你这是干什么？想腐蚀拉拢公安干警？没门儿！"

母亲还是不说话，只是把布袋推向他。在大凤印象中，母亲从来没为求人办事去送过礼。但不知是无师自通，还是讨教了高人，她似乎知道隔墙有耳，最好别发出声来落下把柄。这也是为对方着想，保护他的清白。但她顾忌，对方却并不顾忌。打开布袋后，民警冷笑起来："还以为是啥稀罕物呢，原来……哈哈，打发叫花子呢？咱媳妇采来的比这还大呢？要不……嘻嘻，咱看你虽说粗衣烂衫的，长得还不赖。明白咱的意思吗？"

大凤心头一懔：糟了，这个挨千刀的要使坏了！她听见母亲一边抵挡，一边压低声音苦苦哀求："领导，别！别！别！俺一个乡下女人不值当！"她正想拉开门冲进去解救母亲，忽然看到右边屋子里走出一个穿警服的人，而屋子的标牌上写着"所长室"，她猜想这该是管得着那位坏民警的所长，便焦急地喊道："所长叔叔快过来，有人欺负我娘！"

所长三步并作两步地走过来，门已从里面打开了。那是听到大凤喊叫声之后的反应。大凤跟在所长身后走进去。母亲的头发稍有些散乱，衣服却还是齐整的。那位民警神色自若，一点也没有干坏事被人撞见的惊慌模样，想来已是处变不惊的惯犯了。所长厉声叱问："你刚才干什么啦？"他一脸镇静："没干什么呀？"

所长的目光转向母亲，母亲也红着脸帮他掩饰："没干别的，领导在……帮助教育咱呢！"她朝大凤使了个眼色，意思是不要多嘴多舌肇事。大凤只好打消揭发民警的念头。所长话里有话地敲打民警说："没干别的就好，要是敢搞歪门邪道，咱可不管你哥官有多大，照样撸你个瘪犊子！你给我小心点！"

民警点头如捣蒜："不敢不敢，咱都听所长号令呐，所长叫往东，咱不敢往西！"所长说："那好，你把这位大嫂的事立马给办了！人家场长都亲自打电话来证明她说的是事实了，你别再刁难人家。听见没有？"民警赶紧答应："听见了，这就办，这就办！所长，怪咱有眼不识泰山，不知这是您的关系户，可她也没吱一声哇！"

所长眼睛一瞪："你又想歪了，让咱怎么说你！要不是看你哥的面子，咱早收拾你了！"当着大凤母女的面，所长把他熊得一愣一愣的，也算为她俩出了口气。训斥完了，所长对母亲说："你就是张根土的家属吧？你的情况我都知道了，别窝心，日子会慢慢好起来的。他要再使坏，你跑过来告诉咱，看咱不扒了他的皮！"

大凤无法形容自己当时对所长的钦佩与感激。两位公安干警，让她同时见识了人性的恶与善。事过多年后，回忆在派出所经历的悲喜嬗替的过程，她大致能还原事情的脉络：伐木队长找不到门路通关系，只好硬着头皮去场长那儿搬救兵。场长也是个急公好义的人，正好认识派出所所长，拎起电话便打给所长了。

书面证明是不便开的，因为那要盖公章并存档，办事严谨的领导再同情孤儿寡母，也不能不考虑给自己留后路，电话里口头证明一下却是无妨的，只要派出所能认就万事大吉。关键就在于派出所认不认。让大凤一辈子感激的是所长比场长更敢挑担子，一听便明白缘由，当即就拍板说："这事咱办了。"

可笑那位坏民警在办理更改手续时，还向大凤母女打探："你家跟咱所长到底有啥关系呀？是远亲还是近邻？"母亲也学乖了，笑而不语，既不承认，也不否认。那袋猴头菇他自然不敢收了，更不敢嘴上轻薄、手上揩油了。

母亲本打算办完手续后绕到隔壁屋子送给所长，但又觉得那样做反倒唐突了这位好心的领导。隔壁屋子后来的确去了，却仅仅表达了口头上的感谢。所长看着她手里的布袋，拦在前头说："东西带回去给孩子们补充营养吧，你一个妇道人家挑这么重的担子不容易，可惜咱也只能帮你到这里了！"

母亲就这样以小于父亲张根土五个月的"档案"年龄入职了，每月可以领到二十八元的固定工资，这是在政策上限内兼顾工龄、年龄及其他因素所给予的照顾。全家七人，人均四元的生活费，光是果腹，紧紧巴巴也能对付了，问题是还要支付身体每况愈下的爷爷的医药费和四个孩子的书本费——学费都已经减免了。所以，家庭经济状况还是入不敷出。

母亲得通过别的营生来补窟窿，比如领着儿女去山里采蘑菇、采榛子，养一群下蛋的母鸡，还有……有的就不便为人所知了。日子真是过得艰难啊！但假如办不成顶替，那日子就不是"艰难"二字所能形容的了，根本就没法过下去。已经有人劝母亲把两个小的送人了。她不敢想，如果自己进不了林场，会不会考虑这个给全家带来活路的建议。

大凤高考填报志愿时，但凡有一点办法，母亲也会听取校长和班主任的意见，让这个"女秀才"去读本科院校。没想到她为了减轻家庭负担而选择的这条路真还走对了。不然，一家老小哪能在小年夜吃上猪肉白菜馅的饺子，而且可以敞开肚皮吃啊？所以，在大凤第一次带回六十斤全国粮票的那个夜晚，母亲比她还要激动。

五

省银行学校的毕业生是由国家包分配的。毕业之际，陈思卿劝她争取留在省城工作，并说自己可以动用爸爸的关系帮助她疏通。大凤却谢绝了。她一心想的是回到大兴安岭，就近照顾亲人。她向学校提出了申请，而这正好符合国家鼓励大中专毕业生到基层去的导向，她的愿望理所当然地得到了满足。

一晃三年过去了，大凤由当年的丑小鸭蜕变成了天鹅，而这只刚刚脱略土气的天鹅又要飞回孕育她的莽莽林海了。在这三年里，家里的变化也很大，爷爷奶奶相继去世了，大凤都没能赶回去送他们入土，本来还念着毕业挣工资后要给他们一人做一身新棉袄，这是她一想到就伤心不已、愧疚不已的。

是母亲没通知她。路途遥远，往返不便，还要请假耽误课程。而更重要的原因是，往返的路费也不便宜啊！把她每月寄回家的八块钱都搭进去还不够。要为死去的人计议，更要为活着的人打算，还是把这笔路费省下来给三个读书的孩子增加些营养吧。再说，也不能让大丫头分心呐！大凤没有怪罪母亲，母亲的考虑未必没有道理。听说丧事办得不够风光，但也还算体面，家里的债台因此又筑高了几分。

毕业典礼结束后，同寝室的八位姐妹一起到市中心的大饭店去聚了餐。这回大凤没有借故推脱。陈思卿说由她请姐妹们吃这顿散伙饭，遭到一致反对。大家都主张实行"AA制"，平日总沾陈思卿"小便宜"的大凤嚷嚷得最响。"大姐大"只好尊重大家意愿，但餐桌上她的核心地位却无可撼动，也没有任何人想撼动。她说什么，大家都点头称是，真心臣服。

经常出入大饭店的陈思卿负责点菜，考虑到费用分摊而大部分姐妹都囊中羞涩，她点的都是价格不高的大众菜，饶是如此，大家也已食欲与眼界俱开了。相形之下，学校食堂的饭菜又显得品种单调、口味寡淡了。这是大凤有生以来第一次下馆子，另有三位同学也是"刘姥姥初进大观园"，每道菜都觉得新鲜，大呼小叫不绝于耳。陈思卿并不笑话她们见识太少，只是笑眯眯地不停为大家夹菜。

服务员端上一道点心，是大凤此前既未闻其名更未见其形的"烧卖"。她以为这是包子的新品种，诧异道："包子怎么还有带缨儿的？"服务员早就嫌这群麻雀子叽叽喳喳吵得慌了，听大凤说出这般没见过世面的话，忍不住就发声嘲哳了："哟，连烧卖都不知道哇？头发倒挺长的！"这分明是绕着弯子骂人，说她见识短呗！

大凤无心计较服务员的鄙薄，顾自捡起一个酷似带缨儿的包子的"烧卖"细细品尝。嗯，里面裹着的是糯米，还有笋丁、肉泥和一种她说不出名称的咸咸的、鲜鲜的、硬硬的东西——陈思卿告诉她那叫"虾米"。不过，可能对糯米及虾米的口感还不太适应，她觉得这家饭店的包子比烧卖更好吃。

说起三年里的变化与收获，姐妹们感慨不已。大凤下铺的女生来自内蒙古呼和浩特，她说从呼和浩特到这座省城没有直达车，要经由北京中转。买的是联票，但必须在中转车站签票。她根本没搞懂签票是怎么回事，好不容易弄懂了，要从底层的出站口上到二楼售票大厅。没有人行楼梯，只有不停翻转的自动扶梯，瞅一眼，就头晕眼花，脚一下子变得很软很软，怎么也不敢踩上去。如今，走在自动扶梯上已经如履平地，不仅脚不软、头不晕，而且能蹦蹦跳跳上下了。

　　对大凤来说，这一天的"第一次"特别多——她还第一次喝了名气很大的哈尔滨啤酒。以前去陈思卿家做客时，她爸妈也曾拿出哈啤给大家喝，但当着人家父母的面都放不开，谁也没喝。现在毕业聚会，大家都觉得应该喝点酒助助兴。喝酒的间隙，纷纷拿出笔记本，请对方留下临别赠言，写得最多的是王勃的"海内存知己，天涯若比邻"和李白的"长风破浪会有时，直挂云帆济沧海"。

　　大凤认为"散伙饭"的说法不好：人散心不散，友谊万古长，怎么能叫"散伙饭"呢？这得到了姐妹们的一致认同，连陈思卿也检讨自己用词不当。大伙儿约定二十年后开同学会时再见，到时候谁也不许缺席，否则"全党共讨之，全民共诛之"。在这之前，则始终保持通信联系。她们还商定：第一步先建立通信录，各自的具体单位落实后，都告知已确定分配到省工行的陈思卿，由她汇编起来再寄给每位同学。

　　毕业派遣费里包括交通费和行李托运费。按规定可以乘坐硬卧，但大凤没买卧铺票。这也太浪费了吧，不能因为可以报销就糟践国家的钱呐！她每年暑假都留在学校勤工俭学，寒假则选择回去探亲，来来回回也有好几趟了，已不再对依然拥挤、混乱的旅程心怀畏惧。只要有座位，途中也能断断续续睡着好几个小时，不复紧张与疲惫。所以，她还是购买了坐票。

　　行李则不再自提而全部托运。也没法自提了，比入学时多出来许多书籍，除了把大木箱塞得满满的之外，还装了两只大纸箱。不光是学校发的教材，还有她自己买的参考书——当然都是老师再三推荐的，她读过后也确实觉得对自己业务能力的提高很有帮助。暑假勤工俭学的钱一半寄回了家里，另一半犹豫好久后下大决心买了这些将一直滋养她的精神食粮。

　　不用肩扛手提行李的报到行程自然是轻松的。大凤心中也有少许惜别省城及同学的怅惘，但更多的却是对新生活、新环境的向往。她已经了解过了，第一年实习期她的月工资大约三十八元，这已经超过了入职七年的母亲，第二年转正后就可以领到四十六元了。而这还只是固定收入，此外还有各种津贴和福利。金融系统嘛，待遇肯定好过大多数行业。熟悉内情的人都说，许多行业的大学生，收入还不如金融系统的中专生。

这也就意味着，家里的经济状况马上就可以得到更大的改善了，母亲肩上的千斤重担，自己真的可以像李铁梅那样接过八百斤了。派遣证上开列的报到单位是大兴安岭地区工行，由地区工行再进行二次分配。大凤已经考虑成熟了：既不留在地区的分行，也不留在县城的支行，而要求去林区小镇的工行办事处，也就是一竿子插到底。

这是出乎地区分行人事负责人的意料的。他不明白她为何会作这一有悖常情的选择。正儿八经的银行学校毕业生，地区分行里还不多，而从档案看，她又品学兼优，正是可以作为好苗子来加以培养的，所以本来是打算把她留在分行的。地区行署所在地，工作条件与生活条件肯定要远胜于林区小镇，而地区分行与小镇办事处的发展前景也不可同日而语。

看她说得恳切，他有心尊重她的选择，但觉得利害关系还是应该给她点明，以免她将来后悔。分析到最后，他开诚布公地提醒她："下到办事处容易，以后再想回到分行就难了。"此时的大凤哪有什么宏图远志，一心只想回到亲人身边为母亲分忧分劳。于是，她便在知情者的惋惜声中来到离家十里地的林区小镇办事处开启了自己的职业生涯。

办事处现有的二十多位工作人员没有一位是大中专毕业生，要么是顶替进来的，要么是招工进来的，都只接受过短期培训。那是更推崇"实践出真知"的年代，"干中学，学中干"是流行的口号。不过，科班出身的大凤的到来还是让办事处主任喜出望外。他没有像对待其他新员工那样，让她按部就班地从最基础的点钞记账做起，而把她分配到会计股，直接从事"联行员"工作。

六

二十岁的张大凤风华正茂，又刚从十里洋场的省城归来，举手投足都带有大地方人的那种优雅气质，所以置身于土生土长的小镇女孩中间就很醒目了。"你若盛开，蝴蝶自来。"这话一点也不假。镇上有事没事就往银行跑的男孩子多起来了，在林场机关工作的两个农林院校毕业生隔天就来存取款，存取的数额都在十元以内，其实就是找个由头，想看大凤一眼。

但大凤不是临柜人员，见到她的概率并不大。等候的过程中，如果她刚好从会计股办公室出来，那就可以"惊鸿一瞥"，搭话是绝无可能的。那时的男孩子都还比较拘谨、胆怯，不会围追堵截、死缠烂打，只是企盼天赐良机，很少想自己如何去创造机会，比如假装路遇，从地上捡起一个钱包或一块手帕，喊住她，问是不是你掉的，然后就彼此认识了，再往后就可以约饭了。

或者更加大胆冒进些，干脆请两位朋友配合，演一出英雄救美的好戏，展示自己的惊人武功与勇气，一下子赢得美人芳心。但那也是有风险的，很容易就演砸了，万一对方大声呼救，自己还没来得及出手，先引来了警察怎么办？如果猪队友逃得慢，被警察抓住，供出自己又怎么办？

还有，即使演出大获成功，不久便抱得美人归了，倘若以后两人花前月下卿卿我我时，真遇到了想劫财劫色的歹徒，那可如何是好，自己连三脚猫的功夫也没有，自保尚不能，哪里救得了她啊？这不就彻底露馅了吗？既然有这么多风险，那就只有顾头不顾脚的胆大妄为之徒才敢上演这样的戏码，瞻前顾后、患得患失的老实人，尤其是学农林的大学生，是想都不敢想的。二十年后的年轻人才机变百出，选用险招。

来的次数多了，有一位大学生倒与储蓄窗口的小姑娘熟悉起来了，最终他们两人喜结连理。这算不算种瓜得豆？大凤并非懵懂无知，从两位大学生偶尔见到她的眼神里，她已经读出了他们的来意。她不认为他们配不上自己，心里也暗暗为有人喜欢自己而开心。然而她又觉得自己年龄还小，应当响应"晚婚晚育"的号召，先把精力放到工作上。另外，照顾家庭也是目前比恋爱更重要、更优先的选项。

单位给她分配了一间带有供暖设备的单人宿舍，让她首次拥有了独立的生活空间。有生以来一直在狭窄的空间里与父母、妹妹以及同学共眠，热闹固然是热闹，却完全没有私人空间，一切都暴露在他人的眼皮底下，特别害羞的她换个衷衣还要钻到被窝里。现在则自由得多了，想坐就坐，想躺就躺，想唱就唱，一点也不会妨碍和影响别人。想对着镜子臭美，也不怕有人笑话。

大凤虽然唱歌跑调，独处时还是喜欢哼哼几句的。她最爱哼的当然是李铁梅的唱段，其次就是《年轻的朋友来相会》了。这首张枚同作词、谷建芬作曲的歌曲，在大凤工作的前一年被联合国教科文组织选为亚太地区音乐教材，从此就更加流行了，没有一个年轻人不熟悉它的旋律的，而每当听到它明快爽朗的旋律，大家内心就充满对未来的憧憬与向往。

"再过二十年，我们再相会，伟大的祖国，该有多么美！天也新，地也新，春光更明媚，城市乡村处处增光辉。啊，亲爱的朋友们，创造这奇迹要靠谁？要靠我，要靠你，要靠我们八十年代的新一辈。"歌词写得多好啊！奇迹肯定会在古老而又生机勃发的华夏大地上发生的，但它要靠我们这一代齐心协力去创造。这几句大凤百哼不厌，到后来它出现的频率比李铁梅还要高了。而且，渐渐地，不再是轻声哼，而是高声唱了。

她周一至周五住在单位宿舍，周六与周日则回家住。脚底生风的她，十里山路不到两小时就走到了。周六下班赶到家时，已是七点过后。她再三跟母亲说，与弟妹们先吃，不要等她。但母亲还是要等她到家后才开饭。母亲说，这也是弟妹们的意思，和大姐一块儿吃，他们吃得香。

端起不再是清汤寡水的饭碗，大凤就想起已故的父亲与爷爷奶奶。要是能活到现在，他们也该能过上舒心日子了。爷爷走后，奶奶就卧床不起了，但她并不唉声叹气，反倒劝慰儿媳说："日子慢慢熬，孩子一天一天地长大，日后都是摇钱树，晃动晃动哪根枝头都会哗啦哗啦往下掉钱，好日子不会等太久的，娘要活着给你做个伴。"但她没能撑到好日子来临就尾随爷爷去了。但愿那个世界的日子也在一天天好起来。

奶奶去和父亲、爷爷做伴后，母亲没那么辛苦了。原来，每天都要把奶奶因大小便失禁而弄脏的被褥子拿到小河边去洗，手胳膊经常泡在冷水里都溃烂了。天寒地冻时，敲不开冰窟窿，有时就只能刷去秽物然后晾干，屋子里也就总是弥漫着臭味，三个孩子有时难免露出嫌弃的表情，而这也是奶奶嘴里说要活下去实际上却想早日撒手人寰的原因。临终前的一个月，无法动弹却尚未丧失语言功能的她经常说的三个字是："造孽啊！"

可是，母亲内心的悲苦却因亲人的相继辞世反倒增加了几分。除了每次去上坟都要给他们烧足够在冥府吃饱穿暖的纸钱外，每个星期天大凤回来做了好吃的，都要在他们的灵牌前供一供，让他们先行品尝。从没有一次忘记这样做。而大凤这时也总是在心里默默祈祷：奶奶、爷爷、爹爹，凤儿没能好好孝敬你们，对不住了！手头不宽裕了，一定托梦给我，我在银行上班呢，很方便给你们汇款的！

母亲在林场上班也已经有七个年头了。因为是顶替亡夫，所以一开始安排的工种也是伐木。队长体恤她是女人，没让她抢板斧、拉钢锯，而只遣她干些零活儿。半年后，实行承包责任制了，一个萝卜一个坑，没法再照顾她了，队长便又到场长那儿去游说，设法把她调到了分场的食堂。她和食堂的大师傅崔叔叔就是在那时相识并相知的。

母亲在食堂干的依然是杂活，主要是给崔叔叔当下手，从没有掌勺烹饪大菜、硬菜的机会，但耳濡目染，她烧菜的技术还是提高了不少。加上食材比以前要丰富了，放油盐时也大方起来了，饭菜的色香味也就全面改进了。望着供奉在灵牌前的饭菜热气蒸腾，香气缭绕，大凤恍惚看到亲人们正在另一世界大块朵颐，弥补生前食物匮乏的缺憾。

七

一年后，大凤买了一辆凤凰牌自行车。是母亲坚持要她买的。虽说从镇上回家步行十里山路，对大凤来说并不费力，但有时走得急了，也会汗流浃背。为了不让倚闾盼归的母亲久等，她总是急如星火地往回赶。有一次没看清路上新挖的一道坎儿，还不小心摔了一跤，倒没伤着筋骨，只是擦破了胳膊上的表皮，却把母亲吓得不轻，便开始动念要替她买辆自行车代步了。

有了自行车，大凤每周往返不仅省力多了，还可以省时。周一回镇上，以往大凤不到六点就要出发了，天还漆黑漆黑的，叫母亲怎么放心？有自行车的话，推迟半小时出发也赶趟，而那时已经天光大亮了。所以，买自行车的话题母亲半年前就开始念叨了。大凤工作一转正，母亲就逼她实施了。

大凤的工资已经涨到四十八元了。而去年春节时，银行办事处不光给员工发了白面、猪肉、香菇、木耳等一大堆食物，还给每人一个四百元的红包，说是年终业绩奖。天哪，这相当于多发了一年的工资啊！都说银行福利好，但没想到会好到这种程度！办事处叮嘱大家：咱们要学会闷声发大财，对外千万别炫耀，免得有些谴责社会分配不公的人把咱当作靶子。

大凤把奖金如数交给了母亲。母亲从中拿出一百元作为过年的开支，过了家族史上最奢侈的一个春节，其余都存了起来。而母亲所在的林场，经济效益也越来越好，母亲这个勤杂工的工资也涨到三十六元了。日子不再过得紧巴巴的，无须"寅吃卯粮"或"拆东墙补西墙"了。她这才酝酿着要给大凤买辆自行车，而且这个念头越来越坚定、越来越迫切。

镇上在体面一点的单位工作的青年男女，大多拥有一辆自行车，这是其"公家人"身份的象征。大凤要没有自行车，在母亲看来就低人一等了。过去碍于生计，可以不要面子，但母亲本质上却是个很要面子的人，如今在钱的问题上不再捉襟见肘了，她不能再丢女儿的面子，尽管女儿对面子还没有她看得重。

要买自行车，光有钱还不够，它是紧俏物资，要凭票购买，很多家庭都为了买车而四处找门路、托关系，母亲也托了崔叔叔等人。事有凑巧，作为近水楼台的银行办事处分配到两个购买凤凰牌自行车的指标。主任论功行赏，把其中的一个给了工作以来从不缺勤、从无差错的大凤。于是，大凤便也成为骑着亮灿灿的自行车来去的时尚一族了。

自行车的牌子很多，最受青睐的是"凤凰""永久"及"飞鸽"，其他如"国防""二八""红棉""白山"之类的都属于不得已而将就的杂牌。而女孩子又特别钟情"凤凰牌"，似乎骑上凤凰牌自行车就真成了金凤凰似的，优越感飙升到空前的高度。大凤倒没有因此而飘飘然，但街道上认识她的人却更加固化了她是金凤凰的印象。

骑车往返途中，大凤会经过当年读书的中学和小学。从外观上看，它们虽然还没有完全"旧貌换新颜"，却也有些变化了。镇口的中学新盖了一幢两层的教学楼，兀立在原先的三排平房后面，显得气派不凡。听说去年已经有两个学生考上了本科院校，终于实现了零的突破。可知教学质量也得到提升了。这个消息让大凤始终横亘在心头的负疚感减轻了不少，仿佛那两个后起之秀替自己赎了罪。

校长已经调到另一所规模更大的镇中学任职了。林区地广人稀，那个镇距离这儿有好几十里地，大凤一直想去看他，却还没安排出时间来。写信过去表达歉意，他回复说："繁文缛节就免了，努力工作、不断进步就是对我最大的安慰。"班主任秦老师提拔为教导主任了，却依然兼任毕业班的班主任，发誓要打一场翻身战，那两个考上本科的学生就都是他班上的。

大凤从省城回乡探亲时，首先要做的一件事就是去看秦老师。回乡工作后，更是秦老师家的常客，银行发的年货她差不多有一半带给了秦老师，弄得秦老师都有点生气了，逼迫她签署君子协定："以后再来我家，不许带一针一线，否则我就把你关在门外！你忘了我给你们讲过的三大纪律？其中一条是'不拿群众一针一线'，你可别让我犯错误！"

村口的小学，外墙都重新加固和粉刷过了，以前经常漏雨的茅草屋顶也换成红彤彤的瓦片了。挨近新安的玻璃窗一看，桌子板凳不再五花八门、形状各异，而更新为同一款式，虽不美观，却很结实，原木的清香还没有飘散完。和自己当年在这里读书时相比，条件不知已改善了多少倍。

大凤在两处读过小学。或者说，她的小学阶段的教育是在两个不同地点完成的。那时把"村"叫作"生产大队"，大队下面有小队。小队与小队之间间隔较远，各设有一个"初小"，采用总共只有一个老师的"复式班"教学：把大大小小的十多个孩子聚拢到同一个教室里，老师先给一年级的三个学生讲课，让二、三年级的九个学生做作业，然后进行轮换。每天都如此循环。

教学设施真是简陋啊！教室是由小队的马棚改造而成的，课桌是用一条长长的木板钉的，板凳是每个上学的孩子从自己家里带的。一到下雨天，马棚里都会进水，如果遇上瓢泼大雨，积水会把小板凳浮起来，老师只好早早放学。老师自己也是公社社员，靠教书挣工分，工分的一部分来源于学生家长，另一部分由小队补贴。课程只有两门：语文与数学。

老师不会教音乐、美术，家长也不认为有学习这两门课程的必要，就免了。更别说外语了，二十六个英文字母老师一个也不认得。大多数家长并不指望孩子读出啥名堂来，能识字、会记账，不做睁眼瞎就够了。老师也不会汉语拼音。教学直接从识字开始，所以直到今天大凤都没掌握好汉语拼音，经常把汉语拼音与英语字母的读音搞混，在省城读书时不止一次闹笑话。儿时的基础太重要了。

三年级读完，小队的老师就没有能力教下去了，要继续读高小，必须去十几里地以外的大队小学。一半以上的孩子就此辍学了。因为许多家长都认为再读下去也没什么用，不如早点回家务农挣工分，尤其是女孩子，除了大凤外，没有一个得到家长同意而升入高小的。大凤能继续深造，不只因为她本人的意愿格外强烈，也因为父母比较开明，而父亲又是林场职工，有一份固定收入，比纯粹在土里刨食的家庭日子还是好过些。

整个村落去大队小学读书的就大凤和四个男孩子。天蒙蒙亮她就要起床，来到村头等其他同学聚齐后一起去上学。她不敢一个人走，因为四周黑黢黢的，又必须穿过杂草丛生的庄稼地。男孩子很调皮，看到等候在村头的大凤，有时会故意飞快跑开，把她甩在后面。冬天还好，收完了庄稼的土地一马平川，她远远地能看见他们，心里不慌。夏天到处都是庄稼，穿行时听到风吹庄稼的沙沙响声，真有些害怕。

但她从来不说自己害怕。她知道，如果和同学说害怕，这些淘气的男孩子出于恶作剧心理，就会跑得更快；如果和母亲说害怕，母亲就会改变主意，不让她去继续上学。那时的她，也不知道上学有什么用，就是特别喜欢读书。母亲本来也是打算终止大凤的学业的，她一个人要照顾全家老老小小，又要下地干农活——这是每个社员都必须履行的义务，天天忙得顾头不顾腚，的确需要一个帮手。但不管母亲说什么、怎么说，倔强的大凤就是咬定"我要上学"不肯改口。母亲奈何不得，只好有条件地同意——条件是，学校需要缴纳的东西，都得她自己去解决。

乡村小学没有国家拨付的经费，所有的费用都得靠师生自己创收。大队把学校边上的土地，交给师生自己耕种，地里的收获归学校所有，以之换取必要的开支。种地要施肥，学校便规定，每个学生冬天要交三千斤牛粪。没有手推车，只能用竹筐一筐一筐地挎。从家里挎一筐牛粪到学校，十几里地走下来，胳膊都被磨破了，钻心似的疼。后来她改变策略，采取少量多次的做法，早上拿空筐出门，边走边捡。但粪筐伴随自己的日子也就增加了。在整个冬季，粪筐和书包一起成为她上学行头的标配。

手脚都在清晨的凛冽西风中承受着严寒的侵袭，冻疮在整个冬天就没有愈合的时候，留下的疤痕直到今天还清晰可见。陈思卿第一次握她的手时就曾愣了一下，虽然什么也没说，但手上的疤痕显然让她吃惊。银行办事处主任，一个很赏识也很照顾她的中年人，在她报到那天行过握手礼后，忍不住感叹说："白璧微瑕啊！"

大凤是高小班上最爱读书的女生，也是仅有的两名女生之一。另一位女生要交的牛粪都由父亲用牛车运来。班主任赵老师见大凤完全没有家人帮助，心生怜悯，便悄悄对她说："你的情况有点特殊，牛粪象征性地交一点就行了，老师心里有数。"其他要交的木柴、药材等也都尽量给她减免。但大凤却不愿接受老师的特别照顾，每个学生要承担的份额，她都足数上交。

路途太远，中午没法回家吃饭，就把带来的玉米面窝头搁在教室中央的火炉盖上烤热吃，天天如此。只要能上学，她并不觉得苦。学校耕种农田时没有马和牛等牲口，就得和邻近的生产队换工：派学生帮队里除草、施肥或收割，生产队则派有经验的老农驱赶牛马为学校耕地、播种。

开学第二天，她就被派到生产队的谷子地里拔草。同学们之间还不熟悉，母亲怕她成天混在男孩子堆里被欺负，又给她剪了个男孩的发型，调皮的男同学便取笑她，人前人后都称她"假小子"，真名"张大凤"几乎没人称呼。中午生产队管饭。为了逃避大伙儿的嘲笑，干完农活到饭点时，她就躲到远处的草垛后面去了。

有人发现"假小子"不见了，便高声呼喊："假小子，开饭啰！"她赌气装作没听见。那边又喊："好香的窝窝头啊！假小子，再不来的话，咱们就吃光了！"她感觉到了喊声中的友善，但对"假小子"这一绰号耿耿于怀，所以依旧不吭声。这就错过了这顿午饭。下午干活又不敢偷懒，待得收工，早已饿得前胸贴后背，连路也走不动了。

她数着电线杆子挪动灌了铅似的双脚，每走一个电线杆子就得坐下休息一会儿，那是她记忆中饿得最惨的一次。站在离家最近的那座小山包上，远远地望见家中透出的昏黄的灯光，她忽然觉得非常温暖。她积攒起最后一点力气，完成了类似红军二万五千里长征爬雪山过草地的艰难跋涉。一碗高粱米粥加一个玉米面窝窝头，眨眼之间，就被她卷入腹中。母亲好生奇怪：到大队上学才两天，大丫头怎么就变一副饿死鬼投胎的模样了？

过了一段时间，她对"假小子"的称呼也就习惯了，不再觉得同学们这样叫她有什么恶意。这仅仅是一种切合自己形象特征的标识而已。既然是"假小子"，那就说明他们还是把自己当成女孩子的嘛！根本不值得为这个生气。有个男生有点女里女气，那班坏小子就叫他"公公"，她先不知道是什么意思，后来才晓得是把他当成不男不女的太监。这样嘲弄他，他都乐呵呵地不当回事，自己未免也太小气了吧？

夹杂着捡牛粪、采草药、砍木柴等种种劳作的高小生活是艰辛的、苦涩的，但也是不乏欢乐时光的。夏天，和小伙伴一起上山去挖药材时，途经玉米地，他们会偷掰玉米，在地上挖个坑烧着吃。其实，那时家家都有自留地，谁家也不缺鲜玉米，可孩子们聚在一起"偷"着吃，觉得特别好玩儿，其乐趣不在"吃"而在"偷"。

更开心的是偷西瓜。他们会把偷来的西瓜放在一起比，看谁的个头大，胜出者享有先行品尝西瓜的特权。他会装模作样地一只只弹弹敲敲，然后再用挖药材的铲子一只只剖开，率先剜出最核心的那块，放进嘴里咂吧半天，露出比皇帝独自享用满汉全席还要满足的神情。看得其他小伙伴歆羡不已。大凤一次也没得到过被人羡慕的机会。"假小子"毕竟没有真小子气力大，胆子也小，往往抱起一个西瓜就跑，顾不得前后左右相比较。

但难免有失手的时候。瓜田都是有人看守的。他们通常选择在午后看瓜人犯困的时候下手。而且，他们只是偷，不是抢，一旦被发现拔腿就逃，不敢稍有反抗。有一次，他们眼瞅着看瓜的大爷在打盹，就放胆溜进瓜田。谁料到这位大爷就像露天电影《地道战》里的鬼子那样"狡猾狡猾的"，突然就睁开眼睛向这群小毛贼扑来。

那个"公公"一心想露回脸，好不容易找到个个儿特别大的，心下窃喜，用力拔它。哪知它还没到瓜熟蒂落的时候，和瓜秧连在一起，怎么也拔不掉，听到大爷高叫："小毛贼，哪里逃！"他慌神了，又不舍得丢掉西瓜，便想把瓜秧连根扯起一块儿带走。结果用尽了吃奶的力气，也未能如愿，被大爷抓了个"现行"。

其他同学，包括大凤都已经逃得没影儿了，大爷腿脚已不利索，不可能把他们一一抓获归案。但抓着一个就供出一串。"公公"一点也不勇敢坚贞，白看了多少遍《党的女儿》等渲染共产党人钢铁意志的电影，大爷还没审问几句，就把偷瓜的同伙全部交代出来，当了比《红灯记》里的王连举还要经不起拷打的可耻的叛徒。于是，大爷便押着他一家一家指认，就像日本宪兵队长鸠山要王连举当面揭发李玉和一样。最终参与其事者无一漏网。

大爷并没有真的把他们当作贼来狠狠训斥，只是说小小年纪沾染这样的行为不好，别以为这是闹着玩儿，一直这么玩下去，没准就养成了偷东西的坏习惯。想吃西瓜可以和他说，管够儿吃，不打招呼自个儿动手摘，很不光彩，何况他们又辨不出生熟，把生瓜都摘下来了，这不是祸害西瓜吗？

由于家庭情况特殊的缘故，在同龄孩子中，大凤属于比较自立、自律和早熟的，但女孩子爱笑的天性却也时常在她身上以一种极端的方式表现出来。不该干的事情她倒干得不多，不该笑的时候却常常控制不住地想笑，差点给自己惹出麻烦来。尤其是在一些本该无比严肃的场合，笑意却没来由地像潮水一般向她涌来。

生产队每年要举行两次忆苦思甜大会，社员都必须参加。会前要集体吃忆苦思甜饭，就是用三分之一玉米糊加三分之二野菜熬成稀粥，每人一碗稀里哗啦喝下去。小孩子是不用去参加的，但大凤姐弟都爱凑热闹，硬要和母亲一起去。生产队长先要带领大家背诵一段毛主席语录或合唱一首革命歌曲。看到大人们一个个严肃认真到了极点，连平日根本没有个正形的李二狗子也一本正经，大凤就觉得滑稽好笑。

她不敢笑出声来，用手使劲捂住嘴。但她这副样子又让弟妹及其他孩子觉得滑稽可笑，他们可没有大凤懂得克制，指着大凤嘻嘻哈哈地笑声大作。队长恼恨这些毛孩子搅局，喝斥说："不许笑！再笑就给我滚出去！"他本是公鸭嗓子，又叫得声嘶力竭，反引得一部分年轻的社员也笑起来。

庄严肃穆的氛围被破坏了，笑声像可以相互传染似的，此起彼伏，连队长自己也忍俊不禁了。这是忆苦思甜大会的第一道程序。接着是由队上最穷苦的张老三作忆苦思甜报告。这也是传统保留节目。他要拉起裤管，给大家看当年被地主家的狗咬得血肉模糊的右腿，控诉"万恶的旧社会"如何让他一家受尽苦难。为了增加活靶子，队长还把唯一的富农叫来站在台边，供张老三指着鼻子痛斥，尽管放狗咬张老三的地主住在百里地以外，并不是眼前的这位阶级敌人。

张老三的忆苦思甜内容，孩子们都听得耳熟了，他刚说完上一句，"咱还没走到财主家门口"，有孩子已抢先说出下一句："财主就吆喝一条大黑狗恶狠狠向咱扑来。"也难怪，他不仅在队里讲，也应邀到方圆几十里以内的几所学校甚至县里的机关单位讲。比起本生产队，他更愿意到外面去讲，因为在本队讲，只能喝一碗野菜糊糊粥，去外面讲却能招待一顿不限量白面馍馍，弄得好还能夹两块大肥肉。讲的次数多了，内容也就重复了，好多孩子已听过五次以上了。

张老三已学会把握节奏了，忆到高潮处，他会把自己弄得激动起来，高举拳头领呼口号："不忘阶级苦，牢记血泪仇！"这时，那个富农就会非常配合地蜷缩在台角作筛糠状，就像一条被打断了脊梁骨的癞皮狗。孩子们最期待的这一刻来到了，纷纷挤到前面去，看正反两个角色面部的细微表情，指指戳戳，乐不可支。社员们在跟着高喊口号时脸上不见有多少悲愤，倒有几分看西洋景的兴奋。

场面看似有点混乱与失控，其实都在队长的预料中，能够把大家的情绪都带入现场，不厌烦队里举办这样的活动，他就满足了。另外，能以这种形式把社员们凝聚起来，在苦巴巴的日子里营造出节庆的气氛，也算是集体品尝了一次精神快餐。因此，对调皮捣蛋的孩子们，他表面上斥责，心里却是欢迎他们前来助演的，不然他就会将他们驱逐出去了。

大凤在忆苦思甜会上前前后后的表现，队长都看在眼里，散会后他喊住她怪罪说："都怪你这死妮子带头笑场，下次可不兴这样！"说是怪罪，却没有横眉竖目，脸上一团和气，甚至还有些喜气。所以，大凤下次还是这样。多年以后，队长去镇上赶集时遇到已在银行工作的大凤，说起往事他记忆犹新："那野菜糊糊，咱也不想喝。可公社、大队布置的任务，不完成不行啊！不过，让大家乐呵一回，也不错。"大凤想，他让大家乐呵的办法就是在悲剧中糅进喜剧的因素吧？

读高小时，每年清明节前后，学校都要组织祭扫烈士墓活动，直到今天大凤仍然觉得这是一种很有意义的主题教育活动。伫立在东北抗联烈士纪念碑前，她也情不自禁地热血沸腾、心潮澎湃。可是，校长是个胶东人，说话带有浓重的乡音，他喊"默哀"时怪腔怪调的，又让大凤忍不住想笑。她知道，这是绝对笑不得的，笑了就是对革命先烈的亵渎，所以拼命憋住。

而校长偏又把通常的"默哀一分钟"调整为"默哀三分钟"，这就更考验她的意志了。等到校长喊出"默哀毕"时，她觉得自己的忍耐力已经达到极限了。还好，终究没有笑出声来——不，连一丝笑意也没呈现在面容上。她不明白自己为什么这么爱笑，似乎笑点比身边的女孩子都要低。别人并不觉得好笑的事情，到她这儿就变成搔着痒处的笑料了。

她晚年怀旧时和女儿说起自己儿时的这些糗事，女儿一语破的："这说明你天性乐观呗！"是啊，爱笑，是与生俱来的乐观性格的一种表征，是她消弭与化解生活中的苦难的唯一法宝，多少辛酸与劳累都在开怀一笑中化为轻烟飘散。正因为爱笑，她才没有活得那么沉重，那么郁郁寡欢，才能在苦日子中品出了甜滋味。

父亲的猝死，使家中的顶梁柱轰然坍塌。悲痛之余，刚刚读完高小的她决心和母亲一起用柔弱的肩膀撑起这个家。她想好了，如果母亲办不成顶替，那她就不再升入镇上的初中，而回乡当一个小社员了，尽管学校已把她作为最有前途的学生推荐过去，而初中的老师也已将她编入花名册。

但她内心深处，却还是渴望继续读下去。她陪着母亲东奔西走，连派出所这样的龙潭虎穴也敢闯，固然主要是为了全家七口人的生计，但继续读书的渴望也是强大的精神动力之一。因为她明白，母亲能否顶替父亲上班，是她能否继续读书的先决条件。

队长当时提出的是两套顶替方案：要么让母亲把年龄改小两岁，

要么让大凤把年龄改大三岁——子女顶替父亲上岗必须年满十六岁。大凤没有吭声。母亲看了大凤两眼，长叹一声说："大丫头太瘦小了，怎么看也不像十六岁的大姑娘，只怕瞒不过去，还是办俺吧。"

侥幸办成后，母亲再也没提让她辍学的话题，她却始终无法排除内心的隐忧，唯恐母亲受左邻右舍固持的"女孩读书无用论"的影响，改变让自己继续读下去的主意。她更担心家中发生新的变故，哪怕再小的变故，都可能葬送她的学业，让她与课堂彻底诀别。她几乎每天都生活在战战兢兢之中，害怕母亲生气，害怕母亲生病，甚至害怕母亲改嫁一走了之。

只要看到母亲脸色不好或神色不悦，她就会六神无主，紧张万分。也没那么爱笑了，连刚结识的初中同学都发现她"心事很重"了。镇上的中学是林场办的，高中毕业班安排住宿，以便他们集中精力复习迎考，其他年级的学生则每天通勤。大凤也希望这样，因为可以帮母亲搭一把手。

每天黎明时分，一听到母亲起床的动静，她就一骨碌爬起来，洗衣、做饭、挑水等一应家务，只要她能做的，不用妈妈吩咐，她都会主动去做。下午放学后气喘吁吁赶到家的第一件事，是到贮木厂搂一筐树皮，用作生火做饭的燃料。第一次蒸玉米面窝窝头，她不知道要把中间镂空，蒸成了实心的。母亲一句也没怪她，她却自责不已。

母亲到林场上班后，尤其是到分场食堂给崔叔叔打下手后，变化还是很明显的，不再整天愁眉苦脸的，也长了不少见识。大凤读完初中，犹犹豫豫地还没敢开口，母亲就先说："接着念吧，听说政策改了，念了才有好的出路。"等母亲这句话等了很久的她，激动得蹦跳起来。

直到成为高中毕业班学生之前，家里每天的早饭和晚饭都是大凤做的。收拾完碗筷，差不多已是晚上九点了，这时她才摊开课本，在马灯下完成作业和温习课文。母亲问她累不累，她都说不累，其实每天都累得不想多走一步路、多说一句话。但她却坚持下来了，而母亲也坚持下来了。

如今，每次骑车经过当年读书的中小学，往事都会一一浮现在大凤脑海中。那些年究竟吃了多少苦，只有她自己最清楚，但周边关心她的人也是能感觉到的。高小时代要给她减免"月供"的赵老师曾经抚着她被粪筐磨破的胳膊说："老话说'吃尽苦中苦，方为人上人'，你的努力不会白费的。"

这番鼓励是建立在洞察她"吃苦"的基本事实之上的。她不认为在待遇优渥的银行工作的自己已经是"人上人"了，但当年的努力确实没有白费，得到的回报已经远远超出了她的期望。她没有陈思卿那样的雄心壮志，从不奢望成为金融界力能扛鼎的人物，否则也不会选择回到小镇办事处工作了。她只想工资收入能稳步增长，让吃了一辈子苦的母亲今后不再吃苦。

第 五 章

一

学校安排给杨小倩的宿舍在女生第五宿舍楼，金刚强生前居住的寝室则在男生第八宿舍楼。经过几次扩建后，东海大学的校园面积已经将近万亩了。有人问保安："你们学校到底有多大？"保安回答："我们学校西门卖四川麻辣烫的大妈拒绝了东门卖云南米线的大叔追求，原因是她不喜欢异地恋。"从女生宿舍楼到男生宿舍楼，平日步行需要十分钟，今晚她一溜小跑，五分钟就到了。

她在门前伫立了一会儿，琢磨进去后如何不着痕迹地表明意图。然而，已经不容她仔细斟酌了，大概听到了她的脚步声，虚掩的寝室门从里面拉开了，三位男生一脸惶惑地出现在她眼前。

寝室里有一股浓浓的药水味道，刺激得她打了个喷嚏。室长解释说，散会后三人一商量，去超市买来了 84 消毒液，把整个寝室都喷了一遍。小倩暗想，这也防护过度了吧？死者是跳楼自尽好不好？又不是患上了瘟疫，哪用得着大规模消毒哇？不过，懂得自我保护总不是坏事。

三位男生中两位称她"倩姐"，只有张无忌叫她"杨老师"。称呼不同，态度却没有两样，都说"我们绝对服从你的绝对权威""你说向东咱们绝不敢向西！"她早就习惯了这类表态，并不认为它有多少约束力。不知哪个深受祸害的女人说过"宁愿相信世上有鬼，也不要相信男人那张破嘴"。前男友的表现向她证实，这话并不算太偏激。

面前这三个小男人，也许此时无意以虚词诳语欺骗她，但谁能保证他们在与女朋友花前月下时不会透露出去呢？而他们的女朋友又会不会把这小秘密随手抛给闺蜜呢？

她觉得遮遮掩掩不好，便实话实说、直奔主题。她没带黑客来，因为她知道全年级最厉害的黑客就在这三位中间。果然，死者的电脑上有防火墙。同样不出所料，那位绰号叫"张无忌"的黑客，不费吹灰之力就破译了密码，翻进了墙内。她尽量自然地说："你们都去干自己的事吧，电脑里的内容我浏览一下就行了，说不定对学校的后续工作有帮助，你们就不要分享了。另外，嘴上给我安排个把门的，别出去乱说。咱们之间也有点小秘密好不好？"

找到了！在电脑的 D 盘里，有一个名为"心路屐痕"的文件包，点开一看：哇，内容还不少呢！一如文件名所提示的那样，写的都是自己这两年点点滴滴的心灵感受。取这么个名字，文学色彩浓郁得很，看来他的文学底蕴确实不错，跟自己有得一拼，可惜他过于自闭，始终排斥自己的刻意"拉拢"，不然倒是可以一起胡侃各自喜欢的文学作品，包括梁羽生的《云海玉弓缘》。自己总想破冰，但冰层太厚了，实在无力洞穿它。

由此她又想到，如果学校不设置转专业的门槛，允许学生在自己喜欢的专业间自由流转，他很可能就会转读到汉语言文学专业，成绩大概就不会垫底了，情绪也就会随之有所改善，还会不会轻生就很难说了，至少可能性会大减吧？那么，这是否意味着学校在转学制度的设计上应该打几个补丁呢？过后再反映这一问题不迟，先看死者的心声要紧。

都是杂感式的随意书写，没有日期，没有衔接，没有统一体例，兴之所至，信马由缰。他完全是写给自己而不是别人看的，绝对没想到辅导员会阴差阳错地成为它的第一个或许也是唯一的读者。不过，如果真的心弦独弹，无人见赏，他是不是也会有些遗憾呢？

尽管没有注明日期，小倩还是能分辨出它们分别写于何时。最早的文字形成于入学后不久：

我这是怎么啦？来到这个美丽的旅游城市后，总有一种乡下人进城的感觉。班上的同学像我一样来自农村的不多，即使是农村来的，也比我衣着光鲜。说话的口气个个都很牛，还喜欢飙几句英语。我就两个字评价：装逼！

我在家乡也算是个牛人了，为什么和他们到了一块感觉就牛不起来了呢？说到底，我没有他们会装，英语口语也差，很多时候只好装哑巴。我看不惯他们，他们可能也看不惯我，认定我是不脱蒜味的土包子。但我还是有风度的，对大家都礼貌周详，不主动搭话，也不拒绝对话，没有阳光少年的明媚，看上去却还是开朗的。

我也知道"佛靠金装，人靠衣装"的老理儿，家乡人嘴里常念叨呢。来报到前，父母也下狠心给我里外置换一新，款式都是在县政府里工作的舅舅给选定的，在当地也算是时尚的了，可是跟班上的同学一比，就显出寒碜和落后于潮流了。别看他们对我好像都挺热情的，心底里没准大半在讥笑我。

那个辅导员指定的女班长，人长得不错，样子有点像古典美女，却一点也没有古典美女的矜持，瞧瞧她对辅导员献上的笑脸，那该怎么形容？献媚、讨好、邀宠？都可以。用咱老家的话说，那叫一个"浪"。她对同学也笑容可掬，但我分辨得出两种笑容之间的区别。要说它们有什么共同点的话，那就是假！就像随时可以更换的面具。

她对我的态度也热情有加，一副自来熟的做派。"刚强，我这个班长是'钦定'的，而不是'民选'的，不过，我还是很愿意为大家服务的。你有什么要跑腿的，尽管说啊！我希望到选举的那一天，你们都能出自真心地投我一票！"这也太会公关了吧？哪像个大学学生干部，倒酷似咱村委会主任在选举前跑到村民家来拉票。

而更让我耿耿于怀的是，说话过程中，她的目光从上到下把我扫了一遍，虽然声色未动，但从她最后的咧嘴一笑中，我读出了一种不易觉察的轻蔑。佐证是她结束寒暄时的那两句："我想你很快就会融入这个奋进的集体，融入这个时尚的都市的！"反过来读，不就是说我不够时尚、穿着土气吗？

我也觉得自己土气，可这能怪我吗？我的成长环境与家庭条件与你们完全不同，我不可能不带有原有环境和原有家庭的痕迹。除了衣着外，内在的气质也会受环境的熏染而呈现城乡之别。我不否认这一点，自信心也因此受到打击，开始缓慢地下坠，尽管我在努力阻止这种下坠。但我会渐渐改变的！"腹有诗书气自华"，我会通过用功读书来充实自己、提升气质的。如果我连这点自信也没有的话，那就真完了！

我也想过，要不要向父母伸手，也去买两件与城市风尚相谐的外衣，再去理个与时代潮流合拍的发型，然而那就要大大增加在土里刨食的父母的负担，超越他们的承受能力。为了培养我上大学，他们已经吃尽了苦头，父亲已经是年过半百的老汉了，农闲时还要进城去打工，又没有手艺，只能在建筑工地上干粗活，那还是包工头看当官的老舅的面子。

送我来大学报到时，父亲和我抢着提行李，我触碰到了他的手。那岂止是粗糙啊？上面还有一道道锯齿般的锋棱，差点把我的手割破，我一直疼到心的最深处。每月提供我八百元生活费，加上弟妹的学费，已经要突破父母能力的极限了。我怎么能增加他们的额外负担呢？

我知道，如果我开口的话，父亲再难办到，也会咬牙去办的，即使要他架上天梯去摘星星，他明知不小心会摔得粉身碎骨，也不会拒绝的。你跟他要钱，他拿不出，便会去借，哪怕会债台高筑。我考上东海大学，光彩了十里八乡，父亲从没这么受人尊重，脸上的沟沟壑壑都填平了不少，对光宗耀祖的我有求必应。而自从我这颗文曲星升上天空，他借钱也不用求爹爹告奶奶了。可是，我能忍心让他去借吗？我不敢自视为孝子，孝心还是有的。

　　所以，我不准备重塑自己的外在形象了，既不改头换面，也不乔装打扮，顶多注意一下衣着的搭配。我要把主要精力放在内修上。今后，咱不比外表比内功，不比吃穿比成绩，一年半载过后，再看山高水低！

小倩早知他家境不富裕，却没想到如此贫困。自己和前任辅导员实在是失察了！不应该啊！但他也太会掩饰自己经济上捉襟见肘的窘迫了，从不让别人轻易感觉或触摸到这种窘迫。学校每年都发放"国家助学贷款"，这是帮助贫困生完成学业的一项措施。没有名额限制，手续也不复杂。他完全符合申请条件，但他却没有申请。据说，前任还专门去向他宣讲过具体政策条文，那是因为了解到他的父母都在务农。他非常坚决地说："我不需要，谢谢！"其实，他真的需要。

而班上另两位来自欠发达地区的农村同学，居然也拒绝了辅导员雪中送炭的善意。究其原因，该都是爱面子或者说虚荣心未泯吧？或许在他们看来，一旦接受了助学金贷款，就会被划到经济学意义上的另一个阶层了，而经济基础决定上层建筑，在精神上他们也就难以摆脱"另类"感了。早些年，贫困生毕业后有能力偿还助学贷款却恶意拖欠的例子不少，这些年则是明明需要贷款却偏不贷款的学生日渐增多，这是否和整个社会变得更加繁荣也更加虚荣有关呢？

从"心路屐痕"的这段开篇可以看出，金刚强绝对是个心地善良的男生，但同时也是个敏感得一塌糊涂的男生，见识有点浅，心眼有点小，容易对同学的行为进行不恰当的解读，放大它的负面性。而关键原因，一如自己此前分析过的那样，进入新的强手如林的学习与生活环境后，因为缺少经济层面与精神层面的双重支撑，那个原先自强自信并且一路高歌猛进的男生有点迷失了，固有的自尊与新近滋生的自卑相撞击，产生一种化学反应，让他变得不无激愤。所幸他懂得要与同学和谐共处，还能够克制自己，只是腹诽而已。

二

这时的金刚强尚不知自己在学习上会走下坡路，还是有争强好胜之心的。由此不难推知第一学期的成绩揭晓后，他该是怎样一种心情。"心路屐痕"中写道：

我万万没有想到，我这个领跑了多年的尖刀班战士，竟然一跤摔进了收容队！真是"纵然用尽三江水，难洗今朝面上羞"！刚入学时，我虽然没有放出话去：且慢看轻乡下人，咱们等到期末于考试成绩见高低，用乡村俚语来说，那就是"出水才看两腿泥"！但我心里却始终是这样想的。何曾料到会虎落平阳啊！

我先还误以为老师判卷有误，可哪能每门课都出错哇？最多错一两门，那也不会影响学期绩点排名。事实上，我也瞒着班上同学去查核过了，没有发现一处批改或积分错误。这才不再心存侥幸了。更惨的是，还有三门课不及格，这是从未有过，我也从来不敢想象的历史纪录，相比排名落后，更是奇耻大辱！丢人丢到这份上，叫我情何以堪？

痛定思痛，我总结了一下原因：一是轻敌了。轻视了课程内容，也轻视了学习对手。以为管理学比理工科容易学，背会名词概念，再能结合具体案例加以演绎就行了。其实，哪有这样简单啊！我去找过教"公共管理学"的老师，他说考查知识点的填空题与选择题我都做对了，但侧重于案例分析的简答题与论述题我却失分很多。他据以得出一个结论：我的机械背诵能力要强于灵活运用能力。他很直率地指出，我的学习方法和思维模式都还停留在中学阶段，亟须加强逻辑推理的训练。这就差不多是说，我只会死记硬背了。

这位老师衣着朴素，头发散乱，不修边幅，和我属于同类，对我应该不会有偏见，所以我信他说的。但他的坦言对我的杀伤力该有多大哇！原来我不行！可是从小学到高中，我行了那么多年，怎么进了大学后突然就不行了呢？不！这是我大意了，轻敌了，把本来相当复杂的课程内容想简单了。一次失手不能说明问题，我不能因此就对自己失去信心。老师为了鞭策我，故意把问题说得严重些。当然，他的话还是很有道理的，为我指明了今后的努力方向。我要重整旗鼓，从头再来！

因为以前一直没有学习对手，我对新同学的实力也低估了。看上去他们一个个对成绩都满不在乎的样子，也不见他们怎么用功，对课外活动比课堂学习更上心，不少人还出双入对，在情场上操练得不亦乐乎。俗话说"心无二用"，他们都一心多用了，怎么考试成绩还能超过我呢？难道我的智商不如他们？这怎么会呢？我承认自己的情商不高，可智商在中小学时代是有口皆碑啊，不可能输给他们！那么，怎么会出现这个结果呢？主要是因为我方法没有掌握好，复习时路子偏了，把精力放在机械背诵上，而没有放在理解分析上，造成了分析问题、解决问题能力的薄弱。但我确实不能再小视他们，如果把他们当作学习上的敌手的话，要像开国领袖说的那样，"在战略上要藐视敌人，在战术上要重视敌人"。

二是懈怠了。平心而论，我比中学时要懈怠多了。这是普遍现象，少有能够打破惯例的。辅导员反复说"要保持中学时代的拼搏精神，一如既往地勤奋学习，千万不能松懈"！没有谁公开表示反对，但超过一半的人没有真听他的，因为他们控制不了自己在悬梁苦读多年，终于得偿所愿后想要放松一下的强烈欲望，包括我在内。

我心里默念着要努力、努力、再努力，期末在考试成绩上碾压同学一头，可是我却无法沉静下来，沉潜进去。就像经过三千米长跑到达终点并拿到名次后，已经精疲力竭，无法集聚起再猛跑一个三千米的能量了。我无数次地谴责自己的懈怠，却始终无力从懈怠中挣脱出来，尤其是在迷上了"网游"之后。

来东海大学前，我就听说过网游，但既没有时间也没有兴趣尝试。入学后，看到同寝室就有两个人在玩，不禁心动，便也试玩了一下，什么《热血传奇》《剑荡江湖》《王者荣耀》，都挺有意思的，我一下子就被深深地吸引住了。尤其是《王者荣耀》，让我在虚拟世界中体验到一个寒门学子在现实生活中无论如何也沾不了边的荣光。我没有沉潜进学问，却沉浸到网游里去了。当我在网游中如鱼得水时，已经淡忘了自己要通过学习成绩来证明自己的决心。复习应考之际，我强迫自己暂时远离网游，看书、看书、再看书，然而，思维已经无法集中，复习时间也大大缩水了。

不写了，再写下去只能让自己更加伤心。别让最后的自信在键盘的敲击中飘逝……

他的自我检视与反思，与小倩对他的认知是相近的。他不是没有意识到问题所在，他完全明白。但他的清醒与理智也许只保留在自我检视与反思的这一刻。过后便又故态复萌，沉溺在网游中不能自拔了。进入第二学年后写下的心声可以证明这一点——

关云长过五关斩六将，天下无敌，英雄盖世，最后却兵败麦城。这就是现实中的我哇！

我一直寄希望于第二个期末考，把这视为一雪前耻的机会。然而，无情的现实已使我的希望化为泡影！上学期还是并列倒数第二，如今竟成为倒数第一了，而且是经两次复核确凿无误的倒数第一！什么叫"每况愈下"，这就是啊！我怎么会成为每况愈下的人呢？

一次可以解释为"偶然"，两次还这样解释，那就是自欺欺人了！我不愿承认，却不能不承认，我可能真的不行！无论我怎么努力都不行，何况上学期我也并没有如自己所期许的那样真的努力。

一个我一直不敢正视的事实是，原先我一直生活在小人国里，身边是一群小矮人，我个子稍高些，就变得很突出、很引人瞩目了，而我也就产生了鹤立鸡群的错觉，真以为"天下舍我其谁"了。现在不同了，汇聚到这里的是远比常人身材挺拔、发育良好的那一拨，置身于他们中间，就显出自己的矮小了。换言之，智商的高低与能力的强弱，是相比较而言的，没有比较就没有鉴别，比较的对象不同，结果也就两样了。自己的智商还在原来的刻度上，但周边的人都比这个刻度还要高，有的还高出不是一点点。我唯一可以用以自解与自慰的是，我不是江郎才尽，而是技不如人。

都说勤能补拙，假如我能勤奋些，哪怕恢复到高中阶段的一半程度，或许也不至于名落孙山之外。可我的网瘾已侵入骨髓，很难戒断了。网游和吸毒似乎无法类比，后者对个人及社会的危害性要大得多，然而一旦成瘾，要戒除它未必比戒毒容易多少。我这才痛苦地发现，我不仅智商欠高，意志也是那么薄弱！每天深夜结束网游时，我都赌咒发誓：到此为止，明天我该好好学习了，有两门课程的作业还没做呢！可是，第二天刚捧起书本，一个个玄幻人物的影像就在我眼前交替出现，我使劲驱赶它们，它们却笑嘻嘻地赖着不走，我只好放下书本与它们互动。如此周而复始，我就堕入了一种恶性循环。

我沉迷于网游，原因不是单一的。原因之一是在虚拟世界中我才能找到存在感，得到虚荣心的满足，暂时忘却现实生活中的种种不如意。我原本就是一个同学们眼中的土鳖，第一次考试成绩公布后，肯定又被他们看作笨蛋了。回到寝室，我觉得那三个家伙看我的眼神都不一样了。表面上依然热情地招呼我，而且好像还比以前更热情，但我知道这是把我当作败北的弱者来同情、怜悯，骨子里透着的是蔑视。

室长故作亲热地揽着我的肩膀说："第三食堂里新开了家重庆火锅门店，老板娘是个很有姿色的辣妹子，咱们兄弟去照顾照顾她的生意，顺便也和她过过招，看看她到底有多火辣。噢，我请客，不用 AA。你肯赏光吗？"

我一口回绝说："谢谢你的盛情邀请！我是北方土鳖，口味单调，不能吃辣，我就不去了吧。"他有点失望，但没有强拉我去，因为知道我说一不二的性格。他们三人勾肩搭背地去了，就像断臂山上下来的好基友似的。

以前他们也经常去聚餐，采用 AA 制的方式。邀请过我两次，我都找理由婉拒了。这是因为我与这三个牛哄哄的城里娃没有什么共同语言，扯不到一起去，比如他们爱聊"Gucci""Prada""Burberry""Louis Vuitton"等纨绔子弟专属的世界名品，而我对此一窍不通，也从不觉得自己这一辈子会和这些奢侈玩艺儿发生关系，竖起耳朵听他们显摆吗？我才不乐意呢！

他们在寝室里常聊的另一个话题，就是如何"泡妞"，恬不知耻地交流猎艳的心得体会，分享各自纵横情场的经验。以我看，他们实际上都不是情场老手，平时在女生面前爱耸耸肩、捋捋头，献个小殷勤，故作潇洒，还是小男生的范儿。他们争相抖出的猛料，只怕是掺水的。这叫什么呢？哦，"意淫"！他们只不过是意淫而已。想来他们聚餐时聊的也是这个，如果女服务员长得靓丽些，他们就会更加神采飞扬，说话也就会更加放肆了。在这种场合，我是插不上话、也不想插话的，跟去干什么呢？

还有一个重要原因，那就是我不具备与他们去聚餐的经济能力。每月只有八百元的生活费，而要开支的项目却很多，包括电话费、上网费，无一不需要我从口中抠。我恨不得一分钱瓣作两半用，所有自费的活动，我概不参加。就这样，还接近入不敷出的边缘，哪有余资与他们去打牙祭啊？他们是饱汉不知饿汉饥哇！铁定会有人背地里说我吝啬，是一毛不拔的铁公鸡。你们爱说就说吧，反正我也不指望你们能给我好评。口水淹不死我，而且你们也没有那么多的口水。

但我从不哭穷，从不向任何人说起自己的经济状况，从不占同学的小便宜，从不接受别人的资助或变相资助。我非独不申请国家助学贷款，连学校提供的勤工助学机会我也放弃了。我需要钱，但不想以那样一种仰人鼻息的方式去挣钱。"人穷志不短"，我要始终保持自己不吃"嗟来之食"的尊严！

我的经济困境瞒得过班上其他同学，却瞒不过同寝室的人，尤其瞒不过细心的室长。室长人不坏，不管他内心是如何评价我的，以我过人的敏感，也看不出他的歧视，不像那个微博名自号为"张无忌"的自恋狂，动不动就流露出对我的不屑一顾，就差没有公开羞辱我了。室长和我单独在一块时，几次试图把话题往我的家庭情况上引。我懂，他不是想窥探我的隐私，而是想给我适当的帮助。

但他刚切入这一话题，我就及时把它岔开去或者借故离开，不给他充当急人所难的救世主的机会。你以为你是谁啊？江湖中人称"及时雨"的宋公明？只有一次我离去时，听到他在身后弱弱地说了一句："如果你有困难的话，别一个人挺着，有兄弟我在呢！"我心头热了一下，觉得世间终究还是有友爱的。可我还是不接茬，头也不回地走了。

为了避免有人再触及我的隐痛，我越来越觉得对老师和同学敬而远之是个好办法。于是，我每晚回寝室的时间就越来越迟，估摸他们差不多已进入梦乡了我才回去。对他们每天必开的睡前神仙会，我没有多少兴趣。都胡咧咧些啥呀？无非是与舌尖和裤裆有关的那些没皮没脸的事。嘿嘿，也不能说完全没兴趣，孔老夫子的话我也记得，同样处于青春期，我不可能全然没有凡夫俗子的欲望，我有时也忍不住把头蒙在被窝里自慰。可我一个从里到外都乏善可陈的穷小子，有什么资格加入他们的神聊呢？还是避而不听为好。

我不是没素质的人，怕影响他们休息，我每晚回去时都蹑手蹑脚，连大气儿都不敢出。而每天早上他们出门时，我还在睡，醒了也装睡。这样可以免却"相对无言"的难堪，我也就游离于这个小集体之外了。班级大集体我更是尽可能疏离了，所有的集体活动，不是非去不可的，我都不去。一开始还编个理由请假，后来连假都懒得请了。我行我素，谁能奈何？

我就是想用这种特立独行的姿态，给自己安上一个金刚罩，抗衡来自外部的轻视目光，也掩饰自己内心的焦虑不安与羞愧。任你们把我当成软硬不吃、油盐不进、好歹不分的赖货加蠢货好了，任你们把我比喻为拍不得打不得的沾了灰的豆腐好了。我不在乎！我有我的网络世界，那是我的桃花源、乌托邦！"结庐在人境，而无车马喧。问君何能尔，心远地自偏。"我要做一个当代陶渊明！

我不会发表类似的宣言。一个成绩垫底的差生以"学陶"相标榜，大概会让某些人笑掉大牙。据说种牙或镶牙都挺贵的，我不能害他们。我只在行动上向陶渊明看齐。遗憾的是我不会写诗，也没有能力弄出篇《五柳先生传》，但我会继续用拙劣的文字，记录自己的心路履痕……

这些文字一点也不拙劣啊！至少在小倩看来，比很多文史专业的研究生都强，她自忖也不及他语言流畅而又精准。让他学管理专业，真有点像"明珠投暗"了。在写下这些文字时，他既是理性的，也是感性的；既是自恃孤傲的，又是自惭形秽的。总之，是个成分复杂的矛盾统一体。他有反应过度、猜忌过甚的一面，也有观察细致、分析合理的一面。他是不乏自知之明的，已经意识到"山外青山楼外楼""强中更有强中手"，过去未逢对手的自己，在遇到劲敌后一败涂地，是合乎逻辑的事情。他没有怨天尤人，只不过自怨自艾而已。他对同学有不满，却没有想过要去对他们使坏。他不以损人为乐，只是将自己封闭起来，用一道人造的坚不可摧的堤坝隔绝了与同学的正常交往。

<h1 style="text-align:center">三</h1>

金刚强的笔记前后一般都有较长间隔，但写下上一篇的第二天，他似乎意犹未尽，又写下了如下文字，其中有较多关于前任辅导员以及女班长的描述——

昨天忘了为辅导员老师记上一笔了。我们的班主任是专业老师兼任的，平时神龙见首不见尾，基本不管我们。管事的是专职辅导员。听说他是马克思主义哲学专业的硕士，五年前考进东海大学从事学生思政工作。怎么来评价他呢？工作还是尽心尽力的，但可能因为专业背景的缘故，喜欢滔滔不绝、唾沫横飞地讲大道理，大段大段引用马克思主义经典作家的论述。这留给我不太好的印象——除了卖弄学问，提醒大家他是科班出身外，就是拉大旗作虎皮了。你倒是接点地气，说几句我们爱听的实在话呀！

但每次他激情演讲时，我们的女班长都露出极其崇拜的神情，两手托腮听得非常专注，脸上的表情用"花痴"二字来形容最合适。我就不明白了，不只是我，好几位男同学都昏昏欲睡，把他的老生常谈当成了催眠曲。她那么聪明一个人，怎么会如此陶醉呢？或许，就是因为太聪明了，她才会如此表现吧？

她平日并不追星，也不见她八卦谁，彻头彻尾一个政治正确的上进青年，热情如火，不失冷静；貌似单纯，实则世故。她的笑靥献给所有同学，但面对辅导员时却格外灿烂。辅导员随便说句什么，她都笑得花枝乱颤。我每次都怀疑，她的笑点有那么低吗？

比如辅导员说"男生要阳刚一点，不要说话带娘娘腔，一开口就'哇塞'"。这好像一点也不幽默，她居然也会笑得前仰后合。这不就是表演吗？更令人受不了的是，接下来她还卖萌说："啊！那就是说'哇塞'是我们女孩子的专利啰？太好了！噢，不，我们也不说了，我们要做女汉子！"

说着，还用一对粉拳在课桌上轻擂了几下。虽是轻擂，犹自疼得龇牙咧嘴。她难道就不觉得这过于夸张吗？戏份太多了！可我们的辅导员笑眯眯的，一副"我见犹怜"的神情，很欣赏的样子。但也就他欣赏而已，其他同学都表情淡漠，好像已经习惯了她的表演，不愿捧场了。当然，也没有喝倒彩或冷笑的。

我从小到大都不在背后议论人，读大学后，更把"口不臧否人物"作为一种人生境界。别无所长，只有效颦先贤，致力于锤炼人格修养了。因此，我从没说过女班长一句不是，虽然很看不惯她的行为方式，听她的莺声燕语，我到后来甚至有些反胃。但其他同学还是忍不住要评点几句的。不过大家都是文明人，又生活在习于假模假式的都市里，是忌讳成为毒舌的，最刻薄的评语也不过说她是"戏精"。

这是贬她的。也有些评价介乎褒贬之间，比如不止一位同学感叹：此人是当官搞政治的好苗子，将来前途无量。有的还说，咱们得和她建立并保持友谊，以后不慎掉到泥坑里，说不定要靠她拉一把呢！说这话的，心里究竟怎么想的我不清楚。这个世界，假假真真的，让人难以分辨，其实也无须分辨，听过算数。但认定她有能力、有出息，却是千真万确的共识。他们还议论说，像她这样的学生干部并不是绝无仅有的，和校学生会的头头比，她又是小巫见大巫了。

　　我固守在自己的狭窄天地里，孤陋寡闻，与学生会的高官殊无交集，不知他们是怎样的德行。如果和女班长一样总像参加假面舞会似的以精致的面具示人，我倒是有些担心。我希望这样的议论是缺乏依据的捕风捉影。我们这一代里，不仅应该少一些我这样的，也应该少一些她那样的。

　　我对她的看法也许偏激了。她也有难能可贵的地方，那就是热心公益，乐于助人，不惜为此牺牲自己的学习时间和休息时间。什么世界互联网大会啦，什么暑期西部助学支教活动啦，都能看到她以志愿者的身份在其间挥汗如雨、忙碌不停。不管动机是什么，没有奉献精神是难以持久的。对生病的同学，她不只是嘘寒问暖，送饭送水也是很主动的。这就稀释和淡化了大家对她"戏精附身"的反感。所以，改选班干部时，她还是以高票当选。综合考量，好像也没有比她更合适的。

　　她也关注我、关心我，似乎诚心诚意地不想让我这个后进生掉队，两次在我严重受挫之后前来"送温暖"。第一次是她找到我自修的教室，像见到失联多年的发小一样又惊又喜地说："嗨，哥们，原来你在这儿！"一下子就让我心生厌恶了。喂，我们有那么熟吗？况且这时来找我，我能不清楚你意欲何为吗？还是省点口舌吧！我已经打定主意拒绝任何廉价的同情和不知出于何种目的的应援，怎么可能让她乘虚而入、走进我即将关闭得更紧的心灵世界呢？

　　第二次她策略了些，迂回说"我知道你有自己的原则，'慎独'嘛，古人提倡的。我只想告诉你，大家都是认可你的潜力的，我更觉得你的潜力还远远没有释放出来。那么，是不是学习方法上还有什么需要改进的地方？如果你不嫌我嘴碎的话，我们一起探讨一下如何"？

　　只不过相隔半年，她就变得更成熟、更乖巧、也更善于辞令了，隐然已现大家气象。但这时的我，心灵的密封程度也已经相应强化了，又岂能为看似真诚的她所打动？我不认为她这是"黄鼠狼给鸡拜年——没安好心"，我再浑，也不至于"狗咬吕洞宾"。但我相信，她不畏艰难地来与我谈话，与其说主要是出于对我的关爱，不如说主要为了履行班长的职责，不想让一颗老鼠屎坏了一锅汤。

这样，更加心如铁石的我又怎么可能改变既往的态度听她指手画脚呢？什么"一起探讨"，还不是现身说法，向我传授她这个国家一等奖学金获得者的学习经验？也不想想我会给你这一机会吗？我虽然已经是烂泥糊不上墙了，但也没有往高处涂的妄想了，就让我在泥坑里自由自在地待着吧，你别踩进来脏了脚！

任她好说歹说，我就是御敌于城门之外，不让她逼近一步。她无计可施，临走前都眼泪汪汪了。"真的，我没有恶意，如果我的话伤害了你的自尊，请接受我的道歉！"简直太有礼貌、太有风度了！反衬出我是那么不知好歹。说完，转身快步离去，不知有没有掩面而泣。这倒让我心生内疚，觉得不是她伤害了我，而是我伤害了她。

我几乎要说声"抱歉"了。就在这时，她回过头来说："老师也会来找你交心的，你无论怎么想，都要给老师一个面子！"原来，她是与辅导员通过气的，或者说两人是商量过"帮扶"我的步骤的，计划好"你方唱罢我登场"。还怕我不懂礼数，驳了辅导员的面子，让他怪罪她没打好前站。真是护主心切啊！于是，话到嘴边，我又咽了下去。我想不通，她怎么那么在意辅导员的印象呢？是为了早日入党吗？听说她已经被列为发展对象了。

果然，辅导员紧接着就来敲打我了，上次也是这样一先一后粉墨登场，只不过那时我不知道他们是事先密谋过的。我对辅导员的印象比女班长还糟糕。女班长至少看上去还有热情如火的一面，哪怕这火苗如同电影特效一样是人工制造合成的。她也不以班长及学霸的站位俯视自己，说话的语气反倒像学渣战战兢兢地面对学霸。

辅导员的身份感则很强，让人觉得普通学生与他之间即使没有一条鸿沟，也横亘着一条区分尊卑的拦截索。他并非不苟言笑，我就曾看到他会后与女班长嘻嘻哈哈的，聊得火热，不时还用手轻拍女班长的香肩，女班长并不躲闪，不过面露潮红。与班上有些身属于官二代或富二代的男生，比如我们寝室的张无忌，他也是可以屈尊与他们谈笑的，偶尔还会把酒言欢。但对我这种既贫困又落伍的学生，他是难得露出笑容的，似乎在他这里笑容是易耗品，库存有限，只能节省着用，必须择时、择地、择人而展现。

有时在去教室的路上遇见他，对前面的女生他都笑容可掬地主动招呼，有时还会驻足说两句什么，惹得她们咯咯娇笑。而对后面的男生，如果没有张无忌等豪门子弟在内，他虽然一样挥手致意，笑容却迅即收藏起来以备后用，不愿凭白无故地损耗。所以，后来看到他迎面走来，我都从小路绕过去或者干脆折返。

他要我们增加阳刚之气，可他自己也并不阳刚啊！开大会讲话时语调倒还抑扬顿挫，偶亦不失慷慨，但挥个拳却软绵绵的，像打太极，而且是浑不见后劲的师奶太极，这就露出小男人的本色了。而他总是修饰得很光润的面庞和修剪得一丝不乱的头发，也似乎不能用"阳刚"来形容。我想到一个词，"油头粉面"，对！就这个词适用于他。

我不想给他添乱，更不想招惹他。是的，我的成绩很差，越来越差，但那不是我的初衷，有谁甘居下游哇？我也有改进的强烈意愿。上学期我有三门课挂科，这学期就只剩下一门挂科了。总体排名更加靠后，单科成绩却提高了呀！当然其他同学提高得更快。我只想与他两不相扰。可他却偏要搅我清静，除了在会上不点名地训诫我外，还与他的死忠粉配合默契地对我来了场"混合双打"。我猜主意是他出的，女班长不过是充当急先锋、马前卒而已。

诚然，他和她一样并没有恶意，我要再次强调，如果他不是为了履行使命，才懒得来我这儿浪费唾沫并耗费一张笑容呢！而且，知道我的自尊心和抵触情绪特别强，他说话也是兜兜转转绕弯子的，没有对我疾言厉色。我要对自己的历史负责，即便这些心灵的呓语只有一个读者（晚年的自己），我也要维护它的真实性。但他难道就不能少讲些大道理、多说些体己话吗？难道他不知道从库存中挑选出来的那张即将超过保质期的笑容比女班长还要假、还要贱吗？

碰了一次软钉子不够，还要来碰第二次。好吧，你执着，我比你还要执着，我不敢说自己的防线固若金汤，但绝不会让你在我的心门上凿出一个洞或挤开一条缝的。不信，你还可以再试一次。不过，我会不会给你第三次机会那就难说了。这两次我敬你是老师，虽然没像你希望的那样表态说痛改前非、急起直追，却也恭谨有礼，即使在你明显露出"朽木不可雕"的憾恨神情时，也没有说半句让你觉得刺耳的话。如果还有下次的话，对不起，哈哈，我只怕也要"假以颜色"，让你立马知难而退了。

看来，他对前任及女班长的观感都不佳。他写的大多是自己的直觉，却是兼融感性与理性的直觉。小倩不愿前任及女班长的形象被抹黑，却不得不承认他的某些观感虽然带有偏见却还是搔着了痒处的，没有歪曲与丑化他们的主观故意。怎么说呢？据她自己平日的观察，这两人委实都过于功利了些，想什么、做什么都和个人未来的发展与进步联系起来。但在大学校园里，这样想、这样做的又岂止是他俩呢？

四

那么，他对我又该抱有怎样的看法呢？是不是也同样反感呢？小倩不能不想到这个问题，急欲从他的"心路履痕"中找到有关自己的描写。她迅速移动键盘，把页面往下拉，噢，自己的名字终于出现了。她不由得心跳加快，既想看，又怕看——万一他对自己的摹状比前任及女班长还要不堪，里面毒汁四溅，岂不是会伤了自己？尤其令人担忧的是，他是在自己履职期间轻生的，如果他把轻生的原因之一归结为对辅导员的厌恶，又如何自解？

在心脏超速运动的状态下读完涉及自己的文字后，小倩才意识到自己的担忧是多余的、没来由的。他对自己原来是很有好感的——

> 辅导员换了，由自命的帅哥换成了公认的美女。不过，换谁都和我没关系，只要他在我不违反校纪校规的前提下不妨碍我的自由、不干涉我的生活就行。我又不想升官入党，保研也没戏，我才不会在意辅导员的嬗替呢！

> 在意这个的是班长等好学生。你想，好不容易把辅导员搞定了，突然就又换新的了，那前面的投资不就白瞎了吗？真想看看咱们"白富美"的班长乍闻"噩耗"时是怎样一副惊愕的嘴脸。但我不怀疑，新任辅导员也会信任并喜欢她的，只不过要多费点周折而已——不是说异性相吸、同性相斥吗？

> 新辅导员的就职演说还不错，一是神态亲切自然，不装腔作势，普通话也很标准，不像她的前任翘舌音太多，听起来挺别扭。二是虽不免按政治正确的要求穿衣戴帽，却很接地气，没有像前任那样蹈空议论，说的都是关乎远虑近忧的家常话、身边事，似乎努力在帮大家破题解题，间或说些自己的经验与感悟，却以自黑为主，要大家记住这前车之鉴，

绝不往脸上贴金。这风格，让人觉得还是比较清新的。

她多少打破了我对思政老师的偏见。在我既往的认知中，思政老师虽然也有人情味，但相对保守、僵化、刻板，总有些云障雾罩，令人摸不清他们的真实想法，一般也不会和你说掏心掏肺的话。她则与他们有点不太一样。

我还记得她的开场白："我叫杨小倩，'倩'是'倩女离魂'的'倩'。倩女是古代小说和戏剧中的人物，和papi酱一样是'集美貌和才华于一身的女子'。这里我要声明，这个名字是我爸起的，他老人家特别喜欢倩女这个文学形象。我几次申请改名都没获准，只好继续'无耻'下去。不过，倩女的死心眼儿我也是有的，认准了的事情我会一条巷子走到黑。另外，我也和她一样喜欢缠人，谁要是被我缠住了，那可轻易脱不了身。当然，我只缠偷懒的人、违纪的人、无心上进的人。坏人嘛，咱这块儿没有，也就用不着我费力了。"

啧啧，瞧这吸引力与亲和力！语言不落俗套，容貌嘛，好像也是比较脱俗的，特征是不涂脂抹粉，不像胡书记脸上刮遍了石膏。我想到李白的两句诗："清水出芙蓉，天然去雕饰。"她说是从东北大兴安岭来的，也在一点点克服对这西子湖畔的都市生活的不适。"山乡与都市的风土人情还是有很大差异的，我的生活理念还在湖山之间游移，说不清更认同的是哪一种。同理，中学与大学的学习环境与价值评判也变化很大，从不适应到适应，我曾经历了一个艰难的过程。你们也一样。这个过程有长有短，因人而异。有的同学至今还在转型的过程中，这没有什么可奇怪的，更不必有什么思想负担。"

后面那番话明显是针对我说的。也许她前面一直在作铺垫，用意就在于引出对我的劝导。看来，她下车伊始就摸清年级情况和工作重点了，而我也就进入了她的视野。大概过不了几天，她就会找我"交心"了。但估计不会像她的前任那样板板六十四地对我进行理想抱负教育，痛心疾首地哀我不幸、怒我不争。她初次亮相的讲话对我还是以安慰和鼓励为主的，没有丝毫指责之意。我能体会到她的用心良苦，虽不乐，亦不怨。

但无论她把话说得如何婉转纡曲，最大限度地保护我的自尊，"交心"本身就构成了对我生活的干涉，就意味着她把我看成了年级的不稳定因素或不和谐音符。这就无法消除我的抵触情绪了。所以，她是有备而来，我又何尝不是提前筑好了防御工事呢？

她先后找过我好多次，都是精心设计的"巧遇"。我领她这份情，尽量忍住不顶撞她。实事求是地说，她是真心为我好，真的怀有姐姐对不争气、不听劝的弟弟的那种情愫。第三次交心不成，我清清楚楚地看见她眼中充满了不似亲情、胜似亲情的忧伤。真的是忧伤，而不是前任那种终于释放出的恼怒与鄙视。我装作没看到，按惯例托故走了，心却差点被软化了。

我故意一口一个"您"的，她每次都制止说："别老是'您'呀'您'的，累不累呀？用'你'字就行了。不会是借此拉大距离感吧？"我说："哪能呢？您是老师，尊卑有序，我当然得用您呀！我纵是朽木一根，也该表现得知书达礼些吧？"其实，她说对了，我就是要时时处处凸现距离感，让她明白不可能抵达我的心筏停泊处。

爱美之心，人皆有之。这样一个以我的资质无缘接席的靓女，渴望与我零距离接触，按理说应是求之不得的好事，至少也可以获得审美的快感啊！我在路上遇到美女时，常常低下头去，从不像有些男生那样目不转睛地盯着看，但其实在低头前的一瞬间，我已将动人春色尽收眼底，过后还可以在记忆的屏幕上用慢速度一遍遍回放。

可是，和她坐在一起，我的心理压力实在太大了！在美与丑、智与愚的鲜明对比中，我勉力维系着的最后一点自信突然消失得无影无踪，她的一笑一颦都成为极大的威压，提醒我不要忘了自己属于只能仰望她的另一个族群，而她近在咫尺的气息在带给我呼气如兰的温馨感的一刹那间，便转化为鞭笞我薄弱的意志和慵懒的情态的藤条，让我避无可避地遭受精神上的酷刑。不是我在审美，而是美在审我啊！这又让我如何忍受得了？

而且，总被人冷眼相看，我已经不习惯有人这么诚恳地对待我了。无可否认，在都市的酱缸里浸泡多年，她还保持着大兴安岭人淳朴、宽厚、以诚相待的性格特征，没有变得市侩化。但正如吸惯了雾霾，猛然来到PM2.5为0的纯净环境里，反倒觉得呼吸道不够通畅一样，她这样让我感到很不自在。我可以心安理得地让她的前任碰壁，我当然也能让她碰壁，却无法心安理得了。

我印象最深的一次是在食堂。这应该也是她找我的最后一次了。那天中午，我和往常一样去得很晚。我已经吃素很久了。不是因为崇尚极简生活，而是因为囊中羞涩。食堂里有一元一份的青菜或萝卜，加上六角三两的米饭，总共花费一元六角就可以解决午饭了。汤是免费的，我四周瞄一眼，如果没有熟人在的话，我是会去舀一碗的。如果仍有饥饿感，趁没人注意，我还会去舀第二碗。这本来是光明正大的事情，我却弄得像做贼似的，心理确实不健康啊！难怪那个自以为是的前任建议我去与心理咨询老师聊一聊。据说学校心理健康中心，常年养着十多位咨询师。

我刚坐下，她就笑盈盈地端着盘子过来了。"哟，你也这么晚来呀？""要不是赶一份材料耽误了，就不会在这儿遇见你了。你看咱俩挺有缘不是？"我淡淡一笑，对这样的巧事心知肚明。幸好这天我破例买了两份蔬菜，盘子里比以往要充实些，不那么寒碜。但再一想，刚才我去舀汤时，她应该已经到场了。那么……我没有关二爷的神勇，脸色却变得和他一样了。

她佯作不察，把筷子直接伸进我盘子里。"哇，炒萝卜片，我的最爱！轮到我时已经卖完了。来一口解解馋，你不会小气吧？"我不知说什么好，又不便阻止她，只得眼瞅着恋人间不分彼此的举动在错位的时空中上演了一回。

"怎么一点笑容也没有？哟！刚强，你不会真的心疼吧？那好，你也尝尝我买的东坡肉吧，正好买多了，我一个人吃不完浪费了可惜。"她把两大块东坡肉一下子拨拉到我盘子里。这哪是买多了呀？分明就是专门为我买的。

但我没有为之感动，因为这一未经深思熟虑的善举恰好不小心触痛了我心里最不能触碰的东西，那就是我用以抗衡世俗的自尊。我选择地点最远的食堂和就餐者最少的时间，就是不想让自己处于鄙视链下游的生活状态进入他人的视野，成为嘲笑或同情的语料。她侦察到了我每日的生活轨迹，想以这样一种方式来融冰与通航，结果适得其反，激起我空前的反感。

过后细想，她出此下策，也是迫不得已而为之。以她有限的职场视阈，只怕搜寻不到其他更适用的方式。她可能想得简单了些，如果能在饭桌上打成一片，摧毁我的防线就找到突破口了。而且，据说家境不错的她大概也想在经济上给我"杯水"之助，至少在互通有无的幌子下让我成为"肉食族"，不复"三月不知肉味"。可是，这必须以牺牲我的自尊为前提呀！"智者千虑，必有一失"，就是指这种情况吧？

我差点当场翻脸。要不是念她动机纯良，我真的就翻脸了。但我的反应也近似于翻脸了——我毫不犹豫把那两块号称"肥而不腻"的东坡肉夹出盘子，扔在餐桌上。用力过大了些，两块肉在桌面上翻了两个跟头后又掉落到地面上，"委于泥涂"了。我胸中一口恶气随之吁出，因无端受人接济而产生的羞辱渐趋平复。

　　这是绝对出乎她意料的。原本白里透红的脸色一下子变成赤红了，手也不自主地微微颤抖着。我忽然意识到，这对她又何尝不是一种啪啪打脸的羞辱呢？用我们家乡的话说，她这叫用"热脸"去贴别人的"冷屁股"还遭到拒绝。我后悔过于冲动了，为了捍卫自己愚妄的自尊，不惜打击别人的自尊。

　　于是，我解释了一下自己的失当行为："对不起，我排斥肉食，已经吃素很久了！"她从惊诧中缓过神来，问："我记得你并不是回族呀，为什么排斥肉食呢？"这种追根究底的做法又是我所不喜的，我很生硬地回答了四个字："肉食者鄙。"怕她再问下去，尽管青菜萝卜各剩下一些，倒掉它们是莫大的造孽，而以往我都是杀得它们片甲不留的，我还是站起身说："对不起，我吃完了，您慢用！"

　　我还是有些欣赏自己当时的表现的，但同时却又无法消弭对她的一丝歉疚。夜深人静时，我一遍遍回味她与我的每一次接触，心里竟是暖暖的，觉得自己也曾沐浴过阳光雨露。我又一遍遍叩问自己、谴责自己：明明对她很有好感，为什么面对她时要表现得那么冷淡、那么兀傲、那么不通人情？

　　说到底，我既缺乏底气，更缺乏勇气。我没有资格与她对话，没有实力与她交往。设若我还像高中时那样高踞于学霸的宝座上，又有一个虽不算富贵、也属于小康的家庭，那么，我或许会欣然向她靠拢，与她畅谈人生规划及其他共同感兴趣的话题，包括她曾经想与我讨论的武侠小说。那该是何等快意！我多么希望能向她展示自己的才华，不求别的，只求博得她粲然一笑。

　　然而，这两个假设都不能成立，我还是躲避她为好。我很得意当时福至心灵，想到了《曹刿论战》中的"肉食者鄙"这句话，十分机敏地挡住了她的追问。她的文学修养不在我之下，应该知道它的出处与含义。这样说，我食素就不是因为吃不起荤的缘故，而变成一个自命清高者对肉食的有意识抵制了，因为肉食者目光短浅、见识鄙陋哇！这就既为自己保住了面子，又显示了自己的急智与文学功力。

但这分明是撒谎！我从来没有达到过这样的精神高度。所以，得意之余，我又不胜羞愧。我怎么可以把自己伪装成精神上的高贵者，将战国贤哲的认知窃为己有？而她难道就看不穿这一点？一开始或不免惊吓，但随即就会窥破真相而暗暗对我嗤之以鼻。

这样一想，我就更加不愿意面对她了，而她不知是不是放弃了挽救我的努力，反正再也没有得到与我单独晤对的机会，因为我已经把她有可能寻觅到的通道全部堵死了。就让我自生自灭吧，对这个世界我已经只有不多的留恋了！也许当遇到某种契机时，连这不多的留恋也会消失了……

读到这里，她百感交集，脸红心跳不已。这又是一个意外！大家都说他偏执、冷漠，其实他对人对事的评价也有客观、公允的一面，并不总是戴着有色眼镜，也不缺乏观察力。他会读脸，也会读心，虽然误读的概率也不小。

她庆幸自己的真诚没有被他所误解，尽管他呈现出的抗拒表象是诠释着误解二字的。但更多地弥漾在她心头的还是痛悔。从那以后，自己的确放弃了，没有再千方百计创造机会去接触他、影响他、感化他。只是暗中默默关注着他，而学校网格化的管理方法也发挥着监控作用。他没有任何异常，继续独来独往，如出岫的白云般自在卷舒。不与同学发生冲突，至少自己没听到过他与同学冲突的传闻。成绩依旧垫底，却不再挂科，无须补修与补考。他似乎也接受了由学霸蜕变为学渣的现实，据班长反映，大二以后，每次看到成绩公布后他都神色平和。

于是，她误解他了——以为他安于现状，不会产生更大的思想黑洞，滑向无边黑暗了。这正是她所痛悔的。

五

小倩反复咀嚼这篇笔记结尾的话："对这个世界我已经只有不多的留恋了。"从时间上推算的话，它大约写于半年前，这是不是意味着那时他已觉得生趣不多了呢？"当遇到某种契机"，这个契机应该已经出现过了，那么，它又是一起什么样的事件，彻底泯灭了他的生趣呢？在与尘世诀别时，他内心有过怎样的挣扎呢？这些谜团不知在笔记中能否找到答案或指向答案的线索。

她耐心读下去。噢，他提到"金世遗"这个他酷爱的小说人物了。大家背后都以"金世遗"作为他的代称。这个带有愤世嫉俗的悲剧色彩的名字无疑是与他的心弦合拍的。由厌世、愤世到弃世、绝世，这是轻生者通常的生命运行轨迹。他对金世遗的酷爱应当是兼及行为与姓名的。因此，默许同学对他使用"金世遗"这一代称，说明厌世、愤世的悲剧种子已植入他的心田，只待合适的气候条件出现就会发芽、分蘖、吐苞、开花了。

对这一称呼的由来，小倩曾做过一番考证。一种说法是，他由迷恋网游转而迷恋武侠后，口不离金世遗，甚至俨然以金世遗自命。另一种说法是，大学语文课上老师与学生互动，老师问大家"最喜欢的文学形象"。没人举手发言，老师便点名了，刚好点到他。他低声说"金世遗"。老师没听清，叫他重复一遍。可他再次回答后老师依然一头雾水："金世遗是谁啊？"他不满地嘀咕了一句："老师怎么连金世遗都不知道呢？"

老师脾气很好，不以他的责问为忤。"那你能说说这是一个怎样的文学形象以及你喜欢它的理由吗？"他便说了。这是他在课堂上唯一的一次"长篇大论"，足足说了五分钟。他太想让大家分享自己喜爱的文学形象及塑造这一形象的文学作品了，但因为事出突然，缺少准备，又没有在大庭广众之下发表见解的经验，加上这是有一百多人选修的大班课，大家都目光炯炯、饶有兴趣地看着他，使他前所未有地成为焦点人物，这让他非常紧张。虽不至于语无伦次，效果却只是勉强能使人听懂。

老师则鼓励有加，说他阅读面广、领悟力强，同时检讨自己读书兴趣的偏狭。不过，话锋一转，又说："大家还是要多读文学名著，比如鲁迅的《阿Q正传》《狂人日记》以及雨果的《悲惨世界》、托尔斯泰的《战争与和平》等等，武侠小说嘛，有余暇也可以读一点，但文学形象的典型性还是不如中外名著的。"据班长回忆，金刚强当时面现愠色，却没有反驳，内心肯定对老师的话不以为然。

从此以后，大家就都知道他的偶像是非常小众的"金世遗"了，也就开始把这一符号贴在他身上了。小倩认为这后一种说法比较靠谱。他很少与同学谈天说地，班会要么云游在外，要么如老僧入定般一声不吭，不可能把金世遗挂在嘴上。这也不符合他的性格。所以第一种说法恐怕是以讹传讹，不排除有人故意黑他。

即使在只有自己独自徜徉的笔记中，他也没有以金世遗自命，而只是认为自己与后者有共通之处——

　　网游的快乐已经被彻底剥夺了！学校的整治可谓多管齐下，力度不亚于公安扫黑。费尽九牛二虎之力，网瘾总算若有若无，快要治愈了。但我需要新的精神寄托。否则，我的精神世界就太空虚了。专业书籍，我一看就头疼，越看越头疼，一抓到手里，脑壳里就像钻进了十万只小虫子，嗡嗡嗡叫个不停，除了临考时非得抱佛脚之外，我是无法埋头于专业书籍的。

　　就在这时，我看到同寝室的张某人在读金庸，而且向室友力推。他说以前听父辈津津有味地谈论金庸小说，心头就痒痒的，奈何高考的大棒在头顶挥着，不敢旁骛。如今功课压力没那么大了，就想验证一下父辈所言是虚是实。谁知一捧起就再也放不下了，武侠世界的风光要多迷人有多迷人！

不读金庸，枉为人也！你们赶紧步我后尘吧。

步其后尘的三人中，只有我是步履不停，并且最后超越了他的。另外两个人读了一本就觉得索然无味而转向了。其实，高二放暑假时，我就避开老师耳目，偷读过金庸的一两部武侠小说了，虽然匆匆忙忙的，读得很粗略，很不过瘾，却已对惩恶扬善、扶危济困的武林豪杰心生钦仰，但恨生不逢时，不能在弥漫江湖的血雨腥风中展示绝世武功。无人时还会对着镜子比划几下，做一个不伦不类的揖拳动作。

如今，时间相对充裕了，确实可以捡起金庸及其他武侠小说家的作品来系统阅读与品味了。我早就知道武侠小说是"成年人的童话"，只有具备了一定的人生阅历而依然相信童话、耽于幻想的人，才能在进入光怪陆离、以匡扶正义、救助弱小为主旨的武侠世界后流连忘返。而我正是这样，现实中被人鄙视的学渣在奇遇随时可能发生的武侠世界里，可以凭借想象力的推送，幻化为呼唤江湖风雨、横扫江湖人物的绝世高手。这对于我是怎样的精神抚慰哇！

换言之，只有在武侠世界中我是志得意满、扬眉吐气的，不仅无须看人脸色、仰人鼻息，还可以快意恩仇，将有恃无恐、欺男霸女的恶少立毙于掌下。当然也就不用为"一箪食一瓢饮"发愁，明明渴望大碗喝酒、大块吃肉，却要装出喜欢素食的伪君子模样。再就是，天下的美女都不会瞧不起我，而会主动向我掀开石榴裙，争着投怀送抱，自荐枕席，哪怕我放一个屁，她们也面泛桃花，娇笑不已，就像女班长对前任辅导员那样。

张某人最喜欢的是金庸笔下的张无忌，动辄张无忌长张无忌短。张无忌武功天下第一，又有四个风格各异的美女爱他，哪个男人不想成为他？张某人的心思我知道，就是希望身边珠围翠绕，所有的女同学都等着他去宠幸。一开始我也喜欢张无忌，但等我读过《云海玉弓缘》后，张无忌在我心中的地位就被金世遗逆袭了。

张无忌固然比金世遗武功高强，但宅心仁厚，处事优柔寡断，不够决绝狠辣，不像金世遗嫉恶如仇，对背信弃义的奸邪之徒格杀勿论，一个也不宽恕。那叫一个痛快啊！而金世遗对人世险恶、人心邪恶的认识也比张无忌深刻。他才不要做什么明教教主和江湖盟主呢！一人独行天下，顺我者昌，逆我者亡，谁也奈何不得，这才是豪杰本色！

另外，张无忌出身于武林世家，父亲是武当门下弟子、江湖人称"铁画银钩"的张五侠，母亲是天鹰教主白眉鹰王的爱女殷素素。虽说年方垂髫时父母就惨死了，但后来一路还有武功卓绝的师祖张三丰及多位师伯师叔护持，以"狮子吼"震慑武林的义父谢逊也对他无比疼爱，舍了性命也要保他周全。家族势力何其强大！

金世遗呢？父母早亡的孤儿一个，全无显赫的门第，从小便被师父独龙尊者带到蛇岛修习独龙神功，成日与蛇畜为友，师父又练功不慎走火入魔，一命呜呼。他便独自闯荡江湖，单枪匹马杀开一条血路，好不容易才在江湖上扬威成立万，博得一个名头，还是名门正派所不齿的"毒手疯丐"。他是完全没有裙带关系可依赖的。你看两人谁更英雄？

哼！那位大学语文老师不光教学手段落后，老是像中学一样搞课堂提问，还美其名曰"师生互动""教学相长"，提的问题简单而又幼稚，却自诩为什么"发散性""启发性"，可笑！他也没什么见识，连金世遗何许人也茫然不知，还试图借所谓世界名著来贬低我、打压我。《阿Q正传》我看过，难道金世遗傲然出世的形象还不如只想和吴妈睡觉的阿Q吗？大概年近退休还只是副教授的他也想用精神胜利法来麻痹自己吧？他就是今天的阿Q！

我不敢自比金世遗，无论哪个方面我都远不如他。尽管遗世独立，卓尔不群，他却是站在了人生的巅峰上的。而我呢？只有孤高兀傲、独往独来这一点与他有几分相似。他是一个传奇，而我就是一个笑话！他有无数粉丝，而我的粉丝只有我自己。不！连我自己有时也讨厌自己，恨不得让自己从这个世界上彻底消失——不是金世遗那种飘然世外，而是……

唯一比他幸运的是我的双亲都还健在，他们把我看作心头肉、掌中宝，养育我，呵护我。但面朝黄土、胼手胝足的他们哪能满足我的需求，让我在同学面前保持起码的体面啊？他们注入我体内的遗传基因，也不可能让我在高手如林的新环境里出人头地。有一句所谓名言说"人没法选择自己的家庭，但可以选择自己的命运"，听起来很有道理，其实在逻辑上是乖谬的。人的命运怎么能和家庭割裂呢？又怎么可能由自己来选择呢？我宁愿相信"死生有命，富贵在天"的说法。

我更比不上金世遗的是女人缘。他虽然行为乖张、性格孤戾、衣着邋遢，但义薄云天啊！敢于豁出性命去"救美"，而美女们也不计较他的身世与来历，在接受了他的救援并了解到他的能耐与品格后，一个个如飞蛾扑火，要和他生死相依。从桂冰娥、李沁梅到谷之华、厉胜男，哪个不是才貌双全，又有哪个不是对他一往情深？到最后他才知道自己的真爱是同样敢爱敢恨、结局惨烈的厉胜男，而不是柔情似水、善解人意的谷之华。他没有绮念，却颇多艳遇，女人缘毫不输于张无忌。

以他为参照系，我的情路就显得空荡荡的，只有我独自踽踽，而无美女与共。高中时倒也有女生倾心于我的，暗送秋波之类的韵事也曾发生过。但那时还是小儿女心性，风情未解，又心系高考这件头等大事，哪有精力旁顾啊？等到考入东海大学，最初我也自我感觉良好，春心亦随之萌动乃至荡漾，但才貌都不出众，几乎没有女生垂青于我。再以后，我连连考试失利，把学渣的帽子牢牢地箍在头上，加上因贫穷而导致的寒碜相如影随形，怎么也无法与我的肉身分离，还会有女生向我示好吗？

"秋波"变成了"秋霜"。那些骄傲的公主对我非但不会像杜丽娘那样，梦中一见柳梦梅就情根深种，生死以随，根本不管他真实容貌和真实家境如何，而且也不会像被唐伯虎看中的秋香那样，几经周折，终于为对方的精诚所感，在尚不知这个"书童"的真实身份的情况下，就嫣然一笑，默许终身。班上的女生都功利得很、世俗得很，或者说得委婉些，她们都现实得很，一把尺子将你从头量到脚，不合现实的择偶标准，那么，对不起，本小姐就不在你身上浪费感情了。

也有不以谈婚论嫁为指向的，就是想"你侬我侬"地恋爱一把，以不虚度青春年华。大学四年都没谈过恋爱，那多out啊！事实上，大学时代的恋人也鲜见最终牵手走入婚姻殿堂的。轰轰烈烈爱一场，把本来婚后才能做的事爽爽快快地提前做了，享受灵与肉的双重欢愉，后来相互厌了、烦了，没有热度了，那就一拍两散，也不会有太多的痛苦，因为更刺激的恋情在前方的路上等着。

但即便是为恋爱而恋爱，也没有一个女生是不加选择的。她们都喜欢长得高大的男生，这样被他们搂在怀里有小鸟依人的感觉。她们瞧得上的男生也得有一定的经济实力，至少看电影时能为她们提供咖啡、奶茶和爆米花。偶尔还得请她们吃个火锅或烤串。当然，去学校周边开房的银子也是必备的。

这些硬件我都不具备。生就一副五短身材，虽强于绰号"三寸丁，谷树皮"的武大郎，和高个子女生（比如班长）面对面时却是需要仰着脖子看她们的，如果接吻，我须踮起脚尖，或者她们须稍稍弯下腰来。这可不是一道美丽的风景线。因此，我是入不了她们法眼的。何况我在经济上左支右绌，哪来购买各种小礼物小食品以讨女生欢心的闲钱？

然而，对异性的欲望之火一旦燃烧起来，就不会轻易熄灭，尤其是当你身边有个别女生并非出于诱惑你的目的而习惯性地搔首弄姿时。同寝室的张无忌爱把班上的几个漂亮女生与《倚天屠龙记》中的人物一一对应，某某为赵敏，某某为小昭，某某为殷离，某某为周芷若。然后厚颜无耻地说，要把她们逐一收服，而不会像小说中的张无忌那样"弱水三千，只取一瓢饮"。

他宣称："我要一瓢一瓢地喝过去，只尝鲜果，不吃烂桃。"真够流氓的！这是虽不入罪、但可诛心的意淫！不过，我也不比他好多少，他只是把心里的龌龊想法大胆说出来了而已，而我则将它烂在了肚子里。在他说得"口津津涎出"时，我已将张无忌最喜欢的赵敏掳到脑海里肆意轻薄。这不是意淫又是什么？

哪个男生没有猎艳的企图？我能例外吗？但我对自己有比较准确的定位，一入学就知道，我绝对不是班长那样的优秀女生的菜，我将视线由班长下移，下移到各方面条件都中不溜秋的女生，然后，随着自身地位的坠落，再下移到形象与气质都令人不敢恭维的女生。自以为已经要求很低了，甚至可以说已经没有标准了，却依然没有猎物撞到我枪口上。

我幻想的是，总有一些无人问津或少人问津的女生也需要爱情甘泉的滋润。我纵然条件极差，却也是零部件俱全的男生，可供满足一时需求。这是我明知自身缺陷却仍不愿放弃的原因。可是，我投之以"琼瑶"，却没有人报之以"木瓜"，收获的只是各种借口的躲避，还有掩饰不住的鄙夷。我脆弱的心被一次次撕裂，留下累累伤痕。

情路如此坎坷，想想金世遗，想想张无忌，有时，我真的连想死的念头都有了……

读到这里，小倩若有所悟：他自绝于世的原因一如自己的判断，不会是单一的，而有着多重因素的交相作用与合力推动。其中有些是已经掌握的，比如学渣的帽子久久不能摘去，生活的拮据一直持续，自我封闭乃至离群索居的意向日趋强烈等等。有些则是还不怎么了解的，比如他所说的"情路坎坷"。

只听说他入学初对某些女同学还是有想法的，也曾抛出试探的绣球，却未耳闻他与她们之间有什么缘断缘续的恩怨。以他的风格，是不会对女同学死缠烂打的。单相思有可能，但在未得到对方回应前，大概也不会爱得死去活来。全年级有多少对"自产自销"的恋人，又有多少学生成功收获了跨系、跨院、跨校乃至跨国恋情，信息都是会反馈到她这儿的。她相信自己的情报系统还是相当发达的。可是，关于他的信息几乎是空白的。从他痛不欲生的感喟看，小倩意识到自己的情报系统还有没能覆盖到的死角与盲区。

六

《野百合也有春天》，这是罗大佑作词作曲的一首歌。小倩不太欣赏它的音乐，却喜欢这个歌名。金刚强应该就是这样一朵野百合吧？他也有自己的爱欲，也有以自己的方式追求爱情、满足爱欲的权利，哪怕这种方式带有初饮爱河者的幼稚与粗率。

过去认为他以独处为乐，情感世界的大门是密封的。这是严重的判断错误。他那独往独来的孤傲姿态固然主要用以抵御外界的蔑视，又何尝不是一种与众不同的吸引女生的方式呢？如果失去了冷傲，金世遗的女人缘还会有那么好吗？有的阅人已多的女生可能就喜欢这份冷傲，就像吃惯了山珍海味，品尝一下时蔬小菜可以改善口味，也是个不错的选择。但他可能忽略了一点：女生喜欢冷傲，却未必喜欢他的冷傲，他终究不是金世遗。

在上一篇笔记中，他提到"伤痕累累"，却语焉未详。那么，其他篇章中是否会具体记述呢？她以福尔摩斯侦破惊天悬案般的急迫心情在"心路屐痕"中仔细探勘，终于不失所望——

我不是一个多情的男人，更不是室友"张无忌"那样的滥情男人，但既然是男人，那就免不了七情六欲。被媒体称作"低端人口"的城市打工仔，艰苦的工作环境和生活条件，也没有褫夺他们对男欢女爱的渴望，要么与同病相怜的打工妹做临时夫妻，要么成为五十元就能贱卖的站街女的服务人群。我也是生命力旺盛的男人，身份总比他们要高些，心头怎么可能没有欲望之火炽燃呢？

我从媒体上读到，有的站街女蹲在路边，面前放五块小石子，从她身边经过的有经验、有意愿的男子，一声不响拉起她就走，那就是认可了她五十元的报价。用脚踢掉两块石子，那意味着还价为三十元。站街女把其中的一块石子再放回去，意思就是还价幅度太大，折中一下四十元可以成交。这个报料读得我血脉偾张，那话儿严重变形，把我的裤裆都撑大了。

要不是存在诸多顾忌，我或许也会堕落到与那些打工仔为伍的地步。我首先顾忌自己的身份，985大学生去嫖娼，而且嫖的是品相不佳的站街女，那才叫斯文扫地呢！听说大学生也有去洗头房、桑拿房"潇洒走一回"的，但那是极个别的肆无忌惮者。其次我也顾忌遇上公安的扫黄打非行动，被抓个正着，那就一生都毁了。第三我还顾忌这些站街女不洁，万一染上个梅毒之类的性病，那可不是闹着玩儿的。

另外，我也不愿意把这处男之身交与人尽可夫的娼妓。尽管现在的年轻人已经把"第一次"看得没那么重要了，"失身"在女孩子心目中也不是天大的事了，甚至根本就不算一回事了，而男孩子就更不在乎了，但我还是无法接受与一个所谓"性工作者"完成人生的第一次交媾。

我明白，过去的女大学生是不太讲究门当户对的，两人对上眼了，管他贫富贵贱，甚至还可以不计高矮俊丑。当今的女大学生则比较在意条件匹配了。鲁迅在《伤逝》中说，爱都是要有所附丽的。我不否认女同学们恋爱时投入的是真情，但其真情也是附着于某种物质的，而不会浮游在空中。所以，我不会不自量力地把班长作为狙击的目标。

我聚焦的是同样来自燕赵农村的一位女生。那时，我和班上同学的差距还没有凸显出来，在她面前我也不怎么自卑。我的生活半径以她为圆心来展开，跟着她去图书馆，也跟着她去食堂。当然，我不敢像贴身保镖那样靠她很近，那就会过早暴露自己的意图，引起她的警觉。我与她保持不远不近的距离，做她的尾巴，又让她察觉不到后面有尾巴。

我观察发现，她的生活轨迹与我一样简单，基本上是宿舍、教室、食堂、图书馆四点一线，没有男生在交往，也就是说暂时没有人与我竞争。这样，我就必须捷足先登，尽快把她拿下。而在盯梢的过程中，我越来越发现她的可爱：带点婴儿肥的脸庞红扑扑的，显得那么健康；五官不够精致，但搭配还算合理，瞧起来挺顺眼；没有"小蛮腰"，但身材也是看得见凹凸的，尤其吸引人的是她的胸部，所谓"波霸"也不过如此吧？

而且，她和我一样喜静不喜动。渐渐地，我觉得自己真的爱上她了。一开始，还只是把她作为猎艳的对象。听到"张无忌"不断夸耀自己的欢场奇遇，我受到强烈的刺激，也想一试身手，以免自己的青春记忆中缺少桃色。但人是感情的动物，不知不觉中我就对她动了真情，用通俗小说的语言来表达，就是坠入了爱河。

那天，跟随她来到图书馆的阅览室后，看到她对面的座位空着，我鼓起勇气坐过去。她看到我了，微微一笑。有一部前两年热播的爱情剧叫《微微一笑很倾城》，对！她当时给我的就是这种感觉。不怕俗滥的话，我还可以形容说，一股幸福的暖流涌来，我的心都要融化了。

但笑过后，她并没有与我搭话。我想这是因为图书馆里太安静的缘故，几乎没有人出声。我翻开书看起来，但书上的字却像蝌蚪似的游来游去，我一个也看不清。我的头始终低着，装作很入神的样子，不时还很有会意地微微颔首。我自觉这时的风度好极了，恍恍惚惚中，她好像也抬头看了我好几眼，这该是欣赏吧？莫非她也在爱河中沉浮吗？我有点想入非非了。

忽然，耳边听到她甜美的女低音："我先走了。"我醒过神来，她已经踩着莲步离去了。我犹豫要不要赶紧收拾书本尾随而去，想想这太着痕迹，便抑制住了冲动。第二天，我抢在她前面去阅览室，用书包把旁边的座位占了。我眼睛一眨不眨地盯着门口，她一进门，我就扬手示意。她不疾不徐地走过来，坐下前又对我微微一笑，笑得我心旌摇曳。

"唐伯虎三笑点秋香"，秋香对他笑三次便成就好事了。她已经笑了两次，那么我离成功也就只有一步之遥了。不过，并肩而坐不如对面而坐。她坐定不久，我就深有所感而自悔虑事不周了。坐在对面，可以趁她不注意时偷偷看她，眼睛直视就行；坐在旁边，偷看她就必须扭过脖子，不仅费力，还有违"目不斜视"的古训，显得有点不正经了。下次为她占座，还是占在对面为好。

可过了一会儿，我又觉得并肩而坐也有好处：在心理上容易产生"联袂""接舆""并肩携手""同进同退"之类的幻想，而更重要的是，转过头去看她，被发现的概率减少了许多。如果坐在对面，你偷看她时，万一她恰好抬头，你偷窥的目光就会与她清澈如水的目光相遇相交了，她就会发现你原来心怀不轨。坐在旁边，除非她也扭过脖子看你，否则是不会发现你在频频偷窥她的。而如果她故意扭过脖子，那不就意味着她也有偷窥你的兴趣吗？目光在那种情形下相遇，就不失为两情缱绻的明证了。

可惜她一次也没扭过头来看我。不！很可能她也看我了，只是扭头的时间没与我同步。这样也就没有发生"万一"。从侧面看，她脸部的轮廓线很圆润，细细的绒毛在灯光的映照下泛出一种难以言说的性感。看着看着，真不想收回目光。我料到，今晚我可能又会在梦中与她亲密接触，然后一泄无余了。而明天早晨醒来，浑身酥软的我又会想起那句有名的诗："梦，遗落在草原上。"

时间已过晚上十点，自修的人纷纷离去，在杂沓的脚步声中，我跟她说了第一句话："你看的什么书呀？"她转向我说："是彼得·德鲁克的《卓有成效的管理者》。你呢？有什么好书向我推荐吗？"说罢，再次微微一笑。哇！有戏，这已经"三笑"了！一切都在向我预想的情境演进。

她看的书是学院高岚副院长向大家推荐的，此外，这位很牛逼的女院长还推荐了加里·哈默的《终极竞争》、迈克尔·波特的《竞争战略》、斯图尔特·克雷纳的《管理百年》、威廉·大内的《Z理论》，说它们都是必读的管理学经典著作。我借来一本，看不几页就头痛欲裂。而她居然能读下去，让我好生佩服。

我把自己正在看的书向她展示了一下，那是阿尔贝·加缪的《鼠疫》。其实，我虽然喜欢文学与哲学，这类比较深奥晦涩的书却是没有耐心读的。选择此时读它，是为了显示自己的深刻与广博，纯属装逼。就像某些中国当代作家，开口就是让·保尔·萨特、塞缪尔·贝克特、维·苏·奈保尔，就连博尔赫斯都嫌不够生僻，不得已提他，也得称全名"豪尔赫·路易斯·博尔赫斯"，仿佛非如此就无法显示自己的渊深了。

她的表情好像也挺佩服的："我都没听说过他。这是哪路神仙呀？"这给了我小小卖弄一下的机会："他是法国存在主义文学和荒诞哲学的代表人物，曾经得过诺贝尔文学奖的。

他……"她哦了一声，没等我说完，便又低头去亲近彼得·德鲁克了。看来她对加缪一点没有兴趣，或许也可以说她对我的介绍毫无兴趣。继续推导下去，是否可以认为她对我这个人也没有什么兴趣呢？挫败感油然而生。

我完全无心看书了，心头七上八下，比患上了鼠疫还要焦虑。过了大约半小时，她开始收拾东西了，我也跟着收拾，然后与她一齐站起身来。她问："你也走了吗？功课这么紧张，你怎么有时间看闲书哇？"我精神一振，豪情万丈地回答："功课紧张吗？我不觉得啊！想看什么就看什么呗。"虽然那时我还不知道自己在期末考试中会遭遇滑铁卢，说这话却还是有点心虚。

我试图与她并肩而行，把肩并肩的画面从图书馆内延续到图书馆外，并在今后一直延续下去。然而，刚走了没两步，她就招呼走在前面的一位女同学，快步赶上她，与她并肩而行了。或许觉得撇下我不太礼貌，也不太公平，便对我回眸一笑，以此替代刚才没顾得上的挥手作别。

我的心情又由阴转晴了！好啊，比秋香还多一笑了，吉兆呀！但这前后四笑究竟是出于礼貌，还是如我所解读的那样带有某种情愫，我其实心里并没有底，不敢轻下判断，只是祈祷月老见怜，撒下一条红绳把我和她拴在一起，让我俩的心音在同一个频道上交响。

次日晚饭后，我又早早地去占座了。权衡了好一会儿，还是占了旁边的。但她却久候不至，让我望眼欲穿。据我多日的侦察，她的生活是很有规律的，晚上几乎都泡在图书馆里。今天怎么改变轨迹了呢？我有她的手机号码，很想问问她为什么没来，又觉得这不太合适，我们的关系还没到那地步。

是啊，话也没说上几句，只是在一张桌子上自修了两回，给她打那样的电话，未免太冒昧了。等到九点多，犹自不见伊人倩影，心神不定的我只好提前撤了。这一夜，我的梦中没有她，只有鬼影幢幢。

她再度出现在图书馆是三天以后了。我守了三天空座，说了无数回"对不起，这个座位有人了"，并相应忍受了无数白眼。真有盼星星盼月亮，终于盼来了意中人的感觉。我无法否认这的的确确是爱了。爱怎么来得这么快速、这么猛烈呢？是不是因为它曾经被压制多年，一旦决定解禁就喷薄而出了呢？

她照旧在我身旁坐下，轻轻吐出"谢谢"二字，却没有解释为什么连续三天没来。但显然不是为了躲开我，否则今天她就不会很自然地坐过来了。我等着她对我第五次微笑，但没有。嗨嗨，千金难买美人笑，你呀，也太贪心了，四笑还不够吗？唐伯虎为了得到秋香三笑，身为富家公子又才高八斗都不惜去当奴才，你就知足吧！

她看书时是非常专注的，无论我扭过头还是干脆转过身去端详她，她都没有丝毫察觉。不可能是察觉了而装作没有察觉，她没有那样的掩饰能力。但她的定力确实是好，一门心思遨游于知识海洋时，男人浸透着邪念的目光完全骚扰不了她。

噢，我的记叙过于详尽了，消耗了我太多的脑细胞，再这样写下去我要缺氧了，还是简略一些吧。长话短说，待到四周都响起脚步声时，我忽然想到一个推进两人关系的好主意，便有了下列对话："你手表的时间是几点。""十点。""巧了，我的也是十点。哟，我们挺有缘分啊！""哈哈，这也算缘分吗？"

她脸上的表情似笑非笑，似乎在努力控制笑肌，让它停止运动。我一下子醒悟到这是个弱智到了极点的馊主意，她心里不知在怎么嘲笑我呢！哎，爱情是让人晕头转向的迷魂药，而不是让人醒脑清心的孟婆汤，一旦喝下这迷魂药，有时智商就降低到零，昏招迭出，尤其是我这种情商本来就不高又是一张白纸的男人。

我这一招如果让"张无忌"得知，他肯定会笑掉大牙。这个年纪轻轻却自称"情场老将"的浮浪子弟，说自己高中阶段就已经与两个女生"嘿咻"过了。而入学后不到半年的时间里，与他舌吻过的女生有三个，被他"深入虎穴"的也有两个。不知这一辉煌战绩是不是吹牛？

他还鼓励我说："你是一张白纸，可以画出最新最美的图画。这是伟人说过的，你大胆实践就是了。"可能是出于对他这种道德败坏行为的厌恶，也可能是仅仅出于嫉妒，我没有理他。假使我是"狗肚子里搁不了四两热油"的外向性格，也许就会向他倾诉内心的纠结，请他授以锦囊妙计，也就不会出此昏招了。

想与她结缘的意图已经暴露了，我退无可退，索性再进逼一步："你有时间吗？我们一起聊聊好吗？""……聊什么呢？""什么都可以聊啊，小如加缪，大如人生。""呵呵，对不起，加缪我不懂，也不想懂；人生嘛，太抽象、太玄虚，我从来没有深思过，只想一步步走好眼前的路。所以，这都不是我感兴趣的话题。另外，我还要上网学慕课呢，恕不奉陪了。"

我目瞪口呆地看着她绝尘而去，再愚钝也明白落花有意流水无情，她不是对我的话题没兴趣，而是对我这个人压根儿没兴趣。她看不上我，连试着接触一下、增加彼此了解也不愿意。我不能不悲哀地想到，这大概率是因为我长相不英俊、身材欠高大、穿着又落伍的缘故。这也就是说，遑论婚嫁，她在选择男友的问题上也是首先着眼于外在条件的，而我的外在条件恰恰是相形见绌的。

听说如今的女生，面对赤裸裸表白的男生没有一个会生气，因为爱她的人多多益善，越多越能证明她有魅力呗。也没有一个会直截了当地拒绝，大多会找个托辞，比如"恨不相逢未嫁时"，你是我在错误的时间里遇到的对的人。她为什么就不能更婉转一些呢？说后面那句"我还要上网学慕课"就够了，干吗还要无视在下颜面地说出对我提议的话题不感"兴趣"，让我难堪呢？

写到这里，我又心潮难平、愤恨不已了。下次有兴致时再补叙一笔吧！

…………

七

这是古典小说"欲知后事如何，且听下回分解"的笔法。小倩越发为他惋惜——他是有成为小说家的才情的，但他这方面的才情却被埋没了，谁也没有发现，连他自己只怕也没醒悟到自己具有小说家的潜质。没能转学到中文专业固然可惜，但更可惜的是他的文学创作才华无人知晓、无人揄扬，就像深埋于地底不见天日的宝藏。

金刚强续写的"下回"，笔墨要省净些，但过程却更曲折离奇，情节几乎与小说相近了，而出场的人物除了那位让他爱恨交加的女生外，又多了一位高中同学，她们一先一后，共同制造了他的情殇——

我想过放弃，却又不甘心。我安慰自己，被拒的原因是你"亮剑"太早了，策略上失之过急。在自身外观条件不足的情况下，仅靠帮她占几次座哪能打动她呀？没打动她就想收服她怎么可能呢？渔网刚撒出去，鱼儿还没游进来呢，你就收网了，收上来的能不是空网吗？

至少得为她占一个学期的座。除招呼她入座外，什么话也不要主动和她说。这样才"酷"，而女孩子大概都喜欢"酷"的。光这样还不够，中途出去一下，到一楼买一杯奶茶端上来，放到她面前，同样一句话也不说。星巴克我买不起，珍珠奶茶偶一为之，还是可以从嘴巴里省出来的，大不了买奶茶的前后三天都把皮带扣往里缩一格好了。"衣带渐宽终不悔，为伊消得人憔悴"嘛！

来来回回思想斗争了好几回之后，我决定采取这一行动方案。但这一方案却胎死腹中：她竟然再也不来图书馆阅览室自修了，或者说她再也没到过我为她占座的图书馆第三阅览室。我又失望，又屈辱。这明摆着是躲避我了。而在许多目睹我占座行为的陌生同学眼中，我分明就是想多吃多占的泼皮无赖了，发展下去肯定要成为政府严厉打击的黑恶势力。

我的执拗这时表现出来了。我回到原点，重新跟踪她，有时不小心打个照面，她没有装不认识，但只是点点头，再也不微微一笑了。终于她发现我这个盯梢者了，远远地等在路边，我不便退却，若无其事地走过去。她脸色比辅导员训话时还要严肃，声音不高，但语气果决："金刚强同学，你这样已经打扰到我的生活了！请你自重自爱！"

如果我能像同寝室的"张无忌"一样厚颜无耻、处变不惊，我就会面不改色地说："哟，这可从何说起啊？大路朝天，各走一边，我妨碍你了吗？你可别想多了！"甚至还可以刻毒地加一句："女孩子自作多情可不好！"但我却是一个历练很少、面皮很薄、遇事慌乱的乡下毛孩子，全然没想到她会硬邦邦地下如此通牒，脸在一秒内便红到了耳朵根。接下来的愣怔却延续了六十秒。我嗫嚅道："你……你……你误会了。"而这时她早已离去。

什么叫恼羞成怒？看看此际的我就明白了。不愿与我往那个方向发展也就罢了。你有选择的自由，干吗要把话说得那么难听呢？我有什么不自重自爱的地方？我调戏你了，还是猥亵你了？至于这么斩钉截铁、义正辞严吗？和又帅气又聪明又有钱的"张无忌"比，我固然只能归于"次品"男人之列，可你与班长相比，也不是什么"精品"女人啊！

　　一句话，我恼怒的不是她瞧不上我，而是她把这种瞧不上未作任何艺术处理地写上脸、吐出口，居高临下地对我进行规诫。换上班长绝不会这样。这个骨子里的柴火妞和我一样，长期接受乡土文化熏染而头脑简单、性格直率、有一说一，正如我还没有适应都市生活，学会逢场作戏、藏头露尾、云遮雾障，她同样也没有适应与学会。这就严重伤害我的自尊，被我视为前所未有的奇耻大辱了。

　　我不得不彻底放弃她了。"天涯何处无芳草""过了这个村，还有那个店"！正当我物色新的目标时，期末考试来临了。于是，我的自尊心再次受到沉重打击。那以后，要应付补修补考，又先后溺于网游与武侠，男女之欲退居二线。

　　寝室里以"猎艳"和"渔色"为主题的神仙会每晚照常举行，张无忌作为主讲人，慷慨地不断让大家分享他的情场经验。而这又构成对我这个迄未畅饮过爱情蜜汁的失败者的莫大刺激。我回寝室的时间越来越晚，既是避免与他们交谈，也是不想让那些自鸣得意的混账流氓话脏了我的耳朵。

　　也有一些不太出众的男生，在本校铩羽后，便把战场扩大到二本及高职院校，那儿的女孩子对985高校的男生还是仰视的，很容易勾到手。我却不愿意降低身份，追随其后，因为在我这里，精神的诉求要高于生理欲望。

　　解决生理欲望有时也很简单，晚上钻在被窝里"撸管"就行。要修复精神上的创伤就难多了，找一个二本或高职院校的漂亮女孩子，搂着她来校园里抖骚一下，那无济于事，必须哪里跌倒在哪里爬起来，再勾上一个成色比伤害我的那个人还要好、至少不比她差的女生，才能达成心理的平衡，吁出一口憋得太久的恶气。

　　这同样只是一厢情愿的想法，能不能实现以及何时实现，我都心里没底。但有想法总比没想法好。要是连想法也没有了，那就是对人生已经完全绝望了。不过，这一注定是空中楼阁的想法终于还是被催生这一想法的她给扼杀了。

　　事情距今已经过去快一个月了，我依然因此而胸闷气塞。进入大三后的我，已习惯了游离于众人视野的生活，与同学"井水不犯河水"。因为想等室友入睡后再回去，我有时深夜还像鬼魂似的在校园里游荡。有山有水的校园不乏僻静去处。这晚我来到湖边的一块大草坪上，那里有一张长椅，可以供我或坐或卧，心游万仞，精骛八极。

　　但长椅已经被人占了，影影绰绰的看不清是男生还是女生。我打算走了，另觅遐想之所。可那边传来了低沉的饮泣声。哦，是个女生，她有什么伤心事呢？我的同情心泛滥起来，便向她靠过去。天哪！冤家路窄，竟然就是羞辱过我的人！她也有今天？这叫恶有恶报哇！虽然出手的不是我（不是不想出手，是没有能力出手），我仍有一种宿仇得报的快意。

　　我和她已经两年没接触了，差不多形同陌路。本该一走了之，任其在痛苦中自我煎熬，却终有不忍。我狭隘，但善良，忽然觉得此时如果不闻不问，万一她有什么意外，就成了见死不救了，这可有违燕赵之风哇！我强迫自己走到她身边，怕吓着她，提前咳嗽了一声。她也看到我了，饮泣声戛然而止。我显得毫无芥蒂地说："有什么为难事别自个儿硬撑着，我会为你出头……两肋插刀的。"

　　看着她满脸泪水的样子，我在一瞬间真的泯却了原先的怨恨。而她大概因为我不计前嫌的缘故，饮泣声停顿了一下便转为号啕大哭，更让我吃惊的是，大放悲声之际，她还下意识地把头靠在了我的肩膀上。没有芳香扑鼻，但少女的青春气息却很浓烈，嗅一口浑身舒坦。我趁势轻轻拍了她一下，哟，满手都是温软。

　　这一拍仿佛打通了她向外排泄委屈的任督二脉，她就更加哭得忘情了，头也从肩膀上移到了我怀里，好像这样更有依托似的，而她的手也没闲着，一把鼻涕一把眼泪的，都抹在我身上，嘴里则嘟囔着："张无忌……他不是人！"

我一动也不敢动。幸福突兀而来，多少显得有几分诡异，我在晕眩的同时，不能不唤醒内心的警惕。我努力将姿势保持在静止状态，虽然内心不想让双手闲置——它应该在她剧烈颤动的双峰间游走。我用尽了自己全部的克制力。

幸亏如此。她惊天地、泣鬼神的哭声把校园里巡逻的两位保安吸引来了。我们迅速脱离了身体的接触。一位保安见她伤心欲绝，想当然地以为是我欺负了她，指着我问她说："是他非礼你了吗？别怕，我们为你做主！"我以为她肯定会说"不是"。可她却只是抽泣。保安又说："如果是，你就大胆说出来，或者点头也行。我们有责任维护校园安全，打击不正当行为。"

令我震惊的一幕发生了：她迟疑了片刻，居然点头了，然后不作任何解释便掩面逃离了是非之地。那位问话的保安揪住我说："请跟我们到保卫处去接受调查。"我窝火极了，顶撞说："你这是乱判葫芦案！我什么也没干！"他怒道："你嚷嚷什么？叫什么名字？哪个学院的？"

这是要把事情闹大的节奏。我如果把姓名告诉他，第二天就会被他们通报给学院了，再添油加醋地一抹黑，那我就是跳到黄河里也洗不清了，在可爱的杨小倩老师眼里，我不仅是傻瓜，还成为流氓了。这是绝对不行的！那么，我只有与缺乏是非辨别能力的愚蠢保安对抗到底了。

这时，另一位年长些的保安俯在他耳边说："我看这是小情侣之间闹别扭，我们就不用管了。"声音虽轻，我却听见了。这位有经验的保安又对我说："你们之间的恩怨我们管不着，但请你们别三更半夜弄出大的动静，给学校添乱。"说罢，就拉着那位小题大做的年轻保安走了。

一场有惊无险的祸事倏忽而来，又倏忽而去。回到寝室，我兀自心跳不已。与她相依偎的那一刻消除了的怨恨卷土重来，疯狂分蘖，弥漫于我心田的每一个角落。也太险恶了吧？为了洗白自己，避免给保安造成两人深夜在这里苟且的误会，竟丧尽天良地就驴下坡，默认我在非礼她，完全不顾忌会给我带来怎样可怕的后果，真是最毒不过妇人心啊！

也许她原本也无意诬陷我，只是一时慌神，为了自保，做了一道错误的选择题，但这正见出她是地地道道的利己主义的信徒，自私到了极点。不是吗？本来三言两语就可以把情况说清楚，两人又都衣冠整齐，不像是在"云雨"的样子，何况学校对情侣背人发生的激情行为向来是宽容的，即使是在翻云覆雨，保安也不会当场捉拿。但你哭得那么凄惨，看上去我又紧箍着你，就很容易往"非礼"上联想了。

你想过发生如此丑陋的一幕后，你该怎么面对我吗？你不担心我以其人之道还制其人之身吗？我不是个睚眦必报的人，但我做不到牙齿打落了往肚子里咽。不过，如何以牙还牙，我还没有想过，即使想好了也未必有决心有勇气去做，谁让我那样善良、那样爱惜自己的羽毛呢？

除了怨恨她外，"张无忌"也让我怒火中烧。这个惯于玩弄女性的花花公子，一向只盯着花容月貌的女生，怎么会和姿色平平的她搞到一起呢？莫不是他想体验一下出没于"波峰浪谷"间的独特感觉？这是他从班长这样的"太平公主"身上品味不到的。

"张无忌……他不是人！"这咬牙切齿的诅咒有着怎样的丰富内涵，只有她自己知道，但迟钝如我，也能推测出一定是张无忌对她始乱终弃，先勾引她，得手后厌倦了，就弃如敝屣。这就像钟鸣鼎食之家的公子，与金枝玉叶的大家闺秀周旋多了，便想换一种口味，找一个荆钗布裙的村姑尝尝鲜，但不久就会腻了。村姑如果奢望与他"在天愿为比翼鸟，在地愿为连理枝"，那就离分手不远了。

这是个狠丫头，也是个蠢丫头。你怎么就分不清玉石与瓦砾呢？光看上人家的好皮囊、好家世和花言巧语了，殊不知我这样粗皮糙肉、沾泥带水的才经久耐用，才能一门心思对你好，不离不弃，白头偕老。你这是有眼无珠啊，活该！

但她如果当时接受了我，随后也在校园里出双入对了，难道就能一直牵手吗？未必！从她甩锅给我的举动看，她绝不是善茬子，绝不是可以与你风雨同舟、生死与共的人。张无忌之类的贵胄子弟向她招一招手，她就会屁颠颠地跑到他们身边去了，而我帽子的颜色也就会变绿了。从这一视角看，她当初的拒绝以及这次的嫁祸倒不是坏事，至少让我看清了她的真实面目。

然而，认清之后，我对世道人心还敢抱一点希望吗？连她这样貌似淳朴的女子也爱攀高枝且不惜损人利己，我还有必要去寻找感情的归宿吗？我还能找到安顿灵魂、安抚肉身的感情归宿吗？我绝望了！

更让我绝望的事情接踵而来：三天后，我还没来得及向"张无忌"倾泻我的愤怒，就接到了高中女同学梁某的电话。她考进的是另一个城市的普通高校，说专程过来欣赏西子湖的绝世风貌，约我见个面。晨昏颠倒的我看了下日历，第二天是周日，便同意去她下榻的宾馆见她。

她正是当年爱慕我的女生中的一个。相貌中等偏上，而性格热情奔放。据说父亲是个小企业主。我对她印象不坏，但并没有太多交往。我虽被拉入了高中同学微信群，却一直潜水，顶多逢年过节时发个祝福的图片。她则相当活跃，隔几天就要制造一个话题，牵引大家去热议。

见我始终沉默，她有时还故意点名说"很想听听金学霸的高见"。我一脑门官司，哪有心思去与他们扯闲篇？但又怕他们说我"眼睛长在额头上"，所以，我总是在延宕半天后，发一个抱拳的表情应付了事。她也曾私信我，因为我的倦怠，从没往深处聊，不咸不淡地说几句就下线了。

还处在疗伤期的我答应与她见面，是想看看在本校备受歧视与鄙弃的自己，在中学女同学那里是否腰板还能挺直，以及是否还能为她们所垂青。这个问题很重要，关涉到我能否保持继续苟活于这个凉薄世界的勇气。

两年多没见，她变得时髦多了。一身旗袍兼具都市范儿与民国风，还勾勒出了她的曲线，看着她笑盈盈地迎过来，恍然穿越到了林徽因主导京华文人沙龙的年代。而这家四星级宾馆的西餐厅，灯光朦朦胧胧的，有点中西合璧的味道，是个适合搞情调的处所，却不是我辈穷学生平日所能光顾的。

出发前，我百度了一下宾馆周边的小吃店，有一家面馆物美价廉，它的招牌面"片儿川"地方特色浓郁，又只卖十元一碗。我自忖还请得起这个客。按我们乡间的理念，她来这个城市，我是该尽地主之谊的。然而，她却不由分说地把我强拉到这个西餐厅，一落座，便解释道："老爸听说我要出游，往我卡上打了八千元旅资，强调专款专用，老同学得帮我消耗它呀！"

这是我第一次开洋荤，也免不了出点小洋相，如牛排点了个十成熟的。但最初的羞愧、拘谨、张皇过后，和她的交流对话倒没有什么障碍，还在她的力劝下喝了不少阿根廷红酒。借着酒意，她几次暗示说，现在班级上追她的男同学挺多的，但她却一个也没兴趣，因为她早已心有所属了。

一瓶红酒喝完了，我的头晕乎乎的，便向她告辞。她谈兴未尽，邀请说："到我房间里再喝会儿茶吧？难得一聚。"这个套路我懂：影视剧中男主角送女主角到家门口，女主角问"不进去坐坐吗？"或者说"进来喝杯咖啡吧"，那八成是倾心于对方，打算与他上床的。而男主角也没有拒绝这种艳福的。哪只猫儿不吃腥啊！

反过来，如果是男主角问："不请我进去坐坐吗？"结果可能就不一样了。女主角没准说："今天太晚了，下次吧。"这就叫男追女隔座山，女追男隔层纱。那么，她眼下的表现是不是意味着只要我撩开这层轻纱，就能尽览旗袍内的旖旎风光了呢？

我怎么可能挡住这样的诱惑呢？唯一顾虑的是，万一她这不是套路呢？会错了意怎么办？噢，那也没关系，我见机而作就是了，即使仅仅是"喝会儿茶"又何妨？然而，这真的是套路，一如影视剧设定的递相沿袭的情境。泡茶的必经环节都给剪辑掉了，直接就切入了肉搏战……

悲剧就在这时震撼上演了：我终于可以做一回男人了，终于有一个女人愿意无条件地委身于我了，终于我可以体会男人无不渴望的鱼水之欢了，然而我却不是一个真正的男人，其他男人能干的事我却干不了！她安慰我说："你可能太紧张了，先歇一会儿吧！要不……"她不停地为我擦汗，汗却越擦越多，汇成一道道溪流，流淌在洁白的床单上。窝囊啊！耻辱啊！我的精神崩溃了，推开怀中的温香软玉，一声不吭地穿好衣服就走了，任她泪水涔涔地追在身后苦苦挽留。回学校的路上，手机不停地振动，我知道肯定是她的微信和电话，但我不想看，也不想接。无论怎样的关心与慰解，对我来说都是辛辣的嘲讽。一个疯狂的声音骤突在我脑海里："你不是男人！""你不是男人！"

既然不是男人，我活在这个世界上还有什么意义呢？旗袍紧裹着的美丽胴体，我已经见识过了，不再是神秘的想象，而耕耘与播种于其间的性爱能力我又不具备，那么，正如我作为一个甘居下游的学渣已经对理想前途不再有任何幻想一样，作为一个不是太监却状如太监的男人，我对女人及性事也已经无所求了。既然无欲无求，离开这个充满欲望的世界，又有什么可惜呢？

加缪说过：孤单不是悲剧，无法孤单才是。我们被训练成向着他人而活，但人却只会为自我而死……

　　把一段段蕴含着锥心刺骨的挫败感的叙述串连起来，小倩觉得自己已大致梳理出了金刚强这三年的心灵史。而他最终采用纵身一跃的极端方式辞别人世，一步一步推动的原因也可以从中看出端倪。已经有足够的内容向胡书记及其他上级领导汇报了。有的是以前有所掌握的，但不够丰富，形不成一条逻辑链条；有的则是以前完全不了解的，比如他的"坎坷情路"。要对学生的思想动态全方位把控，谈何容易！

　　纵览他的人生悲剧，小倩得到的启发是，"性格决定命运"这一精辟论断真是颠扑不破！学业与爱情双双败北、连连受挫的男生有的是，即便叠加上贫困的家境，只要保持自强不息的精神，乐观进取，百折不挠，终将走出人生的低谷。但他始终无法调整好心态，不是坦然面对困境，而是以孤高绝俗的姿态自我囚禁，把自己形塑为自尊与自卑杂交后生成的易感易碎物品。

　　他没有伤害别人，却一直在伤害自己。这颗孤独、敏感而又躁动的灵魂，在许多事情上想得太多太深，以至于庸人自扰、作茧自缚。比如与倾心于他的高中同学的那一次，根据常识及小倩的经验来判断，疲软有可能真如女生所研判的那样，是因为"紧张"和激动的缘故，并没有器质性的暗疾，他却偏执地认定自己不是真正的男人而痛不欲生了。

　　小倩羞涩地想到，要是有人能点拨他一下就好了。但他那么自闭，谁能得到点拨他的机会呢？自己并非不作为，多次寻找打开他心灵窗户的钥匙，却没能成功。可是，即便侥幸成功了，这一话题难道是自己合适开导的吗？那还不羞死先人！

　　这份"心路屐痕"的发现，就世俗的意义而言，它也为小倩提供了脱责的文字依据。他对小倩的评价可以推翻所有关于辅导员工作不到位的猜疑。前提是将它公之于众。但没有丝毫犹豫，小倩就决定不这么做。

是的，不能这么做。这里面记录了他太多的个人隐私。未经他授权（事实上他已经永远不可能授权了），便予以公开，即便是在小范围内公开，即便是为了澄清事实、平息事态、维护团结而公开，也构成对他的隐私权的莫大侵犯。自己偷看它已是很不光彩的行为，公开它就更加卑劣了。

"死者为大"，仅仅出于对死者的尊重，也不能这么做。何况里面对自己的嘉许是与对胡书记的只言片语的不恭并存的，也不适宜让它拥有自己以外的其他读者，否则胡书记会怎么想？"贬抑领导抬高自己"，是用脚指头也可以想见的结论。抛出这个材料你意欲何为？是不是想"夺权"？毋论胡书记，与你平起平坐的其他辅导员也会认为你是急于上位的野心家了。

因此，不管从哪个角度来权衡，公开它都是不妥当的。最稳妥的做法是依然让它处在加密状态下，然后将电脑和其他遗物一起封存起来，交给他即将赶到的父母。不必特意告知电脑里有内容，如果他父母以后发现了另作别论，而那时应该已经时过境迁了，他父母也该从深哀巨痛中逐渐挣脱出来了。

但如果不明就里的胡书记坚持要亲自审阅把关又该怎么办呢？是她想到要检查金刚强的电脑，并暗示我要清除有碍学校稳定大局的内容的。这是她布置的任务，我必须向她汇报执行情况。这可如何是好？只有走一着险棋了：她关心的是有没有不利于学校的描述，那么，我就明确告诉她一丁点也没有，让她把心放宽。她总不至于在大军即将压境、战备十万火急的情况下非"御览"不可吧？对从不瞒报军情的我，她总该有起码的信任吧？

第六章

一

  从小吃惯苦的张大凤在工作一年后又自加压力、自讨苦吃了："为中华崛起而读书"的口号响彻神州大地，滋生出经久不衰的"文凭热"。而干部"知识化、年轻化"的要求，又使这股"文凭热"不断升温。高等教育毛入学率还很低，从"精英教育"过渡到"大众化教育"的道路还相当遥远。为了适应广大青年在职进修深造的需要，多种成人高等教育的模式应运而生。大凤也怦然心动，想报名参加高等教育自学考试了。

  改革开放带来的变化日新月异，从发展趋势看，中专生的知识结构和文化积淀既难孚干部"知识化"的要求，也不足以应对方兴未艾的新技术革命的挑战。陈思卿已率先争取到去北京金融学院脱产学习两年的机会，她说学完就可以获得大专文凭了，而她不会以此为满足，还将继续读本科，或干脆跳过本科直接读研究生。

  她第一时间把自己的动向告知大凤，当然不是为了炫耀自己如何善于把握时机以及家族的运作能力，而是提醒大凤如不及时跟上潮流，就有可能错失机会，最终被新时代所抛弃。大凤不觉得这是危言耸听。僻居林区小镇的她或许不可能感知到"风起于青萍之末"，然而当它已成浩荡之势时，她怎么会毫无感觉呢？她毕竟每天都阅读报纸和收听新闻联播，对最新的发展态势是了然于胸的。

  大兴安岭的春天肯定要来得晚一些，文凭热传导到林区小镇的时间肯定也要迟一些。中专文凭在办事处已属最高学历，所以大凤暂时还没有产生危机感，但从有关北京、上海等地青年纷纷就读夜大、函大、电大及参加高等教育自学考试的报道看，她已预感到危机正潜伏在不远处等着她。陈思卿的告诫只不过佐证了她的预感，促使她考虑自己何去何从。

她不想落伍于这个蒸蒸日上的新时代，她想在危机到来前充实与提升自己，主动成为文凭热的添薪者而非置身局外的看客。问题是，采用何种方式来达成目的呢？带薪脱产学习两年，这样的好事她想都不敢想，只有陈思卿这种有着特殊背景和良好培养前途的人才有可能获得。业余学习的夜大、函大、电大，她也不具备就读条件，只有高等教育自学考试比较适合她。

在省城工作的六位同学中除了陈思卿得风气之先外，另已有一人入读电大、一人入读夜大、一人入读函大、一人参加自学考试，一人还在观望。据他们介绍经验，自学考试时间及进度相对灵活，但难度最大，因为是全省统考。但大凤其实没有选择余地：夜大学只有牡丹江、齐齐哈尔这样的中等城市才有，电大和函大在大兴安岭地区虽然也设有教学点，却没有她想读的金融学专业，而且，从小镇去地区参加面授，交通也很不方便。

于是，在接到陈思卿通报后的第二个月，大凤就报名加入了自考大军的行列。她了解到的情况是，自学考试虽然不设门槛，无须凭票入场，但通过率很低，能一一通过堪称严苛的十多门考试，那么，对所学专业知识必定已掌握得相当充分。不像函大和夜大，只要任课老师笔下留情，学生们就能顺利过关，而老师对这批无缘接受全日制高等教育的老童生大多是心存怜悯而有意放水的，不乏社会经验的学生也是很善于与老师沟通的。

自学考试则不然，从无与命题老师面对面的机会，没有任何人在考前给他们提示要点、重点、难点，阅卷又采用"双盲"方式的流水作业，公关能力再强，也找不到可以通融的缝隙。所以，有人认为自考文凭是所有业余教育文凭中最过硬的一种。这样的舆论是很让大凤感到欣慰的。受环境的限制，自己无法就读相对省力的函大、夜大和电大，只能选择最吃力的自学考试，但既然舆论对自学考试的认可度最高，那么，吃力点也罢。

在许多同事眼里，她这却是没事找事、自讨苦吃。已经是办事处学历最高的人了，你还想怎么着哇？甩我们一条街还不够，非得再甩出一条街？怀有这种想法的同事则是不太友好地猜忌她了。主任倒是赞赏她的目光远大，支持她在职读书进修，但碍于众多手下的窃窃私议，也不便给她减免工作任务。所以，大凤就只能完全利用业余时间来自学了。

白天，纵有空闲的时候，她也不敢捧起书来看，因为她能觉察到周边人的态度，不想赊人口实。听省城参加自考的那位同学说，单位允许她每周请一天事假，上班时间手头没活的话也可以看书。她虽然好生羡慕，却并没有在主任耳边吹风，说服他参照省行的惠政为自己提供便利。

从参加第一门考试到通过最后一门考试，她用了两年半时间。这在全省自考史上不算最突出的，但在大兴安岭银行系统内部却也被视为奇迹了。据统计，包括工行、农行、建行、交行在内，整个大兴安岭国有银行系统，报名参加自学考试的总计十六人，按时间顺序排列，大凤是第三个报名的，却第一个拿到了大专文凭。这在系统内外都引起了小小的轰动。

这一年，刚满二十四岁的她被评为"学习标兵"。这是分行领导为了激励青年员工刻苦学习而特设的一个与"先进工作者"相当的荣誉称号，也是她职业生涯中第一次受到表彰。银行的表彰不只是精神层面的，还奖励她五百元。对大凤来说，这可是更大的实惠。虽不足以补偿过去两年半时间里焚膏继晷、殚精竭虑的辛劳，却让她切身感受到，自己付出的所有努力都是可以得到回报的。

当年读书如此，现在参加自考依然如此，就像父亲生前说的"只要肯下死力气，又样样农活儿拿手，年成再差，地里也不会长不出庄稼的"。她庆幸自己遇上了好年景，所以庄稼长得很茂盛，但自己却也是下了"死力气"的，没有一天不把自己折腾得筋疲力尽，仿佛又回到了迎接高考的年代——不，精神压力也许没有当年大，但既要工作又要学习，体力消耗却远甚于当年。

没有一天的睡眠时间是超过四小时的。睡眠的严重不足让她本已变得白里透红的面庞蒙上了一层灰色，看上去不那么活力四射，甚至不那么健康了。不过，虽然憔悴，不失活力；尽管疲惫，犹见亢奋。这时，给予她最大理解和支持的是家人。不能每个星期天都回家帮母亲干活了，母亲非但没有怨言，反倒赶到镇上来给她送这送那——有专门为她补充营养的小鸡炖蘑菇、猪肉炖粉条等"硬菜"，也有弟妹们从山里采来给她尝鲜的野果。

母亲跟在弟妹们后面学会了骑车，这不是件容易的事，难度不亚于二十年后城里的花甲老人领到驾照。家里因此添了两辆二手自行车，不固定骑手，谁需要谁骑走。母亲一般只有在给大凤送东西时才会用它。一路紧赶慢赶，赶到时包裹在棉絮里的硬菜还是热乎乎的。大凤反复问是不是为自己开小灶？弟弟妹妹能不能吃上？母亲笑着说："你就放心吧，娘还不知道你的心思？不会让你吃独食的，他们已经在你前头吃上了，这会儿满嘴流油呢！"

这倒不是骗她。家里养的小笨鸡再也用不着拿到集市去换回柴米油盐，都在节假日成为孩子们腹中的美食了。而每到星期六，如果不杀鸡的话，母亲也会到肉铺里割回一块不大不小的五花肉，让他们肚子里的油水保持平衡。但大凤不问一问，心里就不踏实，生怕母亲把自己作为保障重点而亏待了弟弟妹妹。

越来越懂事的弟弟妹妹也开始为母亲和大姐分劳了。小她五岁的大弟天生不爱读书，好不容易挨到高中毕业，被母亲硬逼着参加了高考，名落孙山是意料中的事。母亲托人在林场给他找了份临时工，打算两年后自己到龄退休时，让他顶替自己。顶替政策这么多年一直没变，大弟入编成为林场正式职工应该是没问题的。

小她八岁的二弟读高一了。大凤认为他是四姐弟中最聪明的一个。可他实在太贪玩了，对武侠小说也过于痴迷了，把大把的时间用在钻研金庸与古龙上，怎么也无法扭转他。他一心想读招收高中毕业生的林业类"大中专"。实现这一目标，对他来说易如反掌，到冲刺阶段稍微加把劲就行。因此，他的课业负担并不重，星期天也很愿意帮家里干点活，比如劈柴、担水、搭鸡窝等。

小她十岁的小妹在读初二，很用功，但成绩平平。她意识到自己不是块读书的料，所以不想再念高中了，打算一年后报考招收初中毕业生的农业类"小中专"。她对培植蔬菜瓜果新品种有浓厚的兴趣。虽然是家中备承呵护的小妹，生活的重担从来就没有直接压在她身上，但她深知母亲及大姐的含辛茹苦。如今，大姐不能经常回家，她就替代大姐把洗衣、洗碗之类的家务包揽了。

这样，大凤就减少了后顾之忧，可以心无旁骛地全力备考。并不是每门课程都能一次性通过的，也有考场失利的时候。有的课程自己感觉考得不错，成绩却很不理想，被划在及格线之外；反过来，有时以为考得很差，结果却顺利过关。这提醒她自我感觉与客观评价往往是不一致的。她从来不敢怀疑评分标准或评卷老师会出现偏差，直到三十年以后，读研究生的女儿向她说起参与自考阅卷的经历时，她才意识到这种偏差是有可能存在的。

天道酬勤啊！她得到的不光是荣誉称号和大额奖金，还有县支行向她抛来的云梯：支行行长表示，有意调她到支行会计股工作，并把她作为接班人培养。他已经征询了办事处主任的意见。一直倚重她的主任当然不想放走这位不可多得的业务骨干，但为她的前途计，还是准备忍痛割爱。关键就看她自己的态度了。

大凤又一次面临选择的困惑。投身职场两年半了，甘苦俱尝，冷暖自知，她的想法已不像刚毕业时那样纯粹。她已看到了办事处与县支行进步空间的差异，去县支行工作发展前景无疑要好得多。而且，几次去县支行开会，她明显感觉到那里员工的素质比较高，人际关系也很融洽，她可能更适合那一环境。

但这两年半，因忙于自考，对家庭与家人疏于照顾，心里总觉歉疚，好不容易考得了大专文凭，可以暂时放马南山了，应该回复到报考前的状态，更多地承担起对家庭及家人的责任。当初，自己也是这么承诺的。如果调到县支行去工作，这就将成为一句空话。既然左右为难，那就听听母亲的意见再说吧。

母亲的反应其实是她意料中的：先是吃了一惊，等到听明白调到县支行的唯一弊端是不能就近照顾家庭后，母亲挤出笑容说："那就别犯难了，痛痛快快到县上去工作呗！"但母亲这时的神情好像并不那么痛快。对此大凤是有思想准备的。事先没想到的是，这回近距离地端详母亲，发现她的容颜突然显老了许多，隐隐地还呈现出某种她本人竭力掩饰的病态。她的心猛地抽搐了一下。

趁母亲不在时，她向弟妹们打听有没有发现母亲身体有什么不适，大弟说除了夜间偶尔会咳嗽几声外，别的好像没什么不正常。小妹说母亲这一两年体力下降了很多，干家务活有时也觉得累。二弟说母亲忘性越来越大，刚说过的话转眼就忘。这就让大凤更加担忧了。哎！这两年自己真是太自私了，只顾自己读书拿文凭，对母亲关心得太少太少了！

母亲已经不是当年领着自己去派出所更改年龄时的那个母亲了。这两年母亲对她越来越依赖，事无巨细，都要向她讨主意，绝不自己拍板了。这是母亲不再自信的表现。自己渐渐成熟了，而母亲也不可避免地一点一点衰老了。母亲的真实意愿与她的表态恰好相反，她是希望自己留在身边做她越来越需要的拐棍的。

还有什么可犹豫的呢？又有什么不能放弃的呢？她决定再一次为家人、尤其是母亲牺牲自己。等到与县支行及办事处的领导沟通好以后，她才把自己的决定告知母亲，说想来想去还是留在镇上生活更习惯、更惬意，本乡本土的，山不亲水亲，水不亲人亲。母亲沉默了好一会儿，没头没脑地说了句："这回是第三趟了！"见大凤一时没明白过来，她又补了句："大丫头，委屈你啦！"

大凤悟到母亲的意思了：自己前前后后为家庭所作的牺牲，母亲都牢牢记着呢！算起来，高考时不报本科报中专是第一趟，毕业时不留地区回镇上是第二趟，如今不去县里留镇上是第三趟。母亲知道自己的委屈，却又离不开自己，她内心和自己一样在苦苦挣扎。最终她以女儿的前途为重，违心地同意女儿调走。当女儿觉察到她的真实想法而放弃上调后，她又觉得让女儿付出的牺牲太多而抱愧不已了。

大凤先还真觉得有些委屈，听到母亲这样说，所有因放弃发展机遇而产生的悒郁不乐都烟消云散了。她露出罕见的不满表情嗔怪道："娘，你说啥呢？我有啥可委屈的呀？要论委屈，谁也没有娘的委屈大！"说到这儿，她鼻子一酸，竟抽泣起来，而母亲也潸然泪下。母女俩上一次相对泫然还是十一年前去派出所改年龄时。情境迥异而情态酷肖，连母亲都觉得这历史的一幕重现得有些莫名其妙："这是咋整的？日子芝麻开花——节节高，越过越景气，俺娘俩咋能抹鼻子掉眼泪呢！"

二

在参加自考的第一年，大凤处于"独学无友"的境地。年龄相仿的同事们都对眼下的生活状态感到很满足，不想打破小镇的高薪阶层已经享有的安逸，也不愿像大凤一样做自讨苦吃的傻事。考出大专文凭又能怎么样呢？无非涨两级工资呗！

办事处平时的福利及奖金还是按照吃大锅饭的方式平均发放的，只是稍有差异而已，而银行与其他行业的差距主要就体现在福利及奖金。工资嘛，国家有规定，不可能有太大出入。所以，看不出拿到大专文凭有什么特别的好处。再说，涨工资的目的是什么？还不是为了日子过得更舒适吗？那么，为了涨两级工资而考什么劳什子文凭，把自己弄得人不像人鬼不像鬼，几年不得舒适，又有什么意义呢？

在缺乏"远虑"的同事眼里，这是典型的得不偿失的事情。没有人对她冷嘲热讽，但几乎所有人都冷眼旁观。直到第二年退伍军人杨有恒被分配到办事处工作后，情况才有所改变。那天早上，大凤照例提前十分钟来到办公室。刚坐下不久，主任领着一位年轻军人走进大厅，吆喝大家出来见面。

　　主任介绍说，这是刚由解放军 8341 部队退伍的杨有恒同志，组织上分配到我处政工股来工作，以后就是大家的同事了！大凤觉得杨有恒这个名字非常熟悉，定睛一看，啊，果然是自己的高中同学。不过，他的变化也挺大的，最明显的是原先瘦弱的身材变得挺拔强壮了，目测个头已由一米六左右蹿到了一米七五以上。一身军装更为他增添了几分英武之气。

　　军帽和军装都有九成新，但已不见了帽徽和领章，这就昭示他已不是现役军人而是退伍军人。他的军装上只有两只口袋，这又表明他不是军官转业而是士兵退伍。在崇敬军人、崇尚当兵的时代还没有结束时，这种基本判断差不多是全民拥有的一种常识。大凤也用世俗的眼光打量出了他的身份。

　　没等大凤开口招呼，杨有恒先向她伸出手来："老同学，久违了！以后请大力支持我的工作！"眼神里充满久别重逢的喜悦。这个原来一见到女生就脸红的男生，同窗三年都没怎么和她说过话，现在居然这么热情大方了，"部队是座革命大熔炉"，这个流行说法一点也不错啊！至于"久违了"这样文雅的用语，从他嘴里说出来倒是不奇怪，因为读高中时他就是有名的古文迷，不开口则已，一开口必定要卖弄几句古文，而这也经常被同学们打趣。

　　这回轮到大凤脸红了。她没想到他也一下子就认出了她，并抖出了两人的关系，还非常得体、非常自然地说了句场面话。这让她有点措手不及，便留声机般地回复了句："也请你大力支持！"他的落落大方和豪迈不羁反衬出她的不够洒脱和反应迟缓。她觉得自己简直不像曾经在省城浸润过三年的洋学生，而像个从没离开乡土、见过世面的柴火妞。

　　"士别三日，当刮目相看"，她是知道这句古语的。他曾经是一名战士，和古代的"士"虽然有些区别，却也可以视为"士"之一种的。分别有五年多了吧？这五年里，他的变化也太大了吧？从形象到气质、风度都给她以完全换了一个人的感觉，而她也就必须用有别于高中阶段的另一种眼光来审视他了，不能再把他看作那个腼腆到极点、也平凡到极点的小男孩。

看他刚才寒暄时的气派，就像部队首长下基层视察一样。哦，对了，主任说他是从8341部队退伍的，"8341"这个番号对于全国人民可是如雷贯耳啊！报纸和电台动不动就提到它，因为它是中共中央警卫团的代号，是新中国成立后组建的一支保卫党和国家领导人的特殊部队。能够在这个部队当兵，那是一辈子的荣耀。当兵期间，接触的都是首长，不知不觉地，也就有几分首长的做派了。

而自己回到小镇已经两年多了，原先熏染的省城况味慢慢地已为小镇风情所同化。限于家庭经济条件，读书时衣着就不时髦，陈思卿送她的连衣裙是唯一的时装，回归以后怕惹人议论已把它锁进木箱里，如今在她身上已看不到多少都市人的痕迹，与土生土长的小镇姑娘没有什么差异。尤其是这一年里，夜以继日地读书迎考，虽未把自己弄得蓬头垢面，却也是顾不上梳妆打扮的，反不及有些小镇姑娘光彩照人了。

小镇的人际交往本来就简单，她又埋头自学，几乎谢绝了一切应酬。上级领导莅临视察，自有办事处主任率一干嘴皮子及酒量都了得的女职员接待，用不着她出面。所以，在待人接物方面，她基本上没什么经验。意外见到仿佛从地底冒出来的男同学，对方又这么彬彬有礼、出语不俗，她一时就乱了阵脚。

弄明白他俩的关系后，同事们七嘴八舌地开起了玩笑，纷纷展示东北人特别活跃的喜剧细胞："老同学？哇，那就是青梅竹马啊！咱是不是该腾个地儿，让你俩好好叙叙旧呀？""杨有恒同志，你是不是冲着老同学才要求分到咱这儿来工作的呀？哟，早就看上大凤了吧，这么多年念念不忘，情种啊！""大凤回来两年了，还没谈对象，没准就等着你呢！"

这真是冤哉枉也！杨有恒是不是冲着她而来，她不敢说。应该也不是吧，人家可是在首都北京从戎多年，又是给中央领导当警卫，什么样的女孩没见过呀！就她自己而言，天地良心，早就把这位当年很不起眼的高中同学抛在脑后了，怎么会"等着"他呢？不过，她也知道这只是玩笑而已——不，也可能不只是玩笑，还多少带有撮合之意。她已经二十四岁了，还没有恋爱对象，大家都为她着急呢！

她天性爱笑，但不喜欢和别人开玩笑。不过，别人拿她开玩笑，她一般也不会生气。只是当着多年不见且变化很大的男同学开这样的玩笑，不免让她十分害羞，脸上尚未消失的红晕转瞬间便扩张到了脖颈。这种场合，你无法辩解，越辩解便越是引火烧身，激起他们更浓的调侃兴趣。日常生活中这种送上门的乐子不是很多的。因此，她只是羞红着脸傻笑，并不声明自己全无此意。

倒是杨有恒为她开脱了："谢谢大家的美意！其实，我和张大凤这些年一直没有联系，她这个高材生都不一定记得我，因为我在班上太普通了。但她的确是我崇拜的女生，我很高兴与她由过去的同学变成今天的同事，我一定好好向她学习，争取与她建立纯洁的革命友谊！"不愧是在北京的首长身边待过的，说话滴水不漏，只是"政工"味儿重了一些。这也难怪，他本来就是分配来从事政工工作的。

同事们余兴未尽，想把玩笑继续开下去，尽管杨有恒已经巧妙地破解了他们想当然的猜测。这时，主任出面制止了："好啦，大家都不要耍贫嘴了，开始工作吧！今天下班后聚餐，欢迎有恒加盟，没有特殊情况的，一律不许缺席！"欢呼声随即响起，有人回应道："主任难得让咱打一回牙祭，傻瓜才会缺席呢！噢，大凤，不好意思，我不是骂你啊，你几次缺席都是因为要考试，属于特殊情况嘛！不过，今晚你可得来，不然，你老同学大面儿上可过不去！"

经常用公款聚餐，也是银行的福利之一。"端上这金饭碗，就能吃香的喝辣的"，大凤由亲身经历得知，外界的这种议论不是空穴来风。主任觉得，聚餐是一种增强凝聚力的好方式，所有工作中产生的隔阂与牢骚都可以在酒桌上得到消融与排遣。"酒杯一端，政策放宽"，那是不正之风；"酒杯一端，心胸变宽"，这才是主任的期望。随着改革开放的力度不断加大，银行的效益日益提高，聚餐的经费是不缺的，主任随时可以从口袋里掏出钱来犒赏工作节奏加快了的员工。

这天晚上的聚餐，大凤确实没有理由推辞了。尽管后天就有一门考试，许多要点还没有记熟，但她不想给大家、尤其是阔别五年的杨有恒留下不通人情的印象。此外，不知怎的，她好像也有借此机会进一步观察这个老同学的意愿。重逢后的第一印象不错，她想把这种印象巩固下来。

但老同学酒桌上的表现却是虎头蛇尾，让她多少有些失望：一开始高谈阔论，语惊四座，那一口京片子溜极了，根本就不像从大兴安岭走出去的人，不光大凤，所有与宴者都不免自惭形秽。但三杯过后，他的舌头就不那么麻利了。原来他的酒量很稀松平常。他一开始倒是声明：部队有严格纪律，所以当兵期间滴酒未沾，只怕喝不了白酒。但大家哪听他的？新人嘛，总得测试一下，让他见个底，有道是"酒风反映作风"嘛！

于是他就喝了，而且经不住劝用大杯喝了。喝到第三杯时，主任来敬酒了："有恒啊，都说'感情深，一口闷'，咱俩来个满杯吧？"大凤仔细看他的表情，皱着眉头苦着脸，似已不胜酒力，却还是很爽快地答应了："好！我先干为敬！"一仰脖子，就把一大杯白酒都灌进去了。说时迟那时快，大凤只见一道银光从空中直射入他的喉咙，冲击力不大，却让他的身体摇晃了几下。

这是他那晚的表现的分水岭，或者说由盛而衰的转折点。接下来，他先是寡言罕语，然后就一头扎倒在桌子上一声不响了。大兴安岭酒风很盛，且以斗酒为趣，酒桌上不放倒一两个人就觉得没有尽兴。遇到尊贵的客人，主人会主动把自己灌醉，以示热情好客，这就是所谓："要想客人喝好，先把自己放倒。"杨有恒是单位的新人，不会有人愿意把自己放倒，而只想把他放倒。

杨有恒最后是被架走的，听说一回到宿舍他就吐了。大凤原以为他应该是很有战斗力的，没想到竟是银样镴枪头。这与她"横扫千军如卷席"的预期距离较大。不过，酒量虽小，酒风不错。接风宴上敢把自己喝倒，说明作风还是过硬的，部队没白培养他。这是主任对他的评价，完全是正面的。也就是说，他这个洋相出得并不糟糕。

只有比较追求完美的大凤有些为他惋惜。她并不觉得他的表现有多糟糕，只不过没有达到她的期望而已。既然他与她有一层老同学的关系，而大家又在把他俩往一起撺掇，她就有了一种荣辱与共的感觉，仿佛他出丑就和自己丢脸一样。她听人说，酒桌上的男人往往会上演由"豪言壮语"到"胡言乱语"再到"不言不语"的三部曲。他倒没有按照这一套路来：一开始不是"豪言壮语"，而是"妙言隽语"，然后绕过了"胡言乱语"这一阶段，直接就"不言不语"了，从头到尾都没有失态。这是让她在惋惜之余又感到庆幸的。

三

杨有恒就这样走进了她的生活。那天晚上，同事们是免不了要让这对老同学碰杯的，还有人嚷嚷着要两人喝交杯酒。在当地，喝交杯酒是很流行的酒场经典节目，一旦上演可以将气氛推向高潮。男人之间喝的也有，但极少，那多半是在微醺的状态下为了表示关系铁而为之，带有更多的表演性质，也不太能引发人们的兴趣。男女之间喝，那才能酿造出欢乐。

如果是宴请上级领导，做东的单位一般会挑选一位容貌靓丽、酒量过人又比较泼辣的女干部或女职工出席作陪，酒过三巡，她就该上场邀请领导喝交杯酒了。如果领导是比较开放的，会欣然应允；不那么开放的，在众人的恳请下，也会斗胆一试。交杯酒又有"大交"与"小交"的区别："小交"是交臂，"大交"是交颈。主任说，他本来也不懂这些名堂，是一位省行的领导给他扫盲的。

省行领导到县支行来巡视，各办事处主任也奉召聆听他的重要指示，并一起出席晚宴。那天真是喝嗨了，人人都东倒西歪的。县支行行长朝手下一个美女使了个眼色，她便上前提出喝交杯酒的"不情之请"了。省行领导惺忪着醉眼问："大交还是小交啊？"美女愣住了。领导便得意地向大家作酒文化的普及宣传，让在场的主任等众多酒场骁将多掌握了一个知识点。然后，他一把揽过美女，分别作了大交与小交的示范表演。

主任是在众人起哄要张大凤和杨有恒喝交杯酒时说起这件轶事的。他无限神往地说，这是他经历过的气氛最热烈、情绪最欢快的一次酒宴，而那位省行的领导也是他见过的最开放、最亲民的领导。"不过，"他顿了顿说，"听说他后来被处分了，就因为和女下属不清不楚，由'小交''大交'发展到'深交'，被老婆捉奸在床了。但他人可真是随和啊！那么大的领导，一点官架子都没有，配合大家逢场作戏，难得哇！"

大凤平时偶尔参加单位聚餐时压根儿就不喝酒，无论领导和同事怎么劝，她都不为所动。她不觉得酒有什么好喝，不理解为什么有那么多人迷恋于酒。弟妹们还没出生时，无酒不欢的爷爷经常将蘸了烈性白酒的筷头伸进她嘴里，辣得她噗噗噗直吐。这让她儿时就对酒有点反感。

爷爷一生嗜酒，瘫痪在床之后，他对酒的念想不减反增。父亲在世时，一天没酒喝，他就蹭鼻子上脸，像小孩子似的发脾气。父亲猝死后，生计陷入困顿，他开始戒酒了。但戒了没几天，就哼哟哼哟地直叫唤，好像难受得要命。等到母亲办好顶替手续后，没戒断的酒瘾便强势反弹，馋酒比以前馋得更厉害了。

倒也不是每餐必喝，他终究没有丧失最后的自制力，懂得家境无法给他提供这样的可能，但如果三天喝不上酒，他就会把炕桌拍得山响。奶奶一边看似咬牙切齿地指着他的鼻子骂道："老东西，活得不耐烦了，又作死啦！"一边用乞求的口吻对母亲说："凤儿她娘，你就赏口酒给他喝吧，免得他闹腾。"母亲不得不从全家人的牙缝里再抠出一点食物来，换成他的杯中物。这就更固化了大凤酒不是好东西的印象。

酒承载着她对家庭苦难的惨痛记忆，或者说，酒是加重了母亲负担也加深了全家苦难的不祥之物。所以，大凤对酒的抵触几乎出于一种本能。酒桌上觥筹交错、杯来盏往的热烈，从来无法吸引她、感染她。这一年，她常常缺席单位的聚餐，自学迎考当然是主要原因，但不喜饮酒且不喜饮酒场面也是因素之一。看到他们喝得脸红脖子粗的样子，她就想起爷爷用力拍打炕桌而母亲唉声叹气的情景。

以往参加聚餐连酒都死活不肯喝，现在突然要她喝交杯酒，就好像初小还没读完便逼她学习高中教材一样，她如何接受得了呢？又不能板起脸来拒绝，于是僵在那里。打破僵局的是杨有恒。那时，他还没有与主任满饮，反应灵敏得很。他从酒桌对面几步跨到大凤面前，轻声说道："还是随俗入流吧，别扫了大家的兴，以后要长期相处的。"

说完，他一气呵成做了几个动作：把酒杯塞到她手里；用自己的左手抬起她的右胳膊；将自己的右臂从她的胳膊中穿插进去；举起酒杯一饮而尽。在他的示意下，她也把酒杯放到唇边抿了一口。众人齐声嘘她：这怎么行！必须和有恒一样喝光！她迫不得已，只好也把杯中的酒喝光了。欢声雷动，人人拍手叫好。这是她第一次在这样的场合成为中心视点，也是第一次毫无违和感地融入了世俗的交际应酬之中。

奇怪，这杯高度白酒少说也有一两吧，怎么喝到嘴里并不像幼年时那样觉得火辣辣的？喝下肚后，也没有任何反应，就像喝的还是饮料一般。这么说，从不喝酒的自己原来对酒精并不敏感，或者说天生有着化解与销蚀酒精的能力。这该是得自父祖辈的遗传吧？父亲不嗜酒，但真喝起来，爷爷也不是对手。有年除夕，大凤就亲眼看到他把爷爷喝趴下了，招来母亲好一阵责怪："你当是马尿呢，不用花一个子儿买？看你们爷俩烧得慌！"

但她不想让大家觉察出自己对酒精的耐受力，觉得应该装出天旋地转、站立不稳的样子，但又缺乏表演才能，怕把戏演砸了，只得嘴里嘟囔两句："真辣呀，喉咙都要烧着了！"大家信了，乐哈哈地，有一种终于把她拉下水的快意。他们这时的主要兴奋点在刚入伙的杨有恒身上，等着看他以一醉不起的熊样作为投名状，所以，也就没有过多与她纠缠。

第二天，他是准时来上班的，看脸色不像昨晚曾醉酒的样子。政工股的办公室就在会计股隔壁，她到走廊上去倒水时，他碰巧也出来——也许不是碰巧，反正两人遇上了。前后左右都没其他人，他压低嗓门说："昨晚出乖露丑，让老同学笑话了！不过，丢一回丑让大家心情舒畅，也是值得的，反正这回不被整倒，下回也是要被整倒的，你说呢？"

他笑着，笑得有点诡异，还对她眨了眨眼睛。这是什么意思呢？莫非自己想做而没做的事他做了——装醉。一点也没看出来呀？当兵几年，连演戏也学会啦？而且居然把所有人都骗过了。这么说，他也没有那么囧啰？大凤呼出一口气，不因他的狡狯而生出厌恶与提防之心，反倒因他并不熊包而颇觉欣慰。但她又有些疑惑：不是说回宿舍后吐了吗？"吐"可不是那么容易装的。再一想，他干呕几下，别人看到也就以为是吐了。何况，很可能没有任何目击者，是他自己在外放风，目的是满足一下大家不带恶意的幸灾乐祸心理。

这已经完全不是高中时代的他了。那时的他是全班最老实、最害羞、最循规蹈矩的男生。特别用功，甚至比大凤还要用功，但除了语文外，各科成绩平平，所以高考就落榜了。他没有选择复读，考分离录取线差了好一截，复读也拉不上去。毕业后彼此就没有联系了。听说他不久便应征入伍了。那时当兵是要讲条件的，他的硬条件是父亲多年担任大队支书。

高中三年，他在她面前似乎有点自卑，从不敢正面与她对视。偶尔路遇，目光甫一相交，他就躲闪开去。毕业合影时，因为两人都长得比较瘦小，所以分别站在男女队列的最边上，恰好一上一下紧挨着。大凤听到他呼吸都有点急促，想来是不习惯与女生贴得这么近的缘故，而这位女生偏偏又是全年级的学霸。

入职一周后，杨有恒告诉大凤，他报名参加自考了，但他毫无金融学方面的基础，所以不敢选择与大凤相同的专业，而选考了汉语言文学。他觉得自己一直是文学发烧友，这个专业最吻合自己的志趣，同时，提高自己的文字写作能力，对自己从事的政工工作也将很有帮助。他说：希望能经常与你切磋交流，当然主要是向你学习取经，避免多走弯路。你可要拉老同学一把哟！

　　大凤觉得他的选择是很明智的。在她的印象中，他是全班公认作文写得最好的人，语文老师不止一次在课堂上把他的作文当作范文来读。但他不仅偏科偏得很厉害，数理化的成绩常常只能勉强达到及格线，而且每次语文考试，他也都拿不到高分，因为他对语文基础知识的掌握并不比其他同学牢固。老师也视他为偏才，慨叹在目前的教育制度下，他很难脱颖而出。

　　以往下班后，大凤都是回宿舍去看书的。虽然在办公室同样无人打扰，而且更加宽敞明亮，但从办公室回宿舍要穿过一条僻静的小路，时间太晚会有安全隐患，她觉得还是回宿舍复习为好。杨有恒成为自考的同路人之后，两人结伴而行，安全系数就大大提高了，再晚也不用害怕。所以，大凤下班后就改变原有轨迹，和他一起留在办公室看书了。而他高中时代的轶事也被她一点一滴地从记忆中挖掘出来——

　　他没有多少娱乐精神，根本就不会逗笑，却常常不自觉地成为全班同学的开心果。这都与他在语文课上的表现有关。老师问：有不少名词，同时又是量词。有哪位同学能举个例子？他举手回答说："比如'屁股'，它是名词。可是如果说有人家里穷，欠了一'屁股'的债，在这里它就成了量词。"真亏他能想得到！

　　这个年代、且处于这个年龄段的孩子，对"屁股""乳房"之类与性征相关的词汇是忌讳谈论的，而这个单纯而又有些懵懂的男生居然在课堂上举"屁股"为例来回答问题，让大家觉得好笑死了。当着老师的面又不便放声大笑，课后自然要尽情打趣他了。他的拳头又不够硬，没有哪个男生怕挨他揍，所以玩笑开得有点无边无际。一段时间，有几个男生甚至把"屁股"作为他的代称。他十分恼怒，却又无力制止。

　　他爱读四大古典小说名著，有一次和同桌谈起《红楼梦》的读后感："贾宝玉说女人是水做的骨肉，男人是泥做的骨肉，这话还真有几分道理。"同桌马上给他张扬开来。于是，他又多了一个"宝哥哥"

的雅号。称他"宝哥哥"绝对没有赞美之意，而充满了鄙夷不屑。不排除其中多少含有一些对他熟谙古典小说的嫉妒成分。

他的确远不及宝哥哥受女孩子欢迎。东北的女孩子大多不喜欢娘娘腔，不喜欢对自己太殷勤的男生。其实他既没有娘娘腔，也从不对女孩子献殷勤，就因为发了那两句议论，立刻被男同学推开去，而女生也并不念他好，反倒因此轻视起他来，跟着男生叫"宝哥哥"，心里哪有大观园中人对宝哥哥的那份爱怜？

《水浒传》他也读得烂熟。数学课上，他无心听讲，偷偷在课桌下重温武松打虎那一段，读到高潮处，不禁忘乎所以，摇头晃脑，口中啧啧有声。数学老师早就视其为不可雕的朽木，见此情状，恶从心头起，怒向胆边生，将手中的粉笔头向他扔去，不偏不倚正好打中他的脑袋。全班哄堂大笑。他吃惊之余，嘀咕了一句："不期这厮竟使得好暗器！"似乎还没完全从水浒梦中醒过来。无意搞笑，却达到了搞笑的极致。

任课老师中只有语文老师欣赏他。但他的课堂作文偶尔也会出现笔误，因为他想抢在全班同学前面写完交卷，以显示自己才思敏捷，就像他所崇拜的古人袁宏那样"下笔千言，倚马可待"。那次写回忆文《幸福的童年》，他又第一个交卷，没顾得上检查一遍，结果把"小时候，我经常骑在牛背上唱歌"错写成"小时候，牛经常骑在我背上唱歌"。老师讲评时说：看来，那头牛的童年比你更幸福！

他也爱看历史书，自告奋勇担任历史课代表。上历史课时，有同学回答不出问题，他会非常着急，好像他这个课代表没尽到责任。一次，老师向某同学提问："你说说，文成公主远嫁吐蕃，她许配给谁了？"该同学答不上来，坐在后排的他小声提示说："松赞干布！"该同学没听清，马上回答："宋朝干部。"笑声差点把屋顶都给掀翻。闹笑话的不是他，他却也脱不了干系。

四

随着与杨有恒接触的日渐增多，这些尘封已久而几近湮灭的往事在大凤脑海里一一复活，还原出他高中时代的形象。当年的稚拙更衬出他如今的成熟与沉稳。他很少与她提及往事，大概觉得那不怎么光彩。她也就不把它作为话题了。

刚开始，他俩晚上都在各自的办公室看书学习，大约十一点，杨有恒过来招呼她一起回宿舍去。后来他说：为了节约用电，我到你办公室来看书吧，有什么问题也方便讨论。大凤没有表示反对，因为他的理由很堂皇。另外，对他借机接近自己，她好像也并不反感。于是，每天一下班他就成为迁徙到隔壁办公室的候鸟。

没有对他们不利的风言风语，毕竟男未婚、女未嫁，爱往一块儿凑，那也是人之常情，何况他们还打着共同复习迎考的幌子。有人公开撮合他俩了。连主任也笑嘻嘻地问他俩："什么时候请我们喝喜酒啊？"杨有恒忙不迭解释说："主任，你误会了，我们只是搭伴学习，我不敢有别的想法的。再说，光我有想法也不行是不是？"他巧妙地把皮球踢给了大凤，用眼角的余光观察她的反应。大凤则做出气呼呼的样子："主任，你说的什么话呀？不带这么开玩笑的！"但似乎并没有真的生气。

窗户纸迟迟未能捅破，这要归咎于杨有恒不够勇敢。他的胆子比当年不知大了多少倍，但还没有大到在毫无把握的情况下就对女神贸然示爱的程度。他也知道，大凤对他的印象不坏，但究竟是不是愿意与他往那个方向发展，他还吃不准。她目前的态度，用他喜欢的两句古诗来形容，那就是："东边日出西边雨，道是无晴却有晴。"

单位里关于女儿正在与高中同学杨有恒相恋的传闻，母亲也听到了。她背着大凤多方打听，了解到他家就在邻村，父亲当过多年的大队支书，半年前刚刚卸任。母亲也是个能干的角儿，家里家外都兜得转。杨有恒上有一个哥哥，下有一个妹妹。在他父亲的斡旋下，都找到了正式工作。家里住的是三间瓦房，家境算是相当不错的。

大凤如果嫁过去，日子是不会差的。唯一让她担心的是，婆婆这么厉害，大凤会不会受她欺负？再一盘算，又觉得这种担心是多余的，他俩都在银行工作，平时肯定都在镇上的宿舍住，星期天才会回婆家去，不与婆婆生活在一个屋檐下，就不太会怄气。再说，女儿是端着金饭碗的国家干部，她一个农村户口的老婆子，还敢把她怎么样？

母亲希望女儿能主动向她坦白与杨有恒的恋情，请她最后拍板。但这死丫头紧咬牙关，就是不吐半个字。她憋不过女儿，只好开口问了："你和杨有恒的事快成了吧？"大凤吃了一惊：八字还没一撇，怎么连母亲都信以为真了，小镇上热衷于捕风捉影并添油加醋的人实在太多了。

她实话告诉母亲：外面的传闻是失实的，她和杨有恒从没触碰过学习以外的话题。什么"快成了"，全是没影子的事。要是真的"快成了"，我能不向你禀报吗？你就别听着风就是雨了。说真的，我这两年要一心对付自考，别的暂时还顾不上想。但你放心，早晚会让你甜甜美美当外婆的。我才二十四岁多一点，放在省城，这个年纪离嫁人还早着呢！

母亲很想驳斥她说：可这儿是林区小镇，不是省城，你得按本地的规矩来，再拖下去，黄花菜都凉了。但她却没说出口来。不知从什么时候起，她对女儿说话变得小心翼翼。心里掂量了半天，最终说了句："到什么山上唱什么歌，大主意你自个儿拿，别让娘等得心焦就成。"

大凤确实有自己的主意。她哪能不知道入乡随俗的道理？可眼下在职自考已把自己弄得焦头烂额，哪有时间来谈情说爱？大家都说杨有恒与自己很般配，她也不否认。但如果他真对自己动了心思的话，也不急在这一年半载，等两人都考出了大专文凭，再谈婚论嫁也不为晚。何况他也并没有挑明呢！

读中专的三年里，她也曾发现好几位男生对自己有意思。女孩子在这方面都敏感得很，从一个眼神就能读出对方有没有那种想法。但那时学校三令五申：在学期间不准谈恋爱，否则以违反校纪校规论处。作为一向循规蹈矩的好学生，她是不敢与校纪校规叫板的。另外，那会儿她虽然情窦已开，能够接收到异性示好并进而示爱的信息，却还没有去爱河里扑腾一番的意愿。

这在很大程度上是基于现实的考虑。她是要回到大兴安岭去工作的，而且要回到离家最近的基层营业点，班上的男生来自五湖四海，没有一个是她的同乡。如果与他们中的一个恋爱了，毕业分配怎么办？自己不可能抛开家庭跟他远走他乡，要他和自己一起回大兴安岭，人家也不会干。所以，迄今为止，大凤在感情上还是一张白纸。

她的恋爱史还没有开始书写。如果她真的能和杨有恒发展下去的话，那么，接风宴上的交杯酒最多可追溯为"前史"，而一同读书迎考的那些个夜晚则该是"序章"。这个序章延续的时间真够长的，一直延续到她通过金融学自考的全部课程，拿到红彤彤的大专文凭，并受到大兴安岭地区分行的表彰之后。

杨有恒至今没有向她表白，但曾有意无意地多次暗示自己对她是情有独钟的。有相当长一段时间，她是既盼他表白、又怕他表白的。等到完成学业、文凭到手后，这种矛盾心理开始发生转化，向"盼"的方向倾斜了。但他却依然按兵不动，甚至连以前的暗示也销声匿迹了。她不免对他心生幽怨，觉得他也太沉得住气了。

没日没夜忙着自考时倒还不觉得，如今闲下来了，没着没落的感觉就越来越明显了。县支行要调她去，这个别人求之不得的机会被她谢绝了。这主要是因为放不下对家庭的牵挂，但他也未尝不是影响她决策的因素之一。自己调到县上去了，他怎么办？距离既可以产生美，也可以产生隔阂，也许两人就从此陌路了。正是把这一层也考虑进去，她才作出了最后的决定。

其实，在去与留的问题上，她也试探过他。没等她说完，他的脸上就布满黑线了，喉结处嚅动了好几下。但一会儿工夫，他就神色如常了，很大度地笑着说："这是好事啊！我支持你去县支行工作，那里才有你大展宏图的空间!"这和母亲的反应如出一辙,只不过他比母亲表达得更加雅致,也更有高度而已。

这一结果还是让她满意的。她透见了他内心情与理的冲突以及对她将要离去的深深不舍。作为后续,当她把自己的决定告诉他时,他的脸色立刻由阴转晴了,嘴上却不停地说:"这也太可惜了吧?"大凤心底暗骂他"虚伪",心情却是愉快的。她以为他还会说些别的什么,但他却什么也不说。

这样又过了半个月,就在她百般猜度他究竟打的什么算盘时,主任来找她了:"大凤啊,不能再耽误了!有人托我做媒,我一听条件,嘿,和你还真般配,要不是人家主动提出来,打着灯笼也找不着啊!今晚就跟我去见面。也不算相亲,就是相互认识一下。这个面子你无论如何得给我,千万别推辞不去!"

她自然还是要推辞的:"主任,您就别费心了,我这不还没到嫁不出去的年龄吗?您干吗比我还急呀?按说我不能拂您的面子,可我要去了,那得多难堪啊!您还是饶了我吧。"主任不容分说,软硬兼施:"那不行,我都答应人家了,你要不去,那不是放人家鸽子吗?叫我这老脸往哪儿搁?你不去也得去!""好啦,就算帮我一个忙行不行?只要你到个场,又不是非得相中不可?现在哪还有拉郎配的?"

下班后,她只好像俘虏一样被主任押着到了镇上一家还比较高端的酒店。一进门,她就看到杨有恒坐在大厅右侧的一张桌子旁,正焦急地朝大门方向张望。糟了!怎么他今天刚好也在这儿?要是被他发现自己来和别的男人相亲,那该如何解释?丢死个人了!都怪主任多管闲事!她只想转过身去逃跑。但主任一把拉住她:"哦,他已经到了。仔细瞧瞧,这就是托我介绍的那个人。"

大凤恍然大悟:原来是杨有恒导演的一场好戏!不禁又惊又喜、又恼又恨。虽说喜剧效果不错,但怎么可以这样捉弄人呢?其实,她这样想,有点冤枉了有恒。高中时代的差距导致了他的不自信,总觉得自己配不上她,怕开口后被她拒绝,所以几次欲言又止。但年龄不饶人,这事不能久拖下去,不得已,他托主任去探一下她的底。

　　主任是个喜欢快刀斩乱麻的人，自作主张，想出了这个主意。所以，如果这是一场戏的话，导演实际上是主任。主任细道原委，然后问他俩："彼此的情况就不用我介绍了吧？"大凤粉颈低垂，笑而不言。但主任却非要她当场表态不可："大凤，有恒的想法你已经清楚了，认同不认同你也发个话吧。"

　　大凤心里直埋怨：这个主任也逼人太甚了吧？脸红耳热了半天，最后回答说："我听主任的。"一年后，杨有恒也考出了大专文凭。早已计划好的婚礼随之举行。向他敬酒的人络绎不绝，都说"洞房花烛夜，金榜题名时"这两大喜事他给占全了，非得痛痛快快喝一回。他豪气干云地说："一醉方休！"大凤一来护夫心切，怕酒多伤身；二来也担心新婚之夜喝醉了煞风景，体会不了"洞房花烛"之乐，所以，竭力为他抵挡。怎奈何他却实行东北军当年的"不抵抗主义"，杯到即饮。结果可想而知：婚宴尚未结束，就沉醉不醒了。

　　这回大凤是真真切切地看到他吐了，把洞房吐得一塌糊涂。于是，她想到，上一次他可能不是装醉，而是真醉。喝过一碗醒酒汤后，他有力气说话了："对不起，我今天太高兴了，没控制住，委屈你了！"大凤所有的委屈瞬间消失殆尽。尽管从女孩蜕变为女人的时间被推迟到第二天了，她并没有责怪他。只是新婚夜大醉不起这件事，终究让她耿耿于怀，在以后漫长的岁月里多次被她数落。

五

　　第二年，他们的女儿妮子出生了。计划生育政策已实施多年，在普遍重男轻女的东北，还是希望生男孩的家庭比较多。大凤夫妇并没有明显的倾向，觉得生男生女都一样，杨有恒甚至更希望能添件贴心的小棉袄。所以，妮子的降生正遂了他的愿。

　　但他的父母却很失望，因为他的哥哥前面也生的是女孩，而妹妹还没结婚，即使将来生了男孩，那也是要随人家姓的，没法给杨家传宗接代。大凤怀孕后，他们就不停念叨：要是生个带把儿的就好了。

他的父亲，一个已不在官位、但官威犹在的乡村干部热切地望着大凤说："期待你成为咱家的大功臣！"

大凤只能微笑以对。有恒安慰她说："你别有压力，他们这是封建思想，生男生女由不得他们。"大凤忍不住说："也由不得我呀！你不是也看过有关书籍吗？生男生女是由男性染色体决定的。你跟爹妈说清楚，到时候如不如愿别怨我！"还真被她言中了。守在产房外的公婆一听说生了个女娃，精气神就提振不起来了。言语上倒没有半句怪罪她，但那一脸苦笑，却把失望的意思传达得再明显不过。

但将妮子抱到怀里后，爷爷奶奶脸上却像解冻的冰河一样渐渐呈现出暖色。襁褓中的妮子多可爱啊！虽然眼睛还没睁开，但双眼皮、瓜子脸以及樱桃般的小口，活脱脱就是个美人胚子。有恒笑得嘴也合不拢。爸爸的笑似乎传染给了她，她的小嘴也咧开了，盈盈若有笑意，于是惹得爷爷奶奶也惊呼起来：瞧这丫头，刚落地就笑得那么欢！

大凤临产那天还在上班。这之前，她已被提任为主管会计了。月子是母亲来照顾的。婆婆之前也表达过前来照看的意愿。但大凤说，有恒哥哥的孩子刚断奶，也需要奶奶看管，还是让她母亲辛苦一下吧。这是桌面上的理由。没说出口的另一层想法是：自己的母亲要方便差遣些，态度上欠恭敬一些也不会计较。婆婆就不同了，语言上稍有差池，只怕心里就会生出疙瘩了。

妮子刚满月，大凤就回去上班了，根本没把产假休完。妮子白天交给外婆管，大凤中午回家喂趟奶。这时他们已分得了两室一厅的单元房，因为是双职工，才享有了这令人羡慕甚至眼红的福利。镇上能住单元房的同龄人就他们俩，在镇政府工作的都还没轮上。

新家离单位比原先还要近，步行五分钟左右就够了，连自行车也不用骑。而且，只要有恒手头没有放不下的工作，大凤回去喂奶时他都跟着，说是要尽好护花使者的责任，实际上是为了多看女儿一眼。他的心思大凤还不明白吗？

晚上小夫妻俩带着妮子睡。母亲说：你们白天要上班，晚上再管妮子的吃喝拉撒会休息不好，还是我来陪她吧。大凤不肯，既怕累坏了母亲，也怕这样会疏远了孩子，将来与自己不亲。但两个月之后，她就不得不调整计划了，因为她觉得大专学历已经无法适应银行业的发展趋势了，自己要不掉队，必须再把本科文凭拿下来。

六年前，她来办事处工作时，中专学历已经是挑尖儿的了。这些年，大学的招生规模逐渐扩大，三年前分来了一位正儿八经的大专生，今年又分来了一位全日制本科生。大凤自度工作能力不比他们弱，但在学历上的优势却转化为劣势了。

那位本科生也是女的，据说本来可以分配在省城的，因为那年六月间发生的政治风波，大学毕业生分到基层一线的比例大大调高了，她才来到了这个办事处。所以她总有一种被发配的感觉，以怀才不遇者自居，对同事的态度还算友好，但高人一等的优越感却是掩饰不住也不想掩饰的。

这也刺激了大凤，更加坚定了她继续参加自考、获取本科学历的念头。有恒理解并赞同她的想法，提出晚上改由他来照管妮子，以保证她有更多的时间和精力投入学习。两人商量之际，大凤忽然想到，何不两人一同报考，比翼齐飞？有恒说："我仔细权衡过了，以目前的家庭情况，只能先确保一人，妮子这么小，两人同时报考不太现实。"

说的也是，如果有恒也全力学习应考，那就要把妮子完全交给外婆了，既对她的教育不利，外婆也会非常辛苦。所以，可行的做法是，大凤先报考，等她完成学业后，有恒再接着报考。"反正没有年龄限制，八十还可以当吹鼓手呢！咱家的体制是妇唱夫随，'你方唱罢我登场'，家中岂不是可以一直保持浓郁的学习氛围，让妮子从小受到熏陶？"有恒的这一说辞是大凤可以接受的。

就这样，大凤开启了人生的第三段学习旅程。一段比一段艰难，但到达终点后，回望来路，要她说出究竟经历了哪些艰难，她又觉得无从说起。那也不是三言两语可以说清的。她不知从何处看到过中国禅宗始祖菩提达摩的一段话："如人饮水，冷暖自知，不可向人说也。"对其中寄寓的禅理，她似懂非懂，只觉得用来形容自己参加本科自考的感受是非常合适的。

考大专时没能一次性通过的课程只有两门，再考一次就都 OK 了，而考本科时却增加到五门，其中有三门考了三次才过关。要不是有恒再三鼓励，她都差点气馁了。这不奇怪，就像登山一样，越往高处走就越吃力，路也越走越窄，不可能如履平地般轻松自如，中途卡在某个关隘前再正常不过，那是让你歇一歇，放松一下心态，调整一下步骤。

再有，不光难度激增，她也做不到像过去那样全神贯注了。她怎么可能完全抛开女儿沉浸到书本中去呢？常常看一会儿书，就会跑过来看一眼女儿——往往不止一眼，有恒不使劲把她推开，她的脚就钉牢在婴儿床边。女儿的一笑一颦，都让她觉得生动有趣极了，都撩拨得她母性勃发，一把抱起她久久不肯松手。

但毕竟对女儿照看得少了，她对爸爸和外婆明显要比对自己亲。未满周岁前，爸爸和外婆亲吻她的小脸，她咯咯咯笑得很开心，自己同样亲她，她居然会放声大哭，好像自己不是生养她的娘亲，而是无端骚扰她的陌生人似的，这让她也恨不得想哭。尽管没当面哭出来，泪水却已在心房里流了一地。

于是，看书过程中，她到女儿身边去得更勤了。哎！两相比较，女儿的乳臭比书香要好闻得太多了。女儿让她百看不厌，书本却是越看越厌。她都不知道自己是怎么坚持下来的，也许有赖于"永不言弃"的信念？她只有一次产生过放弃的想法，那是有一门课程两度遇阻之后，心情本就抑郁，晚上母亲逗两岁多的妮子玩，又开启了一段家家户户不厌其乐的对话："妮子，你最喜欢的人是谁呀？""外婆！""那第二喜欢的人呢？""爸爸！""为什么不把妈妈排在前头呢？""她不陪我玩，也不给我讲故事！"

"偷听"到这里，大凤简直要崩溃了。童言无忌，妮子怎么想就怎么说，是不会顾忌妈妈的感受的。而妈妈明明知道以自己目前的表现，在女儿心目中的地位不可能是最高的，但仍然心存侥幸，希望女儿把自己排在第一或第二，毕竟她吃了自己一年的奶水，真正与她水乳交融的人只有自己。哪知女儿的评判标准完全排除了这一点，只以陪伴她的时间长短来作推断。大凤没法与她理论，只能暗自伤心落泪。

她越想越难过，当晚就对有恒说："要不放弃算了？一次又一次败走麦城，或许我就不是读本科的那块料。弄得女儿也和我生分了，这不是得不偿失吗？"有恒没有直接否定她因失利于考场和失宠于女儿的双重挫败而滋生的退却意念，绕着弯子问她："革命样板戏《沙家浜》你肯定也看过多次吧？还记得郭建光教导员对暂避在芦苇荡中的十八位伤病员说的话吗？"大凤当然记得："'最后的胜利往往在于再坚持一下的努力之中。'"

经他这么一点拨，大凤心里敞亮了。贵在坚持、坚持、再坚持啊！"行百里者半九十""不到长城非好汉"，这些自己当年抄录在笔记本上的人生格言怎么可以忘了呢？穿过眼前的黑暗，就能拥抱光明了，绝对不能半途而废，前功尽弃！女儿这么小，怎么可能理解妈妈的苦衷，等她懂事了，就知道妈妈当年是不得已而为之，从根本上说，也是为她创造更好的成长条件。

到那时还愁她与自己不亲吗？大可不必杞人忧天哟！这以后，她就再也没有动摇过、彷徨过。前后耗时三年半，终于圆了本科梦，而这时妮子已经入读幼儿园了。为了成为妮子最亲近、最信赖的人，考完最后一门课程的第二天起，她就从母亲手里夺过了每天早上送妮子去幼儿园的美差，每天晚上她则开始尝试新的必修课：给妮子讲故事。

大凤将本科文凭收入囊中后，母亲的负累没那么重了。有恒打算让母亲先歇一阵子，然后自己再报考汉语言文学本科。大弟在妮子出生之际已顶替母亲到林场工作了，干的是父亲原来的伐木活儿，但劳动强度与父亲当年已不可同日而语，因为用上了电锯。他人很憨实，不会主动去搭讪女孩子，虽然还不到婚配的年龄，母亲却已经开始为他的终身大事着急了，正四处托人物色未来的大儿媳。

照看外孙女的这几年让母亲元气大伤。办完退休手续后，她一天也没歇，就搬进了大凤家当起了全职保姆。白天，妮子都交给她，没一个帮手。有恒他娘来过几回，见插不上手，也就不来了。母亲并不希望她来，两亲家一块儿管孙辈，难免有意见不一致的地方，一个不留神，就闹出纠纷伤感情，宁可一个人带辛苦点。大凤也是这个意思。

自己家里还有一摊子事，对住家的三个孩子母亲也不怎么放心，尤其是淘气捣蛋的小儿子，虽然有哥哥姐姐监管着，她还是担心他闯出祸来。所以，星期天她必定要回去一趟。有时，头一晚梦见家里喂养的鸡跑丢了，或者自留地里的蔬菜给猪啃了，第二天有恒一下班，她就心急火燎地往乡下赶，回家料理一番后再连夜返回镇上，常常跑得上气不接下气。

好在她精神上始终是愉悦的。都说"隔代亲"，她算是体会到了，自己的儿女小时候做错了事，她非揍即骂，从没给他们看过好脸色。可妮子为了听响声，故意把热水瓶给踢翻了，她却不舍得碰她一指头，连大声吼她也狠不下心来。妮子给她一个笑脸，她会酥到骨子里去，每个毛孔都滋滋滋地往外冒蜜汁。

六

大凤考出来后，母亲的确也想歇一歇了。但一旦真的歇下来，她就觉得浑身不舒服，这里疼那里痛的。尤其是胃里，吃下东西要么梗在那儿，要么烧得慌。她想，大概原来一口真气提在嗓子眼里，整天手忙脚乱的，把所有的病痛都罩住了，如今放松下来，真气涣散了，病痛就出来作乱了。她隐隐觉得，这病痛可能有些来头，没那么简单。

她不想跟大凤说自己的病痛，怕她大惊小怪，逼着自己去医院检查。这年头，林区得癌症的人渐渐多起来了，她虽是个医盲，却也知道得了癌症是治不好的，有的人家治得倾家荡产，还是难逃一死。所以，不得这绝症是万幸，得了就自个儿不声不响耐受着，千万别跟子女吱声，子女得知了替你治还是不治？

但母亲的病痛并没能瞒得过大凤的眼睛，因为她的脸色比父亲去世时还要焦黄，而腰也常常直不起来。大凤不敢稍有耽搁，请了事假领她到镇医院去诊治。一开始大凤也没往坏处想，还以为就是普通的胃病。母亲对症状故意轻描淡写，多少也误导了大凤。镇医院的大夫凭经验给开了两副胃药。一周后，病情未见减轻，而人却越来越消瘦，还便血。大凤觉得非去县医院检查不可了。

好说歹说，母亲就是不听。她认准一个死理：要真是胃里长了个毒瘤子，治不治都是个死，就不要糟践国家钱财了。母亲曾经是国营林场的正式职工，享受公费医疗，治大病倒不怎么要自己花钱，这比没劳保的农民要强多了。而大凤与有恒也已经商议过了，需要自费的部分都由他俩来承担。不至于要砸锅卖铁，但就是砸锅卖铁，也要治好母亲。

可这只是他们的愿望。天从人愿的时候固然有，但在大凤的记忆中，似乎天不从人愿的时候更多。这次也是。当他们把母亲硬拽上汽车拉到县医院后，医生目测了她几眼，边开检查单边说："怎么来得这么晚呀？"接着他又用锐利的眼神看了大凤一眼："做子女要多关心父母的身体状况，等到后悔就迟了，这世上就没发明后悔药！"

第二天就做了胃镜，结果比她的担心还要残酷：胃癌晚期。她从没向组织上提过任何要求，这回却不知哪来的勇气，直接闯进了县支行领导的办公室，泣求他动用自己的人脉来疏通县医院的关系。

医院正想贷款修建住院大楼，对县支行的领导自是有求必应，动用了母亲这个阶层本来无缘享用的医疗资源，包括请地区医院最好的医生过来会诊。支行领导说这是对本系统奋发上进的优秀员工的犒赏，也可借以彰显金融机构无坚不催、无往不胜的实力，吸引更多的一流人才前来加盟。

纵然如此，也已回天无力。会诊完毕，专家组提出两套治疗方案供家属选择：一是手术治疗，存活期半年到一年；二是保守治疗，存活期三个月。而专家组并没有倾向性的意见，说明各有利弊。主意得大凤来拿了，弟妹们都习惯听她的。有恒在家里有大事要拍板时，也总是让贤。

大凤主张采用手术治疗。哪怕多活一天也是好的，更别说三个月以上了。但那样却要多增加化疗的痛苦，手术本身也有不测风险。医院反复强调这一点，为万一手术失败预留后路。但为了能延缓母亲走向生命尽头的脚步，让她多陪伴家人、多感受子女涌泉相报的孝心，冒点风险还是值得的。

但这一主张为所有家属一致认可后，却遭到母亲的强烈反对。她不愿接受手术治疗，说那是活遭罪，说自己不想变成被宰割的猪羊，说要囫囵着身子去见地底下的父亲，不能让苦等了她十几年的父亲发觉自己身上少了东西，说如果要强迫她上手术台，不如干脆一刀杀了她，也好早点与父亲团聚。大凤以为她病糊涂了，但说到别的事，她又清醒得很，家里喂养了几只鸡，地里种了几棵菜，都一清二楚。

那么，她是存心搅局，不想接受大凤费尽心力安排的手术了。她从来没有表现得这样执拗，这样不通情理，仿佛含辛茹苦、忍辱负重了一辈子，这次要不管不顾地任性一回。但这只是表象，从她的只言片语中，大凤渐渐悟出了她骨子里不是怕自己"活遭罪"，而是怕子女跟着自己"活遭罪"。此外，还怕国家及子女为自己花"冤枉钱"。

大凤一从医生办公室回到病房，母亲就问："动这个手术得花老鼻子钱吧？"大凤说："嗨，你操这个心干吗？你有公费医疗，国家会掏钱的。"母亲不满她这种口吻："你这叫什么话？国家的钱不也是钱吗？"母亲已经多年没有这样抢白她了，看得出，她是真的生气了，为女儿把国家的钱不当钱。

大凤自知失语，但她只是不想让母亲为医疗费发愁才故意那么说，哪料到会惹恼母亲。母亲显然误以为她对国家的钱袋子不像自个儿的那样捂得紧，所以接着教训她说："你是替国家管钱的人，手可不能太松了，该掐的一定得掐住，别怕伤人面子！"大凤心想：娘啊，你也太抬举女儿了，我只是一个普通的银行职员，咋就成了"替国家管钱的人"了呢？

但母亲的教训还是有道理的。在母亲有限的认知中，钱都是从银行进出的，在银行工作，当然也就是替国家管钱啰！如果自己有朝一日，真能成为替国家管钱的人，是必须照母亲说的去做的。母亲处于社会底层，基本上没有文化，但她的见识与境界却要高于许多有地位、有文化的人。在这以后的职业生涯中，她的这一判断不断得到鲜活案例的支撑。

母亲也担心子女为她花不该花的钱。那天中午，母亲突然对大凤说："我不会动这个手术的，更不会往身子里打什么'蛋白'，家里鸡蛋有的是，我每天吃鸡蛋就是了。"大凤明白她是听到主治医生在走廊里与自己说的话了。讨论医疗方案时，有医生说，术后注射白蛋白，可以增强免疫力，但这只能自费，而且价格很贵，还不一定能搞到。大凤当场表态，只要有疗效，价格可不考虑。医生联系过之后，告诉她已找到货源，价格每支五百元。

医生还说，每周要注射一支，这样，每月光这一项的开支就要两千元，这对普通家庭是非常沉重的负担。所以，他要大凤再慎重考虑一下。他俩对话的声音很轻，但还是被母亲听在耳里。她肯定认定这是大凤为尽孝心而不计后果地花冤枉钱。大凤真后悔与医生在走廊里说这事，医生不用提防谁，她却必须提防宁愿自苦也不愿苦了子女的母亲。

以母亲的心理承受能力而言，这药简直就是天价了！银行待遇再好，大凤每月的工资奖金也不够买一支白蛋白呀！大凤不是没有犹豫过。但她本能地觉得，只要能延长母亲的生命，付出再大的代价也不足惜。可这只是她一厢情愿的想法，没有母亲的首肯，根本就实施不了。

任她磨破口舌，乃至黔驴技穷之际拉着弟妹一起下跪乞求，母亲就是不答应手术，更别说注射白蛋白了。你总不能把她老人家绑到手术台上去吧？大凤无计可施，只好屈从于她钢铁般的意志采取保守治疗方案：服药加输液。入院十天后，情况似乎有所好转，人要精神些了。但医生说，千万不要乐观，化验指标非但没有改善，还在继续恶化下去，比先前精神是因为输液补充了能量的缘故。

母亲不明就里，吵着闹着要出院了，而真相又不能与她说。医生倒也并不认为非在医院里住下去不可，既然放弃了手术，回家服药也行，家里的环境总胜过嘈杂的八人病房。但大凤却觉得留在医院里的最大好处是，万一病情急转直下，可以得到及时抢救，回到家就有可能措手不及了，即使动用救护车，从镇上赶到县城也要两三个小时。

正好崔叔叔来医院看母亲，大凤便要他劝劝她。崔叔叔比母亲大六岁，去年也办了退休手续。但他厨艺好，烧的菜很对干部职工口味，尤其是有上级领导来分场检查工作时，每次他做的拿手菜都让领导赞不绝口，说比镇上的饭馆强太多了，酒也因此喝得格外尽兴。于是，分场领导就一定要返聘他，他也就退而不休，依然每天上班。

母亲刚入院时，他已经来探望过一次了。那天，这个远比父亲彪悍的男人走进病房时满头大汗，一看就是路上赶得太急了。他说，领导只给了半天假，晚饭前得赶回去给一个重要客人做菜。他是搭林场来县城拉货的卡车过来的，还得搭这辆车返回，所以不能多耽搁。他简单问了问病情，安慰了母亲几句，连一口水也没喝就走了。

母亲没说任何"感谢"之类的话，只是望着他的背影叮嘱了一句："老崔，路上小心！"他回过头来看了母亲一眼，眼里满是忧虑与爱怜。他也叮嘱了一句："好好养病，别的啥也甭想！"大凤知道，他俩的感情和普通同事不一样，在她家最艰难的那段日子里，他给予的扶助不啻冬天里透过层层阴霾的一抹阳光。

他让大凤别送，走到病房窗外，却又向大凤做了个手势，示意她出去说话。哦，那该是要向她详细打听有关情况了。崔叔叔问得那个细呀，没有一个医生有他这么上心。大凤耐心跟他解说了半天，因为他对医疗的事几乎一窍不通。临走，他从鼓鼓囊囊的裤子口袋里掏出一个大信封说："咱也使不上啥力，这点钱留着给她买点补药吧。"

他把信封硬塞在大凤手里，大凤凭手感估计有三千元左右。这怎么行？崔叔叔家也不宽裕呀！她坚持说：医药费都可以报销，别的钱也不缺，这笔钱还是先在您身边放着，真的需要时再跟您拿，搁我这儿，医院人多眼杂，遇上"三只手"就糟糕了。崔叔叔说不动她，只好把信封揣走了。

他用手紧紧捂住裤子口袋。刚才进病房时他就是如此，让大凤还多少有些纳闷，以为这是因紧张而导致的下意识动作。原来是这笔巨款把他变得小心翼翼。他离去的脚步有点迟滞，大凤甚至看出了几分踉跄和落寞。大凤十三岁那年初见崔叔叔时，他是多么壮硕啊！一抬胳膊，两袋五十斤重的面粉就轻飘飘地落在了他肩膀上。十多年过去了，他的身板还硬朗，老态却已经无可遮掩了。

崔叔叔第二次来时带了支老山参，说是专门托人从山里采来的。药店里卖的山参，他信不过。大凤不懂这玩艺儿，但满大街都是卖野山参的，不免令人起疑。野山参不是野菜花，岂能俯拾皆是？崔叔叔带来的这支，是和有恒父母送来的那支不同，看上去精气神要足一些。这是大补元气的好东西，一定要逼着母亲吃下去。不过，请人去采也得付钱吧？以崔叔叔的脾性，肯定不会亏了采参人。那么，这次又该让他大大地破费了。

听说崔叔叔要过来，大凤特意等在医院门口。她想避开母亲，单独和崔叔叔说会儿话，而重点是要崔叔叔发挥他的影响力，打消母亲出院回家的念头。崔叔叔是母亲最信赖的人，他的话比子女管用。崔叔叔一口答应了她的请求。可是，与母亲交流过之后，他的态度却来了个一百八十度大转弯，完全站到母亲的立场上，主张还是出院回家了。

也不知母亲使了什么巫术或者给他灌了什么迷魂汤。大凤忽然意识到，母亲对他的影响力可能要大于他对母亲的影响力。母亲貌似柔弱，骨子里的坚韧与刚强却不仅胜过一般的女人，连很多男人也自愧不如。母亲对崔叔叔说了些什么，她不知道，因为母亲把她支使开了："凤儿，娘眼睛痒，你去找医生开一支眼药水。"

回到病房时，大凤看到崔叔叔的手伸在被子里面，而母亲的手好像也放在同一位置，应该是握在一起。大凤有意轻咳了一声，提醒他俩自己回来了。咳声未落，崔叔叔的手就从被子里抽出来了。然后，面朝大凤说："凤儿，还是听你娘的吧，回家了她才心安！"本来指望他给自己当说客，岂料他中途倒戈，反给母亲当起说客了。

七

大凤最终还是没能拗得过母亲。母亲不是铁石心肠，但只要她铁定了心肠，那就谁也无法改变她。大凤庆幸，当年母亲没有打定要她辍学帮助自己养家的主意，否则，无论她怎么苦苦哀求，只怕都无济于事。

母亲不知什么叫"全局观""前瞻性"，但她固执己见非出院不可，却是从家庭整体的安宁及大凤夫妇的前途着眼来考虑问题的，说到底是不想拖累子女。崔叔叔不小心泄露了天机："你娘怕住在医院里，你和有恒轮流请假陪护她，给领导落下坏印象，误了前程。有恒又在参加啥考试，把时间耗在医院里，她不知有多挠心。再就是，她不出院，另外三个小的也牵肠挂肚，工作和学习都提不起精神头，还老想着跑过来看她。她说，这不是闹得鸡犬不宁吗？叫她怎么住得下去？"

在出院后的去向问题上，母亲又和大凤顶牛了：大凤要她住到自己家去，方便到镇医院就诊与配药。母亲却要"落叶归根"，住回乡下老家去。她说自己其实用不着别人来照顾，大凤如果不放心的话，可以从村里雇个人住家里与她做伴。大凤每周回来看她一次就行了，千万别每天来回跑。但回来时一定要把妮子带着，让她看上几眼。

妮子是母亲的心头肉。母亲住院期间念叨得最多的就是她了，而妮子也总是带着哭腔问姥姥去哪了。大凤本想把妮子带到医院去，让祖孙俩亲热一番。但母亲不同意，说医院这种脏地儿，小孩子来不得。有恒马上表示"这话有道理"，便作罢了。大凤当然清楚，母亲不愿住到自己家去，是怕妮子天天与她这个病人相伴沾上晦气，不然的话，妮子朝夕都在她眼皮子底下，那才快活呢！

母亲就这样住回了老家。大凤只能往好的方向去想：或许找到了"落叶归根"的感觉，对母亲的病情是有利的。但在她的坚持下，回老家去看母亲的次数由每周一次调整为两次。星期天的那次带妮子同行，周三那次则自己独往。大凤反复和母亲说，这病不会传染，母亲却依旧忌讳得很，不让妮子往她怀里钻，顶多拉一拉妮子肉乎乎的小手。没过几分钟，就让妮子的大舅将她领到外面去玩。

大弟还在伐木队工作，干活不偷奸耍滑，肯下死力气，已有两次被评上"先进"，队长有心培养他当接班人，正教他如何带队伍。但他这方面悟性不高，还得慢慢淬火。他已快满二十五周岁了，还没有对象。他自己不着急，却成为母亲的一块心病。大凤四处托人介绍，前后相亲不下二十次，但要么别人看不中他，要么他看不中别人。最近，大凤又看过两个女孩子的照片，觉得与大弟还算般配。她希望能尽快有结果，好给母亲冲冲喜。

母亲住回家后，大弟就很少加班了，每天晚上都回来陪护母亲。别看他口笨舌拙的，不会说让人暖心的话，照顾母亲一点不比大凤粗心。大凤看到，喂母亲喝水时，他都会自己先喝一口试试水温；而且总是一小口一小口喂，怕母亲喝呛了；母亲嘴角渗出一滴水，他也会马上轻柔地用毛巾拭去。

二弟和小妹分别由林校和农校毕业分配回林场工作了。这倒遂其所愿，因为他俩那时并没有什么鸿鹄之志，"立足林场，胸怀世界"的口号是记得的，却压根儿不想"走向世界"，林场就是他们的全部世界。大凤曾试图动员他俩参加高考，说今非昔比，他们不必顾虑家里的经济负担，大姐供得起。但他俩既无实力，也无雄心，最终拂了大姐的美意。

身体每况愈下的母亲越来越爱回忆过去了。怀旧不是专属于文人的习性，人到晚年，都会常常不由自主地想起并不如烟的往事。每次说到当年的高考，没让大凤填报本科院校的遗憾就如林海涛声般呼啸在她心头，让她觉得这辈子都亏欠了大丫头。这层意思她以前从不说出口，现在则总是放在嘴上说，说得大凤都有点厌烦了。

母亲这种状态，让大凤有一种不好的预感。她最怕母亲说："唉，妮子读大学这一天，娘是肯定等不到了。到那时，你别忘了到爹娘坟头烧几张纸，给俺报个喜讯，让俺也乐呵乐呵！"但母亲不光经常这样说，还更让大凤伤心地预测："只怕娘也等不到你大弟成亲的日子啦！你要代娘张罗好，别让你弟媳娘家人挑了礼去！"

一语成谶。母亲不仅没能熬到大弟成亲那一天，而且没能等到大弟把对象领到她跟前看一眼。临终前一天，她已经水米不进，呈现出油干灯尽的迹象。按照乡风民俗，除非万不得已，人是不能在医院"老"去的。所以，大凤也就没有送她去医院。不过，大凤把镇医院的医生请回家来诊断。医生搭了一下脉，就退出屋子对大凤说："准备后事吧！"

先前一直昏睡的母亲忽然清醒了，说想见一见崔叔叔，因为这辈子她谁也不欠，就欠两个人的，一个是凤儿，一个就是崔叔叔。大凤正准备差人去请崔叔叔，他已经闻讯赶过来了。这回，他与母亲似乎已不在乎别人是否会议论他俩的关系以及怎样议论了，他一到床前就握住了母亲的手，而母亲也没有挣脱。不是没有力气挣脱，而是根本就不想挣脱。

母亲是强笑着与崔叔叔说话的："老崔啊！后半辈子能遇上你是俺的福分！要没你罩着，俺家也没有今天。几个孩子都已拉扯大了，也都比他们多娘有出息了，俺对得起他爹了，地底下见着他腰杆子可以挺得直直的了。可俺对不住你啊！受你这么大的恩惠，却啥也没报答，心里亏欠得慌，只好下辈子……"

说到这里，母亲咳嗽起来。大凤以为自己已经猜到母亲下面要说什么了，心情有点复杂，觉得英年早逝的父亲真的太不幸了。但母亲实际说出的却出乎她的意料："下辈子……给你当牛做马！"大凤敏感地发现崔叔叔脸上掠过一丝失望的神情，但瞬间便又转化为伤心。他用手指为母亲抹去眼角的泪花："你胡说些啥呀，让娃娃们笑话！如果有下辈子的话，咱做你的亲大哥，你做咱的亲妹子！"

母亲开心地笑了，不似先前硬挤出的笑容那样带有几分凄惨。她转过头来问大凤："你离家去上学时崔叔送你的水壶还在吗？"大凤答："还在，结实着呐，好使着呐！"其实，她已经很少使用它了。当年的时尚物件儿，如今已成为年轻人瞧不上的老古董了。但她一直没扔，把它藏在木箱里，那是为了记住崔叔叔对自己的好。母亲又欣慰地笑了："留着它就好！"

她让大凤和崔叔叔换个位置，坐到自己跟前。刚才与崔叔叔紧握的手这回攥住了大凤："凤儿，娘还有一件对不住你的事，一直像石头压在心里：你去省里读书前，娘知道你可喜欢皮箱咧，娘也想顺你的心一回，特意赶到县城百货店去看了，贵得没谱，抵咱家三个月菜钱，娘就没舍得下手，害得你要带又笨又重的大木箱去省城上学，没少让同学笑话吧？以后，妮子去大地方上学，你可得给她备一个最新式的皮箱啊！"

大凤心念一动：何不现在就赶往县城，把母亲心心念念的皮箱买回来，让母亲看一看、摸一摸它，这样，在她离开人世时可以少一个遗憾。她马上联系村里跑运输的张二虎，让他拉自己去一趟县城，价格由他开。二虎说：乡里乡亲的，谁没有求人帮个忙的时候？你就别硌硬俺啦，给个油钱就行。一路风驰电掣，就差闯红灯了。不到三小时，大凤就拎着店里最新潮的一款皮箱返回到母亲床前。

母亲这时已进入弥留状态了。大凤大叫一声："娘，你看！"把气若游丝的她从鬼门关前拽了回来。她吃力地睁开眼皮，看到大凤手中的皮箱，眼里迸出几点火星，断断续续地吐出一句："比娘……当初想……给你买……买的好看！"大凤把皮箱塞过去，她伸手触摸了一下就不再动弹了。

母亲的葬礼比父亲的风光。这是倡导"移风易俗，丧事从简"的年代，不像后来那样复古。大凤姐弟没有披麻戴孝，也没有请来和尚念经，但雇了吹鼓手，也办了斋饭。来吊唁的亲友很多，坐了满满十五桌。林区没有废除土葬，母亲与父亲埋在同一个墓穴里。填上最后一铲土之后，大凤姐弟四人抱成一团哭得死去活来。

崔叔叔参加完葬礼就跟跟跄跄走了。他说心里闷，吃不下斋饭，也没心思与人搭话。葬礼的头一天，他主动找大凤说了发生在他与母亲之间的事："咱知道你心里一直有个谜团，就是咱和你娘的关系到了哪一步。咱也知道，咱和你娘无论处到了哪份上，你都不会有意见的。你一定看到了，咱对你娘平日也有点亲昵的小动作，好像手脚不干不净的。但咱俩之间啥事也没有，清爽得很。

"哎，索性直说了吧！咱俩从没一起睡过，咱也从没摸过你娘的身子。咱倒是有想法，可你娘不干呐！本来，咱俩都死了暖被窝的人，睡到一个枕头上也没人会说啥。可你娘脑子就是转不过来，怕遭别人指指戳戳，更怕子女心里不舒坦。咱就没看到过这么封建、这么死心眼的人！

"明铺不成，暗盖也不成。她只许咱的脏手隔着衣裳揩一点油，伸到衣裳里去就要和咱翻脸了。咱心里再痒痒得不行，也只能忍着。日子长了，咱慢慢就服了她了，龌龊念头也就淡了。咱也痴心妄想过，这辈子做不成夫妻，也做不成姘头，来世怎么也得把她给娶了。可你娘——嗨，不说了，咱与她下辈子也只有做兄妹的命。

"再一想，有这么个知冷知热、重情重义的妹子，咱也该知足了。咱保护她、帮衬她，别人都看得到，她对咱的情分只有咱心里最明白。别的不说，就说咱的铺盖吧：咱平时都是住在食堂里的，她来之前铺盖都是油脂麻花的，她来之后，隔段日子就在工休时间给咱洗得干干净净。换下来的衣服也都是她洗的。她还不让咱张扬，还要说什么没能报答咱。心肠这么好、心胸这么宽的女人咱一辈子也没见过！

"不光咱对她有想法，对她起歪心思的领导也有啊！谁叫你娘长得那么俊呢？喝多了酒的男人有时就管不住自个儿了，有一天咱就撞见一个禽兽把她堵在茅房外动粗，给咱一拳揍了个满脸花。那以后，咱瞧见谁对她动了花花肠子，咱就故意显出和她很亲热的样子，让他误以为她已经是咱的人了。你看咱这凶神恶煞的模样，欺负咱的人，那不是太岁头上动土吗？谁敢碰她一手指试试！"

崔叔叔的这番讲述，确实解开了大凤心中多年的疑惑。她没想到母亲与崔叔叔的关系原来是这样子的。要不是崔叔叔主动释疑，她也许永远不可能知道真相，也就会对母亲一直误解下去。虽然母亲与崔叔叔即使真有点什么，她也完全能够理解，并不会心生芥蒂，但真相是这样，却让她对母亲更加崇敬。

第 七 章

一

走出男生第八宿舍楼后，杨小倩才发觉今晚的天空比往常要澄澈和寥廓得多。月亮又大又圆，桂树、玉兔及嫦娥的影子摇曳其间，幻化出令人遐想无穷的画面。哦，今天该是月盈的日子吧？但今天也是个伤心的日子呀！为什么天象如此呢？哎，月之盈亏与人之悲欢常常是无法对应的，有时甚至是彼此逆行的，不然，苏轼也就不会发出"不应有恨，何事长向别时圆"的喟叹了。

原本稀疏可数或完全隐没不见的星星，此际也成群结队地爬上了天幕，组成一条虽不壮阔却也流光溢彩的星河，呈现出如今已难得一见的星月交辉的奇观。她虽然是个夜猫子，但极少在子夜后走出室外"仰望星空"。在突如其来的金世遗轻生事件搞得她心力交瘁之际，意外地观赏到星空之美，尽管不可能产生心旷神怡之感，却也舒缓了她的焦虑与不安。

夜风轻拂，万籁俱寂，连秋虫也停止了它们的浅吟低唱，静悄悄地潜入梦乡。她却毫无睡意，也不觉夜凉如水，心头百感交集，哀伤、悲悯、愧疚、担忧等兼而有之。这时，她听到身后传来一阵急促的脚步声，每一步都踩在她听觉的放大器上，在沉寂的夜色中犹如春雷隐隐。回头一看，是金刚强的室友张无忌。

这个高大、帅气、阳光、聪明的富二代，也是小倩的重点关注对象。他的父亲是当地的一位著名企业家，在东海大学捐赠过一笔数目上亿的奖学金，女班长等优秀生都曾受惠。有校领导建议，能不能把"奖学金"更名为"助学金"，那样就可以惠及贫困生。他爸爸却坚持要奖励优秀生，而不考虑贫困与否的因素。

大部分学校领导也认为这样才能起到激励作用。至于贫困生的问题，可以通过国家助学贷款、勤工俭学岗位等其他扶助办法来解决。为了培养更多的拔尖人才，早日建成世界一流大学，校领导们似乎更愿意锦上添花，而不是雪中送炭。小倩从学校的许多做法都可以体会到这一点。

听说张无忌也劝过他爸："奖学金"与"助学金"，一字之差，实际效果大不一样，后者能发挥的作用更大，你就不能改一改吗？他说同寝室有位金姓贫困生，他很想以某种方式帮帮这位室友。他爸说，这还不简单吗？每月资助他一千元不就行了吗？他为难地说：问题是这位老兄的自尊心特别强，直接资助他肯定会被拒绝的。

他爸说，那你去胡吃海喝的时候叫上他呗，给他改善改善伙食。或者，把你那些穿不完的名牌服装送他几件，让他也时髦时髦。他苦叹：他要能接受就好了，我试过多回了，都碰了冷钉子。他爸双手一摊：那就没办法啰！这种死要面子活受罪的性格不改变，后面难事多着呢，说不定哪天就走到死胡同里去了。

父子之间的这些对话，是张无忌爸爸宴请包括胡书记在内的学院领导时透露的，而这次宴请又是瞒着张无忌进行的。最初，他爸想让他一起参加，好向领导们当面请教。他爸还说，下次把所有的任课老师都约到"楼外楼"去饱餐一回，让他们都对他留下好印象，方便学习成绩的提高。

宴请任课老师的想法，一提出就被张无忌否决了："你想干吗？陷我于不义之地吗？不许你做这类毁我形象的小动作！"他本来也想让老爸取消宴请院领导的计划的，老爸说已经发出邀请并且对方也已接受了。他只好要求老爸："到此为止，下不为例！"

他爸向院领导描述父子对话时，自然是过滤掉了大半内容的，只保留了有关帮助贫困同学的部分。而其用意是展示儿子的爱心。领导们也都说张无忌确实是个有爱心的孩子，他的乐于助人早已美名远扬，与乃翁一脉相承。他爸则谦道自己老来得子，有时失之溺爱，教导无方，还望各位领导多多关心、好好管教。

胡书记把这些"内部掌握"的情况告诉小倩，是希望她对张无忌予以重点关注，评奖评优时在同等条件下可以优先考虑，因为他爸对学校的人才培养工作"有重大贡献"，只要不违反原则，应给予适当回报。她说，学校的发展需要得到方方面面的支持，尤其是有实力的企业家的支持。我们要在各自的岗位上做好协调工作，服务于学校的发展大局。你以后慢慢会懂的。

胡书记说得很明确：同样是重点关注对象，金世遗重在救治、引导，张无忌重在提携、助推。受命以后，小倩对张无忌的动向自不敢轻忽。但正如金世遗对她的救治全然排斥一样，张无忌对她的提携也毫不领情。当她把全院唯一的一个"校园优秀志愿者"的表彰名额给他时，他瞪大了眼睛："拜托啊！杨老师，志愿服务比我做得好的人多着呢，怎么会单独表彰我？对了，是不是我爸搞的名堂？他这样做，是要把我放到火里烤啊！"

据小倩观察及同学反映，张无忌平日除了出手阔绰，有点挥霍成性的公子派头以外，倒也没有自恃门第、作威作福的臭脾气。谦逊低调谈不上，却胸无城府，乐善好施，交游广阔，跟谁都是"哥们儿""姐们儿"。而且，他的脑瓜子真的好使，迷武侠，迷交友，偶尔也涉猎网游，学习成绩却保持在中上水准，靠自身实力两次成为他爸设立的奖学金的入围者。当然，尊重他"内举须避亲"的强烈意愿，评奖委员会最后从获奖名单中删除了他。

在金世遗眼里，他简直就是个以猎艳和渔色为唯一快事的采花大盗，小倩也听到有女生议论他走马灯似的更换女朋友，把见异思迁、朝秦暮楚等形容男子薄情的成语诠释到极致。但他的另两位室友却不同意舆论的这些负面评价。室长为他申辩说，他在睡前的神仙会上渲染自己情场征战的赫赫战果，包括多少个女孩子主动投怀送抱、宽衣解带，他自己又如何英勇善战、金枪不倒，其实大多是吹牛，过过嘴瘾罢了。

小倩比较相信室长的说法。张无忌绘声绘色地叙述的大多是假的，金世遗却误以为是真的，这才对他产生极度厌恶乃至憎恨。恐怕金世遗在很大程度上是戴着有色眼镜看他的，经济状况的反差让金世遗本能地对他有一种抵触心理，尽管他对金世遗不仅毫无敌意，而且真诚地想助力一二。

室长说，他换女朋友的频率确实蛮高的，到大三时前后差不多有七任女友了，其中可能也有两位上过床的，但这却不是出于玩弄女性的恶习。主要原因是，他想在这个物欲横流的世界上，遇见一个不喜欢铜臭味的纯情女孩子，看中的是他，而不是他的钱包。但富二代的名声在外，女孩子靠近他的动机就难以辨别了。

谁都说爱他爱得"死去活来"，但相处时间长了，他却发现她们基本上都是物质女孩：也陶醉于花前月下的卿卿我我，但对出入于楼堂馆舍兴趣更浓。他有时故意带她们去装修简陋的路边小店用餐，她们倒也胃口不减，照样吃得很高兴，但眼梢眉角却似有一丝失落，仿佛原以为可以抱到一块大金砖，结果只捡到几两碎银子。这就让一直细心观察的他很是不爽了。

成为试金石的还有 2.14、5.20 以及农历七夕等特殊日子的馈赠礼品。热恋中的女孩子对此是满怀期待的。男孩子这天送不送礼品、送什么礼品，被上升到爱不爱、爱得深不深的高度，一般都不敢掉以轻心。如果忘记了这是什么日子，从物质到精神一点表示也没有，女孩子有的会提醒你，有的直接就生气了，结论高度趋同："你心里根本就没有我！"因为男孩子都还要父母供养，经济的宽裕程度各有不同，女孩子对物质层面的要求也因人而异。张无忌既然是名闻遐迩的富家公子，女孩子衡量礼品的标准就不自觉地飙升了。

偏偏张无忌为了考验她们，明明知道这是什么日子，却装懵懂。女孩子不得已暗示他后，他才把既不贵重也不别致的礼品奉上，一看就不用心，也没尽力。在他，希望女孩子无论收到什么礼品都笑逐颜开，但实际情况却是，大多数女孩子都把失望写在脸上。没有当场发作乃至拂袖而去的，那是寄望于他能慢慢被自己矫正，最终成为多金复多情的暖男。

但张无忌却先退却了。他和室长是被人戏称"合穿一条裤子的好基友"，可以共享所有秘密，便把与七位女友的离合过程、包括部分细节都说给室长听了。所以，当小倩求证他的一系列桃色传闻时，室长便原原本本地为他作了这些解释。

这样一来，小倩原先视他为"花心大萝卜"的印象就该是惑于表相的错觉了。"三人成虎"，听到女生中越传越盛的议论后，她曾半开玩笑地敲打过他一次："有吸引女孩子的魅力不是坏事，但女朋友换得太勤就不是好事了。让别人伤心、自己伤神，没必要嘛！难道你就不觉得累？"

他笑嘻嘻地说："累啊！身不累，心累！但……我从来没有脚踩两只船，或者一口李一口杏地乱啃。既然老师关心了，我会引以为戒的。"瞧瞧这态度，比金世遗容易沟通多了。当然，如果那时就知道室长所披露的内幕消息的话，也就没有必要敲打他了，或者换一个穴位来敲打了。

他的想法和做法都是很天真的，带有太多的理想主义成分。在家世已成为公开秘密的背景下，要对方的恋情完全排除物质欲望，不掺一丝杂质，这是不现实的，甚至可以说是不食人间烟火的公子哥儿的异想天开。所以，发现对方在物质观念上的不完美、不合意是必然的。然后便选择分手，这不是把对方当成了试验品吗？

何况还与其中的个别女生上过床了，这不是太随便、太轻率了吗？虽然现在不少女生已经把所谓"失身"看作陈腐可笑、早已过时的观念，男生在上过床后先一步提出分手，如果缺乏心理准备，她们大半会难过，却不会因上过床而痛悔。这不是什么人生瑕疵，不会影响她的下一段恋情。但作为男生，难道不应该更加严肃慎重些吗？

小倩自己对待男欢女爱的态度还是相对保守或者说比较传统的。她不是女权主义者，却固执地认为，女生的贞操还是应该守护的，不能轻易拱手相送。而男生在占有了女生的贞操后也不能轻易提出分手。反之，前者叫"轻浮"，后者叫"薄幸"。

因为有过与前男友分分合合的经历，小倩对薄幸男人说不上仇恨，也不至于嗤之以鼻，却是另眼相看的。所以，细一思量，她觉得对张无忌还是有必要示警的。而他的表态是给她的印象加分的。不管他在交友问题上有没有过错或有多大过错，她都不认为他是一个坏孩子。

刚才在他们寝室里查看金世遗的电脑时，张无忌也是非常理解与配合的。那个破解密码并保证守口如瓶的黑客就是他。现在，他追随自己到宿舍楼外，肯定不是担心自己的安全，只怕是有话想和自己单独说。那么，他究竟想说什么呢？

二

他这时的神态与往日大不相同，有点扭扭捏捏的，不像个阳光男孩，倒似个腼腆女生，而且，一副欲言又止的样子。小倩心想，这大概与金世遗事件有些关联，莫非他知道更多的内情？不会吧，金世遗是非常嫉恨与讨厌他的，不可能向他袒露自己的心声。那……一个闪念在她脑海里飞速掠过：他会不会无意中也充当了金世遗自杀的推手呢？

深究起来，他还真脱不了干系。这是小倩听过他带着哭腔的讲述后的第一判断。他往日说话语速很快，也很流畅、幽默，这时却吞吞吐吐、断断续续，让她听得非常吃力，但事情的基本脉络她却听清楚了。关键点就一句话：金世遗自杀的前一天与他发生了口角，还差点演变为身体冲突。

他说，金世遗是"早有预谋"，他则感到十分突然——

> 昨天——不不不，应该是前天了，我早上走得太匆忙，忘带手机了。咋说呢，人就像……掉了魂似的，在教室里坐也坐不安稳。一下课，我就十万火急地赶回寝室。打开门，

你知道我看到了啥？金世遗正拿着我的手机在鼓捣呢！

这一年，学校抓得紧，他很少逃课了，大概是发现我没带手机，想从中窥探某些秘密，才留在寝室的。然而，我的手机是设置了很复杂的密码的，怎么可能让他破译？两节课都过了，他还没能进入页面。因为太投入的缘故，他都没听到开门声。见我如神兵从天而降，他大吃一惊，手机摔落到地上，发出一声脆响。

我一看，是我的华为P30，当时就急眼了。我捡起手机，厉声呵斥说："你鬼鬼祟祟地干什么？想偷我手机怎么的？"怪我太不冷静，话说得太冲，伤人了，但这口气我也憋了很久了。从大二起，不知他脑子里哪根筋搭牢了，总是给我看冷脸。主动与他搭话，他先还哼哼哈哈的，后来就不理不睬了。咱也是豪横惯了的人，啥时候这么低头过啊？还不是念他可怜！这时我实在压不住火气，才第一次对他发作。

一个"偷"字激怒了他。他暴跳起来，冲到我面前指着我的鼻子说："谁稀罕你这破手机？送我还不要呢！你要敢侮辱我的人格，我就不客气了！"哈哈，这是要动武的节奏啊！可真要打架的话，他哪是我的对手哇！他反应这么激烈，反倒让我冷静点了。我退后一步放缓语调问他："那你为何拿着我的手机呢？"

想想又觉得不解气，便又补了一句："它总不会自己跑到你手上去吧？"他涨红着脸一时说不出话，跨前一步扬起拳头说："你……你……你！好，明人不说暗话，我就想看看你干了多少玩弄女性的勾当，手机里隐藏着多少证据！"嘿嘿，原来是这样啊，为广大女同学打抱不平来了！这碍着你什么事呢？眼馋是不？

他吐出的"玩弄女性"四个字也让我火冒三丈，这是往我身上泼污水啊！我知道外面有这样的恶评，主要是一些与我有过感情纠葛的女生散布的。最恶毒的还有称我"高衙内"

的。这是哪儿跟哪儿呀？我爹就是个商人，有些银两而已，和手握重权的高俅根本没法比，为了做成生意，他也经常要跪倒在高俅之类的人物面前的。再说，我何曾有过高衙内那种强占民女，连东京八十万禁军教头林冲的老婆都要调戏的恶行？但我问心无愧，也就不理会这些污蔑。

但别人都是在背后胡言乱语，他是第一个当面挑明的。我无须自证清白，这时却必须有所反击。现在想来，我可能犯了策略上的错误——不该进一步刺激他。我不怒反喜，很"流氓"地说："想知道我如何玩弄女性吗？用不着费力到我手机里找证据，我详详细细说给你这个变态狂听，保证足够生猛。先说哪一段？"

他更加怒不可遏，扬起的拳头挥出又缩回，一把揪住我的衣襟："你找死啊！"这也是他第一次凶相毕露，以前只觉得他"冷"，现在才发现他盛怒之际还是蛮"凶"的。但我哪尿这一壶哇？我瞪大眼睛直视他，他也眼睛一眨不眨地盯牢我，目光的厮杀代替了拳脚相向，这比较符合我们的身份和教养。

对峙了约摸十分钟后，他软化了一些，问我："你睡过王某某了？"哦，这才是他真正关心的吧？一直以为他"素"着呢，没想到也有意中人啊！我故意气他："是你那个老乡吗？睡过了，你想怎么样？"他又像头发狂的狮子了，龇牙咧嘴的，仿佛要把我撕烂似的，但最终只是咬牙切齿地说："你这个流氓、无赖、恶棍，打你会脏了我的手！"

我火上加油说："打我？也不称称自己有几斤几两？我张无忌打遍天下无敌手，不过，本少爷不打无名之辈，和你动手，坏了我一世英名！"甩出这串话后，我就摇头晃脑地走了，任他在身后咆哮，这是很不应该的。更不应该的是，我"嘭"的一声使劲带上门后，又推开它扔下更刻毒的一句话："她正等着你去安慰呢，可别错过机会哟！"

　　这之后他是不是会歇斯底里，我就不知道了。我也没再见到过他。等到他跳楼的消息传来，我惊呆了，也吓坏了！这……这……这会不会是我造的孽啊？老师，你说我是不是罪人？我太过分了，不该那样说的！我真的是太混账了！

　　说到这儿，他已是泣不成声，沉浸在深深的忏悔与自责之中，与他一向示人的阳光男孩的形象相去甚远。唉，这些95后的大学生大多是染色素变异的矛盾综合体，有时很复杂，有时又很单纯；有时很成熟，有时又很幼稚；有时很坚强，有时又很脆弱。而更让她深有所感的是，他们大多数场合都非常善良，但在应激情况下也会有那么一点小邪恶。小倩认为张无忌就是这样。

三

　　他的本名叫张云鹏，寄寓了草根出身的父亲希望他展翅高飞、腾身于云霄之中的宏愿。他说的王某某，正是金世遗在"心路屦痕"中用浓墨重彩描写的那位又爱又恨的女生。她的特点不明显，既没给年级添彩，也没给年级添乱，可圈可点之处较少，所以小倩对她印象不深。

　　这个平日不显山不露水的女生，与其发生情感纠葛的男生竟然一个是全班最富有、最帅气、最潇洒的，另一个是最不富有、最不帅气、最不潇洒的，刚好位于大众评价尺度的两端。这个"三角"的形成，多少带有荒诞剧的色彩，其中肯定有命运之神的拨弄。

　　张无忌掏出手机看了看："哟，老师，已经凌晨四点了，我能再耽误你一点时间，解释一下我和王某某的事情吗？我不怕金世遗误解，但怕老师误解。"他是为数不多的几个对她使用"你"的学生，大部分同学、包括女班长和金世遗都毕恭毕敬地称呼她"您"。这也见出他的不羁。

　　她不喜欢听"您"字，也不喜欢用"您"字，尽管身在职场，往往不得不用。她是北方人，"您"字的发音对她来说一点也不吃力。有些南方人咬起"您"字来，听起来就很别扭了，感觉他像舌头折断了或者嘴里含了个味儿挺重的大蒜头似的。因此，学生对她使用"您"，常让她有一种不适、甚至不悦感。

张无忌不仅在称呼上，其他方方面面的表现此前也没有让她感到过不悦。但他刚刚追述的怒撑金世遗的那些话语，却让她极度不悦。不是说优势太明显的你必须对金世遗处处忍让、迁就，打不还手，骂不还口，以免爱钻牛角尖的他想不开、干傻事。但至少你不该与他一般见识，挤对他、挖苦他、刺激他呀！而且，你身边已经珠环翠绕、美女如云了，为什么还要将他苦恋的王某某收入囊中、引发与他的冲突呢？

也好，既然他愿意诉说，那就忍住疲劳，且听他如何为自己辩白吧——

老师，听说你在敲打我之前专门找室长了解过有关我的种种绯闻的虚实，你叮嘱室长"这些私人闲聊的内容就不必告诉张云鹏了"，但他还是提醒我了，不是故意违抗老师的指令，是他觉得有提醒的必要。我以为你会狠狠刮我的胡子，你却只是轻轻敲打了一下了事。这说明你的基本判断和室长是一致的，并没有把我看得太坏。

刚才我没有顾得上细述我和王某某的恩怨，但这是我和金世遗之间的一个死结，本来可以当他面解开的，由于我一时丧失理智没能这样做。现在，我必须向你报告真实情况：我其实并没有和她上过床。我是气愤他偷看我的手机，为了激怒他而故意歪曲事实的。

然而，她怨恨我是真的。你肯定会想，我和她之间好像并不般配呀，怎么会和她好上呢？这确实可能有点出乎人们的意料，事实上外面知道我与她好过的人也不多。她和我的态度不同，恨不得满世界的人都知晓我正与她热恋，似乎这挺风光的。我却认为这是两个人之间的事，何必张扬呢？所以我坚决不同意对外发布有关信息。

她对此是很不乐意的，抗议说："你以前的女友都是公开的，为什么要将我雪藏呢？是因为我不够漂亮、洋气，拿不出手吗？"我嘴里说："你想多了，哪有这回事啊？"心里却一激灵，没准还真是这么回事儿。

她是在我的空窗期乘虚而入的。那天和她一起参加志愿者服务活动，休息时其他人都在玩手机，只有刚好坐在我身边的她捧着迈克尔·波特的《竞争战略》看得十分入神。这吸引了我。只有与众不同的女孩子才能为我所关注。

我以往的女友也都是有特点的，要么特别美艳，举手投足不乏风骚，女人味儿十足；要么特别活泼，会搞怪，善谐谑，成天乐呵呵的，能时不时地让我捧腹。她这样的我还真没交往过。我问她这本书写得怎么样，她啪啪啪一气列举了它五大独创之处。哟，这个相貌平平、成绩平平的女孩儿还挺内秀哇！别看我考试成绩比她好多了，还真说不出这般营养丰富的话来。

我又随便提了几个与迈克尔·波特有关的问题，她都不假思索，对答如流。我很惊异："你怎么对他这么熟悉呢？"她很淡然："因为我大一时就对他感兴趣，这本书我都看了三遍了，不然也记不住。抛开他，我就不一定比你懂得多了。"这又让我觉得她很诚实，有自己的目标与方向，不装腔作势。

总之，她给我一种清新感和朴实感，正好"闲"着的我便想换一换口味了。后来有一次，大概是双11那天吧，我带她到一家档次还算高的餐厅吃饭，她很兴奋，喝了不少酒，借着酒劲儿透了底："还记得吗？那天是我主动坐到你身边来的，场景也都是设计好的，我准备了好几天呢！要把有关《竞争战略》的那段经典评论倒背如流，再转化为自己的语气说出来，我容易吗？"

　　我再次大惊："原来你早就把我作为目标啦？"她醉眼惺忪地说："哪敢那！我这样的灰姑娘还是有自知之明的，只不过看到你这些天身边没女孩子陪着，就想试着接近一下，没想到竟然不费气力就钓到你了。我可比灰姑娘运气好，也有手段吧？"这番酒后真言，我听了有如梦方醒的感觉。第二天她说自己喝多了，不知有没有失言。托出这一担心，更让我觉得她并不简单。

　　我从此就对她存有戒心了，对她的形象也越看越觉得与自己的审美要求有差距了。而她对我的不冷不热、若即若离和日甚一日的吝啬也越来越不满。她在策略上也犯错了，不再像小绵羊一样温顺，偶尔在诉求得不到满足时会像母大虫似的撒泼，前后形象很不统一，不能不让我产生上当受骗之感。

　　在公布恋情的渴求没能实现之后，她又要我指日为誓将来一定会娶她。我当然不会答应她，连敷衍一下都懒得。她看起来是不开放的，实际上——嗨，我就不说了，我不能在老师面前毁她清誉。但我和她别的都做了，却在禁区前猛踩了刹车。对，是我踩刹车的。因为有的女孩子也许不把这当一回事，有的却很在乎。我吃不透她，担心走到那一步后她认为已经向我托付终身了，我必须对她负责任。那我就拴在她这辆战车上了。

　　另外，不怕老师笑话，我是早就尝过禁果的人了，这方面的欲望并不迫切，所以，我是没有"欺负"过她的，虽然她几次不解地问我"为什么欺负别人却不欺负我"？老师，我没骗你，不信的话，可以请她到医院做个检查，证明……证明我没有说谎。她说过"要把第一次留给终生不负自己的人"。由这个暗示，我想她应该还是所谓"处女"吧？

　　我和她好上的速度很快，分手却是一个由热趋冷的渐进过程。摊牌那天——哦，也就是前几天——她已经做好心理准备了，知道这是迟早的事，因此还表现比较冷静，没有"一哭二闹"，更没有威胁说要"上吊"，她只是提出一个要求：把我的佳能 5D4 相机和长焦镜头留给她作为纪念与补偿。

这个要求其实也不过分。和前面的女友分手时，我也会给她们一定的经济补偿，毕竟在精神上亏欠了她们嘛！她此前除了心安理得地接受我在一些特殊日子的小馈赠外，没向我开口要过任何东西。不知这是不是一种"放长线"的做法？她喜欢摄影，给我看过用手机拍的一些风景照，还是很有艺术创意的，我便把自己的佳能相机和尼康镜头交给她使用。

当时，我既没说是"送给她"，也没说是"借给她"，只是说"你先拿去用吧"。本来我也没打算分手时要回来，如果她仅仅说留作纪念也罢了，她却还要什么"补偿"，这就惹恼我了。两情相悦才走到一起，谁也不欠谁的，凭什么要我补偿呢？我对"补偿"这个词非常反感，便断然拒绝了她的要求："不行，我们当初没有过约定，你必须还给我！"

她恰恰在这一点上是心理准备不足的，于是再也无法冷静了，发出河东狮吼般的哭叫："你……你不是……人！"这大概是她能想到并说得出口的最恶毒的语言了。但也恰恰是这四个字让我浑身一震，开始反思过去的行为是不是越出了人类文明的底线。

不，我始终不认为自己在交友问题上存在反人类或非人类的倾向，但我的行为方式确实有值得检点之处，以追求所谓摈弃了金钱考量的真爱为理由，走马灯似的更换女友，这至少对女性的不尊重，是为了满足一己私欲而不惜伤害别人——当然，不全是我先提出分手的，也有对方从我身上榨不出期望的油水而主动撤走的。

但我从来没有受到过来自她们的道德批判，更没遭受过"你不是人"这类直指人性的严厉谴责，也就从来没有产生过愧对她们的负疚感。她的断语犹如当头棒喝，让我醒悟到也许需要"重新做人"。回过头来再审视她热恋时的种种举动，好像还是她对爱情的态度要相对严肃些，交友也很慎重，据她说这是第一次坠入情网，而我，则差不多是情场老手了。

借用长江学者高院长惯用的学术语言来说，在经过宏观层面的反思和微观层面的检视后，我决定改弦易辙，不再搞什么脱离现实、不接地气的爱情实验。说这是"浪子回头"可能不太确切，大致就是这个意思吧。第二天——就是三天前，我发了条微信给她，向她表达了歉意，祝福她收获真正的爱情。

同时我还对她说："相机和镜头就永久留在你这里吧，因为你比我更需要它们。"半小时后，她回复了两个字："谢谢！"又过了半小时，她发来第二条微信："我们还能做朋友吧？"我回复："当然！"这段故事便算画上句号了。她心里也许还有些怨恨，表面上却已风平浪静了。

昨天我曾与她"狭路相逢"，彼此都很礼貌，没有仇人相见的味道。随着围绕相机与镜头发生的争端的平息，我们都释然了，今后肯定不会是仇人。事实上，我和历任前女友也都没有成为仇人。不管她们背后会不会说我坏话，见了面我们都还是要么客客气气要么嘻嘻哈哈的。

我不明白金世遗——不，金刚强，这时候再称他的诨名就太不尊重他了——他从王某某那里听说了什么，难不成她编造了遭我诱奸的谎言？不会吧，这对她也不利呀！我怎么也想不通……

小倩完全明白了：王某某在"被分手"的当天深夜，巧遇金刚强。看到金刚强对自己那么关切，她一时难抑愤恨，就把刚才指斥张无忌的话换了个人称又说了一遍："张无忌……他不是人！"这话的含义太丰富了，她又没做任何解释与说明，金刚强便误以为张无忌"睡过了"她，旋又抛弃了她。而张无忌偏又赌气"将错就错"，承认了他的猜测。这就使得他怒火无法熄灭了。

假设当时张无忌不是采取针锋相对的态度，与他硬碰硬，而是以柔克刚，说明真实情况，那么，他是否还会陷入极度激愤的情绪中不可解脱，对人生、人性彻底绝望呢？会不会还有那搅起校园惊涛骇浪的纵身一跃呢？但世上哪有这么多假设啊！事情已经不可挽回地发生了，所有的假设都是自欺欺人的马后炮。

现在，有一点推论是可以成立的：金刚强与张无忌的激烈争吵，是压垮骆驼的最后一根稻草。当时他的精神已处于崩溃的临界点，犹如站在危崖边摇摇欲坠，这次争吵就像在他身后击一猛掌，他再也无法维持身体重心的平衡了。可是，这难道应当由张无忌来承担间接的责任？

不能！小倩坚定地认为不能。早已不堪重负的骆驼，无论给它加上的是这根稻草还是那根稻草，都改变不了它被压垮的结局。这就是说，即使不发生与张无忌的冲突，也会有别的事件成为这最后一根稻草。事情本身有它的偶然性：从性格发展的逻辑看，金世遗轻生的终极命运是必然的，张无忌参与其中成为不自觉的推手则是偶然的。

我们不能要求他在那样一种情境中还能保持理智，这做不到，他毕竟是血气方刚的青年。他能将这一切毫无隐瞒地告诉辅导员，并怀疑自己是不是罪人，非常自责，这足以见出他的襟怀坦白、胸无尘滓。他完全可以三缄其口，什么也不说的。但他却什么都说了。这不是"阳光"二字所能涵盖的。他坦陈的这些情况要不要一并向胡书记汇报呢？这也是个难题。

小倩思考与处理问题时崇尚快刀斩乱麻的风格，稍一权衡，她就形成了决定：张无忌所说的一切就到自己这儿为止了，她要筑一条拦水坝把它截断，不让它流溢出去。这既是保护张无忌，在某种程度上也是保护学院与学校。

是的，为了不让事情复杂化，为了张无忌未来的锦绣人生，为了不把学院胡书记和学校陈书记推入两难境地，为了避免小报记者及某些自媒体大肆炒作，毁坏学校声誉，迟滞学校迈向世界一流高校的步伐，她必须隐匿张无忌与金世遗的争吵事件。

如果真相泄露出去，后果是可以预料的：媒体、尤其是唯恐天下不乱的某些居心不良的自媒体，一定会抓住"情色"二字大做特做文章。一个贫家子弟、一个富家公子与一个感情游移的女生，构成一个变形的三角。这本身是多么吸引眼球的社会新闻卖点！而三人又都是被视为国家栋梁的985大学的学生，公众关注度就高了。

尤其是故事的高潮部分，经他们添油加醋地一渲染就会变成：两人大打出手，血溅寝室，贫家子弟不敌而逃，悲愤交加，当场跳楼，用牺牲生命的壮举发出对贫富悬殊的社会现实的抗议！于是，这起桃色事件又融入了他们对社会问题的深层思考，报道就有了深度和高度。

这样的报道是很容易炮制的，只要有一点事实的影子，无良的影子写手就可以写出花团锦簇的文章。读了这些文章，就会激起人们的仇富心理，加剧社会转型期的阶层对立，撕裂正在努力弘扬的社会主义核心价值观。此其一，是从宏观层面看。

其二，从中观层面看，民众就会质疑东海大学的教育水平和管理能力，进而质疑学校建成世界一流大学的目标能否顺利实现。在二本和高职院校发生这样的事件，民众还可以接受，因为它们的生源质量相对不高，师资力量也有限。发生在985大学，民众就无法容忍了。最好的生源可都荟萃在你们这儿哇，这么好的苗子让你们给糟践了，你们太让全国人民失望了！如果学校的声誉毁于这一事件，那么，自己泄露这一事件就罪莫大焉！

其三，从微观层面看，张无忌和王某某两位当事人都会被淹没在唾液中。王某某会被说成是水性杨花的女子，抛弃原先热恋的贫家子弟，转身投入富家公子的怀抱。张无忌则会被描绘成倚仗父亲巧取豪夺的巨额财富疯狂猎艳、且欺压良善的恶少，成为千夫所指。这种罔顾事实的文章一旦见报，是很难澄清的。

当然还有别的不良后果：如果把金世遗的轻生归因于常见的心理问题，媒体挖不出别的猛料，炒作一阵子也就偃旗息鼓了，作为辅导员的自己和作为主管领导的胡书记、陈书记，所需承担的责任就要轻些。如果再牵扯进贫富子弟的三角恋爱及纷争，事情的恶性程度就飙高了，媒体持续炒作的动力就更足了，管理不善、教育无方的责任也就更重了。

鉴于这些可以预见的严重后果，最明智的做法就是封锁住张无忌与金世遗争吵的消息。非但不能外传，对校院两级的主管领导也要讳莫如深。如果你严格遵守程序与制度，向领导一五一十地禀报，你让领导怎么办？你能预见到的恶果，目光如炬的领导又怎么可能视而不见？那么，他们如何处置？如何表态？

肯定也是秘而不宣呗！那样的话，封锁消息的责任就转移到他们身上了，他们既要为是否继续上报而纠结，也要为如何冠冕堂皇地让你及相关知情人锁喉而斟酌。压力通常都是由上而下传递的，反过来，把压力转嫁到领导那里，就是不懂事、不成熟、缺少担当精神的表现了。

所以最明智的做法就是自己将消息一刀斩断，让事情到此为止，不再扩散。"我不下地狱，谁下地狱"，要有这种奋不顾身的精神，将来万一外泄了，只要怪罪我一个人就可以了。外泄的唯一风险点就是当事人张无忌了。这个胸无城府、不计利害的大男孩，未必对事件的后续反响有充分的估量。虽然从法律上说他几乎不需要承担责任，但不明来龙去脉的吃瓜群众却会争当道德判官，不会轻易饶过他的。他很可能还没想到这一层。我应为他分析利害关系，尽到提醒和告诫责任。

校方也绝不希望他被卷入舆论旋涡，成为众矢之的，因为他的身份比较特殊，而这一特殊身份本身就是绝佳的炒作素材：父亲捐巨资助学，儿子遂有恃无恐，恣意妄为。小倩连标题能想到："谁赋予这个学生豪横的特权""985校园里的教育不公""抹不去的特权阴影"，如此等等，生发无穷。而他的父亲也会躺枪，这就是所谓"城门失火，殃及池鱼"。真出现这种情况就非常被动了，而关键是张无忌能否守口如瓶。

必须让他守口如瓶！计议已定，小倩便字斟句酌地对他说："我好感动啊！你这么信任我，该说的不该说的，都无保留地对我说了。哈哈，你放心，我左右耳各安了一个保险箱，听来的话装进去，谁也偷不走的，除非我自己往外掏。但我怎么可能辜负你的信任随便往外掏呢？我首先想说的是，你把事情想得太严重了，他的死不是你造成的。

"当然，如果当时你能更加克制些就好了，这对你也是个教训，今后无论遇到什么事情，再委屈也不能冲动。'冲动是魔鬼'，这话你已经亲身体验过了。但你没有必要把责任揽到自己身上。大丈夫敢做敢当，这是我所赞赏的，但不是你'做'的，怎么能由你来'当'呢？乱担当、乱顶罪，这不是大丈夫，是莽汉子！

"有些情况你不了解，我也不方便和你说，为了打消你的顾虑，我只想告诉你，他轻生的原因是多方面的，而最主要的原因是由于学业和情感的一系列挫折而产生的悲观厌世之感。这是与你无关的。我不知道他和王某某之间发生了什么，但有一点我可以肯定，并不是因为你横刀夺爱，他才失去了她。他迁怒于你，是他误会了。也就是说，不是你的问题，而是他的问题。

"不瞒你说，因为工作需要，刚才我看了他的笔记，发现他在精神上极度空虚，而孤僻、冷傲、独往独来，其实正是空虚的表征。他在笔记中也多次说到'无边的空虚'常伴自己。他找不到精神上的支撑，在虚空中一脚高一脚低地彷徨，始终踩不到实处。而我们也没能给他提供这种支撑。所以，如果要说责任的话，主要是我没做好心理疏导的责任。与你何涉？

"你千万不要背上思想包袱，用莫须有的负罪感来折磨自己。那段不和谐的小插曲，天知地知你知我知，就把它作为我俩共同的一个小秘密来保护它，不给别人分享的机会。因为这个世界要远比你想象的复杂与险恶。我们的头脑也不能简单化。有些事情我们不说，不等于不诚实，而是为了维护大局，为了不被坏人和小人利用来做文章。你明白了我的意思吗？"

张云鹏破涕为笑说："这都听不明白，还配做你的学生吗？我没那么笨吧？我考进东海大学，完全是靠自己的成绩，老爸没起任何作用，我也不许他搞歪门邪道！"小倩见他的神色渐渐明朗起来，心知他思想上的重担至少已卸下了一半，大概不会在自我折磨的漫长过程中剑走偏锋、节外生枝了。于是，觉得自己这个"消防队员"又比较成功地完成了一次灭火任务。

四

"消防队员"，这是高校辅导员们对自己的戏称之一。类似的戏称还有好多，如"全天候义务保姆""心理咨询师""夜线接听员""解忧杂货店主""猎头公司资深探员""金牌职业中介"等等。入职前，如果没有烦心事，小倩每晚都睡得像昏死过去了一样，春天的惊雷也未必能把她震醒。入职后，手机从不关机的她就再也睡不踏实了，窗外风吹树动，也会让她"半夜梦中惊坐起"。

两年半以前，她还没有想到自己人生的第一份职业会是学生辅导员。那时她还沉醉在博士梦里，一心想读完博士后做一个皓首穷经的历史学者。她是具备读博士的资质的，硕士期间已在 C 刊发表了两篇论文。当然，是和导师吴贞观教授联合署名的。

这是不得已的做法。各高校都出台了硕、博士发表论文的规定，达不到发表要求，学位就泡汤了。各类学术刊物也就门庭若市，论文如雪片般飞来，没有一家不是百里挑一。发表的难度越来越大，因为研究生的招生规模像吹气球一样不断膨胀。而刊物的门槛也相应抬高，硕士生在 C 刊单独署名发表的机会降低到零，除非你的论文能造成石破天惊的轰动效应。

这就逼得导师们纷纷登场"救市"了。论文其实大多是学生写的，导师只不过在学术上拔高、文辞上润色而已，这本来也是导师应尽的职责，很少有企图染指署名权的。但刊物通例如此，导师便不得不从俗了。学校对这一游戏规则是认可的，与导师联署的论文可视为学生成果。

吴贞观教授起初无法接受在学生论文上署名的流行做法。他想凭借自己泛舟学海四十年积累的人脉，让学生的论文成为跳过龙门的鲤鱼。结果却连连碰壁。他终于意识到，自己不带着这些小鲤鱼一起跳，龙门就逾越不了。他只好放下身段，与学生并肩弹跳了。

不过，吴教授资历虽深，名头却不够响亮，身上没有"长江学者""万人计划领军人才"等能够让刊物编辑趋之若鹜的标签，给过他几回面子后，即使他慷慨地署上大名，编辑们也不那么爽快地编发了，以各种理由延宕。尤其是实行双盲评审制度后，借口就更好找了，一句"抱歉，外审没通过"就可以把吴教授这样的非著名学者给打发了。

吴教授渐渐感到力不从心了。唉！自己这点薄名，已经支撑不起门生弟子的学术天地了。作为晚年最钟爱的弟子，小倩的两篇论文是他耗尽九牛二虎之力才得以问世的。其中一篇的题目比较冷门：《论北魏拓跋焘对龟兹的攻防之策》。吴教授轻抚着杂志的封面对小倩苦笑说："这篇文章的读者或许只有三个人：你，我，再加上责任编辑。"

不光历史学，包括文学、哲学在内的所有人文学科，研究论文的受众都是很少的，除了对这一论题感兴趣的同行，几乎没有其他读者。所以基本上属于自娱自乐。从事这一行当，必须有自娱自乐的精神和孤芳自赏的性格，否则你就会怀疑自己研究的价值和意义，无法理直气壮地抗御外界对于"无用之学"的质疑。

当年高考时选择历史专业就有点惊世骇俗，多少亲朋好友为小倩感到惋惜。妈妈心目中的理想专业是金融学或会计学，那样可以母女同台唱戏，用毕生经验助她成为名角。力挺她的只有爸爸。这个业余时间都沉醉在史书中的银行政工干部，有几分天真地觉得，如果女儿以史学研究为终生职业，那就替自己圆了梦。

这时的小倩已经很坚决地亮出"我的人生我做主"的姿态了，妈妈及舅妈等在劝说无果后，只得认同她的抉择。东海大学的这一届历史学本科专业只招收了十七人，只是金融学专业的一个零头，比同专业的研究生数量还要少。这使得他们在大众化教育阶段依然享有精英教育的种种优渥。

小倩的考分比最低的同学要高出五十分左右，已经超出金融学专业的分数线了。早知如此，复习迎考期间就不必把自己熬成形销骨立的赵飞燕了。这是她唯一觉得失算的。也多少有些肉疼那白白浪费的五十分。每一分都灌满了她的心血啊！

拿到保研资格是毫无悬念的事。吴教授是她本科阶段的授业老师，对她专业学习的悟性和韧性都很欣赏，便收她做了关门弟子。老先生先还不苟言笑，只和她聊学业，慢慢地就不再端着了，聊完正题后，常沏上一壶西湖龙井，兴致勃勃地与她谈天说地、道古论今。都是些课堂上不方便说的东西，包括最近的高校轶事，如轰动一时的清华大学某教授被骗1760万的网传消息。

他说："关于此事，有五个经典评论——一是清华老师真有钱，二是清华老师也能被骗，三是这么傻的老师怎么也能在清华教书，四是这么傻的人怎么能赚这么多钱，五是骗子是北大毕业的吧？"他有所不平的是：为什么不说骗子是东海大学毕业的呢？东大毕业生的骗术不会亚于北大呀！这就有点可爱了。

说着说着，老先生就会激动起来，有时不免唾沫横飞，溅到她脸上。她很不习惯，却若无其事地笑着，心里想到"唾面自干"这个典故。回到寝室后，她要耗费掉半瓶洗面奶，对老师却没有丝毫嫌弃感，反觉得这是享受精神大餐理应付出的成本。唾沫星子的异味足以为老师不时迸出的金句所抵销。

老师的课堂教学不怎么吸引人，除了乡音太重外，与他顾忌太多也不无关系。与女弟子对坐论道时就口无遮拦了，有时还忍不住手舞足蹈，仿佛返老还童了似的，与课堂上活脱两副模样——用师母的话说，是"两副嘴脸"。

小倩记得师母有一回来给他们续水时，还打趣说："你老师啊，人老心不老，见到你这样的美女弟子，骨头都变轻了！小倩哇，你要常来家里，你一来，就有欢声笑语了。"老师难为情地笑了笑，默认了师母的调侃。她的心却咯噔了一下，吃不透师母是否还有别的用意。

只是在她印象中，那以后老师就更多地把她约到办公室去谈话了。因为不用担心"隔墙有耳"，被师母一字不漏地听了去，他就更加放得开了。不过，他从来没说过为老不尊的话语，也没有做过不少导师很自然地做出的表示师生亲密无间的爱抚动作。于是，她也就完全不设防了。在办公室交谈还有一个好处，那就是她与老师的座位隔着宽敞的办公桌，距离较远，唾沫星子喷溅到她脸上的概率就小了。

老师一辈子未入仕途，连教研室副主任、研究所副所长之类的绿豆芝麻官也没当过，爱自称为"布衣""白丁""草民"；有一次留小倩在家用餐，喝了几两花雕之后，还用"屌丝"来自轻自贱，可知他对网络用语也不是绝对排斥的。不过，对自己政治上的素人身份强调多了，小倩听出他似乎还是意有所憾的。在"官本位"大行其道的当下，普通教授的话语权是相当有限的。笑傲王侯的古代文人，如果自己能成为王侯的话，只怕很少有说"不"的。

学生中倒也不少身居领导岗位的，级别最高的是现任副校长季平章。他曾在科研处长、校办主任、组织部长等重要岗位上历练多年。老师说他"已混成了人精"，"惜乎学术水平还在原地徘徊"。这个评价不知是褒是贬或褒贬参半。不过，他还是爱跟别人提起季校长并点明他与自己的师承关系的，听到的人无一例外，都会说"名师出高徒"。

季校长对老师是执礼甚恭的，年底请老师吃饭，老师把众弟子都带去，席间吆五喝六的，季校长无不听命。小倩发现，老师貌似淡泊自守，安于现状，在校园里见到谁都笑嘻嘻的像尊弥勒佛，但内心还是有一股耿介不平之气的。这表现在他独对小倩时，对学术现状和学术名家总是会有所讥弹，而他的讥弹又往往切中时弊及人性弱点，这也是小倩喜欢听他掰扯的原因。

老师还喜欢和小倩谈论名人的私生活，老师说这些时是泯却了男女以及师生之间的界限的，视之为历史学者之间的对话。小倩不觉得这有什么不合适。偶尔带点"颜色"算什么，历史事件本来就是色彩丰富的。何况老师最后还归结到研究历史人物的基本原则，让前面说的那些生活秘闻都成为一种铺垫。这就是所谓"曲终奏雅"了。

忽然，她冒出一个大逆不道的猜想，秉持"人性论"理念的老师年轻时是否也有过一些风流韵事呢？江湖上倒是一点传说也没有，大家口中的他都是个方正的老夫子。这可能因为他把自己的历史隐藏得比较深，加以声名不彰，别人也没有兴趣来挖掘的缘故。从师母略带机锋的玩笑话看，或许他当年也是"寡人有疾"的，否则何以解释如今人已老了，师母却还不放松监管，甚至当着女学生的面说他"人老心不老"呢？

看不出老师惧内，但大学里惧内的教授据说挺多的。别看他们在各种论坛上演讲时一个个都牛气冲天，患有"妻管严"的大有人在。东大哲学系的三位教授在一起闲聊，甲教授说："我跟太太最讲民主，如果我的意见和她相同，她便服从我，如果相左，我便服从她。"乙教授说："我跟太太最讲平等，各司其职，我管理客厅、卧房、厨房，她管理我。"丙教授说："我主张独裁。家中大事由我负责，小事由她负责。还好，结婚二十年来，家里没发生过一件大事。"这即便是经过艺术加工的桥段，也该是有生活的影子的。

小倩只知道吴老师对不惧内的大学同学是非常羡慕的。他曾说起一位同居四年的室友，此人后来专攻世界史，在意大利取得博士学位后，与金发碧眼的罗马美女成婚。婚后一直住在女方家的别墅里，过着优渥的生活，平日却对妻子颐指气使，摆足了男子汉大丈夫的架势。来意大利参加国际学术会议的大学同学在他家中留宿几日，惊叹："你这是吃软饭说硬话哪！"讲这个故事的时候，师母也在。她想，这话主要不是说给她听的，而是说给师母听的。

老师还在给本科生上课。听说他上课特别认真、卖力，常常拖课。每当下课铃响过，他还滔滔不绝。学生啧有烦言。他得知后严肃地说："你们上课时不配合我互动，提问半天，也没人举手，严重影响了教学进度，只有延长时间了！"后来，学生们便积极配合，甫一提问，便纷纷举手。铃声响过，大家都以为会立即下课，却见他满脸笑容地说："既然大家兴致这么高，那我们就再讲一会儿吧！"

还有一个很恶毒的编排他的段子：本科生对他的课越来越没有兴趣，坐在后排的几位女生明目张胆地在课堂上打瞌睡了。他容忍了几天，终于忍不住了，把课本往讲台上使劲一摔，对着那几位女生怒斥道："我在上面这么使劲，你们下面却毫无反应，而且总想睡觉，难道我就这么无能吗？"一位男生嘻嘻一乐，引爆了满堂笑声，成为课堂教学的一个经典故事。但小倩认为这是被他不留情面狠批过的学生故意丑化他。

吴老师不止一次在小倩面前慨叹："老啰，不中用啰！"他比小倩的爸爸妈妈大六岁，看容貌却像大了十六岁的样子。皓首穷经的日子太单调、太耗神了，催人老哇！这两年，他有点懒得动笔了，处于述而不作的状态，好在学校考核他这样的老先生时还是网开一面的，不太较真。但他自己却不能不感到压力，"老啰"的感叹或许就与此有关。

"不中用啰"，有谦抑的成分，更多的却是一种现实感触。他办事越来越难了，有时不得不抹开脸面向过去的学生求助。小倩的第二篇论文曾像天涯孤旅的游子般在多个编辑部辗转流徙，老师努力斡旋，却不知"何枝可依"。忽然，就收到了一家C刊的用稿通知，自是喜出望外。

几天后，季校长安排小范围的同门聚会，敬酒到她跟前时，不胜羡慕地说："老师对你偏爱着呢，为了你顺利获得学位，连学生的资源都充分调动起来了。当年可没这么用力给我们推荐论文！"她这才恍然大悟，老师是借助了季校长的力量，季校长出面肯定比他管用，尽管就学术影响力而言，季校长似乎还不及他。

进入硕士学位论文写作阶段了。毕业后何去何从的现实问题摆在了面前。吴贞观教授的意见是继续跟他读博。这也是爸爸妈妈对小倩的期望。但学校突然出台了博士生导师年满六十岁就不能招生的规定，"长江学者""万人计划教学名师"等高层次人才除外。吴老师刚好被卡住了。政策一刀切，季校长出面疏通也不管用了。

师生情缘无法续写新篇，吴老师比小倩还要失落。其实，招生政策微调的信息早就有所耳闻了。全院研究生论文报告会举行时，担任评委的"长江学者"刘教授曾对小倩说："你的论文从思想到语言都不错，可塑性挺强的，如果愿意跟我读博士的话，我会考虑的。"她谢绝了这根橄榄枝："我打算继续跟吴老师学。"他诡秘一笑："吴老师学问人品都很好的，只不过……情况也许会有所变化。"

他没再说下去，小倩不知他语从何出，新规颁布后才明白这位消息灵通人士有可能参与枢密。可叹吴老师一直蒙在鼓里，提前把她的培养方案都拟订好了。她有些疑惑的是，季校长不至于也后知后觉吧，他为什么没和吴老师先通个气呢？在既定的视频时间，她与爸爸妈妈说了自己的疑惑。

这两匹识途老马分析说，提前通报的弊端不少：除了有泄密之嫌外，万一吴老师要他出手干预，让这一新规出不了台怎么办？他又不是最终决策者，干吗自找麻烦。不通报，文件公布后，老师再找他，木已成舟，也没法怪罪他回天乏力了。这正是他的老到之处。能当上校领导不是偶然的，起码得心思缜密。

吴老师已经在小倩面前抱怨季校长好几次了。她反过来劝慰老师："大师兄也有难处，您别怪他，是我时运不济。读不了博，我就先就业呗，天无绝人之路。再说，这辈子能拜在您门下读硕士，我已经很幸运、很知足了！"

小倩私下里与吴老师聊天时，都称季校长为"大师兄"，这是老师乐为之听的。遇到"大师兄"时，还是会毕恭毕敬地称其"季校长"的。称呼必须与不同场合相匹配，这也是爸爸妈妈教给她的。与季校长的年龄及地位差距摆在那儿，称大师兄固然显得亲昵些，却也有套近乎之嫌，在彼此接触还不多时，称其官衔显得更尊敬些。如今的大学校园里，称官衔已蔚然成风。小倩窃笑，自己好像比老师还要世故了。

就在这时，校园网发布了招聘学生辅导员的公告。基本条件是，硕士以上学位、党员、曾经担任过学生干部。小倩条条吻合，一商量就报名了。爸爸妈妈认真研究了有关政策，觉得辅导员属于思政教师系列，考上辅导员，就等于留在985大学当老师，这也是个不错的选择，甚至是比读博更好的选择，因为博士毕业后同样会面临就业问题，能留校任教的是凤毛麟角。所以，他们极表赞同。

吴老师先于小倩看到招聘公告。他正为小倩的去向发愁呢，公告让他眼前一亮，顿生柳暗花明之感。他给小倩打电话时，激动得声音都发颤了，颠来倒去地说："只要抓住这个机会，就能留在老师身边工作了，咱们就能延续学术切磋之乐了。而更重要的是，老师就能继续罩着你了。"

哈哈，他从哪儿学来了"罩着"这个词，这可不是他惯常的表达风格，他是否弄清了其确切含义？一般情况下，手握重权者爱对自己的追随者这么说。不过，老师虽然算不上"背靠大树好乘凉"那种意义上的"大树"，但一直在为自己遮风挡雨，他可能有点急不择词，想表达的是今后会一如既往地帮扶自己的意思，并非自高身份。

于是，她就报名应聘了，她的人生轨迹也就因此而改变了。如果吴老师还能继续招生，她的余生会是一个以青灯黄卷为伴的历史学者，知识结构与现在完全不同，对"消防队员"之类的学生思政工作隐语也就茫然无知了。

五

无论是怂恿她报名的吴老师，还是小倩自己，事先对辅导员考试入围的难度都是估计不足的。倒不能说"消防队员"的门槛有多高，关键是想跨过这道门槛的人太多了。前一年，每个辅导员岗位的报考人数为一百多人，这一年猛涨到三百多人了。在研究生就业渠道日趋狭窄的当下，人们大概着眼于它的稳定性较高、上升空间较大以及待遇较好吧？

吴老师一打听到行情便与小倩通气，鼓励她不要有畏难情绪，要坚信自己的实力。他认为小倩有两大优势，一是应试能力强，二是综合素质好，从形象、气质到文化底蕴，都是万里挑一，而这次招考不过是百里挑一，所以她应该是稳操胜券的。当然，他也提醒她，要自信，但不能掉以轻心。

小倩自认为属于竞技型选手，竞争越是激烈，便越能释放出潜力，最终形成能量爆发。因此，竞争对手众多并不对她构成心理压力。只是读线装古籍她不觉得枯燥，思政图书读久了却有些乏味。但要想在笔试及面试中力克群雄，再乏味也得当成美食来细细咀嚼。如此突击三个月，她就走上龙虎争霸的考场了。

本来，读博之路也没有被完全堵死，还是有一个小小的入口的，如果小倩愿意"摧眉折腰"的话，应该是能挤进去的。但她自己把路堵死了。或者说，在意识到沿着这条羊肠小道走下去，对她这类洁身自好的女孩子会有危险之后，她马上就掉头折返了。她不大愿意回忆这一过程，因为每回忆一次，她在情感上与学界的距离又会被推开一步，而对学术及学者的敬畏则又会减去一分。

吴老师招收博士生的资格被剥夺之后，小倩不甘心就此放弃读博的志向。她想到了那位曾经属意于她的长江学者刘教授。嗨！投奔到他门下是不是一条补救途径呢？从世俗的角度看，刘教授在学界声名显赫，有如日中天之势，成为他的门生，可以得到更多的扶持与关照，"好风凭借力，送我上青云"，这个道理她是懂的。

别的不说，就说论文发表吧，吴老师竭尽全力也只能把弟子的文章推到 C 刊去发表，而刘教授学生的文章则有不少已经登陆了 A 刊，当然，刘教授的大名是署在前面的。小倩仔细对读过，那些论文不见得比自己的更好，但谁让人家的导师是名家呢！曹丕在《典论·论文》中批评过的"向声背实"的毛病只怕是绝不了根啦。

但改换门庭，这在学界是有些忌讳的，尤其是新门庭比旧门庭要"高大上"时。倒不至于被说成背叛师门，却会在师门内外落下个爱攀高枝的不良印象。何况前面没接受刘教授的美意，说要"从一而终"，这会儿师生缘被拆散了，再回过去投靠他，他会怎么想呢？

这两点担心，被爸爸妈妈三言两语就打消了：改拜刘教授为师，属于"不得已而求其次"，你是以吴老师作为首选的，选不了他，才转投刘教授。这个时间的先后节点很重要，足以洗刷外界有可能产生的非议。吴老师一向开明，应该能够理解的。至于"好马不吃回头草"的心理，则一定要打破。不吃回头草，说明它视野狭窄、观念保守、思想僵化，那就称不上"好马"。

她去拜访了刘教授。打电话预约时，她就说明了来意。刘教授有些迟疑："哎呀，你怎么早不说呢？我都已经物色好别的学生了。这可咋办呀？不过，当面聊聊也行，聊得好的话，我可能会把方案调整一下。"

刘教授的工作室比吴老师的至少大出一倍。据说，他的工资待遇也是吴老师的两倍多。虽然吴老师要年长他十多岁，评上教授的时间也比他早，但如今奉行"不论资历论贡献"的薪酬原则，而体现贡献的又是各种帽子。头上戴有"长江学者""杰青""国家千人计划入选者""国家万人计划入选者"等帽子的，都可以享受六十万起底的年薪。这对吸引高层次人才无疑是一个有力举措，却拉大了教师之间的薪资差距。

校园里相对简单、和谐的人际关系因此出现了局部撕裂。有帽子的虽不是"高官"，却享受"厚禄"，不用标榜，也是自带光环的人生赢家。有水平而没帽子的则不免心理失衡，抱怨分配不公，其中一部分敢于拍案而起的就成了学校施政方针的激烈批评者。性格温和的吴老师不在批评者之列，但言谈中偶尔也会飘逸出淡如轻烟的不平之鸣。置身于刘教授装修不算豪华却宽敞、明亮、设施齐全的工作室中，小倩对年已花甲的老师的心态有了更深的理解。

最让她叹为观止的是，工作室有三面墙都是高达屋顶的书橱，一套套装帧精美的丛书整齐排列，如军容严整的仪仗队静候来宾检阅，气势慑人。而吴老师的办公室里，书也不少，却堆放杂乱，溃不成军。学者的办公室等同于书房，学问是在书房里做出来的。如果只看书房的话，刘教授与吴老师的学问高下立判。但小倩知道，这样做无异于以貌取人。可是，世人通常是以貌取人的。

　　小倩敲了两下门，屋里传出一个威严的声音："请进！"推开门后，她看到刘教授正伏案工作，头也不抬地招呼说："请坐。"看似思路不想被打断。她觉得自己也许来得不是时候，便躬身退出："我过一会儿再来打搅吧！"他依旧飞速敲打键盘，再次吐出"请坐"二字。工作状态下他真的是全神贯注，惜语如金，却又不冷落来客。大学者方能有如此风范吧？

　　大约过了半小时，刘教授终于站起身来，走到小倩落座的沙发边与她亲切握手。小倩感觉其力度比一般人大，手掌相触的时间也比通常要长一些。接着就更亲切了："你喝茶还是喝咖啡？或者茶和咖啡各来一杯？茶有金骏眉、正山小种、凤凰单枞，你选哪一种？咖啡嘛，我这儿有朋友刚从埃塞俄比亚带回来的阿拉比卡咖啡豆。要不要品尝一下？"

　　却原来刘教授不光是学术明星，还很懂生活啊！他显然不同于吴老师那一类"独学而无友""孤陋而寡闻"的老派学者，新潮得很。想来"金骏眉"之类的应当是红茶中的名品，就像咱东北老乡赵本山说的，是"公鸡中的战斗机"。在吴老师那儿喝过的除了西湖龙井外，就只有祁门红茶了，那是为精英阶层所不取的大路货。

　　"阿拉比卡咖啡豆"以前也没听说过，只知道蓝山、巴西、曼特宁、夏威夷科纳、哥伦比亚等等，一直以为"蓝山"就是咖啡中的极品了，第二任男友总把她往湖滨路上的蓝山咖啡馆领，显得很有品味似的，殊不知还有更小众的"阿拉比卡"呢！涨知识啊！就凭这三言两语，小倩可以断定这是个既酷爱学术又热爱生活的极品男人。这样的极品男人此前她从未遇见过。

　　既然刘教授这般热情，那就别太拘谨吧！她要了"阿拉比卡"。刘教授在她没见识过的一种现磨咖啡机上熟练地摁了几下按钮，一杯香浓的咖啡就端到了她面前的茶几上。见她盯着杯子看，他解说道："这是波希米兰风的骨瓷杯，颜色为'宝石紫'，底座是相思木做的。"这又见出他的精致和博雅了。不过，接下来他补充的两句话，在目光有点挑剔的小倩看来就是画蛇添足了："我们在'生活品质之城'安身立命,不讲究生活品质怎么行?"

研究历史的人没有不熟悉《史记·李将军列传》中的这段话的:"谚曰:'桃李不言,下自成蹊。'此言虽小,可以谕大也。"刘教授啊刘教授,你的饮品及用品已经足以彰显生活品质的精良与高雅了,何须再口头标榜呢?前面她已经给刘教授打满分了,这下子觉得可以减去五分。尽管如此,她仍然认为他给自己打开了一扇新的视窗,使她看到学者的生活世界原来也可以色彩斑斓。

她没有深入接触过吴老师以外的学者,此前误以为学者的生活千篇一律的清贫、单调,吴老师那一身朴素的行头就是学者的标配。那次论文报告会上,见到西装笔挺的刘教授,她以为他这样穿是偶一为之,毕竟这是比较隆重的正式场合,他又担任评审委员会主席。但今天他却穿着另一套剪裁合体、质地上乘的西装,可知注重仪表已成为渗透在他骨子里的一种积习。再加上眼前这常人不知为何物的"阿拉比卡",她深感学者的生活模式同样是多元化的,自己原来的印象是先入为主、以偏概全了。不过,她也相信,教授的主体部分还是吴老师那样的。

刘教授慨允面谈之后,小倩做了多方面的准备,包括重温他的代表著作,探寻他的学术思想及学术履历。这次面谈,实际上相当于面试,他不是已经暗示了吗?"聊得好"就会调整招生方案,等于说面试满意我就把招生指标给你了。这个中国史专业的海归教授,学术履历太吓人了,在东海大学读完本科、北京大学读完硕士后,去剑桥大学取得了博士学位,然后又在哈佛大学的费正清研究中心做了两年博士后,而剑桥、哈佛的中国史研究在世界上的地位与影响,是有过于中国本土的。这正是小倩理想中的学术成长之路,"虽不能至,心向往之"。

刘教授坐定后说的第一句话是:"约稿太多了,真是应付不过来。这不,《历史研究》的稿子我答应他们两年了,编辑催了无数次,我这才开始动笔呢!"《历史研究》是国内史学界唯一的权威刊物,吴老师在早年的黄金岁月里发过一篇，如今已不敢存登龙之想了。如蒙编辑部不弃约稿，他肯定会焚膏继晷、不眠不休地如期完成，并对编辑千恩万谢。人和人的差距咋那么大呢！

这一定是实话。但有必要与相知不深的学生说这些吗？听着怎么有点炫耀的意味？小倩心里被塞进了一个疑团。言归正传后，他和她讨论了几个史学界热议的学术问题，彼此都挺满意。他先是不时甩出几个英语名词，见她几乎都能听懂，后面就采用汉英混搭的表达方式了，再后来干脆全飙英语了。这也是借机检验她的英语水平，看是否有望培养成自己这样的国际化大学者吧？

英语是小倩的强项，日常生活对话毫无问题，谈论学术问题则有些力不从心、词不达意了。而刘教授则纵横捭阖、从容自如，把伦敦音的精妙发挥到极致。再比照从没跨出过国门、连洋泾浜英语也说不了一个完整句子的吴老师，他在学术上的优势就更加凸显出来了。

吴老师本人并不认为中国史学者必须熟练掌握英语：中国史的研究对象都是汉语文献资料，掌握古汉语足矣！正确的打开方式应当是：外国学者努力学汉语，而不是中国学者努力学英语，否则就是本末倒置。他对中国史学者到欧美留学深造然后再回国任教十分不屑："这不是出口转内销吗？"她原来对老师的立场不以为非，与刘教授的对话改变了她的认知：要做到学贯中西，去沐浴一下欧风美雨还是有帮助的。刘教授反复用到的一个词是"国际视野"，或许这正是吴老师所缺失的。

刘教授话锋一转，由"国际视野"切入"欧美风情"，谈起大洋彼岸女学生的激情奔放以及他如何多次拒绝美色的诱惑，放弃唾手可得的"肉体狂欢"。他这时的兴致似乎比刚才讨论学术时还要高，而且刚才眼睛是直视着她的，这时则避开了，只是间或用余光瞟她一眼，好像在观察她的反应，以便确定是不是需要再放开尺度。

小倩还来不及作出反应。话题切换如此之快，而切换后的他又是如此眉飞色舞、趣味盎然，让她觉得有点奇幻、有点迷惘。见她神色不变，依然很专注地在听他说，若有所思的样子，他起身去书橱里取来一本相册，说是他去夏威夷度假时拍的风光照。他招呼她坐到自己身边来一起欣赏，翻开第一张，就是衣着清凉的夏威夷草裙舞，镜头撇开了男性舞者，而定格于袒胸露臂的狂野舞娘。

这是什么意思呢？仅仅是为了拓展我的审美空间，还是要启蒙我的性意识、唤起我的性觉醒呢？如果是后者，拜托啊，用咱深山老林里的话来说，我杨小倩没吃过猪肉，还没看过猪跑哇？哪用得着你来启蒙呀？她预感到会发生点什么，呼吸有点急迫了。她不怕色狼，但害怕自己无比尊敬崇拜的顶级学者露出麒麟皮下包裹的东西，那是她不知该如何应对的。

吴老师给她指点论文时，两人的座位也曾挨得很近，她却一点也不紧张。因为她清楚吴老师虽然还达不到"非礼勿视""非礼勿动"的境界，却绝不会有染指女学生的想法。对刘教授她却有点吃不准了，从他热衷于这类话题，又有过那些劲爆的经历看，其动机是令人生疑的。所以，当两人的身体因距离过近而发生小面积触碰时，她紧张得直起鸡皮疙瘩。

相册翻到了第二页，画面更刺激了，两个赤裸着上身的男女相拥在一起，眼里充满了情欲。他说是在夜总会里悄悄抓拍的，问她摄影技巧如何，是否传神？她也算潜入伊甸园偷吃过禁果的人了，对男女那档子事并不完全陌生，饶是如此，看了一眼就不敢再看，脸早已羞红了，头也低了下去。

她多么希望刘教授见好就收，谁知他却不退反进，手从她身后绕过去，经由肩膀落在相册上，而臂弯则不松不紧地圈着她的颈部。这就酷似情侣亲密共读一本书的情状了，大大超出了她能够接受与容忍的程度。她毫不犹豫地从他手臂的环绕中用力挣脱出来，礼貌地告辞说："对不起，刘老师，我还有个约会，下次继续聆听您的教诲吧！谢谢您的'阿拉比卡'！您让我大开眼界了。"

"大开眼界"是双关语，含义远比字面丰富复杂。她也注意看了下刘教授的神情，全然没有受惊的感觉，更没有半点尴尬，仿佛她的态度早在意料与掌控之中。这让她猛然意识到，他很可能是个中老手，类似的场面经历得多了。此前他肯定不止一次骚扰过自己这样的靓丽女学生，有的可能得逞了，有的则像今天一样碰了软钉子半途而废，如果没有丰富的临场经验，他不可能表现得如此镇定，仿佛什么事也没有发生一样。

小倩估计，他应该每次都能全身而退，因为他总是循序而渐进，像摸着石子过河那样步步小心，并不急于求成、直捣黄龙，让对方捉住过早伸出的咸猪手。他非常善于察言观色，视对方的现场反应而及时调整战略战术，如对方予以阻止，则立马缩手，绝不用强。倘若对方或出于对他的盲目崇拜，或考虑某种利害关系，默许甚至迎合他，那他就顺势直下了。

他懂得适可而止，比如见到小倩对他略嫌亲密的动作表现出明显的抗拒并立即告辞，他就迅速由通臂长猿进化回归为谦谦君子，非常自然、非常大度地说："那太遗憾了，不过，来日方长，以后我们一起探讨审美问题的机会有的是。"

他把她送到工作室门外。她很怕他这时伸出手来握别。握与不握，这个不应该出现在师生之间的问题，现在真成了问题。然而他却没有，只是说："我把招生指标给你保留两天，你可以现在答复我，也可以郑重考虑后两天内答复我。别的我不敢保证，在争取学术资源、扩大学术影响方面我会比吴老师给你更多的支撑，让你更早出人头地。"

这是在含蓄地利诱了。小倩岂能听不出来？其实不用他提示，她也明白跟他读博好处多多，这是摆在明面上的。现在的问题是，这些好处不会是白得的，她已经发现了未摆在明面上的阴暗的东西，她愿意付出对一个纯洁的女孩子来说显得十分惨重的代价去换取这些好处吗？

这还用考虑吗？她马上就可以答复他：我决定放弃！但那样就等于直接打脸了，他可是众生仰望的偶像级的大学者哇，无论如何要给他留足面子，这也是给自己留有余地。还是采取缓兵之计吧，明后天再告诉他自己准备放弃这一天赐良机了，理由嘛，她已经编好了：

"爸妈打定主意要我先就业，说博士读出来人老珠黄，嫁都嫁不出去。我是乖乖女，不敢违拗他们，只好辜负老师厚爱了！对不起！"噢，"对不起"说一遍不够，要连说三遍！

听到她"认真考虑"的表态，他以为她还在得失利弊之间权衡，刚才挣脱的举动只是一时不太适应，并不意味今后便无机可乘。所以，他便加大暗示的力度："我对学生是非常爱护的，会竭尽全力为他们的前程助推。不过，我希望新招收的学生除了学业优异外，要懂事、听话、善解人意，做人做事不要太拘谨。太拘谨，路子就走不宽了。"

这番话的弦外之音，以小倩的冰雪聪明，当然听得出来。姑且不论未挑明的隐含情色的部分，从字面上看，也有利益交换的嫌疑啊！她纳闷的是，这样一个"惯犯"为什么此前一直没有绯闻传出呢？原因大概是，有一类女孩子本身比较开放，对这类性骚扰满不在乎，为了满足一己私欲，自荐枕席也有可能；另一类女孩子虽然比较传统，无法接受学术幌子下的性侵，但慑于其盛名，却不敢或不便张扬，因为张扬出去，不仅于自己的芳名有损，弄不好还会被诋为造谣诽谤：你说他骚扰你，证据呢？有录音吗，有摄像吗，或者有什么他留下的犯罪痕迹吗？口说无凭啊！

小倩自己就没有证据。事发仓促，谁会有先见之明想到录音摄像。而且，即使有录音摄像，能证明的充其量也不过是他与女学生谈论了不合适的话题，举止也稍稍逾越了师生间应有的尺度，别的你还能指摘他什么呢？他既未袭胸，也未撕衣，更未露阴，没有一样上名堂的。

这就是他能回旋于不败之地的原因。他不是"发乎情止乎礼义"的那一类文人，他是不愿受"礼义"束缚的，但他不会贸然行事，他知己知彼，谋而后动，相机而作，是老手，也是高手。如果撇开道德批判的话，他倒是罕见的全能型的学者，智商、情商都达到了相当高的水准，既精耕学术，又深耕生活，天下的好事都让他占全了。

社会上早有教授们斯文扫地的种种传说，某位知名作家还在小说中很恶毒地把教授称作"叫兽"，将许多道听途说的不实传闻都安在教授身上，以至于她的爸爸妈妈都有些担忧了：大学里怎么这么乌烟瘴气的，你与教授们接触时可要多存点心眼。但始终睁大心眼的小倩，直到前往刘教授的工作室面谈之前，并没有发现有哪位教授对自己心怀不轨。所以，她不赞成把教授污名化，"叫兽"这一毒汁四溅的称呼应予彻底推翻。

但这天的遭遇却差一点颠覆她以前的认知。她曾经从网络新闻中看到过好几起长江学者侵犯女学生的报道，有理工科的，也有人文学科的，因为学生或知情者的检举，最后都身败名裂。她总觉得这是"远在天边"的孤案，距离自己很远，何曾料到它会"近在眼前"呢？不过，她仍然认为这样的教授是极个别的，并不能代表教授这个精英阶层的基本风貌。

第二天，她向刘教授禀告了自己的决定及作为托辞的理由。本来想打电话的，后来还是发了短信。她怕他在电话里说出让她无以应对的话来。刘教授很快就回复了："理解。遗憾。祝你前程似锦！"不见未遂其愿的羞恼，还是很有风度的。确实，在学者中，他是难得的世事洞明、人情练达的人物。这样的人物，想要他翻车或马失前蹄，难！

不得已改投刘门的想法，她本来就没向吴老师汇报。她觉得谈妥以后再汇报也不迟。幸好没急着汇报，否则该如何向吴老师解释？同时，也幸好刘教授及早露出了隐藏着的獠牙，否则成为他的弟子后又该何以自处？那真有可能酿成师生反目、学界侧目的丑闻了！还有，原先担心吴老师对她另觅高枝有看法，虽然老先生为她的前程计，绝对不会阻拦她，心里却是肯定有些不爽的。而今，这一担心也随之化为云烟飘散了。

六

一旦放下读博士的执念，小倩觉得一身轻松。那就倾全力来对付辅导员考试吧！笔试和面试都严格按照规范化的要求来运作，没有任何暗箱操作的空间，显得非常公正、公平。面试还尝试进行了网络直播，这又是要体现"三公"原则中的"公开"了。笔试成绩公布后，小倩高踞榜首。面试结束后，她也感觉良好，以为同样能拔得头筹。结果不然，她屈居第二。

第一名是管理学院自己的一位应届硕士生。全程都在现场的小倩，承认这个劲敌有着不逊于自己的实力，但临场发挥并不比自己出色，前去助阵的同学也作如是观。她不敢妄加猜测，只能说这是评委们见仁见智的结果。不过，评委中有两位就是管理学院的领导，包括她后来的顶头上司胡书记，他们会不会对自己的学生更加偏爱些呢？

录取方法是将笔试成绩与面试成绩按系数折算后相加，总分最高的自然入围。但无巧不成书，折算下来，小倩与那位面试成绩夺冠的学生刚好同分，可谓势均力敌。这就有些难办了。再加试一场？不符合事先公布的游戏规则。那就只有综合考量了。学院提出的录取意见是优先考虑专业背景相同的，这就是想让小倩出局了。

但最后出局的却是管理学院想录取的那位女生。学校认为，这个岗位更需要交叉型、复合型的人才，招收一个人文学科背景的，有利于推进学科融合，也有助于改善学院结构，避免"近亲繁殖"。最终的选择权在学校层面。于是，小倩顺利入职管理学院辅导员岗位。

最终录用小倩的理由是堂而皇之的，小倩也心安理得，没想到幕后还有一番博弈。大概入职半年后，在又一次师门聚会上，吴老师端着酒杯把她领到季校长面前，要她好好敬大师兄一杯，说要是没有大师兄助力，"你就不可能留在老师身边了"。季校长连忙否认："老师说哪儿话呀？小倩全是凭自己的真才实学入围的，我没起半点作用。我原则性这么强的人，从不为同门说项的。"

小倩真假莫辨，不过她相信老师说的是真的，季校长矢口否认自也有其道理。她推测，既是不想让初涉职场的她得知权力往往在背后左右人们的命运，从而对社会运行秩序的公正性产生怀疑，也是因为现场人多嘴杂，传扬开去，便会给外界造成他任人唯亲、大搞裙带关系的印象，在一定程度上影响他的公信力。

但小倩敬的酒他还是喝了，而且豪气冲天地连喝三杯。小倩酒场经验不多，却天生善饮，酒量酒胆俱全，偶露峥嵘，都能震慑满座嘉宾。她最有气势的一句话是："咱是东北那疙瘩的酒窖里泡大的，拼酒你不是个儿！"这基本上能"不战而屈人之兵"。季校长如此豪爽，她自得先干为敬。这就喝出气氛了。好酒无量的吴老师见众门生其乐融融，"酒不醉人人自醉"，奉陪了两个满杯后就醉卧沙场了。

同门师兄弟也争相给季校长敬酒，似乎比给老师敬酒还更踊跃，临别之际，季校长反复问她："你没喝多吧？要不要搭我车走？"她不想再麻烦他了，便叫了辆滴滴。看她清醒得很，季校长就放心地把吴老师扶上车先走了。眼望着奥迪车绝尘而去，她悟到吴老师确实还是能"罩着"自己的，虽然他不是长袖善舞的人物，但有了季校长这个掌握话语权的弟子，他的手臂就加长了，就能为她撑起一把伞了。

回忆起这些，被突发的金世遗轻生事件搅得五内俱伤的小倩，心里升腾起一股暖意，觉得自己不是孤立无援的，而是有坚强后盾的，吴老师还有众多的师兄师姐在自己陷入困境时，都不会置之不理的，而季校长这个自己一直不想麻烦的大 boos，想来也不会见死不救的。

眼下还远没到山穷水尽时，不需要师长与同门大力相助。从积极的意义上说，这也正是检验自己的危机应对能力的一次千载难逢的机会，身后有那么多随时打援的人马，又有那么多领导与同事并肩作战，自己只不过是身处前哨阵地的尖兵而已，何须心惊胆战、瞻前顾后、患得患失？这样一想，从接到胡书记召回令起她一直紧绷着的神经也松弛多了。

跨进女生第五宿舍楼前，小倩再次仰望星空。星移斗转，天幕比她步出宿舍楼时黯淡多了，疏影憧憧，在凉风吹拂下，幻化出充满魅惑的图案。月宫中的嫦娥仙子已经隐没不见了，暗恋她的吴刚以及那棵他永远也砍不倒的桂树也已难觅踪影。哦，这该是黎明前的黑暗吧？

离天亮只有一个多小时了。负责与金世遗家属对接的同事说，他父母以及部分亲属已包车连夜赶赴这座城市，预计九点多可以抵达学校附近的西溪宾馆——这是学校为他们安排的下榻处。她必须提前到那儿去迎候。学校已按常规拟订了接待方案，但针对的是"普遍性"与"共性"，而不可能充分考虑到"特殊性"与"个性"。所以，要把"特殊性"与"个性"糅合进去，对这一方案进行细化。细化的任务就落在小倩身上了。胡书记说："你是当事人，舍你其谁？"

天哪，我怎么就成了当事人呢？如果不是用词不当的话，那就是甩锅的前奏了。但这个不眠之夜所看到的、听到的、想到的，不仅激荡着她的心灵，而且犹如一夜春风催熟了麦穗那样，以强大的推力加快了她成熟的进程。领导是否会甩锅给自己，她已经不在乎了。

第八章

一

张大凤调到工行大兴安岭地区分行工作的第二年，妮子考上了全地区排名第一的高中——红岭中学。这让大凤兴奋不已。更让她兴奋的是，妮子的中考成绩在全地区排名第三。这意味着即使在人人想削尖脑袋挤进去的红岭中学，她也是名列前茅的尖子生。同时，这也就意味着大凤不仅可以在妮子身上圆了自己当年遗落的大学梦，而且，如果不出意外的话，还可能圆了自己连想都不敢想的 985 大学梦！

"一代更比一代强"啊！这是大凤从自己家族的衍变中作出的判断。但她并不认为这是由于智商与情商的不断进化所造成的，而更多的有赖于时代进步所带来的机遇。时代对人的影响太大了。妮子所处的时代提供给她的发展空间比自己及母亲的时代不知要广阔多少。是的，妮子是要比自己聪明。她从不否认这一点，但那是因为妮子接受智力开发的时间比自己早。自己有意识地用多元化的方法来开发她，可当年谁来开发自己呀？

如果母亲能生活在这一时代，她的命运也应该会完全两样吧？大凤既庆幸妮子生逢盛世，又痛惜母亲不仅成长在贫穷限制了其潜力释放的岁月，而且刚跨入幸福正向她招手的新时代，生命就凋谢了。而她自己虽然身处新旧两个时代之交，但一生的芳华岁月却是在新时代里顺利展开的，因而比母亲要幸运得多。

从另一角度看，早年的苦难与辛酸其实也是一种人生财富，至少是一种生活历练。妮子这一代有她们的长项，也有她们的短板。因为从小便泡在蜜罐里，没经历过风雨，她们的心理普遍比较脆弱，抗压能力严重不足。所以，中考发榜后，大凤决定将妮子送到一个拓展训练营去，在增强体能的同时提高心理素质。

说是"决定"，并非擅自做主，还是要征求妮子的意见的。妮子早就听说有这么一种包括体能训练、心理训练、挑战自我训练、团队合作训练的素质拓展训练方式，很想去体验一下，比爸爸事先承诺的去三亚旅游兴趣更浓。大凤便给她缴费报名了。报名费可不低啊！十五天时间，含食宿在内三千元，差不多花掉大凤夫妇一个月的工资及奖金。

十五岁的妮子个头已经比妈妈还要高了。比较妮子与自己的少女时代，大凤不免感慨连连。为了让妮子更懂得珍惜眼下所拥有的，她爱说："我像你这么大的时候，都没见过连衣裙呢！""这么好的牛奶你都不肯喝，我小时候想喝都喝不上啊！"这时，妮子总是以不变应万变地说一句："谁让你妈没我妈能干呢？归根结底，我摊上个好妈，你没摊上呗！"大凤不讨厌听这话，却又觉得这话有点不对，至少这样说对自己苦命的母亲不公平。

她不认为自己比母亲"能干"，但不否认自己和母亲一样肯干、实干，而自己的工作也得到了领导的充分认可。妮子读小学前，夫妻双双从林区办事处上调到县支行工作，一年前又一起调动到了地区分行。这也可以算是人生的"三级跳"了。两次成功上调，都是组织意图加个人意愿，只不过前一次是组织意图在先，后一次则是个人意图在先。

母亲去世后一年左右，大弟二龙成亲了。弟媳是崔叔叔的堂侄女，崔叔叔给牵的线。崔叔叔一直说，闷葫芦似的二龙是世上最勤快、最可靠的男人，可惜自家养了俩小子，要有个闺女，就是绑也要把她和二龙送入洞房。正好堂侄女来林场找事干，他见这丫头外貌水灵，而性格本分，又刚好没对象，便在安排她到林场食堂帮工的同时，介绍她与二龙相识。嘿！两人居然一见面就对上眼了。

　　婚事都是大凤张罗的。大凤曾经在母亲的坟前发誓：我会做一把你这样的大伞，把整个家撑起来、拢起来，绝不让它垮了、散了！她对弟妹表态说，你们将来的婚事都由姐包办了。小妹一开始没听清，以为她说的是"婚姻包办"，心想大姐怎么比母亲还专制，连婚嫁都得听她的？大凤也意识到这话有点含混，便解释说："姐说的'婚事'其实就是婚礼。你们喜欢上谁，想嫁谁娶谁，姐都不干涉。"

　　二龙从定亲下聘到成亲办酒，所有的环节都是大凤主事。婚礼上最活跃、最兴奋的是妮子，除了听从妈妈的调遣赶时髦当了一回"花童"外，还奶声奶气地演唱了儿歌。众宾客掌声热烈，她多次像走穴的明星那样返场加演，而在众人眼里她也就理所当然地被视为当晚风头最健的小明星。大凤对明星殊无好感，并不希望女儿将来走上演艺道路，但对女儿的落落大方不怯场以及拔乎同侪的才艺潜质，她还是引以为自豪的。

　　小弟和小妹都是"干部"身份，用世俗的标准来衡量，比二龙的"工人"身份要优越。两人又都长得很周正，性格也活泼开朗，尤其是小弟，不知是不是看多了武侠小说的缘故，义字当头，豪爽过人，年纪轻轻的，已有不少拥趸。所以，他俩的婚事，大凤一点也不用担心。

　　平常的日子也越过越红火了。大凤和有恒的月收入双双突破了一千元，而且这其中没有任何灰色收入，全是银行发放的工资与奖金。这在当地绝对属于高薪阶层了。要想再弄点灰色收入，也并非完全没有渠道。希望在贷款及资金结转方面得到银行支持的经营者太多了。在没有机会结识有限的几个银行领导的情况下，与大凤、有恒这样的业务骨干搭上关系，也可以得到许多方便，至少可以为他们穿针引线。所以，大凤、有恒如果愿意搞点小名堂，也是有人会孝敬他们的。

　　但他俩在这一点上却高度一致，视此为歪门邪道。掺杂有功利色彩的吃请他俩从来不去，带有钓饵意味的土特产他俩也一概拒收。也有同事劝他俩：水至清则无鱼，不要把自己隔绝在社交圈子之外，这世上的事就是我帮你你帮我，大家彼此照应。我们做人当然要有底线，但不要自我禁锢，适度的人际交往还是不可缺少的。

他俩笑着点头称是，对同事的善意提醒心存感激，但依然故我，不越雷池一步。对接触到的客户或有求于他们的人始终彬彬有礼，笑容可掬，却恪守"君子之交淡如水"的准则，不愿与他们发生任何物质方面的礼尚往来。碰了几次软钉子后，那些有所图的人也就对他俩敬而远之，不再指望通过他俩来打开方便之门了。

弟妹们每个星期天都到她家来"打牙祭"。包饺子已无法满足大家与时俱进的食欲了，在二弟的提议下，改为吃火锅、涮羊肉。羊肉选用的是内蒙锡林郭勒草原的大尾羊。这不仅是二弟和小妹的最爱，更重要的是妮子也好这一口。一听说涮羊肉，她就乐颠颠地爬到为她专设的儿童座椅上当起总指挥，支使长辈们干这干那，还硬要自己把筷子伸到锅里去体验涮肉的乐趣，不愿吃爸爸妈妈涮好的，每次都把小肚子撑得圆圆的像一面就要胀破的鼓，让大凤又高兴又担心。

火锅的热气弥散开来，客厅里既是暖融融的，也是雾蒙蒙的，大凤仿佛被带进了如梦似幻的氛围。这样的好日子，父亲与爷爷奶奶却连一天也没过上！不仅如此，只怕穷尽他们的想象力，也想不到日子还可以这样过。最遗憾的是母亲，已经站在好日子的门槛上了，却没能一脚跨进来。不过，逝去的亲人从天国俯瞰人间，应该也会为子孙后代终于过上富裕生活而倍感欣慰吧？每次聚餐，大凤都会抚今追昔，浮想联翩。

可是，生前一直过着苦日子、穷日子的亲人们真的都已经进入天国了吗？她不无担忧。因为她听说过一句外国谚语："穷人进入天国比骆驼穿过针眼还要难。"那就必须摘掉他们原先戴在头上的"穷人"的帽子。于是，她差不多每个月都要给他们烧一回纸钱，有时在家门前的空地上烧，有时直接拿到坟地上去烧，据说这后一种汇款方式到账更快，也更方便使用。好在此时这种行为已经"合法化"，不再被视为封建迷信活动了。

苦涩的日子常让人有度日如年之感，甜蜜的生活则往往使人觉得时光如梭。一眨眼，妮子就读小学了，而弟妹们也都有了孩子。再一眨眼，妮子就快小学毕业了。这时，一个非常现实的问题迫使大凤夫妇作出新的选择：如果继续留在林区小镇，那么妮子只能和自己当年一样就读"戴帽子"初中。林场小学的教学质量已经让大凤很不满意了，和城市里的孩子比，妮子已经输在了起跑线上，如果升入师资条件更差的小镇初中读书，就有可能误了她的前程。

自己当年为家庭条件所困，根本就没有第二个选择。现在，县支行的领导已两次表示，只要他俩愿意，可以调往县城充实支行的力量——在技术比武中，大凤的成绩已把县支行的主管会计远远甩在身后，恰好那人已到退休年龄，大凤是取代她的不二人选。而有恒的文字能力也借年终工作总结及理论学习文章得以充分彰显，成为系统内普遍认可的笔杆子。这就是说，选择权已交到了他们的手上。

大凤唯一的顾虑是，自己在母亲临终前答应她，这辈子都会守着弟弟妹妹，把他们管教好、照顾好。调到县城去工作，距离远了，必然没以前照顾得周全了，比如每周一次的聚餐就无法持续下去了。这算不算违背诺言呢？在家事问题上极少表态的有恒斩钉截铁地说：不算！为了让妮子接受更好的教育，他力主调到县城去。悠悠万事，唯此为大。一涉及女儿的前途，任何其他事情在他都不足为虑了。

大凤也努力说服自己：这几年里，在自己的操持下，母亲生前最挂念的弟妹们的人生大事都已完成，作为大姐，自己已尽到了责任，他们也已经有能力自给、自立、自足、自洽了。这是一。第二，天下没有不散的宴席，再好的兄弟姐妹，一旦组建自己的小家庭后，也要各奔前程，不可能永远捆绑在一起同进同退。

第三，离开小镇后，自己仍然可以发挥家庭的主心骨作用，把弟妹们拢在一起。做不到每周一聚，每月一聚还是完全有可能的。交通会越来越方便，弟妹们借家庭聚会之际逛逛县城，是一举两得的事情，何乐而不为？第四——这点其实最重要，现在考虑任何问题都必须以妮子为出发点。在这一点上，她的基本倾向与有恒无异。

还不止这四点理由。妮子的奶奶已在五年前搬过来与他们一起生活了。因为妮子入读小学那一年，她的爷爷也因病去世了，她的堂姐已不再需要奶奶照看，奶奶待在她大伯家就显得有点多余了。大凤便主动提出让奶奶住到自己家来。这以后，奶奶便一直跟着他们了。奶奶对妮子的疼爱一天比一天加深，这个对媳妇十分挑剔的原大队支书遗孀，对聪明伶俐的孙女却是百依百顺。不用说，她是坚定不移地站在有恒的立场上的，成天对大凤摆出一副不调往县城就与你没完的示威姿态。

就这样，大凤夫妇在妮子入读初中的前一年调到了县支行。三年后，又在妮子入读高中的前一年调到了地区分行。驱使他们调动的原因一模一样：为了让妮子得到更好的教育。不过，这后一次调动就不像前一次那么简单了。如果没有当年的闺蜜陈思卿出面斡旋，他们的计划就很有可能胎死腹中。

二

大凤没有记日记的习惯，但偶尔会记下自己对生活的点滴感悟，那一般是在受到某些令她心潮难平的外界因素触发之后，而最让她心潮难平并感恩生活的就是妮子的出生与成长。尽管她的文笔不够雅驯，有时还不太流畅，但她却常常抑制不住地想要记录下妮子带给自己的感动。

妮子满一周岁时，她写道："有关'因果福报'的种种说法，一直被斥为封建迷信。但我却始终信奉母亲爱说的那句话：人这一辈子呀，要多做善事多积德，'不修自己修儿女'。这话如今就在我身上应验了！我孝敬老人、关爱丈夫、呵护弟妹，终于感动上苍，赐给我一个世界上最好的女儿。从此我的生活中就充满了阳光，不管遇到怎样烦心的事，只要一想到我的女儿，心底就会涌起欢乐的浪花，所有的烦恼也就会如浮云散去。"

她不是个喜欢抒情的人，平日给人的印象是做事严谨、认真、甚至有点刻板。但妮子从天而降后，她的性情却有所改变，表现之一便是她的文字抹上抒情色彩了："妮子是我今生最大的动力，也是我今生快乐的源泉。有了她，就算我失去整个世界，我依然是世界上最富有的人。"

她原本是写给自己看的，属于"自娱自乐"性质，连有恒也被排斥在读者之外。她的设想是，等到自己行将就木时，把它作为"遗产"交给妮子，让她得悉自己的一笑一颦曾怎样掀起妈妈情感的波澜而为之感慨。但耐不住有恒的软磨硬缠，想想这是两人共同拥有的财富，自己的心声没有对他保密的必要，便被他抢在妮子前面"一饱眼福"。

妮子三岁前，显示得最充分的是"吃货"的特征。大凤怀疑是不是上帝觉得在"民以食为天"的问题上太亏待童年时代的自己了，所以要给下一代以相应的补偿。妮子出生后，眼睛还没睁开就哭个不停，接生的医生说，要不给她喝点糖水试试看。嘿！盛有糖水的小汤匙一沾唇，她立马就安静了。

因为奶水不够，从出生三个月起就给她冲泡奶粉喝了。等到她自己能坐能爬了，每次冲好奶粉后，大凤用手拍拍小枕头，她就快速爬到枕头边躺下，双手抱着奶瓶，咕嘟咕嘟地喝起来，喝完头一歪就睡着了。醒过来，如果还没到喂奶的时候，她又有饥饿感，便会啃自己的小脚丫儿。天哪！她竟然能俯身向前把小脚丫儿塞到嘴里，啃得津津有味！这让大凤觉得非常神奇，由此认定这是一个不折不扣的"小吃货"。

周岁生日时按老规矩抓周。大凤夫妇在地上铺了一个小毯子，放上书、笔、化妆品、各种糖果点心，其中故意混入一块从没给她吃过的巧克力——不是没有经济能力买给她吃，而是听人说幼儿不宜吃巧克力。结果，她掀开重重叠叠的遮蔽物，把压在最底层的巧克力翻出来，一屁股坐下，撕开它的包装就吃起来，把在场的人都惊呆了。她对食品的辨识力是天生的，无须大人启蒙。

她不爱哭，生病也好，摔跤也好，从不大哭大闹，最多撇撇嘴了事，不像一般的女孩子那样喜欢撒娇。但她的淘气也非一般的女孩子可比。上幼儿园之后，每天一接回家，就仿佛鬼子进村扫荡一样，把家里搞得一片狼藉：一进外屋门，看到煤铲，她就顺手拿起丢到水桶里；看到大人脱下的鞋子，她就使劲把它甩到门外；进里屋看到沙发罩，她一把扯下来用脚猛踩几下。所到之处，只要她手够得着的，无不惨遭祸害或荼毒。

那时，她最大的爱好是拆火柴盒。家里的火柴盒只要被她看到，等待它的必定是粉身碎骨的命运——除了把盒子撕得稀巴烂之外，里面的火柴也会被她一根根掰断。她可以席地而坐，一动不动地摧残它们达一两小时之久，乐在其中，兴味盎然。有恒觉得好玩，不想制止她，大凤则缺乏足够的权威来制止她，好言劝说没用，武力弹压既无必要，也狠不下心来。

家里有这么个淘气的"吃货"，自然一刻也不能失去监视，白天大凤夫妇上班后，先是外婆，后是奶奶，成天将她置于眼皮底下，不敢稍有差池，即使做饭，也要把她哄到厨房里来，一边炒菜，一边给她讲故事，分散对她对锅碗瓢铲的注意力。可怜这两位腹笥中空空如也的老人每天晚上把这小魔王交给她爹妈后，都要捧着收音机听故事充电，以免第二天断供。

但如果仅仅给她贴上"淘气的吃货"这个标签就太不公平了。大凤每当向别人"控诉"她作为"淘气的吃货"的斑斑劣迹之后，总要绘声绘色地举大量的例子来展现她过人的观察力、模仿力和记忆力，而这才是她要讲述的重点。前面只是一个欲扬先抑的引子，何况这个引子本身也是明贬暗褒，点点滴滴都炫示着妮子的机敏。她叙述的口吻看似不胜埋怨，实则饱含欣赏的意味，就像本地最大的老财当年老是抱怨家里宅子过于空旷，一天睡一间屋，一年也无法睡遍，其真实用意是夸耀自己的财力雄厚。

在大凤征引的例子里，一般会包括以下这两个：外婆炒菜时，专心听故事的她竟能把外婆翻炒的动作一一记在脑子里，然后模仿给爸爸妈妈看，以致这成为向客人展示的经典节目：大凤一说"妮子，为叔叔炒个菜吧"，她就手脚并用，有模有样地扮演起大厨来，那架势比外婆专业多了。小姨来家里吃火锅，中途去补妆，她悄悄跟在身后，看小姨如何抹口红、涂眼影。等小姨重新入座后，她照葫芦画瓢地把自己修饰一新，得意扬扬地在家人面前惊艳亮相。哇！活脱脱一只小熊猫！

这都是她三岁时的事。谈锋不健的大凤无数次把这作为与亲友同事闲聊的谈资，此际的大凤神采焕发，口若悬河，与平日面目迥异，到后来连她自己都觉得所作所为有点像祥林嫂了，但不是旧时代悲哀的祥林嫂，而是新时代快乐的祥林嫂。而往常同样低调敛抑的有恒在她无节制地晒娃、炫娃时，居然没给她适当的提醒，反倒比她还要琐碎地进行细节方面的补充，从而与妻子一起被人戏称为"秀娃狂魔"。

妮子外出时的标配是左手拿着童话书，右臂夹着洋娃娃，而她自己就是一个放大版的人见人爱的洋娃娃。有一次大凤带她到单位，同事们看到她手上的童话书，就让她讲个故事，她煞有介事地用手指着书上的字，讲了《三只小猪盖房子》。大家看着手指的滑动与吐字十分契合，以为她已经能认字了，其实那时她还一个大字也不识，只不过把故事内容记得滚瓜烂熟，又将妈妈讲故事的腔调模仿得惟妙惟肖而已。

不少孩子去幼儿园头几天会又哭又闹，她却没有经历这一令大人不知所措的"至暗时刻"。她特别爱去幼儿园，每天一到点就自己醒过来，不用催促就动作麻利地完成了穿衣、洗脸、吃饭等一系列入园前的必经程序，早早地站在门口，等着爸爸送她。爸爸稍有磨蹭，她就满脸不高兴。如果磨蹭的时间超过五分钟，她就不光生气，还要当场发飙："动作这么慢，还好意思说当过解放军叔叔！"

在家里她经常抢白爸爸妈妈，尤其是爸爸。爸爸在宝贝女儿面前完全没血性、没脾气，妮子无论如何顶撞他都不以为忤，这也助长了她的娇纵，对爸爸妈妈的话爱听不听，别说俯首帖耳，连低眉顺眼的时候也很少有。但在幼儿园里，却把老师的每一句话都奉为圣旨，老师不管说什么都是对的，无论提什么要求她都不折不扣地遵从，比小绵羊还要温顺，比小柴狗还要忠诚。

上小学后依然如此，唯老师之命是从，从不怀疑老师也会说错或教错。有时，大凤给她检查作业，发现老师偶尔也有批错的地方。大凤既不想损毁老师的形象，又不愿将错就错，影响女儿的正确认知，便委婉地说："这道题老师会不会没看清楚？""老师这里有可能不够仔细吧？"这还了得！居然敢质疑她绝对崇拜、绝对信赖的老师？她大光其火，气急败坏地用刚学会的成语来斥责妈妈："井底之蛙！"

想想这也很正常。自己读小学时不也把老师的话都当成金科玉律吗？只是因为母亲没能力发现老师的错误，才没有与自己发生类似的冲突。那时，自己真诚地以为老师的学识是天下之最，等到入读省银行学校之后，寒假回乡探亲遇到小学老师，才从交谈中意识到他只是个恪尽职守但学识有限的村夫子。所以，不用担心妮子对老师盲从，这是成长过程中难以避免的大概率事件，没有必要在老师对错的问题上与她争执，更不必着急纠正老师的错误，将来她会自己纠正的。

最让大凤感到欣慰的是，这个从小患有"多动症"的小孩，在课堂上却十分安静，既不做小动作，也不与同学交头接耳。大凤曾经站在教室窗外，偷偷观察她的课堂表现，只见她坐得端端正正，眼睛始终追随着老师，两只小手规规矩矩放在桌子上，老师提问她都是第一个举手，与在家时判若两人，让大凤禁不住感叹：小小年纪怎么就具有多面性？

每天放学回家她做的第一件事，就是脱下外衣、打开书包写作业，完全不需要爸爸妈妈督促。学校布置的寒暑假作业，往往假期还没过半，妮子已全部完成。在作业拖拉已成为小学生一种通病的当下，大凤夫妇很为妮子未染上"时疫"而庆幸。

整个小学阶段，大凤就没为她的学习操过心。别的孩子为提高学习成绩，要参加各种培训班，费力又费钱，妮子则对所有的培训班说"不"，的确也没有那个必要。同学家长都羡慕大凤夫妇省心又省钱，而妮子更是他们夸不绝口的"别人家的孩子"。

但妮子升读五年级后，大凤的忧思却与日俱深了：小镇的学习环境与学习条件会制约妮子的成长与发展！"戴帽子"初中的天花板就那么高，用尽九牛二虎之力恐怕也只能再往上顶高一点点，不可能顶破它将头探到寥廓苍穹中去。必须让她进入一所天花板更高的学校去读书。

妮子的小学同学淘气顽皮的程度一点也不亚于她，学习能力却与妮子完全不在同一条水平线上。妮子吃晚饭时经常与爸爸妈妈说起学校的趣闻，大多是同学在课堂上闹的笑话，如老师布置了一篇作文，题目是《什么叫懒惰》。晚上，老师在灯下批改作文．翻开某男生的作文本时，发现第一页是空白的，第二页也是空白的，翻到第三页，才见到一行字："这就叫懒惰！"老师哭笑不得。

妮子只觉得这个男生好玩，甚至认为他很有几分睿智。大凤听了却不无担心：俗话说"学好千日不足，学坏一日有余"，和这种不把聪明用在正处的同学在一起待久了，难免会慢慢也变得懒惰起来。妮子还说到，班里有些学生考试前不好好复习，做试卷时就趁老师不备抄同学的。老师问一位被当场抓获的学生："你的试卷全是抄别人的吧？"学生面无愧色："抄是抄了些，但没全抄。"老师追问："那你说说看，哪些地方不是抄的呢？学生理直气壮地说："我的名字就不是抄的嘛！"

大凤认为这件事的恶劣程度更超过了"懒惰"。不好好学或者学不进去倒也罢了，有些孩子天生就不是读书的料。问题是他还抄袭，这就不诚实了。而更大的问题是，被抓了"现行"后，他竟毫无羞耻之感，还强词夺理，这就让大凤为之震惊了。与这样的学生为伍，大凤又岂能不担心？

懒惰而又厌学的学生不是一个两个。两位老师在办公室里议论各自班上的学生，其中一位说："昨天，有个学生没洗脸就来上学，我把他撵回家去了。"另一位老师拍手称快："好办法！那他今天一定洗得干干净净来上学了吧？""哪里，今天班上差不多有一半同学都没洗脸，眼巴巴地等着我撵他们呢！这班小王八蛋！"老师恨得牙痒痒爆粗口。妮子讲述时觉得这挺有趣的，大凤却只觉齿冷。

老师们的知识水准也很成问题。有个在镇上的高端人群中流传的段子更强化了大凤要调离小镇的想法：县教育局的领导到学校来检查教学质量，想看看学生的历史知识掌握得如何。他随机找到一个学生问道："你知道阿房宫是谁烧的吗？"学生吓得脸色铁青，直摆手说："不是我烧的，真的不是我烧的！"他把领导当成来侦破纵火案的公安人员了。领导气得去向校长问责，校长没听完就为学生辩护说："本校的道德教育还是做得很到位的，他说不是他烧的，就肯定不是他烧的。"

可以想见，如果让妮子在小镇读初中，学习环境不会有多大改善。如果仅仅让大凤在个人的后续发展与大家庭的团聚之间做选择的话，她很可能犹豫，事实上她也确实犹豫了，但把妮子的前途这块最大的砝码放进去，大凤思想上的天平立刻就偏斜到调往县支行的这一头。于是，她便毅然决然告别了难以割舍的小镇和弟妹们，开启了闯荡县城的新生活。

三

在省城生活过三年的张大凤，自然不会惊奇于县城远甚于林区小镇的繁华。但去省城读书前，她却从未得到过涉足县城的机会，那时的县城在她心目中就像天上的星星一样遥不可及。有恒去当兵前到过一次，那是担任大队支书的父亲来县城开"三级干部大会"，把他带过来开了一下眼界，然后又让大队供销点运货的马车将他捎回去。来一趟去一趟，足足颠簸了十几个小时，骨头又酸又痛，当时他却觉得很值。

不过，去京城当兵后，再想起偷藏在父亲腋下逛县城的经历，他又觉得不值了。和京城比，这就是巴掌大块地儿，号称"十里长街"，其实用一两小时就能把全城的土地都丈量一遍。因为夫妇两人都见过大世面，所以，虽然是从小镇调入县城，却没有乡下人进城的畏怯与拘谨，也不会在新同事面前流露出自卑感。

报到的第二天，他俩就领到了三室一厅的新房钥匙，这是县支行的领导事先承诺过的。他俩满意的不只是新房的面积，还有它的地段——按照义务教育阶段划片就近入学的原则，妮子可以在读完小学后自然升入全县最好的初中，无须家长托关系、找门路、削尖脑袋往里钻。能把职工宿舍楼盖在这样的地段，足以见出银行的优势与强势了。

妮子刚转到县城小学时，大凤还担心这个"矮子里的将军"会不会摇身一变为"将军里的矮子"，她自己却很自信："老爸老妈，你们把心放宽！我是谁家的孩子呀？怎么可能被别人比下去呢？"一个月后的单元测试，她就成了全班的"探花"和全年级的"榜眼"，让大凤舒了一口气。她还很快就交上了新的朋友，有了好几位一下课就腻在一起叽叽喳喳的闺蜜，适应新环境的能力比爸爸妈妈都要强。

有恒调到县支行后，却没有女儿那样如鱼得水，也没有大凤那样顺风顺水。大凤上调后半年就被任命为会计股副股长。又过了一年，老股长到龄退居二线，她又接任股长，庶几可谓一帆风顺。自己的事业进入了黄金期，被奉为"重中之重"的女儿又不断为她增添骄傲的资本，她自然心情大好。

精神层面的愉悦反射到她的容貌上，就产生了"冻龄"的效果：容光焕发的她根本就不像个已近不惑之年的女人。在小镇生活的十几年里，自考、育儿、照顾病重的母亲、操劳弟妹的婚嫁，这一系列让她烦心费神的事情相叠加，使她始终处在心力交瘁的状态，既没有心思也没有闲暇来修饰自己，完全与时尚绝缘。

所以，刚回到小镇时赢得的"回头率"，就如同偿还银行贷款般一点点支付出去，那憔悴的脸色与随意修剪的发型已与小镇妇女没有多少区别。没有谁觉得她特别年轻有活力——假使听到这样的赞美，她一定会觉得这是不怀好意的讽刺。如今，当别人问到她的年龄而她如实告知后，诸如"红颜不老""保鲜有术"之类的赞美之词就不绝于耳了。

她揽镜自照也暗自惊异：原来"谁说青春无再少"这句古语并不是哄骗中老年人的虚词诳语呀！人逢喜事，不光精神爽，还会容颜改呢！也正因为如今的容颜掩盖了她的真实年龄，她才非常愿意把自己的真实年龄披露给好奇者，因为接下来的惊叹是她喜闻乐见的。有时，为了激发更强烈的反应，她还先故意说："女人的年龄可是秘密，不能随便打听的哟！"在对方道歉说"不好意思，太冒昧了"之后，她才毕现豪爽之态："不过，这对于我倒也不是什么秘密，我今年已经四十岁了。"

这成为调剂她的精神生活的一种百试不爽、百玩不厌的游戏。到最后，连她自己也吃惊怎么变得这么俗气了？虽然工作越来越忙，但操心的事少了，也就偶有闲情逸致了。她觉得，既然大家都这般鼓励自己，那就不能辜负他们。于是，家里梳妆台上也就多出了进口化妆品，她与从小就喜欢化妆的小妹在通话时也就多了一个话题。

相形之下，有恒却很有些失落。他被任命为政工股副股长的时间比大凤晚了半年，对此他没有意见。可这以后他就一直在原地徘徊了。上升的空间本来是有的，股长被地区分行看中调走了，他以为可以和大凤一样自然晋升，看看周边也没有什么有实力的竞争对手，但最后却安排了支行办公室的一位副职前来接任。此人搞接待是行家里手，方方面面的领导都对他印象甚佳，但对政工工作却从未涉猎、所知甚少。有恒认为，让他来指挥自己，是典型的"外行领导内行"。

这就让他产生领导未能选贤任能乃致自己怀才不遇的怨愤了。行长在任命下达前，专门找他谈过话，工作还是细致的。领导给出了三个这次没用他的理由：一是民主测评，即将任命的那位得票比他高，必须尊重民意；二是上级领导对那位评价很高，非常关心他的发展；三是夫妇两人在一个单位工作，如果都得到提拔，会产生不平衡，引起群众不必要的猜测和议论。所以，双职工家庭在提拔任用问题上通常会吃点亏。

他没有提出异议，心底却无法接受行长所说的三点貌似公允的理由。他觉得，关键原因在于那人多年在行领导鞍前马后奔忙，把他们侍奉得舒舒服服，领导要还他这份情，所以根本不管岗位的匹配度，先把他的级别提上去再说。口头上讲"任人唯贤"，实际上则是任人唯亲。大凤却认为他有些偏激了，领导有领导的立场与视角，应当换位思考，对领导多一些理解，把"任人唯亲"的帽子戴在领导头上不合适。

她是根据自己的亲身经历作出这一判断的：自己从不给领导送礼，也不喜欢奉承领导，别人能顺溜地说出的"领导您太英明了""领导您真有思想"一类谀辞，她听着都觉得肉麻，哪里还说得出口。所以她从未染指物质与精神的双重贿赂，就知道苦干实干加巧干，领导却照样提拔了她。在这一点上，她实在无法与有恒达成共识。

她发现，从此以后，她和有恒之间的沟通比以前困难了。她不想把自己的看法强加给他，对他的某些偏见又不敢苟同，为了避免口角，两人渐渐只谈私事、不谈公事了。而他俩的私事又都是以妮子为中心，一说到妮子，两人就有了共同的兴奋点，迫不及待地与对方分享自己刚掌握的有关妮子的新信息。妮子成为他们婚后渐趋平淡的夫妻关系的润滑剂和增稠剂。

她分析过有恒不受领导赏识的原因：他写的材料观点鲜明、逻辑严密、条理清晰，且完全用事实说话，每一个字都站得住脚。这在前些年是颇受嘉许的。但随着金融业务的加速拓展和考核目标的不断提高，新领导对材料的要求变了：希望有恒"往提炼出的干货里注入些水分"。这是行长的原话。但固守真实性原则的有恒却拒绝这样做，这就有违领导意图了。

行长毫不掩饰在这一点上对有恒的不满，他专门把大凤叫去，要她开导开导丈夫。行长苦口婆心地说：如今的风气是"三分成绩，七分总结"，很大程度上依赖写材料的人妙笔生花。有恒笔头上的功夫够，可字字句句都要有事实依据，不愿夸大一点点，这不是迂吗？别人材料都那样写，就我们不那样写，还能不被比下去吗？他在革命大熔炉里冶炼过，原先给我的印象挺通达、挺灵光的，是不是参加自学考试的这几年古文读多了，脑瓜子反倒僵化啦？

大凤觉得行长的话似乎也有道理。在以"大干快上"为口号的当下，正如注水猪肉虽遭查处仍频繁出现在市场上一样，总结汇报材料添油加醋的情况已经屡见不鲜了，你不浮夸，你的指标就没有别人的好看，领导就会认为你的业绩不够突出，考核的等第也就上不去。而领导及全行职工的绩效奖都是与考核等第直接挂钩的，这条因果链促使支行领导对总结汇报材料格外重视，乃至明确指示材料的执笔者光穿衣戴帽、涂脂抹粉不够，还要厚着脸皮往脸上贴金。

但有恒对此却很有抵触，尤其是变动有关数据。领导说这是"合理调整"，他却觉得这是"肆意篡改"。他坦率地提出异议："这是一种实事求是的态度吗？"分管行长用打量天外来客的目光看着他反问道："上世纪六十年代粮食生产放卫星，上报的数字是水稻亩产高达万斤，有人提出质疑了吗？我翻看相关新闻，只有当时受表彰的，没有后来被查处的。我这么说，你明白了吗？"

明白是明白了，但他仍然在心底认为这是弄虚作假行为。在组织理论学习的次数、撰写政治理论文章的篇数上多加一个零或两个零，他还能接受，可描述发展目标时，把三年后所要达到的存款数，也加上一个零甚至两个零，那就纯属放空炮、说瞎话了。到时候实现不了目标怎么办？他知道，领导的想法可能是上级领导都好大喜功，先把让他们满意的数字填报上去，能不能实现另当别论。那时，或许上级领导及自己都已经升迁了，谁还会揪住当年的数字不放呢？

但此风不可长啊！有恒陷入了无法圆融的矛盾中：是贯彻领导意图还是尊重客观事实？他觉得自己已经快要退到底线了，却依然难孚领导期望。这让他简直要崩溃了。另外，他在措辞时习惯于用"较好""较大"，领导在审稿时毫不犹豫地改成了"很好""很大"，有的地方还改为"极好""极大"，如"群众反映极好""取得极大进步"。这些关键词使用失当，而最能吸引眼球的数字又干瘪得可怜，领导就不得不亲自动手为它增肥了。

大凤也很为难，不知该如何劝导有恒，因为她从心底认为有恒其实没有错。但行长的话又不能不听。她几次想把行长的意思转达给有恒，但话到嘴边又咽了回去。有恒要坚守的东西，不也正是自己心有所期的吗？劝他放弃，说得好听点是随俗入流，说得难听些就是自甘堕落了。还是别让枕边风给他增添压力吧！

不过，有一点有恒尚不自知而她却觉得不妥的语言习惯，她认为是必须加以改变的，那就是他动辄提到"我在北京当兵时""北京的风气可不一样"，这会让听者觉得他自以为高人一等，看作对既往驻守京都的经历的一种炫耀，以及对眼下屈居小县城、小单位的生活状态的一种抱怨，尽管他本意并非如此。如果继续这样下去的话，会不知不觉地拉大与同事的距离，让对方无端产生心理隔阂并衍化为反感，最后就有可能变成孤家寡人了。

她的提醒犹如"一言惊醒梦中人"，让有恒听出一身冷汗。这些年他越来越痴迷于历史类图书，本来，"读史使人明智"，熟读史书的人看人看事会比较透彻，但也有惑于历史的雾障而目眩神迷者。有恒或许介于二者之间。读史没把他读成一个老夫子，却也多少带有了一点夫子气。有夫子气的人是不太受人待见的，所以，行领导说他民主测评得票不高应该是基本事实。

自那以后，他就比较注意了，对北京当兵那档子事绝口不提，事实上那也已经人尽皆知了。再写工作总结时，涉及具体数字，他就空在那儿，让领导自己去酌情填写，既避免了造假的嫌疑，也给领导留下了任意发挥的空间。这是两便的讨巧做法，意味着他虽然心理上依旧排斥"合理调整"，实际上已经作出一定程度的妥协与让步了。但他始终未能挽回领导的印象，接下来的一年里他又两次失去了提任的机会。

所以，在县支行工作的三年时间里，有恒是郁郁不得志的。他把原因归结为才高见妒，这类事情史书中记载得太多了，他倒也能自我宽解，不至于成天怨天尤人，但负面情绪总还是有一些的。陪伴妮子的时间倒是大大增加了，两人都有空时，他就给妮子讲千奇百怪的历史故事，慢慢地也培养起妮子对历史的兴趣。

有恒对现有工作环境的不适与不满，无疑是大凤谋求调往地区分行工作的原因之一，她不能不考虑他的感受，换一个环境也许他的心情会舒畅些。地区分行的平台更高，如果能遇到慧眼识英雄的领导，他就有了施展真功夫的余地了，用不着比划他所不擅长的花拳绣腿了。但这不是主要原因。最主要的原因是大凤觉得，如果让妮子在县城读高中，正如让她在小镇读初中一样，前途是有可能被耽误的。

四

虽然妮子入读的是全县最好的初中，与林区小镇的初中完全不在一个档次上，但在大凤眼里，与妮子的资质仍是不相匹配的。她固执地认为，如果妮子不是出生在林海深处的工薪家庭，而是出生在繁华都市的书香门第，从小到大都接受第一流的教育，那一定会成为国家的顶尖人才。可惜她投错了胎，以致智力没能得到最有效的开发。既然意识到了这一点，那就要尽可能为她创造更好的教育环境，托举她一步步向上攀升。

最好能让她到省城去读高中，但那是不可能的，成绩再好也不可能，因为她没有省城户籍。取得省城户籍的唯一途径，是调到省行去工作，而这同样不可能。退而不得已求其次，那就是到地区去读高中了。可那也是以户籍迁到地区为前提的。这就必须争取调动到地区分行去工作了。

妮子的学习成绩在初中班上遥遥领先，在全年级也名列前茅。各科老师都认为她是潜力充足、而且全面发展的好苗子，教主课的语文老师和数学老师尤其欣赏她——既欣赏她的学习悟性，也欣赏她的明快个性。语文老师要学生用"画蛇添足"造句，妮子交上来的是："字母'S'和'Y'被银行的叔叔阿姨画蛇添足地写成了'＄'和'￥'。"老师知道她爸妈都在银行工作，她的金融知识会比较丰富，但这一答案让老师刮目相看的不是她的金融知识，而是其非同一般的观察力和想象力。

她的反应也很敏捷。可能因为看书太多又不注意保护视力的缘故，她初二时就戴上了近视眼镜。不只是她，班上一半多的同学都过早地成为"四眼"先生或小姐。那时，隐形眼镜还没流行，课业负担沉重的女中学生们虽有爱美之心却无暇美化自己，妮子直到上大学后，才把眼镜由有形的换成隐形的。那天下课后，语文老师看到她刚配的镜片上面有划痕，便问她怎么回事？她应声而答："哎呀，会不会是因为我的眼神太犀利了？"

语文老师的教学水平还是不错的，一次课上，老师向同学们解释惊惶失措、不知所云、如释重负、一如既往四个成语。他看到某男生正在呼呼大睡，便用力拍了下桌子，该生从梦中惊醒过来，慌慌张张拿起书本。老师说，这便是"惊惶失措"。接着，回答老师的问题时，他支支吾吾了半天。老师说，哈哈，这就是"不知所云"！请坐吧。该男生长舒了一口气。老师又教给大家：明白什么叫"如释重负"了吧？等老师回到讲台上，男生又趴下睡觉了。老师猛一转身，指着他说：这便是"一如既往"。

但老师的这种现场教学方式，效果固然很好，在大凤看来，却没有注意保护学生的自尊心。让学生当场出丑而显示自己的循循善诱，这未必妥当。当然，她没有将自己的真实看法告诉妮子。从妮子每天放学后的描述看，班上的趣事挺多，且大多昭示着学生素质的良莠不齐，不爱学习或者说学习兴趣不浓的学生占不小比例。

那个被语文老师当成教案的男生，几乎每堂课都昏昏欲睡，直到下课才又恢复到生龙活虎的状态。被老师训斥过无数回，却总是改不了，后来有的任课老师就懒得管了，听由他"昼寝"。有一天，他上课迟到了十分钟，数学老师貌似心疼地劝告说："你不能再迟到啦，否则会严重睡眠不足的！"在全班同学的哄堂大笑声中，他昂然走进教室，不以为耻反以为荣。

同样是在课堂上睡觉，老师对成绩好的学生和成绩差的学生态度是有区别的。一次，班里成绩排名第二的学生与排名倒数第一的学生同时捧着书睡着了。老师生气地走到差生面前敲醒他。差生看看四周，那位好学生也伏在桌上打瞌睡，便很有些委屈："他也睡着了，你为什么不去批评他？"老师说："别不服气，你跟人家一样么？你一看书就睡着了，而人家睡觉都在看书！"大凤听后想，这就是所谓"双标"啰！

每天的晚餐，是大凤绝不愿错过的幸福时光。担任会计股长后，如果没有推脱不了的公务接待，她都会回来与家人共进晚餐。餐桌上唱主角的是妮子，大凤夫妇以及一直跟着他们的奶奶都是她的虔诚听众，妮子说的每一点见闻，不管有多琐碎，他们都比听春晚的相声更入神、更着迷，为之或喜或忧。尤其是大凤，妮子的每一句话，她过后都要在心里反刍好久，从中捕捉值得引起警惕的信息。

妮子从未产生过厌学情绪，每天去上学都兴高采烈的。但很多同学不是这样。星期天，大凤带她去参观一个摄影展，一幅名为《上学途中》的摄影作品吸引了她们。镜头摄下的是一群背着书包嘻嘻哈哈的孩子，神态各异，惟妙惟肖。可是妮子直指其讹说"题目有错"，大凤问："错在哪儿？"妮子肯定地说："应该是'放学途中'，上学时大家哪有这么开心呀？"大凤由此推知厌学的学生不止一个两个。她不由得担心大凤会受他们的不良影响。

老师倒是不断激励大家好好学习，将来成为社会精英。当他第三次提到"社会精英"这个概念时，有个同学不解地问道："老师，什么才是社会精英？"老师愣怔了一下，解释说："就是把社会上所有人聚在一起，然后压缩、提炼、过滤，再压缩、提炼、过滤，如此反复多遍，剩下的人就是社会精英了。"这时，有人从角落里弱弱地说了一句："那不就是人渣吗？"老师怒斥："荒唐！有你这么歪曲的吗？"

初中生都还非常单纯，但耳濡目染，社会风气对他们也不无影响。语文老师让一位男生用文明礼貌的"礼"字造个句子。男生认真思索了一会儿说："爸爸提着包出门托人办事。"老师说："没出现'礼'字呀？"男生说："咋没'礼'呀？'礼'在爸爸的提包里装着哩。"这表明请客送礼的风气愈演愈烈，连初中生都司空见惯且不以为非了。大凤从中吸取到的一点教训是，千万不能当着妮子的面与有恒议论某些令人扼腕叹息的社会现象，以免妮子的心灵被污染。

老师对作文训练抓得很紧，要大家每周写一篇。经常写出"范文"的妮子以此为乐，许多同学却深以为苦。鲁迅在《秋夜》里写道："墙外有两株树，一株是枣树，还有一株也是枣树。"老师说这是

"极具创造性的经典"。于是，有个学生模仿道："我有两个表姐，一个是女的，另一个也还是女的。"老师的批语是："废话！"学生怎么也想不通：鲁迅这么写是经典，我这么写怎么就成废话了呢？别说他想不通，连妮子也不甚明白。

班上曾经出现过一篇史上最短的作文，只有两个字。老师布置的家庭作业是写一篇题为《观剧有感》的短文，要求学生就正在热播的电视剧发表评论。第二天，某男生交上的作文言简意赅："停电。"老师说他撒谎，叫他晚上看剧后补写。结果，他再次交上来的作文由两个字扩充到了五个字："电视机坏了。"

这个偷懒的理由也太站不住脚了吧？撒谎也可以撒得更高明些不是？这反映出妮子班上的同学总体素质还是有问题的。如果妮子高中阶段仍与这样的同学为伍，那就很难相互砥砺、奋发向上，也就达不到应有的发展高度了。所以，每听妮子兴冲冲地说一次类似的趣闻，她调往地区分行去工作的意念就被强化一次。

五

希望调动的原因，起先主要是为了能让妮子入读更好的高中，连带也为了让有恒换一个心情舒畅点的环境，大凤全然没有从自身的发展着眼。但新近发生的事情则使她渴望调往地区分行的想法中也糅进了为自身考虑的因素，而显得更加迫在眉睫。

原先非常赏识大凤的县支行行长被提拔到地区分行任副行长了。就是他一手促成了大凤夫妇从小镇分理处到县支行的调动，而且在不长的时间里让她连跨两个台阶，尽管后来他对有恒的看法有所改变，不愿委他以重任，但总体上还是包容的，没有给他穿过小鞋。所以，大凤对他是十分感恩的。新行长的做派与老行长不太一样，更加大刀阔斧，而且非常强势，还特别喜欢应酬，喜欢觥筹交错、灯红酒绿的场面。

银行的商业往来活动很多，经常与重要客户相互宴请。在欣赏大凤这一点上，他与老行长无异。不同的是，老行长对大凤的颜值无感，他却一到任就对这位“资深美女”赞不绝口，称她“浑身上下洋溢着一种成熟女性美”。所以，有些应酬他就要大凤一起参加，以“展示我行女高管的魅力”。行里靓丽的小姑娘也有不少，都比她要时尚，也比她放得开，他却不叫她们，偏叫大凤。这是大凤感到纳闷的。

他的理由是：“你是我行最重要的业务部门的主管，又端庄大方，魅力无限，你不出场谁出场？记住，这也是为了拓展业务，属于工作内容，不可以找借口推托的！”这种不由分说的口吻正见出他的强势。大凤只好屈从。她生性与这种场合如何凿枘不合姑置不论，最关键的是，她必须为此牺牲与妮子共进晚餐、共话校园生活的天伦之乐。这才是她真正感到憋屈的。

新行长的酒量极好，号称“千杯不醉”，但有时稍饮几杯就显出醉态了，不时在同席的女士肩上拍一下或身上捏一把，还高声吟诵李白的诗句“人生得意须尽欢，莫使金樽空对月”，显得非常狂放不羁。大凤入席时尽量避免坐在靠近他的地方，让他想揩油的话得绕一个圈子。但他不怕绕圈子，每次必到大凤面前敬酒，然后用咸猪手触碰她。倒是从来没有触碰过敏感部位，他毕竟是有身份的人，不可能像市井无赖那样放肆。

在大凤老家农村，这个年龄的已婚妇女是不大在乎男人的调戏和轻薄的，胆儿特别肥的男人在喂奶的小娘子裸露的酥胸上摸一把，顶多遭来一阵痛骂，没有谁会真的与他翻脸，更不会一班娘们一拥而上把他痛打一顿。如果说要报复一下的话，那也只是一齐发力扒下他的裤子，让他的小老二暴露在光天化日之下，然后哄笑一声散开。过后，彼此都不记仇，照样在一起嘻嘻哈哈，默许心里骚得慌的男人做一些不出大格的小动作，作为苦逼生活的调剂。

大凤从小见惯了这类风俗画与风情画相交会的场面，又早已是深谙男女之间那档子事的过来人了，按理应该对此一笑了之，浑不在意，但她还是像吃了苍蝇一般想要呕吐。她也反躬自问：我是不是太正经、太古板了？别的女人为什么不是这样呢？行长的脏手一落在她们身上时，她们就面泛桃花、咯咯娇笑。她并不鄙视她们，但要她学她们的样子，光想想都要起一身鸡皮疙瘩。

如果新行长止步于此，她还能忍；让她忍无可忍的是，他得寸进尺，又有下一步的动作了。那天，他通知大凤说，晚上有个饭局，她必须参加。大凤已经习惯了他这种命令口气，没敢推辞。等到她赶到指定地点后，发现包厢里只有行长一人。行长解释说：客人临时有事不能出席了，行里我也没叫其他人。今天咱俩就单独吃顿饭吧，也算是天赐良机。

这一说，大凤就高度紧张起来，直觉告诉她今天可能比鸿门宴还要难对付。究竟是客人失约不来呢，还是他根本就没约其他客人，为她专设了一个局？她的判断是后者。如果没猜错的话，他对她可谓是处心积虑了，而今天要想全身而退也需费一些周折了。

他叫服务员开了一瓶茅台酒，斟满两个中杯，把其中一杯硬塞到大凤手里说："以往每次饭局，你都推说不会饮酒，我也就没有勉强你，这点怜香惜玉之心我还是有的嘛！今天就咱们两人对饮，你无论如何也得喝了这一杯，否则就是不给我面子了！"

大凤知道，如果不喝，就与这位握有生杀予夺大权的本单位最高领导彻底撕破脸了，那以后还如何在单位立足？于是，她强迫自己露出笑容说："行长有令，我只有遵从。但我一向酒精过敏，请行长多多包容，喝过这杯后不要再难为下属！"不等行长点头，她就将酒一饮而尽。

行长大喝一声："好！有女中豪杰风范，我就喜欢这样爽快的！那我也就爽快点，直接说说自己的想法吧！"他色眯眯地紧盯着大凤说："我觉得你各方面条件都很好，还可以再上一个台阶，向副行长的目标进军。如果你愿意和我成为政治上的同盟和生活中的红颜知己的话，我有能力帮助你早日实现这一目标。"

他倒是毫不掩饰想与大凤进行权色交易的意图，话几乎说得赤裸裸了。大凤已过了容易冲动的年龄，没有拍案大怒，因为这本是她意料中会发生的事。她只是有几分迷惑地问道："行里有那么多青春美少女，你为什么偏偏……？"她没好意思把下面的话说出来，但他已经听明白了，哈哈大笑说："这就叫'萝卜青草，各有所爱'吧？我就喜欢'徐娘半老，风韵犹存'的这一款，你正合我的口味呢！"

也许是说话过程中连喝了好几杯茅台的缘故，他显得愈加口无遮拦了。大凤不知该如何应对，因为她缺乏与色狼周旋的经验。职场潜规则她早就听说过，只不过至今尚无实际体验。耳边也刮到过一些行领导与女员工的桃色新闻风，却从不参与议论。她希望这些议论都是好事者的捕风捉影，心里却也明白无风不起浪。她没想到的是，自己竟然也会成为领导猎艳的目标。

对被"潜"的女员工，她既满怀同情，又多少有些不屑。不管是主动献身还是被动失身，自珍自守的意志肯定是不够坚定的。"霸王硬上弓"的领导终究不多，说到底，她们还是没能挡住利益的诱惑。她是绝不可能步其后尘的，只是如何阻断他的邪念，断然拒绝还是委婉推脱，她还犹豫不决。她记得有首古诗说"还君明珠双泪垂，恨不相逢未嫁时"，那应该就是不伤害对方自尊心的一种委婉推脱吧？

要不要也学一学古人呢？既让他死了这条心，又圆了他的面子？答案是肯定的。但她搜索枯肠，一时找不到合适得体的辞令，便没有及时回应。而这又造成了对方的误解，以为她内心已经默认了他的想法，只是羞于明确表态。这就对了嘛！事不宜迟，以迅雷不及掩耳之势把她拿下吧！

他哪知大凤的真实心理，只顾沉醉在一厢情愿的臆想中，放下酒杯，一个箭步便跨到大凤跟前，大凤犹自在苦苦措辞，他已给她一个熊抱。说时迟，那时快，没等大凤挣扎，他的臭嘴已亲在她的脸上。大凤又急又恼，再也顾不得是否会激怒他，用力将他掀到一边，然后看也不看他一眼便冲出门去。

狂奔到酒店外一百米，确信他没有"逐鹿"在后，她的泪水才夺眶而出。要说对今天遭猥亵的事毫无预感，那也不是。从平日的接触中，她已隐隐约约地感觉到他对自己或许有某种企图。平心而论，他在工作上还是很有思路、很有魄力的，到任后推出的一些新的改革举措也取得了明显成效。但他一看到美女就像蚊子见了血一样，恨不得立刻贴近去吸吮几口，一副"寡人有疾"的猴急模样。而他看自己的眼神，分明也是别有意味的。

尽管不无思想准备，但事到临头，她还是惊慌失措、应对乏术，只好采取"强抗"的下策，弄成了事实上的"硬着陆"而不是理想中的"软着陆。"倒是逃脱了他的魔爪，未曾失节，但猝不及防之际仍被他亲了一口，想想真是懊恼与气愤！可无妄之灾已经发生了，就当白菜地里被猪冷不丁钻进来乱拱了一下吧！

只能这样安慰自己了。她尽量往下沉降这件事的严重性，因为自己的身体并没有受到实质性的侵害。但不管如何自我排解，精神上的不洁感始终无法祛除，就像被蛆虫爬过赤裸的身躯一样，未必有多痛苦，但想起就恶心。

惊魂初定后，大凤不能不考虑这件事该如何善后。要不要向组织上控告这头色狼？这个念头刚一掠过，就被渐渐冷静下来的大凤否定了。这事声张不得，上策是打落了牙齿往肚里咽，独自忍辱含垢。对谁也不能说，尤其不能对有恒说——他本来就对新行长很有抵触情绪，多次在家里宣称"道不同不相与谋"，得知对方胆敢欺负自己的老婆，必定会怒不可遏地去问罪，把新仇旧恨一并发泄出来，局面就很可能没法收拾了。

必须避免这一不可收拾的后果，仅仅为妮子计，也不能引来满城风雨，让小小年纪的她淹没在铺天盖地的口水中。所以，她决定对有恒只字不提。她拭去泪水，直到情绪基本平复下来才回家。好在有恒已习惯了她隔三差五的公务应酬，不疑有他，此事也就遮盖了过去。只是接下来的几天，她都不敢正面看他，仿佛有负于他似的。

更无法面对的是那个未能得逞的禽兽行长。她怕他贼心不死，继续纠缠自己，便尽可能躲着他，远远地看到他走过来，便赶紧绕开去。他却加倍热情地招呼她，好像他们之间从没发生过龃龉，有应酬照样通知她参加。她这时的态度却改变了，不再唯命是从，而是找各种理由来抗命。只有老行长回来视察那一次，她得知出席者众多，才去参加了。

他像往常一样"打通关"，一圈敬下来，最后走到她身边。看他的神情，略无羞赧之色，她不由得在暗暗诅咒的同时，佩服他心理调控能力的强大。他压低声音说："上一次……"她以为他会道歉，谁知他说出的却是："……相聚未能尽兴，期待你再给我一次机会！"她紧张地看看四周，各自卷入战局之中，没有人注意他们，才于心稍安。

何况他这些话本身也没有破绽，就是被人听见，也不会察觉其中只有大凤能听懂的弦外之音。他果然没有放弃对自己的追逐，以为早晚可以收服自己。唯其如此，他才没有对自己刀刃相向。今后，他肯定会动用各种手段迫使自己就范。从他的话里，大凤意识到这一点，顿觉危险非但没有消除，还将日益逼近自己。这让她不寒而栗。

六

只有调走，才能抵达安全地带。既然没有能力扳倒他，那就远避到他鞭长莫及的地方吧。于是，原先纯粹是为了孩子和丈夫而萌生调动的想法，现在则也是为了自己全身远祸了。但调往地区分行哪是容易的事啊？在县支行她是凤毛麟角，在地区分行则未必是了，大凤认识那里的几位业务高手，自度和他们比并没有明显优势。如果没有强有力的人推荐，调动根本就不可能。

脑瓜子一向活泛的二弟张树功，这时已辞去林场的公职下海了，与朋友共同经营一家商贸公司，大本营暂时设在县城，正酝酿移师到地区去。听大姐说有调往地区的打算，非常赞同。以他泛舟商海的经验，他觉得第一步要疏通好关系。银行系统是垂直管理的，上级行想要调去的人，下级行是没法阻拦的。所以，找到愿意出面为她说话的分行领导就至为关键了。

大凤想来想去，唯一能搭上线的就是原先赏识她、提拔她的老行长了。但她崇尚"君子之交淡如水"的原则，与老行长几乎没有私下的交往，很少走动，逢年过节只发短信问候，而从不登门拜访。老行长升任地区分行副行长时，为了避嫌，她也没有专门去为他送行。现在去向他求助，是不是有点唐突呢？

二弟树功打消她的顾虑说：过去疏于联络感情，那是你的不是，但现在开始联络也不为晚，亡羊补牢嘛！这个周末，我陪你专程去拜见他吧。这回，你得表示个心意了。大凤很纠结：那该怎么表示呢？他家里什么也不缺哇！要不带两瓶好烟好酒去？树功说：行！你就带上点烟酒作为伴手礼，另外，我再为你准备点别的什么。大凤问：那是什么呢？树功说：我还没想好。大姐你就别管了，这事交给我办就行！

树功是自己开车载着大姐去地区的。这时已经撤地建市了，大兴安岭地区变成了大兴安岭市。但人们暂时还沿袭着过去的称呼习惯。他俩没有贸然找到老行长家里去，而是把他约到家附近的一家酒楼见面。这也是树功的主意。

老行长把太太也带来了。酒菜都是树功安排的，很对老行长夫妇的口味，话也聊得很投机。大凤暗自吃惊，树功什么时候磨炼得这般善于察言观色，把人的心思揣摩得这么透？每说一句话都像给对方喂食了一颗人参，让他舒坦极了。话说到正题上，老行长爽快表态说："大凤，我太了解你了，你愿意调到我身边来工作，我很高兴，自然会尽力协调。但我不是一把手，没有拍板权。如果我举荐的话，你一个人调过来没问题，想要有恒同时调动就困难了，因为有恒的优势没有你突出。"

这是不带任何推诿之意的大实话。大凤知道，老行长并不看好有恒。能把话说到这份上，已经很有情义了。她红着脸把带来的烟酒递给老行长，说"这是一点心意"。老行长笑纳了："哈哈，心意还是要领的嘛！否则就见外了。"这时，树功从包里掏出一个厚厚的信封说："来得太匆忙，连水果都没来得及买，麻烦你们自己去买点吧？"

但这回老行长却说什么都不肯收了："这个心意已经超出了我的心理承受范围，只能告谢了。大凤，你可以了解一下，我这个人在人际交往方面还是有底线的，从来没有突破过。但你和树功对我如此厚爱，我还是很感动的！"大凤过后有点生气，也有点委屈，因为老行长以为这是她和树功商量着办的，其实她事先也被蒙在鼓里。

她以为树功是直接给老行长塞钱，树功却告诉她，信封里塞进的不是钱而是购物卡。"一般来说，领导在心理上对购物卡要比对钱容易接受些，它介于'物'与'钱'之间，比'物'要方便，比'钱'要安全，是如今疏通关系之首选。在我的印象里，连购物卡也拒收的银行领导不是很多的。"

大凤闻言大惊："怎么？你经常给领导送购物卡？你……你……你这样做属于拉拢、腐蚀、贿赂啊！树功，你可一定要合法经营，千万不能干违法乱纪的事！不然，你对不起姐，更对不起九泉下紧盯着我们是否走正路的父母！听姐的，罢手吧，咱可不能害人害己，把老祖宗的名声也给毁了！"

树功申辩说："大姐，你别担心，我有分寸的，娘临终前要我好好做人的叮嘱我始终铭记着呢！就冲着大姐你，我也不能乱来不是？企业要走得长远，诚信最重要，守法也很重要，这我懂！不过，商务交往还是需要一些润滑剂的，购物卡嘛，有时就能起到润滑剂的作用。现在哪个行业、哪家单位不办购物卡呀？你们县支行的领导过年时难道不给上级领导送购物卡？哦，你可能不知情。但每到年底，到你们会计股来报销的'办公用品'或'文具'发票是不是特别多？那都是用来办购物卡的。"

大凤对单位办购物卡倒是知情的。不过，她以为全是作为员工福利发放的。确如树功所说，办卡的发票上开具的品名都是"办公用品""文具""文体用品"等等。一开始，她还担心这是不是妥当。领导说，整个银行系统——当然远远不止银行系统——都在采用这种做法给员工变相发福利，法不责众，没关系的，你尽管入账就是，有责任我担着！

她还不放心，问了问兄弟支行的会计股，都在这么操作，她也就不持异议了。后来，上面出台了新规定：不能笼统地写"文具"和

"办公用品"，必须写出具体的名称与数量。于是，经办者拿来入账的发票上就出现了"签字笔三万支""文件夹一万个"这样的字样。大凤计算了一下，把发票上的数字加起来，一年买的签字笔恐怕一百年也用不完。她不免又担心审计时出问题。

但上级银行派来的审计组对这类发票看一眼就 OK 了，根本就没细究其数量是否恰当，既证明她的担心是多余的，也说明这种情况太普遍了，以至没有人觉得这是违规行为。彼此心知肚明，都开一只眼闭一只眼。大凤当时以为这种情况大概会一直延续下去，根本没料到中央后来会出台"八项规定"，从源头上加以治理，让这大家都习以为常的情况彻底绝迹。

大凤承认树功没说错。但用购物卡给员工发福利与给领导送礼，在她看来是性质完全不同的两回事。前者是一种改善员工生活的普惠做法，是公开或半公开的，基本没有猫腻。后者则是为了谋取个人私利的贿赂行为，是见不得阳光，也无法公之于众的。老行长为什么不肯收下有恒的购物卡？就因为他觉得这与受贿只有"五十步"与"一百步"之别。

她要树功保证无论基于什么目的，都不向当权的领导送这类"腐蚀剂"，树功不得已答应了她，心里暗叹大姐可真是纯洁天真！不过步入社会这么多年，又在高风险的金融系统工作，她还能保持着不染尘垢的赤子之心，也够难得。这以后，大凤就像老和尚念经一般常在他耳边叨叨了。

七

老行长没过几天就来电告知，他已与一把手沟通过了，两人同时调动不可能。他建议大凤先去占个窝，有恒过两年再想办法挪过去。大凤听出他话说得比较活，"再想办法挪过去"，这就存在不确定性了。分两步走，本来倒也是可行的，问题是，有恒和领导的关系已经搞得挺僵了，自己在他身边可以随时提醒他、钳制他，自己先调到地区分行去了，留下他一个人在这里，孤独与寂寞会助燃他内心的无名火，让它越烧越旺，最终失控烧到领导身上也未可知。所以，丢下他、哪怕是暂时丢下他，她也不放心。

如何是好呢？她从来没有像现在这样焦虑。树功说：大姐，这件事交给我来运作吧，我设法将关系通到一把手那儿去。拐几个弯子，肯定就能敲开他家的门，我会搞定他的。大凤知道他所说的"搞定"意味着什么，这个臭小子，以为钱能通神，刚刚教训了他，怎么就不长记性？这一提议，自然被她一口否决。就在她焦虑到寝不安席、食不甘味时，忽然出现了转机——命中的贵人从天而降！

那天，她突然接到了在省银行学校读书时的闺蜜陈思卿的电话，不由得惊喜交加。这个给过她很多关爱和帮助、并让她常常自愧不如的老同学，已经失联多年了。她只知道对方在六年前被派往中国工商银行驻欧盟的办事机构工作。这之前她俩倒是经常通话，交流各自的近况。陈思卿多次问她有没有什么需要援手的，大凤总是说没有。派驻欧盟后，因为山水迢递，又有时差，就鱼沉雁杳了。

陈思卿毕业后直接被分配到省行工作，起点比大凤高多了。其后，她脱产读了本科，又被选送到英国进修两年，一路顺风顺水。大凤认为，这主要归因于她本人的特别优秀。当然，她身居高位的爸爸在这过程中应该也施加了影响。派驻欧盟前，她已是省行的正处级干部了。她告诉大凤，准备把正在读小学的儿子带过去，让他早日"沐浴欧风美雨"，将来就在欧洲安身立命了。

如今，她已回国履新，被任命为省工行排名最前的副行长。她在电话中对大凤如实相告：组织上是把她作为接班人来培养的。她说，丈夫是一家大型国企的副总，虽然经常有机会出国与她短暂相聚，但长期两地分居总是有很多不便。此前儿子尚不能独立生活，她无法回国，现在儿子入读寄宿中学了，不需要她晨昏照料，她就回来寻求更大的发展空间了。大凤由衷地感叹，她可真是要风得风、要雨得雨啊！

电话里这一聊，聊了足足一小时，要不是考虑到这是上班时间，大凤真不想挂断电话。陈思卿来电的核心内容是，两天后她要来大兴安岭检查工作，希望大凤到地区去见个面。她当然不会放过这个机会。阔别二十年，她真的非常想念这位闺蜜，多次梦见昔日同窗生活的片段。

去年，曾有同学提议举办临别时约定的毕业二十周年同学会，"再过二十年，我们重相会""荡起小船儿，暖风轻轻吹"，这是他们这一代人的青春梦想。但班长陈思卿远在国外，只好把"重相会"的时间节点向后推迟五年，相约届时谁也不能缺席。陈思卿说，筹备工作由她独力承担，所需经费也由她一人筹措，大家什么也不用带，把"嘴"带来就行了，不过，要把它"吃"和"说"的功能发挥到极致，不许一个闷葫芦出现。那时，她是不是已预见到自己回国后会被委以重任？

大凤正琢磨以什么理由向领导请假，她避之唯恐不远的好色行长却屁颠屁颠地跑到她办公室来了："哎呀呀，大凤哇，你是真人不露相啊！省行陈行长原来是你闺蜜呀！失敬失敬！她亲自来电话帮你请假了。你说这是干吗呢？这么一点点小事哪用得着日理万机的领导出面？也怪我太官僚了，居然连这么大的背景都没有了解清楚，该死，该死啊！大凤，见到陈行长可要多多替我美言几句，过去我有什么得罪之处，还请你多多担待，大人不记小人过嘛！"

陈思卿邀她一起参加了地区分行的宴请，并要她坐在自己身边。她向分行领导介绍大凤说："她是我最要好的闺蜜，我俩当年是齐名并称的，被誉为'绝代双娇'。要不是为了建设家乡和照顾家人，她就和我一样分配在省行工作了，那今天肯定比我发展得还要好。从某种意义上说，她回到大兴安岭，也使我赢得了机会。要有她在，也许就没我什么事了。哈哈哈！"

这就非常抬举她了。大凤心里很明白，即使自己留在省城工作，也绝不可能达到陈思卿现在的高度，比如这样老到的话自己就说不出。自己过于拘谨、过于方正，又拙于人际交往，不会讨领导欢心，更不懂权术，哪像陈思卿这样长袖善舞啊？闺蜜应该也清楚这一点，故意把她捧高，是希望在场的分行领导更加重视她。

她在电话里没与陈思卿说起想调到地区分行的事，对方却像猜透了她心思似的，向分行领导推荐说："我这位闺蜜啊，放在县支行真是有些大材小用了。我觉得你们应该把她上调到分行来发挥更大作用，人尽其才嘛！再说，她调到分行后，有些事情你们通过来与我沟通，哈哈，也可以省时省力些不是？"

老行长也在场，他与一把手交换了一下眼色后表态说："我们行长早就有这个意向了，正在考虑给她安排合适的位置，马上就会启动。"一把手也连忙点头称是："大凤的才干我们早就看中了，陈行长的指示与我们不谋而合，我们坚决贯彻执行，并立即落实到位，下个星期大凤就可以来报到了。"

陈思卿又说："她的先生写得一手好文章，人也很耿直，只是有些文体可能不太适应，那我们不要勉强嘛，可以用其所长，让他多写些理论学习文章，我们不是也需要'务虚'吗？这一块你们以后要加强。分行可以多养几个秀才，让他们各司其职、各尽所能，银行效益这么好，又不是没钱养！如果编制不够的话，你们开口嘛，我可以给你们！"

就这样一锤定音，三言两语便把困扰大凤多日的调动问题给解决了。陈思卿拉起大凤说："凤儿，领导这么关爱你，你还不和我一起敬酒？"她的酒量也大得惊人，每人都敬了一杯白酒还面不改色、神态自若。她对大凤的爱护这时也表现出来：她对大伙儿说"凤儿不会喝酒，只能'意思意思'，她的失礼之处由我来弥补"。所以她敬谁都喝干，却只让大凤小抿一口。

酒场上的陈思卿雍容大方，潇洒而又不失端庄。人比二十年前丰满了些，更显出华贵气象。两人早已经不生活在同一阶层了，难得她如此不忘旧情。当今之世，发达后仍能对老同学一如既往的已经不多了。世态炎凉、人情冷暖，在同学之间也是表现得很明显的。

宴罢，陈思卿又被邀去一展歌喉。据说，这也是接待上级领导的既定套路之一。回到宾馆，已是午夜过后。陈思卿在 K 厅又喝了不少洋酒，虽只是微醺，却已睡意朦胧。大凤也就未能实现与她对床夜话的心愿，多少有些遗憾。第二天一早，陈思卿就返回省城了。临别前，大凤说："真不知该怎么感谢你！"陈思卿说："哈哈，咱俩之间就别使用'感谢'之类的辞令了。咱们那个年代建立的友谊是真正纯洁的友谊，永远不会褪色，咱也别让它染上杂色！以后你要遇到棘手的事，一定要及时和我说。当然，如果我落难了，也会首先想到你。"

大凤心想，后面那句话是为了拉平两人的关系才说的，她这么有能力、有关系，形象与人品俱佳，怎么可能落难呢？上车时，她还揽住大凤的肩膀，附在耳边说："你先在地区分行站稳脚跟，做出点业绩来，然后我再找机会把你和有恒调到省行来。分行的平台还是小了点，省城的经济生活和文化生活也更丰富多彩。我说话会算数的，你等着！"

省城中学的教学质量肯定比地区又要好得多，但远水解不了近渴，等到陈思卿运作成功，如愿把她调到省行，大概妮子已快高中毕业了。而她是不想让妮子在省城读大学的，她希望把妮子放飞到更寥廓的天空中去。因此，调往省行，对于她来说并没有太多的现实意义。但陈思卿主动提出这一构想，还是让她感到友情的温暖。

八

妮子转学到地区后，距离中考还有不到一年的时间。她很快便调整好学习姿态，融入了新的学习集体，信心满满地向红岭中学冲刺。果然不负大凤夫妇所望，高踞榜单前茅。当地人流行一种说法："进了红岭的门，就是大学的人。"这也就是说，红岭的高考录取率接近100%，其中达到重点线以上的约30%，当然也有30%左右只能为大专层次的高职院校所录取。以妮子目前的排名和学习潜力看，只要不出意外，考入985高校应该是没问题的，最不济也能以211高校来垫底。

大凤调到地区分行后，先被任命为会计科副科长，一年后升任科长。有恒也干老本行，先没有职务。行领导还算知人善任，总结汇报材料都安排别的人写，他主要管理论学习这一块。这其实是采纳了陈思卿的建议。工作环境和工作内容都有所变化，他的心境明亮了不少，在陈思卿的一再关心下，不到一年，他也被提拔为政工科副科长。相比较而言，大凤的工作要忙得多，经常加班加点，所以与妮子的交流还是有恒多。

树功紧随大姐搬迁到地区来发展，公司业务不断扩大。他是那种可以为朋友两肋插刀的主儿，做生意从不锱铢必较，也不在乎一城一池之得失，更没有牟取暴利、一夜暴富的痴心妄想。这也正是大姐殷殷嘱咐他的。所以，他的生意倒是做得风生水起、渐入佳境，在商贸界口碑甚佳。

大凤不时询问公司的经营情况，自命为公司不领薪酬的"监察专员"，主要是怕树功不慎误入歧途。树功有问必答。他是始而伏在大姐背上，继而靠在大姐肩上成长起来的，知道大姐为这个家庭作出了多大的牺牲，又给予了自己怎样的关爱，因此他不会把大姐的唠叨当成一种扰乱其心智的聒噪，总是耐心听完。但这不意味着他对大姐言听计从。有些想法与做法，他是对大姐打埋伏的。

大凤一直觉得树功是四姐弟中最聪明、最机灵的一个，如果坚持走正道的话，将来也会是最有出息的一个。自然，小时候也是最调皮、最淘气的一个。三九寒冬，装水的大铁桶上结了一层白霜。有个爱捉弄人的坏孩子告诉树功说，这种白霜比糖还要甜，不信你用舌头舔舔看。哟！有这等好事！糖可是平日吃不到的好东西。他信以为真，便伸出舌头去舔，结果舌头被粘掉一层皮，弄得满嘴是血。

另一个冬天，他和小伙伴们在自家的柴火垛上，用火柴烧冰溜子玩，冰溜子没烧化，却把柴火垛给点着了，熊熊火焰把黄昏时分的天空都给映红了。吓得全村人都三步并作两步地赶来救火。好不容易把火扑灭后，他却不见了，奶奶当场就吓晕了过去。灭火队伍立即转化为搜救队伍，差点在村头村尾挖地三尺，最后在一户人家的猪圈里发现了浑身发抖的他。

他还爱独自跑到小火车站去玩。为了近距离地观看运木材的小火车，他竟趴到了轨道中间卸煤灰的坑里，小火车就从他的头顶飞驰而过，震耳欲聋的哐当哐当声再度将他推入恐怖的深渊。所幸当天没有卸煤灰，否则不被压死也会烫个半死。又有一次，他拿着小盆儿去河边玩水，不小心盆被水冲走了，他一着急，便跳入河中去捞水盆，盆没捞上来，自己却险些遭遇了灭顶之灾。还好，对他的一举一动都保持高度警惕的大凤就跟在身后不远，才没有酿成大祸。

小小年纪就有过多次死里逃生的经历，树功的童年与少年时代够色彩斑斓的。也许正因为如此，他的心理抗风险、抗击打能力是姐弟中最强的。沉迷于武侠小说，影响了他的学习成绩，却也滋养了他的侠义精神，义字当头，乐于扶危济困，而讨厌耍奸使滑，这使得他能得心应手地处理与平衡各种人际关系，形形色色的人都愿意与他结交。

大凤调到地区分行的当年，就享受到单位最后一次福利分房。这时，商品房的开发热潮也已在大兴安岭地区兴起。树功在万科开发的新楼盘里买了一个大三居。大凤全家去做客之后，觉得无论小区环境还是房屋结构都比他们居住的福利房强得多。妮子便闹着要搬到这边来，树功也力劝其换购。妮子的意愿是大凤不能不尊重的，于是，一个月后她便果断地办好了所有换购手续，紧挨着树功来住了。

树功的妻子玉娥，是个贤淑而又性格豪爽的女子。树功下海后，她也从林场辞职，帮丈夫管理公司财务。她做得一手好菜，所以，除了周末两家都在树功家聚餐外，平日妮子也经常赖在他家不肯回去，就因为舅妈的厨艺比爸爸妈妈高出一大截。大弟和小妹则安于小镇的清静生活，对眼下衣食无虞的日子非常满足，无复他求。树功曾试图劝他们换一种活法，比如和他一起创业，他们都婉拒了。

原先大凤在小镇工作时，四姐弟是每周一聚；大凤到县城工作后，因为交通原因，改为每月一聚。现在调到地区工作，交通更加不便，就只能每逢端午、中秋、春节才欢聚一堂了。当年都是大凤做东，如今，做东的人则换成树功了，因为他已取代大凤成为家中收入最高的人了。聚会地点有时在树功家里，玉娥烧的菜色香味俱全，不比饭店里的差；有时则换个口味，选择家附近的特色酒店，也让玉娥省点事。大凤说，全家都生活在一处，已经不可能了，咱们就两两为伴，相依到老吧。

四姐弟都亲密如初，毫无嫌隙，但因为与树功同居一城，住所又相邻，所以大凤与树功的往来最为密切。树功越来越像空中飞人，经常在全国各地飞来飞去，应酬也很多。为了接待好客户，有时不免出入夜总会及桑拿会所。大凤知道那些地方都是有"小姐"的，怕树功把持不住自己，做出对不起玉娥的事。玉娥倒很开通："大姐，你就放心吧，树功他有数的。再说，咱家是男的，又不吃亏！"

大凤猜不透玉娥的真实心思，也许她真的不担心，但更大的可能是不想把自己的担心告诉与丈夫血脉相连的姐姐。只有不断给树功念紧箍咒了。大凤自己的小家庭倒是波澜不惊，丈夫安分守己，女儿用功读书，只有婆婆对她越来越像家里的撒手掌柜心怀不满，老是明里暗里地要敲打几句，晚上加班回来晚了，还会给她脸色看。大凤佯作不察，全不与她计较。婆婆对媳妇总会有几分挑剔的，当年奶奶对母亲也是这样。

岁月渐渐销蚀了有恒的雄心，也磨去了他的棱角和锐气，他的心态已经相当平和了，人际关系也随之融洽起来。在家里，他甘居从属地位，"气管炎"的特质日渐凸显，当女儿面从不讳言自己当年是大凤的裙下之臣。他一再强调大凤是家里不折不扣的领导，自己听命唯恐不及。他悄悄和大凤说：我位置摆得挺正吧？大凤戳穿他说：你那点鬼心思还瞒得过我？你无非是把"女人是一家之主"的意识灌输给女儿呗，免得她将来大权旁落，什么都听女婿的。

大凤与有恒之间很少发生口角，也没怎么红过脸。通常意见相左时，有恒都不会固执己见，以至于妮子也讥笑他见风使舵。大凤偶尔发点小脾气，他也都忍受着。一次，大凤颇有几分得意地说：有的男人一和老婆吵架，就使劲摔东西，在我的记忆里，你好像再生气也没摔过东西，连一个碗也没摔过！有恒不服气地反驳："我怎么没摔过东西？上回生你的闷气，我就一个人在厨房里摔过洗碗布！"

心情一好，人也变得幽默了。以往不苟言笑的他，也参与办公室的说笑，贡献一些自己创作的段子了。有年轻同事向他讨教：当你对老婆的所作所为感到不满的时候，你怎么办？有恒说：我一般都忍耐着。这是实话。同事又问，实在忍受不了怎么办呢？有恒挺直腰杆说：那我会毫不留情地批评她！昨天，我就愤怒地跑到她面前，厉声喝道，你太不像话了！没有我的批准，你竟敢把家里的地板都拖了，把腰扭了怎么办？还不是要我背你去医院？

他在办公室讲过的最经典的一个段子是：某日，一对情侣来工行销户。女的说：我们今天上午刚开的户，现在就销户，请问会不会影响我们的"声誉"？值柜人员投以不解的眼神："生育"？销个户怎么会影响"生育"呢？女的急了：我是说"声誉"！男的赶紧作补充说明：她是说上午开户，下午销户，会不会影响我们的"信誉"？值柜人员神情诡秘地回答：至于"性欲"嘛，这是你们自己的事情，我们就不知道了！女的面红耳赤，男的目瞪口呆……

听者问："这个故事就发生在我们银行吗？"有恒笑而不答。一圈了解下来，没有一个营业部发生过他所说的事，方知这是他编出来的。这不像他的风格，同事们却希望他一直保持这样的风格，多创作些类似的半荤半素的段子，给平淡的日常生活添加些佐料。他在家里的经典语言也多起来了。妮子问他周岁和虚岁的区别，他的回答真让大凤拍案叫绝：周岁是从妈妈身体里出来的时间，虚岁是从爸爸身体里出来的时间。

九

会计科的工作，大凤早已驾轻就熟了。她还是那么敬畏"制度""原则""规矩"，不敢稍有逾越，但对"打擦边球"的做法已能接受，对"水至清则无鱼"的说法也觉得有几分道理。单位的"水"不可能太清，太清了养料不足，鱼儿不肯游进来；自己却要永远是一股不掺杂质、不沾油污的清流。这是大凤立下的一条"公私分明"的律己规则。

所以，除了领导要她出场的公务应酬外，她依然不接受任何老板的私人宴请，不管他有没有直接的功利目的。她和树功开玩笑说："你们这些老板的饭都是糖衣炮弹，吃进去没准什么时候就引爆了。"有的老板朋友想通过树功把她约出来，树功连连打躬作揖："兄弟，你就饶了我吧！我这位老姐是针插不进、水泼不入，我要开这个口，肯定招来一顿臭骂！"

妮子升入高三不久，分行进行岗位调整，大凤由会计科长转任信贷科长。行长找她谈话说：干部的成长应经历多岗位的锻炼，这次让你轮岗交流，组织上实际上是加大对你的培养力度。这也是落实省行陈思卿行长重要指示的一个环节，按照她的期望，你已进入了后备干部序列。大凤顾虑重重：这块业务自己不熟悉，又不善于与企业家打交道，原则性太强，可能难以胜任。行长说，这其实正是你的优势。

都说这是个油水很多而风险很大的岗位，全看坐在这个位置上的人分寸把握得如何，不贪，白坐了这个位置；太贪，坐不久这个位置；不能领会和贯彻领导意图，则坐不稳这个位置。在这个位置上一步跌进监狱的不胜枚举。这些传言，在大凤转任一周后就得到了验证。那天，分管副行长致电她说，有个信用很好的企业家想与他们沟通一下新项目贷款的事，晚上一起吃个饭吧。

她直觉这顿饭是吃不得的，便推说："这两天胃不舒服，我就不去了吧。"副行长说："那不太好吧？人家诚意相邀，我们还是要到一到场。贷款业务本来就是双赢的事，企业赢得周转资金，银行赢得可观利润，各有所获嘛！我们不要对企业家带有太多的防范心理，他们不是毒蛇猛兽。吃顿饭算不了什么，不符合贷款条件，吃了饭照样可以不批嘛！再说，我们也可以回请他，基于业务拓展的礼尚往来是不触碰红线的。"

但她最终还是没有去，副行长刚分管她就领教了她的执拗。他从一开始就认为她不是信贷科长的合适人选，但行长坚持，他也只好接受。这或许是行长用以掣肘他的政治谋略吧？而大凤从分管副行长的态度则证实了自己的预判：这个新岗位对自己是个严峻的挑战。

两天后，副行长和她说，那顿饭还是吃得很愉快的，双方初步达成了合作的共识。今天，那家企业的王董事长会来拜访你，洽谈有关细节，你好好接待！他故意不用商量的口吻，而直接给她下达指令，是想定位好双方的领导与被领导关系，以免她日后"犯上作乱"。另外，他也定下了"达成共识"的基调，让她明白自己已首肯这个项目，不要节外生枝，提出否定意见。他想，她毕竟也在金融系统摸爬滚打了二十多年，总不至于一点不懂套路吧？

大凤遵照领导指示热情接待了王董事长，亲自端茶倒水。但对方直奔主题要商谈细节时，她却阻止了他："对不起，王董，你们提交的材料我还没认真审查过，现在就谈细节为时过早吧？"王董快快告辞，临走时递给大凤一个档案袋，说是"补充材料"。大凤怀疑其中有诈，便当他的面打开档案袋，一看，是十沓百元大钞。她不动声色，却毫不犹豫地把档案袋塞回对方手中："哈哈，材料我已经看过了，有劳你带回吧。"

王董笑道："这只是一点见面礼，张科长不要见外嘛！事成后我另有表示。"大凤收敛起笑容："王董，如果这样，你就把合作的大门关死了。请相信我会秉公办理，如果材料真实有效，我会支持的，行长已经指示过了。"毕竟不是初出茅庐的菜鸟了，还是要顾及行长的颜面，在王董面前为他圆场。王董只好夹着档案袋走了。

会计出身的大凤一下子就发现了其财务账目中的诸多不实之处，确信该公司不具备到期还贷能力，这笔三亿元的巨款如果放出去，很可能成为烂账。她把自己的意见汇报给分管副行长，副行长沉吟半晌后说："风险意识要有，但不能因为存在风险就畏而止步吧？我们还是要强化开拓精神，把蛋糕做大。民营企业嘛，账目普遍不怎么规范，我们要多给予理解与支持。"

他的意思再明显不过，就是要批准这笔贷款。大凤不肯退让，提出要向行长去汇报一下。副行长很不高兴了："行长那里要汇报也是我去，你去那是越级懂不懂？我提醒你一句，不要以为你上头有人，就目无顶头上司！"说完便拂袖而去。大凤为副行长对自己如此反感，心里很不好受。但把这件事从头到尾又捋了一遍，她深信自己严格把关没错，领导纯属无理指责，这中间有什么内幕交易她不敢乱猜，但她隐隐觉得副行长力挺该企业一定有某种难以明言的原因。

这笔业务由于大凤的坚决反对而泡汤了。王董倒很有风度，专门过来向她表示感谢说："生意不成情义在，以后多联系、多关照！"他带给大凤一只香奈儿坤包，说是出访法国时特意为她买的，与她的气质"非常协调"。大凤自然也不会收，心想这个王董真是个人精。另外一点感触就是，老板也不好当，生意场上一年到头装孙子，没有韩信甘受"胯下之辱"的隐忍态度，只怕撑不了多久。不过，像他这样不择手段，大概也撑不了多久。

副行长也没有因为她的"目无领导"而和她翻脸，她终究有陈思卿罩着，"打狗看主面"，他不会让她太难堪。只是看她的眼神有些变了，里面充满了提防和不信任。这让她有点后悔听从组织安排，转任到这样一个敏感岗位。就在这时，她接到了陈思卿的电话："凤儿，树功前两天来我这儿，落下了一点东西，你让他抽空来我这儿取回去。咱俩啥关系呀？他哪用得着这样！"她有点迂板，却不笨，马上就听明白是怎么回事了。

她十万火急地把正在外地进行商务谈判的树功召回来。在她的严刑逼供下，树功全招了：前些时，他请陈思卿帮忙贷了一笔款，按照行规，他赶到省城去致谢，趁她不注意，把二十万元放到了沙发边上。陈思卿肯定是在他走后才发现了这个，于是电告大凤。大凤生气极了，第一他不该瞒着自己去找闺蜜办事，要贷款走正规程序就是；第二，他更不该以感谢的名义去向闺蜜行贿。她劈头劈脑把他痛骂了一顿。

树功满怀委屈地狡辩说：姐，在商言商，人家帮了那么大的忙，哪有不感谢的呀？这是商场法则，也是江湖规矩。咱也不会害她，只要咱守口如瓶，外人怎么可能得知呢？瞒着你，是懂你的脾气，让你知道了，这事还能办成吗？大凤更加恼火了，她一把扯住树功，驱车直奔林海深处的祖坟，逼着他跪在父母坟前发誓：再也不干这类败坏家风的事。然后，自己一头扑倒在墓碑前痛哭流涕："爹，娘，我没管好树功，我对不起你们！"

树功也哭了，对大姐保证说，今后宁可生意做不大，也不会剑走偏锋。当天他就去省城了，回来后对陈思卿赞不绝口，说像她这样念旧而又廉洁的高官真是少而又少。她不仅退回了那笔钱，还让树功给大凤捎来两个女包，一个 Burberry，一个 Coach，都是白领比较钟爱而价格又比较适中的名品。大凤心里咯噔了一下：这包是她在国外买回来的呢？还是别人送她的呢？不知怎的，大凤忽然就有些担心了。

<h1 style="text-align:center">十</h1>

转眼就到了高考的日子。大凤夫妇很担心妮子考前患上感冒或因紧张而失眠什么的，心都提到嗓子眼了，比妮子本人不知要焦虑多少倍。妮子却颇有大将风度，一副成竹在胸、胜券在握的样子，早晨起床后不慌不忙、不急不躁，在奶奶看来，仿佛不是要去赶考，而是要去赶集似的。为期三天的高考既无惊又无险，大凤绷紧的神经终于放松下来。

高考成绩公布了，妮子不出所料地超出了 985 大学的分数线。首选当然是清华、北大，但估计分数有点悬。为求保险，还是填报西子湖畔的东海大学为好。那正好也是他们全家都喜欢的人杰地灵、风光秀绝的宜居城市。但填报什么专业，大凤和有恒的意见却并不一致，大凤希望填报时下依旧热门的金融或经济学专业，有恒则主张填报在他的影响下妮子也逐渐爱上的历史学专业。相持不下之际，大凤想听听陈思卿的建议，她的视野肯定要比他俩开阔。

然而，陈思卿的手机却始终处于关机状态。屈指算来，已有一个多月没与她联系过了。她会不会出国了呢？出国也不可能关机呀！大凤有一种不祥的预感，赶快给省行的另一位担任处长的同学打电话。电话中传来的消息让她瞬间心碎：陈思卿三天前被双规了，原因是受贿，据说数额还不小。

这怎么可能？大凤严重怀疑这一消息的准确性。但仔细一想，这也不是没可能的。她退钱时说过："咱俩啥关系呀？他哪用得着这样！"这是不是意味着与自己姐妹情深才拒收，换上别人"这样"也无妨呢？还有那两个可疑的名牌女包，如果那是别人馈送的话，女包能收，别的东西该也会收吧？

大凤发疯似的到处求证，分行行长也证实消息无误。他安慰大凤说："你别有思想负担，她是她，你是你，我们不会因为她出事就影响对你的使用。我们本来看中的就是你的人品和能力，与她的推荐无关。"这番暖心的话还是说得很有水平的，既撇清了大凤与陈思卿的关系，也撇清了自己与不慎失足的领导的关系。

大凤自己却觉得处处都是看自己的异样目光，副行长倒没有借机奚落、挖苦她，也没有流露出幸灾乐祸的神情，但对她说话的语气强硬了许多，似乎不必再投鼠忌器了。大凤有点心灰意冷，恰好金库主管到了退休年龄，这是个很需要责任心却相对单纯的岗位，级别和待遇跟科长一样，她便固请调任这一岗位，分管副行长自是求之不得，说服行长同意了她的请求。

陈思卿事件的突然发生促使大凤放弃了原先的立场，同意妮子选填东海大学的历史学专业，既然她有兴趣，那就成全她吧！今后的路要靠她自己来走，而兴趣会成为她前行的驱动力。金融学她即使能学好，将来也能进入金融系统成为白领丽人，但不可测的风险始终如影随形，陈思卿就是一个教训。

陈思卿的案子审理得很快，一个月后判决书就下来了。案情相对简单：她的受贿款只有一笔，金额却高达百万。行贿者是她丈夫的发小，两家关系密切。一开始她是坚拒不收的，发小再三劝说：有福同享嘛，你帮助兄弟发财，兄弟不分你一杯羹，天理不容！你放心，无论发生什么情况，我都不会把这事说出来，我嘴上的门比任何保险箱都坚固。她退回一次，发小又送一次，如是者三，她便收下了。谁知，丈夫的发小被别的案件牵扯到后，一进去就供出了她。

案件判决前，她被关押在看守所，不允许亲友探视。有期徒刑十年的判决下达后，她被移送到省女子监狱服刑改造，树功托关系与大凤一起去探望了她。她没有想象中的沮丧，追悔之意却溢于言表："多年的辛苦打拼毁于一旦，凤儿，你和其他同学一定要以我作为反面教材。原先计划中的毕业二十五周年同学会，我没法承办了，但这个会一定要如期举行，会上要多提提我，让大家吸取教训。"

她隔着窗子对大凤说："凤儿，我倒是一点不担心你，你有足够的定力。以前我从没在你面前流露出优越感，心里却觉得是要比你活得好的。我不知道你是不是曾经羡慕过我，反正我现在非常羡慕你，羡慕你的淡泊自守、知足常乐，从人生的终极意义上说，你其实比我成功！"

树功有些伤感地劝慰说："思卿姐，你好好在里头待着，该吃就吃，该睡就睡，千万别多想！将来的日子你也不用愁，有树功一口吃的，就绝不会把你饿着！"陈思卿开颜一笑："哈哈，你们也不要为我担心，最初痛不欲生的绝望期已经过去了，消沉期也快要过去了。我会在狱中积极改造，争取提前释放。我想，出狱时我还不到五十岁，不敢奢望东山再起，但还存在创业的可能性，到时候少不了要向树功讨教些门径。"

回去的路上，姐弟两人想想都有些后怕：假如树功坚决不肯取回那笔钱的话，那么，陈思卿的受贿款就不是一笔而是两笔了。如果她交代出那笔钱，树功也就脱不了干系了。由此树功更加觉得，听大姐的话没错，害人害己的事绝对不能沾边。大凤难过之余，也有一点是开心的，那就是此行让树功对如何选择正确人生，又有了新的领悟。

暑假一过，妮子就要到东海大学去报到了，这是她最轻松的一个暑假，没有丝毫压力。大凤去省城监狱探望陈思卿时，她和同学一起漫游了港澳台，也算有了出境的经历。从省城回来后，大凤就为妮子准备行装了。一边准备，一边感叹：我的孩子出生在林区小镇，而你的孩子将来肯定出生在繁华都市，人生起点该是多么不同啊！"妮子又拿老话堵她："谁让你妈没我妈能干呢?"

大凤把自己上学时带走的木箱和母亲临终前买回的皮箱一并拿到妮子面前，再次向她讲述了那段家史。妮子拿出纸和笔说："又一次忆苦思甜大会在张大凤家隆重举行，作为唯一的与会者，我得把您的深情讲述一字一句记下来。"实际上却是装模作样，一个字也没记。大凤试探着指着木箱说："现在崇尚返璞归真，你把这木箱带去，说不定反倒很时尚呢！"

妮子一口拒绝："继承家族的艰苦奋斗精神就行了，用不着带走这破家什。"大凤说："你马上要学历史了，这可是闯关东时代的历史文物，稀罕着呢！"妮子不停摆手："得得得！将来女儿我要是发迹了，我就在家乡盖个大别墅，里头辟出最大的一间作为家史陈列室，把木箱和皮箱放在最核心的位置，您呐，就亲自担任讲解员，让我的后代以及后代的后代不断接受革命传统教育。"

工于女红的奶奶，花半个月时间为妮子缝制了一件小红袄，说让她带到大学里去穿，既喜庆，又能驱邪。它看似土朴，穿在妮子身上却显得很洋气。妮子评价说："这才叫以故为新、返土作洋呢！"奶奶笑得合不拢嘴，觉得又胜了媳妇一个回合。大凤的审美观没有妮子那么新潮，见妮子喜欢，也就没有唱反调。

大兴安岭地区已开通与东海大学所在城市的经停航班，妮子可免却大凤当年的舟车劳顿之苦了。回想起自己在开赴省城的慢车上所经受的种种煎熬，大凤又感慨无限。妮子走进安全门后，回过头来向他们挥手。这时，初尝与爱女离别之苦的大凤，忘记了身处的环境，无虑是否会惊扰到周边送行的人，高声喊道：

"杨小倩，你一定要照顾好自己！"

第九章

一

杨小倩的乳名叫"妮子"。在她来西子湖畔读大学前，爸爸妈妈只有在公开场合才称她的学名，私下里都只喊她的乳名。直到她离开家乡、即将独立生活之际，妈妈张大凤才猛然意识到女儿已经长大成人了，"妮子"这一乳名或可废弃了。这以后，无论什么场合，他们都变得有点郑重地叫她"小倩"了。

从男生寝室回到自己宿舍后，小倩再度调阅了金世遗的档案，研究其家庭背景。资料有限，她只得从拷贝回来的"心路履痕"中寻找涉及他父母及亲属的只言片语。他从未详细描写过父母及亲属的情况，这不奇怪，因为他旨在勾画自身心灵的曲线。他父母的生活简单而缺少变化，恐怕也没有什么值得书写的内容。从中得知的只有他的家庭在当地不算最为贫困的，但日子也过得很艰难，父母为了供养他和弟弟妹妹读书，胼手胝足，劳累不堪。他们疼他爱他，却没有能力让他在校园里维持最起码的体面。这是他们的锥心之痛。

填写在登记表上的直系亲属，除了二舅外，职业清一色的是"务农"。二舅是县政府的干部，家族中唯一的能人。他家里的大事，都是二舅拿主意。他小时候最大的理想，就是成为二舅那样"撑得起场面的人"。读大学后，对二舅也许没那么膜拜了，但笔记中偶尔提到他时依然感恩戴德："二舅说'家里的事你少牵挂，舅会帮着你爹妈一起张罗的'，他永远是咱家的主心骨！""二舅的家庭负担也很重，而且要他接济的穷亲戚太多了，他对我这个家族中最有出息的晚辈在经济上不可能给予资助，但他在精神上给我的激励则是我到死甚至死后都会感怀的。"

但这位二舅究竟是县衙里的什么官，他就语焉未详了。看样子不会是县里的主要领导，因为在"度娘"那儿检索不到他的大名"秦伯宝"。登录该县各部委办局的官网，现任领导的名册中也没有他。推算下来，他今年还不到五十岁，应该在职，那么，他莫非是"爵位不显"而能量不小的股级干部？

嗨！别再费心琢磨了！把时间花在这上面毫无意义。她想不再纠结于他二舅的身份，直觉却又告诉她，如果包车前来的亲属中有他二舅的话，最难对付的可能就是他了。从金世遗提及他的语气看，他是通情达理的，却也是说一不二的。为了替伤心欲绝的姐姐姐夫多争取一些经济补偿，也为了告慰过早夭折的外甥的亡灵，想必他会据理力争吧？噢，据理力争倒不怕，怕的是无理取闹啊！他会是无理取闹的人吗？在"政治面貌"一栏里，显示他是党员，一个党员领导干部，不至于如此吧？

她的思绪胶着在二舅那儿，怎么也无法挣脱。她的预感一向都很准，而此刻的预感却是不祥的。不管她如何劝导自己说"预感只是一种没有科学依据的心理直觉"，她稍稍松弛了一些的神经却又回复到箭在弦上的状态。

已经是天色微明时分了，窗外高悬枝头的启明星正向着不再沉寂的大地一点点坠落；旭日虽然还没有露出其迷人的脸庞，却洒出了取代月光的亮色；远处已传来早锻炼的人群的杂沓脚步声，昭示喧闹的一天又将开始白与黑、悲与喜的循环。

这一天里会发生些什么？刺刀见红、血染疆场？还是兵不血刃、化干戈为玉帛？但愿是后者。她觉得应该强迫大脑休息一会儿，几小时后的谈判（或曰协商）将是挠心复烧脑的，此时养精蓄锐、以逸待劳已不可能，但总得合合眼、提提神吧？于是，她关上电脑，和衣而卧。眼帘是合拢了，脑子里却走马灯似的转个不停。

　　转着转着，就把她转进了无何有之乡。但她在其间始终未得安宁，狼奔豕突，让她惊出一身冷汗。忽又从兽群中闪出一蒙面人，手执钢刀，直扑她而来，她虽持有丈八长矛，却不敢应战，拔腿便逃，逃到悬崖边上，再无退路。转身迎敌吧，自度不是对手，稍一犹豫，便立足不稳，身体前倾，一头倒向万丈深渊……

　　她惨叫一声，跌落到尘世中来，天光已经大亮，而隐隐约约的敲门声也在这时响起。她没有应答，想先缓过神来。入梦的时间只有半小时，梦境中却历尽艰险，这该是由不祥的预感幻化而来吧？或者说，这是对内心挥之不去的隐忧的一种折射吧？

　　敲门声急促起来，还夹杂着"小倩！小倩"的呼叫。她听出来了，是辅导员同事李淼。管理学院的专职辅导员共有五人，全是女生——不，有三个已经是为人之妻、为人之母的女人了，只有未婚的小倩与李淼还能称为女生。这样的结构显然是不合理的，但辅导员队伍男女比例失调却是一种普遍现象，不光管理学院如此，也不光东海大学如此。

　　不是学院不想招男生，胡书记毫不掩饰自己的态度："做梦都想！"也不是没有男生报名，有意报考的男生多如过江之鲫。但男生们的应试能力总体上要低于女生太多。无论是在学期间的专业考试成绩，还是报考研究生、辅导员、公务员的成绩，女生都要领先于男生。成绩排名表上的前几位往往都是女生，男生只能瞠乎其后。这样，笔试入围的男生就极少了。

　　男生在面试中还是有优势的，考官们在性别取向上是偏于男生一头的。进入面试的男生都会被优先考虑而在考官的评分表上碾压女生。然而，他们大多被拦截在笔试的闸门前。连女生自己也承认，男生的潜力与后劲比自己要大。但在考试成绩面前人人平等，不可能限定男女录取比例，否则就要遭受性别歧视的诟病了。就管理学院而言，这些年的辅导员招考，没有一个男生得到面试机会，所以就是杨门女将的一统天下了。曾有人戏称胡书记为"佘太君"，其他人马上制止："把胡书记叫老了，有你好果子吃吗？"

李淼比小倩早一年入职。先入山门为大，小倩一开始称她为前辈，相处时间长了，彼此觉得挺投缘的，就直呼其名。打开门来，果真是拎着早点的她。她捏了小倩一把说："瞧你，才一夜工夫，人就像又瘦了一圈！愁什么呢？不是有姐们在吗？天塌下来咱一起扛着！昨晚十二点就来敲过你门了。怕你顾不上吃饭，给你送粮草来了！"

<h2 style="text-align:center">二</h2>

辅导员之间其实是有竞争关系的。全领域覆盖的考核激励机制当然不会让辅导员成为漏网之鱼。他们和专任教师一样要定期由学生进行考评。除此而外，他们还要接受学校机关部门的"点对点"考评。他们自嘲，上有婆婆，下有媳妇，都是爱挑剔的主儿，如果侍候不到位，同时给个差评，那就会被从棋盘上摘掉，成为弃子了。学校曾经发现，有个别辅导员为了在年终考核中取得压倒同侪的好成绩，私下里用学生账号登录考评系统，给自己打 A。这种恶劣做法属于"不正当竞争"，一旦败露就会率先出局了。

从千军万马中杀开一条血路，坐稳辅导员位置的，都是能征惯战的好手，但其中不少人更擅长的是单打独斗，而缺乏团结协作的精神。管理学院有位辅导员工作能力极强，做事谨慎，考虑周到，是胡书记大会小会爱提的"心头好"。但其他辅导员却没有愿意跟她合作的，因为她对上对下用的是两张脸谱、两副腔调，领导交代的任务不折不扣地提前完成，团队协作项目要么推脱，要么拖延，大家虽无法与她分道扬镳，却不愿与她联镳并驰。

谁都想在职级和职称上有所进步，抢功之类的事也是屡见不鲜的，有什么创新的好点子，最终会与同事分享，但那必须是在自己的实验初见成效并得到领导赞许之后。小倩曾与另一位辅导员联手策划了一次"管理金典 ABC"活动，点子是她先想到的，方案也是她起草的，对方却抢在她前面汇报给胡书记，结果受表扬的就不是她了。

但李淼却是和这类事不沾边的。她的名字很"水"，人却风风火火的，干事麻利，说话脆爽。她是西北人，与来自东北的小倩一见如故，说："咱东北虎、西北狼加一块儿，那就是战无不胜的虎狼之师啊！"她是在北京一所985高校取得思政硕士学位后考进东海大学的，实力不可小觑。她自称"强龙"，而视本校毕业的小倩为"地头蛇"。她说："既然强龙压不过地头蛇，咱就认输服软呗！说好了，以后咱俩可不能窝里斗！"

她的五官不难看，脸却大了些，不像小倩长了一张很上镜的"巴掌脸"。她看着那些拥有巴掌脸的一线女星的靓照，手托香腮痴想道："哎，什么时候能流行大饼脸呢？脸我已经准备好了，就等流行了。"拍毕业照的时候，很多女生都要求与她单独合影，她特别得意，特别享受，后来忽然意识到，除了自己人缘好，真相很有可能是，因为自己脸大。

她的身材属于"微胖型"的，丰乳肥臀，却不显臃肿，透出一种性感。喜欢这种体型的男人不少，她自己也以前凸后翘为傲，觉得还是很能吸引男人的眼光、赚取回头率的。所以，从无减肥的意愿。她说："我看到一句名言：尽管我们无法拉伸生命的长度，但是我们可以拓展生命的宽度。我觉得这句话太有道理了！意思就是：虽然我们无法再长高，但是我们可以长胖。"

她挺瞧不起本院那些爱吹牛的中年男人："哼，一上酒桌就说什么，'我千杯不醉'，'我坐怀不乱'，'我以德服人'，'我淡泊名利'。拉倒吧，骗鬼呢！以为咱真是无知少女呀？千杯不醉，那是因为没千杯给你喝；坐怀不乱，那是因为没女人往你怀里钻；以德服人，那是因为你拳头没人家硬；淡泊名利，那是因为名利压根儿不搭理你。"

说得真痛快！小倩也有相同的感觉。但她不敢像李淼那样把自己的感觉痛痛快快地说出来。自己已经比较直了，李淼比自己还要直，与直性子的人相交，是不需要特别防范的。入职后，她诚恳地请李淼传授经验，李淼说："经验嘛，得靠自己一点一滴悟出来，实践出真知嘛！我就讲其中一点体会：辅导员不是经常要讲话吗？我觉得讲话的顺序特别重要。

"我给你举几个例子：如果你说一个女大学生晚上去夜总会陪酒——哦，这不是天方夜谭，咱们学校未必有，其他高校肯定有——这样说是不是听起来感觉很不好？可如果你颠倒一下顺序，说一个夜总会小姐白天坚持去大学听课，就满满的正能量了。咱这儿的灵隐寺名气大吧？和尚有好几百呢！假如小和尚问师父：我可以念经的时候抽烟吗？师父一定很恼怒：不可以！小和尚换个顺序又问：那我在抽烟的时候念经呢？师父听了只怕会很高兴吧？最经典的例子是，阿Q对吴妈说'我想和你一起睡觉'，那是流氓；换成说'我想和你一起起床'，就是徐志摩了。所以，顺序真的很重要。"

她与其他同事相处时，也胸无城府，不知藏愚守拙，有什么话都直说，与一般的文人墨客迥异。她说生性如此，此生大概是无法改变了。读研时，她被拉进了一个学霸讨论群。学霸们当时正在热烈讨论高空坠物会不会砸死人，当他们基本已经确定高空坠物一定会砸死人时，一直沉默的她突然发声了："你们见过被雨砸死的吗？"然后，全群沉默了。不一会儿，她被踢出群了。

她喜欢称自己为"吃货"，而且主动坦白把"吃货"的帽子戴在自己头上的原因：否则别人会以为我的胖是天生的。她说已经三年不敢称体重了，最后一次称时，刚站上电子秤，数字就飙升到了六十公斤。她生气地看着男朋友说："你别动我。"男朋友说："我没使坏啊！"她说："你离我远点！"男朋友说："我已经离你很远了。"她回头一看，吼道："把你的影子也挪远点！"她把这当作趣谈来说，一点也不忌讳。

她向学院的两位女领导——高院长、胡书记看齐，很注意修饰自己。衣着打扮都比小倩前卫。"我没有你的天生丽质，再不好好拾掇拾掇，连给你当绿叶都不配呢！要不是顾虑现在的职业是辅导员，不能给学生做坏榜样，我肯定是东海大学校园里的第一潮女！"她对小倩这样解释。她总结女人最痛苦的两件事是：邋遢素颜遇熟人，花枝招展没有局。她不屑那个女人们熟知的大众化表达：打开衣柜，总觉得少一件衣服。这也太没有创意了吧？她问小倩："你知道我打开衣柜时的感觉是什么吗？嗯，就像皇帝选妃，选着选着就觉得又该遴选民女入宫了——怎么也得有佳丽三千吧？"

她爱在朋友圈里晒自拍照，美颜过的那种。拍之前与拍之后各有一道不可减省的工序：前面是化妆，后面是P图——把脸往小里死劲P。她归纳世界四大术为：泰国变性术、韩国整形术、日本化妆术、中国PS术。自命为无师自通地掌握了后两种现代技术的不二高手。有她在场的聚会，气氛就特别热烈，大家都把她当作开心果。即使对她的直言当时会有那么一丁点不悦，却没有谁觉得受伤。

学校陈书记要求思政线的同志们"说真话""办实事"。李淼是"说真话"的典型。她在集体读书会上谈了自己的理解："所谓'说真话'就是要说人话，不说鬼话。你成天说些自己也不信的鬼话……什么什么早日实现……来糊弄学生，他会听你的吗？你得多说带有人间烟火气，看得见摸得着的东西。"胡书记听了觉得不太对味，怕偏离了方向，便没让她继续发挥。但小倩却已经听懂了她的意思，并深以为是。

三

小倩与李淼平时在一起有聊不完的话题，女人天性中爱八卦的一面在她们这儿同样是表现得很生动的。交流有关学生恋爱的八卦新闻，其实也是她们的工作内容之一，可据以了解学生的思想动向和价值取向，对症下药地开展思政教育。想到这也是工作，至少有助于工作，她们就交流得更频繁了，力求最大限度地实现情报资源共享。于是，她们就成为校园里对八卦新闻了解最及时、分析最透彻、反应最迅捷的那一拨人。

如今的大学生恋爱成风，大学四年没谈过一次恋爱的，比天外来客还要稀罕。有人用四个字概括自己的大学生活：无牵无挂——既没有牵过手，也没有挂过科。这样的好学生，是要被群嘲的。学校既不禁止也不鼓励学生恋爱，但把引导学生树立正确的恋爱观作为辅导员的工作任务之一。

进入新时代以来，为情所伤或因情而殇的学生不一而足。前几年还有位男生手刃劈腿的女生及其新男友，血溅学生事务大厅，惹得小报记者蜂拥而来。有位辅导员明知对男欢女爱的事根本阻止不了，在进行入学教育时还是列举了一条"大学生不宜谈恋爱"的有力论据——在市场经济条件下，谈恋爱没有不花钱的，这就会加重家庭的负担。一个女生在下面小声嘀咕："话不能这么说吧，在加重一个家庭经济负担的同时，也减轻了另一个家庭的经济负担呀！"

李淼觉得这个辅导员有点傻，这条论据也太牵强了，以后是否会被学生嗤笑而威望大跌，她表示严重怀疑。她说，时至今日，禁欲主义已成明日黄花，大学生恋爱是天经地义的事，风气所及，就连小屁孩儿都想交女朋友呢！前两天她去理发，一个七八岁的小男孩坐在她旁边，声音脆生生地请求发型师理得酷一点，好让班上人羡慕。发型师就问他："难不成你有女朋友啦？"他不吱声。她难抑好奇之心，换了一种狡猾狡猾的问法："你有几个女朋友？"他小声说："两个。"周围人大笑。她不过瘾，故意逗他："怎么才两个呀？"小男孩长叹了一口气："我零花钱也不多啊……"

小倩也乐开了怀。从中她引申出好几个结论：一是恋爱的年龄大大提早了，尽管这些小屁孩还未必搞得清女朋友的真实含义，只是稚气十足地依样画葫芦而已。二是男孩"脚踩两只船"的现象已不是孤立的个案了，连情窦未开的小屁孩儿也以女朋友多为荣。三是恋爱中的男生为女生花钱，也被公众心理认定是天经地义的事，一毛不拔的男生是会被鄙薄的。

有一段校园里流传较广的师生问答给小倩留下了很深的印象："啥叫浪漫主义？""看到美女便有写诗的欲望，这就是浪漫主义。""啥叫现实主义？""看到美女便算计兜里还有多少钱，够不够吃个饭啥的，这就是现实主义。""啥叫批判现实主义？""看到美女就想她是不是人造的，这就是批判现实主义。"不请女朋友吃几顿饭，看几场电影，再送几束花，她就会不翼而飞。这不是现实主义，是现实。

985大学的女生没那么世俗，也有追求纯粹的超物质的真爱的，小倩就把自己归于这一类女生之列。但据她观察，完全放弃对男生的物质要求的女生，就像孔乙己数茴香豆时所叹惋的那样："多乎哉，不多也。"有个哲学专业的女生问男生：你真的爱我吗？男生答：我可以对天发誓。女生又问：那你用什么表示呢？男生拍胸脯说：用我这颗赤诚的心！女生挥挥手说：对不起，再见！男生诧异：你怎么啦？女生婉言道：你是唯"心"主义者，可我是唯"物"主义者。

现在的女生都不像过去那样腼腆了，不排斥婚前性行为的人所占比例也越来越高。有个宣称反对婚前性行为的女生，在旗帜鲜明地表达了自己的态度后补充了一个附加条款：如果对方长得帅，又坚持要与我"爱爱"，那我就只有忍了，这就叫"忍俊不禁"。小倩听说后真的忍俊不禁了。如果语言学家编写"成语新解"辞典的话，这能不能作为一个词条呢？

李淼还告诉她艺术学院的一件真事：教授来到雕塑课堂，看见一尊男体雕塑的私处有问题，于是问值日的女学生怎么回事。她老实承认："我一不小心，把那玩意儿碰掉了，便用胶水粘了上去，裂痕一时无法消除。"教授说："那为什么你粘的时候要角度向上呀？"她大惑不解，觉得这没有什么好奇怪的："我见过的男生都是这样的呀？"教授无语。

学生的观念变了，家长的观念也在变。女生的家长过去对离家在外的女儿的最大担心就是遇人不淑，受骗上当，不免再三叮嘱恋爱一定要慎之又慎，看准了、认定了、非他莫属了，才能交付自己。如果频繁更新男朋友，家长是要愁死的。现在则不太一样了。播音与主持专业一位大二女生发微信叫妈妈在日常用度外再给她个大红包，理由是新交了个又帅又潮的男朋友，约会六次，六套春装都穿过了，必须再买两套，否则对方就没新鲜感。妈妈果断回复说：换男友，从头开始！

男生的家长就要更加开明些了。风传经济学院的一位男生打电话回家："妈，快打五千块钱给我，有急用！"妈妈盘根究底："你得说明白，究竟有什么急事，前几天不是刚往你卡上打过一笔生活费吗？"男生叹道："唉！说来话长，简单点就两字：杀人！"妈妈吓得不轻："啥，杀人？谁？你疯了！"男生一咬牙，都坦白了："自家人，你孙子！"妈妈好半天才悟过来，转忧为喜："杀人犯法，使不得！劝她生下来，妈带！"男生还是担忧："那他不成了私生子啦？"妈妈开导他："你这观念怎么比我还老哇？在妈眼里，没有私生子，只有亲孙子。只要是你的骨血，妈都认！"

因为李淼、小倩都竭力扮演"知心姐姐"的角色，不少学生愿意向她们倾诉恋爱过程中的悲欢，希望她们能为之指点迷津。小倩会很耐心地当好参谋，细陈利弊得失。李淼则快人快语，刀刀见血，效果却也不差。那天她俩一起坐在办公室，一个李淼管的二年级女生悲悲切切地走进来，对着李淼哭诉说，有个男生入学后一直撩她，撩着撩着，她心动了。可是最近他突然就不理她了。这是怎么回事呢？李淼冷笑道："这再简单不过了，他是大面积撒网、选择性捕捞，你被放生了！"

小倩管的年级里，拥有爱情传说最多的是张无忌，最少的是金世遗，而他俩居然还被阴差阳错地扯进了三角关系中，这是她万万没想到的，也是东海大学的爱情江湖中迄今无人知晓的秘闻。张无忌很瞧不起那些搜索枯肠，试图用隽永的文学语言来俘获女生芳心的人。室长埋头给女朋友写情书："每想念你一次，天上就掉下一粒沙，撒哈拉沙漠就是这样形成的；每想念你一次，星星就落下一滴眼泪，大海就是这样形成的。"他看后笑痛了肚子，提笔续写道："每想念你一次，我就放一个屁，臭氧层就是这样形成的。"闻者无不为之莞尔。

许多男生向他讨教泡妞秘诀，他摆出情场教父的架势，诲人不倦："别以为哥们是依仗门第的优势，哥们自身的功力深厚着呢！你们若能学到我一成，就能无往而不胜了。"一个男生请他支招说："我在追外语学院的一个女生，每天给她发短信无数，可她从不回复。有什么办法好使？"

他鼻腔里哼了一声："就你这样还想泡妞呢！记住：八卦与好奇

心是女人的天性，抓住这一点，何愁她不理睬你？看哥们我的！"他用该男生的手机给女生发了这样两句话："你是我们学校三大美女之一，但我只喜欢你。"半分钟之后，女生就回复了："另外两个是谁呀？你为什么只喜欢我啊？"

新时代大学生的恋爱观念与恋爱模式可谓五色斑斓、五音繁会，但绝大多数以明媚、热烈、健康为其主色调。自也有个别人取向与众不同的。于是，"好基友"便横空出世了。外语学院德语专业大二一女生，看到校园里出双入对的红男绿女，歆羡不已。回家过年时父母问她怎么没有那方面的动静，她抱怨说班上男少女多。父母问少到什么程度，她说："就两人，真够惨的！"父母说那也聊胜于无呀！她幽幽地说："更惨的是，他们两个好上了！"

李淼还告诉小倩另一个同类故事：计算机学院一女生喜欢上了经常一起参加公益活动的同班男生，便试探着问他："喂，你有喜欢的人吗？"他看她一眼，淡淡地说："有啊。"她心里一阵失落，但还是装作无所谓地问："谁？是我们班上的吗？"他点头肯定："是的，你猜猜是谁？"她把除自己而外全班女生的名字都念了一遍。他却不停摇头。她问："都念完了，你怎么都摇头啊？"他粲然一笑："傻瓜，你确定都念完了吗？"女生愣了一会儿，害羞地转过头去不再说话了，心比脱兔跳得还快。这时男生伏在她耳边轻声提醒说："男生的名字你还没念呢！"

在小鲜肉霸屏的媒介新风吹拂下，男生中模仿小鲜肉做派的人不绝如缕。与李淼走得挺近的一位女生对她说，受不了男朋友的娘娘腔，下决心与他分手了。他伤心极了，可就是不掉一滴眼泪。李淼说，这不挺爷们的吗？不"娘"啊！女生怒道：狗屁！他说他不能哭，因为他的睫毛膏是不防水的！

也有形象不"娘"而举止"娘"的。小倩亲眼目睹过一起校园"惨"案：一位妆容精致的女生娉娉婷婷地走在图书馆前的林荫大道上，斜刺里突然冲出一个横眉怒目的男生，嘴里念念有词："我爱你爱得死去活来，你竟然要和我分手。好，一不做二不休，无毒不丈夫，今天我就毁了你的容，免得你再祸害别人！"说时迟，那时快，他把手中装有不明液体的瓶子打开，用力泼向那名女生。女生捂脸惨叫，周围的人见状大惊。小倩率先上前扭住男生："你泼的是什么？"那男生愤愤地说："卸妆液！"

小倩与李淼无论谁先听到这类八卦，都会第一时间与对方分享。她们都天生缺乏这方面的免疫力，又因工作性质特殊，而有了理直气壮的借口，便乐此不疲了。但李淼这个早晨来敲小倩的门，却不是来和她聊八卦的，而只是想给她送一点温暖，而这温暖或许又可转化为一点热能，支撑她今天的高负荷运转。她深知处于火烧眉毛之际的小倩既没有闲暇，更没有闲情，所以放下点心，说了那几句话后就告辞了。

四

李淼目前还是单身，已经单了很久了，却和小倩一样"曾经沧海"。她乐于和小倩分享自己的恋爱经历，毫不讳言曾与前男友中的一位短暂同居过："要放在过去，这就算结过婚了，除了没领证，其他没什么区别。"她问小倩："你呢？校花级别的大美女，经历肯定比我还要丰富吧？"

小倩却觉得这个问题太私密，纵是好闺蜜，也不宜透露。就像T台上的模特，穿着再暴露，总也有比基尼挡住三点，如果全裸，那就不是走秀，而成性表演了。即使非洲丛林里的原始部落，男男女女的胯下也会系一块遮羞布。假如将自己的恋爱细节，包括舌吻的感受和性爱的体验都说给闺蜜听，那就等于把最后的遮羞布也扯掉了。

那时她刚入职，与第二任男友分手的痛楚还潴留在内心深处。这个让她爱恨交加的男人，夺走了她的第一次。她是有心向他托付终身的，然而，他却辜负了她。她不愿对任何人谈论他。因此，尽管李淼裸裎相见，她还是不想扒光自己。

不过，把自己包裹得严严实实也不合适，那就愧对李淼的坦诚了。于是，她含糊地说："经历不算丰富，但也不是一张白纸了，有过两个男友。爱上第一个时自己还太幼稚，稀里糊涂就与他好了。第二个……嗯，就刻骨铭心了！"好在李淼并没有追问她羞于言说的细节，就这样搪塞过去了。

李淼的自述中，让小倩最有同感的一句话是：学生时代喜欢一个人，连作业本放在一起都觉得幸福。可能有过惨痛的教训，李淼对男人的看法不无偏激，自道以后择友要慎之又慎，千万不能再被花言巧语所惑。这又是说到了小倩心坎上的。她的名言是：男的单久了，看谁都是貂蝉；女的单久了，看谁都是渣男。

她读书比小倩晚一年，大她两岁，已到了父母"催嫁""逼婚"的年龄。她说，这事儿急不得，但由不得自己不急，因为"皇帝不急太监急"呀！每次听到同学结婚的消息，心里都会慌一下。这就像考试似的，本来是各人集中心思答题，谁也不注意谁。可是一旦有人开始交卷了，精神就会紧张起来，交卷的人越来越多，心里也越来越着急，最后自己也许就跟着草草交卷了。

小倩这时其实已经与现任男友交往甚密了，只是还处于秘而不宣的状态。她差点就脱口而出："我可能快要找到那双最合脚的鞋了。"鞋合不合脚只有自己知道。小倩觉得用这个比喻来说明爱情和婚姻问题最贴切了。有的鞋样式新颖、质地华贵，有的鞋外观朴实、材质普通，这都不重要，重要的是穿上脚后舒适度如何。谁都喜欢样式新颖、华贵的，这没错。问题是，如果不合脚那就遭罪了。而且不是遭一阵子，而是遭一辈子，除非你毅然甩掉它。但甩掉它又谈何容易啊？即使甩掉了它，你的脚已经饱受折磨而变形了。

这么冷静、成熟而又带有点悲怆的认知，是小倩从自己的恋爱经历中提炼出来的。不，准确地说，是从与第二任男友的交往中感悟到的。第一任男友相处时间不长，给她留下的记忆比较平淡，欢乐有限，痛苦也有限。是她放弃了这段对方始终非常珍惜的感情，而且是在被第二任男友深深地吸引之后。

她是鄙弃"劈腿"行为的。在她原先的观念里，爱情的第一要义是忠贞。这也是爸爸妈妈一直向她灌输并以身作则的。但后来，她却对这一观念作了些修正：婚姻的第一要义才是忠贞。爱情与婚姻不同，婚姻的理想模式是从一而终，就像爸爸妈妈那样，虽不免时常小有摩擦，却恩爱如初，从没产生过另起炉灶的想法。爱情则似乎不必执一而求。

爱情的消逝与转移也是生活中的常态。倏忽而来又倏忽而去的爱情并不罕见，一见钟情的少男少女，很少有白头偕老的，甚至大多无法抵达婚姻殿堂。走进婚姻殿堂后的男女，其爱情也未必能永久保鲜，年长日久，爱情往往转化成亲情来维系家庭的纽带。在谈婚论嫁之前，遇到新的机缘而移情别恋，这不算背叛，也不属于"劈腿"。

这是她对自己曾经有过的恋情的合理解释。第一任男友是在她入学报到时认识的。模式真的有点老套：他是在机场迎接新生的老生，比她高两个年级。两人就这么认识了，然后就稀里糊涂地爱上了——小倩回头反思这段感情，觉得不能说"爱上了"，而只是"好上了"。那时的她刚从大兴安岭来到这令人眼花缭乱的国际都市，多单纯啊！

与金世遗相仿，她在高中阶段也心无旁骛，全力瞄准985高校的目标冲刺。妈妈说自己当年不得入读名校的憾恨要在女儿身上找补回来，爸爸说将来能不能在大山以外的锦绣世界安度晚年全看女儿此举，老师说全班的希望与荣誉系于她一身。这一切都不容她懈怠，也不容她对任何示好的男生心动。而事实上那些学习不如她的男生也很难让她心动。

如愿考进东海大学后，压力骤减，眼界顿开，而长期被压抑的性心理也开始像冒出土壤的嫩芽一样自由分蘖。尽管用她现在的眼光看，那位学长还远不够优秀，甚至可以说还不及她优秀，用"男高女低"的传统标准来衡量，他是不够格做她的男朋友的。但那时的小倩哪有这些世俗化的考量呀？她是以高中阶段的男同学为参照系的，和他们比，他已经足够优秀了。她这只菜鸟，轻易地就被并不锐利的丘比特之箭射中了。

他的形象还是高高大大的，容貌说不上有多英俊，却很端正，一看就不是奸诈之徒。这是让小倩心动的基础条件。这一基础条件是不可或缺的，是硬核要求。家境可以忽略不计，才华可以降低标准，唯独形象是一定要对得起观众的。不过，较之形象，小倩对他的性格评分更高。

他性格的最大特点是朴实憨厚，憨厚到让她觉得可以随意欺负他的程度。这正好可以迎合女孩子与生俱来的公主病，让她们获得被百般宠爱的心理满足。他不会甜言蜜语。面对多少有些刁钻的小倩，他常常显得口笨舌拙。这在她眼里，反而显示了他的质朴与诚实。都市男孩的浮夸与油滑，在他身上是绝迹的。

一次，她撒娇说走累了，要他背她。他当然乐意。走出没几步，她就发现他很吃力的样子，忍不住吐槽说："咱虽说是金枝玉叶的身子，可并不沉呀，你怎么比猪八戒背媳妇还累呢？"他沉吟了一会儿回答说："因为……因为对我来说，你就是全世界……"

她心里美滋滋的，以为他也读过张嘉佳的《从你的全世界路过》。这本由三十八个睡前故事组成的畅销书一度是在校大学生的枕边读物。她猜他现在所要表达的意思是：怎么能不沉呢？背着你，就等于背负着全世界呢！但她还没笑出声来，他便吐出了后续的四个字："最重……的人。"

她花容失色，正想申斥他："会说人话吗？"他又涨红着脸诠释说："你是全世界最重要的人，当然也就是最重的人了。"这倒还说得通。过后，她才知道，他吃力的真正原因是白天踢足球时把腰扭伤了。他没说实话，是不想扫她的兴。他倒真的读过《从你的全世界路过》，也背了不少爱情金句，可话到嘴边就是说不出口。

但也正是凭着这种实打实的死心眼，他才赢得了情窦初开的小倩的芳心。又一次，坐在他对面的小倩突然打了个喷嚏，口水溅到了他脸上。他本能地用手去擦。小倩装出生气的样子："干吗？嫌弃我啊！"他像干坏事被当场揭穿了似的大窘，憋了半天，说了句："不是的，我……我……我抹抹匀，香着呢！"不知他怎么找到了这么个台阶。小倩扑哧一声笑了，他陪着干笑了两声，额角上已沁出大滴汗珠。

两人在一起时，他基本上当听众，偶尔做一回捧哏。小倩想改造他，硬逼他讲笑话。他无奈讲了一个：猫和猪是好朋友。一天猫掉进了大坑，吩咐猪拿绳子来。猫叫猪把绳子垂下来，结果猪把整捆绳子都扔了下去。猫埋怨猪笨：这还怎么拉我上去？猪说：那该怎么做呀？猫说：你应该拉住绳子的一头啊！猪立刻跳了下去，拿起绳子的一头，而把另一头塞在猫手里：现在可以了！猫哭了，哭得很幸福，因为她明白有的人不聪明，却能与你生死相依，因而值得你终生拥有。

小倩听了很感动。这个寓言太贴近他们了，他不就是那只猪吗？有点傻，有点憨，却一心对你好，任何情况下都不会舍你而去。但她嘴上却故意说："这算什么笑话呀？一点也不好笑，还气人！快，换一个有意思点的！"

他挠挠头皮；"你就别为难我了，又不是不知道，我身上没有幽默细胞的。"小倩不依不饶："不行，一定得说，不然就永远是那头猪！"他想了想，又挤出一个：同寝室一男生找了个长得黑不溜秋的女朋友，雅号"黑玫瑰"。某天晚上他与女朋友在学校树林约会，一激动，就把女朋友按在树干上亲吻。完事后回寝室，见桌上堆放着不少食品，他正好饿了，便大口吃起来。室长慢慢踱到他身边，揽住他的肩膀说："兄弟，有什么困难尽管说，有我们一口吃的，就不会让你饿着！刚才我都看到了，你抱着一棵树在啃它的皮呢！"

小倩哈哈大笑："快老实交代，那个男生就是你吧？你的前女友那么黑呀！"他抗议："你别胡扯了，我哪有什么前女友呀？你是第一个！"这一回答让小倩很满意，启发他说："你这个室友倒还挺勇敢的！"他不以为然："勇敢什么呀？又没有什么英雄救美的壮举。关键时刻，肯定没我勇敢！"这真是一头不开窍的猪啊！她又气又急："这哪儿跟哪儿啊？我说的是他……敢……啃树皮。"

她娇羞地捂住脸，还晃动了一下身体，轻声嚷嚷："笨死了！笨死了！比猪还笨一百倍！"这是再明显不过的暗示了。他终于明白过来，搓搓手，一把搂住她，俯身在她芳唇上喝了一下，然后就像被烈火烫着了似的，迅速脱离接触闪到了一边。她前面已经把眼睛闭上了，以为会有销魂蚀骨般的体验。然而没有，就像火星擦着地球的边缘飞掠过去，并没有发生撞击，甚至也几乎没有发生摩擦。

她睁开眼睛，看到他的神情犹如一个玩火的大男孩意识到自己犯了错而愧悔不已，嘴里还像小和尚念经似的含糊不清地说着"冒犯女神了，亵渎女神了"，她又忍俊不禁了，内心暗叹：我怎么和这样老实的一个人好上了？但有一点她很肯定，和这样老实的人在一起，绝对是安全的。只是，自己需要的仅仅是安全吗？她总觉得他们之间缺少了点什么。

不管怎么样，这是她的初吻。虽然只是如蜻蜓点水般浅尝辄止，并没有给她带来电闪雷鸣般的震撼，与原先的想象与期待全然不同，但她还是感觉到一股扑面而来的雄性气息，让她有点迷醉。她不知道如果他胆大些用舌尖撬开她的双唇，深入进去，与她的舌头久久搅和在一起，就像影视剧里屡见不鲜的画面那样，她会是怎样的一种感觉？又会不会推开他？大概推是会推一下的，但不会太用力吧？

五

小倩对李淼轻描淡写地说过第一任男友的情况。李淼用一个电影片名表达了自己的听后感："初恋时我们不懂爱情。"对第二任男友，小倩就不太愿意说起了。那是她心头永远也愈合不了的疮疤，只要触及就会隐隐作痛。

如果说她的初吻给了第一任男友的话，那么初夜则给了第二任男友。她后悔自己放松警惕、放弃武装让他得逞了兽欲。不！她最后悔的是认识他，认识那个看上去道貌岸然的败类。她怎么就没能看清他的真面目呢？怎么就那么轻易地被他诱骗了呢？说到底，还是自己涉世不深，缺乏识别能力，同时，内心深处也未能免俗地植入了一点向往荣华的杂念啊！

她是在大四那年的 11 月认识他的。那时她"保研"已成定局，不用再为考研或就业而费神了。这时，她看到了第四届世界互联网大会招募志愿者的公告。这个永久落户桐乡乌镇的盛会，不仅将汇聚全球IT 业的巨头，对各国政要也有着非同一般的吸引力。招募公告的结束语是："山明水净夜来霜，数树深红出浅黄。世界互联网又一次进入了乌镇时间。"

这个结束语打动了她。参与其间，才算是"躬逢其盛"。她立即就报名应征了，并毫无悬念地成为入围者。最后，她被分配的角色是礼仪小姐。礼仪小姐的曝光率是很高的，央视直播时也给了小倩一个镜头。她自己并不怎么兴奋，却成为爸爸妈妈一段时间逢人便说的话题。

第二任男友就是在这时粉墨登场的。他是国家部委一个重要处室的副处长，组织上为了培养他，让他来地方挂职锻炼，工作内容正好与互联网相关，便来乌镇负责培训与调遣志愿者。于是，他与小倩就这样相遇相识了。本来是两股道上跑的车，有各自的运行轨迹，交会的可能性极小；又像不同银河系里的星辰，虽然都镶嵌在天幕上，却相距遥远，无法感受到对方的光与热。然而，人生有太多的偶然性，互联网大会就像一场海啸掀起的巨浪把两条在不同水域遨游的鱼儿拍打到了同一个沙滩上。

他说这就叫"缘分"，是千百年才能修得的缘分！既然缘分来了，那就不要错过。他真能讲啊！培训她们时口若悬河、滔滔不绝而又紧扣主题，丝丝入扣。比她从小学到大学任何一位老师都擅长语言艺术，而且很有激情，很有鼓动性，没有一个听众不被他勾住的。别的培训课上，公然刷手机的就像"花港观鱼"公园里冒出水来吞食面包屑的锦鲤，一个挨着一个。他讲课时，课堂上鸦雀无声，手机也被禁锢在大家的口袋里，随便怎么振动，都没有人掏出来看一眼，或许她们根本就没感觉到振动。

崇拜感油然而生。小倩回忆，爱上他的第一步就是崇拜。不是盲目崇拜，而是充满理性的崇拜，是"有比较才有鉴别"的崇拜，是

"观千剑而后识器"的崇拜。让她崇拜的不只是他的口才，还有他渊博的学识。上至天文，下至地理，似乎没有他不知晓的。这不是他在课堂上刻意显露的，而是在闲聊中不经意间呈现的。

伙食都是自助餐，菜品丰富，吃货可以大快朵颐。小倩也是吃货，但怕胖，所以只拣自己最喜欢的鱼虾少量吃一些。那天中餐，她刚在餐厅的一角坐下，他就端着一盘水果坐到了她对面。这时，他们还没单独说过话，他却像相知多年的老朋友那样熟稔地招呼道："哟，小倩，就吃这么一点啊？也太节食了吧？你看看她们！"他朝旁边一努嘴。她顺着看过去，眼帘中不少女孩子都把盘子装成一座小山。

她羡慕地笑了笑："那是因为她们吃不胖呀！要不是喝凉白开水都长肉肉，我比她们更像大胃王呢！"他说："夸张了吧？我看区别只在于自制力的高低。一看你就是个很自律的女孩子。"她不解："这也能看出来啊？"他一反既往的沉稳，现出调皮的神情："我会看相啊！我还看出你马上要读研了呢！"

小倩大惊。不是服了他相术的神奇，她根本就不信什么相面术，那是江湖术士用来唬人的。她吃惊的是，他居然已经摸清了自己的底细。礼仪小姐可都是一等一的美女哇，而且大都来自名校，容貌与气质俱佳，他怎么就特别关注自己呢？能叫出自己的名字，还可以解释为他具有过目不忘的记忆力，连自己即将读研也知道，那就与记忆力无关了。

仿佛看穿了她的心思，不等她发问，他就主动解惑了："美女嘛，也有气质高下之分。你的气质是最好的，至少在我眼里与心里。我专门了解过你。"这倒也坦诚。没有一位美女会反感别人关注自己，尤其是这样一位来自京城且才华横溢、谈吐风雅的绅士关注自己。小倩的心里甜津津、暖融融的。

小倩不敢直视他。他30出头的样子，国字脸上，均匀地分布着两道卧蚕眉和一双星目，不失英武之气。那挺直的鼻梁，或许可称之为"悬胆鼻"，镶在宋玉、潘岳面部该也不会逊色吧？下巴像刀刻似的棱角分明，透出几分刚毅。嘴唇厚薄适中，吞咽食物时开合幅度很小，几乎不发出咀嚼声。这又烘托出他的优雅。

他的其他情况其实小倩也已经了解了。他是自己管辖下的众多美女茶余饭后热议的对象，家底早就给扒出来了：大名叫钱学藩，在京城名校读完博士后进入国家部委工作；不到三年，就被提拔为副处长，手握重权；挂职期满回京后，将更受重用，锦绣前程不难预见。"更重要的是，"发布调查结果的美女悄声说，"他是一位钻石王老五。"众美女一片欢腾："啊，机会均等，我们公平竞争吧！"

所以，小倩相信，自己掌握的有关他的信息肯定比他对自己的了解要充分，因为他是孤军作战，而他面对的则是一个侦探与传播能力极强、又乐于信息共享的八卦团队。想起众美女私下的乱弹，她更加不敢正视他了，便向挂在餐厅墙上的诗词立轴望去，直对着她的那幅写的就是招聘公告中引用过的诗句："山明水净夜来霜，数树深红出浅黄。"他的目光也移向这幅立轴，称赏说："哦，这是刘禹锡《秋词二首》中诗句，放在这儿正好可以应景：眼下虽然是秋末冬初了，但杜牧诗说'秋尽江南草未凋'，江南的秋色延续时间比较长，所以，现在依然是刘禹锡所描绘的这种景象。"

小倩益加心折于他的渊博了。他是经济学博士，却如此精熟古典诗词，可见综合修养之好。自己号称"诗词达人"，却真不知道这两句诗是刘禹锡的。她只读过《秋词二首》中的另一首，就是更为人所熟知的那首："自古逢秋悲寂寥，我言秋日胜春朝。晴空一鹤排云上，便引诗情到碧霄。"知其一而不知其二，在博学的他面前自不免露馅。

她不自觉地拿他与一直平平淡淡相处的男朋友相比较。他各方面的优势都太明显了，唯一的劣势是年龄。男朋友只比自己大两岁，而他要大将近十岁。按照如今女孩子的习惯，都该称他为"大叔"了。但"大叔"又有什么关系呢？恋上大叔的女孩子还少吗？成熟的"大叔"比"哥哥"更有吸引力好不好？大叔不是大爷，与大爷相恋那才惊世骇俗呢！

哎呀呀！小倩啊小倩，你没脸没皮、没羞没耻地想到哪儿去了？思维也太跳跃了吧？她明白，自己是被姐妹们的疯话带进去了。但为什么会被带进去呢？还不是因为你内心深处有那么一点幻想在萌动吗？她忽然觉得有点对不起男朋友。自己虽然从未与他山盟海誓，却是彼此确认并公开了男女朋友关系的，怎么可以对另外的男人想入非非呢？

她没有心情与他闲聊了，三两口吃完了盘中剩余的食物就告辞了。但临别时他那似乎洞察了一切的诡秘笑容却扎根在她心头，怎么驱赶也阴魂不散。她开始躲避他了。傍晚走进餐厅时，明明看到他对面有空座，她却绕行过去，在另一角落坐下。然而，避无可避，眼观六路的他立刻转移到身边来了。

就这样，他开始进入了她的生活。她不是一所没有防守的空城。城里已经有人驻扎两年多了，而且迄今没有撤军或换防的打算。那天晚餐后，他约她去河边看看枕水人家，第二天又约她去参观茅盾故居和昭明书院遗址，她都托故拒绝了。她是想将他阻挡在城外的，绝无让他长驱直入的主观意愿。

但昭明书院遗址第二天她还是独自去参谒了。梁朝昭明太子萧统从学于湖州武康籍文人沈约，曾在乌镇筑馆读书，为后来编纂《昭明文选》奠定基础。书院虽毁，遗迹犹存。她对它的兴趣要大于茅盾故居。但冤家路窄啊！偏偏在那里遇见了他。这又被他解释为"缘分"。她当时也认为这就是躲也躲不过去的缘分，冥冥中的命运之神用无形的手把他们定位在一起。后来才意识到有可能是他精心制造的一次邂逅。她的行踪并不难掌握，他可以尾随她而来，然后装成突然出现。

这次他又淋漓尽致地展示了他的满腹经纶，让也算见过不少饱学之士的名校大学生杨小倩感慨山外有山。当他大谈《昭明文选》的编纂原则时，解说何为"事出于沉思，义归乎翰藻"时，她简直视其为神人了。她压根儿就没想到，他是可以事先请"度娘"帮他备课的，以他非凡的记忆力，突击记住有关萧统的历史与文学常识是并不困难的。那时，她只是悲哀地觉得，自己的抵抗力正在一点点消失。

六

小倩如今很不愿意回忆与钱学藩热恋的全过程，每次回忆对她来说都是重新经受一次煎熬，就像又被丢进了太上老君的炼丹炉一回。这种煎熬是非常痛苦的，但痛苦中又隐隐渗透着一丁点值得回味的甘甜。

他比首任男朋友不知要"坏"多少倍！进攻的速度与力度也不可同日而语。互联网大会圆满结束了，聚餐那天，他买来酒给大家畅饮，说要一醉方休，还看着小倩坏笑道："女人不醉，没有机会。"这是男人劝女人喝酒时最爱鹦鹉学舌的流行语，以此显示自己的洒脱与幽默。

妈妈曾经向她传授人生经验：真敢这样说的，倒往往是胸怀坦荡的，并不会真的对醉酒的女人下手。没有一个心怀鬼胎的男人敢把自己的龌龊念头说出来，那会引起对方的警惕。反而是不哼不哈地灌女人酒的男人才更可怕。妈妈犹豫了一下，还是把后面的话说出来了：这两类男人自己都曾遇到过，后一类男人才是真正要提防的。

她没想到他也会说出这样的村言俚语，这和他一贯的儒官形象不太匹配。为了入乡随俗，显示自己很接地气吗？没必要吧！但他并没有强迫她喝酒，相反，负责接待工作的当地领导前来敬小倩酒时，都是他抢上前来代饮，俨然一个忠于职守的护花使者。当地领导不高兴了："你替她喝？那你们是什么关系呀？"他一本正经地回答："领导与被领导关系。"

那位当地领导不是善茬子："领导代酒，那真是罕见啊！按照本地的规矩，代酒必须一比三，也就是我喝一杯，你喝三杯，领导也不能例外。京城的大领导是最讲规矩的！"他爽快地说："行，就照你的规矩办！"一仰脖子，三杯白酒顷刻间相继入喉，端的是"气势如虹"。当地领导都是能征惯战的酒场老将，知道此人实力非凡，不敢再造次挑衅，礼貌撤退。而他犹自气定神闲。噢，他才真是"千杯不醉"啊!

其实,小倩当时很想挺身而出,与他联袂抗击强敌,又怕辜负了他的苦心,这才按兵不动。不然,哼,只怕他们要竖着进来横着出去了,像咱在东北老家看惯了的模样。哎,要是他知道我在酒场并非不堪一击的弱柳娇花,还会这样舍身相拼吗?不知道也好,可以看看他维护我的意志有多坚定,会不会在苦战不敌时重新抛出我来做挡箭牌。没有,他血战到底了,把强敌驱赶出门了,而我始终被他保护在安全线内。这是很让小倩满意的。

她没有要考验他的意思,但事实上这不啻一场考验。考验的结果是,他在小倩心里的影像更加清晰了。与此同时,男朋友的影子却变得模糊。这些天,她很少想到这位忠厚的学长,他发微信来问候,她都是回复的,却很不及时。她把这解释为忙的缘故,可真有那么忙吗?

当地领导离席后,他们自己又杯来盏去地互敬。小倩索性按捺住崭露头角的冲动,一直以茶代酒,其他美女则纷纷披挂上阵,向帅哥上司叫板。他来者不拒,让美女们惊呼与娇笑不已。席间穿插一些带有书卷气的小游戏,比如"用一句话形容自己读过四大名著"。这个题目是一位来自省属高校中文专业的美女出的,只有他同时提交了两份答案,一份是:"宝玉,你怎么拿着猴哥的金箍棒骑着关二哥的赤兔马到我水泊梁山来了。"另一份是:"禀报大王,那诸葛亮带着梁山的一百单八将在大观园吃唐僧肉呢!"众人一致评定它们并列第一。

聚餐结束已是星斗满天,他神智清醒,脚下却也有些发飘了。她上前去搀扶他。他说:"陪我去河边走一圈,醒醒酒吧?"这是她无法拒绝,内心也不想拒绝的。有位美女听到了,要求一起去,他似真似假地阻拦说:"你就别掺和了,坏了我们的好事,就告你第三者插足!"小倩的芳心怦怦乱跳,知道他这是开玩笑,又暗暗希望他不只是开玩笑。

月色撩人。望着那轮圆月,他开始发思古之幽情了。而小倩对咏月诗词也不陌生,于是,并肩站立在西栅的通济桥上,两个人的诗词大会拉开了序幕。尾声是他问小倩："你知道我最喜欢的咏月诗词是哪一首吗？"然后自己揭出答案："那就是欧阳修的'月上柳梢头，人约黄昏后'。"他压低嗓音柔声道："憧憬了多少年，今天终于实现了！"

小倩沉默，因为她不知如何回应。理智告诉她，这样的对话不能继续下去，否则自己的防线也许就会土崩瓦解了。但他切换了话题，用沉重的语气告诉她："其实我骗你了，我没对你说真名。你想知道我的真名叫什么吗？"她点了点头。他的语气立即转为欢快、甚至有点轻佻了："鄙人姓我，名爱你，字想你，大名叫懂你，学名叫疼你，乳名叫念你，书名叫梦你，笔名叫恋你，外号叫追你，嘿嘿，看把你紧张的，我的真名叫逗你！"

一气呵成的表白，貌似调侃，而真情毕露。它就像一串炸雷在小倩头上震响，让她因猝不及防而方寸大乱。这也太快、太直接了吧？方式倒是很别致，但不能再含蓄点吗？她更加惶然不知应对之策了。还没从电击雷轰的懵懂状态中回过神来，他已将她一把拉入怀中，紧紧抱住。她挣扎了一下，没能挣开。谁让女孩子力气小呢？然后……然后他就狂吻她了……

那时，她是晕眩的，晕眩中又糅合着丝丝甜蜜与快乐。这大概就是所谓"幸福的晕眩"吧？她事后说自己反抗了，他说哪儿反抗啦？我看你享受得很呢？她用粉拳拼命捶他，直呼："臭流氓，叫你欺负我！叫你欺负我！"对他的"欺负"行径，看法也有分歧，她认定是"蓄谋已久"，他则说是"酒后乱性"，"就你那花容月貌，哪个男人控制得住自己呀"？这话不对，也有能控制住自己的，比如她的男朋友——不，现在该称他"前男友"了。但她没有反驳他。

前男友那边她很快便切断关系了。她不可能与两个男人同时周旋，不可能在爱上钱学藩之后还与另一个男人藕断丝连。反复回顾与前男友交往的点点滴滴，她发现从一开始就没有怦然心动的感觉，那实际上不是爱，只是春心初萌的成年异性间的相互吸引。钱学藩才是她的挚爱，是她魂牵梦萦的人。寒暑假与前男友分别一两个月之久，她并不怎么想他，而今与钱学藩只要一两天不见面，就日思夜想，恨不得一直依偎在他怀里，听凭他欺负。

她没有隐瞒自己另有所爱的事实，请求前男友能原谅自己，从此各奔前程。她做好了他暴怒的准备，如果他痛斥她"水性杨花"，她不会为自己作任何辩驳。然而，前男友却表现得非常平静，仿佛这一刻的到来早在他的意料之中。他说："我知道自己配不上你，早晚会有这一天，只是希望它能迟一点到来。是我狭隘了，其实我应该主动离开你的。所以别说对不起。真诚地祝福你找到了真爱！"

前情已了，她心无挂碍地投入了新的恋情。省政府给钱学藩安排了湖边的一套公寓作为宿舍，他多次请小倩前去做客，她都没答应，因为她敏锐地感到热恋中的孤男寡女处于独立空间时，一切都可能发生。她不害怕那种事情的发生，只是觉得进程不能太快。他一年后回京，商定小倩读完硕士后赴京继续读博或者直接就业。他说：我会未雨绸缪，都打点好的。这是他们设想的未来，也是他给小倩吃的定心丸。

和他在一起，那真是妙趣横生哇！前男友的弱项恰好是他的长项，不知他从哪里听来那么多段子，总也讲不完，而且个个令人解颐。比如：男人一半是君子，一半是动物；女人一半是天使，一半是魔鬼。所以千万不要挑逗动物、惹怒天使。又比如：一男一女在电影院售票处。男："票好贵，我们去看看有没有团购？"这就是小气。女："票好贵，我们去看看有没有团购。"这就是节约。再比如：女人，妖的叫美女，刁的叫才女，木的叫淑女，蔫的叫温柔，凶的叫直爽，傻的叫阳光，狠的叫冷艳，土的叫端庄，洋的叫气质，怪的叫个性，匪的叫干练，嫩的叫青春靓丽，老的叫风韵犹存，牛的叫傲雪凌风，弱的叫小鸟依人……

她不乐意了：哼！专门编排我们女人，典型的大男子主义！她以为这些段子是他现编的，他叫屈：我倒希望自己有段子手的创作能力，现编来博得美人一乐，但我缺乏这方面的细胞啊！他交底说："官场的饭局哪一次不讲段子？各级官员都是一等一的讲段子高手。

八项规定以后，不能斗酒了，讲段子就成了最大的乐子。以后你成了钱太太，与官员们接触多了，就知道小生所言非虚了。"

她打断他："喂，喂，喂，注意你的用词！什么钱太太？谁答应做你太太啦？想得太美了吧？还有，你还是'小生'呐？'老生'还差不多？放到韩国电影里，我这样的无敌青春美少女都该对你一口一个'大叔'啦！拜托有点自知之明好不好？"她喜欢看他被臭的窘样，却很少能看到。他的心理调节能力之强超过她见到过的所有男人。

他讲的段子主要是爱情婚姻类的，大都是值得寻思的，如：看脸这事古今皆然。古代男子上门提亲，如果姑娘满意，就会一脸娇羞地说：终身大事，全凭父母做主。如果不满意则说：女儿还想孝敬父母两年。古时候英雄救了美女，如果美女满意，就会说：英雄救命之恩，小女子无以为报，唯有以身相许。如果不满意则说：英雄救命之恩，小女子无以为报，唯有来世做牛做马报此大恩。小倩对照自己读过的各类历史故事，这确实概括出一条规律。

当然，有些段子是免不了带颜色的，他以此来撩拨她——临床医学课上男老师问："哪个器官激动时会变大六至七倍？"他点了个女生回答。该女生红着脸说："我拒绝回答！"老师又点一男生回答。男生答："瞳孔。"老师拍掌叫好："正确！"然后对那女生说："提醒你三句话：一是你没有预习，二是你又在胡思乱想，三是你婚后会非常失望！"

小倩捂住耳朵大叫："太流氓了，太流氓了！我不听，我不听！"他哈哈大笑："其实你已经听进去了。一开始是不是也误会啦？"她像那位女生一样拒不回答，只是一个劲地说："你太坏了！你太坏了！"心里却巴不得他能一直这样坏下去。与一点也不坏的前男友在一起时，这种调笑之乐是从来得不到的。前后相比较，她深感"男人不坏，女人不爱"的说法是有道理的。

更"坏"的段子是：一对新婚夫妻进入洞房。丈夫说："我十年寒窗苦学，现在就要进入你的考场了，不知能不能合格。"妻子轻解罗衫，笑着说："准备完毕，请考生大胆入场。"丈夫很快便做完交卷了。妻子捏着他的手不放，柔声说："你别跑，成绩不合格，我给你一次补考的机会。"

讲这个段子的时候，她已经出入他的宿舍好几回了，每回都领教他的厨艺，感受他的全能。一切都快水到渠成了。讲完段子，他坏笑着说："如果是我，成绩肯定在合格以上。你要不要试试？"她挥拳打去，被他一把接住，用力顺手一带，就带倒在床上……于是，小倩就从女孩变成了女人。看到床单上的点点桃花，他稍稍有点吃惊："原来你还是……噢，我应该想到的。不过，你放心，我绝不会辜负你的！"

七

在他们耳鬓厮磨的时刻，他最爱做的事就是追溯那一销魂过程中的细节，一次次试图带着她还原与复盘，她却羞于与他讨论这个"无耻"的话题，总是岔开说："你这个诱奸无知少女的臭流氓，还有脸说这些？"直到她发现他费力遮掩的秘密之前。这段幸福得找不到北的日子持续了半年左右，却在她参加完本科毕业典礼那一天戛然而止。

她哪里会想到他是有妇之夫啊！"钻石王老五"的传闻使她如猪油蒙心，执信他还是单身。而他也从来没透露自己已建立家庭。他后来狡辩说："我从来就没说过我还是单身，我只是说我爱你，爱的权利是谁也剥夺不了的，我以为你早已知道我有家庭却依然倾心于我，这才让我特别感动，从而不顾一切地要和你在一起。"听了这混账话，小倩真想上前扇他耳光。

其实，只要对他是否单身有一丝存疑，就不难发现蛛丝马迹。比如，他的手机是设置了密码的。这倒没什么特别的，都说手机里隐藏着人的全部秘密，尤其是移动支付介入日常生活之后，手机承载了私人银行的功能，设置密码是普遍做法。问题在于，他反复对小倩说"我们之间应该没有任何秘密"，她也当着他的面欣然为手机解锁，而他解锁时却总是避开或背对她。这说明他手机里有着不能让她得知的隐私。

他的手机始终处于静音状态。小倩觉得这是有修养的表现。她自己的手机也如此设置，以免来电时惊扰他人。有的电话，他当着小倩的面就接听了，有的则要跑到另一个房间关上门接听。他跟小倩的解释是："一个涉密的工作电话。"她毫不起疑，反倒觉得他公私分明，懂得保守党和国家机密，即使最亲的人也不泄露。就像解放前我党的谍报人员，他们的工作内容是上瞒父母下瞒妻儿的。

还有的时候，手机一次又一次振动，他看一眼就撤掉。如此反复多回，对方仍不肯罢休。他不耐烦地接起来："开会呢，回头打给你。"一句话就把对方打发了。小倩根本没往深处想，他却还是说明撒谎的原因："一个拎不清的猪队友，什么都要请示，要是接听的话，没有半小时跟他说不清楚，我们在一起的宝贵时间怎么能让他干扰呢？官场中人，为了工作需要，有时难免撒点小谎。再说，我们这不也是在开'碰头'会吗？'碰头'的意思你懂的吧？喏，就是这样……"他随即做了个下流动作，把她的注意力转移到男欢女爱的游戏中。

有两次已经约好去他宿舍见面了，他却突然来电话说，单位临时派他去出差，约会只好取消。他会一迭声地道歉，并承诺会加倍补偿。出差回来他带给她的礼品往往是既别致又比较珍贵的。她不在乎礼物本身珍贵与否，只要是他送的礼物，在她眼里就都是最珍贵的。有时，他也明确告诉她，这不是买的，而是出差地政府送的，暗示他的身份还是很有含金量的。奇怪的是，一向支持权力公正运行的小倩并没产生这涉嫌腐败的联想。

他从来没带她见过任何同事。她好奇地提出想看看省政府的衙门是啥样的，见识一下"侯门深深深似海"。对她几乎有求必应的他，唯独拒绝了她这一要求。他给出的理由是：我的同事中青年才俊太多了，见到你这样的绝色佳人，都想追求怎么办？那我不是自找麻烦吗？不行！我必须"金屋藏娇"，绝不能给他们染指的机会！这个理由她可以接受。他也不太愿意与她出现在公众场合，似乎有点怕熟悉的人发现他们之间的关系。他说这也是践行他秉持的"高调做事，低调做人"的理念的一个方面。

她本来是希望他能来到毕业典礼现场的。许多女生的恋人都会来，有的直接进入会场观摩，有的则在会场外手捧鲜花等候。勃发的虚荣心让她也产生了同样的希望。那天是星期六，他应该能抽出时间。可是，他却说那几天刚好在外出差，不仅不能来现场，也无法与她共进烛光晚餐。"官身不由己啊！"她有些失望，却并不抱怨。

晚上，她接到了前男友的祝贺电话。他现在是市博物馆的资料员，与她联系不多，但重要的日子会互致问候。曾经的恋人因爱生恨，反目成仇，从此形同路人的如今不多了。他顺便问了句："钱处长上午来参加典礼了吗？"他已经知道小倩新男友是何许人物了。不是小倩主动告诉他的，而是他自己打听到的。这很正常，他不可能不关心是谁横刀夺爱。能平静地问起情敌，已经够大度了。

她如实告知："他不巧出差了。"他"哦"了一声后，迟疑了一会儿，还是说出了让小倩如五雷轰顶的消息："可是，上午我在西湖边看见他了，身边还有一个貌似很亲密的女人。噢，我坦白，我曾经跟踪过你们，所以认得他。"她不信："你会不会看错？"他肯定地说："别人可能会看错，他是绝不会看错的。"

紧接着发生的故事情节就真的像三流电视剧一样狗血了：她狂奔到他的宿舍，开门的是一位容貌姣好的三十岁左右的女性。两人几乎同时问："你是……"对方先回答："我是他的妻子，刚从北京过来。"赶过来的路上像雪球一样不断滚大的怀疑终于得到证实。她迄今不敢回想自己当时神魂出窍、呆若木鸡的情景，那是怎样一种羞辱啊！

她用了将近半年时间疗伤，而与他热恋的时长也刚好半年左右。她被伤到了骨髓里，伤到了怀疑人生、怀疑整个现实世界的程度。一开始她拒接他的电话，不看他的短信和微信。后来干脆拉黑了他。他找到她痛哭流涕，捶胸顿足地发誓说，自己并不是存心欺骗她，实在是因为一见倾心，情难自已，这才隐瞒了自己已婚的事实；他几次想坦白，却不敢开口，怕永远失去她；他已经在谋划离婚的事，等到时机成熟，就会向已经不爱的妻子摊牌。

他还说，当年与妻子成婚，主要出于世俗的考虑，爱情所占的成分很少，婚后也过得并不幸福，所以到现在还没有孩子。小倩怎么可能信他？一旦清醒过来，她就梳理出了自己被骗的全部逻辑链条，他现在所说的这些，不过是他在事变之际为了安抚她而采用的缓兵之策。"与妻子之间没有爱情"，是所有出轨的男人想将自己的不当行为加以合理化的最方便的借口，已经老掉牙了。

他自然要恳求她宽恕自己的"无心欺瞒"。她既不哭闹，也不谩骂，只是一直以蔑视的眼光看着他，看得他心里发毛，哀求说："别这样，你还是打我骂我来解恨吧？"她冷笑着吐出两个字："怕脏！"他最后不停作揖："千万别去单位告发我，你要什么补偿我都答应！你进京就业和读博的事都包在我身上，我不会食言的！"

呸！你以为人家都像你一样卑鄙吗？我才不稀罕什么补偿呢？是我自己瞎了眼，被你这个巧言令色的伪君子蒙蔽了，怨不得别人，甚至也怨不得你。我痛恨的其实是丧失了最起码的警惕而成为扑火飞蛾的自己！

小倩的痛苦还在于，这是没法向任何人倾诉的，只能独自吞咽苦果。她也曾安慰自己：漫漫人生长途中，难免摔一两跤，爬起来继续奋力前行就是，只要不迷失方向。但这一跤也摔得太惨了，痛得好半天都爬不起来；等到爬起来，觉得心已经碎了，缝合它需要很久；缝合起来之后，功能也许可以完全恢复，伤痕却永远留在上面了。

读研的第一学期，她整个人都不在状态。心一直在滴血，却还要装成若无其事的样子，对所有人言笑晏晏。她去看过心理医生，又不想对他直道其详，一副"犹抱琵琶半遮面"的样子，医生只能怀着"我见犹怜"的同情心，泛泛地开导一番，效果并不明显。体质也下降了，春天花粉过敏，引起哮喘，还住院了一个星期，把爸爸妈妈吓得不轻。用她自己的话来说，简直"衰"透了。

唯一粗知梗概的第一任男友来献过几次"殷勤"。看得出，他不在乎她经历过什么，很想与她回到从前。但已经回不去了，经受了一次深刻教训的小倩，现在把爱情看作一条布满陷阱的泥泞小路，即使要再出发，也会在摔过跤的地方，而不可能回到原点。再说，看过了绚烂的风景，再回到色彩单调的戈壁滩上，能习惯吗？她只能再次向他说声"对不起了"。一年后，他与一位本地女孩结婚了；两年后，他做了另一个小女孩的父亲。

八

距离这次爱情滑铁卢，已经五年多了。在今年3月遇见现任男友之前，她一直锁住心门，不让所有追求她的男孩子走近自己，总与他们保持等距。为了避免个别人的死缠烂打，她公然宣称自己奉行的是最时髦的"不婚主义"。她对李淼也这样说，气得李淼痛斥她"暴殄天物"。

糟糕！我怎么又想起了这些前尘往事？小倩啊，你也太没出息了，那一切早该在记忆里清空了！大战一触即发，你应该心无二用，排除所有干扰，全力备战！这是一场必须打赢的没有硝烟的战争。胡书记这样定义它，而陈书记也表示认可，自己这位尖兵此刻可以进入前哨阵地了。

李淼拎来的早点是三只肉包，外加一杯奶茶。她强迫自己吃了两只肉包，喝了半杯奶茶，一看时间，已经快八点了。她想到应该去宿舍与教室转一转，看看金世遗轻生事件有没有影响同学们的正常作息。情况还不错，除了一位女生因头疼还躺在床上外，其余都安安静静地坐在教室里听课，只是从窗外望去，有个别男生精神委顿，还有几位女生积习难除，在座位下玩手机。平时她也许会以某种方式警示一下，今天属于非常时期，她也懒得干预了。

一圈转下来，已快九点了。差不多该去西溪宾馆等候金世遗家属了。宾馆大堂里，保卫处的工作人员已环伺四周，严阵以待。不一会儿，管理学院郑院长与胡书记也到了。没见着学校陈书记。这是预定的方案：他隐于幕后遥控指挥，而由学院领导及辅导员出面与家属接触，达成初步协议后交他拍板。当然，如果自杀的是要人或名人的孩子，他就必须亲自出马了。

一辆牌照上标有"冀"字的中巴车驶过来了，小倩尾随着领导们迎过去。她数了一下，车上一共下来十六个人，领头的是个干部模样的高大汉子，挺胸凸肚，面色赤红，还算合身的西装敞开着，随着身体的颤动散发出酒气。小倩猜想这一定是金世遗那个家族中最有能耐的舅舅。紧随其后的是一对互相搀扶着的农家夫妇，衣冠不整，满脸菜色，神情于焦灼中透出悲戚。这大概就是一辈子在土里刨食的金世遗父母了。她泛起一阵心酸。

其他人想必都是远亲近邻，脸上和身上也都留有田间劳作所不免的日晒雨淋的痕迹。不过其中有两个人虽是农民打扮，却脸色铁青，目露凶光。胡书记悄声提醒小倩："注意这两个人，他们是家人请来闹事的。"她相信见事老到的胡书记不会看走眼，心里不由得揪紧了。

正如所研判的那样，胡书记沉痛地向他们宣布了不幸的消息，并请警方出示验尸报告后，现场不是一片呜咽，而是哭声震天。除了死者母亲当场晕厥、父亲无语泪流、舅舅横眉冷目外，其余人仿佛听到号令似的，齐刷刷地放开喉咙哭号，哭号声中还夹杂着各种叫骂："哪个挨千刀的害死了咱的娃啊！""伤天害理的学校，害得咱娃好惨啊！""娃啊，咱为你讨还血债来啦！""你看着，娃，咱和这劳什子学校没完！"

现场乱成一团。小倩依稀看到，那位当官的舅舅好像对大家使了个眼色，然后便哭声骂声四起了，仿佛事先进行过彩排，或许还有人编写过剧本、分配过台词。那就意味着他们是有备而来。不过，谋划的时候，大概是避开金世遗父母。因为伤心欲绝的他们这时完全沉浸在自己的悲痛中，对身外震耳欲聋的哭号已置若罔闻。

在场的医生将晕死过去的母亲救醒后，本想把她送到房间去休息，她不愿离去，却又不像猝遭大难的村妇那样呼天抢地、高声号哭，而只是泪流满面地不停喃喃自语："儿啊，你咋说没就没了呢？你让娘可怎么活啊？"父亲脸上纵横交错的沟壑已被泪水填平，喉头哽咽着，却不发出一点声音，这种强自压抑的悲哀比号啕大哭更要痛彻肺腑，也更令旁观者为之动容。

小倩也哭得泪人似的。这是她第一次看到白发人送黑发人的凄惨场景。众乡亲夸张的应景式的哭号，释放出的强大声波只是刺激着她的耳膜，并不能把她带到哀伤的寒流中，而金世遗父亲的吞声饮泣却让她如入冰窖，战栗不已。这之前她虽然也向陈书记、胡书记检讨自己，那只是一种姿态，并不真心觉得自己有什么失职之处，此刻却情不自禁地谴责自己：如果你的目光更敏锐、监控更有力、干预更及时、关爱更到位，也许就能避免这场悲剧的发生，挽救一条年轻的生命和一个破碎的家庭，不让这两个操劳一生、艰难一世的老人经历丧子之痛。

哭号声渐渐小了下来，而叫骂声却愈演愈烈——小倩觉得一个"演"字用在这里太精准了。小时候妈妈带她回老家参加过亲戚的葬礼，领略了民间"哭丧"的全过程。她低声问妈妈："这不是演戏吗？有人哭得那么响，怎么一滴眼泪也没有？"妈妈喝止她："别乱说，这是一种民间习俗，一种寄托哀思的方式。"

她还是不理解："这样寄托哀思，多假呀！"妈妈只好进一步解释："咱们的乡风民俗都是很讲究仪式感的，既要让死者安心，又要让活人心安，有时候就只能做得过头点。谁家不这么做，就会被乡亲们看作不孝了。"她不再响了，心里依旧不明白：不能在死者活着的时候好好孝敬他们吗？为什么要在死后费力营造这样一种表演痕迹明显的哀荣呢？

而此时耳边一浪高过一浪的叫骂声似乎也不是出于不可遏制的愤怒，只是在营造一种威慑学校的声势，与舞台上的戏剧表演没有多少差别，它是对乡间相沿已久的哭丧方式的一种移植（或者说复制、克隆），动机却要复杂得多。因为听多了有关轻生学生家属为索得高额赔偿而奇招迭出、怪相横生的种种经验之谈，小倩对跃入眼帘的一切从一开始就保持高度的戒心，并不惜从人性的丑陋一面来揣测其不良意图。

她预感到，事态发生恶性演变的可能性正在增大。尽管已经做好了最坏的准备，她却还是越来越紧张不安。就像全无实战经验的女侠，一直习惯于纸上谈兵，纵然十八般武艺样样精通，懂得见招拆招，等到强敌压境，真的要实枪实弹地搏杀时，总还是有些心悸的。

学校很有预见地将会见家属的场地安排在宾馆最深处的一间会议室，以免喧嚣声惊扰到其他宾客，通道两侧还安排了保安值守，以防好奇者循声前来探看究竟，再往网上发个现场视频惹来吃瓜群众妄议。而坐镇现场的着装警察则静观其变，待机而动。他们没有制止前面的哭号和叫骂，因为亲属需要一个发泄渠道。等到叫骂的内容渐渐不堪入耳时，警察就霍地站起来发声了："请注意你们的说话方式！现在是法制社会，任何侮辱、攻击他人的言论都会被追究法律责任！！"

腰间挂着警棍和手铐的两位警察都是精选来的，面如黑铁，不怒自威。东海大学是重点维稳单位，公安方面向来是积极配合的，成为没有执法权的学校抗衡闹事者的靠山。受撺掇而来，却没见过多少世面的村民们，遭警察一吓唬，叫骂声虽未立马消失，却转为低频噪音，不再有直欲掀翻屋顶之势了。

这时，一直按兵不动的舅舅披挂上阵了："好端端的孩子，十里八乡都当作楷模的尖子生，为什么会自寻短见？学校难道不应该承担全部责任吗？我们将孩子交给你们了，你们就得教好、管住！你们把他逼上绝路，乡亲们讨个说法，骂两句平平心头之愤又有什么过错呢？违法的事我们不会干，也别拿什么法律来吓唬我们，我们不是纸糊的灯笼！"他语调平和地说完后。猛拍了一下桌子，厚实的手掌比惊堂木威力还要大，咣铛一声让所有人心惊肉跳。

此人果然不好对付。郑院长打马上前抵挡了："大学生的教育，学校、家庭与社会都有责任，不能把所有的责任都推给学校。学校该尽的责任都已经尽到了：多少领导与老师关心他、爱护他，试图帮助他克服学习和生活上的困难；我们年轻的辅导员经常对他进行心理疏导，前后与他'交心'好几十次，可以说是苦口婆心、殚精竭虑啊！这都是有工作记录为证的。

"对了，有关材料我们随时可以提供，你们如果怀疑材料的真实性的话，可以请权威机构鉴定。另外，我们每年都把学生的成绩单寄给家长，以便家长了解孩子的学习情况，配合学校有针对性地做工作。金刚强同学的家长肯定也收到过，却没见家长有什么反应啊！

"我们的辅导员还专门与家长单独联系过，告知了他的心理状况，希望家长与孩子多交流、多沟通。这总是事实吧？我们常说'齐抓共管'，学校抓了管了，家庭方面呢？我们不便说，家长自己心里清楚。再说，金刚强同学早已是无须监护的成年人了，他应该对自己的行为负责！所以，学校把他'逼上绝路'的说法完全是背离事实的。"

郑院长是学院的一把手，头上却什么桂冠也没有，在拥有多名长江学者和国家万人计划教学名师的管理学院内，他的学术成就和学术影响不是顶尖的。小倩听人议论，由他出任院长这个为人垂涎的职位，是平衡各方力量的结果，或者说有"鹬蚌相争，渔翁得利"的意味。二级学院班子的配备往往是这样，固然要考量本人的各方面条件，但更重要的是形成足以抵销反作用力的最佳组合，实现人力资源配置的优化。

郑院长因此得到了脱颖而出的机缘。面对咄咄逼人的众多大腕，他为人低调，平日不显山不露水，以至小倩等新入职人员都以为他能力平平。斯言一出，方觉其还是很有内涵的，应对能力也不弱。

不过，有个数字他说错了：她与金刚强交心没有几十次，而只有十几次。他是记错了，还是故意说错呢？有可能是后者，为了强调工作的频度与力度嘛！可是这不是事实呀！"生情笔记"上的记录也只有十几次，万一对方要查看，数字对不上可如何是好？哎呀呀，郑院长，你在大会上不是说"任何时候都不能脱离具体事实"吗？

郑院长代表校方所作的辩白并没有能止息干戈，舅舅寸步不让，继续发难："你们做工作可能不假，但工作做到家了吗？如确实做到家了，他怎么还会跳楼呢？同志们，你们想想，他用跳楼结束自己的生命，心里该有多大的委屈啊！我们就想知道学校究竟让他受了怎样的委屈！哦，可能不只是委屈，还有冤屈。他的家长，也就是我的姐姐、姐夫，他们斗大的字都不识几个，你跟他们说大学的事，那不是对牛弹琴瞎胡闹吗？就是装装样子搞形式主义呗！习总书记要狠刹四风，你们大学里四风还刮得很凶嘛！"

他说到"同志们"的时候，左手叉腰，右手对听众指指点点，还有意混夹着一点湖南口音，似乎是模仿曾经在距他家不远的西柏坡指挥解放战争的伟人，但哪有伟人的气场啊？小倩想到一个词："画虎不成反类犬。"这还只是可笑，生拉硬扯地拿"四风"来说事，还抬出习总书记来压人，扣帽子、打棍子，就十分可恶了。

没等郑院长开口反驳，舅舅又问道："你们说的那个辅导员到现场了吗？"小倩站起来："就是我。""好，那我问你，我外甥跳楼自尽，你有没有责任？你站在党性的立场上，拍着良心说！"他指着小倩的鼻子，声色俱厉。小倩嗫嚅道："我……我有责任。"这个问题太毒了，猝不及防的小倩只能如此回答。一个还不懂耍奸使滑的职场新人怎么可能把责任推得一干二净呢？从广义上说，她也的确有责任哇！

小倩话音刚落，舅舅就击掌叫道："你承认就好！辅导员都已经承认了，学校难道还要抵赖吗？以为我们乡巴佬好糊弄、好欺负吗？"他的声音提到了高八度，像锯齿在花岗岩上来回磨蹭那样刺耳。当他的目光扫到一位面相有点凶狠的老乡时，对方从座位上弹跳起来，几步就蹿到小倩跟前，一把揪住她的衣襟，抬手就是一记耳光："是你害死了咱村最聪明的娃，你要偿命！"

这是小倩有生以来第一次被人痛殴！爸爸妈妈从小到大，没对她动过一根手指。读小学时，和同学有过推搡，却从没互相打脸。她也没遭遇过如今屡被媒体披露的校园霸凌。这说时迟那时快的一记耳光把她打蒙了，肉体的痛苦远远不及心灵的摧伤。警察一边喝斥"不得放肆"，一边迅速上前将打人者扭住，试图将他带离会议室。而众乡亲则在舅舅的示意下，蜂拥而上，想从警察手中抢人。会场四周待命的保安见状也扑上前去，协助警察执法。

现场秩序大乱，很有失控的可能。郑院长从没见过这种场面，纵然办事干练、说话老到，终属一介书生，对近乎暴乱的刁民束手无策，只能呆立在一旁干着急，嘴里徒劳地喊着"不要乱来，不要乱来"！胡书记脸都吓白了，唯一想到的办法是打电话给陈书记搬救兵，接通后的第一句话是："情况十万火急。"

九

就在这"十万火急"的时刻，谁也没料到的景象出现了：死者的父亲，那个刚才顾自饮泣的矮小庄稼汉突然大喝一声："还有没有王法了？谁让你们胡整咧？"他看似羸弱的身躯里竟然蕴蓄着超人的能量，一旦化为喝声爆发出来，顿时盖住了满场喧嚣。他把视线移向置身于战团之外的舅舅，浑浊的双眼中迸出刀子般锐利的光芒："孩子他舅，你就省省心，别再挑事了！各位老少爷们，你们也行行好，别再闹腾了！"

待得现场的骚动停止之后，他用凄婉的语调说："咱娃已经没了，再嚷嚷他也回不来了！是他自己脑瓜子长拧了，想到歪处了，咋能怨人家学校呢？是咱娃不懂理儿，给学校添了大麻烦，造孽啊！"他指着小倩说："这位女老师给俺写过信，也打过电话，说的话全都在理，俺也学说给娃了，可娃不听俺的呀！这么好的女娃娃，你们咋就下得了手呢？罪过呀！谁敢再乱伸狗爪子，俺第一个饶不了他！"

舅舅急得直跺脚："姐夫，你是不是老糊涂了，咋能帮着别人说话，往自家娃身上揽不是呢？咱今儿个不把理和他们掰扯清，以后……"没等他说完，以往他指东不敢向西的姐夫就打断了他："你别说了，俺心里有数！要掰扯啥责任，那该由俺来担着！你们都不知道，是俺这个当爹的害了娃呀！呜——呜——呜……"

他终于控制不住地大放悲声，就像原先被高筑的堤坝死死挡住的洪水，一旦开闸泄洪，就汹涌而出，奔腾千里。他涕泪横流，捶胸顿足，哭得那样淋漓尽致，那样肆无忌惮，那样荡气回肠，仿佛置身于无人的旷野，想把这一生所有的悲苦和辛酸都倾泻在这撕心裂肺的哀哭中，直哭得风云变色、草木含悲。先前只顾与苦命的亡儿小声泣白的母亲，也不自觉地放大音频，与父亲的号哭交会成抑扬起伏的二重混响。

哭声震撼和感染了所有人，村民们都被镇住了，面面相觑，不知所措。连嚣张跋扈惯了的舅舅也从剑拔弩张的状态中松懈下来，搓着蒲扇般的大手，估摸不准下一步该如何动作。小倩则完全忘记了刚才蒙受的折辱，悲痛攫住了她全身的每一个细胞，使她恨不得也大哭一场。

父亲的哭声中间稍微停顿了一下，随即又挟着更大的声浪磅礴而起。就像本想踩刹车却误踩了油门，反倒加速飞驰了起来。但在狂奔一阵后，他还是踩到了刹车。于是哭声一下子便消歇了。他抹了把涕泪，歉然道："今儿个出尽了洋相，让领导笑话了！对不住啦！"

他转过身来，在母亲背上轻拍了两下："孩子他娘，你也消停吧，在大学堂里丢人现眼啦。你心里有什么憋屈，回家后冲俺慢慢撒气。都是俺这个没能耐的爹，让娃在人前抬不起头来，也让你跟着吃了一辈子苦。冤有头，债有主，债主就是俺！你这当姐的，也劝劝孩子他舅，就别为难学校了。"

这话该是说给舅舅听的。平常家里的事都是倚仗兜得转世面的舅舅张罗，他这个当姐夫的只怕说话也要看舅老爷的脸色，轻易不敢违拗对方。今天他不满意舅舅寻衅滋事的做法，又不便直说，就绕着弯儿敲打了。小倩想，这就是带有农民特点的智慧吧？

此刻，她对金刚强父亲充满了敬意。他完全颠覆了她以前对农民憨厚老实却又有一点自私的印象。我们经常说要严于律己、宽以待人，但真正能做到的微乎其微。今天她才见识了这样的人，却不是社会贤达或所谓"意见领袖"，而是一个目不识丁卯、足不出乡间的农民。这给她一点启示：通达之人本就是不能按阶层来区分的，《孟子·告子下》早就说过"舜发于畎亩之中"。他的话朴实无华，还夹着乡间俚语，却胜过最动听、最煽情的演讲！她怎么也没料到冲突已酿成并推向高潮时会出现这样的转机，而独力造就转机的竟是大家起初都忽略的厚道到极点的他。

舅舅仍不甘心就此罢休："姐夫，你听我说，今天的事……""你别说了！过去俺啥事都听你的，今儿你就听俺一回吧！"他不容分说地打断舅舅，对着在场的最高领导郑院长说："领导，你派人领咱们去见一见俺娃吧，以后就再也见不着啦！"说罢，又泪如雨下。郑院长自是答应不迭，只想尽快把一干人等带离是非之地，避免再次发生冲突。

遗体昨晚便已运送至殡仪馆。郑院长要惊魂未定的小倩留在宾馆稍事休息，由他及胡书记陪同家属去殡仪馆与遗体告别——按照惯例，非正常死亡者的遗体告别仪式是从简的。学校最担心的是家属阻挠遗体火化，抬尸冲击学校办公场所，造成恶劣社会影响。看金刚强父亲的态度，这一担心似乎可以放下了。他长舒了一口气。

十

小倩听从安排，没坚持要跟随大队人马去。说是"大队人马"一点也不夸张，除了主陪的郑院长、胡书记等领导外，还有一批宣传部门、保卫部门的工作人员以及准备担负现场抢救任务的医护人员，更少不了作为定海神针的警察。不怕一万，只怕万一，多发的学生轻生事件已把校方弄成了神经兮兮的惊弓之鸟，在人力资源的调配上是不惜工本的。

院办公室主任给她在宾馆开了一个房间，传达胡书记的指令说：你这两天就与家属们同吃同住，全天候陪侍了。但你不用担心势孤力单，胡书记也守在这儿的。趁他们现在去殡仪馆，你先躺一会儿吧。她依言和衣而卧，人躺平了，却像穿行在波峰浪谷之中，有"平淮忽迷天远近，青山久与船低昂"的空间错位感。迷迷糊糊地，脑子里一片混沌，仿佛处于严重脑缺氧的状态。

下午三点左右，家属及校方陪同人员回来了。听眼睛红肿的胡书记说，父母死死抱着金刚强遗体诀别的场景，连铁石心肠见了也会落泪。所幸死者跳下来时不是头部着地，所以修饰过的遗容并没有变形，反倒比生前还增添了几分红润。要不是舅舅与胡书记联手把两位痛不欲生的老人拉走，他们恐怕会哭得天昏地暗。

但见过哭过之后，父亲听从学校及公安的建议，同意立即将遗体火化。舅舅反对说，老家的风俗至少要停尸三日，学校在尸骨未寒时便着急火化，是不是有什么猫腻？郑院长之所以御驾亲征，就是怕夜长梦多，便竭力解释与劝说。双方争执不下之际，又是父亲拍板："俺是老子俺做主，咱就照学校的规矩办，入乡……咋说的？噢，随俗吧。"

中午给家属们提供的是简餐，晚上则安排酒席了。按规定是不能报销酒水的，郑院长从家里拿来了五坛绍兴花雕，说是学生孝敬他的"十年陈"，如今把它用在刀刃上。胡书记也带来了三瓶"天之蓝"，说是协作单位赞助此前的一次竞赛。领导们的资源还是挺丰富的。

十六位家属疏疏朗朗地坐了两桌，学校的工作人员则在隔壁包厢吃盒饭。没有安排人陪餐，也都不太愿意陪餐，因为在很难找到不进发火星的共同话题的情况下，这顿饭注定会吃得十分艰难。还不如让他们自斟自饮。乡民中不乏见到酒比亲多还热乎的，一端起酒杯，就忘了身处何种境况，很快就喝得热火朝天。

舅舅先还比较矜持，似乎觉得当着不动碗筷的姐姐姐夫的面饮酒喧哗不合适，但终究经不得酒香的诱惑，也开怀畅饮起来。只有两位老人勉强喝了几口面汤就黯然离席了。等候在包厢门口的小倩挽起母亲的胳膊，将他们送往房间。一路默默无语。

这一夜，虽然身心疲惫至极，她却依然辗转难眠，无论眼睛是睁是闭，脑海里都走马灯似的，晃动着各种惊险恐怖的画面，画面中还多次出现了欺骗她的第二任男友的面容。奇怪，原本俊朗的面容怎么变得如此狰狞了呢？而金刚强舅舅以及那个扇她耳光的乡民的影像也反复叠现，强行阻止她进入梦乡。

此生中经历的最大的两次精神折磨和心理危机交会在这个树欲静而风不止的夜晚，把她的记忆撕扯得支离破碎却又如鬼魅缠身，怎么也无法摆脱。直到黎明时分，犹似睡非睡。早晨梳洗时，不只脸色灰暗，眼皮也有些肿大，人似乎一下子变老了好多，如果再"云鬓不整"，都有点像苦大仇深的弃妇模样了。

稍事修饰后，她打算去金刚强父母房间问安，并引导他们去吃早餐。他们还是第一次住宾馆，昨晚母亲就心疼地说："让咱们住恁好的房子，得糟践多少钱啊！"小倩告诉他们："放心，房钱由学校掏，不用你们出一个子儿。"父亲说："这哪成啊，俺住的店，没有让学校掏钱的理儿呀！和领导说说，能不能换个贱点儿的地方住，庄稼人，能凑合！"小倩好说歹说，才把他们劝住。

刚走到电梯口，就听到一楼大堂传来嘈杂的吵闹声，其中似乎有父亲和舅舅的声音。她如同枪膛里的子弹被击发出去一样，立即飞奔下楼。眼前呈现的一幕是，舅舅捧着金刚强的遗像，带领亲属们要往校园里去"找校领导理论"，而父母则在拼命阻拦他们，由此产生争吵。

舅舅一副"竖子不足与谋"的痛心口吻："姐夫，不是俺要惹事，而是为了帮衬你们家啊！人死不能复活，这理儿俺哪能不懂，俺会比你短见识吗？可是，你想想，眼看要撑大梁的娃给害死了，不跟学校要一笔赔偿，你怎么供下面两个娃读书啊！人家拔一根汗毛比咱腿还粗，你咋光为人家着想，就不替自个儿盘算盘算呢？俺这样做，在外头肯定落不了好，没许还挣来个骂名，要不是看俺姐姐可怜，俺才懒得当恶人呢！"

父亲扑通一声跪倒在地："孩子他舅，俺家的事没少让你费心，要不是傍着你这棵大树，俺家的天早塌了，娃他们都记着你的恩德，想着有出息了要孝敬你呢！俺从来没冲撞过你，一向把你的话当圣旨看，可这回你得听俺的，再闹下去，俺的老脸往哪儿搁呀？娃没留下啥话，他想图个安静，咱们这么闹腾，娃能安心吗？他在天上瞅着咱们呢！"

舅舅又跺脚了："姐夫，你这是干啥呢？快起来。"他用力去搀父亲。但刚搀起，父亲便又跪下了："他舅啊，你不答应俺，俺就一直给你跪着！"舅舅没招了："你这榆木疙瘩，成事不足，败事有余！平时三棍子打不出一个闷屁，今天居然和俺犟上了。俺姐嫁给你，真是倒了八辈子血霉了！"一转身，气呼呼地上楼了。群龙无首，众乡亲也在工作人员的劝导下如鸟兽散。

十一

又一次险情被爆破方自己排除了，而排雷手又是不哼不哈却识大体、明事理、知进退的父亲。小倩和一直在现场观察的胡书记赶忙上前，把父母拽往餐厅——这两位痛失爱子的老人急需补充能量了，从接到报讯电话起，他们就昨晚喝了点面汤。但他们依然没有胃口，对面包、煎蛋等碰也不碰，就小口啜着稀粥。

父亲的话匣子倒是一反常态地打开了，他大概也需要倾诉胸中的郁积，而面前的这两位明显富于同情心的女士正是他认准的最恰当的倾诉对象——

"两位老师的时间金贵着呢，让你们听俺瞎叨叨，俺不过意。可不说出来心里堵得慌。娃的好些事儿，你们比俺和他娘还要知根知底，俺就不啰唆了。俺就说说娃为啥寻短见，这真得怨俺啊！俺昨天说是俺这个当爹的害了他，这是俺的真心话。是俺一时犯糊涂，对娃说了不该说的，娃本来脑子就不好使，心里又有坎儿，一听俺保不准要遭大难了，愁得不行，才走了绝路哇！

"大约十来天前吧，俺觉得喘不上气、提不起劲，老是咳嗽，吃饭也不香，便想去乡卫生院抓副药。大夫好心，让俺拍了个片子。他盯着片子看了半天，牙齿像漏气似的吸溜着，摇头说：大爷，你肺里好像长了个很不好的瘤子，弄不好要死人的。但我也说不准，你最好抓紧到县医院再去查一查，千万别耽搁了。

"俺一听，心想完了，肯定是得了癌了，活不久了。俺村里得癌的好几个呢，治不治都是一个死，没熬过第二个年头的。俺不怕死，可俺死了，三个娃都还没出头，这可咋办是好啊？这一壶俺的山羊胡子都给愁白了。又不敢跟孩子他娘说，自个儿在心里寻思来寻思来，熬煎啊！

"就在这当口儿上，娃来电话了，问长问短的，比过去话多，还说：'爹，孩儿不能尽孝，你要自己当心身体！'俺脑子一热，千不该万不该，就把自己得病的事儿说出来了。俺想的是，他这大学再过一年就读出来了，可以顶门立户，拉扯弟妹、照顾他娘了，让他心里有个准备，免得到时候乱了方寸。俺还有一个心思是，得知爹病了，再也撑不动这个家了，没准他能更要强上进些。可是，俺的算盘珠子拨错了！

"娃愣了一会儿后，哭唧唧地说：'爹，你这病得治，明儿就到城里去请县医院的大夫断断。'俺叹了一声：'治不起啊，娃，进了医院的门，就跳进了无底洞，再也爬不出来了！再说，阎王爷想拉俺去，谁也挡不住哇！都是命咧！'娃不听俺的，一个劲地说：'爹，你一定得去治！下个月起，你不用再给我生活费了，把钱留着治病。我找着了一个挣钱门路，以后能自个儿养活自己。'

"俺不放心：'娃啊，爹还能扛得住，等爹不能动弹了，你再替爹往下扛。'俺真笨啊！就没听出来他打的什么念头，直到娃出事才明白过来，娃那时的心病更重了，已经走到死路边上了，听俺一说就更不想回头了。他哪有啥挣钱的门路呀？他揣量着要是寻死的话，俺就能把每月供养他的钱省下来治病了。他咋就能想到这个歪主意呢？

"第二天，娃就给他舅说了俺得病的事。这下好了，他娘也知道了，哭着嚷着非要俺去县城看，他舅把县里最有本事的大夫都联系上了，催着俺去检查。俺推三阻四，又拖了几天，他舅不耐烦了，自个儿开车来接俺去。这一查啊，把乡里医生的话都给否了，说压根儿就没什么瘤子，只是肺气肿，吊两天药水就能好。正想着要和娃说一声，让他别担心，娃就做傻事了……

"迟了一步，就迟了一步啊！娃那天还给读高中的他弟打了电话，说什么'将来就指望你给咱爹咱妈养老送终了'，这话里有话呀！连二娃子都生疑了，回家后告俺'哥今天和咱说了些莫名其妙的话'，俺也没在意。要是多存个心眼儿，追过去和他说道说道，再跟学校通个气，说不定就把他从死路上给拉回来了。

"说一千道一万，都是俺惹的祸，造的孽，咋能把屎盆子扣在学校头上，要这要那呢？他舅心眼儿不坏，就是当官当久了，看人学样，爱掰个歪理。在咱乡下，谁家遭冤屈死了人，没要到赔偿前都不肯办丧事，叫上乡亲抬着死人到政府去闹事，打呀砸呀，就差再闹出人命来。他舅以为这一招好使，便用上了。打杨老师的那个混小子俺也不认识，都看他舅的眼色行事呢！

"昨儿晚上，俺怕他舅再折腾，便去找他。看到他在乡亲们的房间里进进出出咬耳朵，俺断定他要背着俺搞事儿，劝不住他，只好天没亮就下来候着他。要不拼死拼活地拦住他，你说这事情该咋收场啊？祸已经惹得够大的了，再往大里捅，俺以后还有脸去见咱娃和老祖宗吗？

"他舅也是念着他姐和俺不容易，豁出去干这丢脸的勾当，是想为咱多要点补偿，没考虑他自个儿给人啥印象。在乡下他也威风惯了，忘了自个儿有几斤几两，让老师笑话了。回头他肯定会和你们商量赔钱的事，你们该咋办就咋办，千万别听他咋呼！"

这种场合，是无须小倩表态的，自有胡书记感谢金刚强父母的宽宏大量和深明大义。父亲诉说的这些，是她尚不了解的新情况，正像父亲所判断的那样，在金刚强徘徊歧路、生死待决时，父亲突患绝症，犹如又给他击一猛掌，把他加速推向了死亡的深渊。就像屋漏又遭连夜雨，他风雨飘摇的精神支柱轰然坍塌了，眼前是无边无尽的黑暗，看不到一点亮色，也看不到一丝希望，便纵身一跃，以求解脱。

但这并不是他轻生的唯一原因。更多的情况是父亲所不了解的，因而把自己认作"惹祸"的根苗，这才格外自责和痛苦。要减轻父亲的负罪感，必须告诉他全部真相，可是，有些真相又是必须掩盖的，比如金刚强曲折而又复杂的情殇，他诀别人世前与张无忌的激烈冲突，他对自己不是"真正的男人"的憾恨。

她确实与父亲电话沟通过几次，但那时金刚强感情上的爱与恨她也一无所知，只是不轻不重地说了他学习上的压力和心理上的障碍。父亲正在地里挥锄，好像没怎么听懂，也没工夫与兴趣听，态度倒是好极了："老师，娃要是有啥不对劲，你就把他当自家的娃儿，他淘气，你打他几下也不碍。"说得只比他娃大几岁的杨老师脸红不已。

此刻要不要说出父母亲所不知道的那些残酷的真相呢？小倩又深陷在情与理的矛盾中。反复权衡后，她选择了一个折中的方案，字斟句酌地说："伯父，刚强轻生的原因很多，并不都来自家庭。他在个人感情方面也不太如意，具体说就是，他喜欢一个女孩子，而这个女孩子并不喜欢他。他比较认真，就钻了牛角尖……"

胡书记也劝慰道："伯父，你不要太难过了，这真的不能怨你！你已经在力所能及的范围内尽到了一个父亲的全部责任，告诉他家里出现的新情况，是要唤起他的自强意识和担当精神，这没有错。是他自己心理上出现了问题，学校和家庭都帮不了他。他已经是有独立思维的成年人了，要说责任，主要责任就在他自己。

"当然，学校和家庭也有值得反思和检讨的地方。我和小倩作为老师和你一样非常痛心！但人各有命，这也许就是他的宿命。现在我们只有这样想，才能一点点减轻负疚感，把今后的日子过下去。伯父，你还有两个娃要培养，自己的肺气肿还没治好，所以，你和大妈一定要尽快从这起不幸事件的阴影中走出来，调整好情绪。我们要向好处想、向远处看！"

好不容易把两位老人安抚下来。胡书记先行离开了餐厅，去准备马上要与舅舅等人进行的"谈判"。小倩继续陪着老人。她提议去金刚强生活了近三年的校园里走走看看，虽然有可能睹物伤情，却还是比禁足在密不透风的房间里自怨自艾要好，至少可以呼吸到新鲜空气，或许还可以感触到儿子残留的生命气流。老人答应了。

上午的实质性谈判，官方的用词是"协商"。校方出席的是郑院长、胡书记以及校学工部部长。死者一方以舅舅为全权代表，外加几位乡亲掠阵。父母亲都不想参加，舅舅也不希望他们参加，怕他们搅局。小倩亲耳听到父亲叮嘱舅舅："可别狮子大开口，政策条文咋定的，咱就咋办。"舅舅不置可否。

事后胡书记回忆说，谈判非常艰难。舅舅提出的条件是，学校赔偿五十万。而校方只同意从人道主义的角度进行适当抚恤，数额在六位数以下，即以十万封顶。双方僵持一阵以后，舅舅发怒了："你们咋这么不通人情呢？我听说国家每年给你们的经费有一两百个亿，富得流油，五十万对你们来说，不过是九牛一毛，还这么不爽，难道你们想把事情闹大吗？"

郑院长耐心极好："你先不要生气，听我跟你解释：学校的经费是不少，但每一分都要按照政策规定来支出，违反了政策规定，那就是犯罪，是要坐牢的。我们非常同情金刚强同学的家庭，我本人也很想为他们争取更多的经济利益，但政策不允许啊！你也是当领导的，应该明白这个理吧？"

舅舅怒气冲天："看来你们是要敬酒不吃吃罚酒了！"就在这时，他的手机响了。看了一眼来电显示后，他就撇下谈判对手，三步并作两步，走出白热化的谈判现场去接听电话。回来之后，就变了一副嘴脸，斯文礼貌得多了，也不再坚持五十万的标的。于是，学校也退让一步，最终达成一个彼此都可以接受但约定对外保密的协议。舅舅代表亲属签字后，双方握手言欢。

小倩不解："他的态度怎么突然就改变了？这里有什么玄机呢？"胡书记笑了："哈哈，那是因为陈书记动用了校友的力量——他那个省的一位领导是我们校友，与陈书记很熟。陈书记请省领导干预调停一下，省领导直接把电话打给了他们县委书记。他是县发改局的中层干部。县委书记把指令下给发改局长，局长又十万火急地连线他，威胁他说：你敢到咱们国家的顶级大学去撒野，回来还想不想当这个股长了？他一下子就老实了。"

原来如此。紧急关头，还是幕后总指挥陈书记出面把事情摆平了。官场上一种流行的说法是"摆平就是水平"。第二任男友得意之际就曾这样对她说过。陈书记的确不是平庸之辈。当然，郑院长、胡书记也不是。他们能坐到现在的位置上，都有其过人之处，而不是或不光是凭借关系与运气。自己在成长的路上要学的东西还很多。

　　介绍完事件急转直下的原因和结局后，胡书记递给小倩一个信封："这里面有两千元现金，是我个人给金刚强父母的一点心意。你帮我转交给他们，但要找个他们能接受的借口，千万别提我的名字，免得增加他们的心理负担。还有，最后商定的补偿数字，我就不和你说了，约好保密嘛！怕传出去引起攀比，与过往的以及未来的类似事件产生不平衡，我们少数几位领导掌握就行了。"

　　胡书记的做法启发了小倩，她马上去最近的 ATM 机取出八千元现金，与胡书记的两千元合成一个整数，装在一只大信封里，一齐交给了金刚强的父母。她绞尽脑汁想出的借口是：刚强文章写得好，参加了一个全国性的征文大赛，得了个头奖，这是他的奖金。父母半信半疑，但还是收下了。既然以他们的视界难辨真伪，那就宁愿相信这是真的。

　　当天下午，在金刚强父母的力主下，一众亲属就乘坐原车返回了。胡书记与小倩为他们送行。泪眼模糊之际，舅舅讪讪地走到她身边，满脸歉意地说了声："姑娘，对不住了！"

第 十 章

一

　　四个月过去了，金刚强轻生事件在东海大学校园内已渐渐淡出人们的记忆，不再是舆情关注的焦点和师生热议的话题了。就像投入西湖的一块石头，入水时的轰响会让湖边及湖中的游客受到惊扰而议论纷纷，媒体也会即时生发出各种质疑的声音，等到荡起的最后一圈涟漪也消失于碧波之间后，就不会有人注目了。

　　除了杨小倩及胡书记等当事人在总结工作经验教训时还会回眸这一事件外，即使在东海大学学生线也不大有人提起，因为新的更为惊悚的事件接踵而来，把人们的注意力都吸引了过去：金刚强跳楼后不到一个月，某学院一位女生被发现暴尸于西湖后的山岭中。侦破结果是，她深夜独步山道，不幸遭遇歹徒而被先奸后杀。

　　舆论大哗，有谴责歹徒凶残的，有叹惋治安环境恶化的，更多的则指向学校的管理漏洞：女生深夜外出，学校对其动向是否掌握？安全教育是否到位？这自然比屡见不鲜的学生跳楼事件具有更耐人寻味的解读空间。以学校陈书记为首的庞大的学生工作团队立刻转移战场，应对更加甚嚣尘上的批评声浪的袭击。

　　胡书记及辖下的小倩没有被吸收进这个团队。她们只需要守好管理学院这方土地，用不着跨院作战。同理，处理金刚强事件时，其他学院也只要表示道义上的声援，不必调兵遣将过来参战。胡书记不是以邻为壑的小鸡肚肠，倒没有因兄弟学院陷入更大的危机而幸灾乐祸。但她听说这一事件后，皱着眉头叹息了两声，表情就变得轻松了。不是当事人，感受自然不同。所谓"感同身受"，其实是不容易做到的。

金刚强轻生事件最终有惊无险，没有释放出小倩原先所惧怕和担忧的杀伤力，在高潮就要到来时受到外力的遏制，突然就画上了句号。当时小倩真有一种绝处逢生的感觉。学校没向任何人追责，相反，胡书记和小倩都还受到陈书记的口头表扬。给小倩的表扬词中有"临危不惧"等语，让她汗颜不已。

精心整理过的生情日记亲属根本没看，郑院长口中"十几次"与"几十次"的误差，亲属也没注意到，更没锱铢必较地以此为突破口与他们短兵交接。金刚强的所有遗物包括电脑都交给亲属带回去了，迄今未见他们就电脑中的内容与学校交涉，看来他们并没发现"心路履痕"这一文档，或者发现了却破译不了密码，或者破译了却不想再纠缠。

也许这些刻录着其心声的文字将永远被尘埋了。她想，等过些年自己转岗后，或许可以尝试将从事辅导员工作的经历写成一部"非虚构"文学作品，那就可以把他的"心路履痕"原封不动地镶嵌进去了。当然，那还要过很多年，要等涉及的人都能云淡风轻地回首往事，不计较早已离世的作者的偏激与无心冒犯，否则又要引起风波了。

她还有一点疑惑不解的是，金刚强为什么没有留下遗书呢？按照一般的情理来揣度，断然割舍诸多未了的尘世情缘，尤其是撇下生病待治、命悬一线的老父亲，他心头肯定千回百转，岂能不"情动于中而形于言"，挥写与亲人诀别的文字？为何不见只言片语呢？是愧对父母而难以措辞，还是匆促了断而无暇顾及呢？或许这个疑团也永远无法解开了。

金刚强亲属撤离的第三天，李淼把她拉到湖边的一家日料店小酌了一瓶"菊姬菊理媛吟酿"，说是为她"压压惊、解解闷"。那是日本十大顶级清酒品牌之一，李淼的最爱，小倩却不太喜欢它的绵柔。所以，这瓶价格不菲的佳酿主要是李淼喝的。以两人的酒力，一壶清酒只是沾地不湿的毛毛雨，但她们其实都不是酷爱杯中物的高阳酒徒，点酒只为营造气氛，品尝日料而不喝点清酒，就像大兴安岭人卷煎饼吃而不放大葱，不够味儿。

辅导员的职位虽然不易谋得，工资待遇却并不高，只是名气还比较好听而已。管理学院在各二级学院中还属于经济效益比较好的，加上年终奖，小倩、李淼的年收入税后也不到十万。过日子是够了，高消费场所却是只能偶尔光顾的。品牌清酒点一瓶足矣，没有实力摆更大的谱。

小倩也觉得，这已经很"小资"了。李淼约她时明确说今天不搞AA，要她别抢着买单。她从了，点菜时嚷着要钝刀子割肉，让金主心疼一年，却并没真下狠手。两人已经很久没在一起聊天了，彼此都有要分享的信息。小倩这边详细说了金刚强事件的来龙去脉，用浓墨重彩渲染了自己因他父母而产生的感动，李淼不胜唏嘘。自然，对胡书记保密的部分，她也未向李淼透露半分。

李淼说得有点细碎，以八卦居多，最八卦的是，艺术学院一个女辅导员让男朋友留宿在寝室里，两人深夜忘乎所以，啪啪啪的声音太大，惊动了隔壁寝室的女生，一个举报电话打到学校。倒没受什么批评，却被学工部领导提醒：时时刻刻要注意自己的形象，克制自己的行为，她听了比受批评还难堪。更要命的是，从此她觉得别人看自己的眼光好像都带了点讥笑的意味。

李淼联系自己总结说："她怎么能忘了自己身在'敌营'，周边都是窥视的眼睛和窃听的耳朵呢？叫床的女人有的是，姐姐我也算一个。可你得看环境啊！要是在空旷无人处嘿咻，你叫破天也没关系，在隔音效果不好的寝室里还要淫声大作，这不是把笑柄送给别人吗？姐姐我虽然情到浓处时也和村姑没什么区别，但如果环境不合适，我是会硬憋在喉咙里的。你呢？"

小倩很佩服她的大胆敢言、不怕害臊，却难以突破心理障碍踵武其后，只好设法把话题岔开去。她早就在犹豫要不要把还处于雪藏状

态的现任男友的情况告诉她，此时此刻倒是比较合适的时机，既可以
免却正面回答那个生猛问题的极度尴尬，又见出她对声息相通的闺蜜
无所隐瞒。她知道，李淼一定会对自己突然冒出来的"新欢"感兴趣
而追根究底，全然忘了自己刚才提出的问题。

二

她与现任男友戴海舟从这一年的三月份开始交往，到现在已有半
年左右。起初不咸不淡、不冷不热的，因为毅然斩断与第二任男友的
情丝，虽然距今已有五年多时间了，她依然心有余悸，每当有男孩试
图接近她时，她都像嗅到危险气息弥漾过来的兔子一样惊避开去。集
体聚餐可以，单独约会休想。这多少有点"一朝被蛇咬，十年怕井
绳"的意味了。

爸爸妈妈自然是不赞成她的"不婚主义"新主张的，猜想她可能
曾遇人不淑，她不愿说，也就不便问，但随着女儿芳龄的增长，对其
婚姻大事的忧虑却日甚一日，两人联袂与她就"不婚主义"荒谬与否
多次展开激烈论辩，谁也没能说服对方，依旧各持立场。说服不了，
压服就更没有可能了，爸爸妈妈除了静待转机外，无计可施。

戴海舟是以"通家之好"的身份出现在她面前的。他的妈妈与小
倩妈妈是省银行学校的同学，毕业后天各一方，却鸿雁往还不断。戴
妈妈喜欢有刺激、有变化的生活，多年如浮萍断梗般漂泊不定，最终
在深圳扎下根来。学 IT 的戴海舟本科毕业后就加盟了一家跨国公司，
如今已经是部门主管了。

他是陪妈妈来游西湖的，倒没有特意来结识小倩的意图，尽管小
倩后来咬定他此行"不怀好意""别有用心"。此前他从没见过小倩，
只知道妈妈当年的闺蜜有个与自己同龄的女儿。他妈妈也只见过小倩
儿时的照片，对成年后的小倩如何花容月貌全然无感。即使两家妈妈
分手各西东后也仅仅在毕业二十五年同学会上相聚过一次，应了"人
生不相见，动若参与商"这句古诗。

这年 3 月，海舟妈妈正式办理了退休手续，就想实现儿时云游天下的梦想。第一站选择了列名世界文化遗产的西湖。海舟说要为妈妈鸣锣开道，以尽孝心，便请假陪她一起来到了西子湖畔。小倩妈妈要年底才能解甲归田，羡慕之余，通报给小倩，要她好好接待。这样，两个有着家世渊源却从未谋面的俊男靓女就在许仙初遇白娘子的断桥边一见倾心了。

"一见倾心"，是戴海舟如今对两人恋情的定义，小倩从不认可。事实上一见倾心的只是海舟。小倩对他并没有多少感觉，只是觉得这是个还比较谈得来的阳光男孩，见多识广，眼风特好，反应极快。形象嘛，介于第一任与第二任之间。

两个月后，海舟再次出现在她面前，已经摇身一变，成为这个城市的市民了，让她惊讶了好一阵。"北上广深"是公认的一线城市，而这座城市充其量只是自命的新一线城市（或曰准一线城市）。从世俗的角度来考量，如果没有更高的平台，一般是不会从深圳跳槽到这儿的。

但他的平台却低了，以前是大公司的部门主管，现在只是小公司的业务骨干了。那么冲何而来呢？他的解释是"特别喜欢这座城市的风景"。小倩直视着他不发一语，觉得这个理由好像还不够充分。他便又补充说："还有这座城市的人。"小倩依然不吭声，他心虚地再次补充："后者所占比重更大。"就是没有勇气直接说出是为她而来。

小倩心如明镜，暗笑他有胆量做没胆量说，却并不反感，对他这种近乎破釜沉舟的做法甚至还有些欣赏。未必能得到他想要的结果，却敢于抛下多年奋斗得来的职位，去人地两生处争取不可知的未来，一切从头开始。这算不算"不爱江山爱美人"的当代案例呢？诚然，为了爱侣，一反水往低处流、人往高处走的惯例而逆行的男人史不绝书，但她这时还远不是他的"爱侣"，只是他单相思的目标，完全没有赢得美人心的把握。他却不计后果地来了，这一点还是能够得分的。

他比她大几个月，又扛着"世交"的牌子，便以"哥哥"自居了。哥哥关心与照顾妹妹，是天经地义的事情，双休日他理所当然地跑到她的"金色年华"公寓来做饭，不需要找任何其他借口。他从小就对烹饪有兴趣，迁徙前又专门去进修了厨艺，做的菜色香味俱全，让只会煮方便面、顶多试手番茄炒鸡蛋的小倩对这个"上得了厅堂下得了厨房"的哥哥刮目相看。

都说"抓住了男人的胃就抓住了男人的心"，把"男人"替换为"女人"，效果相差无几。海舟肯定是这一理论的信奉者和践行者。他应聘现在的岗位时就声明：平日每天加班到深夜都无妨，但双休日恕不出差。满足这一条件他才签约。只要周五得到小倩"有空"的答复，他就在网上选购好"盒马生鲜"，第二天精神百倍地赶过去大显身手。

他总说是自己"嘴馋了"，菜单却是按小倩的喜好来定制的。他说，看她吃得津津有味的样子是一种享受，百看不厌的享受。这是他唯一流溢出喜爱之情的表达。而且，这似乎也是中性的，并非专属于情侣的用语。哥哥对妹妹百看不厌，情理上也是讲得通的。看上去，他似乎很满足于当哥哥的现状，没做任何试图改变现状的努力。

他吃饭的速度很快，她不自觉地被他带节奏。风卷残云之后，打扫杯盘狼藉的战场的也是他。他洗碗的动作慢条斯理，不断变换冲洗的角度，让水流在手上喷溅出形状各异的浪花。她忍不住讥讽他说"这难道也是一种享受？"他笑答："是啊，不过和另一种享受不可相提并论。"这话也是有意味的，他不点破，她也就装作听不懂。

那天，她坚持要给他打下手，说不能一直当饭来张口的寄生虫。切黄瓜时不小心在手上划出道口子。止住血之后，见无大碍，他才如释重负，却依然不停责怪自己。等到小倩放松下来后，他开始搞怪了：拿过菜刀，龇牙咧嘴地在自己手上作划拉状。小倩纳闷："你这是干什么？"他说："我好像也应该割出一道口子来。"她更不明白了："你这是发哪门子神经啊？"他故意做出含情脉脉的样子："那我们就是两口子了！"然后赶紧声明：开玩笑的！

从跳槽这座城市的第二周起，他就自告奋勇地为她做饭了，说是

"母后之命不得违逆","你得给我这个当哥哥的一个表现超人厨艺的机会"。两个月后,开始走出厨房,约她到美食餐厅见识"山外青山楼外楼"。这时他由厨艺大师嬗变为美食评论家了。他说:吃在广东,本少爷对美食的体验有责任与你分享。很普通的一道菜,厨师没做出"花"来,却给他说出"花"来。

有些网红餐厅,来来去去的美女很多,他却只评美食,无视美女。她故意指指点点:"瞧!那个美女多养眼啊!"他却头也不肯转过去,嘴里轻声哼着过气歌星景岗山的一首老歌《我的眼里只有你》,难为他能翻出这样的老古董。等菜的间隙,他向她传授说话技巧:催菜时说"这个菜不要了",比"菜快点儿上"管用;砍价时说"我去别的店看看",比"再便宜点儿"管用;挽留女朋友时说"你要走就走吧"比"千万别走啊"管用。

她皮笑肉不笑:"经验很丰富嘛!我有过几个嫂子啦?"他没觉得被抓住了把柄,镇定自若:"嫂子嘛,还在天上飘呢!女朋友有过一个。"她撇嘴:"谁信呐!"目光如炬,紧盯着他。他眼睛一眨不眨地与她对视:"就一个!如若……"她做手势止住他:"好啦好啦,别赌咒发誓了,这和我有什么关系呢?"心里却轻松了。

杭城的六月,天气就开始炎热了。在湖滨用餐时,他说:当炎夏来临时,我们要对两个人表示感谢:一个叫威利斯·开利,男,1876 年 11 月 26 日出生,美国人,他发明了空调;另一个叫后羿,他在几千年前,射掉了九个太阳。餐后,他们第一次漫步白堤,两人对话如下:"我可以拉你的手吗?""不可以!""哦,我刚才问你什么了?""我可以拉你的手吗?""可以,当然可以!""要死!你怎么可以这么坏!""哥哥拉一拉妹妹的手不也很正常吗?""你……我不理你了!"

她不觉得他智商特别高,但他的情商真是了得,辩证法也掌握得不错,随便冒出来一句话,都有点哲学意味。他回忆大学生活说:大一时不知道自己不知道,大二时知道自己不知道,大三时不知道自己知道,大四时知道自己知道。两人之间的距离缩短到真正的兄妹一般时，他聊天时也不避讳男女的那点事了，但都点到为止，表达得很含蓄，要认真咂摸，才能品出味来。

小倩每次想到都觉得好笑的是，他说自己读书的学校，为了杜绝学生深夜翻墙进校园，铁栅栏都是带尖头的。怕出事，四周都张贴着警示标语：严禁翻墙，男生不小心就会翻成女生，女生不小心就会翻成女人。他又说，大三时，他在食堂听到一女生安慰刚跟男朋友分手的闺蜜说："那男的有什么好，学土木工程的，又'土'又'木'！"他心想：哪能这么带专业偏见呢？照这个逻辑，我这个学软件工程的，还不……哎！心顿时凉了半截。

小倩问他为什么没接着读硕士、博士，他坦率说自己不爱读书，加上 IT 行业重操作、重实战，高学历不见得有优势。"说真的，有的人书读得越多就越傻，我们身边傻博士还少吗？你知不知道，'知识改变命运'还有另外一种解释？我说个例子给你听：一男士去算命，算命先生摸骨、相面、掐八字后说，你二十岁恋爱，二十五岁结婚，三十岁生子，一生富贵平安。此人先惊后怒：我今年已三十五岁，博士，光棍，木有恋爱。先生闻言，稍作沉思后说：年轻人，知识改变命运啊！"

小倩的同事学历最低的也是硕士，但好像不比他更有文化，说到生活能力和生活趣味，则要逊色于他多多。见惯了高学历者的所作所为，她对学历反倒不怎么看重了，早就放弃了非博士不嫁的想法。因为伤她很深的第二任男友就是正儿八经的博士出身，她甚至对博士有了一种说不清道不明的成见，从心底里加以抵触。她虽然没有明确把博士划在感情的红线之外，但同等条件下却是会优先考虑非博士的。

因此，她并不把他对博士的讥评看作一种不知天高地厚的妄议。不过，嘴上却还是要奚落两句的："啧啧啧，自己先把博士读完，然后再说这话就有分量了。现在嘛，嘿嘿，很难排除是酸葡萄心理在作怪哟！"他也嘿嘿一笑，既不为自己辩护，更不反唇相讥，充分彰显出当哥哥的包容与忍让。这是她最满意他的地方，没有之一。

她听到过一种说法：认清一个男人，把握"四个度"就可以了——回你消息的速度，为你花钱的额度，吵架后的态度，包容你的程度。用这个标准来衡量，他的总分在自己认识的男人里肯定是领先的。如果再加一个"度"，即洞察你喜怒哀乐的精确度，那他差不多能夺冠了。

刚到杭城时，他就与她约定：既然咱俩有通家之好，彼此都知根知底的，那以后你要是没时间或没兴趣赴约，就直截了当地说，千万别用"下次吧""改天吧""以后吧"来忽悠我，在我的词典里，"下次"就是星期八，"改天"就是32号，"以后"就是13月。一下子就把她说笑了。但它们日后反而成为她想戏弄他时便抛出的高频词：要不"以后"吧？还是"下次"吧？"改天"怎么样？那俏皮的口吻，他一听就明白是故意逗他。

他还教她一个由自我称呼猜女人年龄的窍门：自称"宝宝"的，平均年龄四十五岁；自称"少女"的，平均年龄三十五岁；自称"姑娘"的，平均年龄三十岁；自称"阿姨"的，平均年龄二十五岁；自称"老娘"的，平均年龄二十岁；自称"老子"，都是未成年的小公主。她问：那我这种爱自称"本小姐"的呢？他答：永远十八岁。

就这样，他越来越多、越来越深地介入了她的生活，而她渐渐也离不开他了。相互关系的性质悄然发生嬗变。他还是以"哥哥"自居，却已不仅仅是哥哥了，内涵由量变到质变，终于变成了她心目中的情侣。转变得那么自然，就像水到渠成似的，连表白的环节都给省略了。

是的，他们至今也没有过什么山盟海誓，甚至连一句"我爱你"也没说过。那天洗完碗，小倩替他解下围裙，他转过身便"精准狠"地吻住了她。这个他日后反复回味的"世纪长吻"是质变骤然发生的历史性标志。但她并没觉得突兀，所以非但没有推拒，反倒比应对前任的偷袭时更为迎合。等到天旋地转的那一刻过后，她对他说："我得告诉你自己的过去。"而他则说："你的过去属于你，不必告诉任何人，我只需要你的现在和未来。"

三

小倩并没有告诉李淼全部过程，只是描述了戴海舟让她动心的几个细节以及他在生活上对自己点点滴滴的照顾。就这些，已听得李淼连连赞叹："这么好的男人我怎么就遇不到！你小心，我要横刀夺爱了！"怕小倩信以为真，随即便收刀说："哈哈，我哪有和你竞争的实力啊，这点自知之明我还是有的。噢，对了，什么时候领来让姐们儿见一见？择日不如撞日，要不你打电话要他现在过来？正好考验一下他执行命令是否坚决。"

小倩嗔道："我的姐姐哟，干吗这么心急？你这简直是要和我抢老公的节奏哇！他人在武汉呢！"她没骗李淼，海舟的确在武汉出差。半年来，他的事业还是有所进步的，已升任为项目小组负责人，这几天正带领团队在武汉着手开展一个效益可观的项目。金刚强事件突发之际，恰值他攻克技术瓶颈的关键时刻。习惯于向他问计的小倩也就没有打扰他，不然事发后或不至于那么慌乱。

要是他当时在杭城的话，表妹妙妙也不至于无人接待了。她和海舟关系的进展爸爸妈妈是知道的，也没有对妙妙隐瞒，所以，妙妙说这次过来的更重要目的是"鉴定一下未来的姐夫"。她在电话里威胁海舟："过不了姑奶奶这关，想娶我姐姐，没门！你就好酒好菜、好马好鞍备着吧。"海舟作揖不迭："不把小姨子侍候好，那哪成啊！我望眼欲穿地等着接驾呢！"本来商定，两人一起去高铁站接妙妙的，以示隆重，另外，他们本来也是要一起过周末的。

谁知，公司临时指派他率师出征武汉，只好改变计划。他在再三向妙妙致歉时承诺：如果你以后如小倩所愿来这儿落户的话，双休日的伙食我全部包了，一直包到把你嫁出去。妙妙得寸进尺：不行！必须包一辈子！小倩抢过电话说："好好好，下辈子也包行不行，连你老公、孩子一起包行不行？"妙妙拍掌称快："行！我这辈子还真就赖上你们了！"

海舟要在李淼与小倩聚饮的第二天才踏上返程，所以无法应李淼要求把他召来是实情。这天早上视频通话时，他告诉小倩，已接近大功告成，公司对他们攻克武汉市场的业绩颇为嘉许。小倩这才把刚平息三天的金刚强轻生事件一股脑儿说与他听，直听得他惊心动魄而又不胜后悔："我真该死！这时候怎么能不在你身边呢！我要有能掐会算的本领，公司的这一单业务打死我也不会接啊！还自诩什么'料事如神'，呸！我就是个只会放嘴炮的戾货！"

小倩反过来安慰他："我这不是好好的吗？连一根汗毛也没伤着，你明天回来见着的还是全须全尾的我。不过，我先给你提个醒：几天都没个动静，是不是寻花问柳、招蜂惹蝶去了？到家后是自己坦白呢？还是本小姐大刑侍候？"他坏笑起来："当然要大刑侍候啰！敢问公主殿下，您用什么大刑呢？小的只有一个要求，别让我变成太监就行。"糟糕！被这个坏蛋带到沟里去了。她果断掐断了电话，不想再听到他的奸笑。

李淼没理由不相信她的话，只好表示遗憾。小倩说：等他回来后你定时间、地点，我把他带来交给你审查，正好敲一下他的竹杠，谁让他这回可以额外领一笔奖金呢。李淼忽然笑趴在桌子上，小倩不明何故，刚才这话好像并没有什么可乐的呀！李淼等笑够了，才告知原因——

她的前男友中，有一位厨艺也不错。某个期末考试的早上，他为她准备了一份特别的早餐：一根火腿肠和两个煮鸡蛋，寓意是能考得一百分。满心欢喜地送给她时特别提示说："这份早餐的寓意很深很深哦！你懂的。"然后转过身偷笑。那时的她对男女之间的那点事儿还只有想象没有体验，一看就脸飞红霞，忍不住骂道："臭流氓！"把盘子还给男孩就跑开了。男孩眼睛一瞄，坏了，火腿肠怎么跑到两个煮鸡蛋中间了？

李淼说，小倩介绍海舟的过程中多处提到他的厨艺，就让自己不自觉地联想起这桩好笑的往事。说完海舟，李淼忽又想到一件正开始发酵的关乎学校声誉的丑闻："你听说高院长被举报的事了吗？这有可能成为比金世遗之死更大的爆炸性新闻。"她闻言大惊："是吗？这颗冉冉升起的学术新星谁敢惹她呀？她能有什么值得举报的劣迹呢？"

她委实不太相信高院长会被举报。贪污科研经费？学校对科研经费的管理越来越严格，所有能钻空子的缝隙几乎都被堵死了，在发票报销上打擦边球的做法再也行不通，科研大户的抱怨声不绝于耳，有的竟放出狠话来：再不放水养鱼，鱼就要跑到别的池子里去了。意思是，政策不放宽，他们就不把横向经费打进学校，而搞"体外循环"了。

学校很在意他们的要挟，因为科研经费总量持续增加是创建世界一流大学的必要环节，但政策其实不是学校定的，上面纪检监察部门盯着呢，领导担不起私改王法的责任。因此，高院长侵吞科研经费的可能性是不存在的。

受贿就更不可能了，一个二级学院的副院长手中掌握的权力有限，也就是自己觉得头上有顶乌纱帽挺威风的罢了，这个"副处级"能调动的资源其实连地方政府的一个副科长，比如金刚强的舅舅还不如。谁会给她行贿呀？顶多会有个把学生家长给她拎来几包土特产，那是上不了名堂的。

她也不像会谋财害命的主儿。那么，以色事人？嘻嘻，她又矮又胖，条件有点欠缺吧？学术大咖和官场大佬不太会有这么重的口味。小倩实在想不出高院长能有什么被人捅的软肋。噢，对了，除非是学术不端。可是，她已是学界的成名人物，还拥有青年长江学者等耀眼光环，怎么会招致学术不端的举报呢？

果然就是学术不端。李淼听到的情况是，某学术网站前天一早出现了举报帖子，说她合计有三部著作、十二篇论文涉嫌剽窃。更要命的是其中的部分论著还被她用作申报教授职称和"青年长江"称号的材料。她比"入门"级的剽窃者高明的是，从不染指中文杂志上的论文，而把觊觎的目标锁定于国内学者关注较少的英语或法语期刊。

另外，她从不全文抄袭，而仅仅截取其中的一段，再将若干个阅读中顺手牵羊得来的段落缝缀成一件百衲衣，然后给它熨烫平整，绣上花纹，镶上金边。有些刊物编辑偏偏就喜欢百衲衣的炫目而如获至宝，欣然在头条位置推出。这该属于"入室"级的剽窃者了。如果不是"有心"且"好事"者，是很难发现她的剽窃踪迹的。

这个学术网站是很小众的，网管部门一般不去关注它，因为它绝不评议时政、涉及政治敏感话题。学校宣传部所属的舆情中心，也视其为鞭长莫及的法外之地。是高院长的师兄登录该网站，看到有人发帖指名道姓地揭发师妹，所述内容都是击打在要害处的实锤，不禁大骇，连忙通报给她。她阵脚大乱，跪求郑院长请学校出面干预。

学校高层大为震怒！在大力加强学术道德教育、遏制学术腐败的背景下，他们哪料到身边还埋着这样一颗即将引爆的定时炸弹？于是一边迅即成立工作组，就相关事实启动调查，一边联系上级网管部门删帖。网管部门表示，这个帖子没有任何诽谤、污蔑及人身攻击的内容，完全是陈述事实，按规定不能删除，要缩小影响，只有说服本人撤帖。

校领导并不在乎牺牲一个高院长。近年来，东海大学在引进与培育高层次人才方面推出了许多卓有成效的举措，从统计数据上看，两院院士已有四十多位，"长江""杰青""万人计划领军人才"等加起来有近两百位，包括"青年长江"学者在内的"四青"人才也有近百位，因此，在管理学院的小天地内高院长是一跺脚就要地动山摇的人物，放到东海大学的大世界里，就不是什么了不得的角色了。

牺牲掉一个高院长，对于整个学校来说，是算不得巨大损失的，也不会影响学校的排名指数。问题是，如果她的学术不端行为被披露，就会严重影响学校的声誉，外界就有理由认为学校在学风建设上存在很大漏洞：她这种延续多年的劣迹为什么在学校内部一直未被发现？她那些百衲衣论著为什么在申报各种头衔和荣誉时能一路绿灯？学校学术委员会在审查材料时为什么没尽到把关责任？

这一连串的问题都将是学校难以应答的，很难理直气壮地说我们的学风建设工作和学术审查环节毫无瑕疵。因此，舍弃一个"青年长江"学者事小，败坏学校如日中天的声誉事大。这也就意味着保住高院长，就是保住学校的脸面。学校责成舆情中心和网络中心联手协调此事。但举报帖是从境外的服务器发出的，根本不知发帖者是谁，又如何能说服他撤帖呢？

只能据情理来推测，他肯定是学界的同行，或与她有宿怨，或完全是为了维护学术尊严。但花那么大的气力来搜寻她学术不端的轨迹，并形成明眼人一看就知道确凿无误的证据链，只怕不仅仅是出于公心吧？学者们一个个都忙得像被抽打的陀螺，自顾不暇，如果不是利害攸关，谁有闲情去找别人的茬啊？他有可能远在天涯海角，也有可能就潜伏在她身边，甚至有可能就是她的团队成员，堡垒往往是最容易从内部攻破的。

学校的工作做到这一步就无法继续推进了。郑院长问她有没有怀疑对象，她说有一大批，但没法聚焦到某一两个人。这就有点难办了，总不能一个个去问怀疑对象："是不是你举报的？咱们坐下来谈谈条件吧？"而这也说明，她得罪过的人不少，或许已激起公愤了。

目前，为数不多的知情者唯一期盼的事，就是发帖者就此偃旗息鼓，不再把帖子发往其他更有影响力的网站，同时，其他网站没注意到这个帖子，或者虽然注意到了，却不认为它会产生轰动效应而没有转发的兴趣。如果真能这样的话，校内再控制住知情的范围，告诫相关人员守口如瓶，那么，过两天也许就风平浪静了。

但这终究只是一种期盼而已，事情会往哪个方向演变，谁也预测不准，这两天就显得非常关键，"凡事预则立"，学校已做好了两种不同的预案，其中一种包含着"壮士断腕"的惨烈举措。李淼有位过从甚密的乡党在学校宣传部工作，直接参与此事的调处，见"高长江"是她所在学院的领导，便把消息泄露给了她。

小倩和李淼一样不喜欢高院长，两人的共同感觉是此人眼睛是长在额头上的，说她"狗眼看人低"或许有侮辱人格的意味，不太合适，但她对地位身份不如她的人真的是不屑一顾的，尤其是对学生辅导员和办公室文员，她毫不掩饰自己居高临下的态度。她在胡书记面前说起"那个东北妞"的轻蔑口吻，让小倩这个不爱记仇的人也耿耿于怀。

不过，小倩还是希望举报人不再穷追猛打，希望她能平安度过此劫。对管理学院来说，如果她出事的话，那就一波刚平一波又起，对学院社会声誉的损伤太大了。要挽回影响，需要花很长时间、很多精力，自己走出去也面上无光，会被贴上双重标签：她就是那个跳楼学生的辅导员！她还是那个剽窃成风的学院的辅导员！一荣俱荣，一损俱损，学院每一个人的荣辱都不是孤立的。

这样想的人都是集体主义意识深植于心田的。物以类聚，小倩与李淼恰好在这一点上是共通并相融的。所以，她俩最后一次举杯时，共同祝愿的是高院长及学院都能安然无恙！

四

然而，事与愿违，高院长还是成为那只被学校毅然决然地抛出的"断腕"了。舆论发酵的速度呈现出迅雷不及掩耳之势，小倩与李淼聚饮的第二天，各大网站就都出现了举报高院长的帖子，标题稍有变化，内容则如出一辙，看得出是同一个人或同一伙人所为。事实俱在，本人既无法抵赖，学校也难以回护。舆论没被撕裂，空前一致地谴责被举报人的丑行与劣迹，不乏别有用心的人试图把群情激愤的网民的怒火引向长江学者这个鱼龙混杂的学术群体及声望日隆的东海大学。

学校快速反应，当天便发表严正声明：对学术不端行为一向采取零容忍态度，必将严肃查处，绝不姑息！并将吸取教训，举一反三，进一步强化学术道德教育，杜绝此类事件再度发生！两天后，学校宣布了处分决定：撤销高某某的教授职称与副院长职务，解除与她的长期聘约，并上报教育部，建议取消其"青年长江学者"的称号。

这等于将她一撸到底，让她多年的苦心经营尽付流水，熟悉她的人无不为之惋惜，至少脸上显露出的都是惋惜的表情。惋惜归惋惜，没有为她鸣不平的，都觉得这是种豆得豆，自食其果。最难受的是郑院长，一来副手出事，他也难辞其咎；二来他比一般人更了解她：她的学术功底还是不错的，人也很勤奋，要不是因急于成名而鬼迷心窍、不择手段，她是可以一步步深入学术殿堂，占得一席之地的。急功近利思想害死人呐！

这件事引起的震动与激起的反响要远远大于金刚强事件，郑院长首当其冲，被卷入舆论的旋涡中，有人把他的所有论著也检索了一遍，盼着能揪出个"窝案"，把管理学院的正副院长一锅端，那种轰动效应恐怕要漫出国界了。可惜他严谨得很，没找到任何他涉嫌学术腐败的蛛丝马迹。

小倩与李淼等辅导员与此事并无干系，却也没置身事外，除了对学生做好解释工作外，还不时到网络评论区去发个言，驳斥那些偏离事实的攻击，尤其是超越高岚个人而将矛头指向管理学院和东海大学的煽风点火之辞。两人单独在一起时，自也会议论、感慨几句，一起为身逢多事之秋而面现忧伤。

高院长无疑早已进入"名人"之列。何谓名人？可以有很多种定义。因为接触过高院长，小倩比较赞同的说法是：名人就是出名前别人不知道他是谁，出名后他不知道自己是谁的人。她听不少人议论，理工科的一些教授，评上院士前后简直判若两人。评上前比较低调敛抑，口不臧否人物，对谁都笑脸相向；评上后就目空天下，动辄口出狂言，仿佛真可以"鼻息干虹霓"了。

高院长评上"青年长江学者"前后的变化没有这么大，但反差也是很明显的。跳龙门前的鲤鱼和跳过龙门后的鲤鱼，自我感觉绝对是不同的。"一阔脸就变""得志便猖狂"，这是普遍规律，能打破这一规律"逆生长"的只有极个别的圣人——不是圣人也是达人。不过，平心而论，她并非不学无术、只会钻营与抄袭的败类，只是路子没有走正罢了。这是小倩对她的观感。

到管理学院任职后，她混在学生中间听过高院长的课。她上课很有激情，也很有思想，能牢牢抓住学生，唯一的瑕疵是有时会自吹自擂，说自己是"国内研发管理研究的第一人"，"已占领研究的制高点，可以俯视国内同行"。但她全然不自觉其荒谬，还在课上挖苦那些靠如簧之舌到处招摇撞骗的"砖家"——

一头公牛突然跑到母牛跟前，慌乱地说道：赶快逃啊，砖家来了！母牛并不害怕：来就来呗，干吗要逃？公牛紧张极了：专家会吹牛Ｂ啊，再不逃就来不及了！母牛这才心生恐惧，撒开四蹄就跑。公牛跟在后面一步不落。母牛感到奇怪了：哎，专家会吹牛Ｂ，你一头公牛跑啥呀？公牛气喘吁吁：你懂什么？专家不只会吹牛Ｂ，他还会扯淡（蛋）！

学生哄堂大笑，大概认为这一比喻生动而又形象，很有讽刺意义。小倩的感觉却是，她在讽刺别的专家的同时似乎忘了自己，这种做法或许就叫"五十步笑一百步"。但她的课确实很有吸引力，因为她能把高头讲章化为通俗化的表述，让小倩体会到什么叫"深入浅出"。有一堂课讲到奢侈品，她说："在座的男同学，假设你跟女朋友逛商店，你女朋友盯着一件东西超过三十秒，你把它买了下来，那么这个东西就是奢侈品。继续逛，你的女朋友又盯着一个东西超过三十秒。同学们，那你的女朋友就是奢侈品了。"

小倩是全程跟听了她的"管理学概论"的，在同时跟听的四门主干课中，这一门是受益最大的，相形之下，郑院长的课似乎比她要逊色些。在任何场合小倩都不会将两位院长的课加以比较而有所抑扬，心底里却认为她的课更为自己所喜欢。至于说到为人，那么毫无疑问，小倩对郑院长的印象就要远胜于她了。都希望为人与为学相统一，其实往往是不统一的，至少就小倩有限的观察而言，几乎都是不统一的。

唯其如此，事发之前，小倩一直认为高院长还是有自负的资本的，虽然她自负的样子让人很不舒服。自负的人，尤其是不注意掩饰自负之情的人，一定树敌甚多，渐渐会把同僚都推到自己的对立面。小倩看出来，胡书记对她也是有些不爽的，否则就不会把她对自己的鄙薄透露给自己了，这摆明了就是挑唆，就是为她树敌嘛。这也可以理解，她们两人年龄相当、职务相当，高院长却具有学术上的明显优势，以她一贯的做派，对作为专职政工干部的胡书记只怕也会很有些不恭的。

但胡书记在事发之后却没有落井下石，马上召集小倩等辅导员开会，要大家"不信谣不传谣，防止消息扩散、事态扩大"。这还是不得不说的场面话，但她接着却举了好几个例子，力证高院长对学术的热爱。她说：所有的不端行为都是在高院长成名以前发生的，成名以后的她还是很爱惜自己的羽毛的，新发表的论著都是硬邦邦经得起检验的。所以，我们不能把她看扁看死，我个人也希望学校给她改过自新的机会。这就显出了超越职责范围的大度。

这时，学校早就酝酿好的处分决定还没有宣布。散会时，胡书记拉住小倩与李淼说：我们一起去看看高院长吧，她需要大家的关心。但电话打过去，对方却拒接。改发短信，她回复了，却是冷冰冰的两句话："想看我笑话吗？对不起，要让你们失望啦！"据说，郑院长去看望她，也被她拒之门外。她把所有的关心都视为"黄鼠狼给鸡拜年"。

郑院长不光难受，还担心她想不开步金刚强后尘，如果出现这种极端情况的话，他就必须辞职谢罪了。所以，非但不敢像学校所要求的那样对她"严肃批评"，反倒微信加短信百般安慰，像亏欠了她似的。这好像也不那么正常，但在如今的高校里，不正常的事太多了，有些正常的做法在基层管理者眼里反而变得不正常了。

宣布处分决定时，高院长是必须到场的。在场的人很少，除了学校纪委及人事处的领导，学院方面只有郑院长出席。郑院长没有向班子成员详细描述其过程，只是说高院长从头到尾一声不吭。纪委领导倒也没有逼她认错，反复解释学校的无奈，与公开的宣传口径大异其趣。直到离去时，高院长才傲然说了一句：知道有个成语叫"东山再起"吗？我会证明给你们看的。

郑院长与她丈夫保持密切联系，要他随时通报她的动态。他是本校信息工程学院的一位教授，人还比较通达。他让郑院长放心，说有他守着出不了事。据他通报，高院长觉得学校处分得太重，尽管这是为了平息民愤，对她却很不公平，因为近两年她的成果还是很突出的。所以，她一开始怨气很大，但慢慢也就认命了，毕竟自己当年也有过错。

她的原话是：那是我的原始资本积累阶段，正像马克思在《资本论》中所说的，不可避免的，"每个毛孔都滴着血和肮脏的东西"。不光我如此，你查查其他成名学者早期的论著，不规范的情况比比皆是。这说明她对自己的问题还是认识不足的，但郑院长哪敢对她上纲上线，只要彼此都能安然度过这场危机就心满意足了。

高院长就此从大家的视线中消失了，小倩再也没见过她。处分决定公布于官网的第二天，她想应该有所表示。曾经请求加其微信，被婉拒了。但电话号码还是有的，那就发条短信给她吧，不管她怎么看，表明下态度自己才心安。仔细琢磨了半天，发出去的内容是："我非常喜欢您的课，真的是您的粉丝！我也对您的学术潜力与后劲深信不疑！杨小倩。"本来，后面还有一句："期待您早日东山再起！"想了想，删了。两天后，她收到了高院长的回复，就两个字："谢谢！"

五

时隔三个多月，与小倩直接关联的金刚强轻生事件固然已"水波不兴"，并无直接关联的高院长剽窃事件也早已尘埃落定。据可靠消息，她已被中部地区的一所民办高校聘任过去，放话要重起炉灶，再锻利剑。小倩与金刚强的父母联系过几次，金父的肺气肿已治愈，眼下是农闲时节，他又到县城打工了。情绪还有些低沉，丧子之痛不可能这么快平复。但他一再说家里没什么困难，经济上的压力反倒比以前小了，让小倩别再挂念。

她会一直挂念的，但不会很频繁地去嘘寒问暖，那会勾起两位老人的痛苦回忆，反成为一种违背本意的打扰。金刚强读高中的弟弟，学习成绩稳居上游，和哥哥当年一样，是本校学霸级的人物。她与他加了微信，说非常乐意与他探讨学习和生活中遇到的问题，随时可

以 @ 她，而她也会把高校招生的新政策、新动向及时告知他。她觉得自己对他负有责任，或者说她想把对金刚强未能尽到的责任弥补在他身上。他妹妹还没开始用手机，她只能请哥哥多关心妹妹的心理健康了。

妙妙落户西子湖畔与表姐做伴的计划未能付诸实施。她最终选择了上海的一家跨国金融机构，早早地签了约，并已开始见习。她说，上海是国际金融中心，对她这个学金融的来说，发展空间终究要大些。她是木已成舟以后才告诉小倩及家人的，明显是怕他们阻拦的意思。小倩意识到，让她到杭城来定居，可能一开始就是家人的一厢情愿，她自己其实根本没有这样的打算，而把上海当作人生航船的最合适的停泊地。只是碍于家人的请求，才装模作样地来杭城对就业环境作了一番考察。

不得相守于同城，而只能相望于异地，最感到失望的是两家父母，尤其是张大凤、张树功姐弟，他们早就相约一同老死于湖山之间。但他们还是尊重了妙妙的选择。只是舅舅张树功已经开始发愁了：总得给女儿在上海置办个安身之处吧，可上海的房价比杭州还要高得多，好不容易攒够了在杭州"金色年华"三期买房的首付，这下子又有缺口了，还得想法开拓业务多挣钱。

这时，2020 年元旦已过，学校已着手进行学期结束工作，各种总结、考评让大家穷于应付。和故乡比，杭城的冬天一点也不冷，草木也没有凋零殆尽，还能看到不那么苍翠的绿色。办公室与宿舍里都有中央空调，原先室内温度比室外还低的劣势不复存在。但小倩还是喜欢大兴安岭冬季的漫天雪花飞舞，喜欢与伙伴踏雪而行的快意和偕家人围炉而坐的温馨。哎，还没到而立之年，怎么就开始怀旧了呢？这是需要警惕的。

她在年终工作总结中对金刚强事件作了反思与检讨。她把自己的"生情日记"与他的"心路履痕"又对读了一遍，益加觉得可以吸取的教训很多。正当她再次为愧疚之情所包裹时，接到了一个陌生电话，对方自称是金刚强的中学同学，与死者有过不同寻常的交往，想找她聊聊。

直觉告诉小倩，这很可能就是金刚强在"心路屐痕"中描述过的那个爱慕并献身于他的痴情女生，她也很想见见这个最后出现在金刚强生活中的重要角色，也许对方能告诉自己一些死者未曾记录的隐秘细节，帮助自己完成对死者形象的完整勾勒。而且，她专程从外地赶来，这份诚意也让她非见不可，即便从对方那儿一无所获。

女生直陈其来意：那次见面，金刚强在她别有图谋的力劝下喝了点酒，话比以往多了，说到自己有时会把心灵的曲线和思想的光波形诸文字。她曾认真问他：那么，你会把我们的这次久别重逢也详细记录下来吗？他毫不迟疑地回答：会的。她又问：那你会把记录下来的东西给我看吗？他迟疑了一下，依旧回答说：会的。她来找小倩的目的，就是想知道他有没有把那些记录留下来，里面又有没有写到她。

金刚强在"屐痕"中没有对她正面做过评价，但小倩却从描述文字推断出这是一个多情而重义的女生，与自己很有几分神似。她对来意的直言不讳，证实了小倩的推断。她有些羞涩地说，学校肯定会清理他的遗物，搜寻他留存于世的各种文本，如果他写下了那些而又没有销毁的话，学校会发现的。

她还说明了为什么不去找别人而来找小倩的理由："那天他也多次提到杨老师你，说你真诚、善良，真心希望他好，可他辜负了你。没见他这么夸奖过别人。当时，我甚至有点嫉妒，觉得他在暗恋你。再一想，他把你说成天仙一般，他架上云梯也够不着哇，我吃什么干醋呢！既然他这么信得过你，我就冒昧来打搅你了。"

小倩觉得没有必要对她隐瞒，因为她是这起事件中的关键人物之一，略作权衡后，明确告知她三点：第一，他确实经常记录自己的心声。第二，他确实记录了你们唯一、也是最后一次欢聚的情形，他说到做到了，没有违背自己的承诺。第三，学校确实从遗物中发现了这些文字的存在。

女生充满渴求的眼神中闪过一丝希望的光亮："能让我看看与我有关的部分吗？我太想读到它们了！我……我……我是他一生中唯一

拥有的女人，我还差点……成为他孩子的母亲，我真的很想知道他是如何描写那春宵一刻的，那……那也是我人生中最重要的时刻！求求你，杨老师，你就满足我这卑微的要求，行不行？"

小倩浅笑盈盈地看着女生，目光柔和，不说"行"还是"不行"，透出的意思自然就是"不行"了。她心中有点诧异的是，女生说"差点成为他孩子的母亲"，这不会是急不择词吧？其中或许隐括了某些自己尚不知晓的更深的秘密？主动打探不合适，还是等她自己说出来吧。已经酥胸半露、春光乍泄了，褪去罗衫、尽现春色是早晚的事。

她只是很肯定地说："他非常感激你的真情与深情，字里行间可以看出这一点，他还说你让他充满缺憾的人生少了一大缺憾，变得完整和圆满些了。你知道这一点就足够了，何必非得看他的原始记录呢？"她没有骗女生，只不过有些不是他"心路履痕"中的原话，而经过她的概括与提炼。

"那么，他有没有写到他是真心爱我的呢？那一刻我希望听到他说出那三个字，但他没有说，我想他可能是说不出口，小说和影视剧中不会花言巧语的男人都那样，他又是格外拙于言表的闷葫芦。但我很在乎他究竟爱不爱我？是不是仅仅把我当成释放荷尔蒙的对象？我想看他的记录，实际上就是为了了解这一点。"女生和盘托出其真实想法，可怜兮兮的样子。

小倩心软了，很想满足她的要求，可是，真有解封的必要吗？解封的后果又将是什么呢？情与理的冲突又一次让小倩左右为难，金刚强在笔记中并没有说过爱她，事实上恐怕他也并不爱她，女生的担心不是多余的。但小倩怎能如实告诉她这些，让满怀希望的她芳心欲碎呢？

小倩只能模糊其辞："看得出，他是爱你的，尤其是在你们的关系升华之后。不过，他觉得愧对你，因为……他没能给你一个真正的男人所能给的东西，这让他非常痛苦，不排除这也是他轻生的诸多原因之一。读了他涉及你的叙事后，说真的，连我都很为你的一往情深而感动，何况他呢？所以，我劝你不要再为此而纠结了。"

这个回合轮到女生惊诧了："我有点听不太懂，什么叫'真正的男人'，你能说得明白些吗？"可是，这能明明白白说吗？说他没能进入你，在紧要关头大煞风景吗？你自己应该更清楚呀！哦，莫非另有隐情？小倩只好换个对方更容易领会的说法了："他伤心痛苦的是自己不具备男人的功能，没法体验正常人都心驰神往的男欢女爱。"

女生尖叫起来："不是这样的，不是这样的！他夸大自己功能上的缺陷，他……只是早泄而已，并不是完全不能进入……"她抛开羞涩，说了自己的实际经历："他可能当时太激动了，刚进入我体内就山崩水泻。两人都不尽兴，便想重整旗鼓再来，但他无论怎么努力都雄风不再了。所以，我们只有了不到五秒的第一次，而没能获得更加淋漓酣畅的第二次。这大概让他误以为自己不行了。"

女生判断，这都是因为他初次接触女性身体，过于激动与紧张而造成的，并没有器质性的功能缺陷，以后肯定会像正常男人一样收发自如的。"也怪我女孩子脸皮薄，不好意思对他进行这方面的科普，没想到他居然认定自己不行，妄断自己不是真正的男人。他怎么可能不是真正的男人呢？他比男人还男人！他……他都让我怀上了呀！"女生终于无法自制地失声痛哭了。

原来，虽然他一触即溃，却已将生命的元素注入其内，而激情之下，当时两人都没想到要采取防护措施，这些非常活跃的元素一下子就潜入暖房内安营扎寨，在她不知不觉中不断扩大体量，直至阻碍了大姨妈的来访，她才惊觉身体的变化。"他的枪法多准啊！他射出的子弹多有穿透力啊！"女生这样感叹。

她是在他跳楼后的第四天听到噩耗的。这个令人震愕的不幸消息在他俩的故乡传开了，自也传到了她耳中。她不敢相信这是真的，拼命打他手机，关机！一直是关机！她简直要疯了，那几天都处于癫狂状态！等到证实这不是讹传后，她独自躲到郊外的一家宾馆以泪洗面一周之久。

刚刚缓过一口气来，她发觉自己怀孕了。天哪！怎么会有这么多的意外！命运又怎么可以这样作弄人？所谓"造化弄人"，就是指这种情况吧？她矛盾极了，两种不同的声音吼得她头痛欲裂。在校大学生是可以结婚生子的，如果想为他留下一点骨血的话，找一个人嫁了，然后生下这个孩子，不失为一种方案。另一种方案则是及时处理掉这个意外，让它从自己的生命中消失，不影响未来的生活。

她不是非在金刚强这棵歪脖子树上吊死不可的，追求她的人不到一个排，也足有一个班。想把自己嫁出去，那是分分钟的事情。可是，她不能不考虑有可能带来的后遗症，和对方说不说实情呢？不说是欺骗，说了，他能不能接受呢？接受了，能不能视如己出呢？这都是问题。而且，匆匆忙忙嫁给一个自己不爱的人，这是不是对自己不负责任呢？

她没有与任何人商量，独自在两种方案之间彷徨不定。最终，还是选择了后一种方案。因为她忽然想到，如果金刚强的遗传基因很强大，这个遗腹子将来会不会也出现心理健康问题呢？对不起，亲爱的，我不能冒这个险！五天前，她走进了手术室。然后，便来这儿见朝思暮想的心上人的辅导员，想问清有关情况，对这段感情作一个了结。

小倩不胜感慨：人生真是充满奇幻，再丰富的想象力也难以穷尽其细微之处！在一个并不罕见的大学生轻生故事中，竟载录了这么多山重水复、峰回路转的玄秘情节。金刚强过早辞别人世是不幸的，但他在最后的时光里，沐浴了这位女生无私无畏的爱，他的人生也就给抹上了亮色，不再那么黯淡了。虽然他自己当时并没感觉到幸福，而被一种因缺乏生理知识而导致的误解苦苦折磨着，但如今远在天国的他，回眸自己肉胎凡身的过往，一定会认为自己也是拥有过幸福的。

送别女生后，小倩思考了一个问题：金刚强在"心路屐痕"中的描写与女生的讲述有着比较明显的出入，哪个更真实呢？她倾向于女生。她觉得，金刚强那样描写，也许不仅仅是出于误解与错觉。他是一个喜欢渲染的文学青年，而文学青年一般都认同"穷苦之言易好，欢愉之辞难工"的理论概括，愿意夸大自己的不幸与痛苦。把"再也没能进入"写成"根本没能进入"，"不是一个雄劲的男人"写成"不是一个真正的男人",更能烘托出一种悲情,也能把自己决绝人世的理由铺垫得更加充分合理。

以此推测,那些作家与学者的回忆录是不是也会对事实加以夸大或变形处理呢?研究他们的生平与思想,本人的回忆录当然是必须参考的资料,但如果全都信以为真,不加分析地作为论据,就有可能被误导了。这是小倩由此及彼产生的一点似乎不相干的遐想。

六

东海大学定于1月18号放寒假。但并不意味着小倩从这天起就可以休息了,还有很多学期扫尾工作要做,包括安排留校学生的勤工俭学和日常食宿等等。寒假时间只有一个月,比暑假短一半,又逢传统文化意义上阖家团圆的新春佳节,所以留校的学生要少很多,且大部分是路途遥远、交通不便、家庭经济条件又相对较差的。正因为这样,要给予他们更多的关爱,让他们感受到学校大家庭的温暖与舒适。

要不要回大兴安岭过年,小倩很犹豫。来到西子湖畔读书后,她每个春节都是飞回大兴安岭与亲人团聚的,家乡浓浓的年味与亲情有一股不可抗拒的魔力,往往让她归心如箭,一放假就飞向"故乡的云"。但今年情况不同:为了便于管理,留校的学生是要集中住宿的,必须从各自的宿舍楼临时搬迁到一起,同时必须有辅导员值守。这是小倩入职的第三年了,考虑她家在遥远的东北,学校此前没安排她值守过。今年要不要主动请缨呢?毕竟几个月前,自己管理的年级发生了学生跳楼的恶性事件,留下来值守,或有戴罪立功、将功补过的意义。

爸爸妈妈都支持她的想法,这让她在留校与返乡之间摇摆不定的天平偏向了留校这一头。爸爸妈妈商量后还作了一个决定:已经办好退休手续正式离开了工作岗位的妈妈18号飞到杭城来陪她一起过年,爸爸因为要照顾生活已不能自理的奶奶,只能当一回"留守男士"。

他避开妈妈致电小倩说：妈妈还没适应赋闲的生活状态，我动员她来杭城过年，不光是为了陪伴宝贝女儿，也是想让她到新的环境里调节一下身心，免得人不在岗心在岗，有事没事都到单位门前兜一圈。"至于老爸嘛，哈哈，过几天没领导管制的自由自在日子，也没什么不开心的。嘘——千万别到你妈那儿告状，否则我就死翘翘了。"

戴海舟也不回深圳了。他不顾小倩的抗议，动辄以"老婆大人"相称了。"老婆大人坚守阵地，我怎能擅离岗位呢？老婆大人在哪里，我就护卫到哪里。再说，岳母大人要来了，我更得鞍前马后侍候着呀！家父家母那儿我自有交代，反正'娶了媳妇忘了娘'是天下男孩子的通病，家父反躬自问，也没法归罪我的。"他振振有词。

说好了两人一起陪妈妈逛遍西湖山水的，不巧公司与武汉方面签署了新的项目协议，要派海舟再度领衔出征。公司老总说，对方指明海舟去才放心这次合作，所以无法换将。只得以前途为重、事业为上。在张大凤飞抵的第二天，海舟领教过"丈母娘看女婿，越看越欢喜"这一俗话的内涵后就去武汉履职了。

他仔细掐算过项目的进程了，可以精确到小时。如果完全按照他设定的时间表和路线图来推进的话，预计 1 月 24 日上午 10 点左右能够结束全部工作。他已订好 24 日即除夕中午返杭的机票，信心满满地对小倩说：那天航班是很空的，一般不会晚点；就是晚点一两个小时，我也能赶回来做年夜饭，让岳母大人见识"天下第一厨"的手艺。你就等着受用吧！他故意把"受用"二字读成重音，就带有了别一种小倩心领神会的意味。

然而，他却爽约了。卷地而来的疫情将他滞留在武汉，欲归不能。这一年真是有太多的意外了，眼看就到庚子年脚底下了，偏又出了一个更大的意外，让接下来的一年变得格外艰难！其实，小倩早就有一种不好的预感。武汉有人感染新冠病毒肺炎的消息，两周前就有所耳闻了。东海大学有不少研究生物医学的专家，与武汉方面一直保持学术交流，随时能听到那边的确切消息。

民间的信息传播渠道如今也很通畅，小倩 15 号去省人民医院看感冒时，医生还特别问她"最近去过武汉没有"，可知尽管还没接到排查通知，医护人员已把武汉视为嫌疑之地。小倩并没太把这当回事，回去后还作为笑谈说给海舟听，不过，心里多少还是有些担心，海舟临行前再三叮嘱他务必少接触非协作单位人员，也别请同事去夜市吃热干面和小龙虾。

就在海舟去武汉出差的当天，武汉市卫健委发布通报，称18日和19日两天共确诊新型冠状病毒肺炎患者136例。第二天，再度受命于危难之际的钟南山院士接受央视采访时，代表国家卫健委高级别专家组宣称，新型冠状病毒肯定存在人传人现象，气氛骤然紧张起来。

23日凌晨2时，央视宣布了封城决定，海舟真的暂时回不来了！举国上下的视线从此都被吸引到武汉，吸引到一场空前壮烈的抗击新冠病毒疫情的历史性战役中。

七

小倩所在省份率先启动重大突发公共卫生事件一级响应。东海大学向来"走在前列"，这次也雷厉风行，推出一系列防疫抗疫措施。小倩陪着妈妈在西湖山水间徜徉不足三日，便被胡书记紧急电召回学校。

胡书记下达指令的一贯风格是惜语如金，不愿多说一个字："你马上回学校开会！"直吓得她心惊肉跳。难道又发生了恶性事件，比金刚强跳楼还要严重？她不能不马上问清楚："会议主题是什么？""布置防疫抗疫工作！"她松了一口气，但随即心又揪紧了。胡书记又以十万火急的语气发出召回令，此事一定刻不容缓。

会后，她就从"金色年华"搬回到学生宿舍住了，那时是除夕下午4点。值守的老师是否入住学生宿舍，学校本来是没有硬性规定的。但现在情况变化了，为了防止人员过于密集，造成群体感染，集中到一幢宿舍里住宿的女生要重新拆分开来，而值守的辅导员也必须阵地前移，贴近学生严防死守。

这样，春节期间，她不仅要与远在武汉的海舟天各一方，还要与同在杭城的妈妈各居一处了。原先的计划全乱套了。还好，除夕夜学校尚未实行封闭管理，妈妈还可以跟着她进校来与学生一起包饺子，而包饺子恰好是这位前银行高管的看家本领，只见她灵动的手指如银燕翻飞、玉梭穿插，羡得环绕其身边的男女生人人都想拜师学艺，纷纷说："阿姨，收下我这个徒弟吧！"

"阿姨"这个称呼还是让张大凤满意的。她不乐意听年轻人喊她"大妈"，感觉上"大妈"比"阿姨"要显得更老些。但她嘴上却说："还'阿姨呢'，我早就是'大妈'了！"一个乖巧的女生惊叫起来："哟，阿姨，您这说的哪儿话呀！要不是怕乱了辈分，光瞧模样，我得叫您'大姐'呢！"张大凤乐不可支："哎哟喂，看这小嘴甜的，等疫情消停了，阿姨请大伙儿到家里来包咱大兴安岭的酸菜加猴头菇饺子。"

春节联欢晚会是和学生们一起看的，气氛比往年与家人同看要热烈。小倩中途几次与海舟以及爸爸连线，倒是和孩子们打成一片的张大凤看得更投入、更忘情。两代人对春晚的兴趣本来也不一样。小倩这些年看春晚，与其说被节目所吸引，不如说是为了承欢老人膝下，聊尽孝心。而张大凤今晚格外兴奋的原因还在于，她被疏离已久的集体生活的氛围所感染，不禁又忆起自己在银行学校读书时的芳华岁月。

当晚，张大凤就留宿在小倩寝室里，母女俩合睡一床，仿佛又回到了小倩儿时。贴着女儿翻转过去的后背，张大凤闻到了从遥远的岁月深处飘过来的乳香，这淡淡的似熟悉又似陌生的香味让她沉醉，很快便酣然入梦。但小倩却已经很不习惯母女同榻抵足而眠了，妈妈的鼾声比海舟还要轻微，在她耳朵里却被放大为山呼海啸，搅得她心烦意乱。她明白，这其实是所谓"通感"效应，是她心底对身在危城的海舟安危的忧思转化成了刺激耳膜的音响。

大年初一，校园实行封闭管理的决定及实施细则就正式公布了，其中的一条是校外人员非有重要公务不得进入各校区，更不得滞留。

这就意味着张大凤也将被驱离。母女俩都是遵章守纪的典范，午饭前张大凤就返回"金色年华"独居了。小倩劝她干脆直接飞回老家得了，反正在这儿也不能一起生活，不如回去帮着爸爸照看奶奶，奶奶也习惯她的照料。

但爸爸却坚持让妈妈留下来，说母女虽不在同一处，毕竟在同一城，距离近得踩一脚油门就到，可以互相照应。实际上是不放心少了海舟护卫的小倩，要体格尚健的张大凤当好替补队员。金刚强事件他们不久前才听小倩说起，女儿说得云淡风轻，他们却听得惊心动魄。这也是爸爸不由分说，一定要妈妈留下来的原因。

从这天开始，小倩就与亲人们前所未有地开启了三地四处的生活模式。后来看到日本捐助给武汉的抗疫物资上附录有不少古诗，用以显示两国文化的同根同源，除了最受称道的"山川异域，风月同天"外，还有王昌龄《送柴侍御》一诗中的"青山一道同风雨，明月何曾是两乡"，她觉得借用来形容她家现在的情形也是很恰切的。

疫情当前，学校要求辅导员除了要对学生进行疫情防护知识教育外，还要讲好五堂课，分别是爱国主义教育课、生命教育课、社会责任感教育课、规则教育课、爱与感恩教育课。所以，小倩她们先于任课教师成为十八线网红主播。讲课采用钉钉课堂的形式，爸爸妈妈强烈要求登录旁听，说他们也有必要接受这方面的教育。海舟也跟着起哄，被她呵斥了一番："滚！有你这个没正形的搅局者在，我这课还上得下去吗？你还是去看李子柒的短视频吧！"

项目责任单位还是对海舟等滞留武汉的技术人员负起了责任的，安排他们还住在原先的宾馆里，费用由双方各承担一半，在公共交通断绝、城市几近停摆的状态下，仍然想尽办法每天为他们提供盒饭或方便面。视频里，海舟一脸轻松地说，现在过的日子简直比神仙还要逍遥，"唯一憾恨的是……嘿嘿，你懂的"！但她要看看他吃的盒饭，他却说："哎呀，已经吃完将纸盒扔了。"饭菜的质量肯定是比较差的。

鉴于当地的医疗资源紧缺，中央调动全国各地的医疗力量紧急驰援武汉，短短几天内，先后有四万二千多名白衣天使不顾个人安危奔赴武汉。东海大学的三所附属医院也迅速组建了总人数达八百人的多支医疗队，由院长或书记亲自带队出征。小倩作为被选中的献花者，参加了学校为他们壮行的仪式。听说，队员们都是主动请缨的，有的还写了血书。他们声音宏亮、中气十足地庄严宣誓，听得小倩和所有送行者热血沸腾。

校党委书记发表的送别词的最后一句是："你们一定要平安归来，一个都不能少！我和全校师生员工伫望你们凯旋！"雄壮的进行曲旋律随即响起，伴送白衣战士登车远去。这是一个阴霾密布的日子，霜寒露重，冷风袭人。泪流满面的小倩甚至觉得这场面与荆轲赴秦时那"风萧萧兮易水寒"的氛围有几分相似。雄壮的乐曲在她耳中带有了更多的悲壮韵味，她希望并且深信"壮士一去兮不复还"的结果绝对不会出现。

原先很少看央视《新闻联播》的小倩，现在如果没有紧急事务要处理，每晚也固守在电视机前。看到中部地区某援鄂医疗队出征时，送行丈夫对白衣执甲的妻子说："只要你安全回来，一年的家务我全承包了！"小倩既为之感动，又觉得这个男人还是不够慷慨，换成海舟，他肯定会说："一生的家务我全承包了！"

八

全民关注可解燃眉之急的火神山、雷神山医院的建设进程。小倩每天上网，却从不在网上发声，如今也被海舟拉入"监工"的几千万网民行列，有空就看全天候的直播，一起见证奇迹的发生。那灯火通明的建设夜景看得海舟血脉偾张，当即产生了去工地担任志愿者的强烈冲动。但不敢先斩后奏，于是恳求小倩批准。

小倩又陷入两难之中。从大道理上说，海舟恰好身在危城之中，又身强力壮，应当去抗疫一线贡献力量。可他只是滞留武汉的一位 IT 技术人员，缺少防护用品，自我防护意识也不是很强，如果被病毒感染而又不能及时得到救治，那可怎么办？

海舟曲线救国，先说服了老泰山，与他结成革命统一战线，然后一起去除小倩的担心。爸爸说："海舟说得有道理，体质良好的年轻人相对感染概率较低，即使感染也多为轻症，很容易治愈的。当然，'战略上要藐视敌人，战术上要重视敌人'，防护工作还是要做好的，我已经整理了防护要点五十条给他发去了。"

张大凤起初是持不赞成态度的。她不知从哪儿听说新冠肺炎患者治愈后，脏器会严重受损，生殖系统的功能也会削弱，那么如果海舟不幸被感染，纵然可以治愈，也会影响女儿的"性福"及后代的繁衍。她说：真缺少志愿者的话，还不如让我这老婆子去，我会比他谨慎从事，万一有个闪失，也不会累及子孙。

常与她有点小口角却从不敢厉声申斥的杨有恒破天荒地出言不逊了："你这不是废话吗？武汉已经封城了你不知道吗？要是还出得来进得去，那用得着你出马呀，我先去替他！他爹妈肯定也愿意去替他，可现在替不了哇！还有，道听途说的东西你也信哪？咱家孩子咋能那么容易就被染上呢？你咋尽想些消极的玩艺儿呢？"

以往总在口角中占据上风的张大凤居然被训得没了脾气，便转变了立场不再反对。而小倩原只是有点犹豫不决，见爸妈都深明大义，也就欣然表态支持海舟的决定了。不过，担心是无法消除的。她命令海舟每日早中晚必报平安，不得有误，否则——"斩立决！"他在工地参与后勤服务工作，都是毫无技术含量的粗活，有的还是脏活。但他向小倩汇报时会有所筛选，基本原则是"报喜不报忧""说甜不说苦"。

这段日子里，在酷爱古诗词的小倩脑海里浮现最多的是李白寄赠王昌龄的诗句："我寄愁心与明月，随风直到夜郎西。"每次浮现，都有一种荡气回肠之感。内心的忧愁同样是驱之不去的，不光为海舟的安全，更为疫情向全国、向全球的蔓延。暂时还看不到疫情得到有效控制的时间刻度，她不能不为之忧心如焚。

尽管在万家闭户的日子里，"宅居"也被说成是对抗疫的一种贡献，爸爸妈妈却不满足于仅仅作这样的"小儿科"贡献，他俩步海舟后尘，也当起了志愿者，在各自的小区协助环境消毒和垃圾分类。他俩异口同声地说自己身手都还利索，闲着也是闲着，为社会多出一点力，心里反而舒坦，更有利于健康。小倩没有阻拦的理由，心里很为自己最亲的三个人都成为志愿者而自豪。

海舟去的是火神山工地。医院仅用七昼夜就建成了，再次显示了"基建狂魔"并世无双的建设速度。这所由解放军全面接管的医院收治的都是危重症患者。海舟申请继续留下来当志愿者，获得准许。虽然海舟说他不进入病区、不接触病人，只在周边帮助配发物资和打扫卫生，但病毒是可以通过气溶胶传播的，危险系数较前倍增。小倩越发忧心忡忡了。

问题是，正如海舟不会如实汇报有可能引起她担心的情况一样，她也不会对海舟全盘托出自己的担心，只是不厌其烦地叮嘱他时时谨慎、处处小心，宁可十防九空，不可百密一疏。海舟笑话她"都快成祥林嫂了"，还说自己这些年连头疼脑热都不曾有过，病毒见到自己会躲着走，她就放宽心吧。话没说完，就被她厉声警告：不许把话说得太满！

在她的经验里，凡是把话说得太满、太绝对的，几乎都是要出事情的。自诩身如药树、百病不侵的，后来得绝症的不是个案。而拍胸脯保证说我的防线固若金汤的，到头来往往一触即溃。汤恩伯向蒋介石吹嘘的"长江防线"就是如此。拿身边的人来说，她老家的一位年过花甲的邻居，酒桌上自得于一辈子没摔过跤，结果散席后就把腿骨给摔断了。

所幸医疗物质这时虽然依旧供不应求，但医护人员的防护用品已能得到基本保障了。海舟等志愿者不可能像医护人员那样被武装到牙齿，医用口罩却也每日发放。另外，隔两天就给他们发一件塑料布雨衣，聊充防护服使用。海舟已不住在原先的宾馆里了，那儿距离火神山医院太远，又没有了公共交通，往返很不方便。他搬进了医院特意为志愿者安排的宿舍，条件虽然简陋，却有 Wi-Fi，这就够了。

学校开发了"每日健康"在线申报系统，对每一位师生员工的健康状况进行动态跟踪。申报截止时间为每天下午五点，如果有学生忘了申报，小倩除了催促外，还要了解他漏报的原因。校内偶尔也是有紧急情况出现的：一旦发现学生发热，那就真是如临大敌了。疫情发生前，几万人的学校，每天都有不少学生感冒发烧，去医院配点药就可以了，医生有时都懒得听诊和测温，听你说完症状直接就开药了。疫情期间则不同了，所有的发热病人都必须到指定医院的发热门诊去接受核酸检测。

小倩对学生每天"碎碎念"的除了戴口罩、勤洗手之外，就是注意保暖、防止感冒。她无数次祈求上苍别让感冒君贸然造访。但防不胜防，感冒发热的女生总还是有的。小倩觉得，陪女生一起去看发热门诊是自己义不容辞的责任。可怜兮兮的女生说："杨老师，你就别去了吧，万一……"但她那无助的眼神却泄露了希望小倩同往的真实心理。小倩帮她捋了一下刘海："傻丫头，没什么'万一'！"

原来几分钟就可以结束的诊断流程，现在要耗费好几个小时。候诊的病人排出两三百米，犹如一字长蛇阵，每人之间要保持一米以上的距离，空隙处仿佛长蛇身上黑色的修鳞。长蛇一点点地缓慢向前蠕动，夹杂于其间的发热的女生以及陪同的辅导员小倩蠕动到接诊的医生跟前时，已经精疲力竭了。

女生还是有点娇气的，从咽喉部取拭子时，表情痛苦万状，比待宰的无辜的羔羊还要恐惧，连医生深掩在 N95 口罩里的脸上也漾出了笑意。核酸检测结果要两天后才能出来，这之前，女生必须到学校辟出的隔离区去单独居住。这又让她泪水涔涔了，仿佛隔离区就是屠宰场，至少也是奥斯维辛集中营。

小倩暗叹一声，有心陪她同住，但那是违反学校规定的，只得好言抚慰，并答应一日三餐亲自为她送饭。幸好有惊无险，两天后的检测结果是阴性，排除了感染新冠肺炎的嫌疑。女生宛如绝处逢生，再度"梨花一枝春带雨"，却是喜极而泣。走出隔离区时，她一把抱住等在门外的小倩久久不放，比奥斯维辛集中营最后的幸存者还要激动。

九

小倩家里的三个志愿者散处于不同地域，各有抗疫见闻在家庭群里交流。杨有恒这个组工干部对网上趁火打劫的假新闻最为愤慨，对当地在防疫过程中出现的违规违法行为也是最不能容忍的一个。他一激动，就爱说："清平世界，朗朗乾坤，还有没有王法啦？"这差不多成了他的口头禅，大概他觉得这比说"现在是法治社会"要显得有文化。

小倩打趣他："老爸，你的观念也太陈旧了吧？别'王法王法'的啦，得说'社会主义法制'！'王法'带有封建色彩呢！"爸爸在女儿面前是没有抵抗力的，小倩越是撒娇一样奚落他，他就越是觉得这件小棉袄贴心与暖心。

李淼回西北老家探亲了半个月，本来可以继续在家侍奉双亲，但她却牵挂学校这头的工作提前返校了。她老家是低风险地区，符合教工返校条件，如果身在高风险地区，是会和学生一样被禁止返校的。她一见小倩就嚷嚷，这一身肥膘都是禁足在家"憋"出来的，"也怪爸妈，大鱼大肉使劲往我胃里塞，好像我刚援非回来半饥不饱似的"。

小倩上下端详一遍，客观说："嗯嗯，离'杨玉环'还差得远呢！顶多也就是个充了点气的'赵飞燕'。干吗不再晚点回来，好让我们接贵妃娘娘的大驾，也讨点赏银？"李淼柳眉倒竖、杏眼圆睁："好啊，死丫头，这才多长时间没见，就变得这般油嘴滑舌啦！看我不撕烂你的嘴！"她扑向小倩，却没有施暴，而是赐予一个与贵妃仪态不合的熊抱。

小倩哇哇大叫："哟，疫情期间不带这样的！没看到视频里英国帅哥想拥抱他的恋人，被美女用力推开，差点儿后脑勺着地吗？你该不是从断臂山上下来的吧？这比'同志'还'同志'呢！"李淼手不仅没有松开，反而又收紧些："哈哈，要是妹子乐意，咱俩做个'女同志'也不错嘛！哎呀！掌嘴！姐姐我犯浑了，咱俩要是那样，'情海之舟'可怎么办啊？他还不得宰了我！"

海舟在武汉的情况，李淼是粗知梗概的，她与小倩联络时少不了会问两句。海舟去武汉前宴请丈母娘时把她也叫上了，她也当仁不让地以娘家人自居，审查得比张大凤还细致。海舟是何等人物，一口一个"姐姐"，把她叫得心花怒放。她悄悄对小倩说："倩儿，认定他别动摇了，你要是动摇的话，姐姐可要上了！"

此时，江南地区的疫情已经基本上控制住了，新的提法是，复工复产复业要与防疫抗疫双管齐下、同步推进。西湖边的部分餐馆已被允许开放堂食，城市渐渐在恢复元气、重现繁华。李淼不客气地说："倩儿，姐姐主要是牵挂你才赶回来的，难道你不该为我接个风吗？西湖边的高档场所先就不去了，等海舟回来逮他买单不迟。你观摩他的厨艺那么久，总也学了一两手吧？你就给姐姐'洗手作羹汤'如何？"

小倩说："接风没问题，但说是主要因为牵挂我才回来，你哄小孩子呢？我猜猜，你究竟是为何提前赶回的，说你纯粹是因为牵挂工作吧，好像你的境界没这么高耶！噢，我懂了，你是想早些见着陈书记对不对？哈哈哈，被我猜着了，瞧你这脸红得像猴腚似的！"

李淼佯怒说："臭丫头，真该撕你的嘴了，越说越不像话，怎么又把我和陈书记扯到一块儿去了！被别人听到，还以为我是他的小三呢！你这不是败坏咱们最高领导的形象吗？"小倩把疯话说到底："他是我的最高领导不假，可你和他之间，谁领导谁还不一定呢！"李淼似乎对这疯话还挺受用的，嘴上说轻饶不了她，脸上却是笑意盈盈的。

小倩斗嘴的功夫不及李淼，因为李淼什么火辣的话都敢说。后来，她终于找到一个克敌制胜的法宝：那就是拿陈书记来打趣她、调侃她，一提到陈书记，她好像就乱了阵脚，除了张牙舞爪地诉诸武力外，嘴仗再也占不了优势了。小倩看准了这一点，一旦两人磨牙，便及时祭出这一法宝，然后快意地瞧着她节节败退。

陈书记是校领导中拥有粉丝最多的一位。学生工作千头万绪，或巨如磐石，或细若发丝，不光要运筹于帷幄之中，常常还要深入前沿阵地，参与白刃战、肉搏战。一着不慎，满盘皆输啊！即如金刚强轻生事件，他就亲临一线指挥，还给小倩面授机宜。回顾事件处理的全程，小倩对他的指挥若定、明察秋毫、斡旋有力以及体恤民情、关爱下属好生钦佩。少了这些，要赢得众多的铁杆粉丝也是困难的。

小倩自认不是他的铁杆粉丝，但李淼是。每次去学校开会，一听说陈书记会出席并发表重要讲话，她就兴奋莫名，自己跟小倩坦白说，夜里有点小激动，没怎么睡好。但会场上她绝不会犯困。可惜要做笔记，不然她就会全程目不转睛地看着他了。做笔记的间隙，她的目光一直是聚焦的，而花痴般的笑容则焊牢在脸上。小倩她们只记要点，她却恨不得把他说的每一句话都记录下来，"都是金句啊！"她不时低声对坐在身边的小倩感叹。

小倩也崇拜陈书记，尤其是经过金刚强事件后，但仅仅就是崇拜而已，就像她还崇拜白岩松、梁朝伟、刘国梁那样。她感觉李淼对他就不仅仅是崇拜了，至少在崇拜中还夹杂着爱慕。李淼赞美他时说的是"这个男人真帅！""这才是真正的男人！"可知她不是将他作为一个领导而是一个男人来欣赏的，或者说，她使用的不是群众衡量领导而是女人打量男人的标准。

小倩观察陈书记时从来没采用过这样的视角。当然她没有忽略他是个男人，一米七五左右的身高和厚实的身板表明他作为一个男人还是相当合格的，五官说不上俊秀，但轮廓分明，举手投足颇有儒雅之气。但小倩真的没怎么注意这些男人的"硬件"。她更多地注意并进而崇拜的是他的"软件"——思想的深度、底蕴的厚度和工作的力度。而李淼应该是对他的硬件和软件一并推崇的。

据她所知，李淼与陈书记迄今未有过私下里的交往，唯一的一次近距离接触，是李淼获得学工线演讲比赛一等奖后，陈书记亲自为她颁奖，握手时两人聊了几句。不待小倩拷问她聊了什么，她就全招了："真奇怪！他不光叫得出我的名字，还知道我家在河西走廊，说得出我毕业的学校呢！"小倩暗自好笑：给你颁奖，还能记不住你的名字吗？浏览一下获奖者的信息，对你的籍贯和学缘也就都清楚了，这又有什么奇怪的呢？

这是不是也算"当局者迷，旁观者清"呢？当时记住这些不稀奇，过后还一直能记住才稀奇，才说明他对你印象深刻、历久不忘呢！有些领导为了显示自己博闻强记和平易近人，特意在颁奖活动前了解获奖人的有关背景，面对面时如数家珍般抖搂出来，对方会有受宠若惊的感觉，以为领导对自己特别关注，殊不知这往往只是一种姿态、一种官场套路，一种笼络人心、网罗死党的工作技巧。

小倩自不会说破，但从此就动辄用陈书记来牵制辅导员中的第一毒舌李淼了，总把她和陈书记生拉硬扯到一起，开几句不咸不淡的玩笑。明知他们之间什么事也没有，就是投其所好，过把嘴瘾。李淼没有一回不在形式上"愤怒抗议"，却从未流露出想要制止这种玩笑的意思。哪次不把陈书记牵引出场，她竟似有些失落，会找个由头先提起他，于是小倩作出恍然大悟的样子："该死，我怎么把这个'真正的男人'给忘了，有人等着听他的近闻呢！"

陈书记是 1976 年生人，由学工部长提任分管学生工作的副书记已有四年，在现任校领导中依然是最年轻的。据说，从学工部长这个岗位上直接擢为副书记的并不多见，一般总要到校办主任或组织部长等显示度更高的岗位上过渡一下，名曰"经过多岗位锻炼"。这也是他有过人之处的佐证。

他的履历是在校园网上挂着的，属于"校务公开"的内容之一，用不着刻意去了解。但校园网有关他的新闻报道却不多，图片新闻尤其少，这可能是因为他低调的缘故，校领导中除了他而外，几乎都是有"院士""长江""杰青"等桂冠加身的学术大咖，他应该是自觉把新闻版面让给他们吧？这是李淼深感遗憾的，因为生活中她并不是有机会经常见到他的，象牙塔里等级森严不亚于塔外，连胡书记去汇报工作也要预约，所以，她是希望一点开校园网就能看到他的最新消息的。

他似乎是个洁身自好的人，从没听到过他弄权的传闻，更没有什么绯闻。一天，小倩忽发奇想，生出一个小小捉弄闺蜜一下的鬼主意："嗨，你听到陈书记的最新花边新闻了吗？"李淼惊问道："他能有什么花边新闻？有人瞎编吧？"小倩很肯定："千真万确！说有个辅导员暗恋他，而他也对这个聪明可爱的辅导员渐生情愫，两人已经开始互通款曲啦！"

李淼半信半疑："她是哪个学院的？"小倩说出"管理学院"后，憋不住笑了，李淼才明白又上了这鬼丫头的当了。她不恼怒，却有点委屈："编瞎话也得有个限度吧？'暗恋'不'暗恋'的，还在思想范围内，你胡编倒也无所谓，'互通款曲'，那就从思想到行动了，太离谱了，传出去大家还不把我当小三？真有其事也罢，姐姐我敢作敢当，可现在连影子都没有，我不得白担个骂名吗？"她认真说这番话时，小倩差点笑岔了气。

小倩是在李淼返校的第三天为李淼接风的，地点是已经允许持有健康码的外来人员进出的"金色年华"。说是要小倩亮一下三脚猫厨艺，其实是三人一起动手包饺子，而以张大凤为主，她俩打打下手就行。李淼照例要喝点小酒，也照例要说到陈书记。她告诉小倩一个重大新闻：陈书记不久前离婚了，有一个上小学的男孩，归女方抚养。

小倩目瞪口呆："莫非你们真的好上了？他为了你才离婚的？"李淼这回真的有点生气了："你想到哪儿去了？我有那么卑劣吗？真把我当成破坏别人家庭的插足者啦？倩儿，你太看扁姐姐我了！到现在为止，我和他还是八竿子都打不着呢，就颁奖那回说过几句话！平日里你寻寻开心也就算了，哪能往那方面想呢！"

等小倩道歉后，李淼说，消息是绝对可靠的，来源嘛，还是宣传部那位关系很铁的校友，目前知晓的范围很小。据说是他在电视台当编导的前妻出轨，和一个来做综艺节目的小鲜肉搞上了。前妻诿过于他，咬定是因为他长期忽略她的身心需求，才导致了她的苟且。陈书记姿态很高，承认自己有错在先，却坚决不肯给她修好的机会，宁愿在财产分割上让步。于是，事发几天后就办理了离婚手续。

小倩想，这大概是陈书记的一面之辞。人是最复杂、最诡秘的动物，当他处在错综多变的婚恋关系中时，就更加百怪横生、变幻莫测了。婚变的真相即使当事人自己也未必能够看清，因为他们都持本位视角，事后的追述肯定经过了以抑人扬己为指向的形塑，就偏离真相更远了。不过，她还是愿意相信李淼说的，相信陈书记是受到伤害的一方。

李淼受不了她直愣愣地看着自己，哀求说："倩儿，你别盯着我看了，姐瘆得慌！姐知道你心里想的啥东东，以为姐机会来了是不是？姐给你撂个实话：姐喜欢他不假，要是他瞧得上咱，咱也就不嫌他是'大叔'级别的，乐得嫁啦，可咱不会主动贴上去勾搭他。为啥呢？他是大领导哇，咱一个辅导员上赶着巴结人家，在大伙儿眼里还不是贪图荣华富贵？咱才不干呢！"小倩刚要为她叫好，张大凤先夸上了："闺女，有骨气！"

刚说过陈书记，第二天陈书记就来看望慰问在校坚守岗位的辅导员。说是"轻车简从"，跟在后面的还是有一大群人。学工部长在前面开道吆喝："陈书记亲自来看望大家啦！"随即响起热烈的掌声。小倩觉得"亲自"二字实在是可以省略的，她以为陈书记在讲话时会纠正一下："以后不要用'亲自'这个官气太重的词，它把我的身份拉高了，也把我和大家的距离拉远了。"

然而没有，他可能已经习惯了这类用语，听来不觉得刺耳了。他的讲话一如既往地鼓舞人心，说到疫情造成的恶果时又不无沉重。最后强调："意识形态领域里的争夺战一刻也没有停止，我们要因势利导，把所有学生都引领到社会主义核心价值观上来，引领到敢于战胜一切困难的爱国主义阵营中来！"

他和辅导员们一一握手说："非常时期，专家是不主张见面握手的，今天我破个例，表示一下诚意，回头大家都去洗手，别忘了'七步法'！"众人开心大笑。先握的是胡书记。她双手并用，右手与陈书记相握，左手则搭在他手背上，使劲晃动了几下，就像敌占区的百姓终于见到了前来解救他们的人民军队。小倩看了下她，还没激动到热泪盈眶的份儿上。

到小倩时，他用只有她能听清的低音说："金刚强事件没给你留下心理阴影吧？人生的前方都有一个或几个坑在等着我们，掉下去不可怕，爬不出来才可怕，我想你一定早已爬出来了。继续努力，我看好你的前途！"这个比喻不错，谁敢保证自己不会掉进坑里呢？不过，他能想到这个比喻，没准与他自己刚刚也掉进了一个坑里有关吧？

和李淼握手时，他也说了些什么，李淼频频点头，满脸放光。小倩朝她做了个鬼脸。接见结束后，李淼羞答答地问："你感觉到了吗？他和我握手的时间好像特别长呢！"小倩用力点头："当然感觉到了，比我长两倍还不止呢！这说明了什么呢？"李淼万分期待的眼光看着她，等她说出答案。答案李淼自己也知道，但从她嘴里说出来，意味就不一样了。小倩如其所愿，附在耳边说："对你有意思呗！"

十

终于等到曙光弥漫于天际的日子了！经过两个多月艰苦卓绝的努力，全国绝大部分地区已由一级响应降为二级响应，社会秩序和城市活力加快了恢复的节奏，应急的严控转为稳健的常态化防控，一如由狂风骤雨渐变为和风细雨。武汉解封的时间已经正式宣布，就定在4月8日。这就是说，再过十天，海舟就可以回到小倩身边了。

火神山医院治愈出院的患者日渐增多，对医护人员及志愿者的需求量相应减少。主管部门得知海舟是IT精英后，认为在人力物力匮乏的矛盾已得到缓解的情况下，让他继续担任志愿者是"大材小用""资源浪费"，便劝说他离开岗位，重操研发旧业。公司正好也要他主攻新的开发项目，便在一周前撤回原先下榻的宾馆，与滞留于此的同事会合，开始探讨开发的思路与方案。

而武汉每天的新增病例这时降到个位数，零增长的情况也出现过几天，态势持续向好。这意味着海舟已经脱离风险了，或者说已经安全了。小倩日夜悬浮在半空中的芳心终于归位了，不再躁动与激荡。

各地支援武汉及湖北的医疗队已相继凯旋，由于防护得当，四万二千多人无一感染。这一信息，让小倩振奋。

一位护士接受采访时说，报名时还以为凶多吉少，没想到去鬼门关转悠了一下，全须全尾地回家了。但她脸上留下的深深的口罩压痕却昭示人们她曾经历过怎样的凶险与辛劳。湖北各地组织民众夹道欢送，那浩大而又热烈的送别场面令人泪目。有个中年男子跪在地上不停磕头，以此表达对救命之恩的感戴。

张大凤和杨有恒也都已完成志愿者的使命，前者褪下了红袖章，后者脱下了红马甲。南北两地志愿者的标志还是有区别的。小倩个人更喜欢红马甲，因为红袖章容易让学历史的她产生对某个动乱时期的不愉快联想。历史是不可能重演的，但历史上的某些印记却会以潜移默化的方式残留在后来的生活中，被不自觉地复制。

爸爸其实早已上班，这个银行的笔杆子每天有大量的防疫抗疫汇报材料要写，反倒比以前更忙。志愿者的工作只能在晚上承担，而他晚上又常常要加班，时间上就发生冲突了。正好小区已取消封闭管理，不再需要那么多志愿者，他也就功成身退了。

妈妈的情况相仿。湖北地区以外的城市务工者陆续返回西子湖畔复工，小区的清洁工作都由他们接手了，小区虽然还有门禁，尚不允许自由出入，但对健康码的查验及体温的测量已比以往马虎多了，对业主只是象征性地瞄一眼，戴不戴口罩悉由自便，不加干涉，彼此不再存在发生冲突甚至大打出手的可能性。这样，维持秩序的安保人员就数量锐减，无须张大凤等志愿者参与巡防及呐喊助威，她也就"失业"了。

一直向往好山好水好风景的张大凤，终老于西子湖畔的想法没有变，但对故乡大兴安岭以及亲人的牵挂却日甚一日，这是她始料不及的。少了因柴米油盐和种种鸡毛蒜皮与杨有恒发生的口角，生活的内容好像缺了一块，心里空落落的。每天不用费力不讨好地服侍挑剔的婆婆，听她没完没了的唠叨，手脚得闲了，耳边清静了，却又觉得自己亏欠了老人。

没能给操劳一生的母亲尽孝，这是张大凤这辈子最大的心病。家里就婆婆一个老人健在了，孝敬好婆婆，多少能弥补一些未能侍奉母亲到老的遗憾。以前婆婆都是自己来照料的，埋汰的活儿婆婆不许儿子插手，说这都是女人分内的事，当年自己也是这么熬过来的。她虽不觉得婆婆立的规矩有多过分，但心里却还是有些怨气的。现在想来，这怨气是不该有的，婆婆没文化，脑筋又死板，要她不认古理难上加难。你干吗要和她计较呢？

奶奶也很不习惯儿媳不在身边的日子。以往看到儿媳干家务时那笨手笨脚的样子，她就来气。除了包饺子还利索外，哪样活儿干得顺溜的？连个褂子都不会缝！外面能耐再大，家里活计也不能撂荒哪！过去俺身子骨硬朗时，你当甩手掌柜，一门心思上进，俺没怨过你，今儿个俺老胳膊老腿的蹦跶不动了，端屎倒尿的事你不干谁干？还摆副臭脸子给俺看！要搁俺婆婆那儿，早把你给蹭了！她的怨气比张大凤还大。

可是，张大凤离开后，婆婆却念叨起她的好来了。干活是不麻利，有时还走神，但她不嫌弃俺呀！自己大小解都在床上，如今屎盆子要儿子倒了，他不好意思当着自己的面捏鼻子，却一直屏住气，嫌俺臭呗！别以为俺老眼昏花看不出来。儿媳可从没这样。你把屎拉身上了，她给你洗呀擦呀，轻手轻脚地，从没碰疼过你。

还有，她比儿子细心和耐心多了，你牙口不好，要吃稀的软的，她换着法儿给你单做。俺明明自己能拿筷子，偏要摆谱刁难人家，让她喂俺吃，她也没说一个不字。你嘴上沾了汤水，她马上用毛巾擦去，你对她发脾气，她脸是黑着，却从不顶撞你。哪像儿子，你还没吱声呢，他先吼你一嗓子。

儿媳要来看孙女、陪孙女，她既没法阻拦，也觉得眼前少了这个不讨喜的人晃悠，没准心里还亮堂些，不怄闲气。再就是帮衬一下孙女这个宝贝疙瘩，她也一万个乐意。哪知道她一走，瘟病就来了，儿子家里家外两头忙，热汤热水也没法到点儿就喝上了，你数落他两句，他还板着脸和你讲大道理，啥"家"呀"国"的，听得俺脑壳发涨。儿啊，你以为娘真不解事？娘门儿清！不把"国"的大梁支好了，俺"家"这小屋顶不得塌吗？

她的这些心理活动只和孙女说，家里为了方便她和小倩唠嗑，专门保留了住宅电话。手机她不会使，也不爱使。啥时想孙女想得厉害了，就一个电话拨过去。当然，她是瞅准时间点的，估摸着晌午她不在开会，才和她唠两句。她最不满孙女的地方是，好多事儿都瞒着她，比如海舟都快从武汉回来了，小倩才告诉她，他在那险地里猫了好两月呢！

小倩把奶奶的话原原本本转述给妈妈，并发表评论说："老太太总算把你当成香饽饽了，这就叫'距离产生美'。同理反推，我要是和你成年累月待在一个屋檐底下，你也会对我看不顺眼吧？哈哈，给我说着了！"当天晚上母女与有恒视频时，西天出了太阳：嫌自己老脸难看而从不露脸的奶奶也出镜了，对着屏幕喊道："凤儿啊，娘惦记你咧！"

这下就弄得张大凤和海舟一样归心似箭了。海舟的家已安在西子湖畔，而她的家依然在大兴安岭，照目前的情况看，她还不可能在西子湖畔久居，而只能做一只在湖山之间飞来飞去的候鸟，只有等到老人百年之后，才能考虑与西子以及西子般的闺女长相厮守。但那时是否又有新的计划，现在也说不定。

两个多月的湖畔生活，因为疫情的影响，张大凤并没有太多地感受到这个城市对自己的定位："开放、精致、大气"，甚至也没完全体验到它的繁华，相反，在参与防控期间，倒目睹了一些都市人的狭隘自私，转而怀念起邻里相亲、家人相爱的林海小城生活。有没有必要像原来设想的那样在车马喧腾的都市安度晚年，她多少有些动摇了。

小倩封闭在校园里的那些天，每天做完志愿服务工作之后，她就点播《闯关东》这部李幼斌主演的电视连续剧。爷爷当年和主人公一样也是为生活所迫离乡背井闯关东的，他的经历没有主人公坎坷和壮烈，说不上可歌可泣，却也有值得记录而未曾记录的悲欢。下延到他的子孙，又有多少悲欢相续、苦乐互掺的故事？

《闯关东》的时代距离现在已经相当遥远了，但剧中的场景却让她感到无比熟悉、无比亲切。望着那片包孕着无数动人故事的林海，她心潮起伏，思绪万千，往事历历在目，仿佛看到母亲在县城百货店的皮箱柜台前黯然伤神，又仿佛看到自己拎着皮箱跪在奄奄一息的母亲脚下大放悲声。

哎！老啰！退休啰！越来越怀旧啰！怀旧是人的本性。即便是还在攀登人生高峰的成功人士，偶尔也难免怀旧，怀旧可以强化他们的成就感。但总是沉湎在怀旧之情中，就是衰老的标志之一了。而衰老的另一标志，在张大凤看来，则是与女儿的对话有时不在一个频道上了，原先母女俩之间几乎没有什么代沟，或者说没有彼此都能感觉到的代沟，而如今，代沟却越来越明显了。

有些话题，女儿不太愿意与她谈论了。学校里的事，以前她主动说；现在，你不问，她就不说；你问了，她也未必说。往往把话题岔开去，那表情依稀是"说了你也不懂"。女儿大了，而自己也老了，这是她不想承认却必须承认的现实。两人的消费观也不一样，女儿认为已经相当省俭的生活方式，在她眼里已属于大手大脚。

再过几年，与女儿的代沟会更深，真的适合长期生活在一起吗？原来的规划的确需要重新考量了。女儿的想法没有变，始终坚持说等爸爸一退休，就搬到杭州来住，如果奶奶还健在的话，就一起过来，到时候"看看你女儿是不是孝顺"。可她的想法有点变了，不再把长住西子湖畔作为唯一选择了。

再说，西子湖固然秀绝天下，令人神往，但大兴安岭的风光也有自己的特点啊！西子湖畔也有山，但那些山太秀气，也太小气，哪像大兴安岭那般广袤？现在，唯一可以确定的是，她余生落脚的两端，一端是苍莽的大兴安岭，一端是秀美的西子湖。至于哪一端更能拴住她，可真不好说。

舅舅一家也是经常与张大凤及小倩视频的。张树功的公司复工了，但订单减少了许多，只能苦苦维持。停工的两个多月，他没有裁员，照样给十几位员工发工资，把老本儿贴进去不少。他对员工们说："咱死活都在一条船上漂着，有我一口吃的，就不会饿着大伙儿。自个儿抢件救生衣游上岸，咱还是个人吗？只要大伙儿一块儿用劲撑着，船就不会翻！等到风浪过去后，咱们再扬起帆来远航！"

舅妈也很豁达："哈哈，这起瘟疫，把咱妙妙要买的公寓弄丢了一间主卧、一个厨房，闺女，你夏天毕业后只能先租房住了。这叫啥来着？噢，'寄人篱下'。没事，你爹妈再加把劲，没准过一阵子就缓过气来了，明年吧，争取明年让你有自个儿的窝！"回过头来羡慕小倩爸妈："到底还是端金饭碗的好啊，旱涝保收！但咱一点也不灰心，有国家政策托着呢！再说，不是还有姐姐、姐夫在吗？你们吃干的，能让咱吃稀的？"

妙妙已返回魔都准备毕业论文答辩了。她一点也不在乎爸妈心心念念的洋房要泡在黄浦江里了："嘻嘻，我其实就想体验一下群租的生活，那多热闹有趣啊！要说'寄人篱下'，当年你们不也是这么过来的吗？现在的年轻人又有几个不是寄人篱下的？像我姐这样的不多，但她也少了一种独特的体验不是？姐，是该我羡慕你呢，还是该你嫉妒我呢？"

张大凤决定4月10日返回东北。海舟订的是4月8日中午的航班，抵达杭城的时间与原先计划中的除夕那天相同。年夜饭是要补吃的，小倩已开始张罗食材了，她说要学一学那位承诺要包揽一年家务的护士家属。张大凤想好了，吃好年夜饭就钻进自己屋里去，随他们两人怎么疯闹。她偷听到小倩在电话里对海舟说"等着，看我不好好收拾你"，小两口的事，她不会拦着她。

东海大学附属医院援鄂的四支医疗队归来那天，杨小倩与张大凤加入了夹道欢迎的人群，然后又去观摩了欢迎仪式。领队向校党委书记报告说："不负重托，不辱使命，参战医护人员全部平安归来！"现场欢声雷动，没有了送别时的悲壮。仲春的暖阳下，和风轻拂着小倩母女被泪水沾湿的脸庞。

当晚，母女两人又从电视里看到了黑龙江援鄂医疗队凯旋的画面，其中有几位张大凤面熟的队员就是从大兴安岭医院抽调的，他们代表大兴安岭儿女慷慨出征，让小倩母女由衷地感到骄傲与自豪。电视镜头一直跟踪他们返回到大兴安岭。西子湖畔已是桃红柳绿，繁花盛开，而大兴安岭还是冰雪初融，春寒料峭，但林木却葱茏一片。

　　同样的场面，不一样的春意。恍恍惚惚中，母女竟都觉得大兴安岭与西子湖已泯却重重叠叠的阻隔，融为血脉贯通的同一生命体，而湖山之间的她俩则是这一生命体中的两个张力极大、无法分割、不断繁衍的细胞……

后 记

墙里墙外

要形容我目前的写作状态，"骑墙"二字或许可以得其仿佛。无论是写作形式还是写作题材，都可以用"骑墙"来概括。

就写作形式而言，我的产出既有文学作品，也有学术论文。这就是说，我依然兼事创作与研究，保持着 2012 年以来一直延续的状态。我在初涉学坛时曾经有幸担任著名词学家吴熊和先生的助教，他在讲解王维其人其诗时表达过一个让我终生铭记的观点："独擅何如兼能？"我之所以贸然闯入小说创作领域，固然主要是因为现实生活的感召，一如我在《儒风》及《静水》后记中描述的那样，但熊和先生当年带有倾向性的感慨也是驱使我尝试新的写作形式的精神动力之一。这种赓续至今的不自量力的尝试，雅一点，可以说成是"跨界"；俗一点，则该说是"骑墙"了。

"跨界"在当今似乎是一种时尚，甚至是一种可以证明自己的综合实力（或曰多种潜能）从而傲视偏于一隅、专于一技的同行的终南捷径。但我真的没有这种不知天高地厚的想法。所以，还是说成"骑墙"更为确切。"骑墙"的一个必然要求是，适时地"洗脑子"和"换频道"。因为文学创作与学术研究毕竟是两种不同的思维方式，前者必须依赖艺术想象，后者则必须遵循学理逻辑。思维方式如果不能及时得到转换，前者就会流于枯涩，后者就会趋于轻佻。因此，要"骑墙"骑得不太难看，那就应该在进入另一写作领域时做到切换自如，把脑子洗干净、频道换彻底，亦即把先前的种种构想全部清空，让自己进入澄心静虑的状态，然后略无挂碍地用另一副笔墨映现另一种思想结晶。但我要老实承认，我其实并不具备这样的功力和定力，因而常常力不从心，骑墙的姿势虽不算滑稽，却显出几分别扭，至少我自己感觉是这样。

再说写作题材。之前问世的"大学三部曲"（《弦歌》《儒风》《静水》）和长篇小说《回归》，都是以严格意义上的高校生活为题材。当然，高校不是孤立存在的象牙塔，在反映高校知识分子群体的生存状态时，我笔下肯定会涉及与之相联系的五光十色的社会生活。但主要摄取的却是高校自身的种种场景。也就是说，以高校生活为主、社会生活为辅，后者非常屈辱地承担着服务于前者的功能，处于从属（或曰附庸）地位。打个与话题相扣的比方：中国的高校大多是有围墙的（没有围墙的马路大学难得一见）。也有以护校河或护校林来替代围墙的，但那在本质上还是一种围墙。我尽情浏览的是墙内的风景，只是偶尔向墙外一瞥——那是因为墙内的风景已经蔓延到了墙外，或者说墙外的七色阳光照射进了墙内，改变了墙内风景的样态。换言之，我是站在墙内的高台上，在阅尽墙内春色后，为了弄清它的来路与成因，而遥望墙外的大块烟景。两者的用力是不均衡的。

如今则不同了：我观察的位置移到了墙头上，随之改变的是视点、视线和视野。对墙内墙外的风景与人物，我具有同样的兴趣，并倾注了同样的观照与描绘的热情。在同一视野里，将墙内墙外的风景相贯通，使它们产生交会与互动，我有了许多新的发现和新的感悟。却原来以往未曾凝视的墙外风光也足以吸引眼球，而且还更为色彩斑斓。于是，我便安安静静地在墙头上坐下来，目光时而锁定于墙内，时而又聚焦于墙外。而这也是一种"骑墙"。值得庆幸的是，在经过多少回凝眸后，我终于找到了它们的共同点和交会处，而这正是这部长篇小说诞生的基础。在这部小说里，墙内与墙外的风光是可以平分秋色的，后者不再处在前者的笼罩和遮蔽下，尽管小说由墙内切入，而最终的落点也在墙内。这也就意味着，我的写作题材扩大了，不以纯粹的高校生活为限了。我不知这该为之喜还是为之忧？

其实，在中国的传统文化里，"骑墙"是一种屡为人们诟病的行为。各种辞书对"骑墙"的释义几乎都是：比喻立场不明确，游移于两者之间。《智门祚禅师语录》说："若有作者，但请对众施呈，忽有骑墙察辨，呈中藏锋，忽棒忽喝，或施圆相。"这是它的出处。前人大都将它作为贬义词来使用。清人梁章钜《退庵随笔·官常一》说："属吏有谒见必有谈吐，有文移必有议论，就中细细察之，有据理势明白直截者，有不吞不吐骑墙两顾者。"清人江藩《汉学师承记·顾炎武》也说："多骑墙之见，依违之言，岂真知灼见者哉"！可知骑墙者虽不是大奸大恶之徒，却还是遭人鄙薄的。当然，这里所谓"骑墙"是一种比喻，现实生活中以物质形态呈现的"骑墙"往往与"偷窥"联系在一起，就更加令人不堪了。

想到这一点，我有必要作类似于"此地无银三百两"的声明：我这里只是取"骑墙"的字面意义来形容我目前的写作状态，而剔除了它的丰富而又复杂的历史文化内涵。为了避免引起误解，我打消了将这篇后记命名为"骑墙有感"或"骑墙：一种新的写作形态"的念头，转而以更加通俗直白的"墙里墙外"来加以概括与提示。

不谦虚地说，这个标题似俗而实雅，它隐括了我喜欢的一首宋词，那就是苏轼的《蝶恋花·春景》："花褪残红青杏小。燕子飞时，绿水人家绕。枝上柳绵吹又少。天涯何处无芳草！墙里秋千墙外道。墙外行人，墙里佳人笑。笑渐不闻声渐悄。多情却被无情恼。"没有一个典故，也没有一个僻字，从头到尾都是大白话，然而韵味十足。栩栩如生的人物形象和行云流水般的语言倒在其次，最让我心折的是寄寓于其中的人生哲理，以及看似浑不经意实则匠心独运的艺术结构。"多情却被无情恼"，这不是一种生活中常见却很难用语言精准揭示的带有规律性的现象吗？它对生活真实况味的体察似乎比"天涯何处无芳草"还要深刻与透彻。在结构上，墙里墙外本不互通，墙里佳人与墙外行人也本不相干，但从墙里传到墙外的笑声却将两个世界、两个人物、两种生活黏合到一起，酿出一幕无端而来、凭空而去的人生悲喜剧，而某些生活的真谛则借此得到了形象化的演绎。

　　自然，苏轼关于"墙里墙外"的描写并不是一无依傍的。我没有考据癖，也不觉得在小说后记中有追踪语源的必要，但为了避免"粗疏""孤陋"之讥，我仍想指出，它的创意可能受到过白居易《井底引银瓶》一诗的启发："妾弄青梅凭短墙，君骑向马傍垂杨。墙头马上遥相顾，一见知君即断肠。"不能不顺便抖搂一下见识："妾弄青梅"两句又是由李白《长干行》中的"郎骑竹马来，绕床弄青梅"脱化而来。可知在中国古典诗词中，构思及意象的相互借鉴、前后传承是普遍现象。当然，你必须得改造它，标准的说法是"化用"。如果一字不动地照搬过来，对不起，那就是"蹈袭"了，在今天要被判为"学术不端"行为受到挞伐的。

　　毫无疑问，苏轼属于"化用"。白居易写的是"墙头马上"，而苏轼说的是"墙里墙外"，"墙外"比"马上"，空间可要辽阔多了。直接把"墙头马上"拿去用的是元代戏剧家白朴，他最有名的杂剧是《梧桐雨》，其次就是《裴少俊墙头马上》了（"裴少俊"三字常常省略）。不过，人家只是借用它为剧名，要敷衍成一个曲折离奇的戏剧故事，那是需要创造性的。因此，也算不上"蹈袭"。这是一。其二，白诗中的男女主人公要么是两情相悦的旧相识，要么是一见钟情的新相知，总之是一对有情人，两人通过"遥相顾"这一意态而"生情"或"传情"。而苏诗中的男女则完全是陌生人。墙外的行人倒是被墙里佳人银铃般的娇笑声所吸引而情愫暗生，但从头到尾都是只闻其声不见其人，至于佳人则压根儿不知道还有这么一位多情且富于想象力的行人的存在，自顾在秋千上荡来荡去。无心与有心的逆反，涵盖了通常说的"落花有意，流水无情""说者无心，听者有意"一类的经验总结。因而它纵然由白居易诗"脱胎"而来，却是动过"换骨"手术的，比原诗还更有艺术张力。

　　但愿我的谬解没有亵渎苏轼的这首词作。从接触到它的那天起，"墙里墙外"就在我的脑海里凝固为一种可以借助想象衍生出令人唏嘘的浪漫故事的意象。迄今为止，我还没有找到构思与描写这个故事的灵感，但总想有机会表达我对这个意象的激赏。于是，犹如鬼使神差一般，我把它用作了这篇后记的题目。

当然，这样做，又不仅仅是出于对这个意象的喜爱，也是因为它能比较恰切地显现我的创作取径以及本书的创作意图——

现在，该说说本书《湖山之间》了：这本书在时空交错的视阈中，描绘了母女两代人与时代相同步的命运史和心灵史。90后杨小倩从山区小城来到自古繁华的西子湖畔读书、工作、生活。作为985大学的学生辅导员，她在风土人情有异于故乡的环境中经历了一系列风风雨雨，既奋力进取，又保持本色。她的母亲张大凤则踩着改革开放的鼓点，克服重重叠叠的阻力，健步走出苍莽林区，成为金融系统的一位标杆白领，而她的家庭及家族也在艰难曲折中渐次摆脱了命运的拨弄，走向和谐与幸福。母女二人的命运根系和情感脉络在湖山之间绵延与伸展、交叉与融合，构成映射出时代风云的奇特景观。全书以一起牵动舆情的学生轻生事件为纽带，串联起粉墨登场的各色人物和错综纷纭的各种场景，而以全民防控新冠肺炎疫情的历史性战疫终篇。我希望，社会转型期的人间万象，城市与乡村的风俗异同及嬗变，60后与90后的代际差别及思想碰撞等等，都能在书中得到纤毫毕现的展示。

因为从事创作以来，一直致力于表现"当下"，一个个虚构的故事不免带有现实生活中某些人和某些事的影子，但每个故事都没有可以对应的原型，正如鲁迅先生早就声明过的那样，都是杂取各种人和事来加以合成。这部长篇小说也是如此。女主人公是东取一双眼睛，西取两只耳朵来捏造成的。也就是说，发生在她以及她母亲身上的故事，实际上很多是不属于她及她母亲的，为了叙事的生动、繁复与曲折，我常常故意张冠李戴，把许多本不相干的事都"别有用心"地堆砌在主人公这里。这是我要特别说明的，以免给我那些年轻的辅导员朋友造成困扰。

本书有幸入选浙江文化艺术基金2020年度资助项目。回眸本书的创作历程，有太多的人需要感谢。但我首先要感谢的是呼伦贝尔大草原的王志林、姚玉娥夫妇，他们讲述的动人故事，触发了我的创作灵感，使我有可能从墙内走到墙外，把发生于湖山之间的种种传奇捏合在一起，通过艺术想象与加工，写成一部自以为很有意思的小说。

　　小说不可能脱离生活，但绝不是生活实录。这个简单的道理，即使在一些中文专业出身的读者那里有时也会被模糊。不少学术造诣很深的同事与朋友，受索隐派的影响，兴趣浓厚地在书中探究哪位人物与现实生活中的某某某可以叠印，哪位人物又是由谁谁谁脱胎而来。有的还来向我求证，希望我能确认其索隐成果。

　　这也可以理解。好奇心是人类的一种可贵特质。依循"历史都是假的，除了人名；小说都是真的，除了人名"的认知逻辑，许多读者已形成小说人物必有原型的惯性思维，而小说情节与生活真相又难免有巧合之处，"对号入座"也就有其合理性了。但我还是想呼吁：千万不要过于敏感，随便指认小说角色的生活原版，更不要主动跑到小说里去充一个角色。你是墙外的行人，从未得见墙内佳人的真容，还是少作一些联想与生发吧。

图书在版编目（CIP）数据

湖山之间 / 晓风著 . -- 北京：作家出版社，2021.8
ISBN 978 - 7 - 5212 - 1161 - 0

Ⅰ. ①湖… Ⅱ. ①晓… Ⅲ. ①长篇小说 – 中国 – 当代
Ⅳ. ①I247.5

中国版本图书馆 CIP 数据核字（2020）第 208830 号

湖山之间

作　　者：晓　风
责任编辑：赵　莹
装帧设计：意匠文化·丁奔亮
出版发行：作家出版社有限公司
社　　址：北京农展馆南里 10 号　　　邮　　编：100125
电话传真：86 – 10 – 65067186（发行中心及邮购部）
　　　　　86 – 10 – 65004079（总编室）
E – mail: zuojia@zuojia. net. cn
http: // www. zuojiachubanshe. com
印　　刷：唐山嘉德印刷有限公司
成品尺寸：152 × 230
字　　数：330 千
印　　张：26.75
版　　次：2021 年 8 月第 1 版
印　　次：2021 年 8 月第 1 次印刷
ISBN 978 – 7 – 5212 – 1161 – 0
定　　价：58.00 元